COLLECTION FOLIO

Karen Blixen

Lettres d'Afrique

1914-1931

Éditées et préfacées par
Frans Lasson

Traduites du danois par
Philippe Bouquet

Gallimard

Titre original :

BREVE FRA AFRIKA 1914-1924, 1925-1931

Descendante d'une famille patricienne danoise, la baronne Blixen Finecke partit en 1913 pour le Kenya. Elle y dirigea avec son mari la ferme qui lui inspira son œuvre célèbre *La Ferme africaine* (1942), qui fit récemment l'objet d'une adaptation cinématographique. De retour au Danemark, elle vécut dans la demeure familiale de Rungsted, où elle écrivit tous ses livres.

Outre ses célèbres contes, son œuvre se compose également de recueils de nouvelles dont *Le dîner de Babette* (la nouvelle éponyme du recueil a été adaptée au cinéma) et *Ombres sur la prairie.*

Les voies de la vengeance, inspiré d'une affaire criminelle relatée dans les archives de la police française, est le seul roman qu'écrivit Karen Blixen. Il a paru en 1944 au Danemark, sous le pseudonyme de Pierre Andrézel.

Karen Blixen est morte le 8 septembre 1962.

J'ai le sentiment qu'à l'avenir, où que je puisse être au monde, je me demanderai toujours s'il pleut à Ngong.

Lettre de Karen Blixen à sa mère,
en date du 26 février 1919.

...S'il pleut à Ngong

INTRODUCTION DE FRANS LASSON

En 1939, une fois le nom de Karen Blixen établi en tant qu'écrivain vis-à-vis d'un large public danois et d'un public étranger encore plus vaste, celle-ci confiait à un proche parent danois qui avait exprimé son inquiétude quant à sa situation personnelle après la mort de sa mère en janvier de la même année :

Je voudrais commencer par te dire que, si tu penses que la vie ici, à Rungsted, [c'est-à-dire à « Rungstedlund », le foyer de son enfance, situé en Seeland du Nord, dans lequel elle était revenue vivre après son retour d'Afrique en 1931] va être difficile pour moi cet été, — c'est l'impression que j'ai retirée de la lecture que m'a faite tante Bess d'une lettre que tu lui as envoyée, — c'est un malentendu que je désire dissiper immédiatement. Je trouve au contraire que j'ai ici une existence *magnifique* ; c'est vraiment un grand bonheur pour moi d'avoir pu continuer à vivre dans des conditions inchangées et il me semble que je suis sous ce rapport bien plus favorisée qu'Elle, par exemple, qui va très bientôt devoir affronter la vie sous toutes ses formes. Tout le monde est extrêmement gentil avec moi et j'ai l'impression que toute cette vieille maison que j'aime fait bloc autour de moi pour me protéger et, chaque jour qui passe, j'ai le sentiment que maman est toujours présente ici et dans tout ce qui s'y déroule. Et puis le printemps rend tout si merveilleux : le matin, les étourneaux chantent devant ma fenêtre, les fleurs poussent dans le jardin comme les autres années et tout est encore plein de la présence de maman, de sa paix et de sa bénédiction. Je ne saurais être suffisamment reconnaissante d'avoir pu disposer de ce laps de temps pour reprendre mes esprits et pour tenter de savoir quoi faire de ma vie. D'une certaine façon, l'insécurité qui règne dans le monde en ce moment s'accorde elle-même très bien avec le caractère précaire de ma vie ici et ne m'inquiète pas autant qu'elle doit inquiéter les autres, ces pauvres gens qui ont tant de choses à préserver et pour lesquelles s'inquiéter ; je sais bien que je vis dans un monde qui appartient au passé et qui sera bientôt révolu ; je ne suis pas obligée, comme les autres, de lutter contre les forces qui mènent le monde et il me semble que cette étrange harmonie qui accompagnait maman en tous lieux est également mienne, en quelque sorte, au milieu de ce courant qui m'emporte, — je pense aux paroles de Nietzsche : « Je suis quelqu'un qui dit oui. »

En réalité, ce qui m'est pénible, ce n'est pas l'absence de maman ou de tous ceux qui sont morts mais bien les rapports que j'entretiens avec la vie, et avec les vivants, ainsi que les doutes que je nourris quant à savoir si j'ai vraiment encore ma place parmi eux. Lorsque je suis rentrée d'Afrique, j'ai dit à maman qu'il ne fallait pas qu'elle attende grand-chose de moi car une moitié de moi-même était demeurée dans les Ngong Hills, — et j'ai maintenant le sentiment que la moitié de ce qu'il me restait se trouve, si ce n'est au cimetière, du moins dans le passé, ou dans l'univers lui-même, et n'entretient plus aucun rapport avec la vie de tous les jours ni avec aucune de ses nécessités. À voir les choses de façon très objective, je crois également qu'il est bien difficile, quand on n'est plus tout jeune, de se trouver pour la deuxième fois de sa vie dans l'obligation de se refaire une existence. En disant cela je ne fais pas seulement allusion à des difficultés d'ordre économique ou à des détails du genre de : où habiter, comment s'installer ? Je pose la question de façon bien plus générale : comment vivre ? Mais c'est également pour me permettre de clarifier tout cela que je dispose de ce répit, ici ; je n'ai pas besoin de me presser et je peux laisser les choses s'arranger comme elles le voudront...

Un nouveau départ, sur le plan humain, et un étrange calme plat au milieu d'une tempête qui, par ailleurs, emporte tout sur son chemin — voilà qui ne pouvait plus faire peur à Karen Blixen car ce n'était, comme tant d'autres choses, que la répétition de ce qu'elle avait déjà connu en Afrique. Que, huit ans après la perte de sa grande plantation de café au Kenya et peut-être, à vrai dire, pour le restant de ses jours, elle ait pu avoir l'impression de ne pas vraiment posséder sa place au nombre des vivants, dans le présent et dans la réalité qui étaient les leurs, voilà qui ne surprendra sans doute guère, non plus, les lecteurs attentifs de La Ferme africaine. *La vie l'avait irrémédiablement privée de son grand défi, un défi dont elle rêvait depuis le début de sa jeunesse et qui s'était ensuite concrétisé dans son existence à la ferme, et il ne lui restait plus, maintenant, le choix qu'entre devenir « un imprimé », comme elle le disait elle-même dans ses moments d'amertume, et l'échec complet. Lors de son retour au Danemark, elle confia à l'une de ses amies qu'elle se donnait six mois pour se rendre compte si elle était vraiment capable de mener la vie qui l'attendait désormais — et, dans le cas contraire, elle quitterait l'existence sans faire de bruit. Déjà, six mois auparavant, alors qu'elle se trouvait encore au milieu des ruines de son monde extérieur, elle était en mesure, grâce à cette remarquable sérénité dont elle était capable de faire preuve dans les catastrophes, de faire ses comptes personnels et de faire apparaître un bilan en quelque sorte positif. Dans l'une de ses lettres à son frère, en date du 10 avril 1931, elle écrit :*

J'ai, par exemple, l'impression qu'il ne me serait aucunement difficile ni pénible, après avoir été de bien des façons plus heureuse ici que la plupart des gens n'ont la chance de l'être, – et il n'existe pas une seule personne au monde avec laquelle je voudrais échanger mon sort, – de quitter bien tranquillement et paisiblement l'existence, ainsi que tout ce que j'ai aimé ici... Pour moi, la seule chose *naturelle* serait de disparaître avec le monde que j'ai connu ici car, tout autant que mes yeux ou que tel ou tel talent que je puisse posséder, il me fait l'effet d'être une partie essentielle de moi-même et je ne sais pas ce qui, en moi, pourra bien survivre à sa perte. D'une façon générale, cette idée de continuer à vivre est, selon moi, passablement mal comprise par la plupart des gens, car quelle est la part de vous-même qui reste vivante, à vrai dire ? Que reste-t-il, dans les circonstances présentes, de l'être que nous étions, toi ou moi, il y a quinze ans ?

Il pouvait arriver à Karen Blixen d'être prise de désespoir devant les conditions de vie qui lui étaient imposées et de tempêter contre le destin, mais sa nature lui commandait de dire « oui », quoi que l'existence eût à lui offrir. Elle considérait sa propre vie avec l'œil d'un peintre et savait fort bien que les ombres très accentuées que présentait celle-ci étaient tout aussi nécessaires que l'éclairage dans lequel elle baignait et que ses tons vifs. Revers et chagrins faisaient, tout comme les rares mais inoubliables moments de bonheur, partie de cet ensemble qu'était sa vie ; peut-être avait-elle même, de façon à demi consciente, besoin de souffrance, parce qu'elle sentait que, plus que toute autre chose, celle-ci pouvait mûrir l'artiste qui était en elle. Sous ce rapport, elle était, pour citer les paroles d'Arndt à Malli dans le conte intitulé Tempêtes *(qui figure dans* Le Dîner de Babette, *1961), « une énigme pour elle-même et un messager de joie pour le monde ». Elle était capable de crier, même à la douleur et à ce qui faisait défaut dans sa vie, ce que criait Jacob au cours de sa lutte avec Dieu : « Je ne te laisserai pas partir que tu ne m'aies béni. »*

Cette alternance de l'ombre et de la lumière, ce passage de l'acceptation sans arrière-pensées des conditions de la vie à leur rejet absolu était certainement un trait fondamental de la nature de Karen Blixen. Cela apparaît très nettement à la lecture des contributions, nombreuses et variées, du livre d'hommages publié à l'occasion de son décès, en 1962, mais fut, sur le plan purement biographique, établi pour la première fois par le livre de son frère, Thomas Dinesen, intitulé Tanne *(paru au Danemark en 1974), dans lequel des extraits de lettres de Karen Blixen vinrent jeter un éclairage totalement nouveau sur une personnalité entourée de mythes. Rien dans ce livre ne venait démentir l'image qu'elle avait donnée elle-même dans* La Ferme africaine *(1937, nouvelle édition française en 1978) de ses années passées en Afrique, mais, grâce à ces lettres personnelles, le lecteur se trouvait tout à coup si proche de Karen Blixen qu'il pouvait voir son visage à nu sous le masque et découvrait que, derrière le tableau consciemment distancié et stylistiquement très maîtrisé de ce livre de souvenirs, se cachait une réalité faite de cruelles expériences humaines que Karen Blixen n'avait pas vraiment eu la force de revivre en esprit et d'incorporer à la matière de son livre lorsqu'elle avait rédigé* La Ferme africaine. *Peut-être ne souhaitait-elle pas que le lecteur puisse avoir connaissance, tant qu'elle serait elle-même en vie, des échecs les plus graves de son existence personnelle. Mais, oralement, elle ne se refusait pas à faire à ses amis, proches ou moins proches, des confidences sur les coups que le destin lui avait portés et, au cours de ses dernières années, elle informa elle-même de futurs biographes d'événements décisifs de sa vie. Et pourtant – ce qui l'avait certainement touchée le plus durement, elle ne put se résoudre à en parler. (Le lecteur français trouvera à la page 39 une revue chronologique des principaux événements ayant marqué, d'une façon ou d'une autre, la vie de Karen Blixen.)*

En tant que responsable du projet de mémorial sur Karen Blixen qui aboutit, en 1974, à la publication en danois de trois livres distincts écrits par Thomas Dinesen, par Clara Selborn, sa secrétaire pendant de nombreuses années, et par le poète Thorkild Bjørnvig, nous eûmes à un moment l'occasion de parcourir un certain nombre des lettres que Karen Blixen avait écrites à son frère tandis qu'elle habitait en Afrique. Des extraits plus ou moins longs de certaines de celles-ci figurèrent, comme il a déjà été mentionné, dans Tanne. *L'année d'après cette triple publication, nous pûmes obtenir l'autorisation de lire l'importante collection, restée jusque-là inaccessible, de plusieurs centaines de lettres envoyées par Karen Blixen à sa mère, Ingeborg Dinesen, et qui, peu de temps après sa mort, en 1962, avait été déposée au département des manuscrits de la Bibliothèque Royale de Copenhague, ainsi que certains inédits et documents personnels. Nous prîmes alors très vite conscience de ce que la publication d'une importante sélection de ces lettres pourrait représenter pour la compréhension de la personnalité et de l'évolution de Karen Blixen, permettant ainsi de mieux apprécier l'originalité de son art. Nous nous fixâmes alors le but de procéder à une édition de tout ce qui était essentiel dans les lettres que Karen Blixen avait écrites aux membres les plus proches de sa famille ; pareille tâche était d'importance, mais comportait malgré tout des limites bien tracées, et la plupart de ces lettres semblaient avoir été conservées.*

Après avoir tout d'abord exposé ce projet à Clara Selborn, exécuteur testamentaire littéraire de Karen Blixen, nous nous rendîmes au manoir de Leerbaek, dans le Jutland, pour nous entretenir de ce projet avec Thomas Dinesen. Nous avions collaboré de façon très positive depuis la première visite que nous lui avions rendue, en 1968, alors que nous étions à la recherche de documents photographiques pour la grande biographie illustrée de

Karen Blixen qui parut en danois, chez Gyldendal, un an plus tard, et, en 1970, aux U.S.A. et en Angleterre. Ce fut pour nous une grande joie que de constater l'accueil qui fut réservé à cette nouvelle proposition de notre part et nous pûmes bientôt aller plus avant dans notre travail avec son appui total même si, dès le début, Thomas Dinesen ne nous cacha pas qu'il n'était pas prêt à laisser publier certaines des lettres que sa sœur lui avait adressées à lui-même. Nous décidâmes alors de laisser cet aspect de la question en suspens et nous eûmes d'ailleurs, pendant un certain nombre de mois, suffisamment à faire avec la lecture attentive des lettres à Ingeborg Dinesen, le choix de ce qui, selon nous, devrait figurer dans ce livre, et la transcription minutieuse de nombreuses lettres manuscrites figurant dans cette collection.

Au cours de l'été 1976, nous retournâmes à Leerbaek afin de voir quelles lettres à d'autres membres de la famille pouvaient se trouver dans les archives personnelles de Thomas Dinesen. Ces recherches nous permirent de trouver un certain nombre de lettres de Karen Blixen à sa mère, à ses deux sœurs Ea de Neergaard et Ellen Dahl, ainsi qu'à la sœur de sa mère, Mary Bess Westenholz, qui vivait à Folehave.

Par la même occasion, nous reprîmes la question des lettres inédites de Karen Blixen à son frère et des passages des lettres citées dans Tanne *qui, pour diverses raisons, ne figuraient pas dans ce livre. Et nous eûmes la chance de pouvoir convaincre Thomas Dinesen de nous remettre l'ensemble de celles-ci, tout d'abord en vue d'un nouvel examen, puis en vue de leur insertion à leur place chronologique dans le manuscrit, parmi les lettres adressées aux autres membres de la famille — non pas* in extenso *mais dans une bien plus large mesure que dans* Tanne.

Il nous fut alors possible de présenter un choix de lettres couvrant toute la période de dix-sept ans, de 1914 à 1931, pendant laquelle Karen Blixen résida en Afrique. Les nombreuses lacunes existant malgré tout dans cette correspondance s'expliquent par le fait qu'au cours de ce laps de temps, celle-ci passa plus de trois ans et demi au Danemark, dans sa famille, et en aller et retour au Kenya. La durée réelle de ses séjours en Afrique, mis bout à bout, n'est que d'un peu plus de quatorze ans mais il n'y a certainement pas beaucoup de lecteurs de La Ferme africaine *qui aient conscience de ce fait. L'artiste qu'était Karen Blixen a, de façon délibérée, prévenu toute tentative de situer dans le temps les divers événements qu'elle évoque dans le livre en omettant toute date ; elle obtient ainsi une homogénéité épique dans la progression de son récit qui fait de* La Ferme africaine *quelque chose de fondamentalement différent de la plupart des autres grands livres de souvenirs. Mais il est inévitable que le lecteur qui revient à plusieurs reprises à ce livre en vienne à se demander, de temps à autre, à quel moment tel ou tel événement a bien pu se dérouler. Parmi les questions auxquelles les présentes lettres peuvent apporter de larges éléments de réponse figure donc la datation des expériences et des événements quotidiens qui sont rapportés dans* La Ferme africaine. *D'innombrables traits, d'innombrables observations et réflexions de ces lettres se retrouvent dans le livre ; il n'est pas besoin de lire bien avant dans ce recueil pour constater que, pendant son travail sur* La Ferme africaine, *Karen Blixen a utilisé ses lettres à sa mère comme aide-mémoire. Mais, au cours de l'élaboration artistique des matériaux bruts fournis par la réalité, bon nombre des appréciations figurant dans les lettres se sont trouvées modifiées sans qu'il y paraisse, l'absence de recul s'est trouvée remplacée par la perspective qu'apporte le passage du temps et, au cours de ce processus, de nombreux détails ont reçu des coloris et un brillant de céramique qui répondent exactement à l'idée que se fait Karen Blixen de l'importance de l'instant.*

La réalité qui se dissimule derrière le conte africain qu'elle a intitulé Barua a soldani *(et qui figure dans* Ombres sur la prairie, *Gallimard, 1962), — cette lettre immaculée et très soigneusement conservée du roi Christian X qui, comme je l'ai mentionné dans la postface que j'ai donnée au livre de souvenirs de Thorkild Bjørnvig* Pagten (Le Pacte), *a été trouvée à Rungstedlund en 1969 — n'est pas la seule preuve de la liberté artistique de Karen Blixen envers ce que l'on appelle les réalités de la vie quotidienne. Des cas analogues pourront être trouvés en grand nombre si l'on lit ce recueil et le livre sur la ferme dans le prolongement l'un de l'autre. Un seul exemple : la modeste bouteille de bière que, d'après ce que dit Karen Blixen dans sa lettre à sa mère du 28 février 1928, elle a donnée au Suédois Casparsson lors de son départ pour le Tanganyika se transforme, dans la description de la fuite d'Emmanuelson qui figure dans le livre, en une bouteille bien moins modeste de chambertin 1906. Comme elle le dit elle-même : « Je me suis dit que ce serait peut-être la dernière chose qu'il boirait dans sa vie. »*

Même à l'intérieur de ce recueil de lettres, écrites sans aucune intention de publication, le même événement narré le même jour à deux correspondants différents peut, du simple fait de la modification d'un détail apparemment sans importance, créer le même effet. Dans une lettre à Thomas Dinesen, en date du 12 août 1918, Karen Blixen raconte comment, quelques jours avant la triste fin de Dusk, elle réussit d'extrême justesse à arracher son chien favori de la voie de chemin de fer, à la gare de Kikuyu, avant le passage d'une grosse locomotive. Puis elle continue : « Sur le coup, je n'ai même pas pensé le moins du monde que je courais moi-même un danger — et, par la suite, Berkeley Cole, qui était resté dans le compartiment, a dit : " It was the bravest thing I have seen in my life[1]. " *Le même événement est raconté le même jour, de façon un peu plus circonstanciée, dans la lettre à sa mère qui est incluse dans ce recueil : « Sur le coup, je n'ai pas du tout pensé au danger que je courais moi-même mais, par la suite, Lord Delamere, qui était resté dans le compartiment, a dit :* " It was the pluckiest thing I have seen in my life[2]. " *Il n'est évidemment pas venu un seul instant à l'idée de Karen Blixen que puisse jamais être rapproché ce qu'elle disait dans deux lettres envoyées respectivement sur le front de France et dans un Rungsted bien plus pauvre en événe-*

1. « Je n'ai jamais rien vu d'aussi courageux de ma vie. » *(N.d.T.)*
2. « Je n'ai jamais rien vu d'aussi crâne de ma vie. » *(N.d.T.)*

ments. La brusque transformation de Berkeley Cole, simple exploitant agricole, en Lord Delamere, le grand homme de l'Afrique Orientale anglaise, n'en souligne pas moins quelque chose de très important quant au sens du public qu'elle possédait instinctivement. Il ne fait aucun doute que la lettre à son frère narre la chose telle qu'elle s'est déroulée, l'impression immédiate, vierge de toute tentative de modifier les couleurs du tableau ou de donner à la situation plus de poids qu'elle n'en avait originellement. Mais, avec un sens infaillible de l'importance du milieu ambiant, Karen Blixen fait apparaître, dans sa lettre à sa mère, son ami Lord Delamere dans le rôle du témoin et du commentateur ; elle sait que sa lettre sera montrée à d'autres membres de la famille, au Danemark, et, pour ceux-ci de même que pour sa mère, des propos prononcés par le fondateur britannique de la colonie auront, malgré tout, bien plus de poids qu'une remarque faite par un ami intime comme Berkeley Cole.

Ce n'est là qu'un exemple parmi beaucoup d'autres. À la lecture de ces lettres, La Ferme africaine *apparaît bien plus nettement encore qu'auparavant comme une œuvre littéraire élaborée à partir d'une certaine réalité ; chacun pourra faire ses propres observations, selon son degré de connaissance du livre. Quant à savoir jusqu'à quel point Karen Blixen elle-même désirait donner une image véridique, presque documentaire, de ses années au Kenya, cela ressort d'un fait que Thomas Dinesen nous a rapporté il y a quelques années. Au cours de l'hiver 1936-1937, il avait rendu visite à sa sœur à Skagen, petit port de pêche situé à la pointe septentrionale du Danemark, alors qu'elle était en train de rédiger* La Ferme africaine *et elle lui avait demandé conseil sur bien des points. Voici maintenant les propres paroles de Thomas Dinesen : « Si, par exemple, elle était en train de décrire une scène de chasse et me lisait ce qu'elle avait écrit, il pouvait arriver que je lui suggère : " Tu devrais utiliser ce qu'a raconté Finch-Hatton " — ou bien un autre conseil du même genre. Mais alors Tanne me répondait : " Oui, mais ce n'est pas quelque chose que j'ai vécu, ce n'est pas quelque chose dont je puisse être sûre, car cela m'a seulement été rapporté. Tout ce que je dis doit être absolument vrai. Je dois pouvoir répondre de chaque mot ! " » Et Thomas Dinesen d'ajouter : « Je pense que* La Ferme africaine *donne à tous égards une image exacte de l'époque, des Africains et des amis de là-bas, — mais tout cela est vu comme à travers un verre de couleur. Tanne a donné à l'ombre aussi bien qu'à la lumière une tonalité plus marquée qui jette une étrange lueur sur la réalité qu'elle décrit. Pendant mes longs séjours au Kenya, je me suis fait une certaine idée de l'Afrique et du monde dans lequel vivait Tanne et lorsque, par la suite, j'ai lu son livre, je n'ai pas pu, d'après mes souvenirs et ce que je connaissais, mettre le doigt sur un seul point qui ne fût pas exact. Il n'est pas un seul élément de ce que j'ai moi aussi vécu qu'elle n'ait fait tout son possible pour rendre exactement comme elle le voyait. »*

Cet avis est de première importance et mérite qu'on le garde en mémoire. Mais il ne modifie pas le fait qu'en Karen Blixen l'artiste, la conteuse, l'ait bien souvent emporté sur la personne qui essayait de rapporter objectivement ses souvenirs. Ce qu'elle eut un jour l'occasion de dire à propos de l'inspiration, au cours d'une interview accordée pour la radio danoise au critique littéraire Niels Birger Wamberg, vaut, plus encore que pour toute autre chose, pour son travail sur La Ferme africaine *: « Pour ma part, je pense que l'inspiration, cela consiste à embrasser la chose entière d'un seul coup d'œil ; une chose que, normalement, l'on ne peut approcher qu'à force d'approximations, se présente tout à coup à vous dans sa totalité, parfaitement limpide, comme si l'on venait de vous en faire cadeau... » L'inévitable comparaison entre ce que disent de ses expériences au Kenya les lettres, d'une part, et le livre de souvenirs, d'autre part, ne viendra malgré tout pas entamer sur des points essentiels la confiance que le lecteur doit nécessairement nourrir envers l'auteur d'un livre comme* La Ferme africaine, *s'il veut bien, au départ, simplement garder présent à l'esprit le fait que l'œuvre la plus célèbre de Karen Blixen est un nouvel exemple de* Dichtung und Wahrheit *— c'est-à-dire une vérité d'une nature plus précieuse que celle que l'on rencontre couramment dans les mémoires, où la fidélité au réel jusque dans les moindres détails ne peut contreba-*

lancer l'absence totale d'imagination artistique. La qualité de La Ferme africaine *tient très précisément à sa composition très rigoureuse et au tri minutieux opéré parmi les matériaux ; tout ce qu'elle a ressenti comme superflu a été éliminé, tous les fils en ont été reliés au moyen d'une technique à la fois simple et raffinée qui n'a pas d'équivalent dans le reste de son œuvre. Il paraîtrait injuste, même en arguant de la valeur supposée de ces lettres en tant que documents authentiques, d'exiger une concordance parfaite entre les situations et la réalité telles qu'elles se présentent dans ces comptes rendus d'ordre privé qui n'étaient à coup sûr pas rédigés dans l'idée d'une future publication, et dans l'œuvre d'art achevée dont le but était d'offrir une synthèse des multiples impressions que laisse l'existence et des points essentiels d'une conception de la vie.*

Tante Bess, cet être plein de dons et très cher qui a voué à Karen Blixen une très grande affection et qui s'est toujours préoccupée d'elle, bien qu'elle fût de bien des façons étrangère à sa personnalité et à toutes ses idées, proposa en 1928 à sa nièce d'éditer les lettres qu'elle avait envoyées à la propriété de famille de Folehave, en Seeland du Nord, au cours de ses années en Afrique. La réponse de Karen Blixen, en date du 30 mars 1928, est caractéristique du manque de confiance qu'elle nourrissait encore à cette époque envers ses talents et ses possibilités en tant qu'écrivain :

C'est une idée épouvantable, que celle qui t'est venue de vouloir éditer mes lettres ; si je savais que cela arriverait, je crois qu'il me serait impossible d'écrire. Je te suis vraiment très reconnaissante de trouver distrayante la lecture de mes lettres et il m'intéresse tout autant de t'écrire qu'il m'a toujours intéressé de discuter oralement avec toi des problèmes de la vie, — mais je n'ai pas suffisamment confiance en moi pour penser que mes considérations puissent intéresser qui que ce soit d'autre que ceux qui, comme toi, veulent bien s'intéresser à moi.

À l'heure actuelle, un demi-siècle plus tard, le cercle de ceux qui s'intéressent à Karen Blixen s'est incontestablement élargi et il n'est pas douteux que les temps soient mûrs pour la publication en français d'un grand choix de ses lettres. La valeur de ce genre d'entreprise dépend naturellement toujours du degré de lumière nouvelle que celle-ci apporte sur la personnalité et sur l'évolution du scripteur ; sous ce rapport, le présent recueil doit certainement être considéré comme l'un des plus importants de la littérature scandinave moderne. Il n'est probablement pas exagéré de tracer, à son propos, un parallèle avec la situation qui existait après la mort, en 1875, de cet autre Danois qu'était H. C. Andersen, l'auteur de contes mondialement connu. Comme l'écrit le professeur de littérature Paul V. Rubow dans la préface qu'il a donnée à la réédition d'un livre de souvenirs, maintenant devenu un classique, sur Andersen : « Pour l'étude d'Andersen en tant qu'homme et que poète, cela a été un avantage qu'il soit mort sans laisser d'enfant ; mais cela n'a pas été le cas pour sa réputation personnelle. Les gens qui ont des enfants peuvent être sûrs que la renommée parlera d'eux à mots plus couverts que ceux qui meurent sans laisser de postérité. » Ou bien, comme l'a dit, dans un contexte différent, un autre critique danois, le professeur Carl Roos : « La vérité sur un grand homme ne peut qu'accroître son importance. La vie vaut mieux que les fables qui courent à son sujet. » Il serait difficile de surestimer ce qu'ont représenté, pour la connaissance générale de la plus étrange licorne de toute la littérature danoise, les trois gros volumes de lettres en danois écrites à et par H. C. Andersen, publiés en 1877-1878, ainsi que la sélection annotée par Edvard Collin des lettres du poète à la famille Collin (en 1882). Ces quatre volumes ont ouvert la voie des études approfondies sur Andersen qui ont été menées au cours de ce siècle.

L'étude de Karen Blixen est depuis longtemps en cours au Danemark et aux U.S.A., mais le travail accompli est disséminé à travers de nombreux domaines et il semble que fasse défaut un point d'application commun sur lequel les recherches d'ordre littéraire, psychologique et biographique, pourraient en quelque sorte se rejoindre et se fondre les unes dans les autres. C'est pourquoi l'édition des lettres de Karen Blixen à sa propre famille dans un délai aussi bref, relativement, après sa mort doit être considérée comme un acquis décisif dans le cadre des efforts déployés pour parvenir à une plus juste compréhension de ses dispositions morales innées et de ses caractéristiques psychologiques. Le lecteur de ces lettres ne tardera pas à découvrir que Karen Blixen y laisse s'exprimer de façon encore plus expressive et plus poignante qu'elle ne le fait même dans La Ferme africaine *ce qu'elle ressentait lorsqu'elle se trouvait au zénith aussi bien qu'au nadir de son existence. La passion et l'absence de ménagements avec lesquelles elle met à nu les erreurs et les négligences du passé, au prix d'un effort qui ne se relâche jamais et qui vise à réussir à y voir clair et à se comprendre soi-même, ne connaissent pas d'équivalent dans la littérature scandinave moderne, tout du moins à un niveau artistique identique. Les lettres de ce recueil qui nous font pénétrer le plus avant dans la vie personnelle et dans la problématique de Karen Blixen pourront apporter à des personnes se trouvant face à de nombreuses difficultés, même de tout autre nature que celles contre lesquelles luttait celle-ci, une aide et un message quant à l'art de survivre.*

Pour répondre à ceux qui pourraient mettre en doute le bien-fondé moral de la publication de confessions d'ordre tout à fait privé, il sera sans doute nécessaire de citer les propres paroles de Karen Blixen dans sa grande lettre du 5 septembre 1926 à Thomas Dinesen, à propos de l'une des plus graves crises de son existence :

J'ai souvent pensé qu'il serait souhaitable que les êtres humains se parlent ou s'écrivent les uns aux autres du fond du cœur ; même s'il ne vous intéresse pas personnellement, le destin de l'autre peut toujours vous servir de mise en garde. Quand on lit un livre, on se dit souvent : oui, il est très possible que cela se passe de telle ou telle façon et que cela se termine de la sorte ; mais cela n'est pas vrai. Et dans la vie on se dit souvent : si seulement les gens qui ont connu ce que je connais en ce moment voulaient bien me dire très honnêtement comment cela s'est terminé pour eux...

Si, même après ces paroles de Karen Blixen en personne, il se trouve des lecteurs pour penser qu'en publiant des lettres comme celles-ci on pénètre dans des domaines que personne, mis à part l'expéditeur et le destinataire, n'a le droit de fouler, il n'est pas hors de propos de citer ce que — si l'on en croit Pagten — *Karen Blixen a dit à Thorkild Bjørnvig le jour où, au cours d'une conversation, elle aborda la promesse qu'il lui avait faite de ne pas écrire sur elle tant qu'elle serait en vie :*

Non, il ne faut pas que vous écriviez sur moi avant ma mort. Mais alors il faudra le faire. Alors vous serez totalement libre et vous n'aurez pas à vous demander ce que j'en penserais. Si j'étais en vie, je ne pourrais pas m'empêcher de m'en mêler et je préfère que ce ne soit pas le cas. Il se peut que je sois incapable de lire ce que vous écrivez mais il se peut aussi que je trouve cela merveilleux ; alors écrivez absolument du fond de votre cœur, écrivez comme vous avez écrit sur Nietzsche, c'est ce que je désire que vous fassiez.

Dans ce livre-ci, c'est Karen Blixen qui écrit sur elle-même. Peut-être n'aurait-elle pas pu supporter de voir ses lettres publiées ; peut-être aurait-elle trouvé cela merveilleux. L'important est qu'elle n'ait pas pu se résigner à les détruire, même si elle en a caressé l'idée ; ces lettres étaient malgré tout des documents sur la vie qu'elle avait vécue et des témoignages irremplaçables, écrits du fond du cœur, sur ce qu'elle avait pensé et ressenti en des moments décisifs de son existence africaine. C'est en cela que réside la grande différence entre ce recueil de lettres et La Ferme africaine. *Le premier contient tous les comptes intermédiaires et tous les bilans provisoires qu'il a fallu établir avant d'en arriver au résultat final, ce bilan définitif de l'actif et du passif de la vie qu'est* La Ferme africaine.

Ce sont surtout les lettres à Thomas Dinesen qui donnent une idée de l'énergie que Karen Blixen a dû déployer dans sa lutte pour devenir la personnalité et la femme qu'elle avait le sentiment de devoir devenir. Au fur et à mesure des crises qu'elle a connues pendant ces années, sa conception du monde a mûri et est devenue une protection efficace contre les revers extérieurs et contre les peines intérieures qui l'ont frappée ; plus ses possibilités d'épanouissement se trouvaient limitées, sur le plan matériel, du fait des perpétuelles difficultés économiques de la ferme, plus elle s'efforçait, de propos délibéré, d'élargir le cadre de son monde intérieur. Décidée à survivre à la défaite inévitable qui l'attendait sur bien des fronts, Karen Blixen fit appel, au cours de ses dernières années en Afrique, à certaines ressources d'ordre moral que seul le caractère désespéré de la situation dans laquelle elle se trouvait était apparemment capable de susciter, et ce sont ces ressources qui, pour finir, alors que le monde qu'elle avait connu jusque-là était tout entier en ruine, lui ont donné la force d'achever ce qui, auparavant, n'avait été que fragments disparates et tentatives entreprises sans conviction. Sans cette totale faillite en Afrique, il est douteux que les Sept contes gothiques *aient jamais vu le jour.*

Les lettres ne nous donnent que peu de détails sur le travail artistique auquel Karen Blixen a pu se livrer en Afrique mais nous offrent par contre un document d'une qualité unique sur l'évolution que peut connaître un être humain avant que ne se présente le moment où la terre est fécondée en profondeur et où toutes les conditions requises sont réunies pour que ses dispositions artistiques innées puissent se manifester. Elles attestent également ce que Karen Blixen a toujours affirmé par la suite, à savoir qu'au cours des dix-sept années qu'elle a passées dans sa ferme elle n'a pas rêvé principalement de devenir une artiste mais avant tout d'essayer de rendre plus stable son existence au Kenya, et d'en faire le centre naturel d'un système solaire d'amis et de connaissances de nationalité anglaise qu'elle avait attirés auprès d'elle alors que son union avec Bror Blixen connaissait des heures fatales.

Diverses lettres de ce recueil constituent naturellement des témoignages particulièrement importants quant aux différentes situations et aux différents états d'âme dans lesquels s'est trouvée Karen Blixen. Il suffit de renvoyer le lecteur aux lettres de l'automne 1921 ou bien aux deux longues lettres à son frère Thomas en date du 1er et du 5 avril 1926, dans lesquelles, sous le coup d'une ardente indignation, et au prix d'une honnêteté impitoyable envers elle-même, elle essaye de trouver une issue aux crises dans lesquelles elle est plongée en mettant à nu les racines de ce qui a causé ses difficultés.

Trois points capitaux de la vie personnelle de Karen Blixen, qui, jusqu'ici, n'ont été que très mal mis en lumière, voire totalement occultés, peuvent être éclaircis ou établis grâce à ces lettres et aux commentaires qui les accompagnent. Il s'agit de l'histoire de sa maladie, de ses rapports avec Denys Finch-Hatton, un Anglais du même âge qu'elle, et de sa réaction à la rupture qui se produisit entre eux et qui, d'après des sources qui ne souffrent aucune contestation, eut lieu quelques mois avant la mort soudaine de celui-ci, au cours d'un accident d'avion, en mai 1931.

Le livre de Thorkild Bjørnvig, Pagten, et celui de Thomas Dinesen, Tanne, contiennent tous deux divers détails, d'une part sur la maladie de Karen Blixen et, d'autre part, sur son amitié avec Denys Finch-Hatton, qui — si on les considère comme des témoignages de premier plan — contribuent à étayer le mythe d'une Karen Blixen condamnée, depuis sa jeunesse, à ne pas mener une existence normale de femme et ne s'intéressant pas non plus particulièrement à ce genre d'existence du fait de sa nature. Dans Pagten, il est dit : « ... Elle retourna à la maladie qui, dès sa jeunesse, l'avait coupée de la vie et, avant tout et de façon irrémédiable, de toute vie amoureuse. »

Dans le troisième volume des annales de la Société Karen Blixen danoise, Blixeniana 1978, le professeur de médecine Mogens Fog a donné un compte rendu minutieux de l'affection syphilitique dont était atteinte Karen Blixen, à partir de près de *cinquante ans de dossiers cliniques et de son propre traitement neurologique de ce cas pendant de nombreuses années, et il apparaît de façon évidente à la lecture de celui-ci que, dès 1915-1916, la maladie était suffisamment enrayée pour ne plus être contagieuse. La consomption dorsale postsyphilitique qui apparut par la suite était d'importance limitée et n'empêchait pas les rapports physiques. Le fait que, dans sa lettre à son frère en date du 5 septembre 1926, Karen Blixen cite sa maladie par son nom doit — de même que les documents irréfutables produits par Mogens Fog quant à la nature et à l'évolution de celle-ci — mettre un terme définitif à toute velléité d'échafauder des mythes dénués de fondement à propos de cette composante, à vrai dire plus tragique que « piquante », du destin de Karen Blixen. Il est caractéristique de l'idée qu'elle s'est faite elle-même de ce que peut être l'existence que, dans ses lettres, elle parle de sa maladie comme d'un malheur d'importance secondaire, parmi tous ceux qui l'avaient frappée, par rapport aux véritables épreuves auxquelles elle avait eu à faire face : le naufrage de son mariage, l'effondrement de ses espoirs de faire quelque chose de sa vie, le perpétuel manque d'argent à la ferme, ressenti par elle comme un membre étranger dans son corps, inconciliable avec sa véritable nature.*

Plusieurs des lettres que l'on va lire confirment que les liens qui l'attachèrent à Denys Finch-Hatton constituèrent en fait un rapport amoureux véritable dont le centre de gravité était sans doute constitué par un sentiment de communion d'ordre moral. Qu'après sa séparation, alors que son mari, le baron suédois Bror Blixen, n'habitait plus à la ferme, Karen Blixen se soit placée de façon tout à fait délibérée en dehors des normes bourgeoises les plus strictes en matière de morale, qui jouaient certainement un bien plus grand rôle dans le petit Danemark d'où elle venait que dans l'Afrique Orientale anglaise avec ses nombreux immigrants, cela ressort clairement du fait que, en 1922, elle crut pendant quelque temps qu'elle allait avoir un enfant de Denys Finch-Hatton et qu'elle fut au comble du désespoir lorsqu'il se révéla que ce n'était qu'une fausse alerte. L'idée d'avoir un enfant de cet homme a dû lui paraître toute naturelle pendant un certain temps, même si elle n'ignorait pas qu'il ne désirait pas se laisser lier par le mariage. Lorsque, au printemps 1926, à l'âge de quarante et un ans et à un moment critique de son existence, elle crut à nouveau être enceinte – ce qui apparaît à la lecture de la lettre déjà citée du 5 septembre et du complément d'information fourni à notre demande par Thomas Dinesen, – elle décida elle-même de ne pas avoir cet enfant qu'elle attendait peut-être, mais pour de tout autres raisons que celles auxquelles on aurait pu s'attendre, étant donné son âge et son état de santé. Cette décision peut à juste titre être considérée comme l'un des tournants de sa vie. Comme elle le dit elle-même dans cette lettre à son frère :

J'ai toujours pensé que tenter de « vivre à travers ses enfants » après avoir soi-même échoué dans la vie, – et ne disposant donc d'aucune foi ni d'aucun but à transmettre à ceux-ci, – était l'une des solutions les plus pitoyables auxquelles on puisse avoir recours...

Et la suite naturelle de ce raisonnement est à trouver dans la lettre inachevée à Thomas Dinesen, en date du 1er avril 1926 :

Non, pour que je puisse vivre, de façon générale, et que je puisse connaître, et désirer continuer à connaître dans ma vie ce bonheur indescriptible qu'est mon amour pour Denys, il faut, vois-tu, que *je sois moi-même*, que je sois quelque chose à moi seule, que j'aie, que je possède quelque chose qui soit vraiment à moi, que je fasse quelque chose qui exprime ma personnalité et qui m'appartienne. Et ce n'est pas le cas ici, en ce moment, – je n'ai et ne suis rien ; j'ai trahi Lucifer et j'ai vendu mon âme aux anges du paradis et pourtant il m'est impossible d'y vivre ; il n'y a pas en ce monde d'endroit qui soit fait pour moi et où je puisse vivre, et pourtant il me faut bien être quelque part ; je suis prise de haine et de frissons à l'idée de chacune des minutes de ma vie, et pourtant celles-ci se présentent l'une après l'autre ; bref, c'est insupportable et, si j'en entendais parler, je n'arriverais pas à croire qu'il soit possible de vivre de cette façon.

Il ne faut pas que tu croies que je sois poule mouillée au point de ne pas m'être demandé s'il ne vaudrait pas mieux que je mette fin à mes jours, et de ne pas être prête à le faire si j'en venais vraiment à répondre à cette question par l'affirmative. D'ailleurs, pour ne pas avoir à vivre de la façon dont je vis en ce moment, la pire des poules mouillées y serait prête. Mais il me semble que cela ne servirait à rien. Ce que je désire de tout mon être c'est la vie, et ce que je redoute et devant quoi je fuis c'est le vide et l'anéantissement, — et que croit-on que soit la mort ? J'ai terriblement envie de vivre, je suis terriblement contrariée à l'idée de mourir...

En prenant ainsi, de propos délibéré, la décision de ne pas avoir d'enfant, Karen Blixen dit définitivement adieu à une possibilité de bonheur à laquelle elle n'avait auparavant jamais renoncé — un adieu peut-être forcé mais également un choix personnel qui contraint sa nature à se libérer de la pénible dépendance des circonstances extérieures (la menace de faillite de la ferme, ses sentiments envers Denys, qui désirait rester son propre maître) et lui permettra de prendre une ultime décision, capitale dans sa vie, celle de tenter de réaliser ses potentialités intérieures dans une œuvre qui soit l'expression durable de sa personnalité, qui soit elle-même.

La femme de lettres anglaise Errol Trzebinski raconte dans sa biographie de Denys Finch-Hatton, parue en 1977, que les liens qui attachaient celui-ci à Karen Blixen se distendirent au cours de la dernière année qu'elle passa en Afrique. Cette rupture est attestée par plusieurs sources et il n'y a aucune raison de mettre celles-ci en doute. Mais les lettres ne nous disent rien sur ce que Karen Blixen put ressentir à cette occasion. Ce fut probablement le coup le plus dur qu'elle ait pu imaginer, une défaite irrémédiable dont elle ne put se résoudre à parler à sa famille. Il n'a été conservé aucune lettre à son frère datant de la période qui va de novembre 1928 à avril 1931 ; cinquante ans plus tard, il est bien difficile de savoir si cela veut dire qu'il n'en a été envoyé aucune. En 1929, Karen Blixen résida près de six mois à Rungstedlund, auprès de sa mère, et elle eut alors de nombreuses occasions de parler de ses problèmes avec Thomas Dinesen.

Il semble que toutes les lettres envoyées à sa mère au cours de ces dernières années aient été conservées mais nulle part il n'est fait allusion à cette rupture. Il existe malgré tout un témoignage de première main qui permet d'affirmer que le désespoir qu'elle ressentit lorsqu'elle constata qu'elle était incapable, une fois de plus, de s'attacher un être cher l'incita à prendre la décision de mettre fin à ce qu'elle put considérer, sur le moment, comme une existence entièrement manquée. Poussée à la dernière extrémité, elle tenta de mettre fin à ses jours et, plus de trente ans plus tard, un billet manuscrit exprimant des excuses à l'adresse des personnes chez qui cette tentative de suicide eut lieu fut trouvé parmi ses papiers après sa mort. Cette preuve, peut-être datée, a disparu depuis mais, directement interrogé par nos soins, Thomas Dinesen a confirmé que sa sœur lui avait une fois parlé de ce geste « d'une façon parfaitement sereine » ; elle s'était ouvert les veines « mais, avant qu'il n'ait coulé beaucoup de sang, elle était revenue sur sa décision », précisa-t-il. Quant à savoir quand cela se produisit, il ne s'en souvenait pas mais il n'est pas improbable que cela ait été peu de temps après la fin de sa liaison avec Denys Finch-Hatton, et il n'est pas impossible de supposer que la perte de la ferme elle-même ait plus été, à ses propres yeux, la preuve tangible du fait que sa vie avait atteint son terme que la cause réelle de cet acte de désespoir. La poignante lettre à sa mère écrite le 10 avril 1931, un mois avant la mort de Finch-Hatton, est peut-être *un discret appel au secours afin de ne pas avoir à renouveler ce geste — avec succès, comme on dit généralement. Même au cœur de la plus grave crise personnelle qu'elle ait connue, Karen Blixen lutte pour continuer à dire oui : « J'ai terriblement envie de vivre, je suis terriblement contrariée à l'idée de mourir... »*

Lors de l'enterrement de sa sœur, en 1962, Thomas Dinesen rapporta que, peu avant de devoir quitter la ferme, Karen Blixen fut victime d'un accident et faillit mourir d'une hémorragie causée par une grave blessure au bras. Par la suite, il lui demanda : « Qu'as-tu ressenti à ce moment-là, à quoi as-tu pensé ? » Elle lui répondit : « Te souviens-tu du poème de Bjørnson sur Arnljot Gelline ? Sur la bataille de Stiklestad ? Le roi Olav est tombé et ses bardes tombent les uns après les autres autour de lui. Alors tomba aussi Gissur, le barde, Torfinn à son côté chantait : "Je t'ai donné mon plus beau chant, ô roi, voici qu'il s'écoule en rouge sur ton nom." Voilà ce que j'ai ressenti cette fois-là. »

Certains indices permettent de penser que c'est à la tentative de suicide de sa sœur que Thomas Dinesen faisait allusion à cette occasion.

Les points de la biographie de Karen Blixen qui sont ici mis en évidence, à l'aide de ses lettres et des commentaires qui les accompagnent, pourraient naturellement être complétés par de nombreux autres détails, tout aussi importants, ayant trait à des expériences qui ont contribué à façonner sa conception de la vie et ses aptitudes. Mais il suffit de noter la tragédie que fut pour elle le sentiment d'avoir perdu une bataille décisive lorsque Bror Blixen réussit à imposer leur séparation, en 1921. C'est la décision de celui-ci de se lancer sans elle dans une nouvelle existence en Afrique qui, jointe à sa déception de ne pas avoir d'enfant de Finch-Hatton au cours des années suivantes, perturbe de façon sourde et presque imperceptible ses relations avec ce dernier, en lui occasionnant une angoisse traumatisante de baser — une nouvelle fois — toute son existence sur un seul être, précisément parce que ses sentiments envers lui étaient bien plus profonds que ceux qui l'avaient unie à Bror Blixen. En définitive, c'est peut-être cette peur qui l'a poussée à demander à Denys Finch-Hatton bien plus que la nature « impossible à attacher » de celui-ci n'était en mesure de lui donner. Le fait qu'il se soit libéré de son emprise, même s'il a continué à l'aider de ses conseils, à lui apporter son appui, et n'a jamais cessé de lui rendre visite, n'a pu manquer de lui apparaître comme la marque définitive de son destin de femme : être celle qui est incapable de retenir un autre être humain ; et ses tentatives ultérieures en ce sens ne furent que des répétitions, sous une forme plus ou moins extrême, de ce qu'elle avait vécu au cours de ses années en Afrique.

Il est heureux, pour la connaissance que nous pouvons avoir de l'évolution de Karen Blixen sur le plan humain, que ce livre renferme un aussi large échantillon de l'ensemble des lettres aux membres de sa plus proche famille qui ont été conservées. On pourra trouver dans les pages qui suivent des informations d'ordre pratique et d'ordre moral sur tous les aspects de son existence. On y entend parler de sa collaboration avec les Noirs et les Blancs de la ferme, de ses relations suivies avec la colonie anglaise du Kenya, de sa lutte de dix-sept années pour maintenir son exploitation en vie, de ses contacts jamais interrompus avec sa famille restée au Danemark, de son mariage et de ses rapports avec les hommes qui, sur le plan moral aussi bien que sur le plan affectif, eurent une influence sur son destin, ainsi que de ce qui a marqué sa conception de la vie du point de vue esthétique aussi bien que religieux. Mais ces lettres possèdent également un intérêt historique qui dépasse la personnalité de Karen Blixen. Celle-ci est arrivée au Kenya en même temps que la dernière vague de colons, essentiellement d'origine anglaise, mais elle réussit très rapidement à établir des liens personnels très profonds avec la population indigène et était en cela très en avance sur son temps. Moins d'une génération après la sortie du livre sur la ferme, l'Afrique que l'on peut rencontrer dans celui-ci était déjà du domaine de l'histoire.

Ces lettres nous donnent de l'existence africaine de Karen Blixen une vue rapprochée qui, désormais, accompagnera son livre de souvenirs et servira à rendre plus profonde la lecture de celui-ci. Les recoupements possibles entre ces lettres d'ordre privé et La Ferme africaine, *à la composition beaucoup plus rigou-*

reuse, constitueront un intérêt supplémentaire pour le lecteur. Ce qui ne se trouve pas dans l'un de ces livres se trouve dans l'autre. Le lecteur peut être assuré que, dans la sélection qui a été opérée parmi ces lettres, de même que dans la nécessaire limitation d'une matière par trop abondante, il n'a rien été supprimé d'essentiel qui pourrait contribuer à rendre différente l'image de Karen Blixen que ce livre doit forcément laisser. Ce dont ce choix de lettres ne peut donner qu'une faible idée, c'est de l'existence incroyablement extravertie et friande de réceptions qu'a menée Karen Blixen dans sa ferme pendant de longues périodes ; elle aimait avoir de la compagnie et, pendant les années qu'elle a passées au Kenya, elle s'est fait un nombre incalculable d'amis dont la plupart ne sont cités que très brièvement dans ses lettres à sa mère. Afin de pouvoir ménager de la place pour d'autres aspects de sa vie, bien plus importants à notre avis, dans le cadre réduit de l'édition française, la galerie de personnages de ces lettres a donc été amputée d'une bonne part de ses membres, ce qui pourrait inciter le lecteur non averti à croire que, pendant la plus grande partie de son séjour en Afrique, Karen Blixen a vécu très à l'écart des autres Européens de la colonie.

La limitation de la matière de ces lettres est également sensible sur un autre point, à savoir l'histoire économique de l'exploitation. Ceci est dû, d'une part à notre désir d'éviter des répétitions inutiles et d'interminables rapports sur les perspectives de récolte et sur les possibilités d'emprunts, d'autre part au fait que, dans ses lettres aux siens au Danemark, Karen Blixen était un assez mauvais juge des sacrifices financiers consentis au cours de toutes ces années par sa famille sur l'autel de la ferme. Comme elle a pu le dire elle-même : « Les autres n'ont donné que leur argent. Moi, j'ai donné ma santé et toute ma vie ! » Il est inutile de porter à la connaissance du public les reproches de Karen Blixen quant à l'attitude des actionnaires de la Karen Coffee Company envers une entreprise aussi peu rentable, au moins tant qu'aucun chercheur qualifié n'a pu avoir accès à des documents privés et établir jusqu'à quel point la famille de Karen Blixen est véritablement allée pour soutenir celle-ci dans ce qu'elle concevait elle-même comme une œuvre missionnaire européenne en Afrique dans le domaine culturel.

L'édition française ne comporte qu'une sélection des lettres figurant dans les éditions danoise et anglaise. Les coupures pratiquées dans le texte des différentes lettres sont indiquées par trois points de suspension. Le lecteur est invité à se reporter, chaque fois que cela lui paraîtra nécessaire, à l'index se trouvant à la fin du livre, où il trouvera également les notes afférentes aux différentes lettres (et dont l'existence est signalée par un astérisque). Dans cet index, les références indiquent la page et non la date des lettres. Quant aux notes, elles répondront en grande partie aux questions que peut se poser le lecteur mais ne prétendent nullement à l'exhaustivité. Comme il n'a pas été possible de procéder, dans les archives, à des recherches concernant l'histoire économique de la ferme, tout renseignement sur ce point est pratiquement exclu de ces notes.

Au premier rang de ceux qui, lors de la parution de cette correspondance en 1978, avaient des droits particuliers à notre reconnaissance, figurait Thomas Dinesen, le frère maintenant défunt de Karen Blixen, dont l'obligeante collaboration fut d'une importance tout à fait prépondérante quant à la qualité du résultat maintenant proposé au lecteur. L'écrivain Ole Wivel s'est également attiré une dette de reconnaissance de notre part pour les conseils avisés et l'appui pratique qu'il nous a prodigués au cours des années de travail qui ont conduit à la présente publication.

La plupart des lettres figurant dans ce recueil ont été dactylographiées par Karen Blixen elle-même (sur la petite « Corona » qu'elle a utilisée jusqu'à sa mort, ne pouvant s'habituer à aucune autre), mais toutes les lettres antérieures à 1918 ont été écrites par elle à la main, de cette écriture, certes belle et harmonieuse mais pas toujours facile à déchiffrer, qui était la sienne. Leur transcription exigeait une grande expérience de sa façon de former les lettres. Nous savions que Clara Selborn et Mme Ulla Rask possédaient une telle expérience. Cette dernière est venue à Rungstedlund dès 1934, pour prendre en sténographie, sous la dictée de Karen Blixen, la traduction que celle-ci avait elle-même faite des Sept contes gothiques *; par la suite, elle fut de même chargée de mettre par écrit* La Ferme africaine *et les* Contes d'hiver. *En dernier lieu, nous avons nous-même effectué certaines de ces transcriptions en collaboration avec Aase Vahl, secrétaire de la Société Karen Blixen, qui nous a apporté en la circonstance une aide inappréciable.*

Pour terminer par ce qui n'est pas le moins important, nous désirons renouveler nos remerciements à M. René Herring, conservateur de la Bibliothèque Royale de Copenhague qui, au moment propice, nous a apporté son aide pour ces tâches d'ordre pratique que sont l'établissement des notes et la confection de l'index. Tous ceux qui, comme nous, ont connu les cauchemars qui s'attachent au travail restant encore à effectuer alors qu'approche de son terme le délai imparti pour la remise du manuscrit, savent ce que cela peut représenter d'avoir alors à ses côtés un lecteur attentif et infatigable.

Quarante ans après la parution de La Ferme africaine*, ces lettres viennent ouvrir une nouvelle porte sur le monde de Karen Blixen. Ce qu'elle avait jadis vécu en Afrique ne fut jamais oublié et, par son livre sur la ferme, elle fit en sorte que cela ne puisse l'être tant qu'il existera des lecteurs de son œuvre. Mais, dans ces lettres, nous rencontrons une personne dont ce livre-là ne souffle mot : la jeune Karen Blixen qui n'a encore aucune expérience ; et nous voyons la personnalité de celle-ci s'épanouir telle une fleur. Dès le début, elle savait que les années passées en Afrique marqueraient dans sa vie. Comme elle le dit dans la lettre à sa mère en date du 26 février 1919 : « J'ai le sentiment qu'à l'avenir, où que je puisse être au monde, je me demanderai toujours s'il pleut à Ngong. »*

Cette pensée la préoccupait encore à Rungstedlund, alors qu'elle était devenue un écrivain célèbre. Chaque soir, avant de monter se coucher, elle ouvrait la porte qui donnait sur la cour de sa maison et restait quelques instants immobile. Là-bas, à des milliers de kilomètres en direction du sud, Denys Finch-Hatton gisait dans sa tombe, sous l'obélisque situé dans les Ngong Hills, et, pour elle, c'était comme si la seule vie qu'elle ait jamais désiré vivre avait été couchée dans la même tombe. Depuis son retour au Danemark, elle avait été quelqu'un qui se contente d'observer la vie et, dès avant de quitter l'Afrique, elle avait déjà le sentiment d'être un défunt qui est dans l'obligation de voir le monde poursuivre son cours sans lui. En mars 1931, elle écrit à sa mère :

> L'ironie du sort a voulu que nous ayons cette année des pluies précoces et très abondantes. Lorsque je pense au nombre de fois où, à cette époque de l'année, je suis sortie sur le pas de ma porte pour guetter les signes d'une pluie qui ne se décidait pas à venir, il me paraît étrange d'entendre de mon lit la pluie tomber à verse et de savoir que cela n'a pas la moindre importance.

Maintenant que Karen Blixen repose elle aussi dans sa tombe, sous la grosse pierre qui se trouve près de la Butte du poète Ewald, dans le jardin de Rungstedlund, il est nécessaire que reste ouverte la porte qui donne vers le Sud. C'est pourquoi paraissent ces lettres. Dans celles-ci, on peut encore entendre la pluie tomber à verse sur Ngong ainsi que le rugissement des lions dans la nuit, tout près de la maison. Non pas les lions qui gardent la tombe de Denys Finch Hatton, mais ceux de la vie de Karen Blixen — ce défi qu'elle était prête à tout donner afin de pouvoir le sauvegarder.

« Personne n'a payé plus cher que moi son entrée dans la littérature », a dit un jour Karen Blixen. Les lettres que l'on va lire en sont la preuve.

FRANS LASSON.

Copenhague, mai 1983.

Frans Lasson, né en 1935, fondateur et président de la Société Karen Blixen au Danemark, a précédemment publié en danois : *Karen Blixen, un destin d'écrivain en images* (en collaboration avec Clara Selborn), 1969 ; *Les dessins de Karen Blixen*, 1969 ; et les *Contes posthumes* de Karen Blixen, 1975.

Depuis 1976, il est également corédacteur des Annales de la Société Karen Blixen : *Blixeniana*.

CHRONOLOGIE ÉTABLIE
PAR FRANS LASSON

1845 19 décembre : naissance au manoir de Katholm, dans le Jutland, de Wilhelm Dinesen, père de Karen Blixen, issu d'une longue lignée de propriétaires terriens et second enfant d'une famille de huit frères et sœurs. En 1863 il est admis à l'école d'élèves-officiers de Copenhague, subit, en compagnie de son père, le chambellan A. W. Dinesen, la défaite du Danemark dans la guerre de 1864 contre la Prusse et, par la suite, comme officier français, celle de la France dans la guerre de 1870 (en 1872, il rédigea un livre intitulé *Paris pendant la Commune*). Il part, « la mort dans l'âme » comme il le dit lui-même, en Amérique du Nord et, de 1872 à 1874, vit comme trappeur au milieu des Indiens du Wisconsin. La maladie de son père l'amène à rentrer au Danemark mais, après la mort de celui-ci, il tente à nouveau — cette fois sans succès — de retrouver les champs de bataille comme officier, du côté turc, dans la guerre russo-turque de 1877-1878. Il passera le restant de ses jours comme propriétaire terrien au Danemark. En 1879, il achète plusieurs maisons de campagne situées autour du petit village de pêcheurs de Rungsted, en Seeland du Nord, parmi lesquelles Rungstedlund (l'ancienne auberge de la localité, dans laquelle le plus grand poète lyrique du Danemark, Johannes Ewald, avait habité de 1773 à 1775) et Folehave, à deux kilomètres de la précédente. Il écrit et fait paraître plusieurs livres, en partie sous son propre nom et en partie sous le pseudonyme de « Boganis », parmi lesquels deux volumes intitulés *Jagtbreve (Lettres d'un chasseur)*, qui comptent toujours parmi les classiques du genre au Danemark.

1856 5 mai : naissance au manoir de Matrup, dans le Jutland, d'Ingeborg Westenholz, mère de Karen Blixen, fille aînée du négociant Regnar Westenholz (1815-1866), par la suite ministre des Finances, et de Mary Westenholz (1832-1915), elle-même fille du richissime homme d'affaires de Copenhague, le conseiller A. N. Hansen, dont la femme, fille d'un pasteur de Guernsey, était anglaise de naissance.

1857 13 août : naissance à Matrup de Mary Westenholz (tante Bess), sœur d'Ingeborg Westenholz.

1859 18 avril : naissance de Matrup d'Aage Westenholz, frère d'Ingeborg Westenholz, par la suite ingénieur civil, fondateur de la Siam Electric Corp. et président de la société anonyme Karen Coffee Co.

1881 17 mai : mariage de Wilhelm Dinesen et d'Ingeborg Westenholz, qui s'installent à Rungstedlund, tandis que la mère de celle-ci et sa fille Mary Bess quittent Matrup pour Folehave. La famille conserve cependant la propriété de Matrup.

1883 2 avril : naissance à Rungsted d'Inger Benedicte (Ea) Dinesen, sœur aînée de Karen Blixen.

1885 17 avril : naissance à Rungstedlund de Karen Christentze Dinesen (couramment appelée Tanne).

1886 25 juillet : naissance au manoir de Näsbyholm, en Suède méridionale, du baron Bror Blixen-Finecke, cousin au second degré et futur mari de Karen Blixen, fils cadet et jumeau du baron majorataire Frederik Blixen-Finecke et de sa femme Clara, sœur du plus grand propriétaire terrien du Danemark, le comte feudataire Mogens Krag-Juel-Vind-Frijs, du château de Frijsenborg, dont la mère est sœur de la mère de Wilhelm Dinesen.

1886 13 septembre : naissance à Rungstedlund d'Ellen Alvilde (Elle) Dinesen, sœur cadette de Karen Blixen.

1887 24 avril : naissance à Londres de Denys Finch Hatton, le plus proche ami de Karen Blixen en Afrique, deuxième fils de Henry Stormont, 13ᵉ comte de Winchilsea et 8ᵉ comte de Nottingham.

1892 9 août : naissance à Rungstedlund de Thomas Fasti Dinesen, le plus âgé des deux frères de Karen Blixen. Wilhelm Dinesen devient député de la circonscription de Grenaa, dans le Jutland.

1894 8 mai : naissance à Rungstedlund d'Anders Runsti Dinesen, plus jeune frère de Karen Blixen.

1895 28 mars : le père de Karen Blixen se pend dans la pension de famille de Copenhague dans laquelle il résidait pendant les sessions du Parlement. Il semble que le mobile de ce geste soit à rechercher dans une défaite politique survenue à la suite d'une longue dépression due à la perspective d'une complète invalidité physique et mentale, séquelle d'une ancienne affection de nature syphilitique jamais guérie.

1895 Assistée de sa mère et de sa sœur Bess, Ingeborg Dinesen doit maintenant pourvoir à l'éducation de ses cinq enfants. Les filles n'iront pas à l'école : elles auront une gouvernante qui, aidée des membres féminins de la famille, leur donnera une instruction quelque peu fragmentaire, déficiente dans certains domaines mais de très haut niveau sur le plan culturel et linguistique. L'absence de contrepoids masculin dans ce foyer de femmes bien-pensantes, à la forte personnalité, suscite cependant en Karen Blixen, dès ses jeunes années, une révolte silencieuse et sourde face à l'exigence, de la part des adultes, du respect de vertus bourgeoises telles que la modération des désirs, la modestie et une moralité irréprochable ; et les idées religieuses, de tendance unitarienne, de la famille maternelle de Karen Blixen semblent, en ce qui concerne celle-ci tout du moins, avoir rencontré une totale incompréhension. Les trois sœurs jouissaient de dons artistiques, principalement dans le domaine musical dans le cas d'Ea et d'Elle, alors que Karen Blixen dessine et écrit dès sa prime jeunesse. De nombreux cahiers de sa main ont été conservés, contenant des esquisses de poèmes, de pièces de théâtre et de contes.

1899 Après l'incendie de la ferme de Rungstedlund, Ingeborg Dinesen et ses trois filles vont habiter pendant six mois en Suisse, où Karen Blixen suit les cours d'une école française et perfectionne ses connaissances dans les grandes langues européennes (sauf l'allemand, toutefois).

1902 Karen Blixen commence à recevoir un enseignement régulier à l'école de dessin des demoiselles Meldahl et Sode, à Copenhague, dans l'idée de devenir artiste peintre.

1903 Karen Blixen part pour la Hollande, en compagnie de sa sœur Elle et de sa tante Bess, pour assister à un congrès unitarien. Le 30 novembre, elle entre dans la classe préparatoire à la section féminine de l'école de l'Académie des Beaux-Arts de Copenhague.

1904 Karen Blixen suit les cours de l'Académie des Beaux-Arts. Elle rend visite à la famille de sa mère en Écosse.

1905 Première visite à Londres. Karen Blixen devient vice-présidente de l'association des élèves-artistes de l'Académie des Beaux-Arts.

1906 Admise à l'école de dessin d'après modèle de l'Académie des Beaux-Arts, Karen Blixen ne semble pas en suivre les cours.

1907 Débuts en tant qu'écrivain (sous le pseudonyme d'Osceola) avec le conte intitulé *Eneboerne (Les Reclus)* qui paraît à Copenhague dans le numéro du mois d'août de la revue *Tilskueren*. En octobre, un autre conte, intitulé *Pløjeren (Le Laboureur)*, paraît, également sous pseudonyme, dans la revue *Gads danske Magasin*.

1909 Le conte intitulé *Familien de Cats (La Famille de Cats)* est publié dans le numéro de janvier de la revue *Tilskueren*. Mais aucune de ces œuvres de jeunesse n'a de retentissement et, du fait de ce manque d'encouragement, Karen Blixen perd l'envie d'écrire. Pendant ces années de basses eaux artistiques, elle évolue dans un milieu de jeunes gens de son âge, issus des classes dirigeantes du pays, centré autour du château de Frijsenborg. Elle se prend d'un amour profond mais malheureux pour son cousin au second degré, le baron Hans Blixen-Finecke, frère jumeau de son futur mari. Mais il ne répond pas à ses sentiments et elle met alors brutalement fin, pour une assez longue période, à ses relations avec le milieu de la noblesse, ne voulant pas risquer de rencontrer Hans Blixen lors d'une visite dans l'une des grandes propriétés du pays.

1910 Poussée par le sentiment du vide de son existence et par une fébrilité confinant au désespoir, Karen Blixen part, en compagnie de sa sœur Ea, passer quelques mois à Paris afin d'y suivre les cours d'une nouvelle école de peinture, mais ses efforts n'aboutissent à aucun résultat.

1912 Vacances d'hiver en Norvège, en compagnie de son frère Thomas, et long séjour à Rome en compagnie cette fois de sa meilleure amie d'enfance, Daisy Grevenkop-Castenskiold, l'une des demoiselles de Frijsenborg. Le 23 décembre : fiançailles avec le baron Bror Blixen-Finecke, de Näsbyholm.

1913 Les fiancés font des projets d'avenir avec Aage Westenholz et Mogens Frijs, leur oncle commun. Bror Blixen part pour l'Afrique Orientale anglaise, que l'on dépeint comme une terre d'avenir pour des jeunes gens doués d'esprit d'initiative. Une société anonyme familiale est fondée au Danemark, grâce à une importante mise de fonds de la part, essentiellement, de la famille maternelle de Karen Blixen, et avec à sa tête Aage Westenholz. Cet argent permet à Bror Blixen d'acheter à des compatriotes la plantation de café M'Bagathi et, malgré sa méconnaissance aussi bien de l'agriculture que la comptabilité, la société commet l'erreur fatale de le nommer directeur de cette exploitation. Le 2 décembre, Karen Blixen quitte le Danemark pour aller, via Naples, rejoindre son fiancé en vue d'une existence nouvelle en Afrique.

1914 14 janvier : Karen Blixen arrive par bateau dans le port de Mombasa et, le même jour, elle épouse Bror Blixen. Et c'est en tant que baronne, titre très recherché dans les cercles auxquels appartiennent la plupart de ses amis, qu'elle arrive dans son nouveau foyer, situé non loin de Nairobi, capitale de l'Afrique Orientale anglaise. Peu après son mariage, elle doit consulter un médecin qui lui apprend que son mari lui a communiqué la syphilis. Elle suit un traitement à base de mercure mais celui-ci se révélera bientôt inopérant. Le 1er août éclate la Première Guerre mondiale. Malgré une aide courageuse apportée de leur plein gré aux troupes anglaises, sous la forme de l'acheminement de renseignements et de ravitaillement, les deux époux se voient pendant un certain temps accusés, de façon tout à fait gratuite, de sympathies pro-germaniques, du fait de leurs relations avec la colonie suédoise du pays.

1915 Après un peu plus d'une année à la ferme, Karen Blixen doit rentrer au Danemark au mois d'avril pour y suivre un traitement médical plus approprié. Elle passe quatre mois au Rigshospitalet, puis va habiter chez sa mère, à Rungstedlund. Le 7 septembre, sa grand-mère maternelle meurt à l'âge de quatre-vingt-trois ans. Au cours de son séjour au Danemark, Karen Blixen écrit le poème *Ex Africa*, dans lequel elle évoque ce pays qu'elle a dû quitter si brusquement.

1916 Les deux sœurs de Karen Blixen se marient, Ea avec Viggo de Neergaard, propriétaire terrien dans le Jutland, Elle avec Knud Dahl, avocat auprès de la cour d'appel, homme d'affaires prospère de Copenhague, par la suite propriétaire terrien. Son frère Thomas obtient son diplôme d'ingénieur civil et, lors de la mort de son oncle Laurentzius Dinesen, il se voit proposer de prendre la succession de celui-ci au manoir de Katholm. Il décline cependant cette offre pour des raisons d'ordre économique : en tant que détenteur du fidéicommis de la famille Dinesen, son indépendance matérielle est assurée pour le restant de ses jours. La société anonyme familiale, pleine de confiance en l'avenir de la Karen Coffee Co., fait l'acquisition, pour les époux Blixen, d'une exploitation plus vaste et d'aspect beaucoup plus flatteur située aux portes de Nairobi. Bror Blixen revient au Danemark au cours de l'été et repart en Afrique au mois de novembre, en compagnie de sa femme, pour y prendre la direction de leur nouvel établissement.

1917 12 janvier : mort soudaine à Londres de l'amie d'enfance de Karen Blixen, Daisy Grevenkop-Castenskiold, dont le mari est ministre du Danemark auprès de la cour d'Angleterre. La crise qui menaçait entre Karen Blixen et son mari a maintenant éclaté. Celui-ci se révèle inapte à ses fonctions directoriales en raison du peu de confiance que l'on peut lui faire en matière financière. La sœur de Karen Blixen, Ea de Neergaard, accouche d'une petite fille. Thomas Dinesen s'engage dans l'armée canadienne afin de participer, comme son père et son grand-père, à la lutte contre les Allemands.

1918 5 avril : lors d'un dîner à Nairobi, Karen Blixen fait la connaissance du pilote de l'armée de l'air anglaise Denys Finch Hatton. Thomas Dinesen se voit décerner la Victoria Cross pour son héroïsme lors de l'attaque alliée sur le front de France.

1919 14 août : Karen et Bror Blixen partent, via Londres, pour le Danemark, où ils arrivent en novembre. Bror Blixen gagne ensuite la Suède, pour y retrouver sa propre famille, et, en mars de l'année suivante, repart pour le Kenya, nouveau nom de l'Afrique Orientale anglaise. Le ménage de Karen Blixen va de mal en pis et celle-ci demeure plus d'un an auprès de sa mère, à Rungstedlund. Au cours de ce séjour, elle sera malade pendant cinq mois, de grippe espagnole et de septicémie.

1920 En novembre, Karen Blixen repart pour l'Afrique en compagnie, cette fois, de son frère Thomas qui, en tant que représentant de la famille pour le compte de la société anonyme, doit examiner la situation et suggérer des moyens de remédier aux difficultés financières de l'exploitation, de plus en plus préoccupantes.

1921 L'oncle de Karen Blixen, Aage Westenholz, qui est président de la Karen Coffee Co., se rend au Kenya pour y prendre une décision quant à l'avenir de l'exploitation. À la suite de sa visite d'inspection, il est mis fin aux fonctions de Bror Blixen et Karen Blixen se voit à son tour investie de celles-ci, à la condition que son mari n'ait plus rien à voir avec la plantation ni avec Karen Coffee Co. Une grave crise éclate entre Karen Blixen et la famille de sa mère du fait de l'attitude réprobatrice de celle-ci envers son mari. Les deux époux se séparent, contre la volonté de Karen Blixen. L'ancienne maladie de celle-ci, dont le développement est enrayé depuis longtemps, entraîne maintenant de graves séquelles sous la forme de durables accès de douleurs.

1922 Karen Blixen se voit déçue dans ses espoirs de maternité (des œuvres de Denys Finch Hatton). Le 17 juin, sa sœur, Ea de Neergaard, meurt au Danemark, à l'âge de trente-neuf ans.

1923 2 mars : Thomas Dinesen repart pour le Danemark, après avoir passé plus de deux ans à la ferme, convaincu que la Karen Coffee Co. est condamnée à terme. Karen Blixen travaille à un traité sur le mariage à travers les temps (qui paraîtra en danois, en 1977, dans les annales de la Société Karen Blixen : *Blixeniana*).

1924 Karen Blixen termine son traité sur le mariage (*Moderne Aegteskab og andre Betragtninger*), qu'elle envoie à son frère à Copenhague. Le 3 novembre, Ingeborg Dinesen, âgée de soixante-huit ans, arrive au Kenya en compagnie de son fils Thomas et séjourne plus de deux mois dans « la ferme africaine », auprès de sa fille.

1925 13 janvier : la mère de Karen Blixen prend congé de sa fille et s'embarque pour le Danemark. Le divorce entre Karen et Bror Blixen est prononcé. Le 5 mars, Karen Blixen et Thomas Dinesen quittent Mombasa par bateau à destination de l'Europe. Thomas débarque à Aden mais sa sœur continue, via Paris, son voyage au Danemark, où elle arrive au mois de mai. Au cours des huit mois qu'elle va passer à Rungstedlund, auprès de sa mère, elle effectue plusieurs tentatives en vue de nouer des contacts avec les milieux littéraires de son pays, mais en vain. Son frère Anders reprend la propriété de Leerbaek, dans le Jutland, qui avait jusque-là été dirigée par la seconde sœur de sa mère, tante Lidda, et le mari de celle-ci, Georg Sass. Le poème *Ex Africa* est publié dans la revue *Tilskueren*. Karen Blixen réussit à obtenir une entrevue avec Georg Brandes, le critique le plus influent de son pays, peut-être dans l'espoir de se faire publier au Danemark grâce à son aide.

1926 1er février : Karen Blixen rentre à la ferme. En avril, Thomas Dinesen épouse Jonna Lindhardt. L'incertitude dans laquelle se trouve Karen Blixen quant à ses rapports avec Denys Finch Hatton et sa décision de ne pas conserver l'enfant qu'elle pense attendre de lui, sont la cause d'une grave crise personnelle dont elle cherche en partie à sortir en analysant ses raisons dans de longues lettres à son frère Thomas. La comédie pour marionnettes *Sandhedens Haevn (La Revanche de la vérité)*, œuvre de jeunesse, paraît dans le numéro de mai de la revue *Tilskueren*, très certainement grâce à l'intervention de Georg Brandes et sous le véritable nom de l'auteur, et non pas sous pseudonyme, contrairement à ce qui avait été convenu. Les ambitions littéraires de Karen Blixen reprennent de la consistance et elle se remet sérieusement à son œuvre de fiction, interrompue depuis sa jeunesse, tandis que l'inévitable faillite de l'exploitation se rapproche chaque jour davantage. De cette époque datent les esquisses des premiers *Contes gothiques* mais un seul de ceux-ci, *Carnaval* (paru en 1975), date probablement de cette année dans son état définitif.

1927 23 janvier : la mère de Karen Blixen rend, pour la seconde fois, visite à sa fille et reste plus de trois mois à la ferme.

1928 Bror Blixen se remarie avec Cockie Birkbeck. La situation sociale de Karen Blixen dans cette colonie anglaise se voit rendue plus délicate par l'existence d'une nouvelle baronne Blixen qui participe avec son mari aux safaris royaux organisés, d'octobre à décembre, à l'occasion de la visite officielle du prince de Galles au Kenya ; Bror Blixen est chargé, avec Denys Finch Hatton, de servir de guide au prince lors de ses expéditions de chasse. Il est possible que ce soit Finch Hatton qui, pour venir en aide à Karen Blixen dans une situation aussi délicate, ait obtenu que l'héritier du trône d'Angleterre vienne dîner à la ferme le 9 novembre.

1929 Ingeborg Dinesen tombe gravement malade au Danemark. Karen Blixen se hâte de rentrer chez elle et va résider à Rungstedlund du 18 mai au 25 décembre, avec une brève interruption pour un voyage en Angleterre au cours duquel elle rend visite, entre autres personnes, à la famille de Finch Hatton. Le livre de Thomas Dinesen *No man's land*, basé sur ses expériences en France, sur le front, pendant la guerre, paraît en danois. Karen Blixen regagne la ferme sans grand espoir de pouvoir sauver son existence en Afrique. Des lézardes commencent à apparaître dans ses rapports avec Denys Finch Hatton.

1931 Après plusieurs années de crise, la société anonyme se voit contrainte de mettre la ferme en vente. Karen Blixen se charge de liquider l'entreprise, de rentrer la dernière récolte de café et d'assurer l'avenir de ses Noirs avant de rentrer au Danemark. Le 14 mai, Denys Finch Hatton s'écrase au Kenya à bord de son avion personnel et trouve la mort à l'âge de quarante-quatre ans. Le 19 août, Karen Blixen arrive à Marseille par bateau, en provenance de Mombasa, et retrouve son frère Thomas qui l'accompagne pour le reste de son voyage de retour. Le 31 août, elle s'installe auprès de sa mère à Rungstedlund, totalement ruinée à l'âge de quarante-six ans. Pour lui permettre de se forger une nouvelle vie, Ingeborg et Thomas

Dinesen viendront financièrement à son aide au cours des années suivantes. Pour sa part, elle nourrit de très grands doutes quant à savoir si elle sera capable de supporter la forme d'existence qui est maintenant la sienne, mais, au prix d'un immense effort sur elle-même et grâce à une volonté peu commune, elle se met, afin de survivre humainement, à rédiger un recueil de contes dont elle a formé le projet et qu'elle intitule *Nine Tales*.

1932 Après avoir, pendant un an, travaillé de façon intense à ce livre rédigé en anglais, Karen Blixen cherche à nouer des contacts avec des éditeurs étrangers. Thomas Dinesen introduit sa sœur auprès de l'écrivain américain Dorothy Canfield Fisher qui lit le manuscrit de certains de ces contes et recommande immédiatement leur publication à son propre éditeur, Robert Haas, de New York. Celui-ci reconnaît le grand talent de l'auteur mais se refuse, dans un premier temps, à publier un recueil de *short stories* de la plume d'un écrivain étranger inconnu. Malgré cette déconvenue, Karen Blixen continue à travailler.

1933 Lors d'une visite à Londres au cours de laquelle elle le rencontre et lui parle de son livre, Constant Huntington, de la firme d'édition anglaise Putnam, refuse catégoriquement de prendre connaissance du manuscrit de Karen Blixen. Robert Haas reçoit deux nouvelles histoires en lecture et finit par décider d'éditer le livre, malgré tout. Le nombre des contes est limité à sept et un nouveau titre est choisi. Karen Blixen insiste pour que ces *Seven Gothic Tales* soient publiés sous le pseudonyme d'Isak Dinesen, décision sur laquelle son éditeur ne peut la faire revenir malgré ses mises en garde.

1934 Karen Blixen reçoit à Rungsted un télégramme de Robert Haas l'informant qu'avant même d'être publié son livre a été choisi comme *Book-of-the-Month* aux U.S.A., ce qui signifie un tirage bien plus important que prévu et des revenus substantiels pour l'auteur. Le 9 avril *Seven Gothic Tales* paraît à New York et reçoit un accueil enthousiaste de la part de la critique et des lecteurs. Le 22 avril, l'éditeur révèle l'identité de l'auteur. À Londres, chez Putnam, Constant Huntington achète ce livre paru sous pseudonyme sans savoir qu'il lui a été proposé précédemment. Le 6 septembre, *Seven*

Gothic Tales paraît en Angleterre et connaît un grand succès.

1935 25 septembre : *Seven Gothic Tales* paraît au Danemark dans une version due à la plume même de l'auteur. En septembre-octobre, Karen Blixen se rend à Genève et, grâce à une carte de presse que lui procurent des amis danois, elle assiste aux séances de la Société des Nations, et entre autres, à celles sur l'invasion de l'Abyssinie par l'Italie. Le projet d'écrire un livre sur les années qu'elle a passées en Afrique commence à prendre forme.

1936 Karen Blixen travaille à la version anglaise de ce livre, intitulé *Out of Africa*. Une partie en est rédigée à Skagen, port de pêche situé à la pointe nord du Jutland.

1937 Le manuscrit de son livre de souvenirs est terminé, aussi bien dans sa version danoise que dans sa version anglaise. Il paraît au Danemark, sous le titre *Den afrikanske Farm*, le 6 octobre et sur le marché anglais, sous le titre *Out of Africa*, en novembre. Il va définitivement établir la renommée de Karen Blixen en tant que classique moderne.

1938 En février, *Out of Africa* est choisi comme *Book-of-the-Month* aux U.S.A. et paraît en mars chez l'éditeur Random House, de New York. *Les Caryatides*, l'un des *Contes gothiques* qui n'avaient pas été retenus, paraît dans le numéro de mars de la revue suédoise *Bonniers Litterära Magasin*.

1939 27 janvier : mort d'Ingeborg Dinesen, à l'âge de quatre-vingt-deux ans. Karen Blixen devient la dame de Rungstedlund.

1940 Karen Blixen est engagée par le quotidien danois *Politiken* pour aller passer un mois à Londres, un mois à Paris et un mois à Berlin, et envoyer quatre articles de chacune de ces villes. Elle part tout d'abord pour Berlin et y séjourne du 1er mars au 2 avril. Immédiatement après son retour, le Danemark est envahi par les troupes allemandes et les autres voyages doivent être annulés du fait de la guerre. Ses articles sur l'Allemagne d'Hitler seront publiés après les hostilités, en 1948, sous le titre *Letters from a Land at War*, dans la revue danoise *Heretica* (réédition anglaise dans *Daguerreotypes and Other Essays*, Chicago et Londres, 1979). Au cours de ces années, Karen Blixen travaille à un nouveau recueil de contes mais l'achèvement de celui-ci est pendant longtemps retardé par sa mauvaise santé.

1942 *Winter's Tales* paraît aux U.S.A., en Angleterre et au Danemark. En Amérique, le livre est choisi comme *Book-of-the-Month. La Ferme africaine* paraît à Paris.

1943 Karen Blixen se sent prisonnière au Danemark du fait de la guerre mondiale et temporairement incapable d'entreprendre une nouvelle œuvre de quelque envergure. Pour se divertir, elle écrit un roman policier historique intitulé *The Angelic Avengers*, qui contient des allusions voilées à la délicate situation politique du Danemark pendant l'Occupation.

1944 *The Angelic Avengers* (originellement rédigé en danois) paraît à Copenhague sous le pseudonyme de Pierre Andrézel.

1945 Clara Selborn, diplômée d'études supérieures de lettres, commence à travailler comme secrétaire de Karen Blixen, à Rungstedlund, en prenant sous sa dictée la version anglaise de *The Angelic Avengers*. Cette collaboration se poursuivra jusqu'à la mort de Karen Blixen. Par la suite, en tant qu'exécuteur testamentaire littéraire, et en collaboration avec le Fonds de Rungstedlund, Clara Selborn continuera à veiller sur les intérêts artistiques et économiques de l'œuvre de Karen Blixen.

1946 *The Angelic Avengers* paraît en Angleterre. Au cours des dernières années, les douleurs de Karen Blixen n'ont fait qu'empirer aussi bien en intensité qu'en fréquence et, au mois de février, elle se résout à subir une opération du dos qui doit faire disparaître celles-ci. L'opération, qui comporte l'ablation de certaines voies nerveuses, est pratiquée avec succès. Avec un courage de jeune femme qui n'a pas peur de la vie, Karen Blixen va, au cours des années suivantes, réunir autour d'elle, à Rungstedlund, un petit cercle de jeunes collègues et d'amis, dont la plupart font partie des animateurs de la revue littéraire *Heretica*, qui paraîtra de 1948 à 1953. Parmi les habitués de ces réunions, on peut noter le nom d'hommes d'avenir de la vie intellectuelle danoise : Thorkild Bjørnvig, Jørgen Gustava Brandt, Aage Henriksen, Ole Wivel et Knud W. Jensen, futur fondateur du Musée danois d'art contemporain de Louisiana, en Seeland du Nord. Parallèlement, elle entretient de nombreux contacts avec l'étranger ; du fait du caractère international de son œuvre, il est pour elle à la fois naturel et d'une nécessité vitale de maintenir grande ouverte la porte qui donne sur le reste du monde, dans la mesure où ses forces le lui permettent.

1949 Le livre du professeur et critique danois Hans Brix, intitulé *Karen Blixens Eventyr*, paraît à Copenhague. C'est la première tentative importante d'interprétation de l'ensemble de son œuvre.

1950 24 mars : Karen Blixen inaugure une série de causeries à la radio danoise par un portrait de Farah, son ancien serviteur somali, et la maîtrise dont elle fait preuve dans l'art de parler à la radio va contribuer puissamment à faire connaître et apprécier dans le pays tout entier cet écrivain jusque-là assez sélect. Avec *Babett's Feast* est inaugurée une collaboration avec la grande revue féminine américaine *Ladies' Home Journal*, de New York, qui, au cours des années suivantes, fera paraître la première édition de certaines des *Anecdotes of Destiny*.

1951 du 3 au 26 mai : voyage en Grèce et à Rome en compagnie de Knud W. Jensen.

1952 Au cours de l'automne, Karen Blixen se range parmi les adversaires de la vivisection dans le débat qui a lieu au Danemark à ce sujet.

1955 17 avril : les soixante-dix ans de Karen Blixen sont l'occasion de nombreux témoignages d'admiration. Mais c'est justement au cours de cette année que se produit une aggravation irrémédiable de son état de santé. Une nouvelle opération, comportant l'ablation d'un certain nombre de voies sensitives de la moelle épinière, se révèle nécessaire au mois d'août et, à la suite d'une autre opération, six mois plus tard, consécutive à un ulcère à l'estomac, Karen Blixen sera pratiquement invalide pour le restant de ses jours. Elle a beaucoup de mal à s'alimenter et, à certains moments, elle ne pèsera pas plus de trente-cinq kilos. Mais, lorsque ses forces le lui permettent, elle consacre toute son énergie à terminer le manuscrit de deux recueils de contes. Les *Sept contes gothiques* paraissent à Paris.

1957 Le nom de Karen Blixen est cité à plusieurs reprises en vue du prix Nobel de l'année mais celui-ci ne lui est pas attribué. En novembre, les *Last Tales* paraissent aux U.S.A., en Angleterre et au Danemark. Comme d'habitude, la version anglaise et la version danoise sont toutes deux de la main même de Karen Blixen. En novembre et décembre, celle-ci se rend à Rome, à Paris et à Londres. Elle est nommée membre d'honneur de l'Académie américaine.

1958 Le souci de voir assurer l'avenir de Rungstedlund a pour résultat la création du Fonds de Rungstedlund, association à budget autonome qui est désormais propriétaire du bâtiment principal du domaine, qui possède un caractère historique, du jardin et du bois d'une superficie de trente arpents dans lesquels a été créée une réserve d'oiseaux, ainsi que des droits d'auteur de Karen Blixen. Le 6 juillet, Karen Blixen parle à la radio de l'histoire de Rungstedlund (ce texte figure dans *Daguerreotypes and Other Essays*, 1979) et elle demande à chacun de ses auditeurs d'apporter son appui à cette fondation en lui versant une couronne danoise. Plus de quatre-vingt mille personnes répondent à son appel. En octobre, *Anecdotes of Destiny* paraît aux U.S.A., en Angleterre et au Danemark. Bref voyage à Amsterdam. Malgré son âge et un état de santé très précaire, Karen Blixen prépare un grand voyage aux U.S.A.

1959 du 3 janvier au 17 avril : premier et dernier voyage aux U.S.A. comportant trois mois de séjour à New York et un programme de travail très chargé. Le 28 janvier, Karen Blixen est l'hôte d'honneur de la fête annuelle de l'Académie américaine et donne à cette occasion la conférence intitulée *On mottoes of my life* (qui figure dans *Daguerreotypes and Other Essays*). Le 17 février, sa sœur Elle meurt à Copenhague alors que Karen Blixen est en visite à Cambridge, Massachusetts. À un moment de ce séjour, toute la force de volonté de cette malade sous-alimentée ne peut empêcher celle-ci de s'effondrer physiquement, mais une brève hospitalisation à New York la remet suffisamment sur pied pour qu'elle ait la force de demeurer encore un mois aux U.S.A., séjour marqué par de nombreuses réceptions.

1960 Le bâtiment principal de Rungstedlund, qui date de deux cents ans, est restauré de fond en comble. Le second livre de souvenirs d'Afrique, *Shadows on the Grass*, paraît en Angleterre et au Danemark. Le 28 novembre, Karen Blixen figure au nombre des fondateurs de l'Académie danoise. Nouvelle hospitalisation.

1961 du 25 juin au 9 juillet : visite à Paris, dernier voyage entrepris par Karen Blixen. Brève hospitalisation à l'automne. *Shadows on the Grass* paraît aux U.S.A. *Le Dîner de Babette* paraît à Paris.

1962 Après un été marqué par de nombreuses visites, tant danoises qu'étrangères, l'état général de Karen Blixen empire dans le courant du mois d'août. Le 7 septembre, elle meurt paisiblement dans sa demeure de Rungstedlund, après être restée dans le coma pendant un jour, à l'âge de soixante-dix-sept ans. Le 11 septembre, les membres de sa famille et amis les plus proches disent adieu à Karen Blixen au cours d'une très brève cérémonie célébrée dans le salon de Rungstedlund. Puis son cercueil est porté au-dehors et conduit, sur une voiture tirée par un cheval, à travers le bois jusqu'à la tombe située au pied de la Butte du poète Ewald. L'édition danoise du livre commémoratif sur Karen Blixen paraît le 11 novembre. *Ombres sur la prairie* paraît à Paris.

1963 Le conte posthume *Ehrengard* paraît aux U.S.A., en Angleterre et au Danemark.

1964 Parution en danois de l'édition commémorative de ses œuvres en sept volumes. Parution aux U.S.A., en Angleterre et au Danemark du livre de Robert Langbaum *The Gayety of Vision. A study of Isak Dinesen's Art*. Parution à Paris des *Voies de la vengeance*.

1965 Parution aux U.S.A. de *Isak Dinesen, A memorial*. Les *Essays* de Karen Blixen paraissent au Danemark, ainsi que le livre d'Aage Henriksen *Det guddommelige Barn og andre Essays om Karen Blixen*.

1970 Parution aux U.S.A. et en Angleterre du livre de Frans Lasson et de Clara Selborn *The Life and Destiny of Isak Dinesen* (nouvelle édition à Chicago en 1976). Parution à Paris des *Contes d'hiver*.

1974 Trois livres de souvenirs sur Karen Blixen sont édités au Danemark : *Tanne. Min søster Karen Blixen*, de Thomas Dinesen (édition anglaise en 1975), *Notater om Karen Blixen*, de Clara Selborn et *Pagten. Mit venskab med Karen Blixen*, de Thorkild Bjørnvig (parution aux U.S.A. en 1983).

1975 Fondation à Copenhague de la Société Karen Blixen. Le 1er octobre, parution au Danemark de ses *Efterladte fortaellinger (Contes posthumes)*, édités par Frans Lasson.

1976 Le premier volume des annales de la Société Karen Blixen, *Blixeniana*, paraît en danois. Les papiers laissés par Karen Blixen à sa mort sont déposés à la Bibliothèque Royale de Copenhague, qui devient ainsi le centre des futures recherches sur Karen Blixen. Le 30 août, mort d'Anders Dinesen, à l'âge de quatre-vingt-deux ans.

1977 Parution aux U.S.A. et en Angleterre de *Carnival. Entertainments and Posthumous Tales*. Parution à Paris des *Nouveaux contes d'hiver*.

1978 16 juin : ouverture à la Bibliothèque Royale de Copenhague de la première grande exposition sur Karen Blixen. Le 3 novembre, parution au Danemark des deux volumes de lettres d'Afrique *(Breve fra Afrika 1914-1931)*, éditées par Frans Lasson. Parution à Paris des *Chevaux fantômes et autres contes*.

1979 10 mars : mort de Thomas Dinesen, à l'âge de quatre-vingt-six ans. Parution aux U.S.A. et en Angleterre de *Daguerreotypes and Other Essays by Isak Dinesen*.

1980 Parution à Paris des *Sept contes gothiques* (nouvelle traduction intégrale).

1981 Parution aux U.S.A. et en Angleterre des *Lettres d'Afrique* de Karen Blixen (1914-1931).

NOTE SUR LA TRADUCTION

La transposition en français des lettres de Karen Blixen a exigé du traducteur un certain nombre de choix, fatalement subjectifs, qu'il lui paraît nécessaire de motiver brièvement et qui tiennent, de façon générale, au caractère « plurilingue » d'un texte dans lequel, sur un fond en langue danoise, viennent se greffer une foule d'expressions et de citations en anglais, allemand, suédois et français, ainsi que certains mots ou courtes phrases de swahili. Il était en effet nécessaire de laisser sentir au lecteur le degré de culture que cela supposait mais aussi le déracinement que cela révélait. Nous avons donc pris le parti de laisser tous ces passages dans la langue dans laquelle ils se trouvaient et d'en donner la traduction en note, sauf lorsqu'il s'agissait d'anglicismes très simples que tout lecteur pourra éventuellement déchiffrer à l'aide d'un dictionnaire. Car n'aurait-ce pas été priver ces lettres d'une bonne partie de leur charme que de remplacer *toto* par garçon, *ngoma* par danse indigène, *simba* par lion, et *shaurie*, ce mot qui, pour Karen Blixen, semble indissolublement lié à la notion d'Afrique, par : affaire ou « chose qui cause des soucis » ? Par contre, il ne nous a pas été possible de tenir compte de tous les cas de « danglais » dont sont émaillées ces lettres, c'est-à-dire ces mots anglais danisés à l'aide d'une terminaison qui, étant donné la nature voisine des deux langues, ne paraît pas trop choquante, mais qui n'auraient abouti qu'à un horrible sabir si nous avions procédé de même à l'aide d'une désinence française.

Nous nous sommes également efforcé de respecter les particularités de l'écriture *spontanée* de Karen Blixen dans ces lettres : ses inconséquences dans l'orthographe des noms propres et dans la façon d'écrire les nombres (bien que nous n'ayons pu nous résoudre à écrire « à 5 heures », par exemple, comme il est courant de le faire en danois), ainsi qu'une syntaxe qui, par son usage immodéré du point-virgule et des incises, nous a semblé traduire, sur le plan linguistique, l'angoisse du scripteur de voir sa situation *prendre fin*.

En ce qui concerne les tribus du Kenya, nous avons adopté l'orthographe d'une encyclopédie récente (*Encyclopaedia Universalis*) et nous sommes refusé, comme celle-ci, à accorder tous ces vocables, que ce soit en genre ou en nombre, selon un système grammatical qui n'est pas le leur.

Nous avons laissé subsister dans la langue dans laquelle ils étaient cités les innombrables titres d'œuvres étrangères figurant dans ces lettres. Les titres d'œuvres danoises (et scandinaves, de façon plus générale) nous ont cependant causé une difficulté particulière. Les traduire systématiquement aurait pu laisser penser que toutes ces œuvres avaient fait l'objet d'une traduction. Nous avons donc choisi de ne donner le titre en français que dans le cas des grands classiques (pour lesquels il existe, en quelque sorte, un équivalent « reconnu » même si le livre n'a pas été traduit), des œuvres qui ont véritablement fait l'objet d'une traduction, ainsi que de celles de Karen Blixen elle-même, pensant que le lecteur français de ces lettres serait suffisamment informé de la bibliographie exacte d'un auteur qui lui est cher. Dans tous les autres cas, l'équivalent le plus littéral possible du titre est indiqué dans les notes ou dans l'index, auquel le lecteur est également invité à se reporter pour l'élucidation des nombreux sigles utilisés par l'auteur.

LE TRADUCTEUR.

Juin 1982.

Lettres

Lettres

Le 23 décembre 1912, Karen Dinesen, alors âgée de vingt-sept ans, se fiançait avec le baron suédois Bror Blixen-Finecke de Näsbyholm, province de Scanie, son cousin au second degré. Fortement impressionnés par le tableau très favorable que brossait leur oncle commun, le comte Mogens Frijs, des perspectives économiques de l'Afrique orientale, les nouveaux fiancés décidèrent d'aller s'établir dans la colonie de la Couronne britannique qui prendra par la suite le nom de Kenya et, en 1913, Bror Blixen partit étudier la situation sur place. Il emportait un capital assez substantiel que Madame Ingeborg Dinesen et son frère, Aage Westenholz, avaient mis à la disposition du jeune couple, et entra rapidement en rapports avec certains colons suédois. Quelques mois plus tard il achetait à son compatriote, l'ingénieur Åke Sjögren, la plantation de café « Swedo-African Coffee Co. ».

*Le 2 décembre 1913, Karen Dinesen quitta le Danemark, accompagnée de sa mère et de sa sœur cadette, Ellen, et traversa l'Europe jusqu'à Naples d'où partait, deux semaines plus tard, l'*Admiral, *paquebot de la Compagnie Allemande de l'Afrique orientale. À Naples, elle dit adieu à sa famille et la toute première lettre de ce recueil, adressée à sa mère, fut écrite à bord de ce navire cinq jours avant qu'elle ne retrouve son fiancé sur le quai du port de Mombasa. Ce même jour, le 14 janvier 1914, fut célébré leur mariage.*

À INGEBORG DINESEN

9/1/[1914].

Ma très chère maman.

Je t'expédierai cette lettre dès mon arrivée à Mombasa car je ne suis pas sûre d'y rester assez longtemps pour avoir le temps d'écrire mais, de ce fait, tu ne trouveras rien ici sur ton cher Bror et, dans l'ensemble, pas grand-chose d'intéressant. — Cependant, certains changements sont intervenus en ce qui concerne mes domestiques et cela t'intéressera probablement. Tout d'abord, j'ai maintenant un serviteur indien : il m'attendait à Aden, avec une lettre de Bror, lorsque j'y ai débarqué. Ce pauvre garçon était venu par Tabora, il avait donc dû passer deux semaines à Aden, et il était ravi de me voir. Il était vraiment mignon et gentil, très convenablement habillé, il souriait et saluait avec la main sur le front mais parlait très mal anglais et il bégayait si effroyablement qu'on aurait dit qu'il allait mourir à chaque fois qu'il ouvrait la bouche. Bror me disait dans sa lettre qu'il était très bien et que je pouvais avoir confiance en lui. — Maintenant il est à bord avec moi. Il s'appelle Fara ; j'espère qu'il n'en ira pas de lui comme de Fara-le-guerrier[1]. —

Et puis il ne faut pas que tu t'inquiètes si je te dis que je me suis attaché les services de la stewardesse du bord. Il se trouve qu'une fois sur ce navire je me suis aperçue que j'avais été bien sotte de ne pas avoir emmené une servante. Cela n'aurait pas eu grande importance si j'avais été en bonne santé mais je suis si peu accoutumée à faire

1. Personnage d'une comptine danoise, promis à un trépas prochain. *(N.d.T.)*

des efforts et j'ai tellement eu l'habitude d'être servie avant de me trouver à bord de ce bateau. Je pensais sans cesse au personnage féminin de *Dombey and Son* qui dit tout le temps qu'un *effort must be done* ; car, pour moi, tout était un *effort* : me lever, m'habiller, vivre de façon générale et, bien des fois, — il ne faut pas que tu sois peinée si je te dis toute la vérité, — j'ai été si lasse et si désespérée que je ne croyais pas vivre jusqu'à Mombasa...

Si je peux arranger les choses comme je le désire, — et, sinon, je n'enverrai pas cette lettre, — elle quittera le bateau à Mombasa et m'accompagnera jusque chez moi et quand, 6 semaines plus tard, le bateau repassera à Mombasa après être allé jusqu'à Durban, elle reprendra son service, *à moins que* je ne puisse la conserver en congédiant l'un de mes boys, — non pas Fara, qui est si gentil, mais l'autre, — et à condition que nous soyons toutes les deux satisfaites l'une de l'autre. Car j'ai beaucoup de chance d'avoir pu obtenir qu'on la laisse partir du bateau et, à la vérité, c'est un grand service que me rend le capitaine. Quant à Martha, cela lui fait tellement plaisir... Elle pourra instruire Fara et mettre un peu d'ordre dans la maison, et puis j'aurai plus de forces moi aussi. Mais, dans le cas contraire, ou si je ne me sentais pas bien d'une façon ou d'une autre, il ne faut pas que vous soyez effrayés si je la garde car alors je n'*oserai* pas me passer d'elle...

Un officier allemand, du nom de von Lettow et descendant d'une très vieille famille du Mecklembourg, a été mon meilleur ami ; la situation là-bas, telle qu'il me la décrit, est tout à fait comme dans *Landsmandsliv* et je me dis que cela doit être l'idéal de tante Lidda. — Je t'écrirai sans doute à nouveau avant Mombasa. Si seulement je pouvais être auprès de vous rien qu'un instant, je vous serre tous dans mes bras et il me semble que je vois devant moi tes beaux yeux si chers à mon cœur, ma petite maman...

À INGEBORG DINESEN

Hopcrafts shooting Box, 20/1/14

Ma chère petite maman.

J'aurais dû écrire il y a longtemps mais tu ne peux pas savoir combien le temps m'a manqué et je voulais tellement t'écrire des choses sensées et sérieuses. Mais aujourd'hui je fais partir cette lettre par l'intermédiaire d'un coureur et il faudra que vous la preniez comme elle est, sans faire attention à son désordre et à son style, pour comprendre cette grande et nouvelle vie et tout ce qui s'est passé ici. — Je suis au lit, non pas pour cause de maladie mais pour cause de chasse de nuit, dans une petite maison en rondins de deux pièces, au sol en terre battue, avec un âtre dans l'une des deux pièces, et entourée de tous côtés par la nature la plus magnifique, la plus merveilleuse que l'on puisse imaginer : de grandes montagnes bleues dans le lointain et, devant, la grande savane pleine de zèbres et de gazelles, et, la nuit, j'entends les lions pousser des rugissements semblables à des coups de feu dans l'obscurité. —

Mais il faut que je commence par le commencement. — Bror est venu me chercher à Mombasa et c'était magnifique d'être à nouveau auprès d'un être avec lequel on a tellement de choses en commun, mais Mombasa est une véritable fournaise et l'on risque de s'évanouir à y rester tête nue au soleil. Nous sommes montés voir un vieux fort très pittoresque et, à onze heures, nous nous sommes mariés avec pour témoins Sjögren, le prince Wilhelm, Boström et Lewenhaupt ; cela s'est fait très simplement et sans façon et a pris au plus 10 minutes. — Puis nous sommes partis en pousse-pousse et nous avons mangé chez Hobley*[1], qui nous avait mariés ; il a une maison absolument charmante au bord de l'eau, — et, de là, nous avons pris le train, un train spécial en l'honneur du prince Wilhelm, avec le wagon-restaurant du gouverneur et la cuisine et le cuisinier de Mac Millan, de toute première qualité. Au début, il faisait horriblement chaud mais ensuite, avec le soir, il a fait un peu plus frais. Il n'y a pas de wagon-lit mais Bror avait apporté des couvertures et des draps. Le lendemain matin, le paysage avait totalement changé et c'était la véritable *Afrique* : de grandes savanes, avec les montagnes dans le lointain et puis une profusion incroyable de gibier, de grands troupeaux de zèbres et de gnous et d'antilopes juste à côté du train ; tout cela n'a l'air de rien quand on en entend seulement parler mais, à voir, c'est vraiment quelque chose d'étonnant. —

Nous avons été reçus officiellement à Nairobi et invités à manger chez le gouverneur dans une maison ravissante, — j'étais assise à côté du gouverneur et de l'autre côté j'avais le vice-gouverneur, et tout le monde me disait Madame la baronne tous les deux mots ; au début, je ne me rendais pas du tout compte que c'était à moi que cela s'adressait. Je ne nierai pas que ce lunch ait été un peu fatigant après ces 24 heures de chemin de fer, et en compagnie d'une foule de gens que je n'avais jamais vus. Aussitôt après le lunch, Bror et moi sommes partis en automobile pour notre propre ferme. C'est la route la plus merveilleuse que l'on puisse imaginer, comme Dyrehaven[2] chez nous, et puis on a devant soi la longue chaîne bleue des N'gong Hills. C'est rempli de buissons et d'arbres en fleurs, cela sent un peu comme du myrte

1. Les astérisques renvoient aux notes de Frans Lasson en fin de volume, p. 461. *(N.d.T.)*

2. Parc situé au nord de Copenhague, assez semblable à notre bois de Boulogne. *(N.d.T.)*

ou bien comme dans une pinède. Ici, il ne fait absolument pas trop chaud, l'air est très léger et délicieux, et on se sent très léger, très libre et très heureux.

À notre arrivée à la ferme m'attendait la surprise de voir les mille boys bien en rangs et, dans un vacarme véritablement assourdissant, ils se sont débandés après notre passage et nous ont suivis jusqu'à la maison, nous ont entourés lorsque nous sommes descendus, voulant absolument nous toucher, — et toutes ces têtes noires juste devant mes yeux formaient un spectacle vraiment impressionnant. Vous ne pouvez pas vous imaginer combien la ferme était ravissante et comme tout a été joliment arrangé. À côté de ma chambre, j'ai une salle de bains qui est on ne peut plus jolie, et un W.C. qui est le seul de toute la B.E.A. Je crois qu'on pourra arranger un jardin tout à fait charmant, car les arbres sont magnifiques et c'est très bien situé. —

Bror emploie 6 blancs à la ferme et ceux-ci avaient préparé pour nous le thé le plus délicieux et nous ont offert des cadeaux de mariage accompagnés d'un beau petit discours ; il y avait quelque chose de touchant à voir ces gens sans foyer et sans famille, dont plusieurs sont certainement ici depuis bien longtemps, faire l'impossible pour me faire fête ; ils trouvaient certainement que c'était drôle de participer à une sorte de mariage. —

De là, nous sommes repartis en automobile après avoir promis à nos boys de la viande pour les remercier de la gentillesse de leur accueil, — c'est leur plus grand délice, — et Bror et moi avons pris notre repas au calme dans notre chambre d'hôtel, ce dont j'avais vraiment besoin après ces journées bien fatigantes. — Je crois que cela vous ferait vraiment grand plaisir d'entendre comment tous les gens que j'ai rencontrés ici parlent de Bror. Chacun d'entre eux vient me trouver et me dit que le travail qui a été réalisé à la ferme est vraiment quelque chose d'unique et que c'est un exemple pour l'Afrique tout entière. – Voici un coureur qui s'en va, aussi il faut que je fasse partir cette lettre. Le reste la prochaine fois, 10 000 pensées.

Tanne

À MARY BESS WESTENHOLZ

MBagathi Estate, 1er avril [1914]

Chère Tante Bess.

J'aurais voulu t'écrire de façon à te remercier de tes lettres, mais cette lettre-ci ne sera ni particulièrement drôle ni véritablement personnelle ; car il est presque impossible d'écrire des lettres personnelles quand on écrit à la famille. En outre, je suis clouée au lit car ma fièvre ne veut pas tomber et tout le monde me dit qu'il faut être prudent la première fois parce que, sinon, cela risque de revenir. Et puis la vie est un peu monotone du fait que, naturellement, Bror est souvent au-dehors, et pourtant c'est un grand plaisir quand on commence à se sentir mieux ; la malaria vous met si mal en point que – pour citer une remarque pertinente dont je suis l'auteur – on est dégoûté du monde entier comme d'une robe qui vous va mal*. Fara est ma consolation et mon appui, il est bien mieux qu'une femme de chambre blanche, tellement il est raisonnable et plein d'attentions, et puis les Somali ont quelque chose des Grands d'Espagne. –

Les *natives* (dont, à vrai dire, les Somali ne font pas partie, ce sont des musulmans venus de Somalie, des Arabes en quelque sorte, qui méprisent les nègres) sont ma principale source d'intérêt, ici ; mais je crois que je suis, — avec Bror, — à peu près la seule dans la région à être vraiment dans ce cas. Sur ce point, les Anglais sont étrangement bornés ; ils n'auraient jamais l'idée de les considérer comme des êtres humains et, lorsque je parle avec des Anglaises de la différence entre les races ou de choses analogues, elles prennent un air supérieur et s'amusent de mon originalité. Les indigènes, qui sont de bien des façons plus intelligents qu'eux, en profitent mais il ne peut s'instaurer aucune compréhension ni collaboration. Il y a de quoi éclater de rire à entendre les Anglais parler leur langue ; chaque tribu a sa propre langue mais le swahili, la langue des populations de la côte, est une sorte de langue universelle parlée par les plus instruits de toutes les tribus. Je crois que c'est en grande partie pour cela que personne ne peut trouver du personnel, parce qu'ils ne veulent avoir aucun égard pour eux mais, par exemple, veulent absolument les faire travailler sous la pluie alors qu'ils ne peuvent pas le supporter, — et la pluie ne dure jamais que quelques heures, — et toujours déranger les musulmans à l'heure de la prière, dont on sait qu'elle a lieu au coucher du soleil, à six heures précises. — (C'est un joli spectacle que de voir notre vieux cuisinier étaler son petit tapis sur l'herbe, tous les soirs, et prier d'un air très recueilli, le visage tourné vers La Mecque et en frappant la terre de son front.)

Avec un peu de compréhension et de bienveillance, cette société serait à bien des égards idéale : la question sociale n'existe pas ici, — et peut être tenue à l'écart tant qu'il n'y aura pas de métissage ; mais je crois que les races sont trop différentes pour pouvoir se mélanger, je n'ai jamais entendu parler de *half-casts* ici mais, par contre, il en vient un certain nombre d'Afrique du Sud). À observer les différentes races représentées ici, il me semble que la supériorité de notre race blanche est illusoire. Nous sommes capables d'apprendre beaucoup plus de choses qu'eux ; même les Somali n'arrivent que très mal à apprendre à se servir d'une machine, tout juste d'une lampe (hier, ils en ont laissé fumer une dans ma belle salle de bains blanche, et tout a été noirci). Mais, en ce qui concerne le caractère, ils me semblent supérieurs à nous. Lorsque je pense que, dans cette ferme-ci, nous avons 1 200 jeunes hommes qui vivent à 10 ou 12 dans de misérables petites cases et que je n'ai jamais vu un visage courroucé ni entendu de disputes, que tout se passe toujours avec le sourire et avec des chansons, que la grossièreté et l'effronterie sont, à ce qu'on m'a dit, choses tout à fait inconnues, qu'on les voit constamment le bras autour du cou l'un de l'autre et en train de se retirer mutuellement des épines du pied, – et que je pense à toutes les histoires que l'on aurait avec 1 200 ouvriers blancs, il me semble qu'ils valent mieux que nous. Ils ne boivent jamais d'alcool mais ils s'adonnent volontiers au tabac et aux chiques de toutes sortes, et l'extase correspondant à l'ivresse alcoolique, ils se la procurent par la viande, qu'ils adorent, et par la danse. –

Et puis ils ont une grande dignité et vraiment beaucoup de goût pour harmoniser les couleurs et pour se draper dans leurs vêtements, et la nature les a vraiment avantagés. – L'autre jour j'ai vu *Sjögren*, qui a adopté avec ardeur la bêtise anglaise, saluer Kinanjuii, leur grand chef venu ici en visite, en faisant de grandes démonstrations et beaucoup de bruit pour bien nous faire remarquer à tous qu'il daignait saluer un indigène ; et Kinanjuii, qui est le chef d'un million de Kikuyu restait assis imperturbablement, les yeux mi-clos (on peut toujours distinguer les chefs parmi eux à leurs yeux mi-clos et sans éclat), drapé dans sa couverture, – bien plus intelligent que Sjögren et en mesure, s'il le désire, d'arrêter tout le travail de celui-ci en l'interdisant à ses gens. J'ai parlé un peu avec lui ; il nous a promis que nous aurions toujours des gens et ceci est un avantage *inestimable* ici. Je fais presque chaque jour du cheval dans la réserve masai et j'essaie souvent de parler avec les Masai, qui sont grands et beaux. Ils sont toujours très aimables, vous regardent droit dans les yeux mais ne regardent jamais vos vêtements ou votre mise ; c'est sans doute considéré comme mal élevé...

En ce qui concerne *La Revanche de la vérité*, je ne veux rien y changer ; je crois par contre qu'il n'y a que peu de chances qu'elle paraisse jamais. Il me semble qu'il n'y a rien de blasphématoire là-dedans, c'est simplement écrit d'un point de vue athée. Je pense qu'il est impossible d'écrire s'il faut se soucier de savoir qui lira ce qu'on écrit, — et, par ailleurs, je ne crois pas que j'écrirai de sitôt. De façon générale, je ne crois pas que la vie, ou le monde, ait de la place pour tant de scrupules. Si l'on ne peut s'en passer, alors il faut se retirer, se créer son propre petit monde basé là-dessus, — et c'est peut-être ce qu'il y a de mieux à faire, en tout cas pour certains. Par ici, la vie est plus brutale et elle t'affecterait certainement plus que les pires révélations sur la vie chez nous ; en ce qui *me* concerne, je la préfère comme cela mais je comprends néanmoins fort bien le bonheur, — et le charme, — d'une oasis de calme et de paix qui ferme ses yeux et ses portes devant tout ce qui est sans apprêt. C'est un choix qu'il faut faire, bien sûr, et l'on ne peut jamais apporter la preuve que l'on a bien choisi en disant : « voilà ce qu'il faut », — mais uniquement en ayant vraiment bien vu ce qui rendait heureux...

MBagathi, 22/4/[1914]

... Comme je te l'ai certainement déjà écrit bien des fois, nous perdons ici une partie de notre orgueil racial ; il m'est impossible de ne pas penser que les indigènes nous sont supérieurs en bien des choses. Ils ne peuvent sans doute pas apprendre *autant* de choses que nous mais, dans le genre de choses qui sont nécessaires pour vivre par ici, il me semble qu'ils apprennent plus vite que nous, — il y a bien des Anglais qui vivent ici depuis 10 ou 15 ans et qui n'ont pas la moindre idée de ce à quoi ressemblent les différentes tribus, et encore moins de leur caractère, et pourtant il leur serait extrêmement profitable de le connaître, tandis que les *natives* sont immédiatement au fait du caractère de chacun de nous ; et les Anglais ne sont même pas capables d'apprendre le peu de swahili qu'il faudrait et parlent une sorte d'anglais alors qu'il me semble que les indigènes ont une facilité surprenante à se familiariser avec nos habitudes. Par exemple, je trouve qu'il est vraiment bien de la part d'un vieux Somali d'être capable, en l'espace de six mois, de se mettre suffisamment dans la tête la composition d'un repas pour pouvoir varier un menu de 6 ou 7 plats ; je m'attends toujours à nous voir présenter le potage après le dessert. —

Il me semble que notre vie ici doit ressembler à celle d'Erling Skjalsøn ou de Haarek de Thjotta, avec tous nos esclaves (mis à part, bien sûr, le fait que nous ne jouons pas le même rôle dans l'histoire du pays). Pour toi qui t'intéresses aux problèmes sociaux, il y aurait ici matière à d'intéressantes études. À vrai dire, il n'existe pas ici de question sociale, ni de conflit entre riches et pauvres ou entre hommes et femmes. Malheureusement cet âge d'or est en train de vivre ses derniers moments et c'est nous qui y mettons fin. Les lois et les règlements des blancs ne conviennent pas aux noirs et, même s'ils sont encore très contents de leur sort, je crois que l'on peut voir la fin s'approcher, — surtout à cause de l'influence du christianisme et du fait qu'ils n'ont plus le droit de se battre, ce qui, jadis, était leur principale occupation. Les Masai, qui sont la tribu la plus fière, sont en train de s'éteindre par manque de place, et les autres pour cause d'endogamie, étant donné qu'ils ne peuvent plus enlever les femmes des tribus voisines.

Que l'influence des missionnaires soit très mauvaise, cela se voit, entre autres choses, au fait que personne ne veut employer ceux qui viennent des écoles des missions ; tout le monde dit qu'ils sont menteurs et voleurs. Comment le christianisme a-t-il bien pu acquérir une telle emprise, — puisque, de toute façon, il est impraticable et en fait reconnu comme tel ? L'islam me semble de bien plus grande valeur dans la vie quotidienne. Les Somali que nous avons à la maison sont musulmans. Ils n'ont en fait peur de rien ; ils marchent droit sur les lions, — dont on admet généralement qu'ils ont peur des Somali. Il y a deux jours, un homme de la Swedo est tombé malade, puis il est mort. Le bruit a alors couru qu'il avait été atteint de la peste et tout le monde s'est enfui, sauf les Somali. J'ai demandé à Fara s'ils n'avaient donc pas peur de la contagion et il m'a dit en haussant les épaules qu'ils n'étaient pas si bêtes : si Dieu avait décidé qu'ils devaient mourir, ils mourraient, — et s'ils devaient vivre, ils vivraient...

Comme je te l'ai déjà écrit, *les grands fauves* marquent également le pays de leur empreinte. Je t'envoie un livre, *The Man-eaters of Tsavo**, afin que tu puisses voir les conditions dans lesquelles vivent les ingénieurs, ici. Les fauves et les oiseaux de proie sont pourtant les créatures les plus magnifiques de la terre, sentir vraiment leur présence dans sa vie, les entendre, les contempler en liberté, voir ses animaux dévorés par eux — pour quelqu'un qui a été marqué par la civilisation, ce sont des expériences extrêmement singulières, — mais ils font passer sur tout cela le souffle de *Stort Vildt* et l'esprit de la pierre.

En ce qui concerne les livres que je pourrais écrire par ici, il n'y a pas à se faire trop d'illusions. Je suis plutôt dans la peau d'une commerçante. Avec mes moutons, et à partir d'un capital de 3 000 roupies*, je me fais entre 4 et 5 000 roupies par mois. On pourrait en déduire que je suis riche mais ce n'est pas le cas, bien que je n'aie pas à me plaindre de mon sort. Tout est horriblement cher par ici. Lorsque j'aurai mon jardin, cela ira certainement mieux...

J'espère que tu arriveras à lire cette longue lettre. *Malheureusement*, je suis encore alitée, comme je l'ai été, à quelques jours près, depuis le 17 mars, — mais il ne faut pas parler de cela à maman car elle a tellement peur de la malaria qui est, il est vrai, une bien vilaine maladie. Bror te transmet ses salutations, — il est bien plus véritablement anarchiste que toi — (en tout cas au moins autant). Si tu lis un bon livre récent, envoie-le-moi ; tu ne peux pas savoir à quel point on peut en avoir envie ici, où l'on ne trouve rien d'autre que la littérature stupide des Anglais. — Au revoir donc, sage philosophe et vaillant navigateur. Embrasse maman. Ne m'oublie pas tout à fait, rappelle-toi que mes bras sont toujours prêts à s'ouvrir pour t'accueillir. Puisses-tu avoir la chance avec toi dans tous tes travaux et activités. Que l'esprit des aigles, des lions et de la mer soit avec toi.

Tanne

À INGEBORG DINESEN

Uasha Nyero, 23/8/14

... Si vous avez reçu ma lettre de la ferme, vous savez que Bror s'est engagé comme volontaire*, – *unfighting*, en quelque sorte, puisqu'il s'est surtout chargé d'acheminer des renseignements : Ture, Gethin, Fjästad (de la Swedo) et Kjellberg sont sous ses ordres, et ils doivent s'occuper de divers relais entre Kijabe et la frontière. Ils sont tous partis le mardi 11. À l'origine, je devais rester à Kijabe, avec Kjellberg pour l'y aider à s'occuper de la tête de ligne, et j'étais partie là-bas avec mes boys, avec Aimable, mon adorable nouveau cheval, et avec Dusk ; mais, à peine étais-je arrivée là, que notre convoyeur, qui devait aller rejoindre nos volontaires avec du ravitaillement, – de l'essence pour les autos et les motocyclettes, et de la nourriture pour eux et pour les boys, – a été arrêté comme citoyen allemand et, étant donné que par ces temps troublés je n'osais pas laisser nos boys partir seuls avec nos précieuses marchandises, – il est presque impossible de trouver du *posho** et l'on n'a pas le droit de donner du sucre, de la farine, etc. aux *natives*, aussi j'avais peur qu'ils ne puissent faire la preuve de leur bon droit et que tout soit confisqué, – je suis partie avec eux. Si tu vois l'oncle Mogens, tu pourras lui dire que j'ai mis quatre jours à faire le trajet de Kijabe à Narok Boma, qu'ils ont également fait, avec 2 chars à bœufs (41 bœufs) et 18 boys, et lui demander si c'est une sinécure de faire ce chemin-là à pied ; je n'ai pas osé emmener Aimable car ce n'est pas du tout un terrain pour les chevaux et on m'a volé un mulet, aussi ai-je dû couvrir le trajet à pied. J'ai bien pris une bicyclette à un Indien sur la route mais, la plupart du temps, celle-ci ressemble à la pyramide de Chéops et ne se prête pas du tout à faire à vélo. Il y a 73 miles...

Un soir, alors que, dans un passage difficile, nous étions montés sur un rocher et nous affairions à lui faire monter la pente — au chariot —, un lion a bondi sur l'un de nos bœufs de secours, à moins de 2 mètres de moi. J'étais en train de donner de la lumière avec une lanterne aussi ne l'ai-je pas vu, mais j'ai entendu le bœuf pousser un cri et s'enfuir, et tous les autres bœufs ont bien sûr été affolés. Avec Fara, j'ai couru jusqu'à un petit repli de terrain que le bœuf avait gagné et j'ai tiré, et tous les boys ont fait beaucoup de bruit, de sorte que le lion a lâché sa proie ; celle-ci avait le dos tout écorché par les griffes du lion. Nous avons alors dû camper là où nous étions, bien que nous nous soyons trouvés dans un très mauvais défilé, très resserré et entouré de grands rochers ; mais il faisait trop sombre pour continuer et nous avons édifié une *boma* avec des broussailles et fait de grands feux, et Fara et moi avons veillé toute la nuit avec nos fusils.

Si les bœufs s'échappent dans ce genre d'endroit, on ne les revoit jamais plus. Le lion est revenu pendant la nuit et nous a fait un peu peur, mais nous avons quand même réussi à retenir nos bœufs et, le matin suivant, nous sommes repartis tranquillement et en bon ordre. Pendant tout ce temps, Esmail, notre vieux cuisinier, n'a pas bougé de mon côté, armé d'un grand couteau de cuisine. Par chance, l'un des hommes m'avait, en cours de route, fait cadeau d'un fusil et de 200 cartouches, aussi ai-je pu également armer Fara. Heureusement, j'ai parmi mes boys la réputation de tirer remarquablement, ce qui fait que, lorsque je suis avec eux, ils ne sont pas aussi effrayés qu'ils auraient lieu de l'être ; lorsqu'ils veulent de la viande, dans un endroit complètement dépourvu de gibier, ils viennent tranquillement me dire qu'il me faut *pica** telle ou telle chose à leur intention, — au cours de ce voyage j'ai eu de la chance et j'ai pu abattre quelque chose pour eux tous les jours. Dans la Kedong Valley, j'ai tué un grant* avec de très longues cornes. Le mercredi soir, je suis arrivée à la *boma*, plus sale que je n'ai jamais été de ma vie ; je n'y ai trouvé aucun de nos gens, contrairement à mon attente, mais j'ai mangé chez le *District Commissioner* et établi notre camp.

Pendant tout ce voyage, j'avais Dusk avec moi ; bien sûr, c'était un peu gênant mais aussi extrêmement agréable. Le jeudi, je suis allée tirer un certain nombre de gros oiseaux qui ont goût de dinde ; lorsque je suis rentrée, Bror arrivait, bien bronzé et très fatigué. Il avait été tout le temps en compagnie de lord Delamere*, qui a l'air d'être très content de Bror et a dit qu'il ne savait pas ce qu'il ferait sans lui... La journée suivante a été absolument épouvantable. — Nous avons levé le camp le matin et nous étions sur le point de partir lorsque, au milieu de tout le débarras, Bror a trouvé une bouteille qu'il a cru contenir de l'eau minérale et en a bu, — mais c'était du lysol concentré ! Tu te doutes à quel point il a pu avoir mal et que, lui comme moi, nous avons cru qu'il allait mourir. Heureusement, il y avait de l'eau à proximité, il a pu s'y précipiter et moi j'ai pu courir jusque chez le D.C. pour chercher du lait, mais sur le coup on ne sait jamais ce qui s'est passé. Je ne crois pas qu'il ait pu en boire beaucoup, bien qu'il ait terriblement vomi ; mais toute sa bouche et toute sa gorge étaient brûlées et, pendant tout l'après-midi, il a ressenti d'horribles douleurs, le soir il avait une très forte fièvre et il n'a pas dormi de la nuit. Hier, cependant il avait suffisamment récupéré pour que nous puissions aller planter notre camp à 10 miles vers le sud et, ce matin, il est parti à pied pour Delamere, à 20 miles d'ici !...

Ces derniers temps, c'était le Ramadan, le mois pendant lequel les Somali jeûnent : ils ne doivent ni manger ni boire une goutte d'eau entre minuit et six heures du soir. Tu ne peux pas imaginer à quel point il était triste, alors que nous venions de Kijabe par une chaleur étouffante et quand nous arrivions à un peu d'eau, de voir notre vieux cuisinier sortir son tapis de prière au lieu de boire, s'allonger et se frapper le front sur le sol. Cela prend fin aujourd'hui, Dieu merci, et tout cela doit se terminer par une fête, bien que la façon dont les musulmans conçoivent leurs fêtes reste pour moi une énigme puisqu'ils ne boivent pas, qu'ils vivent de viande de mouton séchée, de dattes sèches et quelque chose qu'ils appellent *gi* et qui dégage une odeur si infecte que l'on est incapable de manger si on s'en est approché, – mais ils ont peut-être d'autres formes de réjouissances...

À INGEBORG DINESEN

Webbs store, 23 septembre [1914]

... J'ai quitté Kijabe comme convoyeur de 3 chars à bœufs ; puis je suis partie bien plus loin vers le sud afin d'aller chercher des provisions dans un grand camp de safari qui a été abandonné en toute hâte, sous le coup de la frayeur, quand est parvenue la nouvelle de la guerre. Pendant ce temps, Bror demeurait dans un camp au bord du Guasio Nyero. J'ai fait le voyage toute seule avec 17 boys et je te prie de croire que je me suis bien amusée. Je trouve vraiment que les *natives* sont la *best class* par ici ; je n'arrive absolument pas à m'intéresser à la *middleclass* anglaise, mais les boys sont de vrais gentlemen ; il me semble que leur excellente éducation est très largement due au fait que tant de races différentes vivent au contact l'une de l'autre. En Fionie, chez nous, les gens ont du mal à croire qu'il existe d'autres peuples qu'eux à la surface de la terre mais, ici, il se trouve que vivent toujours ensemble des Kikuyu, des Kavirondo, des Swahili, des Masai, des Somali, qui sont aussi différents entre eux d'allure, de langue, d'habitudes et de mode de vie que les Finnois et les Italiens...

Quelques jours plus tard, à mon grand étonnement, j'ai vu Bror arriver. Il était avec Lord Delamere quand il a eu une attaque de dysenterie, a pris quelques jours de congé et, par miracle, retrouvé ma trace dans cette contrée déserte ; il avait parcouru 86 miles à pied en 2 jours ! Il avait les jambes tellement raides qu'il n'a pas pu s'asseoir tout seul, il nous a fallu le plier en deux ; il avait dormi dans une *mayatta* masai et marché sans manger, — et pourtant il est venu chasser avec moi l'après-midi et j'ai tué un très gros élan du Cap, — il nous semble que c'est notre plus gros...

En ce moment, Bror et moi campons ensemble sur l'herbe, près d'un *store* ; il est vrai qu'aujourd'hui je vais aller m'installer à 3 ou 4 heures d'ici, à un endroit où il y a des rhinocéros, mais je pourrai quand même avoir rapidement de ses nouvelles. Je serais bien rentrée à la ferme mais l'ennui est que, d'ici, toutes les nouvelles doivent passer par Nairobi, aussi ai-je décidé de rester ici quoi qu'il en soit, jusqu'à ce qu'on voie un peu comment cela va tourner. Maintenant Bror est à nouveau en parfaite santé. Il est question de faire venir des troupes des Indes, de pénétrer en *German East*, par Dar es-Salam, Voi et le lac*, et, comme les Allemands n'ont pas beaucoup de troupes par ici et qu'il leur est impossible de faire venir des renforts, on pense qu'ils se rendront rapidement ; mais c'est une négligence incroyable de la part des Anglais que d'avoir laissé les Allemands pénétrer les premiers dans cette région et ainsi causé beaucoup d'inquiétude parmi les *natives*. Ils ont entendu parler d'aéroplanes et nous demandent sans arrêt si les Allemands vont arriver par la voie des airs et repartir de la même façon avec leurs vaches et leurs femmes. Tous les *elmorans* masai, — les jeunes guerriers, — sont sur le pied de guerre ; ils parcourent le pays nuit et jour, la nuit en poussant des cris affreux, — ici, juste à côté de nous, nous en avons un camp de 2 à 300...

Pour toi en particulier, maman.

... Je te promets de t'écrire aussitôt... mais alors il faut que tu me promettes de ne pas en parler car je trouve que c'est toujours un peu embarrassant quand il est question d'un heureux événement aussi longtemps à l'avance. Mais par ailleurs, je crois qu'il vaudrait mieux que cela ne se produise pas tout de suite. Tu estimes sans doute que ce serait charmant d'avoir un petit-fils ou une petite-fille ; mais l'Afrique n'est vraiment pas du tout faite pour les enfants en bas âge et, en tout cas, pas avant que l'on se soit un peu familiarisé avec les conditions et que l'on soit acclimaté. Les deux autres blanches de la ferme, Mrs Gethin et Mme Holmberg, sont enceintes à l'heure actuelle et absolument désespérées : elles sont sur les nerfs, malades et n'arrêtent pas de se lamenter sur cette *awful nuisance* d'attendre un enfant. Je trouve que cela est bien regrettable et qu'il est préférable, alors, de prendre son temps. Cela ne va pas du tout, non plus, avec la vie de safari, qui est bien le plus grand charme de l'Afrique. Mais je te promets de t'écrire sans tarder quand il en sera question...

À INGEBORG DINESEN

MBagathi, 6/10/1914

... La maison est dans un état épouvantable. Elle a été choisie comme quartier général et comme lieu de rassemblement pour tous les colons de la région, en cas de troubles parmi les *natives*, et c'est tout à fait indiqué car il est presque impossible d'y pénétrer. Les Indiens ont monté le mur extérieur de la véranda jusqu'à la hauteur prévue pour le plancher ; il est assez haut, car la maison est surélevée pour assurer une bonne ventilation ; mais ils ont omis de poser le plancher et, comme toutes les marches d'accès ont été enlevées, il faut d'abord enjamber un mur, puis patauger dans une excavation remplie de gravats et ensuite s'efforcer de monter dans la maison comme on monte à l'abordage. En outre, toutes les peintures sont en cours et une fenêtre et une porte ont été déposées. Cela me fait de la peine de penser qu'il va peut-être en être ainsi pendant longtemps encore. Quant au jardin, on dirait le Sahara : il n'a pas un brin d'herbe. J'ai inauguré mes fonctions de maîtresse de maison en donnant (mais pas personnellement) à chacun de mes *totos* (petits garçons de la maison) 20 coups de *kiboko**, parce qu'ils avaient volé, s'étaient enivrés et avaient failli tuer 3 autres garçons ! Ils étaient si gentils et c'est toujours ennuyeux quand ils se mettent à boire ; mais j'espère qu'ils auront eu tellement peur que cela leur ôtera l'envie de recommencer. Je n'avais encore jamais fait donner du *kiboko* à aucun de mes boys. – Pour compenser, j'ai en même temps posé un pansement à un petit garçon auquel une autruche avait donné des coups de pattes dans le postérieur, – elles sont parfois terriblement hargneuses et elles peuvent tuer de la sorte. Il avait une longue plaie, profonde de plusieurs pouces et je lui ai posé un bon pansement bien serré et ce n'est qu'après que je me suis avisée que maintenant il va certainement être dans l'impossibilité d'aller au w.-c... Je lui ai rigoureusement interdit de toucher au pansement et j'espère qu'il ne va pas mourir...

Bror parle et écrit un anglais remarquable, bien meilleur que le mien car, du fait que la plupart des personnes que je fréquente quotidiennement sont des Somali, je parle comme Vendredi dans *Robinson Crusoé*. Les Somali m'appellent *Arda Volaja**, – il paraît que c'est tout ce qu'il y a de plus flatteur et que cela veut dire : la grande, la sage, etc. ; la seule qu'ils aient appelée ainsi auparavant, c'est la reine Victoria ! Aussi dois-je me sentir très honorée et espérer que cela n'est pas dû à mon physique...

À THOMAS DINESEN

MBAGATHI ESTATE
NAIROBI

[reçue le] 17 oct. 1914 ?
[mention portée par Thomas Dinesen]

Mon cher Tommy.

C'est à toi que j'envoie cette lettre car tu es certainement, chez nous, celui qui peut le mieux comprendre le grand bonheur qu'engendrent les expériences auxquelles elle a trait. Je viens de passer quatre semaines sur les terrains de chasse fortunés et je sors tout droit des profondeurs et de la magnificence de la grande nature à l'état brut, d'une vie digne du commencement des temps, semblable aujourd'hui à ce qu'elle était il y a mille ans, du face-à-face avec les grands fauves, qui vous captivent, vous obsèdent au point de vous laisser l'impression que rien d'autre que les lions ne peut donner un sens à votre vie, – revigorée par le grand air de la haute montagne, bronzée par son soleil, pleine du spectacle de sa splendeur sauvage, libre, puissante, lors des journées éblouissantes de chaleur et des grandes nuits de clair de lune. Je fais sincèrement amende honorable envers les chasseurs dont je ne comprenais pas l'enthousiasme. Il n'y a rien au monde qui puisse être comparé à la chasse. —

Juste avant mon départ, Bror m'a donné une carabine, une 256 à lunette, une arme magnifique avec laquelle j'avais au début une peur bleue de tirer mais que j'ai peu à peu appris à manier. Bror est un professeur remarquable. Dès le premier jour j'ai perdu une boîte de cartouches et, comme je n'en avais déjà pas assez au départ, j'ai compté très scrupuleusement mes coups ; avec 100 cartouches, j'ai abattu 44 pièces de gibier. Dans ces régions, on est facilement tenté de tirer de trop loin mais Bror m'en a dissuadée avec beaucoup de fermeté et s'est révélé très doué pour vous permettre d'approcher le gibier. Et pourtant, à plus de 400 mètres, j'ai mis une balle dans le cœur à des gnous et des topis. J'ai 20 espèces différentes de gibier à mon tableau de chasse, — toutes les variétés courantes de cervidés, zèbre, gnou, élan du Cap, antilope dik-dik, des marabouts, chacals, sangliers, 1 lion, 1 léopard et une multitude de gros oiseaux ; je n'arrive pas à tirer au fusil à plomb. Je porte encore comme une épine dans le cœur un gros léopard que j'ai vu, un matin de bonne heure, monter le flanc d'une colline et passer tranquillement à moins de 10 pas de moi, calme, majestueux ; si je n'avais pas été plus bête que lui, je l'aurais eu, mais j'ai cru qu'il allait venir s'asseoir sur un appât qui se trouvait par terre devant moi et je n'ai pas tiré ; et, quelque chose ayant bougé ou fait du bruit, il a disparu en l'espace d'un instant. J'ai aussi vu deux lions à 5 mètres de distance, au clair de lune, et les ai entendus manger un zèbre en faisant un vacarme qui n'avait rien d'humain.

Nous nous déplacions dans 3 voitures tirées par des mulets, avec 9 boys. C'était quelque chose de nouveau pour un safari et cela a causé un certain scepticisme : la plupart des gens partent avec des porteurs et des chars à bœufs, qui prennent deux fois plus de temps et provoquent une foule d'ennuis... Notre safari nous a conduits jusqu'au Southern Guasha Nyero, – un fleuve qui se trouve à 90 miles de la civilisation, – et 40 miles au-delà de celui-ci. C'est là une réserve masai et on voit partout les Masai avec leurs gros bœufs et leurs troupeaux de moutons. Ils traînent avec eux un fléau : les mouches, qui cherchent à vous dévorer. L'intérieur des tentes en est noir et, si l'on sert de la nourriture, c'est instantanément la même chose. Il n'y a absolument rien d'autre à faire que de s'y habituer et, à la fin, je les laissais tranquillement me courir sur le visage. Les Masai ont toujours le coin des yeux couvert de mouches mais cela ne les gêne pas du tout. – À l'aller, l'itinéraire passe par une chaîne de collines et il est très malaisé car la route est dans un état épouvantable et véritablement indescriptible ; on passe sur des rochers qui vous donnent l'impression de monter et de descendre une pyramide, la roue gauche à 6 aunes au-dessus de la droite. Cela prend quatre jours, pendant lesquels on ne rencontre aucun gibier. Puis la vilaine forêt de buissons cède la place, l'herbe se fait plus abondante ; les vastes hauts plateaux s'étendent devant nous, grouillants de gibier, au milieu d'un panorama imposant de montagnes bleutées. Pourtant, les bêtes ne sont pas aussi belles que celles que nous avons chez nous. Les zèbres sont charmants mais ils ressemblent à des chevaux, les gnous ont l'air dangereux mais ne le sont pas ; un spectacle merveilleux, c'est un troupeau de girafes, et, la première fois, on n'en croit pas ses yeux quand on les voit approcher, avec leur taille et leur minceur incompréhensibles, telle une troupe de grands reptiles et animées d'un mouvement de balancement très étrange. –

À la vérité, je peux dire qu'au cours de ce safari j'ai plus souffert du froid que de la chaleur. Quand on est en voyage, il faut se lever de bonne heure car cela prend toujours beaucoup de temps de lever le camp et de tout charger ; de même, quand on a placé un appât à l'intention des lions et que l'on espère encore en rencontrer un sur celui-ci juste avant le lever du soleil, il faut souvent partir alors qu'il fait nuit noire et, dans cet air raréfié, le froid est épouvantable. Puis, au milieu de la journée, le soleil devient brûlant et il est difficile de tirer car l'air vibre sous l'effet de la chaleur. Entre les deux, il y a un moment magnifique, surtout le soir, entre quatre heures et demie et sept heures, car alors toutes les couleurs deviennent merveilleuses et l'air délicieux. — La bouteille thermos est une chose remarquable : on peut toujours la remplir par un froid glacial le matin et elle vous rafraîchit encore à midi. — Dans la plaine, il y a de nombreuses fleurs, principalement de couleur violette, et presque partout des myosotis en grandes quantités. —

La première fois que nous avons entendu parler de lions, cela a été de la bouche d'un homme que nous avons rencontré sur la route et avec lequel nous avons pris notre repas ; dans des régions aussi peu habitées que celle-ci on est très hospitalier et heureux de rencontrer des gens ; on sait qui voyage ou qui a des *stores* par là pour faire du commerce avec les Masai, et chacun suit la chasse des autres avec intérêt. En compagnie d'un autre homme il était à la poursuite de 15 lions, avait construit une *boma**, — c'est-à-dire un rempart fait de branches d'arbustes épineux que l'on dispose autour de soi, près de son appât, — et, une nuit, au clair de lune, après avoir tiré sur l'un d'eux, il avait été attaqué par les 15 à la fois et aurait certainement été dévoré s'ils n'avaient pas eu l'idée de faire tout le bruit qu'ils pouvaient avec deux boîtes de conserve : cela a effrayé les lions, qui se sont enfuis. Il en avait assez d'eux mais nous a montré l'endroit. Sur la route, nous avons rencontré son camarade, Wilkes, qui avait amené par là un très riche Européen du nom de Ralli et qui était maintenant sur le chemin du retour avec 5 lions. — Après bien des difficultés, nous sommes arrivés à leur ancien campement, en un endroit malsain situé dans le lit d'une rivière, et nous avons trouvé une foule de traces de lions. Bror a passé la première nuit en *boma* avec Esman, son *gunbearer*, mais il faisait une nuit d'encre et il a manqué un lion. La même nuit, j'ai entendu du bruit à l'extérieur de ma tente, qui était assez éloignée de celle des boys et était restée ouverte ; je suis sortie pour voir ce que c'était et j'ai entendu un grognement sourd tout près de moi ; je suis rentrée et j'ai fermé la tente et, le matin, il y avait les traces de deux gros lions non loin de là, ils étaient également allés du côté des mulets. Après cela Fara a couché dans ma tente lorsque Bror était en *boma*. Pendant que nous guettions le bruit des coups de feu dans la nuit, il m'a parlé de l'élevage des chevaux en Somalie. Cela se passe ainsi : ils laissent paître leurs juments près des cours d'eau et des esprits d'étalons, qui habitent ceux-ci, viennent les retrouver pendant la nuit et cela donne des poulains rapides comme le vent. Pourtant, les poulains de Somalie que j'ai connus étaient loin de l'être. Esman, le *gunbearer*, et lui appartiennent à une tribu qui n'a pas le droit de faire du mal et qui jouit donc d'un grand respect de la part des autres, ce qui est excellent pour nous. Il nous a dit que nous pouvions bien tuer plus de bêtes que notre licence ne nous en donne le droit, puisqu'ils ne pouvaient pas nous dénoncer. — Par la suite, lorsqu'il a fait clair de lune, j'ai moi aussi participé aux veillées en *boma*.

Sur ces entrefaites, une affreuse Américaine du nom de Lady Mackenzie, — dont le safari est payé par un magazine, à grand renfort de publicité, et qui voyage avec 7 blancs et 200 porteurs, — est arrivée dans notre camp, s'y est installée et s'est mise à tirer dans toutes les directions et au mépris de toutes les règles, disposant ses propres appâts et édifiant une *boma* : elle a fini par faire fuir tous les lions de sorte que nous avons nous-mêmes dû plier bagage et partir un peu plus loin vers l'est. On se laisse induire en erreur par les Masai qui vous donnent des renseignements sujets à caution quant à la présence de lions ; ils en voient partout. Pourtant, nous avions un bon guide, un *elmoran*, – jeune guerrier ; tous les Masai font quelques années de service militaire, pendant lesquelles ils sont extrêmement bien habillés, toujours armés et logés à part, soit par groupes de quelques hommes dans les montagnes, soit dans de grandes « casernes » avec d'immenses champs de manœuvres. Mais celui-ci n'avait pas l'air d'un *elmoran*, on aurait tout à fait dit une fille de ferme danoise, aussi l'appelions-nous Maren ; mais il n'était pas bête du tout et il a tué un serpent d'un coup de lance à 5 pieds de distance. Guidés par lui, nous sommes arrivés en un endroit, à la limite entre les montagnes et la plaine, où je ne crois pas qu'aucun blanc ait encore campé. En tout cas, le gibier n'était pas farouche et des troupeaux d'élans du Cap et de zèbres se sont approchés de nous, l'air très intrigués. J'ai essayé de les photographier mais, malheureusement, je n'y suis jamais parvenue. Nous n'avons pas tiré beaucoup de coups de feu à cet endroit non plus, afin de ne pas faire fuir les lions, uniquement pour manger et afin de disposer d'appâts pour les lions. Il y en avait partout : nous les entendions juste à côté de notre camp, la nuit, et nous trouvions leurs traces dans le lit de tous les cours d'eau, mais ils ne voulaient pas toucher à notre appât. Tous les matins, nous allions le voir mais il était intact, et puis il faut de la chance pour se trouver en présence de lions sur ce genre de terrain difficile, plein de gorges et de fourrés très épais.

Un après-midi, nous étions partis chasser pour nous procurer à manger. Le *sais* devait nous suivre avec les chevaux. Il nous a rattrapés extrêmement *aufgericht*[1] ; là où il avait traversé la rivière, il avait trouvé un gros *simba* couché par terre qui n'avait pas bougé sur son pas-

1. Karen Blixen veut probablement dire : *aufgeregt* (excité). *(N.d.T.)*

sage et l'avait simplement regardé d'un air terrifiant. Nous n'avions pas grand espoir de le retrouver au même endroit mais nous avons suivi notre guide et nous nous sommes tous mis à taper des pieds tout autour du gué, — et tout à coup j'ai vu une énorme bête couchée dans l'herbe haute, à environ 100 mètres de nous, j'ai touché le bras de Bror, il a porté ses jumelles à ses yeux et dit très rapidement : *Its a lion*, a changé de fusil et tiré. Le lion était couché, la tête sur les pattes, et regardait droit dans notre direction. Il a reçu la balle en pleine poitrine et s'est effondré sans un bruit. C'était un grand mâle. Je me suis approchée de lui et j'ai vu la vie disparaître de ses yeux ; c'était ma première rencontre avec un lion et je ne l'oublierai jamais. Du fait de leur morphologie, de leur port, ainsi que de leurs mouvements, les lions possèdent une grandeur, une majesté qui inspire véritablement à l'homme un sentiment de peur et qui fait que, par la suite, on se dit que tout le reste est bien petit, — mille générations de souveraineté sans partage, et l'on se retrouve également soi-même 6 000 générations en arrière, — et l'on sent immédiatement ce que la nature peut exprimer quand elle déploie toute sa puissance, quand on la regarde droit dans les yeux. — Les boys étaient fous de joie et sont accourus vers nous en poussant de grands éclats de rire ; pour eux, en effet, les lions sont vraiment des ennemis naturels, ils leur prennent leur bétail et Fara nous a dit qu'il n'existait pas une famille somali dont aucun membre n'ait été dévoré par les lions. Parmi les chasseurs blancs, ils comptent que 10 % trouvent la mort (1 pour 10 lions). —

Le camp fut le théâtre d'une grande fête, avec *ngoma*, tandis qu'on dépouillait le lion ; celui-ci mesurait 11 pieds 8 pouces. Lorsqu'on les voit sans leur peau, on se rend vraiment compte que chaque atome de leur corps est pétri de force ; leurs énormes muscles et tendons n'ont pas la moindre parcelle de graisse superflue. Le lendemain, à trois heures de l'après-midi, nous avons vu 6 lions dans la plaine mais, en nous approchant à cheval sans prendre suffisamment de précautions, nous les avons fait fuir et n'avons pu les tirer ; nous sommes restés quelques jours encore à cet endroit mais sommes ensuite allés établir notre camp plus près des montagnes. À ce moment de notre expédition, j'avais veillé 2 nuits en *boma*. Lorsqu'il n'y vient pas de gibier, c'est vraiment ennuyeux. On y est enfermé à six heures du soir ; puis la nuit tombe et il est impossible d'en sortir avant six heures du matin, au lever du soleil. Il ne faut pas dormir, si l'on ne veut pas laisser passer des occasions. Juste sous son nez, on a la puanteur de l'appât qui est disposé de façon que le vent vous en apporte directement le fumet : on est assis dans une position très inconfortable, avec deux Somali serrés tout contre vous et il ne faut pas bouger, pas faire de bruit. Une nuit pareille peut durer 50 ans ; pendant l'une d'elles j'ai tout de même eu deux hyènes qui sont venues, comme des spectres, goûter un peu notre appât, les autres nuits rien du tout. C'est pourquoi je suis restée dans ma tente la première nuit que nous avons passée sur les lieux de notre nouveau campement ; j'ai entendu Bror tirer 4 fois et, tôt le lendemain matin, il est arrivé à cheval : au cours de la nuit il avait eu 4 lions, — nous en avons trouvé 3 mais le quatrième avait pénétré dans des fourrés si épais qu'il était impossible de le retrouver sans chiens. Les peaux étaient magnifiques ; malheureusement, les hyènes avaient déjà consommé une partie du plus beau d'entre eux avant que nous ne le trouvions, — il n'était qu'à 100 pas de la *boma* mais dans un épais fourré. Le même jour, nous avons fait une longue randonnée, trouvé des traces de rhinocéros et de buffles et nous aurions certainement pu avoir un rhinocéros si nous avions voulu tirer et ne nous étions pas concentrés exclusivement sur les lions. —

La nuit suivante, j'ai vécu une vraie nuit de chasse en *boma*, – la chose la plus prodigieuse que l'on puisse imaginer. Il faisait maintenant un grand clair de lune et dans ce cas, d'une *boma* où l'on se trouve à moins de 4 aunes de son appât, on voit les grands animaux comme si l'on était assis au milieu d'eux. En premier arrivent les hyènes ; craintives, semblables à des ombres, elles viennent rôder une ou deux fois avant de finir par s'enhardir et manger ; elles se glissent hors de l'obscurité, de plus en plus nombreuses, et l'on entend chacun des bruits de leurs crocs dans la viande. Puis c'est le tour des petits chacals ; très vifs, ils ressemblent à des renards et sont extrêmement légers et jolis à voir ; bien des fois, le matin, j'ai vu les mères jouer avec leurs petits et c'était vraiment charmant. Au clair de lune, on voit tout avec une grande netteté et il serait presque possible de les toucher de la main, tandis que l'on reste absolument immobile, le fusil armé posé sur une branche, prêt à tirer. – Puis... *[il manque ici une page de la lettre]*... celles que Bror avait perdues, parce qu'elles avaient touché trop loin, dans la nuque, et est tombé sans un bruit. Malheureusement, ce n'était qu'une vieille lionne, très grosse ; Bror et moi pensions tous les deux que c'était un lion, tellement elle était grosse. La même nuit, Bror a tué une autre lionne, un peu plus petite, mais avec une belle peau. On se réveille horriblement fatigué et courbaturé, juste au lever du soleil, après un petit somme, et on revient au camp, on s'entend féliciter par les boys et on va se coucher et se faire dévorer par les mouches. – La nuit suivante que j'ai passée en *boma*, j'ai tiré un gros léopard, superbe, et puis, le matin, celui que je n'ai pas eu mais qui ressemblait à une apparition. – Ensuite, hélas, il a bien fallu rentrer, aussi pénible que cela soit. On laisse derrière soi ces grandes plaines sauvages et on se dirige vers le nord, on quitte les Masai, on n'entend plus les lions, on retrouve les *stores* situés le plus à l'écart, on rencontre des blancs, on arrive à la gare de Kijabe, on prend le train et Rundgren vient vous chercher en *motorcar*...

À la ferme, tout était en ordre. Mais comme la civilisation peut rendre la vie ennuyeuse ! La sécurité, vers laquelle elle tend de toutes ses forces, ainsi que les efforts qu'elle déploie pour tout connaître et tout classer suffisent à lui enlever tout charme, — et ce n'est que dans la « jungle » des très grandes villes qu'on retrouve celui-ci...

À INGEBORG DINESEN

MBagathi Estate, 22/10/[1914]

... Fara m'a demandé s'il pouvait partir faire du commerce pour moi pendant 3 mois. Les Somali sont des nomades et ils sombrent dans une profonde affliction s'ils doivent rester longtemps au même endroit, aussi suis-je d'avis qu'il est bien regrettable de les y contraindre ; même s'ils sont, en fait, satisfaits de leur sort là où ils sont, il leur faut du changement. D'abord, il a eu l'idée d'aller à l'école pour apprendre à lire ; mais je ne désirais pas l'y aider car il me semble que cela ne sert qu'à les rendre malheureux et impropres au service. Ce qui a certainement causé cette fébrilité dans son âme, c'est le fait qu'il a reçu de Somalie une lettre l'informant que sa femme venait d'avoir un *toto**. Cela fait longtemps que nous attendons cet événement et nous comptons sur nos doigts depuis mon départ d'Aden, puisque c'est pendant qu'il était là à m'attendre qu'il s'est marié et qu'il a mis l'enfant en route, et maintenant il faut qu'il aille se mettre en devoir de gagner de l'argent pour lui. Les Somali sont immensément riches, je crois que beaucoup d'entre eux sont millionnaires, mais ils placent tout leur argent en bétail et ils vivent, s'habillent et mangent comme Abraham en son temps. C'est une conception tout à fait étrangère aux Européens : rechercher la richesse et, une fois celle-ci atteinte, vivre sans un soupçon de luxe. J'ai demandé à des Somali si, maintenant qu'ils avaient de l'argent et devaient rentrer en Somalie, ils allaient marcher avec des bottes mais ils ont rejeté cette idée en ricanant. Les Masai sont pareils. Parmi leurs grands chefs, il y en a beaucoup qui ont 50 000 têtes de bétail, sans compter une multitude de moutons ; comme les Somali, ils sont extrêmement cupides mais leurs chefs ont exactement les mêmes demeures, portent les mêmes peaux de bêtes et vivent absolument de la même façon que les autres Masai. Je ne sais pas comment ils ont bien pu réussir à réaliser cette égalité parfaite. Pourtant, Fara a promis de ne jamais quitter mon service...

Malgré ma vieille germanophobie, je ne peux m'empêcher de regimber devant les incroyables fanfaronnades des Anglais ; ils n'arrêtent pas de dire, par exemple, qu'ils sont « le seul peuple qui ait du *brain* », — et quand on entend répéter que les canons allemands ne sont que de la camelote, que pas un seul soldat allemand ne sait tirer, et décrire les atrocités effroyables perpétrées par les Allemands alors que les Anglais se conduisent toujours en parfaits gentlemen, il n'est vraiment pas possible d'être de connivence avec une fatuité aussi prodigieuse. Mais je suis également sûre que ce serait pour l'Europe le plus grand malheur possible et imaginable si les Allemands l'emportaient et c'est affreux de penser qu'ils sont en France. Quant aux atrocités, je crois que tous les peuples civilisés perdent la raison quand ils sont en guerre. Mais les Allemands sont sans doute ceux qui prêchent avec le moins de vergogne une tactique digne des Huns...

Je suis désolée d'apprendre que grand-maman ne se porte pas bien* et de me dire que je ne la reverrai certainement jamais. Mais il est presque heureux qu'elle ne puisse se rendre bien compte de cette guerre, qui l'aurait certainement épouvantée. Quand tu me parles du pays dans tes lettres, je le vois distinctement, mais quand ensuite je pense à l'ombre de la guerre qui plane sur tous ces endroits paisibles, je n'arrive pratiquement plus à m'y retrouver. Il me semble que, lorsque je regarde en direction du nord, il faut que je m'attende à voir d'immenses flammes dans le ciel ; et là-bas se trouvent le Danemark, Rungsted, le Sund...

À ELLEN DINESEN

MBagathi, 26/10/1914

... Je viens d'avoir une pénible expérience avec ma chatte, qui a encore eu des chatons dans la forêt ; hier soir, elle est entrée précipitamment dans la cuisine, où se trouvaient les boys, apportant ses petits dans sa gueule l'un après l'autre et ils étaient tout couverts de ces horribles et énormes fourmis noires qui vous dévorent littéralement. Nous en avons débarrassé les chatons et les avons placés dans une grande boîte mais, cette nuit, la mère les a ressortis, certainement parce qu'elle avait peur de Dusk, et ce matin elle est venue me chercher en poussant de grands gémissements et m'a menée en courant jusqu'à l'endroit de la forêt où elle les avait laissés. Mais il ne restait plus qu'un grouillement de fourmis et un peu de peau et d'os. Il faut faire très attention à ces fourmis car il est véritablement répugnant d'en avoir sur soi : elles enfoncent la tête tout entière dans la chair et se portent de préférence aux endroits les plus déplaisants. —

J'ai lu quelques livres de Tolstoï et je puis dire que je n'ai jamais rencontré un être aussi doué qui me soit aussi peu sympathique. Une bonne partie de ce qu'il écrit me dégoûte franchement et je préférerais mille fois la mort à un monde où ses idéaux seraient réalisés. Par contre, j'ai lu un livre excellent et très drôle : *La Révolte des anges* d'Anatole France, et deux ouvrages suédois également plaisants : *Pennskaftet* et un nouveau, *Firman Åbergson*, qui amuserait à tout le moins Tommy. Ici, j'arrive à lire pas mal de choses mais les livres anglais sont un peu trop rébarbatifs pour moi et, de façon générale, ce peuple m'est profondément antipathique. Ce à quoi je pense bien souvent, et que je ne manquerai pas d'aller voir si jamais je reviens au pays et qu'ils existent encore, ce sont les impressionnistes français ; de façon générale, je languis beaucoup après tout ce qui est français et italien et comme ce sera délicieux, un jour, de voir à nouveau quelque chose d'ancien et de beau, si les Allemands ne détruisent pas tout...

À INGEBORG DINESEN

MBagathi, 3/12/1914

... Je crois que les Anglais d'ici commencent à nous regarder un peu de travers, je veux dire les Suédois, ce qui, à vrai dire, n'est pas très étonnant car ils sont tous totalement du côté des Allemands ; ceci n'est pas toujours très agréable pour moi, car notre maison est un peu leur rendez-vous et ils viennent y discuter de la guerre et de l'avenir. Cependant, ils se sont montrés bien élevés, plus que bien des Anglais, et on offert leurs services. Notre voisin, Van de Weyer, a organisé une collecte au bénéfice des Belges et les colons danois et suédois ont pensé se faire mieux voir grâce à une généreuse contribution de la part des *Swedes & Danes at Ngong*, – mais Dieu sait qu'il n'est pas facile de se procurer de l'argent par les temps qui courent. Il est bien dommage que ni le Danemark ni la Suède n'aient de colonies ; car, ici, on ne se sent jamais vraiment chez soi, – en ce qui me concerne, les Anglais me sont devenus particulièrement étrangers, aussi est-ce une chance pour moi que les Somali et les *natives* me donnent le sentiment d'être des frères...

Le pauvre Bror est véritablement au désespoir en ce qui concerne ses approvisionnements car le gouvernement lui a pris ses véhicules et ses bœufs sont en train de mourir. Tu imagines l'avantage que cela aurait représenté pour cette ferme si elle était reliée à Nairobi par voie ferrée. Nous avons essayé de résoudre la difficulté en passant un contrat avec la Swedo, nous engageant à lui fournir du charbon de bois, et nous avons en ce moment 21 meules allumées ; c'est très amusant de prendre part à cela. Nous avions pensé faire un petit safari à Noël, mais il croit que s'il n'est pas là, ils vont tous mourir (les bœufs) comme la dernière fois, aussi n'ai-je encore aucune idée de ce qu'il va en être. –

J'ai beaucoup à faire pour former un cuisinier fort ignorant. Comme je ne sais rien moi-même et que tout cela doit se passer en swahili, ce n'est pas très facile ; et pourtant cela ne marche pas mal. On fait aussi bien en en prenant un qui ne sache rien qu'un de ceux qui ont appris ici la cuisine anglaise. Est-il possible que les Anglais ne mangent jamais d'autre dessert que du gâteau de sagou et du *roly poly* lourd comme du plomb ? Mon cuisinier et moi sommes devenus experts dans la fabrication de la pâte feuilletée sur toutes ses formes, des lentilles[1], des

1. Variété danoise de gâteau. (*N.d.T.*)

meringues, des crêpes, des gâteaux d'anniversaire, des divers soufflés, des cornets, des chaussons aux pommes, du gâteau au chocolat, des choux à la crème, — et en outre il sait faire toutes sortes de potages, il cuit très bien le pain et les galettes au lait, et réussit de très bonnes figures sur notre misérable petit fourneau. Je crois qu'il est très important d'avoir une nourriture un peu appétissante et surtout un peu de variété. Il m'est venu à l'idée de faire un menu hebdomadaire, comme dans les prisons et les maisons de charité ; mais ici je le fais, en fait, pour ne pas que nous mangions tous les jours la même chose. — Tu ne le croiras certainement pas mais ma maison est réputée comme un endroit où l'on mange bien ; les Suédois d'ici disent que, selon les critères nordiques, c'est la maison la mieux tenue de toute la B.E.A. (Ne va pas répéter cette vantardise...)

En ce qui concerne les lions, — Thomas aurait bien pu garder cela pour lui, — tout ce que je peux dire c'est que je ne crois pas qu'un être normal puisse se trouver dans un pays où il y a des lions sans mettre son adresse à l'épreuve. D'un point de vue moral c'est peut-être mal mais, par rapport au lion lui-même, je tiens à dire ceci : si quelqu'un désire venir tirer sur moi, alors que je suis en pleine vigueur de la jeunesse, de sorte que je meure en l'espace de cinq minutes sans en avoir eu auparavant le moindre pressentiment, je lui en serai *sincèrement* reconnaissante et ne lui en voudrai pas d'assister à mes derniers instants sans s'attendrir et en admirant profondément ma grandeur. — Le dessein que la nature a conçu pour les êtres humains, avec son lent déclin et ses longues souffrances, est si dur qu'il n'y a aucune honte à prendre soi-même l'affaire en main au moyen d'une balle expéditive (blesser est toujours un tort, il est vrai, mais mes petites balles ne font guère de mal si elles ne frappent pas au bon endroit), et il faut véritablement avoir bien peu de chance, dans une guerre quelconque, pour devoir endurer les mêmes souffrances que, par exemple, une personne qui meurt d'un cancer. –

En ce qui concerne les mules, je ne les *plains pas*, et tu ne les plaindrais pas non plus si tu avais eu à subir leur malignité. Toutes nos mules sont grasses et bien soignées ; mais elles préfèrent se laisser étriller et rouer de coups de pied ou de bâton plutôt que de bouger et cela les regarde...

La lettre suivante est la seule de tout le recueil à être écrite en anglais. Toutes les lettres en provenance de l'Afrique Orientale anglaise se trouvaient alors soumises à la censure du fait de la guerre et devaient donc être rédigées dans une langue que comprenait le censeur.*

À INGEBORG DINESEN

MBagathi Estate, 24/2/1915

Ma très chère maman bien-aimée.

Cela fait deux mois que je n'ai pas de nouvelles de toi et j'avais presque abandonné l'idée d'écrire, pensant que les relations postales étaient interrompues, mais j'ai reçu aujourd'hui une lettre d'Elle, qui en contenait une autre de Caecilie. Je vais donc tenter ma chance à nouveau et t'envoyer celle-ci. Il faut que tu dises mille mercis à Elle pour sa lettre, vous ne savez pas ce que cela peut représenter ici. Il paraît qu'il y a du courrier en souffrance à Aden depuis des mois et j'espère qu'il finira par arriver et m'apportera de bonnes nouvelles de vous tous. Toutes les lettres doivent maintenant être écrites en anglais...

Il a fait terriblement sec et je ne sais pas ce que vont faire les pauvres *natives* car leurs *shambas* sont absolument noirs, les Masai et leur bétail meurent par centaines de soif et de faim. J'en ai également souffert passablement. Bror t'a écrit une longue lettre — et en anglais encore ! mais je l'ai déchirée parce qu'à ce moment il était très inquiet pour moi et elle était bien trop triste. Mais je vais beaucoup mieux maintenant, quoique j'aie été vraiment bien malade d'un empoisonnement au véronal. — Cela faisait plusieurs nuits que je n'arrivais pas à dormir et, comme cela n'est pas dans mes habitudes, tu le sais, j'ai perdu patience — Elle ne va pas manquer de compatir — et après avoir essayé une dose, puis deux, de véronal, j'en ai pris quatre la dernière nuit et j'ai cru que je n'allais jamais me réveiller. Heureusement, Bror est descendu par hasard dans le courant de l'après-midi et a tenté de me faire revenir à la vie mais, quand il a réussi à me réveiller, je me suis mise à vomir (?)[1] sans arrêt et cela a continué ainsi pendant 2 jours. Après cela, il m'a fait consulter un docteur de Nairobi qui m'a examinée soigneusement et a fini par dire qu'il n'avait jamais de sa vie vu une constitution aussi robuste. « Vous m'impressionnez véritablement, ne cessait-il de dire, votre cœur et vos poumons sont les meilleurs sur lesquels je sois tombé[2]. » — Mais il pensait que la chaleur et la sécheresse avaient été un peu trop dures à supporter pour moi et m'a donné des remontants auxquels je ne crois guère...

Lundi, je pars en safari avec Fagerskiöld, pour environ deux mois, dans la région de Lakepea, d'Aber-

1. Le point d'interrogation s'explique probablement par le fait que Karen Blixen n'est pas sûre du terme anglais, pourtant parfaitement correct, qu'elle emploie. *(N.d.T.)*

2. Le point d'interrogation aurait été plus justifié à cet endroit car Karen Blixen emploie le verbe *to come over* (traverser) alors qu'elle veut certainement dire *to come across* (rencontrer), méprise bien difficile à rendre en français. *(N.d.T.)*

daire et du mont Kenia ; il fait plus frais là-bas qu'ici et je suis enchantée de partir. Là-bas, il y a des buffles et parfois des éléphants mais, de toute façon, cela fait du bien de sortir et de voir des endroits qu'on ne connaît pas. Bror a tout organisé de façon parfaite, il est remarquable en ce domaine et me facilite beaucoup la vie. – J'espère que mon jardin ressemblera un peu moins au Sahara quand je reviendrai et que la véranda sera entièrement terminée, elle est déjà ravissante et nous nous y tenons presque tout le temps, mais il n'y a pas de marches et cela fait très haut à monter...

J'ai maintenant 3 chiens de plus, j'ai reçu l'un en cadeau d'un jeune guerrier masai et c'est le chien le plus laid que j'aie jamais vu. Fara ne cesse de m'apporter des cadeaux, lui aussi, de vieilles broderies somali ainsi que des armes, des lances, des couteaux et des boucliers avec des poignées en argent, les Somali font toujours des cadeaux magnifiques. – Bror vient de me préparer un bain et il me crie qu'il ne faut pas que je veille si tard, aussi je vous dis au revoir à tous, excuse le peu d'intérêt de cette lettre, tu ne peux pas savoir comme je me sens bête quand je dois m'exprimer en anglais[1]. – Au revoir, bonne santé et sois heureuse. J'espère avoir bientôt de tes nouvelles. – Au revoir.

Tanne

À cette époque, Karen Blixen était déjà sérieusement atteinte par la syphilis qu'elle avait contractée dans son union conjugale avec Bror Blixen. Dans le troisième volume des Annales de la Société Karen Blixen BLIXENIANA 1978, *le professeur Mogens Fog, qui soigna Karen Blixen pendant de nom-*

1. Karen Blixen, qui deviendra bientôt un grand écrivain de langue anglaise, n'a pas encore tout à fait perdu l'habitude de mettre des majuscules aux substantifs (suivant l'usage danois de l'époque) mais, à part l'erreur signalée plus haut, son anglais est très correct. *(N.d.T.)*

breuses années, a relaté de façon circonstanciée l'histoire de cette maladie, à partir de documents figurant dans divers dossiers médicaux et de notes personnelles. Il y écrit notamment : « Karen Blixen n'a jamais présenté le moindre signe de démence paralytique, uniquement une affection limitée, bien que douloureuse, de la moelle épinière. Elle a dû s'apercevoir rapidement de cette contamination car, dès 1914, elle est allée consulter un médecin de Nairobi et a suivi un traitement à base de comprimés de mercure. Mais elle n'a pas retrouvé la santé. En mai 1915, elle écrivait à sa mère qu'elle se sentait bien malade et qu'elle avait de la fièvre. Le médecin lui a alors conseillé de partir pour le Danemark et elle est arrivée à Copenhague au mois de juin.

« Là, elle a consulté le professeur C. Rasch, spécialiste en dermatologie et maladies vénériennes, qui l'a suivie, pendant ses séjours au Danemark, au cours des dix ou douze années suivantes.

« Il en est résulté plusieurs séjours de longue durée au Rigshospitalet ainsi que des traitements en milieu non hospitalier. Dans le dossier de la dernière période d'hospitalisation, en 1925, Rasch a fait figurer un résumé de l'évolution de la maladie et des examens auxquels elle avait donné lieu.

« Entre juillet et décembre 1915, il a été procédé à cinq réactions de Wassermann (expérience spécifique de la détection de la syphilis) sur le sang de Karen Blixen. Seule la première a donné des résultats positifs, les réactions ultérieures se révélant normales. En septembre 1915, le liquide céphalo-rachidien a laissé apparaître un fort accroissement du nombre des globules blancs, puis un accroissement léger lors de prélèvements ultérieurs, le reste étant normal, mais à aucun moment de réaction de Wassermann positive. La rapide normalisation de l'état du sang de ce point de vue signifie que la syphilis " active ", et donc le risque de contagion, avait été stoppée au deuxième stade... En 1915, Rasch a fait procéder à deux séries de piqûres de salvarsan mais, de toute évidence, ce traitement n'était pas en usage à Nairobi... »

À INGEBORG DINESEN

Paris, 28/5/1915

Surtout, ne t'inquiète pas. *Tout va bien.*

Ma chère petite maman adorée. –

Je viens de déjeuner avec le baron Bech Frijs et il m'a dit que, si je me dépêchais, je pourrais faire partir cette lettre par l'intermédiaire d'un Suédois qui rentre aujourd'hui chez lui. Il me semble que cela vaut mieux que de télégraphier et je profite de l'occasion pour faire partir ceci afin de t'informer que je suis à Paris, en route pour Londres où je dois consulter un spécialiste des maladies tropicales. En effet, j'ai à nouveau été très malade et, à Nairobi, le docteur a déclaré qu'il fallait que je rentre au pays pour un *change of air*. On a été d'avis que, si je ne partais pas tout de suite, je pouvais courir le risque de ne jamais me débarrasser de ma fièvre, ou bien encore d'avoir la *Black Water*, qui provient d'un excès d'absorption de quinine (je crois que c'est une sorte de cystipathie), et, surtout quand on nous a dit qu'après cette maladie on risquait de ne plus pouvoir avoir d'enfant, – (mais tu n'as pas besoin de parler de cela) – il nous a paru, à Bror et à moi, que cela n'avait pas de sens que je reste plus longtemps là-bas, aussi ai-je vendu tout mon *trading shauri*[1] et, huit jours plus tard, je prenais un bateau ; j'ai fait un excellent voyage et je me porte déjà infiniment mieux et j'ai beaucoup grossi.

1. Le mot *shauri* voulant dire en swahili : affaire (chose qui cause des) soucis, cette expression qui mêle trois langues différentes est pour le moins obscure. *(N.d.T.)*

Il paraît qu'à Londres on fait maintenant des piqûres contre la malaria qui vous guérissent complètement ; un docteur de Nairobi m'en a fait une mais cela n'a servi qu'à me donner une forte septicémie au bras, — mais peut-être ne sera-ce pas nécessaire et, en tout cas, j'arriverai à la maison dès que je pourrai, mais seulement pour une courte visite. Tu te doutes que cela m'ennuie d'avoir quitté Bror ; dis bonjour à tante[1] Clara et dis-lui que tout va *parfaitement bien* pour lui, et que je vais bientôt venir la serrer dans mes bras de sa part. Je loge chez Henrik et vous pourrez y télégraphier quand vous aurez reçu cette lettre. Fara m'a accompagnée jusqu'à Marseille, car j'étais assez souffrante quand j'ai quitté Mombasa, mais je l'ai renvoyé à la maison une fois arrivée. Ici, je loge dans la même pension qu'en 1910. L'attaché d'ambassade et attaché militaire suédois y loge également. Aujourd'hui, en allant voir les roses de Bagatelle, j'ai entendu les canons ; ils tiraient sur un Zeppelin qui passait juste au-dessus de nous.

Ma chère maman, comme ce sera bon de te revoir ainsi que vous tous. Il ne faut en définitive pas te faire de souci pour moi ; je vais vraiment beaucoup mieux et je me sens forte, et ici tout est absolument ravissant. Je n'ai pas du tout peur des sous-marins, je vais passer par Bergen et je serai à la maison vers le 15 juin. Je vous serre tous dans mes bras et me réjouis infiniment de vous revoir.

Votre Tanne

Après son retour au Danemark en juin 1915, Karen Blixen habita pendant plus d'un an chez sa mère, à Rungstedlund, abstraction faite des trois mois qu'elle passa à l'hôpital pour exa-

1. Il est rappelé que Karen Blixen était la petite-nièce de sa belle-mère. *(N.d.T.)*

mens et pour le traitement de sa maladie. En 1916, ses deux sœurs se marièrent, son frère Thomas passa l'examen de sortie de l'École Polytechnique et exprima ensuite le désir de participer à la guerre mondiale, comme volontaire, du côté français. Son père ainsi que son grand-père s'étaient tous deux vu décerner la Légion d'honneur pour leurs services en tant qu'officiers dans l'armée française et Thomas Dinesen avait le sentiment de devoir, lui aussi, participer à la lutte contre la menace d'un envahissement de l'Europe par l'Allemagne. Comme il l'écrit lui-même dans son livre intitulé* Tanne *: « Au cours de l'été 1916, j'annonçai ma résolution à maman qui en fut sur le coup extrêmement peinée et ne me comprit pas bien. Je demandai alors à Tanne si elle voulait bien m'aider et, après qu'elle eut parlé seule à seule avec maman pendant plusieurs heures, une compréhension totale s'instaura. Jusqu'à mon retour, sain et sauf, de l'armée canadienne en janvier 1919, je ne rencontrai plus qu'un appui affectueux et chaleureux. »*

« Au cours de l'été 1916, Bror vint passer quelques mois au Danemark et Tanne repartit au Kenya avec lui en novembre, pleine de confiance en l'avenir de leur ferme. La guerre avait eu pour conséquence que presque tous les produits du Kenya s'écoulaient en Europe à des prix très élevés, — Tanne et Bror avaient trouvé l'endroit qu'il fallait pour leur avenir, semblait-il. Une grosse société par actions fut alors créée, la " Karen Coffee Company, Ltd. ", de nombreux membres de la famille y investirent de l'argent, achetèrent des actions et un prêt bancaire d'un million fut obtenu. »

Le désir de Karen et de Bror Blixen de disposer d'une résidence plus vaste et plus luxueuse pouvait maintenant se réaliser. La société par actions acheta la maison que l'on connaît par La Ferme africaine, *ainsi que les terres qui en dépendaient. Le 10 novembre 1916, Karen Blixen et son mari partirent pour Londres, via Göteborg. Là, ils logèrent à l'hôtel Carlton. Ils avaient tout d'abord eu l'intention de gagner Marseille en passant par Paris, mais, comme ils devaient être accompagnés jusqu'en Afrique par le beau-frère de Bror Blixen, Gustaf*

Hamilton, et qu'on les avait mis en garde contre le voyage par Marseille du fait des risques de torpillage en Méditerranée, ils trouvèrent préférable de s'embarquer à Londres et réussirent à trouver des places à bord du Balmoral Castle, *en principe complet, en partance pour Durban, en Afrique du Sud, via Le Cap.*

En novembre 1916, Karen Blixen écrit à sa mère : « Cela a été pour moi un véritable crève-cœur que de ne pas passer par Paris. Mais il est vrai que l'on ne peut s'attendre à voyager en cette grande année de guerre comme en temps de paix. C'est étrange comme on devient " marin " une fois qu'on a commencé à voyager ; les grands itinéraires vous font sentir toute la force de leur emprise, et c'est pour moi une véritable fête que de descendre Piccadilly en voiture. Si jamais j'ai de l'argent, j'habiterai une grande ville ; celles-ci ont un charme inexplicable. – Et c'est prodigieux comme l'image que l'on se fait de la vie change du tout au tout la première fois que l'on voit un soldat. Cela fait mal, mais surtout quand on rencontre l'idéal, auprès de ce qui est émouvant dans les grands événements; de la vie et de la mort sous leur forme banale, commerciale, du fait de la honte que l'on ressent pour ses petits chagrins particuliers et, de façon fort étrange, d'une sorte d'amertume à l'idée de ne pas avoir part à tout cela. Bien sûr, j'ai pensé à Tommy, – à notre Tommy, devrais-je dire, car ce sont tous des Tommies, ici, – et je le comprends parfaitement. Ce qui est affreux, c'est le fait que la guerre existe ; que l'on soit amené à y participer est presque inévitable, d'une façon ou d'une autre, et ici, à Londres, on comprend bien ce dont on a si souvent eu le pressentiment à la maison, à savoir que si l'on y échappe on passe peut-être à côté de la vie elle-même – (" on ne peut trouver le bonheur en fuyant son destin. Ce qui est gagné extérieurement sera perdu intérieurement. ") – Les grandes tempêtes se sont levées et l'on est en leur pouvoir, et c'est alors que l'on retrouve ce sentiment de solidarité qui se perd dans la vie quotidienne ; il vous fortifie, mais d'où pourra-t-on bien tirer autant de force qu'il en faut ?... »

Le lendemain, dans une lettre à sa mère, on peut lire ceci : « Quelques mots seulement pour te dire que nous allons bien et que nous quittons demain matin ce Londres si charmant où je serais bien restée plus longtemps. Mais il nous a fallu mettre à profit chaque minute pour faire des emplettes, aller à la police, dans les légations, les banques, les bureaux des compagnies maritimes, etc. Aujourd'hui nous sommes allés chez la reine Alexandra[1], *qui a vraiment été infiniment aimable et charmante, puis nous sommes allés prendre notre petit déjeuner à la légation de Suède, avec Henrik, et dans diverses boutiques, ensuite les Reventlow sont venus déjeuner ici avec nous...* »

Aux environs du 20 novembre, le bateau partit enfin.

À INGEBORG DINESEN

UNION-CASTLE LINE
R.M.S. « BALMORAL CASTLE »

Lundi 27 nov. [1916]

... Nous devrions arriver au Cap le 8 et y rester deux jours. Puis il y aura 5 ou 6 jours de voyage jusqu'à Durban, avec de brèves escales à East London et Chinde ; à Durban, il nous faudra quitter ce bateau-ci et en attendre un plus petit, de la British India Line, et, dans le pire des cas, cela peut demander 14 jours...

Ce navire est très agréable et loin d'être plein, mais les gens qui sont à bord ne sont pas très intéressants, ce qui est sans doute normal en ces temps de guerre où seuls voyagent ceux qui y sont contraints. Il y a un certain nombre d'officiers et la plupart d'entre eux ont été au front, mais les Anglais ont ceci de remarquable qu'ils res-

1. La veuve du roi Edouard VII était une princesse danoise, fille de Christian IX. *(N.d.T.)*

tent absolument semblables à eux-mêmes quoi qu'il puisse se passer au-dessus de leur tête et cela, certainement, de 10 à 90 ans. Ils pensent exclusivement à leurs *deck games* et, si l'on ne savait pas qu'il y a une guerre, on pourrait à coup sûr faire tout le voyage en leur compagnie sans s'en apercevoir...

Bror est extrêmement gentil et attentionné ; il se plaît lui-même beaucoup à bord et en profite pour se reposer une bonne fois avant de se mettre à l'œuvre en Afrique. Il a en effet de nombreux projets pour l'installation de la Swedo et l'aménagement du littoral, aussi n'allons-nous sans doute pas manquer d'ouvrage. Je suis *très* heureuse à l'idée d'installer ma maison...

À INGEBORG DINESEN

HOTEL EDWARD,
BEACH, DURBAN

7th January 1917

Le 27, nous sommes partis d'ici pour Maritzburg... Par l'intermédiaire du consul de Suède, nous avions reçu une invitation à aller rendre visite à un vieux colon, the Hon. Joseph Baynes*, qui a créé toute l'agriculture rationnelle du Natal. Notre visite a été vraiment intéressante et divertissante, et j'ai rencontré là l'une des personnes les plus charmantes que je connaisse. Sa propriété s'appelle Nel's Rust, – Le Repos de Nel, – et Nel était le grand-père maternel de Botha. On dirait tout à fait un petit royaume indépendant, avec des centaines de bêtes de première qualité et de *natives* qui, pour la plupart sont nés sur place à la deuxième génération, et qui avaient l'air d'adorer le vieux Baynes. C'est un grand original qui ne vit que pour sa ferme mais qui est très ferré sur la Bible et sur Shakespeare ; il connaît tout le monde en Angleterre et, lors de ses séjours au pays, il est invité dans les endroits les plus chics et il a assisté au couronnement du roi Edouard ainsi qu'à celui du roi George, mais pour rien au monde il n'abandonnerait Nels Rust.

Il y a deux ans, il est tombé malade et quand il est parti pour l'Europe, afin d'y subir une grave opération, tous ses indigènes sont venus lui demander de faire ramener son corps pour qu'il soit enterré à Nels Rust ; ayant guéri en Angleterre, il s'est rendu dans une grande société de disques et y a fait enregistrer un discours en kafir à tous ses gens pour leur dire qu'il était toujours en vie et qu'il allait revenir. La société a envoyé le disque là-bas et l'a fait passer sur un phonographe installé dans la véranda ; et leur représentant a dit qu'il n'avait jamais vu des gens aussi émus que les indigènes de cet homme ce jour-là...

Un télégramme expédié de MBagathi le 26/1/1917 et arrivé à Rungsted le 29/1, annonce l'arrivée de Karen Blixen et de son mari à la ferme.

À INGEBORG DINESEN

MBagathi, le 1/2/1917

Ma chère Maman.

Nous sommes enfin de retour dans notre maison ! Cela me fait l'effet d'un rêve d'être là, de pouvoir faire le tour de la ferme et tout revoir. Un jour, il faudra que l'un de vous vienne jusqu'ici pour relier le monde de chez nous à celui-ci ; pour l'instant, cela ressemble trop à deux existences différentes. – Tout va bien. La ferme est très belle à voir et, à la Swedo, tout va encore mieux que jamais. Étrangement, il a plu et pleut encore chaque jour, ce qui n'est pas naturel à cette époque de l'année ; pourvu que cela ne signifie pas que nous n'aurons pas de pluie en avril lorsque nous ferons nos plantations. Le café a fort belle allure, bien qu'il ait réduit un peu à cause du gel.

Ici, la maison a beaucoup changé, en mieux, depuis que je suis partie. La loggia et la véranda sont complètement recouvertes de végétation et ombragées ; dans ma chambre à coucher a été posée une grande *bow-window* qui double sa surface et l'aère bien, le jardin est vert et plein de fleurs et le parc est très beau à voir, avec son herbe verte et bien drue sous les arbres. Et pourtant, je t'assure que je suis contente d'aller habiter la Swedo ; je suis allée là-bas : la maison est d'une fraîcheur délicieuse, les pièces sont hautes et bien aérées et nous pourrons avoir une vue magnifique quand j'aurai fait abattre quelques arbres. Il y a un certain nombre de choses à remettre en état, car la pluie a causé certains dégâts mais d'ici un mois j'espère avoir emménagé et pouvoir vous adresser bien des pensées reconnaissantes. –

Fara est venu me chercher à Mombasa et j'ai été vraiment émue de le revoir. Hassan et le vieil Ismail sont venus jusqu'ici pour me saluer et tous nos gens sont très heureux de nous voir rentrés. Comme c'était plaisant de traverser à nouveau ce pays en voiture et de voir tout ce gibier...

D'après tout ce que j'ai vu au Natal, cette ferme est, tout compte fait, une ferme modèle et la terre est meilleure que tout ce que j'ai vu d'autre. Bror va certainement écrire à Oncle Aage pour lui donner des nouvelles de la ferme. Il est bien regrettable pour Bror que Bursell ait donné son congé le soir même de notre arrivée. Il peut certainement trouver une place mieux rémunérée dans la région ; tous les salaires ont augmenté de façon incroyable et il a une excellente réputation dans son métier. Pourtant, c'est quand même nous qui lui avons permis de se mettre en valeur ; mais on ne peut se fier à la loyauté de ce genre de personnes. Alors Bror a accepté ses conditions, – 60 £ par mois et 10 %, – en attendant d'avoir une réponse d'Oncle Aage et, pendant ce temps, il nous faut voir à faire venir quelqu'un d'autre du pays, de préférence un Danois...

À INGEBORG DINESEN

MBagathi, 13/3/1917

Ma très chère maman.

Cela fait bien longtemps que je n'ai pas écrit, mais nous étions à nouveau en voyage et ne sommes rentrés qu'hier. –

La nouvelle de la mort de Daisy* vient seulement de me parvenir ; Else me l'a annoncée, c'était très gentil de sa part, – et elle m'a causé un immense chagrin. Il me semble qu'avec elle, la vie a perdu beaucoup de ses couleurs et de son éclat, et moi une bonne partie de ma jeunesse. Bien que je l'aie très peu vue ces dernières années, il n'est pas beaucoup d'êtres qui me manqueront plus et, maintenant qu'elle est morte, je m'aperçois combien, malgré tout, j'ai toujours pensé à elle et, si nous réussissions jamais à avoir un peu d'argent, espéré faire quelque chose pour elle. – C'était un être merveilleux, l'un des meilleurs que j'aie connus. Il ne me semble pas que l'on puisse dire qu'elle ait été malheureuse. Elle était plus heureuse de vivre que la plupart des gens, elle était toujours occupée à quelque chose, s'intéressait à tout, et elle a été aimée comme peu d'êtres l'ont été. J'échangerais bien ma vie contre celle de Daisy. –

Je n'arrive absolument pas à concevoir que je ne la reverrai plus jamais. Je penserai toujours à elle telle qu'elle était à Assise : c'était merveilleux de voir un être de notre époque réussir, comme elle, à entrer de plain-pied dans ce monde-là et s'y sentir chez lui. – Pauvre Henrik, comme j'ai de la peine pour lui ; heureusement que Daisy était près de lui lorsqu'elle est morte. Il est le seul qui ait été vraiment bon envers elle et, bien qu'il soit le seul être envers lequel on puisse dire qu'elle ait eu des torts, je crois cependant qu'elle lui a fait plus de bien que de mal. Le temps qu'il a passé avec elle est probablement le seul pendant lequel il ait vraiment vécu et il le sait bien lui-même. Il existe si peu de gens qui soient capables de sortir la vie du train-train quotidien et de lui donner de la poésie, et, malgré tout, je suis persuadée que ce que l'on ressent le plus envers eux, c'est de la gratitude. –

Nous venons de rentrer de la ferme de Uasin Gishu. Le voyage est long et pénible ; à vrai dire, je ne tenais pas du tout à en être mais, d'une part, Bror aime bien que je l'accompagne pour voir les différentes branches de la Karen Coffee Co, et, d'autre part, il me semble à moi aussi que c'est judicieux... Sur le chemin du retour, nous nous sommes arrêtés à la vente gouvernementale annuelle de Naivasha, qui est ici un événement analogue au Derby ; c'était amusant à voir, ainsi que de rencontrer certaines personnes. Lord Delamere et Galbraith Cole étaient là, les Buchanan, chez qui j'ai logé à Gil Gil, Van de Weyer et différents officiers que j'avais rencontrés dans la réserve pendant la guerre. Je regrette que nous n'ayons pas, dès le début, choisi de nous lancer dans le bétail plutôt que dans le café, cette vie-là est plus agréable et l'on rencontre des gens plus sympathiques ; mais, comme nous allons maintenant mettre sur pied une laiterie modèle, ici, il viendra certainement bien des éleveurs pour la voir...

J'ai passé un contrat avec Fara, aux termes duquel il s'engage à me fournir en œufs, beurre, viande, volailles et légumes pour 2 £10 par semaine. Je crois bien qu'il y gagnera mais, comme cela, je n'aurai plus le souci constant de veiller à notre approvisionnement. Il recevra la même somme quel que soit le nombre des visiteurs et c'est excellent pour moi de pouvoir établir un budget et d'être *sûre* que mes rentrées seront suffisantes...

À INGEBORG DINESEN

Frydenlund, 24/3/1917

Ma bien chère maman.

Voici ma première lettre de Frydenlund[1], où nous avons maintenant emménagé et où je suis extrêmement contente de me trouver, – bien que, pour l'instant, je sois au milieu d'un véritable chaos. Les ouvriers n'ont absolument rien fait au cours des deux mois qui se sont écoulés depuis que j'ai donné les ordres, le toit est à l'air libre et le plancher sens dessus dessous, – mais, néanmoins, c'est magnifique d'être ici. Il y fait *toujours* frais et c'est merveilleux d'être à nouveau dans de grandes pièces ; elles me font l'effet de véritables salles, mais je sais bien que vous ne les trouveriez certainement pas imposantes...

J'ai recommencé à peindre un peu mais, pour l'instant, il y a trop de désordre ici et j'ai trop peu de temps.

1. Ce nom danois signifie : Le Bosquet de la joie. *(N.d.T.)*

– J'ai terriblement envie d'aller chasser un peu à nouveau. Sjögren m'a donné – avec la maison, – un fusil qui est excellent. Ici, je dois me contenter de tirer sur les pigeons, hier, après-midi j'en ai abattu 21...

Il faudrait que tu entendes ce qu'on dit de von Lettow par ici. On en parle comme du plus grand génie de son temps. C'est vraiment intéressant de connaître un tel homme. On dit que toute sa tactique vise à faire durer les hostilités dans la région jusqu'à ce que la Paix soit signée en Europe, afin que l'Allemagne ait des droits à faire valoir sur la G.E.A., – et qu'il la mène à bien avec beaucoup d'habileté et de persévérance. –

Fara est debout derrière ma chaise et me fait la conversation dès que je pose ma plume. Quand Bror n'est pas là, nous passons toujours des soirées très agréables tous les deux ; il m'apprend toutes les nouvelles possibles et imaginables qui courent parmi les Somali...

À INGEBORG DINESEN

Ngong, Nairobi, 1/6/1917

... Je suis en train de t'écrire, – à Frydenlund, – dans le fumoir ou bureau de Bror, la seule pièce qui, à l'heure actuelle, soit terminée... Nous sommes *très* satisfaits de cette pièce ; elle possède une grande fenêtre, large de 5 aunes, qui donne sur la véranda et il y règne toujours une délicieuse fraîcheur et une lumière tamisée ; nous y avons mis les meubles de Sjögren et certains des nôtres, que nous avons fait venir de MBagathi, et c'est très appréciable pour Bror de disposer d'une pièce où il soit tranquille, où il puisse garder ses papiers et travailler. Il n'y a qu'une seule porte, comme dans le bureau chez nous, aussi n'y a-t-il pas de passage et il n'y vient que des gens qui ont quelque chose à y faire. C'est également très agréable pour moi, le soir, lorsque je suis seule à la maison, comme en ce moment, de disposer d'une pièce où je puisse être vraiment chez moi et en paix...

Mes 2 petits chiens, Askâri (L'agent de police) et Banja (Le rat), sont couchés là ; Bror a pris Dusk avec lui, — il ne peut s'en passer et l'emmène même à l'hôtel et en automobile. Ces deux-là venaient de naître quand je suis arrivée ici et ils sont très drôles car ils ressemblent à Dusk à la fois physiquement et par le tempérament. Les lévriers sont des chiens très fidèles, intelligents et doux. Malheureusement, j'ai eu le très grand chagrin de perdre Dawn, leur mère, — c'est un léopard qui s'est emparé d'elle. C'était une chienne incroyablement douce et intelligente et, contrairement à Dusk, c'est moi qu'elle préférait. Mais elle était trop courageuse. Tous les chiens dormaient sous la véranda quand, au milieu de la nuit, j'ai tout à coup entendu un violent vacarme et, lorsque je suis arrivée, il n'y avait plus de chiens ; après avoir longtemps cherché, j'ai trouvé les deux petits dans un coin, tout tremblants, mais nous n'avons pas revu Dawn depuis...

Ici également, la guerre est un fardeau de plus en plus lourd à porter, tout est rendu plus difficile, bien des choses sont même impossibles et le pire, par ici, c'est que tant de *natives* sont réquisitionnés pour servir de *porters* en G.E.A. que la question de la main-d'œuvre jette une ombre de plus en plus sombre et inquiétante sur tous les projets que l'on peut faire. Je suis heureuse d'avoir de si bons boys ; Fara et Juma, qui ont pris soin de MBagathi pendant que nous étions partis, Esa, un boy déjà assez âgé qui est une véritable perle, — il a passé 14 ans dans la même place avant de venir ici, — un très gentil cuisinier somali que je soupçonne quand même fortement de voler, et Abdullah, un petit Somali de 9 ans qui me divertit beaucoup. Il se conduit envers moi absolument comme une vieille bonne d'enfants ; mais, à cet âge-là, aussi, les noirs sont bien plus expérimentés et dignes de confiance que les blancs du même âge...

Avant-hier, Bror a tué un python de 15 pieds... Nous étions sortis à pied pour aller inspecter la ferme, non loin d'ici, et je venais de dire à Bror, sous le coup de je ne sais quelle inspiration, que je pensais qu'il pouvait y avoir des pythons par là, lorsque nous avons vu l'herbe bouger sur le passage d'un gros serpent. L'herbe est très haute en ce moment, aussi Bror a-t-il eu beaucoup de chance de le toucher, — ou plutôt de l'érafler, de sorte qu'il est devenu furieux et s'est dressé en donnant des coups de tête de tous les côtés. Grâce à leur corps très long et extrêmement puissant, ces reptiles peuvent frapper deux endroits distants d'une dizaine d'aunes en l'espace d'une seconde et je ne connais rien qui puisse avoir l'air aussi furieux. J'étais morte de peur car cet imbécile de Dusk n'arrêtait pas de le poursuivre en faisant des bonds, de sorte que le serpent l'a touché au museau, qui s'est mis à saigner, et moi qui voyais seulement sa tête et la partie de son corps qui dépassait de l'herbe, je pensais que c'était l'un de ces grands mambas venimeux. Puis Bror lui a placé une balle dans la tête. La peau est très belle et je me demande si je ne vais pas l'envoyer chez Hellstern, à Paris, pour m'en faire faire une paire de chaussures.

Nous avons maintenant plus de 100 acres de lin sur notre ferme. C'est très beau à voir, on dirait un coin de terre de chez nous et cette belle couleur verte, si fraîche, est quelque chose d'unique par ici, où toutes les couleurs sont très sèches. Et cela sent bon, comme un sous-bois rempli d'anémones au printemps. L'herbe que j'ai semée sous les arbres, autour de la maison, est aussi d'un très beau vert ; mais elle a bénéficié de circonstances extraordinairement favorables du fait des pluies abondantes et persistantes que nous avons connues. J'ai rapporté du jardin botanique de Durban un certain nombre de plants de palmiers et d'arbustes à fleurs que j'ai maintenant mis en terre et qui sont presque tous en parfait état...

À INGEBORG DINESEN

Ngong, 14/6/17

Ma très chère maman.

Il vient de m'arriver, toute seule, une lettre de toi écrite le jour de mon anniversaire, – je ne sais si elle s'est trouvée retardée par rapport au reste du courrier précédent ou si elle est arrivée par un nouveau. Il faut que j'y réponde immédiatement, même si ce n'est que brièvement, puisque tu m'écris que Tommy va partir pour l'Amérique, via Bergen. Ma chère maman, comme j'aimerais être auprès de toi et pouvoir te tenir dans mes bras. Nous avons certainement les mêmes pensées quant à ce garçon que nous chérissons ; il s'agit avant tout de son bonheur, qu'il puisse échapper à son sentiment d'inutilité et d'isolement, et sentir qu'il possède quelque chose en commun avec les autres, qu'il participe à la vie, – or, « si l'on ne met pas sa vie en jeu, on ne la gagnera jamais* ». Tommy a certainement très clairement conscience de ses propres défauts et imperfections ainsi que du fait qu'il a du mal à se décider, à se réaliser, et il ne pourra sans doute surmonter cela qu'en se laissant entraîner, et pas seulement par une idée, mais en recevant le « baptême de l'action ». –

Mais, ma petite maman chérie, tu as à pâtir du fait que tu as des enfants tellement bizarres qu'il leur faut une révolution ou bien participer à une guerre mondiale pour naître véritablement ; pour d'autres, qui ne sont en aucune façon plus insignifiants, il suffit de suivre les cours de l'école de Mlle Zahle ou d'apprendre à conduire une automobile, ce qui cause bien moins de tracas à tout le monde. Pourtant, le monde ne manque pas d'êtres singuliers (gens qui vont au pôle Nord, artistes et soldats de l'Armée du Salut) dont les mères ont dû joindre les mains et accepter le fait que le destin et le bonheur de leurs enfants doivent emprunter des voies aussi étranges et tortueuses, – et puis, quand on y pense, on court peut-être d'aussi grands dangers dans les bureaux d'un ministère qu'au milieu des icebergs. Si tu te rappelles l'histoire de la cigogne, – les deux hommes qui habitaient une petite maison triangulaire et l'eau qui s'échappait de l'étang aux poissons, etc.[1], – eh bien elle me sert encore souvent à expliquer la vie et j'y crois toujours, tout comme la reine Draga en son temps. Au moment précis où l'on a l'impression de tourner en rond de la façon la plus désespérante – « de tomber dans un trou puis d'en ressortir », – on est justement en train de parachever le chef-d'œuvre de sa vie, le microcosme. J'en ai fait l'expérience dans ma propre vie et les plus grands moments ont été ceux où j'ai pu distinguer la cigogne – (comprends-moi bien).

Même si Tommy n'arrive pas à participer à tout cela, ou même s'il finit par y participer et qu'il s'aperçoive que ce qu'il imaginait très beau et très grand est hideux et monotone, il mettra peut-être en œuvre ses facultés et ses forces selon leur véritable destination et fera quelque chose de complet de sa vie. –

Bror est à Mombasa mais j'ai parlé de Tommy avec Fara, ce soir, et il y a vraiment quelque chose de noble dans la façon qu'ont les musulmans de s'en remettre

1. Cette histoire, qui donne son sens à tout ce passage et à de nombreux autres, figure dans la deuxième partie de *La Ferme africaine*, sous la rubrique « Les sentiers de la vie ». *(N.d.T.)*

entièrement au destin ; ils n'en parlent pas, mais cette sorte de sagesse innée, qui donne à un être aussi peu instruit que Fara son assurance et sa supériorité, vous frappe. Même en mettant à part les indigènes, on rencontre ici, – au milieu de cette horrible mort vivante qu'est la médiocrité de la middleclass anglaise, – des êtres qui sont, en toute simplicité et sans détour, à la recherche des valeurs originelles de la vie. Tels sont, par exemple, Lord Delamere, Galbraith Cole et certains des *Dutchmen*, comme Posma et le vieux Kolbe, dont je t'ai parlé. Et, sur ce point, il y a quelque chose d'admirable chez les Anglais : cette façon simple, limpide et presque géniale qu'ils ont de comprendre leur propre nature et de la suivre sans sourciller. Je crois que Tommy leur ressemble, mais il n'a pas cet aplomb ou cette foi dans les droits de sa propre nature qui permet, par exemple, à Lord Delamere de tourner le dos à tout ce qui est anglais et de vivre au milieu des Masai. Complètement incompréhensibles à des êtres conventionnels comme Gustaf Hamilton, qui n'arrive absolument pas à expliquer que Cole préfère séjourner dans sa ferme d'Elmenteita plutôt qu'à l'hôtel Carlton, – et en bons descendants de l'Anglais au complet à carreaux de *Pontemolle* et d'autres du même genre, – je crois qu'ils sont parmi les êtres les plus heureux du monde. Je pense que Tommy leur ressemble, et également qu'il pourrait être très heureux par ici ; il me semble aussi qu'il pourrait l'être dans une tranchée, au milieu de camarades, mais je crois que, ces derniers temps, il n'était pas à son aise vis-à-vis des conditions privilégiées dans lesquelles il vivait et qu'il s'est lui-même senti gêné de son manque de gratitude et de son extravagance. Mais je pense qu'il en va de même pour la grande majorité des jeunes gens qui n'ont pas quitté le foyer de leur enfance. Aucun bonheur idyllique au monde ne peut les rendre heureux, car ils aspirent à des exploits, – « Il aimait la chanson héroïque qui somnole sous les grandes étoiles ; il aspirait à devenir l'écho d'une chanson chantée il y a bien longtemps », – et, au moment où leur foyer les perd, il les gagne en fait car, de loin, ils le voient avec plus de netteté et il exerce sur eux plus d'attrait que de près, et il les ramène toujours infailliblement à lui, en particulier grâce à des souvenirs de jeux et de tendresse. –

Maman chérie, je suis là à t'écrire et j'exprime peut-être bien mal ce que je veux dire, mais comment faire ? Nous sommes bien loin l'une de l'autre et tout ce que je te dirais en te prenant par le cou, me semble-t-il, je suis obligée de le coucher laborieusement sur une feuille de papier. Quand je pense à Tommy et à toi, et au fait que vous allez être séparés, j'ai le cœur qui bat car vous vous ressemblez, tous les deux, vous êtes pour moi ce que j'ai vu de plus beau, et vous vous aimez tellement. Mais, plus tard, vous verrez également comme il est doux de se retrouver. –

Chaque fois que je me dis que je vais te parler de ma vie quotidienne, il se présente quelque chose qui me fait négliger cette résolution, d'abord Ea, puis Tommy. Mais tu verras, maman chérie, que de l'angoisse et des alarmes que te causent ces grands événements, ainsi que de tout ce qui, te semble-t-il, te ronge et te déchire, il finira bien par naître une magnifique cigogne, – « la vie telle qu'en elle-même » parée d'une telle grandeur que personne n'a jamais pu créer quoi que ce soit qui puisse approcher sa beauté et sa richesse, même en imagination ou en rêve.

Maman chérie, je te serre dans mes bras.

Tanne

À INGEBORG DINESEN

Ngong, 11/8/17

... Depuis que Tommy t'a quittée, vous n'avez jamais quitté ma pensée, tous les deux, et je suis obligée de suivre chacun de tes mouvements au cours de la journée. Tu penses si j'ai été contente de recevoir ses gentilles lettres, d'abord du paquebot, puis de New York. D'un bout à l'autre de celles-ci, on pouvait remarquer combien le monde s'était ouvert à ses yeux et combien il savourait tout : sa jeunesse, sa liberté et son indépendance ; mais, étant donné sa nature, je ne crois pas qu'il pourrait le faire si quelque chose de plus grand, quelque chose qui exige bien plus, et de plus décisif, ne l'attirait pas derrière tout cela, et c'est bien pour cette raison qu'on l'aime. Je pense tout le temps à papa et à grand-mère, quand il est parti en France pour prendre part à la guerre ; pour elle, cela a presque dû être encore plus pénible que pour toi, — bien qu'il ne puisse être question de degré dans les peines de cœur, — puisqu'elle avait connu l'angoisse une fois déjà et l'avait vu revenir, et je ne peux m'empêcher de penser que, par moments, grand-mère est près de toi là où tu te trouves, reliée à toi depuis l'infiniment loin par la sympathie qui ne peut manquer d'unir toutes les mères et par cette merveilleuse compréhension dont vous êtes douées, vous autres, mères bénies et prodigieuses, pour tous les autres enfants incompréhensibles, et qui vous explique, sans un mot mais très clairement, les voies étranges du petit Wilhelm[1] et du petit Thomas, et pourquoi c'est précisément cela qui s'impose à eux.

1. Wilhelm était le prénom du père de Karen Blixen. *(N.d.T.)*

Tu penses bien, ma petite maman, que je comprends qu'« une mère est un martyr », — mais on vous aime également plus que le commun des mortels. Jamais, au grand jamais, je n'oublierai ce que c'était que de pouvoir se libérer auprès de toi de toute l'inquiétude et de toute la souffrance dont on était accablé, — et qui tout à coup se trouvaient réduites à ce que l'on ressentait, étant petite fille, après avoir cassé une tasse. Ce miracle, personne d'autre que toi n'aurait pu le réaliser ; aucun autre être humain, même le plus intelligent et le plus sage au monde, ne sait comme toi pencher vers moi un visage baigné de lumière qui me donne la paix, et je sais que, lorsque je te retrouverai, ce sera le même bonheur sans limite. Revenir près de sa mère et être pris dans ses bras est le même miracle naturel et immanquable que, chaque année, lorsque la forêt se met à reverdir ; ce monde désert, béant et battu par tous les vents se transforme tout à coup en une voûte, un couvert, un abri qui cependant reste tout à fait libre et vivant et tout se penche sur vous comme pour vous donner sa bénédiction et celle-ci ne saurait vous faire défaut tout le long de votre chemin...

À ELLEN DAHL

Bogani, 13 sept. 1917

... Ta lettre de Paris m'a causé plus de plaisir que je ne saurais te le dire et je trouve que c'est magnifique de t'imaginer à Paris avec Knud, et que les beautés de Paris et de la France te soient apparues... Même lorsque j'y étais, en 1915, pendant les hostilités, il m'a semblé qu'il émanait de Paris un rayonnement que ne possède aucun autre endroit et la gravité de la guerre n'était pas le moins du monde en contradiction avec la beauté et l'animation de Paris ; il me semble d'ailleurs que c'est le principal charme de Paris et de la France dans son ensemble — ainsi qu'une faveur accordée par la nature aux pays méridionaux : tout y devient harmonie ; ils sont capables de rassembler les éléments les plus disparates de la vie et d'en faire quelque chose d'harmonieux. Tout ce qui, au sein de natures moins achevées, apparaît comme une série d'oppositions : le corps et l'esprit, la nature et l'idéal, la théorie et la pratique, l'art et la vie, la vie et la mort, — tout cela y vibre délicieusement à l'unisson. Je souhaite pouvoir vous rencontrer à Paris, Knud et toi, en avril 1919, lorsque je rentrerai à la maison. Pour moi, la France est toujours la Terre sainte ; c'est de là que viennent la beauté et la liberté, toutes les forces les plus divines de la vie...

Ces derniers temps, tout a été merveilleux à voir, ici, — il pleut malheureusement beaucoup, au grand désespoir de Bror qui est en train d'arracher du lin, — mais, entre les jours de pluie, nous avons des journées vraiment parfaites, comme au mois de mai chez nous, où toute la verdure est d'une grande fraîcheur et l'air comme à Fontainebleau, me semble-t-il. Devant la maison, — ou plutôt sur tous les côtés de celle-ci, puisque *Njovana Bogani* (c'est-à-dire la Maison dans la forêt) se trouve au milieu d'une grande forêt, — s'étend une grande pelouse verte mais je n'ai pas encore eu le temps de la faire tondre, sauf juste devant la maison, — et elle est très recherchée par les *totos* qui gardent les chèvres ; il m'arrive d'y avoir une centaine de chèvres et de moutons kikuyu ainsi qu'une foule de petites têtes brunes qui les gardent et, avec cette belle ombre que les arbres dessinent sur l'herbe, j'ai l'impression qu'ils n'auraient pas pu avoir un spectacle plus enchanteur à contempler en Arcadie. De temps en temps, ils jouent de la flûte et ils dansent ; dimanche dernier, il y avait bien 1 000 personnes rassemblées ainsi, pour danser, devant la maison.

J'ai Fara, qui est un ange, ainsi que des boys qui sont hors de pair, dans l'ensemble, et puis un petit Somali de 10 ans qui s'appelle Abdullah et que j'aime autant, me semble-t-il, que s'il était mon fils. Je suis allée rendre visite à sa mère, l'autre jour, dans la partie somali de Nairobi. C'est amusant de voir comment ils vivent ; du reste, les Somali ont beaucoup de belles choses et, en particulier, ils tressent et brodent très joliment à l'aide de pailles de couleurs. Je suis très contrariée par le livre de Johannes Poulsen*, dans lequel celui-ci dit que l'islam est très dépourvu de spiritualité. Je ne crois pas qu'il existe des êtres qui aient plus d'amour-propre et de sérénité et de courage et de dignité que les musulmans ; mes meilleurs amis sont des musulmans et ils sont à cent coudées au-dessus des Anglais d'ici. Et comme Johannes Poulsen n'avait rien vu d'autre que Port-Saïd avant de dire cela, c'est comme si quelqu'un qui n'aurait vu que Nyhavn et Lille Kongensgade[1] voulait porter un jugement sur le christianisme, – et d'ailleurs celui qui est le plus dépourvu de spiritualité, c'est bien Johannes Poulsen ; je suis étonnée qu'un livre aussi plat et aussi médiocre ait eu du succès chez nous...

1. Parties plus pittoresques que bien fréquentées du port et du centre de Copenhague. *(N.d.T.)*

À THOMAS DINESEN

Ngong, 12/1/1918

Mon cher Tommy.

Je te remercie beaucoup, beaucoup, pour tes deux lettres d'Angleterre, qui sont arrivées juste à temps pour le soir de Noël, et cela a été le plus magnifique cadeau de Noël que je puisse recevoir. Nous t'avons envoyé un télégramme, mais j'ai bien peur que tu ne l'aies pas reçu ; mais, même sans télégramme, tu pouvais te douter que nous pensions à toi et que nous te souhaitions tout ce qu'il y a de mieux au monde, ainsi que de pouvoir, l'an prochain, être réunis ici pour fêter Noël près de notre feu de camp, – « dans la réserve masai* ».

Je pense à toi chaque jour, tu sais, mon vieux Tommy, et je souhaite pouvoir bientôt te voir, – et t'entendre parler de tout ce que tu as vécu, et nous évoquerons aussi le bon vieux temps à la maison, la passée des canards et la tempête de neige de Finse, la *Saga de saint Olav* et d'Artagnan et Porthos. La petite photo de toi en uniforme, que tu m'as envoyée récemment, est sur la tablette de ma cheminée et je suis très fière de la montrer à tous ceux qui viennent ici et d'expliquer que c'est mon frère qui est soldat...

Je suis allée aux *moving pictures* avant-hier et j'ai vu des images du front et de la bataille d'Arras et, bien que l'on n'ait sans doute pas une impression fidèle quand on n'entend pas également l'horrible vacarme, c'est infiniment impressionnant. Malheureusement il n'y avait que des soldats anglais, – car, bien que je sois presque apparentée aux Anglais maintenant, c'est quand même toujours pour la France que bat mon cœur ; et si ce n'était pas la lutte pour la France que tu es allé rejoindre, il me serait bien difficile d'accepter de te voir partir, — et c'est déjà assez difficile comme cela ! Il me semble que tout s'est effondré, dans cette horrible guerre : le christianisme, la culture, les idéaux de l'humanité, — il ne brille plus qu'une seule chose au-dessus de toutes ces ruines, comme tant de fois auparavant : le saint nom de la France. Dieu fasse que ce ne soit pas pour la dernière fois !...

Ici, on dit maintenant que la guerre est finie, bien qu'on n'ait pas encore pu mettre la main sur von Lettow, et on ne la mettra probablement jamais. C'est un trait tout à fait à l'honneur des Anglais qu'ils reconnaissent volontiers et admirent les qualités et la valeur de leurs ennemis ; ils parlent tous de von Lettow en termes très flatteurs et sont d'avis que c'est l'un des Allemands les plus capables parmi tous ceux qui ont participé à la guerre. Je trouve que c'est intéressant d'avoir fait sa connaissance ; car on ne rencontre pas tellement de gens remarquables dans sa vie. Comme la guerre a changé le monde ! Quand je pense à la façon dont von Lettow et moi bavardions, assis sur le pont de l'*Admiral*, alors qu'il partait droit vers un destin aussi grand et terrifiant, j'ai peine à croire qu'il puisse s'agir de la même existence, — mais laquelle est la plus naturelle pour les êtres humains, je ne sais trop.

Je viens tout récemment de rencontrer quelqu'un qui ne vit que pour la guerre et qui croit que c'est le seul moyen d'être heureux, et j'ai pensé à toi et me suis demandé si cela allait être la même chose pour toi, — c'est Eric von Otter*, qui est revenu de G.E.A. en permission et que j'ai été heureuse de rencontrer à nouveau ; je crois bien qu'il a le même caractère que papa, il s'intéresse beaucoup à tout ce qui a trait à la nature, à la chasse et à la guerre, et surtout aux *natives*, à leurs coutumes et à leurs idées, — aussi tu te doutes que j'aime beaucoup parler de tout cela avec lui. Il est tout à fait islamisé, il connaît le Coran par cœur et il est le seul Européen auquel les musulmans eux-mêmes accordent le droit de le toucher lorsque, par exemple, ils doivent prêter serment devant le conseil de guerre, — et, outre celui-ci, il emporte *Les Trois Mousquetaires*, dont il parle avec la même dévotion qu'Elle et toi…

Dieu sait où tu seras, mon très cher Tommy, quand tu liras ceci, — peut-être seras-tu déjà en France et auras-tu vu bien des choses que l'on ne saurait imaginer d'ici. Quand je regarde les étoiles, ici, le soir, entre les grands arbres du parc, j'essaie toujours de me rappeler leurs noms, que tu m'as appris, et je me demande, si tu n'es pas en train de les regarder du fond d'une tranchée, — d'une certaine façon si loin, si loin de moi, mais d'une autre façon nous serons certainement toujours proches l'un de l'autre ; nos pensées ont trop souvent emprunté les mêmes voies et elles peuvent certes encore se rencontrer dans bien des grands pays dont elles connaissent le chemin, — dans l'Almannagjà, et à bord du navire viking qui passe majestueusement sous le regard des garçons le long de la côte des îles Sigil[1]. J'ai ici *Brede Sejl over Nordsø gaar* en disque, — étrange rencontre, mais c'est la vie — et je ne peux jamais l'entendre sans pleurer, parce que je pense à toi ; il me semble que nous nous sommes tenus ensemble « tout en haut du gaillard, le matin* ». Je ne pourrai jamais assez te remercier de ce que tu as été pour moi depuis ta première enfance et jusqu'au moment où, lors de mon dernier séjour à la maison, tu m'as consolée et tu m'as secourue dans ma détresse, comme un grand frère ; et il n'existe à l'heure actuelle personne au monde, non plus, à qui je puisse imaginer tout dire, si ce n'est toi, — si seulement tu pouvais être là en ce moment !

Tu penses si j'ai été heureuse de recevoir tes lettres du

1. Îles imaginaires figurant peut-être dans un livre d'enfants connu du frère et de la sœur. *(N.d.T.)*

Canada, – j'y ai répondu là-bas, mais tu n'as peut-être jamais reçu ces lettres-là. Cela m'a causé une grande joie de voir que tu t'es maintenant mis à savourer la vie comme un vaillant jeune homme, après avoir été pendant si longtemps un astronome plein de sagesse. Je t'ai envoyé en Angleterre un poème de Bonne Année* que je trouvais très beau et qui disait une partie de ce que je souhaite que la vie t'apporte en cette nouvelle année. Puisses-tu avoir la force de supporter ce que tu verras et ce que tu vivras et puisses-tu l'en aimer encore plus pour cela.

Maintenant, les nouvelles de la maison te parviennent certainement plus rapidement qu'à moi ; les dernières lettres que j'ai reçues dataient de près de 3 mois. Je suis bien ennuyée qu'Elle soit toujours malade, – Dieu soit loué, pourtant, qu'elle ait Knud et que mes vœux n'aient pas été exaucés sur ce point ; Mopsus avait quand même bien raison de dire que Dieu a infiniment plus d'imagination que nous. Ah si seulement, seulement, il voulait bien en ce moment imaginer une paix durable et des retrouvailles entre maman et toi dont je ne peux moi-même me faire qu'une petite idée. Que toutes sortes de bénédictions soient sur toi, en ce moment et pour toujours, mon très cher Tommy.

Ta sœur et amie fidèle tant que je vivrai,

Tanne

À INGEBORG DINESEN

Bogani, 14/2/1918

... Je suis allée chasser pendant 14 jours dans les plaines du Tana avec Eric Otter, pour y tirer le buffle et le rhinocéros, que je n'avais pas encore tirés, et j'ai bel et bien fait les deux ainsi qu'un excellent safari. Cette région est tellement belle, le paysage y est absolument enchanteur et « romantique », comme un Claude Lorrain, avec des montagnes bleues en forme de dômes, de longues plaines brunes et de larges cours d'eau au courant puissant auprès desquels il pousse une abondance de palmiers et de grands arbres verts. Mai il y fait horriblement chaud, ce n'est qu'à 3 000 pieds — et les plaines du Tana sont affligées d'un fléau tout particulier, les tiques, qui se collent sur vous par millions et vous empoisonnent la vie. Elles sont presque invisibles mais lorsqu'on est allé marcher dans l'herbe haute et qu'on regarde sur soi, on est tout gris de ces bestioles, bien plus encore, me semble-t-il, que les soldats ne le sont de poux dans les tranchées et il est singulier que d'aussi petites bêtes puissent vous instiller autant de venin et vous incommoder autant ; on finit par avoir l'air d'avoir la rougeole sur tout le corps et on se sent comme entouré de flammes, aussi bien couché que debout. Mais la vie de safari a quelque chose qui vous fait oublier tous les chagrins de la vie et vous donne, vingt-quatre heures sur vingt-quatre, l'impression d'avoir bu une demi-bouteille de champagne, — on est pénétré de la reconnaissance la plus profonde pour le fait de vivre. Il est probablement bon pour les êtres humains de vivre en nomades et contre nature d'avoir perpétuellement son foyer au même endroit ; on ne se sent vraiment libre que lorsque l'on peut marcher dans la direction que l'on veut à travers les plaines, atteindre le fleuve au coucher du soleil et établir son camp en sachant que, le lendemain soir, on peut s'endormir sous d'autres arbres, avec une autre vue devant soi. Cela faisait trois ans que je n'étais pas restée assise près d'un feu de camp et être là à nouveau et entendre les lions, au loin dans la nuit, c'était donc comme de retrouver le monde authentiquement vrai, — dans lequel j'ai déjà dû vivre il y a 10 000 ans...

Nous sommes rentrés mercredi dernier... Ici, j'ai trouvé tout en ordre mais excessivement sec, et Bror m'a paru amaigri. La maison était en émoi car, pendant notre absence, les boys avaient été cambriolés et on leur avait pris tout ce qu'ils possédaient ; à ce pauvre Fara 500 roupies, la montre en or et la chaîne que je lui ai données, ainsi que 5 anneaux d'or. Depuis, nous avons donc des détectives noirs dans la maison et ils pensent maintenant avoir trouvé le grand coupable en la personne de mon *sais*, Jogona, qui est pour l'instant enfermé dans mon *meat-safe* et qui attend que la police vienne le chercher pour l'emmener à Dagoretti. Son sort n'est pas à envier car je crois qu'ils emploient la torture sans trop de scrupules ; mais il aurait aussi pu s'abstenir de toucher aux biens de ses meilleurs amis. Je ne crois pas que les *natives* eux-mêmes attachent quelque importance que ce soit au vol et, en ce sens, on ne peut certainement jamais se fier à personne. Ils se trahissent presque toujours eux-mêmes car, lors de leurs grandes fêtes, pendant lesquelles ils boivent, chantent et jouent du tam-tam, ils ne peuvent s'empêcher de se vanter de leurs exploits ; c'est ainsi qu'ils ont pris Jogona, cette fois, et l'autre jour, à Lumbwa, quatre meurtriers qui, dans l'ivresse de la fête, se sont mis à raconter comment ils avaient tué un *mesunga* (un blanc) de 9 coups de lance ; ils ont été pendus...

À THOMAS DINESEN

Ngong, 26/2/1918

... J'ai la joie de constater que les gens d'ici commencent à devenir très amicaux et gentils envers nous ; je crois qu'en nous tenant bien à l'écart et en nous abstenant de nous plaindre ou de nous imposer aux autres, nous avons acquis une certaine considération dans la région, — et seul celui qui a su ce que c'était que d'être soupçonné de germanophilie peut comprendre à quel point cela peut être détestable, aussi est-ce vraiment un grand soulagement. Avec le temps, nous finirons bien par faire partie des gens les plus en vue par ici ; j'ai le sentiment que ce pays est à nous. Il possède un charme auquel tout le monde ne peut être sensible et, aussi étrange que cela puisse paraître, certaines de ses particularités les plus fâcheuses y contribuent : ce qu'il peut avoir de sec, de monotone, son manque de couleurs, — mais on en vient à l'aimer d'une façon dont je n'aurais pas cru que l'on puisse aimer d'autres pays que le sien, que celui de son enfance. D'une certaine façon, le fait que la plupart des blancs d'ici le haïssent et le dénigrent le rend également encore plus cher aux cœurs de ceux qui pensent qu'ils comprennent sa voix et qu'il leur a parlé...

Je t'ai écrit une bonne quantité de lettres, aussi bien au Canada qu'à Shoreham ; pourvu que tu les aies bien reçues. Tu es celui à qui j'ai le plus de plaisir à écrire et, à toi, je peux tout dire, — mais, à la vérité, il n'y a pas toujours tellement de choses à dire, ici. Pourtant, j'ai le sentiment que, plus que quiconque, tu t'intéresses à ce qui se passe ici et ce pays, — et moi, — attendons donc toujours de te serrer dans nos bras pour t'accueillir...

Pauvre tante Bess ; je pense comme toi que c'est triste de penser à elle et, envers elle, j'ai toujours un sentiment d'ingratitude, — car, d'une certaine façon, elle nous a quand même tout donné, jadis, mais ce qu'elle espère recevoir de nous, nous ne pouvons pas le lui donner. Elle a voulu nous faire partager toutes ses idées et ses convictions, et ce qu'elle nous a surtout inculqué, c'est quelque chose de négatif : la peur de devenir comme tante Bess. Et pourtant, d'une certaine façon, c'est le cœur le plus affectueux que je connaisse et un être comblé de dons par la nature, – comment cela peut-il se faire ? Je crois que, pour donner quelque chose en échange à quelqu'un, la vie exige qu'on l'aime sous tous ses aspects, et non pas seulement certains de ses côtés ni seulement ses propres idées et idéaux ; et quand tu parles de ma conception de la vie, je n'en ai pas d'autre que celle-ci. Il me semble que les êtres, même assez peu favorisés par la nature mais qui sont capables de cet amour, retirent beaucoup de choses de leur existence alors que ceux qu'elle a comblés mais qui ne possèdent pas cette aptitude sont en définitive bien pauvres.

On m'a écrit de la maison que la vieille demoiselle Merwede est morte, – elle était sans aucun doute de ces êtres qui aiment sans restriction tout ce qui fait partie de la vie et, d'une certaine façon, celle-ci lui a certainement beaucoup donné en retour, également. C'est bien ce que je te souhaite le plus : de pouvoir aimer tout ce qui fait partie de la vie. Je ne sais pas non plus comment toutes les idées et tous les idéaux de la chambre d'enfants de Matrup ont pu réussir à investir de façon aussi inexpugnable l'esprit de tante Bess, d'oncle Aage, et de tante Lidda, et ainsi à se changer peu à peu, au fil des années, de bénédiction en malédiction...

Si j'ai un enfant, ce que je souhaite très sincèrement et sans trop attendre, je ne croirai pas détenir la vérité tout entière mais laisserai au contraire le monde extérieur l'éduquer tout autant que mes propres idées ; car il y a bien des moments où la vie du dehors nous en apprend plus, inconsciemment, que les principes les plus soigneusement médités et inculqués. Je voudrais tellement pouvoir être quelque chose pour tante Bess et lui rendre un peu de tout son amour ; mais il y a tellement de choses dans ma vie et dans mes pensées sur lesquelles il lui faudrait passer pour que je puisse lui donner un peu de joie et cela, elle ne le veut pas ou ne le peut pas, je le vois bien même dans ses lettres...

Éric et moi avions emporté *Deerslayer* et *Les Trois Mousquetaires* en safari et ces livres t'ont sans cesse rappelé à mon souvenir. Tu souriras sans doute en me voyant te souhaiter de posséder l'esprit de Deerslayer aussi bien que celui des mousquetaires, mais tu comprendras peut-être que je te souhaite quelque chose de vivant, de clair et de fort.

Bonne chance, mon petit Tommy.

Tanne

À INGEBORG DINESEN

Ngong, 27/2/1918

... Ces derniers temps, j'ai beaucoup lu sur Mahomet et sur l'islam, grâce à des livres que m'a prêtés Éric ; c'est tout à fait captivant, une fois qu'on a commencé. Le pauvre Bror proteste en disant qu'il ne veut pas entendre parler de Mahomet entre midi et quatre heures. Il me semble, quant à moi, que notre époque incite tout à fait à devenir musulman, et tout cela pourra donc peut-être avoir un sens malgré tout. Éric dit aussi que leurs *askaris*, – leurs soldats, – chrétiens deviennent immanquablement musulmans au bout de quelques semaines de campagne et que ce n'est qu'alors qu'ils sont bons à quelque chose. Il est faux de dire, comme Johannes Poulsen, que l'islam est dépourvu de spiritualité ; mais je crois que, pour comprendre le christianisme, il faut voir les choses avec plus de détachement : celui-ci ne convient pas aux gens d'ici alors que l'islam leur est très profitable. À vrai dire, c'est bien plus une morale certainement très exigeante qu'une religion, – il ne me paraît pas qu'ils aient des dogmes religieux, – mais qui repose sur une grande confiance dans le destin ainsi que sur la foi que Dieu est avec eux, et qui a pour premier mérite de leur donner un sentiment de supériorité par rapport aux autres. Leur éthique est très bienfaisante car elle n'est pas basée sur la notion de *péché*, comme celle des chrétiens, mais élaborée à partir de principes d'hygiène et d'honneur, – par exemple, la discrétion figure parmi leurs premiers commandements, ce qui doit rendre la société musulmane très agréable et laisse souhaiter que les chrétiens fassent de même. Je crois aussi que les musulmans ont réussi à concrétiser l'idée de fraternité à un degré ignoré parmi nous ; il n'y a pratiquement pas, – en tout cas pas ici, – de musulmans pauvres et ils font corps et s'entraident d'une façon tout à fait inconnue des chrétiens ; je ne suis pas absolument sûre que ce soit par amour, sans doute est-ce plutôt à la façon d'une famille qui peut connaître des querelles intestines très sérieuses mais qui fait toujours front face à l'ensemble du monde extérieur.

De façon générale, les musulmans que je connais ont, me semble-t-il, quelque chose de très sec, malgré leur caractère passionné ; mais je ne saurais dire si c'est le fait de leur religion ou de leur race, à moins que cela ne soit dû au fait qu'ils ne boivent jamais de vin. Ne peut-on penser qu'une nation qui ne s'enivre jamais manquera fatalement d'éléments « lyriques » dans ses sentiments ainsi, par exemple, que de quelque chose qui, dans leur *sense of humour*, corresponde à ce que nous appelons la jovialité. Bien qu'ils soient très prompts à rire, ils le font en règle générale pour des raisons bien différentes de celles des honnêtes gens de chez nous ; c'est plutôt une sorte de ricanement ou une façon de se réjouir du malheur d'autrui. Ils sont plus libéraux que nous en matière de religion ; un musulman peut toujours entrer dans une église chrétienne s'il n'en trouve pas d'autre et ils ont beaucoup de respect pour la Bible, bien qu'ils en aient moins pour les chrétiens eux-mêmes, me semble-t-il, car ils disent qu'ils ne respectent pas les commandements de leur propre religion ; et il est vrai qu'ils sont loin de le faire aussi bien qu'eux. Si l'on se dispute avec un musulman, à propos de quoi que ce soit, il finit presque toujours par lever trois doigts et dire que nous disons, nous, que Dieu est TROIS, puis par fermer la main et dire qu'ils disent, eux, que Dieu est UN, — « mais Dieu seul sait qui a raison — et il est donc possible d'avoir des idées différentes sur tout ce qui existe ». Même en mettant à part sa doctrine, qui a certainement été altérée au fil des ans, il me semble que Mahomet est l'un des êtres les plus intéressants sur lesquels il m'ait été donné de lire quelque chose. Te rappelles-tu *The Hero as a Prophet* dans *Hero-worship* de Carlyle ? Il y a quelque chose d'extraordinaire dans le fait de pouvoir, pendant plusieurs centaines d'années, maintenir une obéissance aussi parfaite, jusque dans les plus petits détails, et aussi ardente parmi des êtres peu évolués et ignorants qui ne savent même pas lire. Excuse-moi si j'ai déjà écrit cela et si c'est aussi ennuyeux pour vous que pour Bror.

1 000 mercis pour la lettre que tu m'as adressée le 1er nov. et qui est arrivée hier, c'est-à-dire au bout de près de 4 mois... Merci également pour la lettre affectueuse que tu as envoyée à Bror. Comme tu t'en doutes, cela fait du bien de savoir que quelqu'un croit vraiment en vous, — et Bror en a été très content. Il a veillé cette nuit pour t'écrire mais je ne sais si la lettre partira... Je voudrais vous demander à vous tous qui aimez Bror et qui avez foi en lui, de ne pas le juger tout à fait comme les autres hommes ; il n'est pas comme tous les autres et il faut lui laisser le droit à sa liberté si l'on veut qu'il donne la pleine mesure de ses capacités... Dans la vie, tous les êtres humains ont besoin de quelqu'un qui croie en eux, autrement ils ne deviendront jamais rien et mon souhait le plus ardent est que tu puisses vraiment fermer les yeux sur tout ce que fera Bror pendant encore deux ou trois

ans, au point que : « *if he steals twopence from a blind beggar and buys poison for his mother with it, you will say it was only his high spirits*[1] », — je t'en serai infiniment reconnaissante et tu verras également que cela sera payant...

À EA NEERGAARD

Bogani, 27/3/1918

... Quand vous me dites que vous avez rencontré Ellen Wanscher dans Vimmelskaftet, c'est extrêmement intéressant pour moi et cela me rappelle beaucoup de choses ; mais quelle importance cela peut-il bien avoir pour vous si je vous dis que je suis allée au *Blue Post* avec le lieutenant Cartright ? Mais, petit à petit, une partie de mon existence, — faite de café et de lin, de Fara, de Dusk, de Lord Delamere, de safaris et de commerce, — finira quand même bien par pénétrer dans votre conscience et, en tout cas, c'est vraiment très agréable pour moi que vous connaissiez un peu ce au milieu de quoi je vis. Comme tout prend de l'importance une fois que vous le connaissez. Je me réjouis plus que je ne peux le dire de ta visite en compagnie de Viggo. —

Ici, malheureusement, nous avons pour l'instant une sécheresse qui dépasse tout ce que l'on peut imaginer chez nous. Si cela continue encore longtemps ainsi, tout le pays va se dépeupler et, tel que c'est, c'est déjà bien inquiętant. Maintenant nous allons voir manquer un certain nombre de denrées dont vous êtes habitués à vous

1. « s'il vole deux sous à un mendiant aveugle et qu'il achète du poison pour sa mère avec cet argent, tu diras qu'il ne l'a pas fait méchamment. » *(N.d.T.)*

passer depuis longtemps déjà ; le beurre, le lait, la crème, les légumes et les œufs n'existent plus qu'à l'état de souvenir. Toutes les plantes se dessèchent, on voit chaque jour des feux brûler dans les plaines, qui sont littéralement carbonisées et, lorsqu'on se rend à Nairobi et que l'on approche de la ville, on dirait qu'elle est la proie d'un gigantesque incendie, tellement la poussière flotte au-dessus d'elle nuit et jour, et, dans ces lourds nuages jaunes, — avec le vent qui souffle en provenance de la ville somali et du bazar, — on a le sentiment que tourbillonnent joyeusement les bacilles de la peste et du choléra. Aussi règne-t-il une mortalité encore inconnue parmi les petits enfants blancs de Nairobi et ce vent brûlant et desséchant qui souffle perpétuellement porte sur les nerfs des adultes, de sorte qu'il faut faire très attention dans ses rapports avec ses semblables. — Mais il faut sans doute se dire qu'il en ira de la sécheresse comme de tant d'autres choses, cette année, à savoir qu'elle aura une fin et qu'il faut simplement tenir jusque-là, — *aber frage nur nicht wie*[1]...

Tu te doutes que la musique me manque terriblement, ainsi que toute forme d'art, d'ailleurs ; comme les Anglais ont peu de talent, — et mon phonographe n'est plus maintenant que l'écho bien rauque de mélodies lointaines. Je viens de passer deux duos de *La Flûte enchantée*, — l'un d'entre eux en particulier, *Das klinget so herrlich*, a par moments été pour moi un véritable bain de jouvence. Vous avez quand même bien de la chance, au pays, de pouvoir de temps en temps, au milieu de tous vos tracas et de toute votre misère, et ne serait-ce qu'à la société de musique de Slagelse, vous replonger dans l'univers de beauté des grands maîtres, merveilleux de sagesse. Ici, j'ai souvent une envie indescriptible de voir les nouvelles acquisitions du Musée

1. Mais ne me demande pas comment. *(N.d.T.)*

Thorvaldsen, ou bien *Jeppe du Mont*, mais, bien sûr, si j'étais à la maison, je n'irais pas les voir. Mais il y a tellement de choses, là-bas ; ici, les choses de l'esprit sont encore plus rationnées que les vivres en temps de guerre.

Fara s'intéresse beaucoup à ta petite fille ; Abdullah et lui m'ont donné un collier d'ambre comme le mien, – qui porte bonheur, – et une ceinture de soie très bigarrée pour « le toto de ma sœur ». Je ne sais pas si Minette en fera grand cas ; si oui, la ceinture pourra certainement faire au moins 20 fois le tour de sa taille...

À INGEBORG DINESEN

Bogani, 6 avril 1918

... Je ne me suis pas très bien portée ces derniers temps, je crois bien que cela vient de la sécheresse ; j'ai eu beaucoup de rhumatismes et tellement, tellement de mal à dormir, et puis mes nerfs ne sont pas en très bon état... Aujourd'hui, pour la première fois, le temps laisse présager de la pluie et l'espoir renaît, – priez pour nous ! Tous les gens disent que *the long rains* vont décevoir notre attente cette année, tout comme *the short*, mais je ne sais pas sur quoi ils se fondent, à vrai dire. C'est une très mauvaise habitude que prennent bien des gens, par ici : de tout voir de façon aussi noire que possible, – et puis d'aller prêcher aux autres leur conception de la vie... De façon générale, je puis dire que je déteste ce genre de petites sociétés qui se coupent de tout le reste et qui veulent vivre repliées sur elles-mêmes ; il me semble que, par une sorte d'auto-intoxication, cela finit toujours par donner de purs atrabilaires et je suis heureuse d'être maintenant totalement à l'écart de leurs petits *shauris** et de leurs commérages les uns sur les autres.

Hier, j'ai participé à un repas très plaisant au Muthaiga de Nairobi ; en effet, Cartright part pour le front de Mésopotamie et je lui avais promis de venir dîner avec lui avant son départ. Nous n'étions que 4, avec la fille de l'ancien gouverneur* et quelqu'un d'extraordinairement *charming* dont j'avais beaucoup entendu parler auparavant mais que je n'avais encore jamais rencontré, Dennis Finch-Hattan. Il fait partie des premiers *settlers*, tout comme Delamere, Galbraith Cole et van de Weyer ; ils sont bien supérieurs à ceux qui sont arrivés par la suite. Il aimerait bien acheter un terrain par ici pour avoir une maison à proximité de Nairobi ; ses fermes sont situées plus loin à l'intérieur du pays, dans la région de Movoroni et de Uasin Gishu. Je crois qu'à l'avenir beaucoup de gens vont faire cela, — maintenant que la route est bonne on est en ville en une demi-heure de *motorcar*, et Ngong est réputé dans toute la B.E.A. pour son air, son climat et sa beauté ; Eric Otter parle également d'acheter de la terre à van de Weyer et de venir habiter ici. Toute la terre va donc prendre de la valeur mais, cela mis à part, je serais désolée si la région devait se transformer en quartier résidentiel, avec terrains à bâtir. Car on en vient toujours à s'attacher au pays où l'on vit et je me sens maintenant presque autant chez moi au milieu de tous les noms de lieu d'ici : Dagoretti, Ngong, Donja Sabuk, Kabiti, qu'à Humlebaek et à Helleholm. Et il fait si beau en ce moment, — si seulement, seulement, la pluie pouvait bientôt venir…

Ngong, 17/5/1918

... Dimanche dernier, nous avons donné une chasse très réussie en l'honneur du général Llewellyn. Il n'y avait que le général, le major Davis et sa femme, Eric, le capitaine Gorringe, van de Weyer, Finch-Hatton, Bror et moi ; au tableau plus de 30 chevreuils, deux chacals et un léopard. Il pleuvait un peu, aussi était-ce agréable d'avoir du feu dans la salle à manger et je m'étais donné beaucoup de mal pour préparer un buffet froid. Finch-Hatton et van de Weyer sont bien sûr restés dîner, — c'est la coutume dans ce pays que les gens décident sur place s'ils vont rester ou non, — et passer la nuit ; et le lendemain je suis allée prendre le lunch avec F.-H. à Nairobi... Je regrette bien qu'il soit parti ; ce n'est pas souvent que l'on rencontre un être pour lequel on ressent une sympathie aussi spontanée et avec lequel on s'entend aussi bien, et comme l'intelligence naturelle est une chose magnifique ! Et puis certains Anglais sont des êtres vraiment extrêmement agréables ; Alan Thompson, en compagnie de qui je suis revenue en 1915, était quelqu'un du même genre, mais bien loin d'être aussi *charming* que Denys, cependant. Celui-ci est maintenant parti pour l'Égypte afin d'y suivre les cours de l'École de l'Air, au Caire il me semble, et ensuite pour la Mésopotamie ; j'espère très sincèrement que je le reverrai. Je pense que c'est une très bonne chose pour un pays qu'il y existe toute une catégorie de gens qui n'aient rien d'autre à faire qu'à suivre leur propre *mind* et auxquels l'éducation permette de voir les manifestations de la vie avec un certain détachement, — et, si j'avais un fils, il irait à Eton. Chez nous, où tout le monde grandit dans des conditions analogues et manquant d'envergure, il me semble que ce serait un bien si une conception légèrement différente des choses prévalait de temps à autre ; d'ici, on a parfois l'impression que l'horizon de la plupart des gens de chez nous est horriblement limité.

Bror n'a pas sa pareille comme infirmière, il est bien supérieur à cette sans-cœur de Motherwell et puis mes boys sont de vrais anges envers moi. Miss Motherwell a certes passé son temps à déplorer que je les surveille aussi peu et certainement, de façon générale, que je sois trop large ; mais les deux buts que je cherche le plus à atteindre ici, en tant que maîtresse de maison, à savoir que celle-ci soit bien tenue et qu'il y règne la paix et non les *shauries* (comme tous les gens en ont d'ordinaire avec leurs boys), je les ai quand même atteints. D'ailleurs, — il est absolument impossible d'avoir des boys vraiment sages si l'on veut être tout le temps sur leurs talons pour veiller à ce qu'ils ne mangent pas de sucre. Denys Finch-Hatton m'a légué un Somali ; celui-ci ne voulait aller dans aucune autre maison que la mienne. Mais, naturellement, le goût des économies n'est pas mon fort. Si je dois faire le mort pour faire des économies, alors aussi bien être morte pour de bon ; c'est une façon bien plus radicale d'économiser. Si seulement je pouvais un jour avoir vraiment beaucoup d'argent je ferais la joie de bien des gens, — mais cela viendra bien...

Quand on est aussi loin, on ne distingue plus toujours très bien le passé et le présent et on a également souvent l'impression que la différence entre la vie et la mort est une illusion. Ici, il me semble que le Folehave du temps de grand-maman est tout aussi réel et véritable que celui de maintenant. Quand je pense à toi, il me semble que tu es tout autant ma jeune mère, telle que je me souviens de toi dans la robe blanche à raies bleues que tu portais avant la mort de papa, et Tommy et Anders tout autant les petits garçons qui faisaient voguer leurs bateaux au bord de l'eau qu'ils ne sont ce qu'ils sont maintenant. Il est certainement bien des choses que l'on voit mieux de loin, de même que les tableaux des impressionnistes. Dans la vie, il y a bien tout le temps quelque chose, — presque chaque jour, — qui a fait son temps ; en ce sens, on peut dire que l'on fait chaque jour l'expérience de la mort mais il ne me semble pas que ce soit cela l'essentiel et, ici, on sent bien que la maison de Slettemose, avec la vieille Madame Frederiksen, et les Fyrrebakkerne, tels que nous allions les voir en nous promenant à travers la forêt, vivent encore et que le sentier à travers le petit bois ne mourra jamais. Si je mourais ici, je suis sûre que je te serais bien plus proche que je ne le suis maintenant et tout aussi vivante, même si tu ne reçois pas ce petit morceau de papier couvert d'encre pour te le prouver. Ne te souviens-tu pas du poème de Musset à Victor Hugo* ? Ici, j'y pense presque chaque jour :

« Et nous nous souvenons que nous marchions
ensemble, que l'âme est immortelle,

et qu'hier c'est demain. »

N'oublie pas, ma chère maman, qu'« hier c'est demain[1] ».

Reçois des milliers de pensées de la part de

Tanne

1. Ce poème et la reprise de son dernier hémistiche sont en français dans le texte. *(N.d.T.)*

Ngong, 20/5/1918

... Tu me dis de t'écrire tout à fait honnêtement comment je me porte ; cela n'est pas toujours très facile à dire soi-même, tu sais. Bror est désespéré de voir combien j'ai maigri. Il dit qu'il ne veut pas avoir un squelette pour femme et je crois bien que j'ai perdu les 35 livres que j'ai prises pendant mon dernier séjour à la maison ; les robes Drecoll que j'ai achetées à Paris en 1915, – et dans lesquelles il m'a par la suite été impossible d'entrer, même au prix des plus grands efforts, – sont maintenant presque trop grandes et c'est bien contrariant. Mais, à part cela, je vais fort bien et me sens très bien, mis à part le fait que j'ai du mal à dormir...

Je crois que ce pays exerce une fascination tout à fait particulière, peut-être à l'instar de tous les pays neufs, qui semblent n'attendre que vous et dans lesquels il y a tant de choses à faire ; il faut que tu lises le poème de Kipling sur l'Afrique du Sud *(Lived a woman wonderful*)* – qui parle de ceux à qui il a été donné de sentir ce charme et qui ne pourront jamais échapper à son emprise.

They esteemed her favour more
than a throne's foundation
for the glory of her face
bid Farewell to breed and race
yea and made their burial place
altar of a nation.

Je crois que Bror ressent cela encore bien plus fortement que moi ; nous en avons justement parlé aujourd'hui et nous nous demandions si nous rentrerions nous installer au pays si, par exemple, nous avions pu nous faire 1 000 ou 2 000 £ par an et il a dit que, pour lui, ce n'était pas l'argent qui importait mais le fait d'avoir œuvré ici et d'être de ceux qui feront l'avenir de ce pays. Et je suis sûre qu'il y parviendra ; vous pouvez bien rire de moi mais, en ces temps difficiles, je me sens comme Kadidja, la femme du prophète, — et je suis certaine que je suis mariée à un grand homme...

Ce courrier m'a également apporté une charmante lettre de Tommy... Je suis très heureuse que, dans chacune de ses lettres, il parle de venir ici. Et je crois bien que ce serait le pays idéal pour lui. J'aimerais infiniment faire un safari à travers la Somalie et descendre le Nil avec lui, un jour. Il faut absolument que j'aille en Somalie ; toute cette race possède tant de charme à mes yeux, — surtout depuis que j'ai entendu Denys Finch-Hatton raconter les expéditions qu'il a faites là-bas. D'ailleurs, il a eu bien des *troubles*, et surtout très soif, mais c'est aussi une *vile tribe* et c'est là-bas que sévit Abdullah Hassan, « le mullah* fou », mais ne crois-tu pas que ce serait aussi quelque chose pour Tommy ? Je parle un peu le somali mais c'est une langue bien difficile...

La société d'ici est hiérarchisée et organisée d'une façon tout à fait spéciale qui est basée presque exclusivement sur l'ancienneté d'installation dans le pays. Tous les « vieux » *settlers* font bloc et méprisent les nouveaux venus avec une arrogance prodigieuse. Personne ne peut arriver à la cheville des gens comme Delamere, Cole et van de Weyer, qui étaient là avant même l'arrivée du chemin de fer, et personne n'aurait l'idée de tenir compte de ceux qui sont arrivés l'an dernier ou cette année. Galbraith Cole a d'ailleurs été condamné à la déportation, jadis, parce qu'il avait tué un *native* qui lui avait volé des moutons ; mais il est revenu lorsque la guerre a éclaté.

Bror ne cesse de me pousser à aller au Caire. Mary Goschen vient de nous écrire une lettre très amicale. Ce serait certainement extrêmement amusant ; mais, par les temps qui courent, le voyage est bien malaisé et je ne sais pas si l'on a le droit de débarquer. Bror semble maintenant croire que la seule chose au monde que je désire est de revoir Finch-Hatton, et celui-ci se trouve au Caire en ce moment. Même si c'est quelque peu exagéré, je suis très contente d'avoir, cette fois-ci rencontré ici tant de gens que j'aime vraiment beaucoup et que je considère comme de véritables amis...

— J'ai envoyé à Tommy quelques poèmes d'ici, puisqu'il admire toujours si gentiment ma production littéraire. À propos, ne voudrais-tu pas me rendre le service de recopier à la machine le poème intitulé *Le Printemps*, — si tu l'as, — et me l'envoyer ? J'aimerais bien le faire figurer dans un véritable recueil à l'intention de Tommy. Mais il n'en existe que cet unique exemplaire dont tu ne veux sans doute pas te défaire ; tu peux en faire deux ou trois copies...

À THOMAS DINESEN

Ngong, 1/6/1918

Mon vieux et très très cher Tommy.

Merci pour ta lettre du 19/3. Je ne peux te dire à quel point cela peut me faire quelque chose de te savoir en France. La langue de tous les jours n'a pas de mots pour ce que nous ressentons par les temps qui courent, — et pourtant ce ne sont toujours que les bons vieux sentiments humains, — les mêmes que ressentaient Bergtora et Bergliot. Dieu te protège, puisses-tu trouver la grandeur que tu recherches et puissions-nous, je le souhaite de tout cœur, être réunis pour la prochaine année, ici ou bien chez nous, au bord du Sund : « Les mêmes hêtres et les mêmes nuits claires – le même bonheur* »... Tu te doutes que j'aimerais bien souvent être assise auprès de toi afin de pouvoir bavarder comme au bon vieux temps, et c'est bien ce que j'essaie de faire au moyen de mes lettres. Et, si je ne sais pas quoi t'écrire, je t'envoie un poème, – je t'en ai envoyé un la semaine dernière intitulé : *Le bateau vogue au fil de l'eau*, – n'oublie pas de me dire un jour si tu l'as reçu car, sinon, je te l'enverrai à nouveau, – afin de te dire combien je pense à toi à chaque heure de la journée.

Je pense que tu as maintenant reçu tant mon télégramme, – je ne me rappelle plus quand je l'ai envoyé, – que la lettre dans laquelle je te disais que notre projet de racheter les parts des autres actionnaires de la K.C.C. était abandonné. Je te donne tout à fait raison quant à tout ce que tu dis à ce propos dans ta propre lettre mais tu comprendras certainement que cette idée est née de circonstances extraordinaires et surtout du sentiment que nous n'avions pas la confiance de tout le monde, chez nous, et de l'impression d'insécurité que cela nous donnait sur tous les plans... Mais ce projet est maintenant abandonné et nos actionnaires devront prendre, avec nous, les périodes difficiles avec les bonnes ; espérons que ces dernières vont bientôt l'emporter sur les autres.

Ce qui, par contre, est loin d'être enterré, c'est le projet de *soldier settlement** que Bror a déposé auprès de la *land-commission** et dont je te parlais dans ma dernière lettre. Il est au contraire tellement vivant que les journaux d'ici ne parlent de rien d'autre en ce moment et il est impossible de les ouvrir sans y trouver de longs articles qui se prononcent contre cette idée ou bien en sa faveur, et cela jusqu'à des détails tels que *the Dinesens are* *the baroness Blixen's family and known as anti-German*[1]. J'essaierai de t'envoyer quelques coupures. Le 16, il va y avoir une réunion, à Nakuru, pour en discuter ; Bror doit y aller également et je suis heureuse qu'il loge chez Lord Delamere et qu'il aille à cette réunion avec lui ; il vaut toujours mieux avoir quelqu'un du pays de son côté et, dans l'ensemble, je dois dire que les gens véritablement importants d'ici, tels que lord Delamere, Hunter et les *settlers* vraiment de longue date ont tous été très enthousiastes pour le projet de Bror ainsi qu'extrêmement aimables et obligeants ces derniers temps.

Je suis très heureuse, — surtout maintenant que nous sommes un peu en froid avec la plupart des autres Scandinaves d'ici, — d'avoir récemment fait la connaissance de bon nombre d'Anglais très sympathiques. J'ai toujours ajouté foi à l'idée que l'on se fait traditionnellement des Anglais et qu'ils mettent eux-mêmes toujours en avant, à savoir que leur calme et leur indifférence n'est que de la réserve, sous laquelle ils cachent leurs véritables sentiments, je croyais même presque qu'ils n'en avaient aucun ; mais, maintenant que je connais mieux certains d'entre eux, je m'aperçois que, même si le sentiment n'est sans doute pas leur point fort, ils sont en tout cas nombreux à posséder, sous un calme imperturbable, beaucoup d'intelligence et une conception tout à fait originale de la vie ; ils sont très serviables et très fidèles en amitié, — mais pas en amour, me semble-t-il, — et possèdent également un courage qui va jusqu'au mépris de la mort ainsi qu'une propreté de corps et d'âme qui est très agréable, même si elle n'a rien de particulièrement intéressant, un côté *straight* dans leurs pensées et leurs actes qu'il ne me semble que rarement pouvoir rencontrer parmi le commun des mortels des autres nations...

1. Les Dinesen sont la famille de la baronne Blixen et connus pour leurs sentiments germanophobes. *(N.d.T.)*

Fara est à Mombasa pour se marier* ; il a dû faire très vite pour que cela puisse avoir lieu avant le ramadan, qui commence avec la nouvelle lune toute proche, et pendant lequel on doit renoncer à toutes les délices de la vie, au nombre desquelles figurent assurément celles de l'amour. Je suis en train de construire une maison à son intention et mes autres Somali sont extrêmement heureux à l'idée de voir arriver ici une femme de leur propre race. Il y a un côté très chevaleresque dans le comportement des Orientaux envers leurs femmes, qu'ils considèrent sans aucun doute comme ce qu'il y a de plus précieux dans la vie, et même comme la seule chose qui ait de la valeur ; les autres Somali sont en ce moment très occupés à tout arranger aussi bien que possible autour de la maison de Fara « pour l'arrivée de Fatima ». Il existe des règles très strictes régissant le droit de pénétrer dans la maison d'un homme marié et, comme toutes les autres lois, celles-ci sont basées sur l'appartenance à la tribu ; les membres de la tribu de la femme peuvent pénétrer librement dans toutes les pièces de la maison, même si le mari n'est pas là ; les membres de sa propre tribu peuvent pénétrer dans les pièces d'usage journalier et les membres des autres tribus n'ont le droit de franchir le seuil qu'après y avoir été invités...

À INGEBORG DINESEN

Ngong, 1/6/1918

... C'est désespérant : la pluie s'est arrêtée à nouveau bien avant d'être tombée en quantité suffisante. Comme cette année a été anormale et fertile en ennuis... Avant les pluies, les *natives* étaient déjà au bord, — et même au-delà du bord, – de la famine et leur maïs et leurs fèves sont loin d'avoir poussé ; ces derniers mois, le pays a vécu en partie de maïs importé d'Afrique du Sud. La plupart des fermes ont dû réduire leur main-d'œuvre au minimum parce qu'il est impossible de se procurer du *posho* pour les ouvriers, certaines ont déjà arrêté toute activité...

À INGEBORG DINESEN

Ngong, 11/6/1918

... J'ai envoyé ma première lettre à Tommy en France. Quand je pense à ses missives qui respirent la joie et le bonheur, et au bien que cela lui a déjà fait, je ne crois pas que l'on puisse dire qu'il ait mal fait de partir ; c'est uniquement pour toi, semble-t-il, que c'est trop dur. Mais alors je me dis qu'il ne t'a presque jamais causé de chagrin de toute sa vie, et qu'il a été un garçon modèle à tous égards, à tel point que nous lui devions bien, presque tous, de lui laisser au moins une fois le droit de penser plus à lui-même qu'aux autres. Tu aurais peut-être pu réussir à l'empêcher de partir mais alors vos relations en auraient probablement souffert, – telles que sont les choses, il me semble qu'il n'y a rien d'autre entre vous que de l'amour et de la compréhension, depuis le premier jour où il t'a été donné ; et c'est très beau de ta part, ma petite maman, de n'avoir pas conçu la moindre amertume envers lui parce qu'il est parvenu à ses fins...

Ici, les pensées de tout le monde tournent presque exclusivement autour d'une seule chose : la pluie qui ne vient pas. C'est désespérant de voir cela, d'y penser, d'en parler dans ses lettres. J'ai bien du mal à imaginer ce que ce pays va pouvoir devenir si elle déçoit totalement notre attente. Les *natives* vont mourir par dizaines de milliers. Car, en ce moment, il est impossible de faire venir suffisamment de vivres par bateau en provenance d'Australie ou d'Amérique ; en outre, ces *natives* sont habitués à leur propre nourriture, ils ne veulent manger rien d'autre, et, à dire vrai, ils ne peuvent probablement pas. Beaucoup sont morts, déjà, surtout parmi les enfants en bas âge. Même parmi les enfants blancs la mortalité a atteint des proportions inconnues jusque-là ; ils meurent de dysenterie du fait qu'on n'a pas de lait à leur donner puisqu'il n'y a pas d'herbe...

J'ai été la première à voir la nouvelle lune du ramadan, hier, ce qui m'a valu beaucoup de considération de la part des musulmans et devrait, paraît-il, me porter chance, — ah, si seulement elle pouvait faire venir la pluie...

À INGEBORG DINESEN

Ngong, 29/6/1918

... Aujourd'hui, de très vieilles femmes kikuyu ont tenu une grande réunion de prières ; certaines d'entre elles avaient l'air d'antiquités à moitié réduites en poussière et sorties de la tombe pour implorer le ciel. C'était tragique d'entendre les cris qu'elles poussaient pour dire que leurs enfants mouraient, que leurs moutons mouraient, que leurs *shambas* mouraient. Je m'efforce de mettre sur pied un « secours alimentaire aux enfants » ; c'est insupportable de voir tous ces pauvres petits, — on vient justement de m'en apporter un qui était en train de mourir de faim ; je n'ai jamais rien vu de semblable, il ne lui reste que la peau et les os ainsi que des ganglions horriblement tuméfiés ; j'ai cru qu'il était très malade mais ses parents m'ont dit que c'était uniquement la faim, car ils n'avaient que de l'herbe à lui donner à manger. Ce serait bien de pouvoir réussir à en maintenir un certain nombre en vie... J'en ai parlé à Lord Delamere, car il s'efforce en ce moment de débarrasser sa ferme des zèbres, — à cause des épidémies, — et envoie ceux-ci à Nairobi ; il prend 5 roupies pièce, avec le transport cela les mettra environ à 10 roupies à Nairobi, et il faut dire qu'ils ont la taille d'un petit cheval et qu'ils sont gros et gras. Mais je ne sais pas si ces petits enfants supporteront d'en manger ; en temps normal, aucun *native* n'accepte de manger du zèbre et les Kikuyu et les Masaï ne mangent de gibier que contraints et forcés. Les blancs sont incapables d'en manger ; j'ai essayé une fois un bouillon de viande de zèbre mais le goût en était vraiment trop affreux. Aujourd'hui, je me rends en ville pour parler au Dr Burkitt, — un grand original de la région, un Irlandais à moitié fou mais génial, à la différence des Anglais, et homme de science, — qui est l'un de mes bons amis, afin d'essayer d'organiser cela de notre mieux. Nous sommes obligés de faire quelque chose car, dès que nous avons lancé cette idée, elle a été mentionnée en première place dans le journal. La plupart des blancs ne s'intéressent pas beaucoup à leurs *natives* et les considèrent en partie comme leurs ennemis naturels ; mais, toutes considérations humanitaires mises à part, ce pays dépend quand même bien pour son avenir de la main-d'œuvre indigène et, dans son propre intérêt, on doit prendre autant de soin de leurs enfants que de ses veaux ou de ses poulains...

À THOMAS DINESEN

Ngong, 17/7/1918

Cher Tommy.

1 000 mercis pour tes poèmes anglais et danois qui sont arrivés par un courrier qui n'a rien apporté d'autre. Je les ai tous lus bien des fois ; grâce à ce que tu as indiqué et souligné, le petit recueil anglais est maintenant mon plus grand trésor, ou peu s'en faut. C'est certainement plus facile pour ceux qui participent eux-mêmes à la guerre, ou qui vont y participer, de lire des chants guerriers de cette sorte ; pour nous autres, la grandeur qui se dégage de tout cela, – les frayeurs, le courage, la volonté, tous ces destins qui se forment et se dénouent là, en l'espace d'un instant, sur une échelle tellement plus vaste que celle à laquelle nous sommes habitués, – est presque trop imposante ; on lit cela et l'on est sensible à l'œuvre d'art. S'il s'agissait de chants célébrant les guerres d'Alexandre ou de Napoléon on pourrait se laisser emporter totalement, mais ceci est réel ; ceci se déroule pendant qu'on le lit et devient de ce fait presque insupportable. Mais, peu à peu, au fur et à mesure que cela pénètre en vous, une certaine sérénité vous gagne et ce que l'on en retire principalement est – quelque chose de tout aussi impressionnant : la victoire de l'esprit sur la matière, la grandeur prodigieuse de l'esprit humain, non seulement chez les plus grands représentants de l'espèce mais chez tous, – surtout du fait que les êtres les plus modestes, les moins doués, peuvent se révéler tellement au-dessus des circonstances que ce que la vie peut offrir de plus épouvantable paraît alors sans importance. C'est un effet analogue à celui qu'ont produit sur moi les sagas.

Dans ce cas, on peut vraiment dire : « Mort, où est ton aiguillon, enfer, où est ta victoire* ! » – Puis l'humain retrouve ses droits, comme dans le poème *Milking time*, qui est infiniment douloureux. Je te comprends très bien, ainsi que tous ceux qui ont senti comme toi que, puisque cette chose grande et monstrueuse existait vraiment, vous ne pouviez rester en dehors, – mais comme il est affreux de penser qu'elle existe. Car, même si, après cela, renaissent un nouveau ciel et une nouvelle terre, cela n'en sera pas moins le *Ragnarök*[1], – et c'est peut-être nous qui n'y participons pas qui le sentons le mieux.

Je t'ai certainement déjà écrit que la grandeur des sagas, l'un des univers les plus nobles que je connaisse, est toujours liée à toi dans mon esprit. C'est à tel point que, lorsque, ici, je passe sur mon phonographe le disque *Brede Sejl over Nordsø gaar*, il me semble qu'il me remémore non pas une chanson mais quelque chose que j'ai vécu ; je me suis vraiment tenue sur le gaillard avec toi, – et Erling Skjalgsøn, – et tous ces jeunes héros, – Erling, Olav Trygveson lui-même, Einar Tambeskjaelver, – ont tes traits ou te ressemblent comme des frères. « Face à face doivent s'affronter les aigles* », – cela est inscrit sur ton visage bien-aimé qui se trouve devant moi, agrandi à partir de la petite photographie de toi en uniforme que tu m'as envoyée de New York. Je ne crois pas avoir jamais lu de paroles plus nobles, plus limpides, plus fortes que cette courte phrase. Je suis très fière de mon frère ; tu as réalisé tant de choses dont j'ai rêvé mais que je n'ai jamais mises à exécution, – mais tout cela ne fait que rendre encore infiniment plus grande l'angoisse qui, maintenant, ne cesse de peser sur nous à l'idée que nous puissions perdre toute cette grandeur, que notre vie puisse se voir privée de tout ce qu'elle

1. Le « Destin-des-Puissances » du paganisme scandinave, plus connu sous sa forme wagnérienne de « Crépuscule des dieux ». *(N.d.T.)*

comporte de plus magnifique et de plus fort et que nous soyons laissés à notre existence si plate, – comme si nous avions trahi l'idéal. Je ne puis parler de cette angoisse à quiconque mais, à toi, je peux dire cela et te dire également, pour le cas où la vie nous séparerait, que je t'ai aimé infiniment, – et que tu es pour nous Olav Tryggveson et même bien plus encore...

J'ai écrit quelques vers que je t'envoie* ; malheureusement, ils sont un peu tristes, cette fois, mais tu en auras de plus gais la prochaine fois. Car je reste fermement convaincue, – quand même[1], – que la vie est très belle, très riche et très grande ; je le croirais même si je devais mourir de la peste sur un tas de fumier. Et c'est ce que je souhaite toujours, toujours, à ton intention, mon cher frère ; d'être capable de voir le grand et beau visage de la vie à travers toute la misère que tu pourras rencontrer, et que tu gardes la foi. Je suis certainement un peu islamisée à force de fréquenter des Somali ; si Fara vient à Paris, – je l'emmènerai si je fais le voyage, – tu verras la force qui réside dans leur foi naïve et inébranlable dans le destin.

S'il se trouve qu'il y ait des choses que tu ne veuilles pas écrire à maman, écris-les-moi, de même que je t'écrirai tout, mon grand et cher ami. Et je pense chaque jour combien ce sera délicieux et comme nous nous amuserons quand tu viendras ici après la guerre, – combien de choses nous aurons à évoquer et comme ce sera délicieux, oh oui délicieux, de revoir ton visage.

À toi pour toujours,

Tanne

1. En français dans le texte. *(N.d.T.)*

Ngong, 30/7/1918

... J'ai été obligée d'abandonner l'idée de mon « secours alimentaire », du fait que je n'ai pas pu me procurer de maïs ; un peu partout dans le pays on distribue maintenant du riz aux *natives*, à la place, mais je n'ose pas en faire l'essai ici car cela leur donne facilement le « béribéri » si l'on ne sait pas bien le préparer ; c'est une « maladie de famine » qui est surtout répandue sur la côte ouest et qui est encore pire que la faim elle-même. Pourtant, c'était très amusant de voir tous ces petits noirs absolument ravis d'avoir à manger ; les tout-petits se dépêchaient de mettre leur part à l'abri des grands, aussi avais-je une petite colonie d'enfants de 2 ans, – une quarantaine, – qui étaient assis sur un coin de la pelouse, calmes et béats, avec leurs petits bols de *posho*. Les plus grands gazouillaient comme des moineaux, ivres de joie. Mais j'ai dû y mettre fin ; il venait trop d'enfants et l'homme avec lequel nous avions passé contrat pour le maïs a été obligé de se dédire...

Pour l'instant, on est très agité ici par une question qui m'intéresse au plus haut point, à savoir l'instauration d'un *native pass*. Cela a, en particulier, causé beaucoup d'émoi parmi les Somali qui, aux termes de cette loi, seront traités comme les Kikuyu et les autres *natives* du pays, qu'ils appellent, eux, *ushesis* (c'est-à-dire : esclaves) et envers lesquels ils ont un profond mépris. Je pense comme les Somali et suis d'avis qu'ils ont matière à se plaindre, – cette réglementation les privera du droit d'appel en justice et ils seront entre les mains des petits *officials* locaux ; ils ne seront plus autorisés à séjourner à

Nairobi s'ils ne sont pas au service d'un blanc, etc. Il me semble qu'on a fait preuve, dans toute cette affaire, d'un manque de doigté peu commun ; à quoi cela rime-t-il de faire prendre les armes contre vous par un peuple tout entier pratiquement pour une question de vocabulaire ? On aurait certainement pu obtenir le même résultat d'une autre façon en donnant aux Somali un passeport particulier. J'en ai parlé à lord Delamere, avec qui j'ai mangé la semaine dernière ; il était du même avis que moi et il est bien, de tout le pays, celui qui connaît le mieux les Somali.

De façon générale, il est bien regrettable que cette guerre ait forcé les Anglais à aller contre leur propre nature ; auparavant ils étaient véritablement « le peuple libre » mais ils se sont trouvés dans l'obligation d'adopter bien des façons de faire imitées de l'étranger et qui ne leur conviennent pas. D'une part, les meilleurs d'entre eux ne veulent en aucune façon s'y conformer ; Delamere et Finch-Hatton ont dit tous les deux : « *People in uniforms are not human beings*[1] », — et, d'autre part, il est probablement difficile de les introduire de façon aussi subite, — car les gens qui sont ainsi contraints par les circonstances d'avoir recours à la manière forte n'ont pas eux-mêmes grandi dans des conditions aussi sévères et ne connaissent que l'un des côtés de ce système : celui des supérieurs ; il laisse une grande marge d'arbitraire à ceux qui manquent de maîtrise d'eux-mêmes. Il me semble aussi qu'il est totalement contraire à l'esprit anglais d'essayer de bafouer la dignité des autres, — n'est-ce pas précisément pour cette raison que, jusqu'ici, ils ont bien tenu en main les *natives* de leurs différentes colonies ? Mais il est sans doute normal que cette guerre, qui met tout sens dessus dessous, entraîne également une certaine confusion dans l'esprit des couches moyennes des nations belligérantes...

1. Les gens en uniforme ne sont pas des êtres humains. *(N.d.T.)*

À INGEBORG DINESEN

Ngong, 12/8/1918

... Avant toute autre chose, il faut que je te prenne dans mes bras, ma chère maman, afin de te remercier pour tes lettres si braves, si belles et si affectueuses, qui me sont parvenues après ce long silence comme si la pluie était venue s'abattre sur notre *shamba* desséché. Je me suis fait beaucoup de soucis pour toi et, lorsque je ne pouvais réussir à dormir, ici, je pensais à toi, là-bas, toute seule dans notre grande maison, – mais j'espère que tu ne couches plus dans le petit lit de fer, – sans personne pour commenter l'évangile de la nuit mais, que Dieu nous vienne en aide, il n'existe assurément presque personne qui puisse commenter cet évangile, – et je crois que je suis restée assise près de ton lit chaque nuit, ma petite maman...

Tu te doutes à quel point les lettres de Tommy m'ont émue ; il t'a certainement écrit les mêmes choses qu'à moi et, étant donné la façon dont il voit les choses et le fait qu'il a vécu quelque chose de si grand et un bonheur si immense, il me semble que l'on est bien obligé de dire qu'il a eu raison de vouloir partir et que, si nous avions réussi à l'y faire renoncer, nous l'aurions privé de quelque chose dont nous n'aurions jamais pu le dédommager... Tommy a connu « le merveilleux » d'une façon qui ne l'a pas coupé de ses semblables mais dont il faut dire qu'elle est presque la normale pour la jeunesse européenne de l'heure actuelle ; s'il était parti en expédition au pôle Nord ou au pôle Sud, il aurait été tout aussi exposé au danger mais il aurait été tout à fait isolé, séparé de tous les autres ; alors qu'en l'occurrence il ne fait qu'un avec eux, ce qui me semble être un grand bonheur, surtout pour une nature comme la sienne... Il ne faut jamais nourrir de trop grandes espérances mais il ne faut pas non plus être poltron au point d'étouffer tout espoir et toute foi uniquement par peur de la déception, et quand, rien que par la lecture, on voit à quel point le monde entier peut changer, que ne doivent pas ressentir ceux qui contribuent eux-mêmes à ce changement et dont les mains sont en train de faire basculer l'histoire du monde entier ? Mais, plus encore que de Tommy, je suis fière de toi, comme il l'est lui-même ; il m'a écrit des choses infiniment affectueuses à ton égard. Tu peux être sûre qu'il n'est pas beaucoup de minutes dans la journée où lui et moi ne soyons pas tout près de toi.

Je t'écris aujourd'hui le cœur lourd car j'ai connu un grand chagrin, presque le plus grand qui puisse me toucher ici : j'ai perdu Dusk. Et tout cela s'est passé d'une façon vraiment navrante ; c'est tellement pénible de se dire qu'un chien qui, toute sa vie, a été pour moi un si bon ami et dont j'ai été si fière a pu mourir de cette façon — et par ma faute.

Au début du mois d'août, Bror et moi avons pris, en compagnie de von Huth, la direction de Nakuru et Naivasha, où Bror se rendait pour affaires. Bror et Huth sont partis le mercredi et moi le vendredi ; nous devions nous retrouver à Nakuru. J'ai emmené Dusk car il était toujours très triste de rester seul avec les boys et puis il adorait rouler en automobile, or nous avions notre voiture. À l'aller, étrangement, il a failli être écrasé par le train à Kikuyu Station, lors du croisement des deux convois ; je me tenais à la porte du compartiment, tandis que Dusk était descendu prendre l'air sur la voie, et je n'ai vu l'autre train arriver que lorsqu'il n'a plus été qu'à quelques mètres de lui, — j'ai eu tout juste le temps de bondir, de l'empoigner et l'arracher de là ; la locomotive nous a touchés, aussi bien lui que moi, — lui avec un grand bruit, — mais comme, en même temps, je tirais sur lui pour lui faire quitter la voie cela m'a plutôt aidée ; il a poussé un hurlement affreux mais il n'avait absolument rien. Sur le coup, je n'ai pas du tout pensé au danger que je courais moi-même mais, par la suite, lord Delamere, qui était resté debout dans le compartiment, a dit : « *It was the pluckiest thing I have seen in my life*[1] » — et tous les gens sont accourus car ils croyaient que quelqu'un s'était jeté sous le train ; et moi j'étais toute contente et fière de l'avoir sauvé, — alors qu'il aurait mieux valu pour lui qu'il meure à cet endroit-là.

Le samedi, nous devions quitter Nakuru pour gagner le camp d'un certain Collier, à 30 miles de là, — Bror, Dusk et moi en automobile, Huth à motocyclette. Arrivés à 5 ou 6 lieues de notre destination, notre automobile est tombée en panne et Bror a alors voulu revenir à Nakuru avec moi, sur la motocyclette, tandis que Huth continuait à pied jusqu'au camp, avec Dusk, pour nous y attendre jusqu'à ce que nous puissions faire venir quelqu'un et aller chercher l'automobile et eux deux, le lundi matin. J'étais vraiment très ennuyée de laisser Dusk, — je ne l'ai presque jamais fait, mis à part la fois où je suis rentrée à la maison, et j'ai dit et répété à Huth de bien faire attention à lui, de le tenir en laisse et de ne pas le quitter des yeux ; ils étaient déjà partis lorsque je les ai rattrapés pour lui dire : « *Surtout*, faites bien attention à lui, j'ai risqué ma vie pour lui hier et je suis prête à le faire aujourd'hui encore ; il est ce que j'ai de plus précieux au monde. » — Bror et Huth ont ri et dit : « Il ne faut pas rendre la séparation trop pénible. » — Dusk était là à me regarder, l'air très grave.

Le dimanche, Bror et moi devions aller prendre le lunch chez Lord Delamere, qui a une ferme à 20 miles de l'autre côté de Nakuru ; nous avons donc pris des dispo-

1. Je n'ai jamais rien vu d'aussi crâne de ma vie. *(N.d.T.)*

sitions pour que quelqu'un aille les chercher le lundi matin et nous sommes restés passer la nuit chez Lord Delamere ; le lundi, celui-ci nous a conduits en voiture à Naivasha, qui se trouve sur la route entre Nakuru et Kikuyu, et où nous devions établir un camp car Bror avait un contrat de labour à cet endroit. Nous devions quitter Naivasha le mercredi matin, pour rentrer chez nous, et je croyais que j'allais retrouver Dusk à la gare... Mais il n'y était pas et ce n'est que presque de retour ici que Collier, qui était également dans le train, est venu me dire que, le dimanche soir, Huth et lui avaient emmené Dusk chasser, qu'il avait disparu dans le crépuscule et qu'ils ne l'avaient pas revu depuis. J'ai alors repris le train, — cela m'a fait 15 heures de train ce jour-là, et je suis arrivée à Nakuru à sept heures du soir. Là, deux Somali sont venus m'apprendre que, le matin du même jour, ils avaient vu un chien qui ressemblait à Dusk à la gare de Njoro ; il avait passé toute la nuit près de leur tente, ils l'avaient chassé et, le matin, lorsqu'ils avaient levé le camp, il s'était assis et mis à hurler. Par chance, j'ai pu trouver une voiture et je suis partie le soir même, j'ai sillonné toute la région et interrogé tout le monde, mais personne ne l'avait vu. Huth logeait à l'hôtel Nakuru mais n'avait pas levé le petit doigt pour le retrouver ; ils avaient perdu Dusk le dimanche soir mais avaient tranquillement levé le camp le lundi matin, de sorte qu'il ne lui restait plus la moindre chance de les retrouver, surtout qu'il y a beaucoup de fourrés dans cette région et pas un être humain dans le voisinage. Il s'est contenté de dire : « Je regrette vraiment ce qui est arrivé. »

Je suis restée à Nakuru, — dont je maudis le nom, — pendant trois jours et j'ai cherché partout mais personne, absolument personne, ne l'avait vu ; j'ai promis 300 roupies à celui qui le retrouverait ; mais j'ai fini par croire ce que Bror n'avait cessé de dire, à savoir qu'il avait été emporté par un léopard la nuit où il avait disparu. Je suis rentrée à la maison le samedi mais j'ai laissé Fara continuer les recherches dans les montagnes avec une mule. C'est là qu'il l'a trouvé dès le dimanche matin, terriblement amaigri et affaibli ; il était couché auprès d'un petit zèbre qu'il avait tué à coups de dents mais il avait eu la poitrine enfoncée par un coup de sabot et crachait du sang ; il a reconnu Fara et s'est mis à pousser des cris lorsqu'il l'a vu, mais il était très atteint, il ne pouvait même plus marcher ni boire du lait et il est mort au cours de l'après-midi. Fara n'a même pas pu le ramener ici, il s'est contenté de le déposer dans un fourré et comme cela je ne le verrai jamais plus.

Tu penses bien que j'ai beaucoup de peine, non pas tant parce qu'il va me manquer mais parce qu'il a tellement souffert, et cela par ma faute, car je n'aurais jamais dû confier cet animal qui était de bien des façons supérieur à la plupart des êtres humains à quelqu'un d'aussi insouciant et d'aussi peu digne de confiance que Huth. Il m'était tellement attaché ; lorsque j'étais seule à la maison il ne me quittait jamais, et puis je l'avais toujours eu, ici, et il était si beau et si intelligent, j'étais tellement fière de lui. Je crois que lorsque je mourrai, je le verrai devant moi et je lui demanderai, du fond du cœur, pardon de l'avoir abandonné. Mon adorable, mon fidèle Dusk. Il me manque tellement et, même si je vis jusqu'à 70 ans, je ne crois pas que je pourrai penser à lui sans pleurer...

J'ai bien des fois pensé t'écrire à propos d'Anders, mais c'est toujours difficile d'écrire de si loin ; on peut aisément se faire des idées fausses. Mais, en partie à cause de ce que Tommy me dit dans sa dernière lettre, comme il l'a déjà fait plusieurs fois d'ailleurs, je tiens cependant à dire qu'à mon avis il serait bête de ne pas laisser Anders venir ici avant de s'installer parmi vous. Je crois que ce pays lui conviendrait très bien à tous points de vue et, même s'il ne voulait pas rester ici, ce serait très intéressant pour lui rien que de venir se rendre compte...

En ce qui concerne Leerbaek*, toute la question est de savoir s'il y sera heureux ; sinon, ce ne serait pas très gai, ni pour lui ni pour les Sass. Il me semble que le grand (et presque le seul !) défaut d'Anders est son manque de confiance en soi et il est bien regrettable, selon moi, que tante Lidda ait une aptitude presque aussi unique à ruiner celle-ci même chez les gens qui en sont doués. J'ai bien peur qu'Anders ne puisse jamais rien mener à bien, ni même proposer quoi que ce soit qui n'ait pas leur totale approbation et que, de la sorte, ses propres capacités ne puissent jamais percer là-bas, — alors que je crois qu'elles le pourraient ici. Il me semble aussi que les principes moraux de tante Lidda présentent le grave inconvénient d'être aussi stricts en ce qui concerne les petites choses que les grandes, de sorte que, pour elle, cela revient au même de s'enivrer ou de tuer quelqu'un ; pour des gens un peu énergiques, cela peut fort bien constituer une incitation au crime mais, pour des natures plus réservées, cela met un frein à toute initiative. J'ai toujours trouvé qu'Anders était plus gentil, plus gai et, de façon générale, plus à son avantage à Katholm qu'à Folehave, où l'on surveillait chacun de ses faits et gestes ; tout comme moi, il se plaisait mieux dans la famille de papa et serait plus volontiers allé vivre avec le vieil homme au fauteuil* que tout près de tante Lidda...

Galbraith Cole vient de se marier avec une jeune fille extrêmement gentille et mignonne, une nièce de Balfour. On dirait une étudiante de chez nous ; elle a dit qu'elle avait écrit à son oncle pour lui parler du projet de *soldier-settlement* de Bror. Ils se sont fait construire une grande et belle maison au sommet d'une colline avec une vue ravissante sur le lac Elmenteita, — que Cole et Delamere possèdent à eux deux, — et sont magnifiquement installés ; nous y sommes allés prendre le thé avec Delamere. De façon générale, le pays est ravissant, par là-bas, et j'aimerais bien avoir une *cattlefarm*, mais cela viendra peut-être un jour, avec le temps, et cela nous évitera de faire d'aussi grosses bêtises que nous en aurions faites si nous venions d'arriver dans le pays...

À INGEBORG DINESEN

Ngong, 23/10/1918

Ma très chère maman.

Je suis honteuse de ne pas avoir écrit depuis si longtemps mais j'ai été malade la plupart du temps. Comme vous le savez par mon télégramme, j'ai eu une septicémie après ma chute de mule (j'ai mis « cheval » dans le télégramme car j'ai eu peur que vous ne compreniez pas le mot *mule* en anglais !). Juste après t'avoir écrit ma dernière lettre, – le 11 sept., – j'ai été prise d'une forte fièvre et, le soir du 12, Bror m'a emmenée à Naivasha dans un char à bœufs sur lequel il avait installé un lit, et j'ai eu beaucoup de chance qu'un train parte pour Nairobi le lendemain de bonne heure. De la gare de Nairobi on m'a conduite tout droit chez le Dr Burkitt, – un Irlandais un peu fou mais le meilleur docteur que nous ayons ici et un homme extrêmement sympathique, – et, malgré mes vives protestations, il m'a immédiatement chloroformée, en tenue de safari et en bottes de cheval, m'a ouvert toute la jambe entre le genou et la hanche et a retiré toute une quantité de *dead flesh*, de sorte qu'il en est résulté une très grande plaie. Ensuite, j'ai dû rester au Kenya Nursing Home de Nairobi pendant 14 jours et cela n'a pas été drôle du tout ; puis je suis allée passer 8 jours dans la maison des Mac Millan à Nairobi. Burkitt m'a recousue et chloroformée deux fois et tu sais à quel point cela peut me rendre malade ; ensuite, j'ai dû rester couchée, ici, jusqu'à maintenant et c'est encore loin d'être guéri même si cela va beaucoup mieux et ne me gêne plus guère, à l'exception du fait qu'il va me rester une grande cicatrice qui m'ennuie beaucoup. Bror a pris soin de moi de façon incomparable et il est expert dans la pose des pansements. C'est bien plus agréable d'être à nouveau ici, avec mes boys qui sont gentils et extrêmement serviables. Merci pour ton télégramme, qui m'a fait grand plaisir. Je crois maintenant que cet accident n'est plus qu'un mauvais souvenir mais cela a duré assez longtemps comme cela ; je ne pense pas qu'un docteur de chez nous m'aurait fait un tel trou dans la jambe ; mais Burkitt m'assure que je suis arrivée à la toute dernière minute et qu'il n'a pas pu faire autrement.

— Les bonnes nouvelles de chez nous, — je veux dire de France, — ont été pour moi un très grand réconfort ; c'est une véritable joie que d'imaginer la retraite des Allemands à travers la France et la Belgique, qu'ils ont envahies, si sûrs de leur victoire, en 1914 ! Si seulement la paix pouvait ne plus être loin maintenant. Il est impossible de ne pas se dire que la terre entière, sans exception, poussera un immense soupir de soulagement et de joie le jour où la paix sera conclue, — et que nul, pas même le Kaiser en personne, ne se serait lancé dans cette aventure s'il avait su comment elle allait tourner ; et pourtant on ne se décide pas à faire la paix. On dirait que l'on a mis en branle des forces si puissantes que l'on ne peut plus les maîtriser et cela ressemble au poème de Goethe sur l'apprenti sorcier qui invoque les esprits et leur ordonne d'apporter de l'eau, mais qui ne connaît pas la formule pour les arrêter et qui est sur le point de périr lorsque son maître revient et met fin à tout cela d'un seul mot. Mais quand le maître viendra-t-il prononcer ce mot !

Pendant que j'étais chez les Mac Millan, j'ai emprunté à Bulpett de nombreux livres sur la guerre, surtout des livres français ; comme cela change de la littérature anglaise, – ils renferment tant de belles choses et pourtant, à dire vrai, on ne devrait pas les lire. J'ai lu en particulier les *Lettres d'un soldat*, avec une préface de [*le nom n'a pas été indiqué*]. Ce sont des lettres écrites par un jeune artiste français et ce qui frappe le plus, c'est l'idée que se fait de la guerre un être extrêmement raffiné, l'expérience d'un jeune homme qui, avant celle-ci, avait vécu exclusivement pour l'art et pour la beauté et qui se voit jeté comme simple soldat dans un conflit qui lui répugne au plus haut point. Ce livre laisse une impression très forte et très pénible car ce qu'il retrace n'est pas l'expérience d'un seul homme ; derrière ce soldat on voit la jeune génération d'artistes et de savants de la France entière, et presque du monde entier, arrachée à son travail et à son avenir et jetée dans la boue, le sang et les poux des tranchées, – et ensuite prise, malgré tout, par ce qu'il y a d'infiniment grand dans cette lutte. J'ai également relu là-bas *Anna Karénine* ; je crois que toute l'histoire d'amour et le mariage de Kitty et de Lévine, ainsi que leur vie à la campagne, est l'une des choses les plus ravissantes que l'on puisse imaginer...

Avec cette lettre je t'envoie une coupure de journal me représentant en compagnie de Mac Millan, pour que vous voyiez à quel point il peut être imposant. Cette photographie a été prise lors d'une garden-party en faveur du fonds *Star and Garter* que Mac Millan a donnée à Nairobi et qui a rapporté 20 000 roupies, ce qui n'est pas si mal. –

Ici, la grippe espagnole fait d'horribles ravages ; la semaine dernière 22 personnes en sont mortes. Aujourd'hui, le major Elkington est à l'article de la mort. Il y a également beaucoup de variole, aussi ai-je demandé au docteur de la mission écossaise de venir nous vacciner aujourd'hui, Bror et moi. Tous nos boys sont en train de l'être ; nous avons déjà eu deux cas à la ferme...

Ngong, 7/11/1918

Mon cher Tommy,

Merci pour la petite lettre du 17/8 dans laquelle tu me dis que, cette fois-ci, tu as participé à la grande offensive et me promets de m'en dire plus par la suite. Je n'ai certes encore rien reçu d'autre mais tu ne peux pas savoir à quel point ces quelques lignes peuvent faire travailler l'imagination ! Tu me dis être passé *over the top* 10 minutes après le début du bombardement au feu roulant, et il me semble non seulement te voir en train d'attendre, puis de t'avancer, mais également avoir été là en personne, avoir entendu le bombardement et vu les tranchées et la bataille. Mon cher Tommy, tu nous apportes à tous l'écho de cette grande chose que tu es en train de vivre. Dieu te protège dans les temps à venir. « Que la victoire soit dans ta main et dans ton pied, que la victoire soit dans toutes tes articulations, puisses-tu revenir avec la victoire* ! » Ah, comme j'aimerais être moi-même un jeune soldat pour mettre en fuite les Boches ; mais une parcelle de la *gloire*[1] que tu recueilleras retombera bien sur moi. Comme je me réjouis à l'idée de t'entendre raconter tout cela !

Si, malgré la joie que peuvent me causer les bonnes nouvelles venues de France, cette lettre te paraît un peu *depressed*, c'est à cause de la grippe espagnole qui fait ici des ravages vraiment affreux... Ici, Bror, moi et chacun de nos boys sommes tous au lit, ce qui n'est pas très pratique. Il y a aussi pas mal de variole partout et même à la

1. En français dans le texte. *(N.d.T.)*

ferme en ce moment, aussi avons-nous tous été vaccinés et tout cela entame les forces. Espérons malgré tout que cela sera bien vite terminé. Et puis nous avons connu un grand bonheur : nous avons enfin eu de la pluie, de sorte que tout est en fleurs et que cette saison s'annonce pour le mieux. La ferme est magnifique à voir et j'espère et je crois vraiment que votre argent va bientôt vous rapporter de gros dividendes ; mais je ne supporterai pas non plus une autre année comme celle-ci. Ce n'est pas une mince affaire que d'avoir la responsabilité de l'argent des autres et surtout d'argent qui vous a été confié par amitié ; j'espère que tu n'en feras jamais l'expérience. Mais je ne crois pas qu'il se passera bien des années avant que maman ne reçoive d'ici 50 000 couronnes par an et cela compensera, n'est-ce pas, ces temps difficiles...

Dans la réserve masaï, il y a eu des troubles qui maintenant semblent cependant terminés. En effet, on a voulu recruter des Masaï, ce à quoi ceux-ci se sont opposés. Au comble de la fureur, ils ont résisté par la force, volant du bétail et mettant le feu à tous les *stores* de la réserve. Je crois aussi que les autorités militaires auraient pu s'y prendre avec un peu plus de doigté mais il est vrai que c'est rarement leur fort, – je te demande bien pardon, – et, ayant fait *a mess* de cette affaire, elles ont été obligées de demander à Lord Delamere, qui est le « petit père » des Masaï, de bien vouloir venir la débrouiller pour eux. Lord Delamere a disparu dans la réserve sans laisser la moindre trace et n'a pas encore fait sa réapparition, à ce que je sache, mais sa seule apparition a certainement quelque peu calmé les éléments. Il me semble que c'est pour lui un véritable soulagement que d'aller s'asseoir et parler avec ses vieux chefs masaï aussi n'est-ce peut-être pas de sitôt qu'on va le revoir ; ici, il était sans cesse tiraillé entre sa ferme et une foule de comités et de conseils pour lesquels il avait certainement une profonde aversion...

Ma jambe n'est pas encore guérie et cela fera bientôt 3 mois que j'ai eu cet accident ; mais, ici, les blessures sont quelque chose de très ennuyeux. Celle-ci m'a valu bien des tourments : j'ai été deux fois chloroformée, deux fois recousue et décousue, — aussi je me sens presque comme un vieux soldat. J'ai une affreuse cicatrice qui va du genou à la hanche et j'en suis bien ennuyée. Bror espère qu'il n'y aura pas trop de monde à la voir...

Maman m'écrit que tu veux devenir aviateur mais je ne sais pas bien si l'école dont tu vas maintenant suivre les cours est une école qui forme des aviateurs. Je comprends très bien ton désir et me réjouis à l'idée de monter dans ta machine, après la guerre. Si tu allais en France comme aviateur il n'est pas tout à fait impossible que tu rencontres quelqu'un du nom de Denys Finch-Hatton qui est également aviateur sur le front français, en ce moment, et j'en serais très heureuse. J'ai eu en effet, sur mes vieux jours, la joie de voir mon idéal incarné en lui et ce serait drôle que vous vous rencontriez tous les deux...

Egholms Gud et *Clara van Haags Mirakler* sont enfin arrivés ; je les ai lus avec beaucoup de plaisir et Bror est en ce moment au lit, en train de les lire, et il n'arrête pas de s'écrier que l'auteur est fou !

Eh bien, adieu, mon cher Tommy, et puissions-nous nous revoir avant que j'aie des cheveux blancs. Ce serait drôle que tu deviennes à ton tour le capitaine Dinesen !

Des milliers et des milliers de pensées.

Ta sœur toujours, toujours fidèle,

Tanne

À INGEBORG DINESEN

Ngong, 15/11/1918

Chère maman.

C'est la première fois que j'écris depuis que l'armistice est signé et que la guerre est finie !

Personne ne sait, il est vrai, ce qui va se passer maintenant et ce que le monde va devenir ; la seule chose que j'arrive vraiment à comprendre est que l'on ne tire plus et que l'on ne ramène plus de morts ni de blessés.

Si seulement j'étais chez nous, ou bien en France ou en Angleterre, mais de préférence chez nous, afin de pouvoir être auprès de vous en pareille circonstance ! Maintenant tu vas être récompensée de ton héroïsme. Déjà, on a bien du mal à comprendre comment on a pu tenir jusqu'au bout. Je n'arrive pas non plus à comprendre comment ceux entre les mains desquels reposait la décision ont pu tenir aussi longtemps, également, sans saisir l'occasion de la paix et sans renoncer à leurs premières exigences ; il est vrai qu'ils ont bien fait, mais on ne croyait guère cela possible il y a cinq mois. Et maintenant, en repensant à la guerre, à ses premiers mois, à Verdun et aux dernières offensives allemandes sur Paris, récemment, j'ai peine à croire que la France et le monde entier soient sauvés...

Ce soir, il va y avoir à Nairobi une grande retraite aux flambeaux en musique pour fêter la paix. Nous y sommes invités par Otter, qui est responsable d'une partie de l'organisation de cette soirée. 5 000 soldats noirs défileront à travers Nairobi en portant des flambeaux. Ils ont eux aussi des raisons de se réjouir, les pauvres ; c'est affreux, les ravages que la guerre a pu faire parmi la population indigène.

Ici, à Ngong, ce fou de Gorringe a convaincu tous les *settlers* d'aller fêter cela en allumant un *bonfire* au sommet des Ngong Hills et cela doit également avoir lieu ce soir. Étant donné que la route est bien difficile à faire à cheval à la lueur du jour, je ne sais pas comment ils vont bien pouvoir y parvenir, surtout du fait que la plupart des participants sont des femmes d'âge avancé. Mais, lorsqu'il s'agit de pique-niques, les Anglais sont doués d'une ardeur qui surmonte tous les obstacles...

À THOMAS DINESEN

Ngong, 13/12/1918

Mon très cher et gentil Tommy.

Je ne sais pas comment je vais pouvoir suffisamment te féliciter pour ta V.C.* – Moi qui vis parmi les Anglais, je suis bien placée pour savoir quelle valeur elle a : *the only order in the world*[1] ; on ne s'en rend peut-être pas bien compte chez nous. J'ai entendu dire que l'on vient seulement de distribuer la 1 000e : tu es donc parmi les 1 000 hommes les plus braves du monde, – ce dont je n'ai d'ailleurs jamais douté mais c'est splendide d'avoir cela écrit noir sur blanc ! Je suis tellement fière de toi et tellement *ravie* de la façon dont cela s'est passé que je me réveille le matin, chaque jour que Dieu fait, comme le matin de mon anniversaire quand j'étais petite ! Une partie de la gloire du héros retombe jusque sur les sœurs de celui-ci et les gens d'ici ont eu la gentillesse de dire que le courage était un trait de famille. Sans parler de l'honneur, – qui est « le superflu » et donc « le

1. La seule décoration au monde. *(N.d.T.)*

nécessaire* », — tu nous as fait un *bien* incroyable, avec ta croix. On en a parlé dans le journal local et cela a définitivement clos le bec à ceux qui, avec une obstination incroyable, persistaient à dire que nous étions germanophiles...

Si seulement tu voulais venir ici. Tu es certainement très fêté là où tu te trouves mais nous t'accueillerions en grande pompe, tu peux me croire. De toute façon, je te suis plus reconnaissante que je ne puis te le dire ; car ta croix est arrivée à un moment où je venais de connaître une série de coups du sort et où je commençais à douter des dieux éternels, et il n'est pas pire malheur que cela. Maintenant j'ai retrouvé ma foi tant dans les dieux que dans les héros, et même si ceux-ci sont très proches de moi...

Et maintenant je vais t'apprendre quelque chose de bien étrange. Lorsque tu es parti à la guerre j'étais affreusement inquiète pour toi ; j'étais désespérée, j'en parlais souvent avec Fara et il m'a proposé de demander au vieux Somali qui est scheik (c'est-à-dire prêtre) des Arabes de confectionner un talisman pour te protéger au milieu des dangers que tu courais. Ceci a été fait, trois vendredis de suite, sous la forme d'un petit morceau de papier portant des passages du Coran que Fara et moi devions enterrer et dont nous ne devions parler à personne, ce dont nous nous sommes bien gardés. Tu souriras sans doute si je te dis qu'il m'a bien souvent réconfortée dans ma détresse, et plus encore en apprenant que, bien que cela se soit trouvé pendant l'une de mes périodes les moins brillantes, j'ai donné 1 000 roupies pour cela au vieux scheik. Mais écoute un peu et cesse de te moquer. Dans ce talisman, le vieux scheik ne demandait pas seulement que tu traverses la guerre sans être touché par les armes de l'ennemi mais également QUE TU ABATTES 12 ENNEMIS, QUE TU SOIS UN EXEMPLE POUR TOUS ET QUE TU ACQUIÈRES UNE GRANDE GLOIRE ! — Et voilà qu'hier j'ai reçu une coupure du *Times* qui disait la même chose mot pour mot ! Alors ne viens plus me dire que nous ne sommes pas d'intelligence avec des puissances supérieures ! J'en suis moi-même tellement émue que je trouve cela tout à fait effroyable et il faut que tu penses à Fara et à moi avec reconnaissance. Le vieux scheik va venir en visite ici un de ces jours, lorsque Bror ne sera pas là. Sur le papier qu'il a rédigé devaient être inscrits ton nom et le nom de jeune fille de ta mère, que le scheik lui-même a ensuite traduits, et c'était bien étrange de voir Ingeborg Westenholz écrit en arabe. Je ne sais pas si j'ai le droit de te dire tout cela mais il faut bien que je le dise à quelqu'un !

Tu me parles de la ferme de Naivasha. Elle n'est pas encore vendue mais tu ne peux pas non plus, en tant qu'étranger, en obtenir la cession, – oh, généreuse Angleterre ! – et, comme la guerre est maintenant terminée et que tu peux venir toi-même, il n'y a aucune raison que je t'achète quelque chose que tu n'as pas vu de tes propres yeux...

En ce moment, on fait de grosses fortunes, ici, avec le sisal, une sorte de fibre. Les prix baisseront peut-être bien à nouveau, si tout le monde se met à en planter ; mais, si l'on fait vite et si l'on se trouve parmi les premiers, on a quand même une bonne chance. Si tu pouvais disposer de 2 000 £ tout de suite et de 500 par an, – dont tu pourrais emprunter une partie auprès des banques d'ici sur la valeur de ta terre, une fois que tu aurais commencé à planter, – pendant les trois années suivantes, tu pourrais avoir en 1923 une grande plantation en état de produire et qui, avec les prix qui se pratiquent en ce moment, te vaudrait un revenu de 50 000 £ par an, – ou de 25 000 £ au cas où les cours baisseraient de moitié. Si tu n'y touchais pas mais mettais cela de côté, ou bien si tu le plaçais, tu serais certainement d'ici dix ans, en 1928, en état de faire des propositions aux Collett et tu aurais toujours ta plantation. – Le mieux serait que tu viennes ici aussi rapidement que possible et que tu apportes l'argent dont tu peux disposer ; comme cela tu pourrais voir par toi-même le pays, parler avec les gens, et conclure aussi vite que possible car là est la clé du succès.

Pour que tu ne croies pas que ceci n'est pas vrai, je te donne quelques chiffres. (Les gens qui ont planté du sisal en 1915-1916 avec un capital de départ de 1 000 £ ont fait l'an dernier un bénéfice net de 30 000 £.)

Nous serions naturellement *only too pleased* de t'aider et de nous en occuper pour toi. Nous avons une chance de pouvoir te faire cette offre du fait que, ces jours-ci, nous allons tenter de régler notre situation ici d'une façon qui nous libérerait. Avec notre voisin Johnnie*, qui se porterait garant, nous avons proposé à nos actionnaires de prendre la ferme à bail pendant 5 ans et de leur verser 7 1/2 % sur le capital cette année, 10 % l'an prochain et 12 1/2, 15 et 16 1/2 % les années suivantes, — c'est-à-dire ce que nous envisagions lorsque nous étions à la maison en 1916 ; la seule différence est que tout se trouve retardé de deux ans et qu'ils ont perdu les intérêts de leur argent pendant ces deux années mais cela est dû en partie à la guerre et en partie à cette affreuse dernière année, et puis une nouvelle entreprise est toujours exposée à cette sorte de mécomptes, au début. En outre, nous planterions chaque année 200 acres sur les terres de la compagnie, en partie à Ngong et en partie à Uasin-Gishu, ce qui représenterait pour eux un capital de réserve et un revenu accru 2 ou 3 ans après la plantation.

Que penses-tu de cette proposition ? Mon propre point de vue est le suivant : j'ai vraiment foi en ce pays, en fait j'y crois de plus en plus au fur et à mesure que je me familiarise avec lui ; mais il est si peu connu qu'il est difficile de procéder à des estimations et il est apparu cette année que le climat est si capricieux que l'on doit s'attendre à des surprises. Pour entreprendre quelque chose ici il convient donc d'avoir à sa disposition un capital plus important que celui dont nous disposions. Je suis certaine que celui qui prendrait ce bail sur 5 ans y gagnerait ; mais il peut toujours se faire que 1919 ressemble à 1918 et, dans ce cas-là, il nous sera *impossible* de nous tirer d'affaire sans un apport de capital de chez nous, mais comment prendront-ils cela et dans quelle situation nous trouverons-nous ?...

Johnnie van de Weyer, qui serait notre associé dans cette entreprise, est notre voisin ; c'est un ancien officier des *scotch guards*, assez original, et quelqu'un d'extraordinairement sympathique. Nous attendons dans les jours qui viennent une réponse de notre conseil d'administration et nous espérons sincèrement qu'il acceptera notre proposition. Nous continuerions à diriger la ferme, et naturellement, à habiter ici même si Bror risque, me semble-t-il, de mener une existence un peu plus vagabonde. Il est possible, si ce projet se concrétise, que je revienne à la maison dès que possible. Dans ce cas, voudrais-tu me retrouver à Londres, – nous pourrions ainsi rentrer ensemble en passant par l'Écosse ? Ah, mon très cher Tommy, puissé-je enfin revoir ton visage, comme je l'ai rêvé 100 fois !...

Parmi toutes les forces au monde, l'amour est certainement la plus divine. C'est lui qui a créé tout ce qui existe de beau dans la vie, – le chant des rossignols, les fleurs des arbres, toutes les œuvres d'art et certainement aussi la plupart des V.C. Tu connais peut-être assez de français maintenant pour pouvoir comprendre le sonnet de Musset sur Béatrice Donato*, dans *Le Fils du Titien*. Il y est dit :

> Vois donc combien c'est peu que la gloire ici-bas,
> Puisque, tout beau qu'il soit, ce portrait ne vaut pas
> (Crois-m'en sur parole) un baiser du modèle[1].

1. Cité en français dans le texte. *(N.d.T.)*

Est-il possible d'imaginer quelque chose de plus délicieux que de se promener le long de la mer, par un jour d'automne, avec une Victoria Cross que l'on vient de se voir décerner et en compagnie d'une belle jeune fille que l'on aime ? Dans ce cas, on a touché son héritage sous forme d'or en barre et l'on peut se moquer de tous les assignats, — même si cela peut aussi entraîner de grandes souffrances — « *Alles geben die Götter, die unendlichen ihren Lieblingen ganz : Alle Freuden — die unendlichen, — alle Schmerzen, die unendlichen, ganz**[1]. » (Toutes mes excuses, Monsieur le Censeur.)

Mon cœur se réjouit quand je pense à toi. Comme papa aurait été fier de toi ; quel lustre tu nous a apporté, selon moi, et comme je suis contente de t'avoir gagné cette fameuse bouteille de champagne, et que tu fasses de si belle façon honneur à la théorie du vieil Absalon, selon laquelle le monde connaît bien des arts qui sont beaux et grands, mais le plus grand de tous est celui de vivre.

Porte-toi toujours bien ! !

Tanne

À THOMAS DINESEN

Ngong, 8/1/1919

Mon cher Tommy.

Bonne année ! Que tout ce que la terre a de meilleur soit tien au cours de l'an 1919, et puissions-nous nous

1. Karen Blixen a modifié la présentation et la ponctuation de l'original de ce texte, qui est en fait un court poème et dont le sens général est : « Les dieux éternels donnent tout à leurs favoris, toutes les joies et toutes les peines. » *(N.d.T.)*

revoir, soit ici soit à la maison, – le mieux serait que nous nous retrouvions en Europe et que tu m'accompagnes ici quand je reviendrai. Je peux te dire que tu y es déjà populaire ; tous les Somali me demandent des nouvelles de *my brother*, ils sont au courant en ce qui concerne ta croix et plusieurs de mes boys sont désireux d'entrer à ton service quand tu auras une ferme dans le pays. Ils me demandent tout le temps si tu me « shindes », – si tu me surpasses en éclat, si tu m'éclipses, – et quand je leur dis que tu me *shindar sana** ils me supplient de leur promettre de te les recommander.

Merci pour la lettre dans laquelle tu me parles de ta croix de guerre*. J'en suis absolument *ravie* ; la V.C. est peut-être quelque chose de plus rare mais celle-ci vient de France et ce pays a toujours été pour moi la Terre Sainte d'où viennent la liberté et la beauté. Comme papa aurait été fier de toi. Il n'y a pas non plus tellement de gens qui aient à la fois la croix de guerre française et la Victoria Cross. Je t'envoie une coupure de l'un de nos journaux* ; en la lisant, tu comprendras le bien que tu nous as fait. J'ai bien lu une centaine de choses sur la guerre des tranchées afin de bien m'imaginer ce que c'était et ce que l'on devait ressentir. C'étaient des hauts faits.

J'ai acheté pour toi une île dans le lac Naivasha et je suis en cours de négociations au sujet de la ferme de 5 000 acres dont je t'ai parlé. Cette île, je pense qu'elle peut devenir quelque chose d'unique, peut-être pas au monde, mais dans ce pays. Elle n'est certes pas bien grande, elle est au contraire *toute petite*, – à peu près comme le bout de jardin qui sépare le canal de Strandvejen, chez nous ! ! ! – mais elle est haute car elle est constituée de rochers qui plongent à pic dans une eau bleue et limpide, et sur lesquels poussent de grands arbres. On pourrait y installer un moulin à vent pour faire monter l'eau et la couvrir de roses et de rhododendrons. Et puis on pourrait avoir une baignade et un petit port pour le bateau à moteur et prendre le large le matin, avant qu'il ne fasse trop chaud, tirer le canard et l'oie qui existent à des millions et des millions d'exemplaires, et peut-être également un vieil hippopotame. Il n'y a pas de poissons mais des essais vont être faits en ce qui concerne la truite ; tu pourrais y participer. Je crois que je pourrai acquérir l'île elle-même pour 100 £ mais, bien sûr, cela coûtera une certaine somme d'y construire une maison et d'y apporter certaines améliorations ; mais cela n'ira jamais chercher des sommes considérables.

Et puis il y a la ferme qui se trouve sur sa rive... Je suis allée à un bal, avant-hier, à Nairobi, – où je me suis d'ailleurs beaucoup amusée, – et j'y ai rencontré quelqu'un de très aimable et de très sympathique, le colonel – ou le major ! – Buxton, qui devait rentrer en Angleterre le lendemain. Il a acheté 300 acres de terrain à bâtir juste à côté, ou plus exactement faisant partie de la ferme à laquelle je pense pour toi, et a l'intention d'acheter 5 000 acres de plus juste à côté... Tu pourrais peut-être acheter cette ferme sous son nom si les difficultés se révèlent trop grandes pour les étrangers ; il fera certainement ce qu'il peut pour toi, – d'une part parce que lui et moi sommes de bons amis, et d'autre part parce qu'il m'a parlé de toi avec beaucoup d'admiration, me disant même qu'il pourrait te trouver en Angleterre sans connaître ton adresse tellement tu devais être célèbre. Mais surtout souviens-toi de ne pas lui dire mon âge ; car il a avancé le chiffre de 27 ans et je lui ai répondu oui, – d'ailleurs tu ne devras *jamais* en parler à qui que ce soit parmi mes connaissances d'ici. Sans cela tout sera fini entre nous ! ! !

Je reviens tout juste d'un merveilleux safari chez les Greswolde-Williams, à Kedong, pendant la période de Noël et du nouvel an... J'ai abattu un lion que nous avons levé pendant la journée et suivi à la trace à cheval. C'était très *exciting* car je l'ai d'abord tiré une première fois mais il s'est enfui par-dessus une hauteur et nous l'avons perdu de vue. Frank G.-W. et moi nous sommes alors lancés au galop à sa poursuite mais nous le cherchions en vain, — il faut dire que le terrain était très difficile, avec beaucoup de petits monticules et des fourrés très touffus, — lorsque tout à coup nos chevaux se sont emballés : il était là, dans un buisson d'épines au fond d'une petite gorge, à moins de 5 mètres de nous ! J'ai failli lui tomber sur la tête car je ne m'attendais pas le moins du monde à ce qu'il se trouve là, et mon cheval est devenu absolument fou de peur. Nous nous sommes éloignés en toute hâte mais nous pouvions le voir se déplacer à l'intérieur du buisson et l'entendre pousser des grognements de fureur ; cependant, nous ne savions pas exactement quelle partie de son corps nous faisait face et il s'agissait de ne pas prendre trop de risque en tirant au hasard ; mais, pour finir, il m'a semblé pouvoir distinguer sa silhouette, avec sa queue qui se balançait au milieu du buisson, et alors j'ai tiré et l'ai atteint à l'épaule, — mais cela n'est rien pour une aussi grosse bête et il s'est lancé droit sur nous, comme un boulet de canon, et, crois-moi, la face d'un lion qui charge ne manque pas d'expression. Je lui ai logé une balle en pleine poitrine et il est tombé presque à nos pieds. La peau n'a rien d'extraordinaire ; il m'est venu à l'idée de te demander si tu désirais la tête mais tu ne veux peut-être que des lions que tu tueras toi-même.

Le « projet suédois de *soldier-settlement* » dont je t'ai parlé a été adopté par la *land-commission* ; maintenant nous allons voir si nous pouvons avoir la permission de nous en occuper. En tant qu'ex-soldat tu pourrais peut-être demander à te voir attribuer une ferme. Je crois que ce serait une bonne affaire.

La loi qui prévoyait un *native pass* pour les Somali n'est toujours pas entrée en vigueur ; ils attendent peut-être l'arrivée du nouveau gouverneur pour en préciser les modalités. Celui-ci arrivera certainement dans le courant de la première semaine de février et cet événement sera marqué par une semaine de courses et d'autres manifestations sportives qui seront certainement fort divertissantes car ce ne sont que des gens que je connais bien qui en seront responsables ; si seulement j'avais autre chose que des loques à me mettre, comme à l'heure actuelle, en partie par manque d'argent et en partie du fait qu'il est impossible, ici, de se procurer quoi que ce soit d'un tant soit peu de goût. Si seulement ta Lilian pouvait m'acheter quelques chiffons. C'est étrange ce que les vêtements peuvent représenter pour moi ; je leur attache peut-être trop d'importance mais il n'y a rien au monde qui me soit plus pénible que de vilains vêtements, — pas plus la maladie que la pauvreté, la solitude ou quelque autre malheur que ce soit ; jamais non plus je n'ai été suffisamment abattue pour que l'idée d'avoir un chapeau neuf ne puisse me réconforter ! — c'est certainement très idiot...

À INGEBORG DINESEN

Ngong, 26/2/1919

... Il pleut ! Plus de 4 pieds en l'espace de 3 jours et personne ne peut savoir à quel point cela peut changer le *shamba*, — et donc la vie tout entière ! Je pense tout le temps à la chanson : « *Nun, armes Herz, vergiss der Qual ! Nun muss sich alles, alles wenden**[1]. » Peut-être notre temps

1. « Maintenant, pauvre cœur, oublie tes tourments ! Maintenant, tout va changer ! » *(N.d.T.)*

de détresse touche-t-il vraiment à sa fin et de meilleurs vont-ils venir. En ce moment, la vallée la plus profonde et la plus reculée se couvre de verdure, — la rapidité avec laquelle tout, ici, se transforme sous l'effet de la pluie tient presque du miracle ; les Ngong Hills et la réserve, qui étaient pelées comme un tapis-brosse, resplendissent du vert le plus délicat et le plus magnifique, et le *shamba* tout entier est en fleurs. Si seulement cela pouvait durer... Ici, c'est magnifique, c'est le paradis sur terre lorsqu'il pleut suffisamment. Et, dans les temps de détresse, on en vient d'une certaine façon à aimer plus encore ce pays si peu docile ; j'ai le sentiment qu'à l'avenir, où que je puisse être au monde, je me demanderai toujours s'il pleut à Ngong.

La semaine des courses a connu un grand succès et je m'y suis vraiment beaucoup amusée, bien qu'il faille prendre certaines choses avec un certain humour. Il y a eu 2 jours de courses, et une foule de réceptions, avec buffet, et de bals. Tout cela était donné en l'honneur du nouveau gouverneur, Sir Edward Northey, qui produit une impression extraordinairement sympathique, m'a-t-il semblé, et qui est certainement quelqu'un de très intelligent. Mais je ne lui envie pas ses fonctions. Je l'ai beaucoup vu, puisque je l'ai rencontré à un bal un jour et que j'étais assise à côté de lui lors d'un lunch que Lord Delamere a donné sur le champ de courses...

Le dimanche qui a suivi les courses nous donnions une chasse ici ; ce n'est pas bien loin de Nairobi et le trajet est joli, aussi les gens viennent-ils volontiers. Il y avait Delamere, le général et son très aimable frère le colonel Llewellyn, Denis Finch-Hatton, Johnnie van der Weyer et bien d'autres, en tout 20 personnes ; cela s'est très bien passé. Finch-Hatton avait de la fièvre, aussi est-il resté ici et il y est encore, ce qui est extrêmement agréable pour moi ; je ne crois pas avoir jamais rencontré un être aussi intelligent et, ici, c'est quelque chose de très appréciable...

Il faut que je m'arrête car je dois sortir avec Denis. De grosses averses continuent de menacer — « *nun muss sich alles, alles wenden* ». — Je souhaite que, chez vous également, la vie soit plus facile et plus légère après cette année horrible.

Tanne

À INGEBORG DINESEN

Ngong, 12/7/1919

Ma chère maman.

... Si je n'ai pas écrit depuis si longtemps, la raison en est que chaque jour, littéralement, depuis le début d'avril, j'ai cru que nous allions partir pour l'Europe. Le service des bateaux à destination de l'Europe, tant pour les militaires que pour les civils, est plongé dans un tel chaos que la plupart des gens d'ici sont dans la même incertitude depuis trois mois et, naturellement, tout le reste s'en ressent dans le pays... Il n'y a pas âme qui vive qui sache quand vont arriver les différents bateaux, s'ils prennent des passagers, combien, et lesquels ; bien des gens sont restés à Mombasa pendant des semaines, voire des mois, afin de pouvoir saisir une occasion et c'est peut-être bien ce qu'il nous faudra nous résoudre à faire... Pour les militaires qui doivent être démobilisés, c'est encore pis car ils ne peuvent partir que par certains bateaux, bien déterminés. Denys Finch-Hatton, par exemple, attendait depuis 8 mois et avait l'ordre d'aller se faire démobiliser en Égypte ; nous avions pensé descendre le Nil ensemble mais la navigation sur celui-ci a également été interdite à cause de troubles qui se sont produits là-bas...

Ici, tout le commerce souffre naturellement beaucoup du taux de change qui fait qu'en ce moment on perd 25 % sur toute somme d'argent sortant d'Angleterre. Selon moi, l'État va devoir, tôt ou tard, prendre des mesures radicales pour y remédier s'il ne veut pas que le pays fasse banqueroute, – par exemple introduire la même monnaie qu'en métropole. Mais il paraît que c'est le moindre de leurs soucis... Étrangement, la terre a également pris de la valeur, ici. La ferme de Naivasha sur laquelle oncle Mogens avait pris une option d'achat jusque 3 mois après la paix, pour la somme de 8 000 £, – et à laquelle il a renoncé en 1917, – a été vendue l'autre jour pour 12 000 £ d'ici, c'est-à-dire 15 000 à Londres...

Nous sommes invités à loger à Government House pendant la semaine des courses. Nous sommes les seuls invités avec les Polowtzoff* et Delamere. Je ne suis guère enchantée à cette perspective car je n'ai presque plus rien à me mettre ; mais le général me supplie de venir et de l'aider à obtenir une autorisation quelconque de rentrer en Europe, soit par voie de mer soit par le Nil.

Grâce à toute une pile d'exemplaires de *Politiken*[1], qui sont arrivés par le dernier courrier, je peux suivre les activités d'oncle Aage*. Il me semble qu'elles sont bien aventureuses car, au fond, on ne sait guère qui a raison, à vrai dire. Dans *The English Magasine* du mois de février, j'ai lu un article d'un certain Hamilton Fyfe qui a vécu de nombreuses années en Russie et qui me fait l'impression d'être quelqu'un de sensé, et il abondait tout à fait dans mon sens, à savoir que le bolchevisme est la première tentative véritable qui ait été faite en vue de réaliser la démocratie et qu'il peut fort bien en sortir quelque chose de bon. Il est naturellement exact qu'il donne lieu à des excès maix ceux-ci ne sont pas pires que ceux de la Révo-

1. Quotidien de Copenhague fondé en 1884. *(N.d.T.)*

lution française, alors que ses adversaires les plus acharnés eux-mêmes se réclament maintenant des idées de celle-ci. Quant à savoir si c'est bien pis que ce que se permettait le régime du Tsar, nul ne peut le dire...

Ici, le gouvernement a organisé en faveur des anciens soldats une sorte de loterie dont les lots sont des fermes et distribue de la sorte beaucoup de terre. À mon avis, tout cela est conçu de façon déplorable et ne satisfera pas âme qui vive, mais ce genre de choses est sans doute impossible à organiser de façon satisfaisante. J'ai versé la somme qu'il fallait pour Tommy et j'ai eu la satisfaction de voir qu'il était le seul étranger à être accepté. Cependant, il faudra qu'il tire au sort en Europe. J'ai choisi une ferme du Nord-Kenya ; la région est très belle et il me semble qu'il serait amusant pour lui de se voir donner une ferme en remerciement de la part qu'il a prise à la guerre.

Hier, nous sommes rentrés d'un safari de 14 jours dans Kedong Valley en compagnie du général et de Madame Polowtzoff... Comme je te l'ai écrit, c'est l'ancienne Madame Ignatieff, de la légation de Russie à Copenhague ; lui, oncle Mogens et Sophie l'ont rencontrée ici en 1911 lorsqu'ils campaient au pied de The Mau, je ne sais s'ils s'en souviennent ; il dit que tante Fritze et Sophie tenaient des ombrelles ouvertes sur leurs genoux, quand elles étaient assises, afin de cacher leurs jambes de pantalon. Il a été gouverneur de Petrograd et ils se sont enfuis pendant la révolution ; c'est quelqu'un d'extraordinairement aimable et de très doué. Ils voudraient bien rentrer chez eux maintenant car ils ont reçu un télégramme de son frère, de Paris, leur disant qu'il y a fort à faire en ce moment ; la plupart des Russes de l'ancien régime qui ont réussi à s'enfuir sont en train de s'y rassembler. Ils ont perdu tout leur argent, mais ils disent qu'ils sont tous dans la même situation et vendent leurs bijoux pour vivre. Ils veulent que je rentre avec eux et m'ont invitée à loger chez eux à Paris ou dans leur maison de Monte-Carlo ; j'aimerais beaucoup pouvoir le faire car il y aurait des gens intéressants à rencontrer et ce serait l'occasion de faire la connaissance d'un milieu presque historique...

Le 14 août 1919, Karen Blixen et son mari quittèrent Kilindini, le port de Mombasa, à bord du S/S Pundua, *en partance pour Londres via Bombay. Après un séjour à Londres en compagnie, entre autres, de Denys Finch-Hatton qui rendait alors visite à sa famille en Angleterre, ils arrivèrent au Danemark au mois de novembre. Pendant l'année qui suivit, Karen Blixen habita chez sa mère, à Rungstedlund, tout en se faisant traiter pour sa maladie par le professeur Rasch, au Rigshospitalet. Selon ce que Mogens Fog rapporte dans* BLIXENIANA 1978, *Karen Blixen eut, en 1919, à la fois la grippe espagnole et une septicémie et elle fut malade pendant cinq mois.*

Après un séjour relativement long en Suède, Bror Blixen regagna le Kenya en mars 1920 ; près de neuf mois plus tard, Karen Blixen prit, en compagnie de son frère Anders, le bateau pour Londres, où Thomas Dinesen séjournait déjà depuis un certain temps. De là, elle devait, quelques jours plus tard, poursuivre sa route en compagnie de Thomas en direction de Marseille, via Paris, afin de s'embarquer pour l'Afrique sur le Garth Castle. *Pendant tout ce voyage, Karen Blixen fut dans un état d'esprit proche du désespoir. L'avenir de la ferme était plus incertain que jamais ; divers télégrammes de mauvais augure, en provenance tant d'Afrique que du Danemark, et concernant un prêt d'une importance capitale, se croisèrent à son adresse londonienne et la ballottèrent entre l'espoir et la crainte.*

À INGEBORG DINESEN

HÔTEL WASHINGTON
Curzon Street, Mayfair, W.

[Novembre 1920]

... Je me sens encore un peu affaiblie après ces 36 heures véritablement épouvantables en mer du Nord mais, à part cela, je me porte bien et prends infiniment de plaisir à être ici avec les garçons. Il fait froid, – il paraît que c'est encore pis à Paris, – mais le temps est dégagé et calme. J'aime bien Londres et, à cette époque de l'année, les grandes villes ont quelque chose de très poétique ; ce soir j'ai pu voir, se détachant sur la nouvelle lune, une vieille chouette perchée sur un arbre de Piccadilly avec, au premier plan, toutes les voitures qui passaient dans un grand bruit, les phares allumés. –

Je ne manque pas d'occupations et de courses à faire mais les garçons sortent ensemble et y prennent certainement beaucoup de plaisir. Quelque chose me contrarie beaucoup : le prince Wilhelm et Sjögren seront à bord du *Garth Castle*. C'est une situation vraiment déplaisante, du fait de la traite de 25 000 de Sjögren et de tout le reste, et puis il y aura naturellement des festivités là-bas à leur arrivée, – ils vont loger à Government House, – et on s'attend probablement à ce que nous les recevions également à dîner, ce qui ne me plaît à aucun point de vue...

À INGEBORG DINESEN

HÔTEL WASHINGTON,
Curzon Street, Mayfair, W.

24/11/1920

Ma très chère maman. –

Je tiens à t'envoyer quelques mots avant que nous ne quittions Londres. Nous avons passé ici quelques jours vraiment délicieux, tous ensemble, je crois qu'Anders en a bien profité et Thomas et moi avons été très heureux de l'avoir avec nous. Hier, nous avons fait une sortie très agréable jusqu'à l'ancien camp de Tommy à Haglemere. C'était très émouvant de voir tous ces lieux au milieu desquels je l'avais imaginé, la croix sur la colline du gibet et les petits *tearooms*, et le temps était vraiment merveilleux, très calme, avec du soleil et un peu de givre. Le paysage est très beau dans cette région-là, avec de grandes collines et de très beaux arbres, en particulier des chênes. Je leur envie leurs enclos en poteaux de chêne, ce serait quelque chose pour « le pâté ». – Thomas était très fier de nous montrer tout ce qu'il y avait à voir dans cet endroit où il avait été très heureux. Anders, lui, ne s'intéresse jamais tellement à ce que les autres peuvent lui raconter, il préfère raconter lui-même des choses analogues sur son temps à l'armée. –

Le soir, nous sommes allés voir *Faust* à Covent Garden ; j'ai trouvé la représentation assez médiocre et Faust vraiment très mauvais, mais Anders a été très impressionné. Thomas et Anders étaient bien sûr un peu tristes de devoir se séparer ce matin mais espérons qu'ils seront heureux, chacun de leur côté, et qu'ils se retrouveront dans la joie. Il me semble qu'ils ont tous deux passablement changé cet été ; ils sont bien plus mûrs. —

Je suis toujours dans l'incertitude quant à l'avenir et c'est très éprouvant. Il est aussi terriblement malencontreux que Buxton soit précisément sur le point de rentrer chez lui, ce qui fait que nous allons nous croiser ; si seulement il s'était trouvé ici, ou bien encore en Afrique une semaine en même temps que moi, nous aurions certainement pu arranger certaines choses. Cela ne me dit rien du tout de rester à Paris, surtout du fait que, dans ce cas, tout va dépendre de Buxton, et puis je n'ai pas le temps, je ne suis pas au courant de la situation et je n'ai pas le moyen de joindre l'Afrique si, par exemple, les conditions de Buxton me paraissaient inacceptables. Pour être franche, j'ai également peur de rester à Paris aussi longtemps, seule et sans occupation ; je pourrais évidemment trouver quelque chose à faire mais, en ce moment, je n'arrive pas à me concentrer sur autre chose que sur Ngong. Pour parer à toute éventualité, j'ai télégraphié pour demander un pouvoir pour Thomas ; en effet, si Milligan me conseille absolument de rester, — au cas où l'affaire serait pratiquement faite avec Buxton, — il faudra que Thomas parte et s'efforce de faire ce qu'il pourra là-bas. Mais j'espère sincèrement qu'à Paris je trouverai un télégramme qui nous permettra de partir ensemble car nous nous sommes tous les deux fait tellement de plaisir à cette idée...

... C'est magnifique que Rungstedlund et toi, et Folehave et vous tous, vous existiez. Mais Ngong, Ngong restera gravé dans mon cœur...

À INGEBORG DINESEN

GD HÔTEL LOUVRE ET PAIX
Marseille, 1/12/1920

Ma chère maman. –

J'ai passé quelques jours vraiment affreux depuis que j'ai reçu le télégramme de Bror m'enjoignant de rester et d'attendre Buxton. Lorsqu'on sait ce qu'il faut faire, on peut toujours y parvenir mais, en l'occurrence, je ne savais absolument pas quelle était la solution la plus raisonnable. Rester ici revenait à faire de Buxton notre va-tout – et tout dépendait donc de la qualité de cette carte. Je me suis vraiment efforcée de faire pour le mieux, – mais il *faut bien* laisser une part au hasard, – et je pars donc en espérant de tout mon cœur ne pas gâcher de la sorte ma meilleure chance. –

Si encore Bror m'avait tenue un peu informée de la situation, j'aurais sans doute toujours pu parvenir à un accord avec Buxton, ici, mais il me semble que je n'en sais pas assez, – par exemple, je ne sais pas *quels intérêts* la ferme peut garantir sur un prêt, ni si je peux vendre Uasin Gishu et à quel prix. En outre, Bror continue à partir du fait que nous allons *vendre* alors que, pour ma part, je ne peux m'empêcher de penser qu'il doit être tout aussi avantageux de conserver la propriété, – et c'est de loin ce que je préférerais faire. Non, je crois qu'il faut que je parte, Dieu fasse seulement que je ne me trompe pas. Lorsque je vous ai télégraphié à propos du pouvoir, mon intention était de laisser partir Tommy et de rester toute seule ici, – et je sais bien qu'il ferait de son mieux, mais il ne connaît ni les hommes ni la situation, là-bas, et aurait été presque obligé de se ranger de l'avis de Bror en toutes choses...

Chère maman, j'ai eu terriblement envie d'être près de toi, ces derniers jours. Mais on ne peut rien y faire. Si je pouvais seulement arriver à arranger les choses de telle sorte que, vous, vous rentriez dans votre argent et que, moi, j'aie une activité et la possibilité de devenir quelque chose, — ce ne serait pas trop cher payé. Et puis, je ne tarderai certainement pas à revenir à la maison, me semble-t-il...

À INGEBORG DINESEN

Marseille, 4/12/1920

... Je t'écris au crayon parce que je suis alitée pour une maladie indéterminée. Je viens de lire qu'à Paris il y a en ce moment une nouvelle épidémie et j'espère que ce n'est pas cela. En ce qui me concerne, je vomis tout le temps et j'ai des vertiges mais je ne sais pas si c'est une sorte d'empoisonnement ou bien si c'est dû à un excès de fatigue après tout le mal que je me suis donné à Londres et à Paris, — d'une façon générale, il me semble impossible de dire d'après les symptômes ce qui vient de la tête ou bien du ventre. J'espère que je serai suffisamment remise pour pouvoir partir après-demain mais, sinon, c'est une bonne chose que Tommy ait le pouvoir.

— À propos de nos affaires, tout ce que je désire te dire c'est que j'ai reçu un nouveau télégramme de Bror dans lequel il se disait contraint de laisser ma maison et mon parc en gage à celui qui nous procurerait le prêt. Voilà bien une idée diabolique, — certainement due à

Bror lui-même, Buxton ou Denys n'auraient jamais pu proposer cela, — mais Bror n'a jamais réussi à comprendre que j'aimais ma maison là-bas. J'espère sincèrement que nous allons pouvoir nous arranger autrement...

Il faudra que tu finisses par me faire savoir si Anders a apprécié son séjour à Londres, il est impossible de le lui faire dire vraiment. Pourtant, il est d'une franchise émouvante et, quand Thomas et moi lui avons demandé s'il pensait jamais à nous maintenant que nous n'étions plus là, il a répondu : « Mon Dieu, non, j'en suis bien incapable. C'est sûrement un défaut que j'ai mais je pense seulement à ce que je vois. » Il est vrai qu'il est très raisonnable et capable et il réussira certainement dans la vie, mais, à vrai dire, je ne crois pas qu'il faille essayer de l'intéresser à quoi que ce soit d'autre que ce qui lui est naturel. Après avoir beaucoup été avec lui ces temps derniers, à Londres, je suis également arrivée à la conclusion qu'on aurait tort d'essayer de le marier. Car il est vraiment très influençable et il serait sans doute facile de le persuader de se lancer dans quelque chose dont il n'a aucune idée, mais cela pourrait faire son malheur. Il me semble que, d'une certaine façon, il est en retard pour son âge mais je pense que, dans 10 ans peut-être, il comblera, sans avoir besoin de se presser, son handicap sur la normale actuelle des gens de son âge et qu'il pourrait être bien néfaste de lui faire accélérer l'allure...

À INGEBORG DINESEN

MOMBASA CLUB,
BRITISH EAST AFRICA.

30/12/1920

Chère maman. –

Nous sommes arrivés ici *all right* et Bror, Olga, Fara et Abdullah étaient venus nous attendre. – Thomas est enchanté de Mombasa et de tout, d'une façon générale, et c'est magnifique de l'avoir avec soi. – D'après ce que j'ai pu savoir par Olga, les choses vont vraiment mal dans ma ferme ; il paraît que Bror a pris une nouvelle hypothèque sur tous mes meubles, dont l'échéance est probablement prochaine ; je n'ai aucune idée de ce qui va arriver. Il semble aussi que la maison ait été habitée pendant tout ce temps et qu'il y ait pas mal de dégâts, selon Olga, – entre autres choses toute ma vaisselle et ma verrerie, sur lesquelles ils se sont entraînés au tir ! Bror ne croit absolument pas à la possibilité du prêt et il est d'avis qu'Ekman, Bursell et – tante Fritze se sont mis d'accord pour nous empêcher de l'obtenir et pour nous faire parvenir une offre d'achat le 1er fév. – Oui, Dieu sait ce qui va arriver ! Je n'ai cessé d'avoir peur de nouvelles surprises et celle-ci n'est certainement pas la dernière...

En l'espace de quelques mois la situation économique de la ferme se détériora encore. Finalement, le président de la société par actions, Aage Westenholz, se rendit au Kenya avec pour seul but de vendre la plantation. Cependant, le très vif désir manifesté par Karen Blixen de poursuivre son activité eut pour résultat un accord, signé le 10/6/1921, aux termes duquel elle se voyait nommée administrateur délégué, à la condition que Bror Blixen, qui s'était révélé totalement impropre à occuper le poste de responsabilité qui lui avait été confié, n'ait plus rien à voir avec la plantation ou avec la Karen Coffee Co. Malgré son amerturme, Karen Blixen préféra s'y résigner plutôt que d'abandonner la ferme.

À INGEBORG DINESEN

Ngong, 19/5/21

Ma chère maman bien-aimée. –

Je ne vais pas m'excuser de ne pas avoir écrit ; en un certain sens, je sais bien que c'est inexcusable mais je m'en suis sentie totalement *incapable*. Tout était tellement incertain. Non seulement tout ce que j'écrivais un jour pouvait se trouver dénué de fondement le lendemain mais je ne savais même pas moi-même ce que je devais penser ou croire, encore bien moins écrire...

En ce qui concerne mes projets, je préfère ne rien en dire pour l'instant car je ne sais pas ce qu'il en adviendra. Mais nous avons eu de la pluie, ce qui est plus important que tout, 4 pouces de pluie fort bienvenus en l'espace des six derniers jours. Maintenant tout est magnifique à voir et, après cette affreuse période de sécheresse, c'est un grand bonheur. –

Cela m'a fait grand plaisir qu'oncle Aage vienne jusqu'ici, il est d'une extrême gentillesse envers moi et c'est très agréable de l'avoir ici. Nous sommes bien différents l'un de l'autre, nous ne nous comprenons certes pas toujours, mais il m'a pourtant apporté une aide considérable. Thomas et lui s'entendent très bien et ils parlent et discutent à merveille l'un avec l'autre. Thomas me semble très bien se porter. Je ne peux te dire à quel point j'ai été heureuse de l'avoir près de moi et comme il a été bon, gentil et serviable envers moi...

Quel malheur que Denys se soit trouvé quitter Aden juste au moment où mon bateau y arrivait. Maintenant, impossible de savoir quand il reviendra par ici. – D'une façon générale, beaucoup de mes vieux amis ont quitté le pays mais j'ai rencontré plusieurs personnes très sympathiques que je ne connaissais pas encore. Mais, à part cela, nous menons une vie bien tranquille ; tu sais qu'oncle Aage n'aime pas tellement rencontrer des gens et puis nous avons eu bien assez à faire avec nos *shauries*...

À INGEBORG DINESEN

Ngong, 26/7/21

... Ce mois-ci, nous avons passé pas mal de temps à voyager pour aller voir des usines, puisque nous allons monter la nôtre. Je crois que nous avons les meilleures machines de la B.E.A., mais nos bâtiments sont très défectueux et le tout est très mal organisé. Mais Thomas s'est chargé de la construction de l'usine et de l'installation des machines et, outre le fait qu'à mon avis c'est une très bonne chose pour la ferme, je suis contente qu'il se voie confier un travail dont il soit vraiment responsable...

Cette nuit, j'ai beaucoup rêvé de vous tous ; Elle me parlait de son voyage en Italie, et Mitten en était également, et, tout en rêvant, je pensais, de même qu'en me réveillant : non, maintenant je *veux* rentrer. – Je crois également, maintenant, qu'il aurait mieux valu que je ne vienne jamais ici et que je reste à la maison. Mais, puisque je suis ici, il vaut sans doute mieux que je reste quelques années encore ; car il y a tout de même tellement de choses qui me retiennent. J'ai terriblement la nostalgie de vous tous en ce moment, mais il n'est pas impossible que l'un de vous vienne jusqu'ici.

Je suis allée passer quelques jours à Njoro pour y traiter un marché de bœufs... J'ai logé chez des Suédois qui s'appellent Lindström et sont vraiment très sympathiques, elle en particulier, et c'est amusant, une fois de temps en temps, de rencontrer une femme ici car, en général, je suis presque toujours en compagnie d'hommes...

Ma chère maman, il m'est très difficile de te parler de mes affaires personnelles mais je veux quand même t'en dire quelques mots. Ces six derniers mois, je suis parvenue à la conclusion que je ne désire pas me séparer de Bror. Il y a trop de choses, ici, qui nous attachent l'un à l'autre et il m'est impossible de ne plus avoir foi en ce qu'il y a de bon en lui, et de ne pas me dire que son comportement parfois totalement inexplicable, irréfléchi et cruel, est le fait d'un dérangement passager et que cela finira bien par se calmer. Il se peut aussi que je l'aime trop ; il serait bien mal de l'abandonner au moment où il connaît tant de difficultés...

À INGEBORG DINESEN

KAREN ESTATES
P.O. BOX 223, NAIROBI
KENYA COLONY

Ngong, [automne 1921]

Ma chère petite maman chérie chérie chérie.

Cela fait bien longtemps que je n'ai pas pu t'écrire et je suis fautive, je le sais bien. Mais je me suis trouvée dans une telle incertitude et il s'est passé tant de choses ennuyeuses. Mais maintenant cela va changer.

À présent, je voudrais simplement te demander de pouvoir à l'avenir, – peut-être pendant un an, mais il se peut que cela soit moins que cela, – t'écrire à *toi seule* et sans que qui que ce soit d'autre puisse lire mes lettres. Je sais bien que les autres prennent une telle part à ce qui m'arrive, à mes chagrins et à mes joies, que cela leur fera de la peine ; mais il faut pourtant qu'il en soit ainsi pendant un certain temps ; car je me rends compte, et Dieu m'en est témoin, que, sinon, il me sera totalement impossible d'écrire. Je ne les en aime pas moins pour autant mais, par les temps que nous connaissons, avec une affreuse sécheresse bien pire que celle de 1918, et tous mes *shauries* avec Bror, etc. etc. etc. – il ne m'est plus possible d'avoir le sentiment que mon mariage et mes affaires d'argent et mon avenir et mon humeur et mes espérances sont l'objet de conversations à Matrup et à Lerbaek et à Holbaek Ladegaard, – ou tout au moins pas chacune des confidences que, dans un instant de faiblesse, j'ai pu te faire, à *toi*, sur tous ces sujets.

Il m'est également impossible de répondre à leurs

lettres de la façon dont ils le désirent. Je vis des moments affreux, ici ; je suis mêlée à une foule de choses, — à la fois sur le plan pratique mais aussi pour ce qui est de mes sentiments, de ma vie véritable, — peut-être par ma propre faute et peut-être également de façon tout à fait passagère, et j'ai besoin de toutes mes forces si je veux en venir à bout ; et vous le savez tous parfaitement. Je suis persuadée que j'y arriverai ; il peut fort bien venir un temps où il me semblera être la plus heureuse de nous tous et que cette peine n'a pas été perdue. Mais, tant que cela n'est pas terminé et que j'ai chaque jour vraiment besoin de toutes mes forces pour me tirer d'affaire, je ne peux passer mon temps à en parler avec tout un tas de femmes, jeunes ou vieilles, d'oncles et de beaux-frères et d'amis.

Si je sais que je peux t'écrire à toi seule, je dirai le fond de ma pensée ; je te parlerai comme à moi-même de tous mes projets, s'il se trouve que j'en aie, mais il faut que je sois assurée que tu ne montreras cela à personne, sans aucune exception.

Je vous aime tous, — je suis même sûre, par exemple, que j'aime bien plus tante Bess que ne le font Ea ou bien Elle ; lorsque je serai seulement un peu tirée d'affaire, je pourrai certainement « revenir » au cercle familial tout entier, et je suis extrêmement heureuse d'entendre parler de leur vie quotidienne à tous, de leurs expériences et de ce qui les intéresse, de Folehave et de Rungsted, d'Elisabeth, de Malla, — et surtout, bien sûr, de Mitten ; mais ils n'ont pas à me parler de ma vie intime, car ils ne la comprennent absolument pas, ce qu'ils peuvent en dire est totalement dépourvu d'intérêt et il est impossible d'y répondre quoi que ce soit.

Je me rends également compte maintenant, par exemple, que je n'aurais pas dû revenir à la maison la dernière fois ; ce n'était pas naturel et cela m'a éloignée de vous tous au lieu de m'en rapprocher. Il peut donc très bien se faire que je n'y revienne pas de sitôt. Il m'est venu à l'idée qu'au cas où je pourrais m'échapper d'ici pendant un certain temps, nous pourrions peut-être passer quelques mois ensemble, toi et moi, par exemple en France, à Paris ou dans le Midi. Car, en fait, c'est *toi* qui es pour moi « la maison » et *tout* ce que j'aime le plus au Danemark.

Je crois que, pour ma part, le plus grand malheur a été la mort de papa. Il me comprenait telle que j'étais, bien que je fusse encore petite, et il m'aimait telle quelle. Il aurait également été préférable que je vive plus avec sa famille ; en leur compagnie, je me sentais plus à l'aise et plus libre. Avec grand-maman et tante Bess et toute ta famille, — avec oncle Aage, lorsqu'il était ici, récemment, — je me dis que, même si on m'aime bien, dans l'ensemble, c'est en dépit du fait que je suis telle que je suis. On veut toujours faire de moi quelque chose d'autre ; quant à ce que je pense moi-même être bon pour moi, cela ne leur plaît pas.

Ne crois pas que je dise cela comme un reproche, la seule à blâmer c'est moi, pour ne pas avoir pris ma liberté plus tôt et puis parce qu'après l'avoir prise, d'une certaine façon, ou tout du moins avoir quitté tout le reste, — j'ai accepté que vous m'aidiez. C'est la seule grosse erreur que j'aie commise dans ma vie mais elle m'a valu, dans le passé et maintenant encore, d'endurer tous les supplices de l'enfer. En effet, sans cela, quelle importance cela aurait-il qu'il pleuve ou non par ici, que la terre prenne de la valeur ou bien en perde, — qu'est-ce qui pourrait bien avoir de l'importance, en fait ? Je pourrais toujours bien me tirer d'affaire d'une façon ou d'une autre, en ce qui me concerne.

Mais tout cela doit bien aussi pouvoir se régler d'une certaine façon, — il me semble que le mieux serait que je me porte acheteuse, — et alors je me tirerai bien toute seule des difficultés dans lesquelles je me suis mise moi-même.

Mais, – si j'y arrive et parviens à nouveau à faire mon chemin, et si un jour je peux regarder la vie avec calme et sérénité, c'est papa qui l'aura fait pour moi. C'est son sang et son esprit qui peuvent m'aider à l'emporter. J'ai souvent le sentiment qu'il se tient auprès de moi et qu'il m'aide, bien des fois en me disant à propos de nombre de mes *shauries* : « Tu n'as qu'à t'en ficher ! »

Chacun de tes enfants se dit certainement que c'est lui, ou elle, qui t'aime le plus et c'est donc bien mon cas également. Ce n'est sans doute pas exact. Mais chacun t'aime certainement à sa façon et je crois que, dans la façon dont je t'aime, il y a quelque chose qui ressemble à celle dont papa t'aimait. Tu es pour moi l'être le plus délicieux, le plus merveilleux au monde ; le simple fait que tu existes change la face du monde ; auprès de toi se trouvent la paix et l'harmonie, l'ombre et des sources vives, ainsi que des oiseaux qui chantent ; venir près de toi, c'est vraiment comme arriver « au paradis ».

Mais alors il faut aussi que tu me laisses t'écrire comme tu aurais laissé papa t'écrire. Sans le montrer aux autres et sans m'exposer, dans tes pensées, au jugement des autres.

Si un jour papa t'avait écrit qu'il avait commis un crime, ou bien s'il était venu te le confier, tu n'aurais certainement pas pensé à ce que tante Bess aurait bien pu en dire, si elle en avait eu connaissance, et que tu n'avais peut-être pas le droit de le lui cacher. C'eût été à jamais une chose entièrement entre toi et lui. Alors je voudrais te demander qu'il en soit de même pour mes affaires et pour mes lettres.

Je vis une période difficile, tu peux me croire, bien des fois plus difficile que, par exemple, lorsque j'étais malade ici même. Ton amour et ta compréhension sont des lumières et des étoiles qui l'illuminent de leur éclat et de leur scintillement. Et il faut que je l'affronte à ma façon ou bien alors j'en mourrai, tu dois le comprendre.

Et il faut, ma petite maman, que tu aies la force de m'accorder cette compréhension en dépit du jugement des autres. La hutte* et le travail de bureau d'oncle Aage, ainsi que les comparaisons de tante Bess entre moi et la Commandante, etc. – Dieu du ciel, ce sont vraiment des balivernes à l'heure actuelle, car, maintenant, il faut s'occuper de choses sérieuses.

Quand ils parleront de cela, eh bien écoute-les et dis oui, amen, mais souris en toi-même. Ne les laisse pas te faire voir les choses de la même façon qu'eux ; comprends-moi, comme seule tu sais le faire. Imagine-toi que papa est assis à côté de toi et se fait peut-être également du souci pour votre enfant à tous les deux, qui est là-bas, qui a dépensé trop d'argent et qui s'est conduite avec légèreté à bien des points de vue. Mais il pourrait peut-être malgré tout trouver un sens à tout cela, il dirait : « Mais elle est courageuse et elle nous aime peut-être plus, toi et moi, que n'importe quel autre de nos enfants ; laisse-lui un peu de temps et elle s'en sortira, tu verras. » – C'est cela, parle un peu de moi avec papa. Il a une certaine responsabilité puisqu'il m'a abandonnée et a fait en sorte que je n'aie pas la vie facile.

Mais ne parle pas de moi avec les autres ; laisse-les dire ce qu'ils veulent et laisse-moi t'écrire à toi seule. Car je t'aime tellement, infiniment.

Merci 1 000 fois, 1 000 fois, d'avoir payé Borre. C'est trop bon et trop gentil de ta part. Mais ne paie plus rien d'autre. Bien sûr, c'est affreux que j'aie tant de dettes. Mais cela va aller, maintenant, tu verras.

S'il te plaît, remercie beaucoup tante Bess pour ses lettres, c'est très gentil de sa part de m'écrire. Mais je ne sais trop quoi lui répondre. Il n'est pas particulièrement facile d'examiner sa propre situation et de la comparer à *La Saga de Gösta Berling*. Même sans tenir compte du fait qu'on peut prouver n'importe quoi, me semble-t-il, en s'appuyant sur Selma Lagerlöf, parce que son monde est bien particulier et qu'à dire vrai on a le sentiment que les choses auraient parfaitement pu tourner tout autrement, je n'ai pas l'impression de ressembler le moins du monde à la Commandante. Il peut se faire que j'aie dit un jour, en plaisantant, que j'allais être comme elle, mais tante Bess elle-même ne peut tout de même pas croire que nous nous ressemblons. Toutefois, si elle y tient absolument, tu peux lui demander ce qui se serait passé, selon elle, si la Commandante avait, — dans son jeune âge, — été mariée à Gösta Berling ? Dans ce cas, il aurait fallu récrire tout le livre.

Je voudrais bien aussi te parler un peu de Thomas, car c'est certainement ce que tu désires le plus. D'une certaine façon, il se porte bien et il a beaucoup à faire avec la construction de l'usine, ce en quoi il me rend, ainsi qu'à la société, un très grand service. Mais, plus je le connais, en vivant à son contact, mieux je comprends combien il est difficile pour quelqu'un comme lui de trouver quelque chose qui paraisse vraiment valoir qu'on y consacre sa vie. Pour Thomas, seules existent les grandes choses ; il n'est pas capable de trouver, comme moi, agrément ou consolation dans les difficultés, dans les petites choses, — car ce n'est pas tous les jours que l'on trouve les grandes sur son chemin et c'est bien ce qui fait le malheur des temps que nous connaissons, me semble-t-il. « Bienheureuse la tête au-dessus de laquelle — l'aigle de l'inspiration a fait entendre le bruissement de ses larges ailes — », mais il est sans doute bien pénible de se dire que l'on n'entendra plus jamais ce bruit-là et d'en être réduit, au mieux, au gazouillis des moineaux et au coin-coin des canards, qui se font entendre de façon deux fois, et même dix fois, plus insupportable. Il se peut bien que ce pays ne soit pas fait pour lui. Tu souriras peut-être de la principale raison que j'ai de le croire : c'est qu'il y a ici tellement peu de jeunes femmes qu'il est bien difficile de penser qu'il puisse y trouver l'élue de son cœur et, pour le bien de Thomas, c'est en elle que je place toutes mes espérances. Mais il est également vrai que c'est fort à contrecœur que je le verrais partir en Amérique, comme il en a peut-être l'intention.

Il y a juste une semaine j'ai eu chez moi un jeune Lord Doune et je lui ai trouvé bien des ressemblances avec Thomas. Il avait le même âge, s'était fort bien comporté, paraît-il, comme aviateur pendant la guerre, présentait bien, avait sans aucun doute tout l'argent dont il pouvait avoir besoin, était en safari depuis 6 mois et devait partir pour les Indes et pour la Perse, – et il m'a dit, sans nul doute en toute sincérité, que chaque fois qu'il voyait une étoile filante il souhaitait ne pas vivre jusqu'à la fin de l'année. Il a dit que sa mère voudrait bien le voir marié et je la comprends fort bien. Je crois que c'est un trait commun, jusqu'à un certain point, non pas à tous les jeunes gens qui ont participé à la guerre mais à l'élite d'entre eux. Ils ne peuvent plus se satisfaire de la vie quotidienne et cette grandeur qui, pendant un moment, a été réalité n'a pas seulement disparu, elle s'est trouvée ravalée au niveau du bluff et de la mesquinerie.

Mais je crois néanmoins que le sublime existe et, dans ce cas, c'est bien à eux qu'il devrait se montrer en premier lorsqu'il se manifestera à nouveau. Il n'y a pas que la justice dont on puisse dire : bien heureux ceux qui en ont faim et soif car ils seront rassasiés ; ceci vaut également pour la vérité, que recherche Thomas, et pour tout ce qu'il y a de grand au monde.

Maintenant il faut que je m'arrête pour aujourd'hui. La prochaine fois je te parlerai de mes « projets », à la fois proches et lointains.

Adieu, ma très chère maman. Je m'imagine qu'en ce moment tu me prends dans tes bras. Et je t'écris à toi seule.

Tanne

À INGEBORG DINESEN

Ngong, 25/10/192[1]

Ma très chère maman.

Comme je te l'ai dit récemment, je t'écris cette fois-ci dans l'idée que toi seule liras cette lettre. Il m'est tellement nécessaire de savoir cela que je pense que je ne serais absolument pas en état d'écrire si je n'en étais pas certaine. Tu ne dois faire aucune exception, avec aucune de mes lettres, même si elles ne contiennent aucun secret ni confidence. Je désire tellement avoir *toujours* le sentiment qu'à toi je peux tout écrire.

Je te prie, ma chère maman, de ne plus m'écrire quoi que ce soit à propos de mon mariage ou bien de Bror. Je sais bien que tu le fais dans de très bonnes intentions ; mais il arrive que même ce qui est fait de la sorte manque son but, et ce qui te demande des efforts et te cause de la peine à écrire me demande des efforts et me cause de la peine à lire, et je crois que le seul résultat de tout cela est que je me rends compte à quel point tu me comprends peu. Ou bien je me dis qu'en cette affaire, – qui n'aurait jamais, en aucune façon, dû être débattue devant toute la famille, – vous vous êtes monté la tête au point de perdre tout sens de l'objectivité et de l'impartialité et que vous en jugez sans prendre le reste en considération. Il ne faut pas, ma chère petite maman, que tu croies que j'écris ceci sous le coup de l'amertume ou de la colère ; mais je crois que là est l'explication du fait que *toi*, tu puisses aller jusqu'à écrire comme tu le fais, et je souhaite très sincèrement que cela cesse.

Car sinon, comment expliquer, par exemple, que tu me dises de choisir entre Bror et Thomas ? Si tu transposais cela par la pensée sur l'un des autres membres de la famille, tu ne pourrais manquer de te rendre compte que c'est une absurdité. Imaginons que Knud et Thomas, – ou bien Viggo et Thomas, – se soient violemment pris de querelle, qu'il en soit résulté une rupture complète et qu'ils en soient même venus aux mains. Supposons que vous soyez tous du côté de Thomas et qu'Elle, – ou bien Ea, – pense elle-même qu'il a raison. Il ne serait pour autant venu à l'idée d'aucun d'entre vous qu'il était nécessaire qu'Elle divorce d'avec Knud, – ou Ea d'avec Viggo. Mais il serait extrêmement pénible pour toutes deux que la chose soit discutée dans la famille et d'autant plus que ce serait motivé par l'affection et la bonté de Thomas. Il me semble que c'est vraiment une situation unique que de voir une famille entière tenter de toutes ses forces de persuader, et même presque de forcer, l'un de ses membres à divorcer. En connais-tu d'autres exemples ? Transpose cette situation sur le mariage le plus malheureux que tu connaisses et tu comprendras toi-même que c'est se mêler de façon indue de problèmes personnels dont les autres ne *peuvent pas juger*. Pense même à oncle Mogens et tante Fritze ; même dans ce cas, sa famille à lui serait bien obligée de mettre fin à tous ses agissements s'il disait une fois pour toutes qu'il était bien décidé à ne pas divorcer. Même si c'était un scélérat qui était en cause, Alberti par exemple, ils ne pourraient pas continuer ainsi.

Il y a deux choses que vous ne comprenez pas. Tout d'abord, à quel point je suis et ai toujours été différente de vous. Ce sont des choses tout à fait différentes de celles qui font votre bonheur ou votre malheur qui me rendent heureuse ou malheureuse, moi. Je pourrais vivre et être contente de mon sort dans des conditions qui vous paraîtraient épouvantables et, inversement, être extrêmement malheureuse dans d'autres qui vous paraîtraient très favorables. Et ces conditions, vous ne pouvez pas en juger a priori : vous ne savez pas, et vous ne saurez jamais, si elles me satisferaient ou non et vous devriez donc être très circonspects dans vos conseils ; vous pourriez finir par le regretter terriblement. Par exemple, j'ai été assez peu affectée par ma maladie et je puis dire que j'en aurais été encore moins affectée si je n'avais toujours été sous votre influence ; mais j'avais constamment le sentiment qu'elle vous causerait beaucoup de peine. À vrai dire, je n'ai pas été malheureuse à l'hôpital, bien que le traitement ait été excessivement pénible. Pour un autre membre de la famille, il en aurait probablement été tout différemment. Mais pour rien au monde je ne voudrais revivre l'époque où je devais aller dîner à Folehave tous les dimanches. Tu vas peut-être trouver ceci bien dur et bien cruel mais je te prie de n'en rien faire. J'aurais bien préféré ne pas en parler mais, puisque vous m'écrivez des lettres comme celles que je reçois, il n'est pas possible de faire autrement. Tu m'as écrit ces temps derniers des choses qui m'ont fait bien plus de mal et il me semble que c'est la seule façon de mettre un point final à tout cela des deux côtés.

La deuxième chose que vous ne comprenez pas, c'est que chacune des lettres de ce genre que vous m'écrivez m'éloigne encore plus de vous. Tu dois tout de même pouvoir comprendre cela si tu imagines que tante Ellen, oncle Edmund, ou même tante Bess et tante Lidda t'aient écrit des lettres à propos de papa et de tes rapports avec lui, dans le but de vous faire divorcer à tout prix. Même si papa avait commis les fautes les plus graves, s'il avait dilapidé ton argent, vendu ta maison, été un objet de scandale, *tu n'aurais pas accepté cela*. Imagine une situation analogue concernant l'un de tes enfants, Anders par exemple, — pour le cas où il aurait commis quelque chose de très répréhensible, — et qu'ils t'aient écrit pour te conjurer de ne plus l'admettre auprès de toi. Cela t'aurait éloignée d'eux tous ; et s'ils ne t'avaient pas écoutée lorsque tu leur demandais de cesser ce genre de choses, cela aurait amené une rupture entre vous. Je vous prie très sincèrement de ne plus m'écrire. Réfléchissez bien avant qu'il ne soit trop tard.

Je ne puis m'ôter de l'idée que ce sont, en définitive, des raisons pécuniaires qui sont à la base de tout cela. J'ai parfois l'impression que tante Emy a raison et que l'argent joue un rôle extrêmement important dans toute ta famille, et j'ai maintenant également deux beaux-frères pour lesquels c'est la mesure de toute chose. Si Bror était capable de subvenir à mes besoins et ne vous causait pas des difficultés d'ordre financier, nous n'en serions pas là ; vous n'auriez jamais insisté pour que nous divorcions. Il ne faut pas que tu croies qu'en disant cela je perds de vue tout ce que je vous dois, du fait que vous avez investi tellement d'argent dans cette affaire et que celui-ci est toujours en jeu. Tout ce que je pourrai faire pour qu'elle se termine de façon satisfaisante pour vous, je le ferai. N'ai-je pas consenti, et consenti sur-le-champ, à ce que Bror n'ait plus rien à y voir ? *Je vous ai même donné ma parole d'honneur*. Mais il me semble que vous n'avez rien à exiger en dehors du domaine commercial. Si quelqu'un exigeait que je devienne membre de l'Église nationale parce qu'il m'aurait, disons prêté 20 000 £, je m'y refuserais de la même façon et serais d'avis qu'il est dans son tort. Et d'ailleurs, quel serait le résultat ? Admettons que j'accepte d'en passer par ses volontés et que je promette d'aller communier tous les dimanches, — je ne lui aurais donné là qu'une satisfaction toute formelle. Et il me semble qu'il en irait de même dans le cas d'un divorce auquel j'aurais été contrainte.

J'en ai peut-être trop dit ; mais j'ajouterai que je ne l'ai fait qu'au prix d'un gros effort sur moi-même. Je ne veux donc plus jamais revenir sur ce sujet. Si tu m'en parles à nouveau tu n'obtiendras pas de réponse de moi, dis-le également aux autres de ma part. Il est impossible que nous abordions cette question sans qu'il en résulte de mauvais sentiments entre nous, et je ne le veux pour rien au monde.

Je t'aime bien trop pour cela...

Mme Lindström, de Njoro, est pour l'instant ici avec ses deux jeunes enfants, pendant que Bror et son mari sont partis pour un safari cinématographique, et j'en suis très heureuse. Elle est extraordinairement gentille, naturelle et comme il faut, le type même de la dame du Nord, et celles-ci sont bien supérieures aux Anglaises. Ses petites filles s'appellent Nina, six ans, et Ulla, quatre ans. Thomas et elle ont formé le projet de faire le tour du mont Kenya en side-car ; cela ferait du bien à Thomas de sortir un peu, le pauvre, il y a si longtemps qu'il n'a pas mis les pieds dehors, et puis j'aime toujours bien qu'il ait quelqu'un avec lui. Il veut tout faire tout seul mais c'est une satisfaction bien stérile. Et puis on n'a personne avec qui parler de ses expériences, par la suite. D'ailleurs, il me semble que Thomas a énormément changé depuis qu'il est ici, ou bien alors il a beaucoup plus de facilité à laisser s'exprimer sa personnalité, il n'est plus aussi raide, — mentalement parlant, — qu'auparavant, je crois que cela l'a beaucoup amusé de construire l'usine et il a fait là un très beau travail. Tout le monde en est impressionné. Je crois que Thomas est bien plus doué que je ne m'en étais aperçue chez nous, ou plutôt que ses capacités sont d'ordre plus pratique, et j'aimerais beaucoup qu'il puisse avoir Uasin-Gishu, comme il le désire, afin qu'il ait vraiment du travail et ne soit pas tout le temps à lire Einstein, — ce qui est tout à fait dans ses cordes, il est vrai, mais il me semble qu'il l'a bien assez fait comme cela et peut-être même trop. Il a d'ailleurs trouvé un frère spirituel en la personne de Doune, qui était également fou d'Einstein, et ils se sont livrés pendant des heures à des discussions qui dépassaient l'entendement du commun des mortels.

En ce moment, je passe mon temps à espérer très sincèrement que vous allez approuver mon projet de morcellement de la ferme et les modifications de *management* que je propose. J'ai réfléchi à cela nuit et jour, ces derniers mois, et je crois que c'est judicieux. Je crois vraiment, — n'allez pas penser que je sois prise de la folie des grandeurs, — que, si vous me confiez la charge de cette ferme et si vous me laissez les mains libres, il n'y en aura pas une dans toute la B.E.A. qui puisse rivaliser avec elle. Et ceci parce que je brûle d'un tel intérêt pour elle. Hunter se moque de moi, — mais je l'aime, j'aime chacun de ses acres, chaque *native*, chaque caféier...

Ma chère maman, je te prie de comprendre cette lettre comme elle est écrite, c'est-à-dire de comprendre qu'elle est inspirée par l'amour le plus immense, le plus sincère et le plus profond... et ainsi tu saisiras mieux à quel point je peux trembler de peur que ces *misunderstandings* ne deviennent réels. Comprends que je ne *veux* pas voir cela arriver, pour rien au monde, ni dans celui-ci ni dans l'autre ; car alors je préférerais ne plus jamais vous revoir. Et, de même que Doune disait : quand vous êtes à cheval, rappelez-vous toujours que c'est une *gueule* que vous tenez entre vos mains, — je vous dis, moi : rappelez-vous toujours, lorsque vous écrivez, que c'est un cœur que vous touchez. Et puis, n'oubliez pas que je suis très loin de vous ; tout produit un effet bien différent à cette distance. Comme dit Cyrano :

> Je mourrai si de cette hauteur
> Vous me laissez tomber un mot dur sur le cœur*[1]...

Bonne nuit, ma chère maman que j'aime plus que quiconque.

Tanne

1. Cité en français dans le texte. *(N.d.T.)*

À INGEBORG DINESEN

Ngong, 30/10/192[1]

... Il me semble que tu t'es laissé influencer par les autres et par l'idée qu'ils se font de moi, de sorte que tu ne me comprends plus, ce qui m'est très pénible, tu peux me croire ; mais je suis certaine que ce n'est qu'un malentendu qui se dissipera un jour et qu'il est imputable à des temps et à une situation bien difficiles. Mais, tant qu'il en sera ainsi, je crois qu'il vaut mieux que je ne vous écrive pas. Je croyais, comme je te l'ai déjà dit, que je pourrais continuer à t'écrire, à toi, même si, pendant un certain temps, je rompais avec tous les autres ; mais, après ces dernières lettres, je vois bien que cela n'est pas possible non plus. Puisque tu n'as pas pu empêcher que la question de savoir si je dois divorcer ou non ait été évoquée en conseil d'administration, – à propos de l'éventualité du renvoi d'un employé de la ferme, chose qui n'a absolument aucun rapport, – il me semble que nos points de vue sont maintenant tellement divergents que j'ai vraiment peur d'écrire et de recevoir des lettres, et préfère que nous en restions là. Je ne vois pas comment, après cela, je vais jamais pouvoir rentrer au Danemark. Je crois que vous vous êtes mutuellement monté la tête au point d'avoir perdu le sens commun en ce qui me concerne, et c'est la seule façon dont je puisse expliquer ce qui s'est passé.

Tu parles d'humiliations auxquelles j'aurais été exposée de la part de Bror. Mais efforce-toi une bonne fois de comparer par la pensée une humiliation que papa aurait pu te faire subir, dans vos rapports personnels l'un avec l'autre, et celle que cela aurait représenté si, par exemple, oncle Gex et tante Ulla, Ulf et oncle Alfred avaient été priés de participer à une réunion dans le but de savoir si vous deviez divorcer ou non. Je n'arrive pas à comprendre que vous puissiez croire que j'oublierai jamais cela. Mais, puisque je constate maintenant une telle distance entre nous et que chaque lettre nous éloigne encore plus, j'ai décidé de ne plus écrire à qui que ce soit d'entre vous et de vous demander de ne plus m'écrire. Disons donc que je retournerai sans la lire toute lettre venant de chez nous et même les tiennes, ma chère maman, afin que vous compreniez que je pense vraiment qu'il vaut mieux que nous cessions toutes relations pendant un certain temps. Il ne faut pas que tu croies, ma très chère maman, que j'agisse ainsi sous l'empire de la colère, c'est uniquement parce que je pense que c'est la meilleure solution, qu'il y a plus de risques à continuer à écrire et parce que j'ai pensé qu'il aurait mieux valu que je procède de la sorte avec les dernières lettres que j'ai reçues de chez nous.

Tu me dis que j'ai ma place parmi vous ; mais, ces derniers temps, il m'est apparu que votre façon de penser m'est totalement étrangère et qu'elle ne saurait jamais être mienne. L'esprit dont tu parles, il me semble que j'en ai maintenant vu l'envers et je trouve que c'est un pharisaïsme bien alarmant ; il est exclu que je le considère jamais comme mien. Je crois aussi qu'il faut que je regarde en face le fait que les liens que j'entretenais avec bien des gens qui m'étaient très chers, chez nous, sont maintenant du passé. Mais ceux qui existent entre nous, ma chère maman, ils ne pourront jamais être du passé, eux, et ils ignorent la distance et les divergences. Même si je ne reviens plus jamais à la maison, et même si nous ne devions pas nous revoir pendant de nombreuses années, cela n'aura aucune importance. Et je crois même que dussions-nous ne jamais nous revoir, cela n'aurait pas grand effet par rapport au grand amour qui nous unit, ma petite maman.

Et c'est bien pourquoi il est sans doute préférable de cesser de nous écrire pendant un an, par exemple, plutôt que laisser d'autres personnes venir jeter ne serait-ce que la plus petite ombre entre nous.

Et puis tu pourras avoir de mes nouvelles par les lettres que j'envoie tous les mois à oncle Aage à propos de la marche de la ferme. J'ai envisagé de partir en voyage pendant quelque temps, j'en ai parlé avec Thomas et j'ai peut-être tort de ne pas le faire. Mais si je reste, c'est parce que je suis convaincue que, sinon, la ferme va courir à sa ruine. Et je ne veux pas que celle-ci soit due à quoi que ce soit de ma part, non seulement à cause de votre argent mais également parce que c'est l'œuvre de ma vie et que je peux y mettre fin de ma propre initiative. Les *natives*, ici, qui comptent sur moi, et jusqu'à nos bœufs et nos caféiers, je désire ne jamais devoir penser à eux en me disant que je les ai abandonnés. Si vous ne me permettez pas de rester, soit en me le disant franchement, soit en exigeant de moi quelque chose que ma fierté et mon amour-propre ne *pourraient* accepter, à ce moment-là la responsabilité sera de votre côté. En ce qui me concerne, j'ai le sentiment de ne pouvoir la prendre et je t'écris ceci pour t'expliquer ce qui doit vous paraître inexplicable, à savoir que je reste ici.

Adieu donc, ma chère, chère, chère maman. Je ne puis te dire combien je t'aime, combien je bénis ton nom en toutes circonstances.

Tanne

À INGEBORG DINESEN

Ngong, jour de Noël 1921

... Je t'écris dans mon lit et j'ai eu bien du mal à obtenir l'autorisation de rentrer chez moi, hier ; mais cela aurait quand même été trop bête que je reste à l'hôpital et que Tommy soit tout seul ici pour la veillée de Noël. Je suis tombée malade dimanche dernier, — il y a une semaine, — et le docteur est aussitôt venu me chercher. J'ai bien cru que j'allais mourir, mais j'ai toujours cette impression quand je tombe malade ; pourtant, ils l'ont cru eux aussi, là-bas. Trois médecins n'ont pas pu dire, à eux tous, ce que j'avais...

Je te prie de remercier tante Bess pour son intéressante missive. Veux-tu bien lui dire :

1°) Qu'elle se trompe grandement si elle croit que ceux qui parient sur un cheval, même si c'est tout ce qu'il leur reste, peuvent avoir le droit, ou se trouver si peu que ce soit dans le cas d'utiliser le fouet et les éperons.

2°) Que le fouet et les éperons sont, de façon générale, des choses à manier avec la plus grande prudence lors de l'arrivée, au cours d'un saut ou dans un virage, et jamais sans motif bien précis ni sans considérer ce que l'on a misé sur le cheval. —

3°) Que je trouve plutôt désobligeant de me voir comparée à un cheval et surtout du genre de ceux avec lesquels on doit utiliser le fouet et les éperons, car ce sont de bien mauvais chevaux, — (sauf en des circonstances tout à fait particulières comme, par exemple, si l'on est résolu à sacrifier le cheval pour acheminer un message à temps, ou dans un cas analogue).

4°) Qu'elle ne doit pas imaginer la Commandante dans l'obligation d'épouser Gösta Berling. Elle l'aimait bien et ne le méprisait pas ; elle était sensible à ses grandes capacités.

5°) Quelle misérable espèce de Cavaliers[1] croit-elle que j'aie à ma charge dans la K.C.C. et que je doive aider et protéger ? Seraient-ce les employés blancs de la société qui seraient visés ? Dans ce cas, je crains qu'on ne m'en tienne rigueur, chez nous...

À INGEBORG DINESEN

Ngong, 23/1/22

Ma très chère maman.

Je voudrais t'écrire pour t'expliquer un peu ce qu'il en est entre Bror et moi depuis que je suis arrivée ici. Car je crois que nous allons devoir divorcer et il n'y a pas besoin d'en faire mystère, même si je ne souhaite guère qu'on en parle à des personnes étrangères à la famille. Si nous en arrivons là, c'est parce que Bror le désire et parce qu'il croit certainement qu'il pourra se forger un meilleur avenir si nous sommes divorcés et pense sans doute être plus heureux ainsi.

J'ai toujours dit, et tu le comprendras facilement si tu essaies vraiment de te mettre à ma place, que jamais de la vie je ne demanderai le divorce ou ne tenterai de l'obtenir contre la volonté de Bror. Je ne sais pas comment il est possible de faire une chose pareille, si ce n'est sous l'emprise de la fureur ; or, même s'il m'est arrivé d'être en colère contre Bror, ou peut-être plus

1. Allusion aux Cavaliers de *La Saga de Gösta Berling*. *(N.d.T.)*

exactement d'être exaspérée par sa façon de se comporter, il y a malgré tout bien trop de choses qui nous attachent l'un à l'autre et qui datent de toutes ces années pendant lesquelles nous avons été seuls, ici, face à toutes sortes de difficultés, pour que je puisse prendre moi-même l'initiative de mettre fin à ce qui aura, de toute façon, été une très sincère camaraderie.

Lorsque je vois la façon dont nous a attachés l'un à l'autre, Thomas et moi, l'année que nous avons passée ici, et qui n'est qu'une petite partie de ce que Bror et moi avons vécu ensemble, j'ai bien du mal à comprendre quel peut être l'état d'esprit de celui qui peut mettre un terme définitif à une telle situation. J'arrive à admettre que bien des choses puissent changer et il a pu, comme tu le sais, m'arriver de parler de divorce, de façon hypothétique, lorsque j'étais à la maison ; mais, dès que je suis revenue ici et que j'ai revu Bror, j'ai compris qu'il me serait à jamais impossible de l'abandonner et de renoncer à notre vie conjugale. Mais, sur ce point, Bror est bien différent de moi ; je crois que, d'une certaine façon, il est capable de chasser de sa conscience une période et un sentiment tout entiers et de se concentrer exclusivement sur l'instant présent et sur l'avenir. Je ne sais s'il restera à jamais dans cette disposition d'esprit et s'il ne lui reviendra pas, à lui aussi, de nombreux souvenirs d'un temps révolu.

En toute hypothèse, je souhaite sincèrement qu'il soit heureux.

Tu comprendras que c'est très dur pour moi. Dans mes rapports avec Bror, il y avait bien des choses qui étaient en quelque sorte une tâche que je m'étais fixée, — la plus importante de ma vie, me semblait-il, — et que je n'ai donc nullement menée à bien. Car j'y ai mis beaucoup de moi-même, à la fois en années et en énergie. On peut toujours dire qu'il aurait mieux valu que je renonce plus tôt ; mais je crois que cela ne m'aurait pas été possible et que cela devait sans doute se terminer comme cela s'est terminé. Mais j'y ai laissé une bonne part de ma jeunesse et de mes forces ainsi, me semble-t-il, qu'une partie de mon âme. Et pourtant c'est loin d'être ce que je ressens le plus ; car, malgré tout, j'ai eu pour Bror une affection bien plus grande que je ne saurais le dire et, pendant bien des années, il a été l'être humain dont j'ai été le plus proche, et de beaucoup. À voir les choses d'un œil lucide, il est bien dur de devoir constater qu'il ne reste rien de tout ce qu'il y a eu entre nous. Et pourtant, il ne faut pas que tu penses que je sois amère ; je crois bien plutôt que je ressens ce que l'on éprouve quand on perd un enfant.

Envers Bror je ressens en ce moment, et je ressentirai toujours, jusqu'à ma mort, l'amitié la plus sincère ou bien la tendresse la plus grande dont je sois capable. Je désire aussi te demander instamment de ne jamais penser à lui avec colère. Je crois également que tu en seras capable dès que tu sauras qu'il n'est plus là, car alors tu n'auras plus peur de son influence. Je ne crois pas que Bror soit responsable de ses actes de la même manière que les autres êtres humains, — et cela vient, selon moi, en partie de son caractère et en partie de son éducation ; si on le comprend vraiment, je ne crois pas que l'on puisse ressentir envers lui de la colère, ou une amertume quelconque, même si j'admets que l'on ne puisse en aucune façon souhaiter à ceux que l'on aime et dont on désire le bonheur et la prospérité, de dépendre de lui.

Mais je crois que si je peux rester ici, et si j'arrive à mener à bien la tâche que j'ai entreprise, je pourrai retrouver la plénitude de mes forces et avoir l'impression que, malgré tout, ma vie a, d'une certaine façon, été pleine et riche et heureuse. Mais quant à savoir s'il en sera ainsi, c'est impossible à l'heure actuelle. Et si je dois partir de chez moi et quitter cette ferme, je ne sais pas ce qu'il adviendra de moi. Je n'écris pas ceci pour vous influencer dans vos décisions en matière commerciale, vous devez les prendre à partir d'autres considérations. Mais il me semble que tu dois maintenant comprendre tout aussi bien que moi que, si je dois également faire mon deuil de ceci et le voir réduit à néant, personne ne devra plus attendre quoi que ce soit de moi dans la vie. Plus tard, vous pourriez trouver que j'ai mal agi en ne vous le disant pas maintenant. Je sais qu'il est facile, lorsque l'on est réuni et que l'on s'entretient les uns avec les autres, de se conforter mutuellement dans une opinion qui n'a rien à voir avec la réalité. Vous ne devez donc former aucun projet, de quelque nature que ce soit, à mon intention, même si, entre vous, vous pensez que ce serait ce qu'il y aurait de mieux pour moi, et même bien préférable à ma vie ici. C'est quelque chose d'impossible, de *tout simplement irréalisable*. Je ne peux pas rentrer à la maison, si je dois quitter ceci je *ne pourrai pas* vous revoir. Je sais, tu dois bien le comprendre, que vous m'accueilleriez avec beaucoup d'affection et de sympathie. Mais ce ne serait pas assez. Et cela ne vous causerait pas la moindre joie.

Je n'écris ceci que parce que je tiens à te *l'avoir dit*. Ma chère maman, tu comprendras certainement que je désire beaucoup que tu me comprennes vraiment jusque dans les plus petites choses au monde.

Il est loin d'être sûr qu'il en aille ainsi ; j'espère que je pourrai faire surmonter ces temps difficiles à la Karen Coffee, et même je le crois bien. Et alors il y aurait infiniment de choses dans ma vie, ici, qui me donneraient plus de joie et un plus grand sentiment de richesse que vous ne pourriez le comprendre. Le fait qu'il y ait ici tant de personnes, — depuis Farah, que j'aime presque plus que tout autre être au monde, jusqu'à mes misérables *totos*, — qui dépendent de moi et qui ont mis toute leur confiance en moi, cela fait appel à toutes mes forces, cela m'aide à surmonter les difficultés et m'oblige, bien plus que je ne puis l'expliquer, à donner le meilleur de moi-même. Et lorsque la nature exacte de mes fonctions ici sera un peu clarifiée, — en ce moment, comme tu peux le comprendre, elles sont assez pénibles à assumer, — celles-ci seront exactement telles que je le souhaiterais.

Je rencontre ici bien des gens que j'aime beaucoup en définitive, — comme Denys, qui va bientôt arriver, et Doone, — et que je n'aurais certainement jamais rencontrés au Danemark. J'aime même bien plus que je ne saurais le dire ma maison, mon jardin et toute la ferme ; j'ai ici le sentiment, que l'on ressent bien peu fréquemment chez nous, d'avoir créé cela moi-même et que cela fait partie de moi. Si jamais tu viens ici, ce qui serait pour moi la plus grande joie imaginable au monde, tu auras certainement la même impression et tu comprendras que, d'une certaine façon, je suis devenue ici ce à quoi j'étais destinée et certainement quelque chose de plus grand que vous ne le croyez, à la maison. Et si toi, et vous tous, vous pouviez un jour tirer de moi un peu de joie et de fierté, — car je vous en ai donné bien peu jusqu'ici, — ce serait pour moi le plus grand bonheur que je puisse connaître...

[Additif à la lettre du 23/1/22]

Maman chérie.

J'ajoute quelques mots à ma lettre pour te dire que je vais probablement faire ce que vous désirez tellement ; Bror et moi allons divorcer. Je te demande de ne pas en parler, mais je voulais te l'écrire. Mais il faut que tu te souviennes, au cas où tu l'aurais oublié, à quel point Bror s'est trouvé dans une situation difficile, ici. Il a été sans travail et sans argent, avec la police à ses trousses ; il a couché dans la réserve masai, sans tente et sans chaussures, pour se cacher. Il m'était impossible, vis-à-vis des gens d'ici et aussi vis-à-vis de moi-même, de parler de divorce la première. Mais maintenant je crois que cela va aller mieux pour lui ; il se remariera sans doute, dès que ce sera possible, avec une Anglaise* qui désire l'aider.

Je ne nierai pas qu'il est très pénible de jeter un regard en arrière sur toute une partie de sa vie et d'être obligée de dire : elle n'a servi à rien. Mais, cela mis à part, ainsi que la douleur d'être séparée de celui pour qui j'ai eu tant d'affection, je crois que cela me permettra de me sortir de bien des mauvais pas et sera plutôt un soulagement.

Plus tard, lorsque la chose sera publique, je te demanderai de m'aider à garder la tête haute. Bror n'est pas un martyr et je ne me suis pas débarrassée de lui une fois que je n'ai plus rien eu à craindre pour moi-même. Il est possible qu'il cherche à le faire croire et que sa famille soit prête à le penser. J'aurai fort à faire pour que l'on n'attache pas foi à cette version des choses. Je ne voulais pas divorcer ; j'étais prête à laisser à Bror une liberté totale, pourvu qu'il n'y ait pas de scandale, et à l'aider de mon mieux ; mais je ne voulais pas voir dissoudre notre mariage. C'est Bror qui s'imagine maintenant qu'il peut avoir sa chance dans la vie s'il divorce, et qui le désire. Mais, même à présent, s'il ne persiste pas dans sa décision, je préférerais renoncer au divorce.

Toutefois, si celui-ci devient effectif, ce qui me paraît à peu près certain, je m'efforcerai malgré tout de faire ce que je pourrai de ma vie. Je vous demande, et à toi en particulier, de m'aider en ne disant pas de mal de moi et en n'en pensant pas non plus ; c'est plus dur pour moi que vous ne le croyez peut-être...

Ngong, 25/3/22

... J'ai plusieurs fois voulu vous écrire qu'il ne fallait pas que vous vous imaginiez que l'avenir de Thomas est ici, ou que vous fassiez quoi que ce soit en ce sens ; mais cela paraît toujours un peu déloyal d'écrire derrière le dos de personnes qui sont chez vous, — même si c'est pour leur bien, je crois donc qu'il est heureux que je puisse vous écrire maintenant. On pouvait naturellement penser que, par enthousiasme pour les safaris, par exemple, et ce genre de choses, ainsi que parce qu'il n'a pas d'autres projets, Thomas pourrait finir par s'installer ici, en Afrique, mais je ne crois pas que ce serait une bonne chose pour lui. Thomas n'est pas dans le milieu qui lui convient, ici ; je le vois bien, même s'il m'est difficile de dire pourquoi, au juste. Et je crois qu'il serait très factice de sa part de tenter de s'intéresser à l'exploitation de la terre sous quelque forme que ce soit. Thomas n'a pas l'esprit pratique et il ne s'intéresse pas aux choses pratiques ; je crois qu'il est bien plus doué pour les sciences théoriques indépendamment, ou presque, de leur nature.

Cela a, en quelque sorte, également été une déception pour moi, d'une part parce que j'ai tellement désiré qu'il vienne ici, et d'autre part parce que je croyais que je pourrais, ou bien que l'Afrique pourrait à travers moi, l'aider à surmonter une période d'indécision dans sa vie en lui procurant une source d'intérêt et qu'il pourrait facilement trouver quelque chose qui lui conviendrait bien mieux et qui l'intéresserait beaucoup plus. Ces longues discussions que je déteste de tout mon cœur, voilà ce qui l'intéresse plus que tout et, vis-à-vis de lui, je me fais l'effet d'être *a bore* à force d'en revenir à mes bœufs, mes labours et aux calculs les plus prosaïques qui soient. Ces derniers temps il a étudié le Nouveau Testament, qui l'a beaucoup absorbé et sur lequel il ne cessait de ramener la conversation ; et, non seulement je ne me sens pas capable de soutenir une discussion approfondie sur ce sujet, mais je ne crois pas qu'il y ait dans le pays tout entier une seule personne qui puisse être en mesure de l'affronter sur ce terrain, pour sa plus grande satisfaction.

Ce qui l'intéresse le plus, à vrai dire, c'est d'une part la sociologie et d'autre part une philosophie ou une science du genre de celle d'Einstein. Je crois qu'il lui serait facile de se faire une place dans ce domaine, surtout étant donné qu'il est économiquement indépendant et que ses dons sont largement au-dessus de la moyenne. Il me semble qu'Einstein, ou bien Wells, ou bien une autre de ses idoles, pourrait fort bien l'employer s'il allait les trouver et se mettait corps et âme à leur disposition ; et je lui ai bien souvent dit de leur écrire, mais je ne crois pas qu'il l'ait fait. Il me manquera certainement beaucoup quand il partira d'ici ; mais ce serait encore bien pis si je le persuadais de se consacrer à quelque chose qui ne lui convient pas...

J'ai eu la grippe espagnole et je suis restée au lit trois semaines ce mois-ci, avec de courtes interruptions. Elle est dans tout le pays maintenant, il faut donc bien en passer par là...

Il m'est arrivé les accidents les plus étranges, depuis que je suis en Afrique, — vous ai-je parlé du coq ? Tu sais, le coq de cuivre que j'avais apporté à la maison. Il était placé sur le haut d'une armoire et, en essayant de fermer un tiroir qui était coincé, par en dessous, je l'ai fait tomber sur ma tête. Je me suis écroulée et me suis réveillée au milieu d'une flaque de sang ; Farah est arrivé et a levé les bras au ciel en voyant cela. Si j'étais morte, cela aurait été très romantique ; car c'est une ancienne idole d'Afrique occidentale et je crois que c'eût été un spectacle impressionnant, si quelqu'un avait été présent, que de le voir tomber et venir me frapper juste avec son bec...

J'ai reçu une lettre de Denys Finch-Hatton ; il va venir ici à la fin du mois d'avril. Je vais m'efforcer d'obtenir de lui de bons conseils en ce qui concerne la vente de la ferme ; il pourrait sans doute m'aider mieux que quiconque en la matière...

Au début de l'année 1922, la sœur aînée de Karen Blixen, Ea de Neergaard, tomba gravement malade après avoir mis au monde un enfant mort-né. Son état empira rapidement et elle mourut le 17 juin, âgée seulement de trente-neuf ans.

À INGEBORG DINESEN

Ngong, dimanche 15/10/22

... Et puis jeudi dernier, Coryndon, le nouveau gouverneur est venu jusqu'ici. J'avais mangé avec lui chez les Mac Millan quelques jours auparavant ; il est toujours extrêmement courtois et, ce jour-là, il avait dit qu'il aimerait bien venir ici prendre le thé. Je croyais qu'il voulait voir la ferme mais il n'en a pas exprimé le désir, nous avons simplement bu notre thé et passé un moment très agréable... Nous avons parlé assez longuement des *natives* et nous étions tout à fait d'accord pour penser que l'avenir du pays doit être basé, à un degré bien plus grand que ce n'est le cas actuellement, sur la production indigène. En Ouganda, ils produisent, — et exportent, — de grandes quantités de coton, de sésame, ainsi que du café, et ces tribus-ci pourraient vraisemblablement être formées à bon nombre de choses...

Je crois que les pluies approchent. Je voudrais bien aller peindre un peu dans les Ngong Hills avant qu'elles ne commencent pour de bon et nous avons pensé y aller demain, avec la Harley, et peut-être y camper quelques jours, Thomas pour chasser, – en ce moment il y a là-bas une quantité incroyable d'oiseaux, en particulier des cailles et des poules d'Afrique, – et moi pour faire de la peinture. Je suis vraiment très contente que vous me fassiez parvenir des couleurs par l'intermédiaire de Viggo. Malheureusement, je dois vous avouer que j'ai offert mon meilleur tableau à Finch-Hatton, car il lui plaisait beaucoup alors qu'en général il ne trouve jamais rien à son goût. Mais j'aurai certainement quelque chose de mieux à envoyer à tante Bess si je m'en occupe vraiment.

Je suis bien ennuyée de ne pas t'avoir demandé de me faire parvenir *Djaevlerier*, de Sophus Claussen, par l'intermédiaire de Viggo. J'en avais un exemplaire qu'Élisabeth m'avait donné mais je l'ai malheureusement égaré et j'ai bien de la peine à vivre sans ce livre. *Aphrodites Dampe* et *Mennesket* sont pour moi une sorte d'évangile. Aussi vous serais-je très reconnaissante si vous vouliez bien me faire parvenir ce livre. C'est sans doute possible, sans qu'il soit besoin pour cela d'avoir recours à quelqu'un qui fait le voyage...

J'ai rangé mes livres et trouvé un vieil exemplaire du *Buch der Lieder*. Il contient toutes les chansons que chantait Ea quand elle était jeune fille, à Rungsted. En le feuilletant, ici, il me semble que je puis entendre sa voix et voir les lilas et les bourgeons fraîchement éclos des hêtres par une belle soirée – *im wunderschönen Monat Mai*[1]...

1. au joli mois de mai. *(N.d.T.)*

À INGEBORG DINESEN

Ngong, dimanche 29/10/22

... Je pense très souvent à ce passage de la Bible : « Je ne te laisserai pas partir que tu ne m'aies béni*. » Je lui trouve beaucoup de force et un sens très profond ; j'en ai presque fait ma « devise » dans la vie. Elle me semble valable dans toutes les circonstances, à propos de tout ce que l'on peut connaître dans la vie ; elle me vient à l'esprit même à propos de cette ferme et de ce pays, dussiez-vous trouver cela ridicule. Le plus dur pour moi a été de ne pouvoir la concrétiser dans mon mariage, – bien que Bror et moi nous soyons quittés bons amis.

Mais il me semble également que, lorsque l'on dit cela, il faut aussi consentir de bon cœur à laisser partir qui vous a donné sa bénédiction. Car, presque chaque jour, une époque, une situation touche à son terme ; on ne doit pas refuser de l'admettre. Car, lorsqu'on a reçu une telle bénédiction, on en garde quelque chose à tout jamais. Et quand je pense à la façon dont Ea t'a, sincèrement, toujours bénie, au point qu'il n'y a certainement pas eu un seul instant où son cœur n'ait pas été rempli de gratitude envers toi, il me semble qu'il y a tout de même beaucoup de lumière au milieu des ténèbres qui t'entourent...

Au cours de l'année 1922, Karen Blixen crut être enceinte. Dans une lettre au responsable de l'édition de ces lettres, Thomas Dinesen a raconté qu'une nuit sa sœur avait envoyé son gardien jusque chez lui pour le prier de venir. Ses espoirs d'avoir un enfant de Denys Finch Hatton venaient d'être réduits à néant et elle était folle de désespoir. Son frère s'efforça de la réconforter de son mieux et, au bout de trois heures, elle retrouva peu à peu son calme.

À INGEBORG DINESEN

Ngong, dimanche 19/11/1922

... Nous n'avons plus un sou. Je ne sais pas comment notre conseil d'administration, là-bas, s'imagine que nous allons pouvoir nous en sortir avec 200 £ ce mois-ci alors qu'il nous en faut normalement 500. Mais, provisoirement, cela va encore. J'ai vendu mes robes à une juive de Nairobi, – elle est grotesque dedans, – et puis Thomas avait un peu d'argent à la banque ; il voulait essayer de mettre ses fusils en gage. Heureusement, tout ce qui est indigène ou indien a une très grande confiance en moi. Je prie le ciel que celle-ci ne soit jamais déçue...

J'espère que Viggo va m'apporter des couleurs et surtout des toiles ; je n'en ai plus et il me tarde d'avoir à nouveau le pinceau à la main. À ce propos, est-ce que, Elle ou toi, vous ne voudriez pas demander à Stelling ou à Wieth s'il n'est pas possible de préparer soi-même ce genre de toiles ; apparemment il suffit de les enduire d'une préparation quelconque. Denys Finch-Hatton m'a encouragée à me remettre à la peinture ; il a lui-même beaucoup de talent pour ce genre de choses mais il n'a pas le courage de le mettre à profit...

Un rhinocéros, dessin de Denys Finch-Hatton dans une édition de THE ANCIENT MARINER, *de Coleridge (maintenant à Rungstedlund).*

À INGEBORG DINESEN

Ngong, 31/12/22

... Cela fait maintenant plus de 2 semaines que Viggo et son cousin sont là* ; ils habitent dans la maison de Thomas et s'y trouvent très bien, me semble-t-il, car ils sont ainsi plus au calme et plus indépendants ; ce sont des hôtes extrêmement gentils et faciles à contenter et je crois qu'ils ont une bonne opinion du pays. En effet, nous avons dû aller plusieurs fois à Nairobi et avons passé beaucoup de temps à visiter la ferme ; de toute façon, ils ne sont pas encore près de partir en safari, si jamais ils réussissent à partir...

Nous avons passé Noël très calmement et pourtant de façon fort agréable, à mon goût. Thomas et moi avions essayé de décorer la maison avec un « sapin » et des bougies et nous avions du riz au lait, de la dinde et une sorte de gâteau de macaron. Viggo a quelque chose de tellement danois, de bien de chez nous, — et l'autre aussi ; Thomas et moi rions souvent derrière leur dos de voir la façon dont ils sont habillés et de leur allure. Ils ne veulent absolument pas s'adapter aux conditions d'ici mais cela leur donne quelque chose de presque touchant. Nous avons beaucoup pensé à vous et beaucoup discuté pour savoir qui devait se trouver à Rungsted ; on a toujours l'impression d'être devenu vieux, que Noël a perdu sa signification, mais cette fête est malgré tout accompagnée de tant de choses qui exercent encore une forte emprise sur nous. Lorsque les autres sont allés se coucher, je suis partie pour la ville en voiture, tout d'abord afin de participer à une soirée chez Lady Northey, qui n'avait cessé de me supplier de venir et chez laquelle étaient rassemblés la plupart des gens que je connais ici, et ensuite pour entendre la messe de minuit à la mission française. Ne crois pas Thomas quand il dit que je suis en train de devenir catholique, mais les prêtres français sont toujours si aimables et si sympathiques et leur église est vraiment belle. Les Northey m'ont également fait revenir chez eux après la messe pour réveillonner, aussi suis-je rentrée bien tard à la maison. La nuit était magnifique ; toutes les étoiles brillaient ; depuis, il a plu à nouveau, plus d'un pouce en l'espace d'une semaine.

J'avais emmené avec moi un petit Kikuyu : Kamante[1] ; oncle Aage se souvient peut-être de lui. Il était très malade, et avait de grosses plaies, à l'époque où oncle Aage était ici ; par la suite, je l'ai envoyé à la mission écossaise, où on l'a guéri et converti au christianisme, aussi a-t-il beaucoup insisté pour venir à l'église et j'espère que la différence entre le culte catholique et le culte presbytérien, – si je ne me trompe, – ne va pas semer le doute dans son âme. Il est très comique, il n'a pas toute sa tête mais il possède pourtant une intelligence remarquable de vivacité en certaines occasions, il me semble que c'est le genre de personnes dont on faisait jadis les bouffons de cour...

Remercie beaucoup tante Bess pour les livres. Je n'ai pas lu la troisième partie de *Christine Lavransdatter*. Avec ce genre de livre, on a toujours un peu peur que la suite ne tienne pas les promesses du début mais, naturellement, Thomas s'est plongé dedans avec beaucoup d'empressement. J'ai relu *Jyder* et *Den Fremsynte* avec beaucoup de plaisir, – après toutes ces années ; je trouve le dernier vraiment charmant, c'est certainement le meilleur livre de Lie...

2/1/23
[suite de la lettre du 31/12/22]

Je n'ai pas pu terminer ma lettre avant-hier et, depuis, j'ai été très occupée. La nuit du Nouvel An, – alors que je dormais depuis seulement une ou deux heures, – Finch-Hatton est en effet arrivé ici en voiture, accompagné de quelqu'un qui s'appelle Lord Francis Scott et de la nièce de celui-ci, Lady Margaret Scott, pour m'emmener réveillonner. Puis l'un d'entre eux m'a raccompagnée le lendemain matin et est resté déjeuner, puis il m'a conduite à nouveau en ville, au Muthaiga, hier soir et je n'en suis revenue que tôt ce matin...

1. Sur Kamante, voir le chapitre « Un enfant kikuyu » de la 1re partie de *La Ferme africaine. (N.d.T.)*

À INGEBORG DINESEN

Janvier 1923

... C'est toujours intéressant de savoir un peu ce dont parlent les gens chez nous. Et également d'apprendre la petite aventure de Georg Brandes ; c'est tout de même admirable à quel point ce vieil homme peut encore être vert... Lorsque les gens se retirent à Lucerne avec leurs petites affaires de cœur, ceux qui se trouvent à les y surprendre pourraient garder cela pour eux. D'ici, on ne peut s'empêcher de penser à Brandes comme à l'un de ceux qui, ces 25 dernières années, ont fait le plus d'honneur au Danemark.

Toi, tu vas assurément te réjouir de voir Thomas rentrer à la maison... Mais pour moi, ce sera très dur de le voir partir. Mais je me rends bien compte qu'il vaut mieux pour lui qu'il quitte cet endroit ; de bien des façons, il a passé ici des moments abominables, – ce qui n'empêche pas que nous penserons sans doute toujours avec beaucoup de gratitude, tous les deux, à cette période que nous avons passée ensemble et qui a été fertile en occasions agréables et amusantes. Il me semble toutefois que son séjour ici l'a mûri et je crois qu'il est parvenu à voir clair en lui-même et qu'il sait maintenant ce qu'il attend vraiment de la vie, ce qui est bien l'essentiel. Outre le fait qu'elle est un affreux pays de *shauries*, l'Afrique lui apparaîtra peut-être comme la montagne de la Révélation et, en voyant s'éloigner les Ngong Hills, il pensera peut-être malgré tout : Adieu, mont de la Verna, adieu montagne très chère à mon cœur.

Tu m'avais prédit que mes cheveux repousseraient et, par chance, cela a fait plus que de se réaliser. Tu ne peux pas t'imaginer la crinière que j'ai depuis que je les ai coupés et que je suis en mesure d'en prendre mieux soin ; j'en ai bien plus que je n'en ai jamais eu. Je donnerais volontiers deux conseils à toutes les jeunes femmes : coupez-vous les cheveux et apprenez à conduire une automobile. Ces deux choses-là changent le cours de l'existence. Les cheveux longs ont vraiment été une forme d'esclavage tout au long des millénaires qu'a duré l'histoire ; avec une crinière que l'on peut coiffer en une minute et à travers laquelle le vent peut souffler, on se sent soudain plus libre que les mots ne peuvent l'exprimer. Et, étant donné qu'ici on ne porte pas de corset, on est vraiment en mesure de se mouvoir à l'égal des hommes. Si cela m'allait, je porterais des pantalons, ici, des *shorts* comme en portent beaucoup de dames ; mais, malheureusement, je n'ai pas les jambes ni le courage moral qu'il faut...

À INGEBORG DINESEN

Ngong, dimanche 4/2/23

... En ce moment, tout le monde est très agité par *the Indian question**, qui semble vouloir tourner à la révolution. Ici, tous les gens disent qu'ils ne veulent pas être « un pion sur l'échiquier politique », c'est-à-dire dans le jeu que mène le gouvernement de la métropole envers les Indes, mais il me semble qu'ils ne peuvent guère éviter cela s'ils sont vraiment fervents de *the Empire* et s'ils lui sont fidèles. Personnellement, je possède fort peu de sentiment racial, de sorte que je n'arrive pas toujours à les comprendre. Je ressens beaucoup plus les différences de classes que celles de races et je préfère être en compagnie d'un chef arabe ou d'un prêtre hindou que d'un serveur de chez nous...

Je suis très peinée d'apprendre à quel point les temps sont difficiles pour tout le monde. Ce n'est qu'après coup que l'on se rend compte des horribles effets de cette maudite guerre. Plus encore que de ses souffrances personnelles, on est profondément angoissé de voir toute notre époque tomber si bas que le souci du pain quotidien soit le seul qui lui reste. Bien qu'étant personnellement dans l'impossibilité de m'acheter de beaux chapeaux, je suis sincèrement désolée qu'on n'en fabrique plus. Et je le suis bien plus encore de beaucoup d'autres choses ! Le marché noir, pendant la guerre, n'était certes pas bien joli, en particulier du fait de la cruauté avec laquelle on transformait en or le sang des autres ; mais il me semble pourtant également qu'il se manifestait de bons côtés chez les gens et, par les temps difficiles que nous connaissons, il y a tant de bonnes choses qui semblent devoir disparaître...

Le 2 mars 1923, Thomas Dinesen dit adieu à Karen Blixen et à la ferme et entreprit son voyage de retour au Danemark, si longtemps différé.

À THOMAS DINESEN

23/3/1923
[mention portée de la main de Thomas Dinesen]

... Ce dont j'ai le plus peur, en ce moment, c'est, comme tu le verras d'après mon télégramme, qu'on ne m'envoie pas d'argent pour le 1er avril. Je ne sais jusqu'à quel point on s'était vraiment engagé à envoyer les 500 £ en question et, si cet argent ne semble pas absolument indispensable, on ne l'enverra certainement pas. Il est bien malencontreux que toutes les ventes que nous avons laissé espérer au reste de la famille n'aient abouti à rien de concret. J'ai également reçu une lettre de l'homme d'affaires d'Eldoret auquel nous avions écrit et qui me dit qu'il est impossible de vendre tant que la question indienne n'est pas réglée. Naturellement, une vente forcée de toute la propriété ne rapporterait rien du tout dans les circonstances présentes mais, si on perd complètement patience, chez nous, on ne prendra sans doute pas ce fait en considération...

... La ferme elle-même est magnifique à voir, – elle est en bien meilleur état que lors de votre départ et nous avons terminé les labours. Le 17, nous avons eu 1 pouce 1/4 de pluie et je croyais que les grandes pluies avaient commencé pour de bon ; mais, depuis ce jour-là, nous n'en avons pas eu d'autre. Il fait pourtant tellement chaud et la chaleur est si lourde et si oppressante que je pense qu'il serait étonnant qu'il n'en vienne pas d'ici peu. Ce pouce-là nous a fait beaucoup de bien et tout le *shamba* est couvert de boutons prêts à éclore dès la prochaine averse. Je crois que la floraison qui s'annonce sera plus importante que celle que nous avons connue pendant que vous étiez là. Elle va surtout être abondante sur la parcelle que Holmberg a taillée et sur le *shamba* à l'est de la route du Kilimandjaro, près de la maison de Thaxton.

Tu sais bien, sans que j'aie besoin de te le dire avec plus de précision, à quel point je serais désespérée si nous devions renoncer à tout cela maintenant, après tant de travail et si près du port, – car je crois que nous y touchons. Si vous en arrivez à la conclusion que c'est bien ce qu'il faut faire, alors agissez en fonction de votre conviction ; mais je lutterai pour imposer mon point de vue tant qu'il me restera un souffle de vie.

En ce qui concerne la ferme, la solution ne peut être que l'une des suivantes : ou bien la société la conserve, – à moins que je n'emprunte de l'argent et la lui achète, – ou bien elle est mise en vente forcée et tombe entre des mains étrangères. Je tiens maintenant à te dire la façon dont il me semble que la question puisse être réglée dans les deux premiers cas ; le dernier, je me refuse à le prendre en considération, la responsabilité ne m'en incombera pas et je ne serai vraisemblablement pas là pour voir cela.

Pour faire marcher la ferme jusqu'au 1er septembre, – date qu'il faut envisager pour être à l'abri des surprises, – il faut 1 600 £. Les dépenses brutes ne se monteront peut-être pas à cette somme mais l'assurance des bâtiments de la ferme vient à échéance à la mi-avril et nous avons eu un *shaurie* bien ennuyeux avec le café de la ferme de Uasin-Guishu, pour lequel nous n'avons pas respecté la réglementation de l'Agr. Dep.*, ce qui nous vaut maintenant de lourdes amendes. Sur ces 1 600 £ j'en ai en tout et pour tout 150 en caisse à l'heure actuelle. Si on veut bien m'envoyer de chez nous les 500 qui ont été promises, il en manquera encore 950. Là-dessus, je crois que je peux en récupérer une centaine sur le montant de l'assurance... il nous manquera donc encore 800 ou 850 £ pour faire marcher la ferme jusqu'à ce que nous fassions rentrer la récolte. Il m'est donc venu à l'idée que tu pourrais aller à Londres, exposer clairement la situation à Gilliat & Co et tenter de les persuader, s'ils veulent sauver le capital qu'ils ont déjà investi, de faire le sacrifice d'une somme complémentaire, payable par mensualités tant que nous ferons marcher la ferme de façon satisfaisante, ce dont ils peuvent s'assurer par l'intermédiaire de Milligan, qui pourra également, si nécessaire, leur donner par télégramme des renseignements sur l'état de la ferme à l'heure actuelle et sur les perspectives de récolte. Si quelqu'un pouvait les persuader de nous accorder ne serait-ce que 250 £ par mois pendant 4 mois, — le 1er mai, 1/6, 1/7, et 1/8, — nous serions sauvés ; mais c'est bien peu probable. À toi de juger et éventuellement de descendre, en fonction de la situation, à 200 £ par mois ou 150, ou encore, — si toutes les autres tentatives échouent, — à 100, ce qui serait toujours mieux que rien. Le reste de la somme, il faudra que tu t'efforces de nous le procurer plus tard par un autre moyen. Je ne sais pas si tu pourrais et si tu voudrais nous les avancer toi-même, peut-être Viggo et toi pourriez-vous le faire à vous deux ; bien sûr, toutes les difficultés ne se trouveront pas résolues pour autant mais cette entreprise ne peut quand même pas capoter pour une somme pareille...

Je me suis dit que tu pourrais peut-être, — je t'en parle parce qu'il n'y a aucun risque à envisager toutes les solutions, — obtenir un prêt de 1 000 £ et le placer ici. Dans ce cas (et si, chez nous, on veut bien nous aider à passer le 1er avril car, avant cette date, il est impossible de faire quoi que ce soit) tu pourrais télégraphier et demander, par exemple à Hunter, Taylor, Harrison ou quelqu'un d'autre, combien ils pensent que donnerait une vente forcée en ce moment. Si celui-ci te dit, par exemple, 20 000 £, tu pourrais proposer au conseil d'administration de faire marcher la ferme pendant 4 mois, moyennant une option d'achat sur la base de 20 000 £ pendant la même durée ! Il doit bien être possible de conclure un accord avec la société aux termes duquel si, au bout de cette période, celle-ci s'apercevait que la ferme est rentable et désirait la conserver, elle te rembourserait d'une façon ou d'une autre tes 1 000 £.

Je ne pense pas qu'il serait *unfair* de ma part, dans les circonstances actuelles, de tenter d'acheter, — en dépit de ce qu'on pourra dire. Pour maman, cela vaudrait certainement mieux que si c'était quelqu'un d'autre qui achetait. Mon idée serait de vendre Uasin-Guishu,

— dans le courant d'une année ou deux, — et de rembourser mon emprunt, car il devrait être possible de trouver une somme pas trop importante ici, à Ngong, à un taux relativement réduit ; on pourrait peut-être convenir dès le début que l'intérêt de mon prêt serait abaissé si la garantie de celui-ci s'améliorait du fait de remboursements partiels.

Je désire beaucoup être en *communication* avec toi et j'espère que tu vas m'écrire et me télégraphier abondamment. Si ce que j'ai dans l'idée à propos de cet emprunt se concrétise d'une façon ou d'une autre, je préférerais que les négociations avec les membres de la famille passent par ton intermédiaire. Dans ce cas, j'enverrai un télégramme disant que *Denys Finch-Hatton et moi* pouvons emprunter de l'argent et acheter. Bien sûr, je ne désire pas être favorisée en cas d'achat, mais je ne veux pas non plus être placée dans une situation moins favorable que tout autre acheteur, par exemple du fait qu'une partie du capital social conserverait une deuxième hypothèque.

Voilà tout ce que j'avais à dire sur mes propres *shauries*, — et, comme lorsque tu étais ici, je ne compte que trop sur ton aide à tous égards. Mais ne crois-tu pas également que, si seulement nous pouvons surmonter ces obstacles aujourd'hui, il viendra un temps où je pourrai vous revaloir, à toi et à tous les autres, toute l'aide que vous m'avez apportée ? — et si je ne puis en venir à bout maintenant, eh bien alors tout sera joué *de toute façon*. C'est la raison pour laquelle je t'écris ceci. Tu me manques terriblement depuis que tu es parti ; je crois que cela m'a presque fait perdre la tête de me retrouver tout à coup aussi seule. Tout me paraît encore dans un état d'équilibre tellement précaire, la vie entière l'est et les choses ont atteint le point critique ; il me semble qu'en ce moment deux voies, deux possibilités, s'offrent à moi. Ou bien tout ceci peut vraiment marcher et m'apporter, — le bonheur sous toutes ses formes : la poursuite de mon existence ici, des rapports satisfaisants avec la famille si un jour je peux rentrer au pays bien pourvue et *successful* ; je ne peux même pas m'empêcher de penser qu'un jour, dans quelques années, nous ferons ensemble notre safari et qu'au cours de celui-ci nous nous souviendrons de tous ces *shauries* comme de fantômes et nous nous en moquerons, — ou bien alors : *failure, failure, failure*, et pourtant, me semble-t-il, sans que ce soit de ma faute, — *or how*[1] ?

C'est pourquoi, maintenant comme jadis, je compte sur ta compréhension et sur ton amitié, — donne-moi de tes nouvelles.

Tanne

À INGEBORG DINESEN

Ngong, dimanche 1/4/23

... Il n'y a aucune raison, non plus, pour que tu me plaignes parce que je suis seule. Tout d'abord, je ne suis pas seule ; je vis beaucoup plus en société maintenant que lorsque Thomas était là parce que, de façon générale, il n'aimait pas beaucoup cela. Et puis cela ne m'ennuie pas du tout d'être seule, lorsque cela se produit. Ici, actuellement, avec mes boys et mes chiens et mes blancs, je me trouve dans des conditions de vie qui se sont formées naturellement autour de moi et que j'ai créées moi-même ; elles me conviennent et me rendent heureuse...

Ne crois pas non plus que je désire « du calme », comme tu le dis ; je ne vois pas très bien de quelle sorte

1. Karen Blixen veut sans doute dire « n'est-ce pas » mais elle le dit, en anglais, à la scandinave. *(N.d.T.)*

de calme tu veux parler, mais ce n'est pas être au calme, pour un moulin, que de ne rien avoir à moudre, – dans la mesure où il ne peut pas rester immobile. J'ai très peur de connaître une situation dans laquelle je courrais le risque de voir ma vie se réduire à des « bavardages » et de me voir moi-même réduite à me fabriquer de petits *shauries* à partir de rien. La solitude ou la maladie, par exemple, ne t'en soucie pas en ce qui me concerne ; pour moi, elles ne comptent pas.

Ce dont j'ai peur, et ce qui serait vraiment un malheur pour moi, c'est de ne pas avoir de continuité dans ma vie ; il me paraît que ce serait ce que je pourrais connaître de plus angoissant et que cela risquerait de me conduire à la démence, ou quelque chose comme cela. C'est naturellement bien ennuyeux d'avoir autant de *shauries* et de préoccupations que cela a été le cas pour moi ces dernières années, mais il en est bien de même dans le monde entier à l'heure actuelle et, tant que ceux-ci ont un sens et de la cohérence, il est quand même possible de les supporter et ils gardent un intérêt ; tout autres sont les malheurs qui réduisent notre vie à néant, lui ôtent tout son sens et la soumettent totalement à la contingence. Si mon mariage avait tourné autrement, ou bien si j'avais eu un enfant, je n'aurais certainement pas été constamment sous le coup de cette sorte de frayeur...

À INGEBORG DINESEN

Ngong, lundi 9/4/23

... Il me semble qu'il y a bien des enfants qui sont charmants mais dont on dirait qu'ils ne supportent pas de devenir adultes ; ils ne tiennent pas leurs promesses et, de même, plus tard dans la vie, il y a bien des gens qui ne supportent pas de vieillir, – ce qu'il y avait de bon en eux lorsqu'ils étaient jeunes disparaît et rien ne vient prendre sa place. On dirait qu'ils ne font que se flétrir, – sans mûrir. Cette idée m'est d'ailleurs souvent venue, sur le plan général : il me semble que l'âge est la meilleure épreuve pour tout le monde, – comme c'est le cas pour le vin ; seules les bonnes années gagnent à être conservées. Et cela ne vaut pas seulement pour les êtres humains mais également pour l'art, par exemple. La récolte qui est de piètre qualité, il vaut mieux la boire tout de suite, sans se faire d'illusion, elle passera toujours. Mais celle qui est vraiment bonne, – ne gagne-t-elle pas bien du charme et de la valeur à être conservée ? Tant qu'elle est encore toute fraîche, personne ne peut vraiment savoir ce qu'elle vaut ; mais au bout de 50 ans, ou même de 20 ! Lorsque, par exemple, je relis Oscar Wilde, il me semble que ce qu'il écrit est devenu tellement fade et a tellement perdu en qualité que j'ai envie d'en recracher la plus grande partie ; mais, par contre, je trouve qu'avec les années Oehlenschläger, – ce qu'il a écrit de mieux, – et Aarestrup ont pris une profondeur, une délicatesse, un *bouquet*[1] tels que je ne crois pas que leurs contemporains aient pu les apprécier à leur juste valeur lorsqu'ils les ont lus...

Je suis en train de peindre une jeune Kikuyu, j'espère que ce sera réussi. Lorsque que je suis ici en train de peindre, – et que cela ne marche pas trop mal, – qu'il pleut sur la ferme et que l'air est aussi pur et frais qu'il peut l'être ici par temps de pluie, il me semble que c'est un plaisir de vivre. J'espère que Thomas a pensé à m'acheter des couleurs en France ; je n'ai plus de rouge et c'est un terrible handicap. Ce qu'on peut trouver à Nairobi ne vaut absolument rien...

J'ai dû me rendre à Nairobi plusieurs fois, cette

1. En français dans le texte. *(N.d.T.)*

semaine, pour notre *shaurie* d'assurance... Mercredi dernier, quand j'étais là-bas, j'ai rencontré Finch-Hatton qui revenait de safari et j'ai déjeuné au Muthaiga avec lui. Je me suis bien amusée. Contrairement à Geoffrey Buxton, Finch-Hatton est la sorte d'homme qui bonifiera avec les ans de sorte que, comme Stevenson le dit de d'Artagnan, il va « *mellow into a man so witty, kind and upright — that the whole man rings true like a good sovereign*[1] ».

Je reçois toujours le *Tilskueren*, c'est certainement l'exemplaire de Thomas. Bien que je le trouve ennuyeux jusqu'à l'impudence, il contient pourtant parfois *quelque chose* d'intéressant. Dans le dernier numéro, j'ai trouvé dans la correspondance de Zahrtmann* un passage portant sur Frederik Frijs, présenté comme un jeune noble vraiment distingué, qui m'a bien fait rire. Par ailleurs, on y disait beaucoup de bien des pièces en un acte d'Otto Benzon* dont tu disais qu'elles avaient connu un insuccès complet.

Il faut que je te rapporte quelque chose qui va peut-être te faire plaisir et que m'a dit une vieille infirmière écossaise ; je me trouvais chez elle et nous en étions venues à évoquer le fait que je n'avais pas fait de visite de politesse à mes différents voisins et qu'ils me trouvaient certainement bien mal élevée. Pourquoi s'en soucieraient-ils, m'a-t-elle dit, puisque « *everybody knows you are a true christian woman*[2] » ! — loin de moi cette pensée ; mais peut-être pouvait-elle, elle aussi, ressentir de la sympathie pour une païenne animée de l'amour de ses semblables. Ce sont certainement les *natives* qui me font une aussi bonne réputation et ils n'ont pas tout à fait tort, dans la mesure où je voudrais bien faire pour eux tout ce

1. « mûrir et devenir un homme tellement spirituel, aimable et droit — qu'il donnera, des pieds à la tête, l'impression d'être franc comme l'or ». *(N.d.T.)*

1. « tout le monde sait que vous êtes une bonne chrétienne. » *(N.d.T.)*

qui est en mon pouvoir dans cette vie-ci. Au fond, je ne sais pas ce qui rend aussi attirants des peuples aussi primitifs, mais il est certain qu'ils le sont. Je lisais l'autre jour un article sur Hans Egede et me disais qu'il avait dû accomplir une œuvre magnifique. Si j'avais vraiment « la foi », je finirais sans doute missionnaire mais, d'une certaine façon, on peut bien être missionnaire même sans la posséder...

J'espère très sincèrement que nous allons nous revoir au cours de l'année présente. En ce moment, il est bien difficile de savoir le tour que vont prendre les choses en ce qui me concerne. Je voudrais bien faire en sorte de venir en Europe l'an prochain, entre autres raisons parce que je voudrais bien voir le professeur Rasch. Je me porte très bien, dans l'ensemble, mais j'ai été malade par deux fois sans vraiment savoir ce que j'avais, et puis cela fait déjà bien longtemps que je ne lui ai pas parlé. Je préférerais ne pas rentrer au Danemark la prochaine fois que je reviendrai, – après cette affaire de divorce il me semble qu'il vaut mieux laisser passer quelques années ; mais j'ai pensé que je pourrais passer quelques mois à Paris, pour ma peinture, et Rasch pourrait m'indiquer un docteur là-bas. Mais il ne faut pas que tu te fasses de souci si je t'écris cela ; ce n'est peut-être rien du tout, et puis il faut toujours bien avoir quelque chose qui ne va pas, et je crois qu'au fond c'est l'une des maladies qui causent le moins de désagréments, à bien y regarder...

À INGEBORG DINESEN

Ngong, 29/4/1923

... Farah et moi avons mis le petit Abdullah, le frère de Farah, à l'école à Mombasa, – je donne une certaine somme tous les mois pour cela. Il nous donne beaucoup de satisfactions, ses maîtres font des éloges de lui et disent qu'il est appliqué et désire beaucoup apprendre. J'aimerais bien avoir un jour une école dans cette ferme ; au fond, je ne sais pas s'il ne serait pas préférable de pouvoir maintenir les *natives* au stade primitif qui est le leur, mais je considère que c'est *out of the question*. La civilisation les atteindra forcément, sous une forme ou sous une autre, et il me semble qu'il vaut mieux veiller à ce que ce soit sous la meilleure possible. Cela m'amuserait beaucoup d'en avoir une et surtout de leur apprendre également diverses formes d'artisanat, ainsi qu'une meilleure hygiène ; de façon générale, ils sont très désireux d'apprendre mais *horriblement* instables. Je crois que, pour un *native*, c'est une torture que de faire le même travail pendant un certain temps, mis à part cette misérable forme d'agriculture à laquelle ils sont habitués depuis 10 000 ans.

Je peux le voir à mes modèles ; ils geignent et font des difficultés pour rester assis sans bouger et à regarder la même chose pendant un certain temps, alors que l'on pourrait croire que c'est tout à fait dans leurs aptitudes. Je viens de finir une tête de jeune fille kikuyu ; j'en suis fort satisfaite...

J'ai relu Benvenuto Cellini* ces derniers temps et je souhaite vraiment pouvoir visiter une bonne fois l'Italie du Nord la prochaine fois que je rentrerai ; Thomas pourrait peut-être venir avec moi, il n'y a aucun autre pays au monde qui possède autant de charme à mes yeux ; d'ailleurs, il me semble que la nature y ressemble à celle de ce pays-ci, surtout pour ce qui est des couleurs ; ce sont sans doute les bois d'oliviers qui en sont la cause.

Viggo m'a dit... que tante Bess a maintenant fini d'écrire toute la biographie de grand-maman*. Est-elle parue en livre ? Crois-tu que tante Bess voudrait bien que je la lise ? Je pense très souvent à grand-maman, ici ;

je crois que cela l'aurait beaucoup amusée de voir tout ceci, – et puis je pense aussi bien souvent au temps jadis, au Danemark, et aimerais bien en entendre parler, je veux dire de l'époque de l'enfance et de la jeunesse de grand-maman et auparavant. Le livre de Troels-Lund sur Bakkehus est très bien, paraît-il ; j'aimerais bien l'avoir un jour...

À THOMAS DINESEN

Ngong, 29/4/1923

Très cher Tommy.

Quelques mots seulement.

Hier, j'ai reçu une lettre de Bror en provenance du Congo. Lors de son séjour à Government House, il a entendu le gouverneur parler de l'emprunt que j'envisageais de faire et il me dit qu'il croit qu'il pourrait me trouver cet argent « là-bas », – mais je ne sais pas s'il veut dire en Suède ou en Angleterre. Et puis il pose différentes conditions pour cela. Je ne veux pas dire qu'il ne le fasse pas pour moi ou pour m'aider, – mais il le fait de sa propre initiative et tu comprends que je sois un peu inquiète de savoir ce qu'il pourra bien écrire ou dire à ce propos, et que cela puisse me causer du tort auprès de la famille. Il faut donc que tu saches que je suis étrangère à tout cela ; je n'ai pris aucune initiative en ce sens, – pour le cas où vous en entendriez parler d'une façon ou d'une autre. Il a également envoyé ici la femme avec laquelle il était en safari, disant qu'elle pourrait faire quelque chose par l'intermédiaire de son père, qui est très riche, mais j'ai immédiatement dit que je ne voulais pas en entendre parler.

Tout le monde te dit bien des choses, mes boys sont désespérés que plus personne n'aille abattre de la viande à leur intention.

Ici, tout est d'un très beau vert, – la réserve brille de toutes ses couleurs quand on la regarde de ton ancienne maison.

Promets-moi de m'écrire à propos de tout.

Tanne

À INGEBORG DINESEN

Ngong, lundi 28/5/23

Ma chère maman.

Je n'ai pas écrit hier car j'ai un modèle en ce moment, – un vieux Kikuyu, – et le dimanche est pour moi le meilleur jour pour la peinture ; les autres jours, je suis constamment dérangée et alors je deviens *kali**. Lorsque je travaillais à ma dernière toile, – une jeune fille kikuyu, – j'ai fini par être tellement désespérée que j'ai jeté mes couleurs et mon pinceau par terre et que j'ai dit à Farah : « *Take it away and burn it, I will never look at it again*[1] », – et Farah, avec son bon sens, l'a emportée tranquillement mais il est revenu avec deux jours plus tard en disant : « *Try* one *more day, then I think God shall help you and it shall be very good*[2] » ; les conversations que j'ai avec Farah portent toujours sur Dieu, sur la question

1. « Emporte-moi cette toile et va la brûler, je ne veux plus jamais la voir. » *(N.d.T.)*

2. « Essaie encore *un* jour et je crois que Dieu t'aidera et que ce sera très bien. » *(N.d.T.)*

de savoir s'il nous aidera à propos du maïs, des chiens, de l'automobile, etc. – et cette fois-là il m'a aidée, dans la mesure où j'ai terminé le tableau, même s'il n'est pas *very good*. Mais j'aimerais bien également avoir le temps de t'écrire ; or je ne peux pas le trouver dans la semaine, aussi faut-il que tu m'excuses si cette lettre est un peu confuse...

Vous ririez de moi si vous pouviez me voir dans mes habits de temps de pluie, – en ce moment je porte presque constamment des pantalons kaki et une sorte de blouse qui me descendent jusqu'aux genoux, j'ai les jambes nues et des sabots aux pieds ; avec mes cheveux courts, je crois que je ressemble à Tolstoï, – mis à part la barbe. J'ai également appris à labourer, aussi n'aurais-je rien à envier à Tolstoï sur un tableau...

Je voudrais bien des livres sur la Renaissance ; est-ce que Knud n'en connaîtrait pas ? Autant que je me souvienne, il est paru il y a environ deux ans un livre allemand sur la Renaissance en Italie et sur les hommes de cette époque, qui a reçu beaucoup d'éloges et qui est certainement traduit, mais je ne me rappelle plus le nom de l'auteur...

À THOMAS DINESEN

Ngong, 12/6/23
[mention portée de la main de Thomas Dinesen]

... La ferme est en *brilliant condition* ; tous les arbres ont bien plus belle allure que l'an dernier, le travail suit un cours régulier et nous avons terminé certains travaux qui ne seront plus à faire : plantation de *shade-trees*, labours en profondeur entre les caféiers, remise en état complète des voies d'accès, etc. Les dépenses sont en régression constante, nous avons une grande plantation de maïs, – et bien d'autres choses. Mais ici, où les choses en sont au point que 50 tonnes de plus ou de moins signifient pour ainsi dire la réussite ou l'échec, il vaut mieux ne pas se fier exclusivement à la situation telle qu'elle se présente pour l'instant...

Il n'est pas dans mes intentions de proposer à oncle Aage ou à la société quelque chose que la situation ne justifie pas à l'heure actuelle. Il n'a jamais été dans mes intentions de leur proposer « une faillite », comme tu le dis... Je ne suis pas non plus d'avis qu'ils doivent me vendre la ferme, à moi, à un moment où ils préfèrent ne la vendre à personne. Mais puisque les choses en sont au point qu'il existe une possibilité que ce moment se présente d'un jour à l'autre, il est également raisonnable que, de mon côté, je cherche à assurer mon avenir, – si tant est qu'il puisse être assuré.

Tu me dis que tu as utilisé toute la confiance que la famille peut avoir en toi pour la faire croire en cette ferme. Je considère que, si tu as fait cela, tu l'as fait en te basant sur ta propre conviction, même si, en même temps, je t'en suis très reconnaissante. Mais, aussi convaincu, aussi *sûr* que l'on puisse être qu'une entreprise quelconque est parfaitement rentable, il faut quand même toujours compter avec le fait que les circonstances peuvent avoir pour conséquence qu'elle ait besoin de moyens supplémentaires. Mais lorsque, comme c'est le cas ici, cet apport est impossible, – lorsque les choses en sont au point que, comme je te l'ai déjà dit, 50 tonnes de plus ou de moins peuvent signifier non pas une récolte plus ou moins bonne, non pas un bénéfice plus ou moins grand, mais la vie ou la mort de toute l'entreprise, – dans ce cas il n'est certainement pas déraisonnable de toujours garder présentes à l'esprit, même dans les moments où les perspectives semblent les plus favorables, d'autres solutions pour le cas où la nécessité s'en ferait sentir. Supposons que nous ayons cette année une récolte vraiment abondante, aussi abondante que nous sommes capables de l'imaginer, mais qu'elle traîne en longueur, de sorte que nos caféiers n'aient pas le temps d'avoir une belle floraison l'année suivante, alors il viendra à nouveau un moment où nous aurons besoin de moyens supplémentaires, que ceux-ci viennent de chez nous ou d'ailleurs.

Ma propre façon de voir est, comme tu le sais, la suivante : j'ai foi en cette ferme ; je suis convaincue qu'elle marchera bien. Mais, plus je resterai ici et plus elle représentera pour moi, – en 1915 j'aurais pu rester à la maison sans trop de chagrin, et en 1920 encore sans qu'elle représente toute ma vie, – plus il me paraîtra angoissant et insupportable de devoir vivre jour après jour, comme je l'ai fait et comme je le fais encore, avec cette épée suspendue au-dessus de ma tête : qu'un simple petit accident ou même, comme je l'ai déjà dit, qu'un léger changement d'humeur du reste de la famille puisse décider de son sort et du mien. Tant que je serai ici, je m'efforcerai toujours de m'assurer, d'une façon ou d'une autre, une certaine sécurité. Tu trouveras peut-être que je pense trop à moi et pas assez à la famille, qui a placé ici beaucoup d'argent, et il est bien possible que tu aies raison. Pourtant, il n'a jamais été question, et il ne l'est toujours pas, que je veuille essayer de les persuader de vendre alors qu'ils n'y sont pas disposés. Je n'ai jamais parlé d'acheter cette ferme avant qu'ils n'expriment eux-mêmes la déception qu'elle leur avait causée et leur désir de se retirer de toute cette entreprise. Pour eux, elle représente beaucoup d'argent, je le sais ; mais pour moi elle représente toute ma vie.

Assez parlé *business*, – et probablement, comme je te l'ai dit, en pure perte, puisque les chances que je puisse trouver cet argent sont très réduites.

À part cela, je te dirai simplement que tu me manques terriblement. Malgré le harcèlement des petits Wakamba, je n'ai pas pu une seule fois prendre sur moi d'aller à la chasse à Orungi. Même les allers et retours à Nairobi dans ma voiture bien-aimée maintenant que, le long de la route, les plaines sont vraiment « comme la mer par vent debout » avec leurs milliers de fleurs blanches, sont devenus bien mélancoliques. Lorsque le *Tilskueren*, cette misérable feuille, est arrivé l'autre jour, il m'a paru absolument inadmissible de ne pas avoir quelqu'un en compagnie de qui le lire et avec qui en parler. Il est étrange qu'ici j'aie d'abord eu Bror comme partenaire pour tout ce que j'ai vécu, puis toi, et que maintenant vous soyez tous deux partis sans guère de chances de jamais revenir. C'est un bien que j'aie encore Farah. Il a connu une période d'agitation comme les Somali en connaissent de temps en temps, tu le sais, mais il est subitement redevenu un ange et cela fait une grande différence dans ma vie. Il conduit très bien la voiture et me sert de plus en plus de chauffeur ; en règle générale, il me semble que les gens de couleur qui ont affaire à une voiture ont bien du mal à s'intéresser à autre chose. La mienne est maintenant toujours en parfait état et c'est déjà cela.

D'ailleurs, les routes n'étaient plus carrossables ces derniers temps et la route nationale était encore pire que la nôtre. Il y avait des fondrières si profondes sur le tronçon qui relie Dagoretti Junction à Nairobi que les pauvres gens qui ne les connaissaient pas et qui arrivaient là alors qu'elles étaient pleines d'eau cassaient leurs essieux et leurs suspensions par centaines. L'autre jour, je suis allée à Nairobi parce qu'il fallait que je parle à Hunter et, lorsque je suis revenue, il y avait 9 charrettes indiennes embourbées en un endroit de Forest Reserve. Nous avons dû les aider à tout décharger puis recharger, et puis ce fut *oziko**, de sorte que nous sommes nous-mêmes tombés en panne, sur le chemin du retour, près de la maison de Charlie ; et j'étais si fatiguée de changer constamment de vitesse, de m'inquiéter pour la voiture et de tout le reste que je suis tout simplement allée poser la tête contre la voiture et me suis mise à pleurer, comme si on était en train de me fouetter, au grand étonnement de Farah...

Tu ne peux pas t'imaginer ce qu'il peut y avoir comme puces dans la maison ; Farah dit : « *only cats and dogs, these two people bring them in*[1] », — je ne sais pas qui pourra bien les faire sortir...

À INGEBORG DINESEN

Ngong, dimanche 17/6/23

... Je peux d'ailleurs dire que, de façon générale, je *déteste* les principes ; ils sont presque toujours inspirés par le mal — et, bien souvent, ils ne servent qu'à déguiser des préjugés purs et simples ! Il me semble que Mario Krohn disait quelque chose de très juste lorsqu'il m'a parlé, dans l'une de ses lettres, de « la bonté, — non pas au sens du sermonnaire mais en tant que " disponibilité de l'âme ". Et je crois que l'enfant est plus capable de cela que quiconque. Je me suis très souvent dit que personne ne peut juger au juste des rapports qui existent entre deux époux car ce qui est visible, c'est-à-dire les apparences, n'a aucune importance et peut être très différent de ce qui ne l'est pas, et même dissimuler quelque chose dont on ne peut se faire une idée si l'on n'a pas eu

1. « c'est seulement les chats et les chiens, ces deux-là, qui les font entrer ». *(N.d.T.)*

l'occasion d'en avoir un aperçu. Je me souviens qu'il fut un temps où je pensais que Viggo parlait de façon bien sèche et peu compréhensive à Ea mais, peu après, elle m'a confié qu'un jour où elle était fatiguée et était allée se coucher, Viggo était resté assis sur le bord de son lit et lui avait dit : « Je ne te dérangerai pas : je ne vais pas te parler, je désire simplement rester assis à côté de toi et te regarder. » Et c'était certainement bien plus vrai et une traduction bien plus fidèle de ce qui existait entre eux que tout ce dont des étrangers pouvaient être témoins. Il peut certainement exister quelque chose d'analogue également entre une mère ou un père et son enfant : et on ne peut alors que deviner ce qui constitue la nature véritable, profonde, de leurs rapports. Je crois que Mitten représente plus pour Viggo qu'il ne le montre et, peut-être, plus qu'il ne le sait lui-même...

À THOMAS DINESEN

Ngong, 19/8/23

Mon très cher Tommy.

Je ne sais pas comment te remercier de ce cadeau vraiment royal de 19 £ que j'ai reçu l'autre jour... Et je te prie de croire que cet argent est également arrivé au bon moment ; si un ange me l'avait apporté du ciel il n'aurait pas pu arriver plus *à propos*[1]. Il s'est en effet passé quelque chose d'étrange qu'il faut que je te raconte. Je ne sais pas si je t'ai parlé d'un *shaurie* que j'ai eu avec un petit Somali de 11 ans qui a été accusé, injustement selon moi, de vol et condamné à 4 ans de prison. Il est d'une famille

1. En français dans le texte. *(N.d.T.)*

très pauvre et ses frères de race, bien mesquins, n'étaient prêts à payer que la moitié des frais de justice, aussi leur ai-je promis 150 shillings ; mais, lorsque j'ai examiné ma situation financière, je me suis aperçue que je n'étais pas vraiment en état de tenir ma promesse et Farah et moi ne savions plus quoi faire, – « à moins qu'Allah ne nous envoie quelque chose exprès pour cela », a dit Farah. Et ton argent est arrivé presque en même temps. Il vaut peut-être mieux que tu ne parles pas de cela aux autres, ils trouveraient peut-être que j'ai agi bêtement...

La nouvelle de la mort d'Éric Otter* m'a consternée. Je l'ai apprise l'autre soir par un coureur envoyé par les K.A.R. dans l'espoir d'obtenir de moi l'adresse de sa femme ou de sa mère ; malheureusement, je ne connais ni l'une ni l'autre. Il est mort de *black-water* dans la région du Turkana. C'était l'un de mes meilleurs amis de jadis, ici, et c'est étrange : on dirait que tout ce qui date de cette époque est en train de disparaître autour de moi.

Remercie beaucoup tante Bess pour une lettre qui m'a fait énormément plaisir mais à laquelle je ne sais quoi répondre, – surtout du fait que ses lettres m'ont donné l'impression que celles que je lui ai envoyées ont dû lui paraître très bêtes et que je ne veux plus lui en écrire de semblables. C'est toujours très difficile de se livrer à cette sorte de discussion par voie épistolaire et de si loin car, lorsque l'on reçoit la réponse, on ne se souvient plus de ce qu'on a écrit soi-même auparavant. Et pourtant j'attache beaucoup de prix à recevoir de vous des lettres de ce genre, et en particulier de tante Bess. *Toutefois*, je désire répondre, – à supposer que cela soit à peu près *à propos*[1], – que je suis persuadée que « la liberté » et « le bonheur » sont des états intérieurs et qu'il est impossible d'établir des règles quant à ce qui peut être à leur origine, – je ne crois même pas que les conditions bien

1. En français dans le texte. *(N.d.T.)*

banales que tante Bess met en avant soient nécessaires, tant s'en faut ; je crois que l'on peut fort bien être recherché par la police et pourtant se sentir heureux et libre, — mais je pense cependant également qu'il existe, pour chaque individu, des circonstances extérieures qui conditionnent plus ou moins sa capacité d'éprouver ces sentiments. De même, par exemple, que le café pousse, — et se sent certainement libre et heureux, — en dessous de 7 000 pieds et le cèdre au-dessus de cette même altitude, je crois que chaque être humain a besoin d'un certain sol, d'une certaine température et d'une certaine altitude, qui, pour les uns, ne peuvent varier que dans des limites très étroites et, pour d'autres, peuvent être presque universelles, afin de se sentir libre et heureux, c'est-à-dire de pouvoir porter sa nature au plus haut point de développement qu'elle soit susceptible de connaître. Je suis d'avis que l'on peut se sentir totalement libre aussi bien dans un monastère de trappistes qu'à la cour de Berlin ; mais je crois qu'il faut une nature exceptionnelle, et exceptionnellement aimable, pour être heureux dans les deux endroits (de même que dans un bar, au milieu de bolcheviques, et dans le presbytère de Nøddebo*).

Pour ma part, j'aurais tendance à dire qu'on est libre quand on est en mesure d'aimer les lois auxquelles est soumise son existence. Lorsque, par exemple, j'entends les gens parler de la liberté sans borne dont on jouit à bord d'un bateau, je trouve personnellement cela fort révoltant car les limites qui y sont assignées à la liberté de mouvement de tout un chacun me paraissent contraires à la nature. Je crois que lorsque tante Bess se sent libre, comme elle le dit, ce n'est pas parce qu'elle est en mesure de « donner son dû à chacun, de payer ses impôts, etc. », — mis à part le fait que l'ordre et l'honnêteté lui sont nécessaires et qu'elle les *aime*, — mais parce que les êtres qui lui sont chers et qui représentent quelque chose dans sa vie ne lui demandent pas autre chose que ce que sa nature lui permet de donner. Et, pour finir, je dois protester contre l'idée que la liberté ne serait que de « vaines paroles » dans la bouche de Drachmann. Je ne connais personne qui l'ait aimée plus que lui et aucun poète dont les œuvres donnent plus fortement, à la lecture, le sentiment d'être allé « au grand air », – de respirer une atmosphère plus libre et plus vivifiante...

J'attends l'arrivée de Denys, peut-être aujourd'hui ou en tout cas dans le courant de la semaine, et tu sais bien que :

La mort n'est rien, l'hiver n'est rien*...

À THOMAS DINESEN

Ngong, 10/9/192[3]

... Depuis que j'ai reçu la lettre d'oncle Aage, l'odeur des roses et l'éclat de la pleine lune ont disparu de mon existence, ici, et je me sens tout à fait comme Samson a dû se sentir une fois les cheveux coupés : sans force. Je ne sers plus à rien dans les *shauries* avec Hunter, Harrison et Milligan ; je ne réussis même pas à calmer l'impatience de mes blancs en ce qui concerne leur salaire, – et Dieu sait que jamais auparavant je n'aurais attaché d'importance à ce genre de choses. Personne ne sait le mal que j'ai pu avoir à vendre la maison de MBagathi afin que nous puissions passer ce 1er septembre, et cela m'a été facile ; à l'heure actuelle, après ce *shaurie*, je suis incapable, bien que je me sois rendue une dizaine de fois à Nairobi à ce propos, de savoir si je vais vraiment réussir à faire signer l'acte de vente, et je sais bien que c'est de ma propre faute ; je n'en puis plus face aux tergiversations de Hunter et aux chicaneries de Harrison. Comme Samson, je suis encore bonne à faire tourner la meule ; mais, pour cela, une mule vous suffirait bien...

En ce qui me concerne, j'ai pris cette entreprise tellement à cœur qu'il y a eu bien des moments où j'ai été persuadée que je ne survivrais pas si j'étais obligée de partir d'ici. Et, actuellement, je ne dirais pas que je sois vraiment sûre d'en être capable. Mais il y a d'autres moments où je me dis qu'il est stupide d'attacher autant d'importance à une seule chose, dans la vie, et que je dois pouvoir conserver assez de forces pour être malgré tout capable de continuer à vivre, même après avoir vu tant de choses s'écrouler. Mais il faut également essayer d'imaginer un peu *comment* cela pourrait être possible. Jusqu'ici, j'ai considéré que partir d'ici serait pour moi le *Ragnarök*, — la fin de tout. Mais je t'écris aujourd'hui pour te demander de m'aider à réaliser ce qui peut l'être dans l'au-delà.

Je veux donc te demander, tout d'abord, si, au cas où je devrais partir d'ici, tu voudrais bien, toi, venir ici pour régler toutes les affaires, en suivant mes instructions, afin que je ne sois pas dans l'obligation de le faire moi-même ni d'avoir oncle Aage, par exemple, ici pendant mes derniers mois à la ferme ?

Et ensuite : es-tu prêt à m'aider à prendre un nouveau départ dans la vie et, si oui, combien peux-tu mettre à ma disposition ?

Je t'écris ceci non pas pour quémander mais pour savoir où j'en suis. Si, par exemple, tu veux me dire que tu n'es pas en mesure de m'aider, — comme ce pourrait très bien être le cas si, par exemple, tu pensais te marier ou bien te rendre acquéreur d'une affaire quelconque, — il ne faut pas que tu croies que je ne le comprendrais pas fort bien. À ce moment-là, il me faudra simplement faire d'autres projets.

Je pourrais très bien me marier, telles que sont les

choses ; mais je suis maintenant tout à fait décidée à ne pas me marier sinon par amour ou bien pour obtenir exactement le genre de fonctions qui me conviendrait. Je ne puis imaginer me marier pour que quelqu'un subvienne à mes besoins. Par contre, je pourrais fort bien partir pendant quelques années en compagnie de quelqu'un avec qui je m'entendrais bien et qui m'aiderait à me tirer d'affaire.

C'est une honte, la façon dont les filles sont élevées. Je suis absolument convaincue que, si j'avais été un garçon, avec exactement le même degré d'intelligence et les mêmes capacités, j'aurais fort bien été en mesure de me tirer d'affaire. Mais, même dans ces circonstances, je dois bien en être capable si seulement on veut bien m'aider au début.

Je ne pense pas moi-même, — contrairement à ce que vous vous dites peut-être, — que je sois si exigeante quant au genre de vie que je désire mener, puisque je n'ai pas réussi à m'adapter aux conditions dans lesquelles je suis née et qui m'étaient naturelles. Mais je suis bien décidée à une chose : je ne veux pas vivre parmi les petits-bourgeois. Par contre, je crois vraiment que je pourrais être très heureuse, une fois passée la période d'adaptation, par exemple en tenant un petit hôtel pour gens de couleur à Djibouti ou à Marseille. (Ceci n'est pas quelque chose que j'envisage mais uniquement le premier exemple qui me vient à l'esprit.)

Je n'ai donc encore pris aucune décision et je ne sais pas si la société en a pris une. J'aimerais bien qu'à la réception de cette lettre tu me fasses connaître ton opinion, avant que je prenne ma décision, et tu sais bien que j'ai toujours attaché beaucoup de prix à tes conseils. Je te serais donc très reconnaissante si tu voulais bien m'écrire longuement et avec beaucoup de détails afin de me donner ton avis en la matière.

Je n'aurais pas cru moi-même que ma lettre serait

aussi longue. Mais j'ai toujours plus de choses à dire que je ne le croyais en commençant lorsque c'est à toi que j'écris.

Denys Finch-Hatton séjourne ici depuis un certain temps et va sans doute rester encore une semaine, et j'ai vraiment été très heureuse ; j'ai été tellement heureuse que cela vaut la peine d'avoir connu toutes les souffrances que j'ai connues, d'avoir été malade, d'avoir eu tous ces *shauries*, afin de pouvoir vivre cette semaine.

Adieu, mon cher frère.

À toi pour toujours,

Tanne

À THOMAS DINESEN

Ngong, 25/9/1923

... La première chose que je voudrais dire sur ce point est que, après ce que la société a dit, écrit et fait savoir ici par télégramme, il est clair qu'elle n'a pas le moindre désir de me conserver en tant que *manager*. Car alors on ne m'aurait jamais traitée de la sorte...

... En ce qui concerne mes fonctions ici, je peux dire que je les apprécie beaucoup, que j'aime ce pays et ce peuple et cet endroit, si ce n'est par-dessus tout au monde du moins autant que le reste, que j'ai été heureuse de mettre tout mon temps et toutes mes capacités, — ce qu'on appelle en général « sa vie », — à leur service. Mais qu'il n'est pas pour autant impossible d'apporter à ces fonctions des changements tels que mes sentiments en soient altérés. Je me souviens que Madame Casse avait une théorie, ou tout du moins une hypothèse, à propos de ses sentiments envers son mari, qui était à peu près la suivante : si l'on coupait un bras ou une jambe à Peter, est-ce que je l'en aimerais moins pour cela ? – Non. Si l'on crevait les yeux de Peter, est-ce que je l'en aimerais moins ? – Non. Si Peter perdait l'usage de l'ouïe, de la parole, et la santé de façon générale, est-ce que je l'aimerais moins ? – Non. Etc. Même en mettant à part le fait qu'on aurait facilement pu ôter à Peter, d'un seul coup, suffisamment de choses pour que leurs relations en soient, au bas mot, fort altérées, je crois bien que la simple possibilité que la personne de Peter subisse de telles modifications entraînerait, pour des êtres normaux, tant de désagréments qu'il est bien peu probable qu'ils ne saisissent pas l'occasion de se libérer à temps de leurs liens, si celle-ci devait se présenter. Mais, de toute façon, cela prouve seulement que, pour Madame Casse, les bras, les jambes etc. n'étaient pas l'essentiel de ce qui l'attachait à Peter, mais il en aurait peut-être été tout différemment au cas où Peter aurait perdu son intelligence, ses principes, sa droiture, sa délicatesse et son amour pour elle. La seule question, dans un tel cas, est de savoir ce qui est l'essentiel entre deux êtres. Les circonstances peuvent sans aucun doute entraîner une modification des sentiments et des idées de tout un chacun. Il existe peut-être une exception dans le cas des rapports entre une mère et son enfant ; mais, même dans ce cas, on peut fort bien en arriver à une situation dans laquelle toute personne sans préjugé considérerait comme heureux, par exemple, que la mort vienne y mettre un terme. En ce qui me concerne, de telles modifications pourraient fort bien être apportées à la nature exacte des fonctions que j'occupe ici que les apparences, à savoir le fait que je continue à habiter dans cette maison et que l'on continue à me donner le titre de *managing director**, ne puissent plus compenser cela...

Je sais bien que ce serait pour moi un très grand chagrin et un très grand malheur que de renoncer à tout ceci et de partir d'ici. Mais si les choses en viennent au point que je sois, en *fairness, decency* et en esprit d'équité aussi différente que possible des gens dont je dépends, ici, et si j'en arrive personnellement à avoir le sentiment qu'ils sont convaincus que je leur coûte bien plus que je ne pourrai jamais leur rapporter et, en fait, bien plus que je n'aurais dû avoir la décence et l'honnêteté d'accepter, – peut-il dans ce cas être honnête de ma part, aussi bien du point de vue moral que de celui de la raison ou de tout autre, de rester ici ?...

À part cela, je vais très bien et j'ai été plus heureuse que qui que ce soit d'autre au monde car j'ai eu Denys chez moi pendant un mois. J'espère qu'il va revenir et qu'il pourra passer les fêtes de Noël ici, – il est en ce moment en safari pour quelques mois, – puisqu'il ne quittera le pays qu'en janvier. Qu'il existe un être comme Denys, – ce dont je me doutais bien auparavant mais que je n'osais pas croire, – et que j'aie eu le bonheur de le rencontrer dans la vie et d'être si proche de lui, – même s'il y a eu de longues périodes de séparation, – cela compense tout le reste, qui se trouve réduit à l'insignifiance.

Mais, si je mourais et que tu le rencontres par la suite, il ne faut jamais qu'il sache que je t'ai écrit cela...

À THOMAS DINESEN

Ngong, 18/10/1923

... Je considère maintenant que c'est l'essentiel du revenu de maman qui est en jeu ici. Ainsi que des sommes importantes en ce qui concerne tante Bess, Anders et toi-même. On peut également dire qu'il s'agit du million qui a été placé ici sous forme d'actions, – et que c'est, en grande partie, une question d'honneur.

Au nombre des possiblités qui existent à l'heure actuelle de sauver cet argent, je ne compte pas sur un nouvel apport financier en provenance de chez nous. Je pars du principe que tout nouveau secours de ce genre est exclu.

Mais d'autres facteurs que l'argent peuvent, à mon avis, se révéler décisifs et c'est à leur propos que je désire t'écrire aujourd'hui. Je ne suis pas prête à mettre toute ma vie en jeu pour ce genre de choses mais je veux bien y consacrer *toutes* mes forces et *tout* mon temps pendant quelques années. Je voudrais maintenant te demander si, toi aussi, tu pourrais imaginer, au cas où tu penserais que cela puisse être décisif, de faire de cette entreprise la chose la plus importante de ta vie pendant un an, par exemple ?

Je ne peux ici te faire part d'aucun projet bien défini ni d'aucune estimation. Il me semble, comme je te l'ai déjà écrit, que nous n'allons pas avoir une récolte aussi importante que nous l'avions escompté et qu'il nous serait nécessaire pour apporter en une seule fois une solution à toutes nos difficultés ; nous avons sans doute péché par excès d'optimisme en pensant qu'une ferme à l'abandon comme celle-ci pouvait être remise totalement en état en fort peu de temps à force de travail. Mais je crois que nous avons réalisé des progrès considérables et que nous finirons par y arriver si on nous accorde un certain délai, et que, dans l'ensemble, les temps s'améliorent, ici. C'est pourquoi, selon moi, on aurait tort d'abandonner la partie maintenant, puisqu'il doit être possible de la gagner…

Je suppose que, si je te demande par télégramme de venir, tu pourras t'arranger pour te libérer. Mais je suis d'avis que *tu devrais, de toute façon, venir ici en février ou en mars*, au cas, par exemple, où la situation n'aurait pu être réglée par une vente. Peux-tu prendre tes dispositions en ce sens ? Je suis, malgré tout, d'avis que vous ne devriez pas renoncer à cette entreprise sans que l'un de vous soit venu se rendre compte sur place, même si cela devait être à la dernière minute. Il ne faudrait pas non plus que le fait que nous avons peut-être été trop optimistes cette année vous persuade que toute l'entreprise est vouée à l'échec... Ma conviction profonde est que si, pendant l'année qui vient, nous nous y consacrons totalement, toi et moi, nous pouvons la sauver et en assurer véritablement le succès. Cela en vaut-il la peine, à ton avis, et es-tu prêt à m'y aider ?...

À INGEBORG DINESEN

Ngong, dimanche 21/10/23

... Cette année a été marquée par le gibier et par les lions, – ils sont entrés jusque dans Nairobi ; nuit après nuit, un jeune lion est venu dans le « jardin zoologique » situé autour de Government House et, pour finir, l'officier d'ordonnance du gouverneur l'a abattu juste devant la maison, un matin de bonne heure. Nous les avons également entendus par ici. Je me suis fait un peu de souci à cause d'eux, l'autre jour, alors que je me trouvais à cheval à plusieurs *miles* d'ici, dans la réserve de gibier ; l'herbe était si haute qu'elle montait par-dessus mes bottes, alors que j'étais en selle, et tout à coup Rouge et moi sommes tombés au fond d'un immense trou que je n'avais pas pu voir ; je me rappelle m'être retrouvée étendue au fond d'une sorte de tombe et avoir vu le dos de Rouge se balancer au-dessus de moi, puis il est sorti de là, les rênes ont cassé, je me suis hissée moi-même hors de ce trou sur les pieds et les mains et j'ai vu Rouge qui se tenait à plusieurs yards de là, l'air de se moquer de moi. J'étais tellement désespérée que je me suis mise à pleurer. C'était en plein après-midi, il faisait une chaleur torride et Thomas sait ce que c'est que de marcher dans l'herbe haute ; on a l'impression qu'on va se noyer et, surtout quand on est en habits de cheval et en bottes hautes, c'est presque impossible. Je me suis dit que j'allais mettre sept heures à rentrer à la maison, que Rouge allait disparaître et être emporté par les lions mais, par miracle, j'ai réussi à arriver à sa hauteur et à me saisir de lui à nouveau, et je suis rentrée fièrement à la maison...

Il y a une chose que je voudrais te demander de ne pas prendre trop à cœur, – car il me semble que cela n'en vaut pas la peine, – ce sont ses aventures et ses flirts *[il s'agit de Thomas]*... Je crois que les rapports entre une mère et un fils qui habitent ensemble, – ce qui n'est pas très naturel quand ce fils a l'âge de Thomas, il serait plus normal qu'il ait bientôt son propre foyer, ce qui faciliterait bien les choses à cet égard, – ne sont possibles qu'à condition que la mère accepte de fermer les yeux sur une partie de la vie du fils, qui lui fera probablement toujours l'effet d'être des enfantillages. Car les aventures amoureuses de ce genre sont des choses auxquelles s'entend tout naturellement un jeune homme mais dont une vieille dame a bien du mal à se faire une idée exacte ; je ne crois pas que, depuis Lady Montague jusqu'à la reine Bera et grand-mère, il ait existé une mère qui n'aurait pas été inquiète et offusquée si elle s'était donné la peine de chercher à savoir tout ce à quoi leurs jeunes fils ont bien pu se livrer en ce domaine. Pour ce qui est des us et coutumes de l'époque, je crois également que tu peux faire confiance à Thomas. Je ne crois en aucune façon que son respect envers la femme et envers l'amour ait pu avoir à souffrir de tous ses enfantillages, – même si ceux-ci prennent d'autres formes que celles qu'ils prenaient lorsque les gens de votre âge cherchaient chaussure à leur pied…

Il me semble que, de temps en temps, maintenant que nous ne sommes plus tout jeunes, tu éprouves un sentiment de *responsabilité* un peu trop grand quant à notre façon de nous conduire, à propos de laquelle tu n'as de comptes à rendre à personne. Plus exactement, peut-être as-tu tendance à prendre trop à cœur le fait que nous soyons parfois critiqués, surtout au sein de la famille. Je crois que tu ne devrais pas attacher d'importance à ce genre de choses ; nous ne sommes malheureusement pas parfaits, c'est certain, et puis, quand on est entouré d'autant de membres de la famille que tu l'es, malheureusement, il est inévitable que certaines divergences se fassent jour entre l'idée qu'une mère peut se faire de ses enfants et celle de parents plus éloignés. Mais, quant à nous, nous sommes assez âgés pour ne pas trop nous formaliser des gifles que nous pouvons recevoir de ce côté-là, si seulement tu voulais bien ne pas t'en soucier toi-même.

Je crois vraiment que ce qui « vise à l'état bourgeois* » n'a pas grande importance pour toi et qu'à vrai dire tu aurais préféré avoir pour fils Don Juan plutôt qu'Ottavio, et même que tu aurais fort bien pu participer au souper avec le Commandeur si tu avais été capable de ne pas attacher d'importance au risque d'être éclaboussée par les critiques dont Don Juan était l'objet. Si tu te disais au fond de ton cœur : « Thomas est bien plus frivole que je ne l'aurais cru et il s'adonne à bien des enfantillages, mais je sais qu'il n'est pas méchant et puis cela ne regarde *personne* », — alors la joie qu'il te donne et la paix de ton âme pourraient être sans mélange…

À INGEBORG DINESEN

Ngong, dimanche 11/11/23

... Cela fait maintenant trois ans que je vous ai quittés ; bien des choses se sont passées entre-temps et on peut, sans exagération, dire que, pour la majorité de l'espèce humaine, ces trois années ont été affreuses. Pour ma part, je n'aurais pour rien au monde voulu qu'elles me soient épargnées ; avant cela, je ne savais certes pas ce que c'était que les *shauries*, mais je ne savais pas non plus ce que c'était que d'être véritablement heureuse, et même de vivre. J'ai beaucoup réfléchi à cela et j'aurais bien aimé pouvoir relire *Adam Homo* pour voir comment au juste le vieux pasteur Homo, – à moins que ce ne soit sa femme ? – explique à Adam ce que c'est que d'« être ». Je serais d'ailleurs fort heureuse de recevoir *Adam Homo*, ainsi que *L'Isle des Pingouins* et *La Rôtisserie de la Reine Pédauque*, d'Anatole France, si quelqu'un pouvait être assez gentil pour m'envoyer des livres – les deux derniers en français, naturellement...

Aujourd'hui, c'est l'anniversaire de Mahu ; elle va avoir 5 ans et c'est fort important pour elle. Je lui ai offert un collier et un veau. Elle et son petit frère, qui a deux ans, ont fait les fous et dansé la *goma* toute la matinée, pendant que j'écrivais. Le garçon, Tumbo, est vraiment très drôle, il est haut comme trois pommes mais il n'a peur de rien et rit aux éclats de toutes les choses de la vie en se tapant sur le ventre...

Thomas sera certainement heureux d'apprendre que je suis en train d'écrire un petit traité sur la morale sexuelle*, mais je ne sais si je réussirai à le terminer.

D'ailleurs, Thomas et moi n'avons jamais pu être d'accord sur ce sujet, – j'imagine qu'il a également de sérieuses discussions avec tante Bess...

À INGEBORG DINESEN

Ngong, avant-veille de Noël 23

... Il me semble qu'au fur et à mesure que l'on vieillit, la distance, à la fois dans l'espace et dans le temps, perd de son importance ; j'ai véritablement l'impression que tout ce qui est révolu depuis longtemps déjà et tout ce qui arrive en ce moment loin d'ici est tout aussi « présent » que ce qui peut se trouver tout près de moi en ce moment.

C'est étrange comme on peut vieillir, peu à peu ; j'ai maintenant l'âge que tu avais lorsque papa est mort et je me rappelle très bien de toi fort longtemps avant cela, tu avais une robe en coton avec des rayures bleues et blanches et des cheveux magnifiques, – aussi ai-je maintenant presque l'impression que nous avons le même âge. Je dois aussi pouvoir me souvenir de tante Bess à l'époque où elle était jeune fille ; en ce qui concerne Malla, il ne semble pas qu'elle ait jamais été plus jeune ni plus belle qu'elle ne l'est maintenant et j'espère qu'elle restera éternellement jeune ou, tout du moins, jusqu'à ce que je rentre à nouveau à la maison. J'aimerais bien pouvoir sentir d'ici l'odeur de l'arbre de Noël et le fumet indescriptiblement délicieux de l'oie rôtie ; comme il est dit dans *Garman & Worse*, « le nez, c'est la mémoire[1] », – mais, en tout cas, il faudra que vous pensiez à moi

1. En français dans le texte. *(N.d.T.)*

quand vous mangerez l'oie et que vous allumerez les bougies, de même que lorsque vous chanterez *Det kimer nu til Julefest*, qui est selon moi le plus beau de tous les chants de Noël et celui qui me rappelle le plus l'atmosphère de cette fête à la maison. Eh bien, « Joyeux Noël » à vous tous qui m'êtes chers, là-bas...

Dans l'espoir d'attirer de la main-d'œuvre à la ferme, je vais ouvrir une école ici, au début de l'année prochaine ; cela fait longtemps que je désire le faire mais Dickens était très opposé à cette idée ; heureusement, il a maintenant changé d'avis. Elle se tiendra dans la « maison de Charlie », – Thomas sait où elle se trouve, – et je crois que ce sera une excellente distraction pour moi. Elle ne sera ouverte que le soir pour ne pas perturber le travail de la ferme. Malheureusement, les Wakamba en particulier sont très hostiles aux catholiques, – je ne sais pas pourquoi ; ils ont une théorie selon laquelle ils ne leur apprennent pas assez de choses, – aussi vais-je devoir, bien malgré moi, faire de la peine à mes amis de la mission française, mais cela ne servirait à rien d'aller à l'encontre de la volonté des *natives* en l'occurrence, surtout alors que le but est de les attirer ici. Il me semble que toute ferme d'une certaine importance devrait avoir une école de ce genre ; car il ne sert à rien de dire que les *natives* sont plus heureux dans leur condition primitive ; outre le fait que c'est en soi un vaste problème, il est impossible de les maintenir dans leur état actuel et, en ne faisant rien pour eux en ce sens, on réussit seulement à ce qu'ils se familiarisent avec la civilisation par l'intermédiaire de ce qu'elle a de pire, comme c'est le cas pour les horribles *Nairobi-boys* dont le nombre n'a fait qu'augmenter depuis que je suis arrivée ici et qui ne le cèdent en rien à ceux qui, chez nous, ont « les cheveux dans les yeux » et dont oncle Rentz disait qu'il fallait les emmener à Nørrefaelled et les fusiller. Car il est tout de même à mettre à l'actif des *natives* de tellement désirer apprendre. Comme je l'ai déjà dit, je suis très heureuse de mettre cette école sur pied.

Cette semaine, j'ai fait venir ici le major Taylor afin de lui faire visiter la ferme et j'ai été très réconfortée d'entendre ce qu'il avait à en dire. Car il n'était pas venu depuis le mois de février et il est mieux en mesure de se rendre compte des améliorations que moi et Dickens, qui avons le nez dessus tous les jours. Je crois qu'il va vous faire parvenir ses observations.

Le jour de sa visite, il est arrivé ici quelque chose d'horrible et de navrant[1]. J'étais dans mon bain, avant de dîner, lorsque j'ai entendu un coup de feu, – j'ai toujours horreur d'en entendre, surtout la nuit, mais je me suis dit que c'était l'un des blancs qui tirait sur une hyène. Peu après, Thaxton est arrivé ici à toute allure sur sa moto pour m'avertir qu'un accident venait d'arriver ; pendant l'absence de son cuisinier, le *toto* qui lui sert de marmiton avait fait venir d'autres garçons dans sa case et l'un d'entre eux avait mis la main sur un fusil de chasse que Thaxton avait laissé dans sa véranda pour effrayer les oiseaux de proie qui cherchent à lui prendre ses poules, et ce garçon avait fait partir celui-ci au milieu de ses camarades. Thaxton était absolument affolé, il ne savait pas combien il y avait de blessés et m'a demandé de venir avec lui. J'ai jeté quelques vêtements sur mon dos et suis descendue en toute hâte jusqu'à sa maison, – celle où vivait Thomas à la fin de son séjour ici. J'ai appris par la suite que trois autres enfants avaient été blessés légèrement et s'étaient enfuis ; mais, lorsque nous sommes arrivés, il n'y en avait que deux. L'un d'entre eux, qui s'appelle Maturri et dont Thomas se souvient peut-être, – un gentil petit *toto*, toujours très joyeux, – avait reçu du plomb dans la poitrine et dans le cou et gisait sans

1. Cf. le chapitre « Un accident de chasse à la ferme » et les suivants dans *La Ferme africaine. (N.d.T.)*

connaissance au milieu d'une mare de sang ; le second était assis sur son séant, avec du sang qui coulait à flots de sa bouche, ou plutôt de ce qui lui en restait, car il avait eu la mâchoire inférieure emportée par le coup de feu.

Je l'ai pansé du mieux que j'ai pu, et cela n'a pas été facile car je n'avais pour m'éclairer qu'une pauvre lanterne, puis je suis allée chercher ma voiture pour les emmener à l'hôpital. Mes phares ne marchaient pas, à vrai dire je n'en ai pas vraiment, et la voiture ne voulait pas démarrer ; il a fallu une éternité, m'a-t-il semblé, avant que nous puissions partir, — et puis il n'a pas été aisé de les installer dans la voiture et, en pareil cas, on sent de façon épouvantable la moindre bosse de la route, — mais nous avons fini par arriver. Thaxton, ainsi que Kamante, que Thomas connaît, étaient avec moi ; Farah était absent ce soir-là. Lorsque nous avons sorti Maturri de la voiture, le pauvre enfant a rendu l'âme. L'autre avait perdu beaucoup de sang, la voiture en était pleine, et il était dans un bien triste état mais il est encore en vie ; le jour suivant, je suis retournée le voir. Je crois qu'il aurait mieux valu pour lui qu'il meure, et c'est certainement ce qui serait arrivé si nous ne l'avions pas emmené à l'hôpital, mais il n'est pas *possible* de faire un pareil raisonnement. Je ne crois pas qu'il ait souffert, le choc avait dû être trop violent ; tandis que je descendais en courant à travers la forêt, je l'entendais crier et gémir mais, lorsque je suis arrivée, j'ai pris sa tête entre mes mains et lui ai dit : n'aie plus peur, je suis là pour te venir en aide, — et on ne l'a plus entendu, pas plus que tout le long de la route, alors qu'il était pourtant bien ballotté. Maturri n'a pas pu sentir quoi que ce soit ; il avait reçu toute la décharge de plomb, du n° 4, en pleine poitrine, — il gémissait mais avait perdu connaissance.

Nous sommes aussitôt descendus en voiture jusqu'au commissariat de police pour rapporter ce qui s'était passé et on nous y a retenus pendant des heures ; nous ne sommes pas rentrés avant trois heures du matin, — l'accident était arrivé vers sept heures et demie. La police ne peut rien dire ; il est évident que c'est un accident ou le fait d'enfants en train de jouer. Pourtant, Thaxton va se voir infliger une amende pour avoir commis l'imprudence de laisser son fusil chargé. Le pauvre petit qui a tiré a disparu ; il doit naturellement être absolument terrifié. Cela s'est passé mercredi dernier et nous l'avons cherché depuis ce jour-là, en compagnie de sa famille, naturellement ; c'est le fils de Kanino. Je crois bien qu'il est parti chez les Masai et qu'il se cache parmi eux ; Farah est d'avis qu'il va y rester jusqu'à ce qu'il ait « *married six or five wife*[1] » et, comme il n'a guère que huit ans, je ne suis pas près de le revoir, dans ce cas-là. Si seulement je savais qu'il est en sûreté à un endroit ou à un autre. On ne peut jamais se fier aux nerfs des *natives*. Il y a trois autres enfants qui ont été légèrement blessés mais c'est sans importance.

J'ai dû retourner à Nairobi le lendemain matin car j'avais rendez-vous avec Hunter afin d'avoir un peu d'argent à donner à mes blancs pour Noël ; naturellement, ils ne demandaient pas mieux et ils l'avaient bien mérité car ils ont patienté jusque-là avec bonne grâce. J'ai pris le lunch chez les Mac Millan et puis je suis montée jusqu'à l'hôpital pour voir Wanjangiri. C'est un établissement remarquable, réservé aux *natives*, et le docteur est très gentil. L'enfant avait pu boire un peu de lait, il m'a reconnue et a compris ce que je lui disais, et on s'apprêtait alors à tenter de le recoudre ; mais il était trop tôt pour dire ce qu'il allait advenir de lui et je ne sais pas ce qu'ils peuvent faire car il a eu les dents et la mâchoire emportées par le coup de feu. On m'a dit qu'il avait été bien pansé et que cela avait arrêté l'hémorragie ; c'est purement le fait du hasard car je n'y voyais presque rien.

1. « épousé six ou cinq femmes » *[sic]. (N.d.T.)*

Plus tard, ses frères sont allés le voir ; son état était stationnaire.

J'ai attrapé un fort refroidissement en conduisant ainsi dans la nuit ; je n'avais presque rien sur moi, simplement une jupe et un manteau, ainsi qu'une paire de chaussures. Aussi n'avais-je absolument plus de voix le lendemain matin, mais c'était peut-être aussi nerveux. Quand je suis rentrée de cette expédition nocturne j'étais aussi fatiguée que si j'avais fait six ou sept lieues à pied et j'ai dû rester couchée un ou deux jours. Le vieux Mr Bulpett est venu jusqu'ici en voiture prendre de mes nouvelles, c'était gentil de sa part.

Le petit Maturri, qui est mort, était un adorable petit *toto* ; il a été chez moi pendant un certain temps mais il travaillait maintenant à l'usine où il était employé à trier le café et, lorsque je m'y rendais, il me faisait toujours de grands signes et de grands sourires ; je l'avais vu là-bas l'après-midi même, quand j'y suis allée en compagnie de Charles Taylor, et cela fait quelque chose de penser qu'il est mort dans mes bras quelques heures plus tard...

Je crois que je vais être seule pour Noël ; j'ai été invitée à dîner en plusieurs endroits, à Nairobi, mais je ne sais pas si je vais y aller. Berkeley Cole et Finch-Hatton vont peut-être arriver quelques jours plus tard. Berkeley m'a télégraphié qu'il m'envoie un chat en cadeau de Noël, – car lorsqu'il est venu loger ici il y avait beaucoup de rats ; mais je ne trouve celui-ci nulle part et j'ai peur que ce malheureux chat soit en souffrance dans une gare quelconque. Farah et moi allons en ville demain matin pour essayer de le trouver et pour acheter du sucre, des cigarettes et du tabac à priser afin de distribuer tout cela aux gens de la ferme le jour de Noël (le tout pour une somme de 200 shillings que nous avons mise de côté à cet effet). Il viendra certainement plus de 1 000 personnes, aussi ne faudra-t-il pas être trop exigeant sur la qualité...

Je suis d'accord avec ce que tu me dis à propos de *Christine Lavransdatter*. Il est étrange de penser que, lorsque Thomas était ici et que nous lisions ce livre ensemble, je l'ai bien aimé et que maintenant il ne me dit plus rien du tout. Je peux même dire que tout dans ce livre, et en particulier l'auteur, me déplaît franchement. Je pense qu'en un certain sens c'est une œuvre considérable mais il s'en dégage une conception de la vie qui est bien horrible et qui dépare le livre même du point de vue esthétique, lui donne quelque chose d'étrangement étroit, lui ôte tout horizon artistique, à l'image d'une peinture dont on dit qu'elle « manque d'air ». J'ai rarement lu un livre dans lequel on trouve autant d'êtres malheureux et il me semble que tout cela vient du fait que la conception qu'ils ont de la vie la leur empoisonne et qu'ils se torturent également mutuellement. La seule fois où il passe un peu de joie dans le livre est le moment où, au début de leur amour, Christine et Erlend se laissent emporter par leurs sentiments, ou perdent la tête, au point d'oublier de compter avec les autres. Mais ceux-ci sont tellement peu décidés à leur accorder ce plaisir, ou à oublier cela, qu'ils le leur feront payer pendant le restant de leurs jours. À part cela, tous les autres personnages sont bien à plaindre ; Ragnfrid, Simon, Ramborg, Gunnulf, Audhild* et Bjørn, Erling et Halfrid, Ulf ; et qu'après avoir été toute leur vie les esclaves des exigences absurdes de leur conscience, ils finissent, comme Ragnfrid et peut-être Gunnulf, par trouver une sorte de paix au prix de *tout*, — eh bien, il ne manquait plus que cela. Si l'auteur s'emportait parce que les êtres humains s'empoisonnent mutuellement l'existence, comme Strindberg, ou bien s'élevait au-dessus d'eux et souriait avec un sentiment de supériorité mêlé de sympathie, comme le fait Anatole France par exemple, le livre aurait une tout autre portée et on pourrait l'accepter jusqu'à un certain point ; mais elle prend tout cela terriblement au sérieux, comme si c'était le cours normal de la vie, et je terminerai en disant comme Ronald Fangen (à propos de Sigrid Undset) : « On lit ce livre et on se dit en soi-même que ceci est vrai, limpide, beau, — mais on n'en conserve pas moins un sentiment de gêne et de révolte. Et lorsqu'on a quitté le livre ne serait-ce que depuis une heure, tout à coup on se rend compte qu'il défend une conception ridicule et détestable de la vie. »... Et quant à l'idée qu'elle se fait de la vie, — est-ce vraiment bien ainsi qu'elle la voit ? « Tout ce que l'on a connu dans la vie, le foisonnement, cette profusion effrénée de particularités... Oh, Dieu du ciel : *la vie* !... une immense chambre d'enfants ! » Pourtant, je ne nie pas que ce soit une œuvre de tout premier plan. Mais je ne pense pas que ce soit du grand art ; comme Levertin, il me semble que ce que je recherche dans la littérature c'est la mise en lumière de ce que Goldschmidt appelle : la magie de la vie, — et il n'est pas possible de trouver cela chez Sigrid Undset, elle ne met rien en lumière, de façon générale ; on dirait un vaste paysage dépourvu de couleurs et constamment plongé dans la grisaille ; la baguette magique fait défaut, il n'y a aucune *Hexerei*, or je pense avec Otto Benzon (je crois bien) que l'art véritable comporte toujours une part de magie.

Tu te doutes également que je suis d'accord avec toi à propos de la *Forsyte Saga*. C'est un livre révoltant et on éprouve le même sentiment que lorsque l'on entend un pasteur proférer en chaire les pires bêtises : on se dit qu'il est inadmissible de ne pas avoir le droit de placer un seul mot afin de le contredire. Il était *absolument* impossible que les choses se passent comme il le dit ; les personnages n'auraient pas pu prendre les événements de la façon dont il veut nous faire croire qu'ils les prennent ; c'est, d'un bout à l'autre, une offense au bon sens du lecteur — et à l'idée qu'il se fait de la décence. Par exemple, *il est impossible* que le jeune Jocelyn*, qui est, nous dit-on, à la fois spirituel et délicat de sentiments, se laisse aller à analyser toute sa famille devant un homme dont tout ce qu'il sait c'est qu'il a traité sa propre fille, avec laquelle il était fiancé, de façon pour le moins abjecte et qu'il est maintenant en train de séduire la femme de son propre cousin. Mais il ne semble d'ailleurs pas que ceci soit quelque chose d'unique dans la littérature anglaise ; si l'on met à part les meilleurs, celle-ci comporte un certain nombre de *novels* qui n'ont pas le moindre rapport avec la vie humaine ni avec l'humanité (ni avec le sens commun), et ce genre de livre a ses propres lois en ce qui concerne la vraisemblance, la morale, etc., des lois totalement déraisonnables...

À INGEBORG DINESEN

Ngong, samedi 29/12/[1923]

... À part cela, j'ai tenté de mettre à profit la période de Noël pour travailler au traité sur la « morale sexuelle » que je destine à Tommy ; en fait, j'y parle surtout du « mariage », car je ne peux épuiser un sujet aussi vaste, et je ne le fais pas sans appréhension car Tommy m'a toujours reproché d'être réactionnaire. D'ailleurs, il est très difficile d'écrire sur ce genre de choses quand on vit toute seule et que l'on n'a pas non plus accès aux livres dont on voudrait citer des passages, aussi ce travail n'ira-t-il sans doute pas bien loin. J'ai été tellement dépitée de ne pouvoir parvenir à un meilleur résultat que j'ai planté là mon travail sur la littérature pour aller apprendre à Hassan à faire les croustades, et cela avec bien plus de succès...

Hier, je suis retournée à Nairobi... À l'hôpital, j'ai eu

la joie de trouver mon enfant en bien meilleur état ; on était en train de faire les chambres et il était allongé à l'extérieur sur une civière et m'a fait signe lorsque je suis arrivée. J'avais amené Kamante, que Tommy connaît, pour qu'il puisse le consoler en lui disant dans quel état il s'était lui-même trouvé à un moment, alors qu'il est maintenant grand et fort et joue au football ; celui-ci s'est en effet assis sur le bord du lit et lui a tenu un long discours mais, comme tout cela se passait en kikuyu, je n'ai bien sûr rien compris...

Je suis bien peinée pour le petit *toto* qui a blessé les deux autres ; il a totalement disparu. Sa famille a battu toute la région à sa recherche ; des gens sont également venus de Nairobi, mais personne n'arrive à trouver trace de lui. Les siens pensent qu'il a été tellement épouvanté de ce qu'il avait fait qu'il s'est supprimé ; c'est en effet le genre de choses que font volontiers les *natives* dès qu'il se présente une difficulté dans la vie, même de celles dont on voit bien qu'ils pourraient les surmonter en l'espace de quelques jours, mais ils n'arrivent pas à voir aussi loin dans l'avenir. Et puis, si un petit garçon comme lui s'enfuit dans la forêt pour s'y cacher, il peut fort bien être emporté par les léopards ou par les lions. Mais il est également possible, cependant, qu'il soit allé se réfugier chez les Masai, – cette étrange race en voie d'extinction met en effet volontiers la main sur les enfants des autres tribus qui passent à sa portée et ne les rend pas ; ils les incorporent à leur tribu et les laissent hériter de tous leurs biens terrestres, qui sont souvent fort importants, de sorte que cela peut avoir eu de quoi tenter Kabiro ; mais, dans ce cas, ils sont perdus pour leur propre tribu. Quelque chose d'analogue vient justement de se produire avec un frère de Kamante qui, il y a 15 ans, a quitté sa famille parce qu'il avait égaré un mouton et avait peur de son père, et qui, tout récemment, voyant Kamante et ses autres frères marcher de l'autre côté de la rivière, est venu les appeler et leur raconter, comme un nouveau Joseph, qu'il faisait maintenant partie de la famille d'un chef, qu'il possédait de grands troupeaux et qu'il était marié à deux femmes masai, mais qu'il avait promis de ne jamais retourner parmi les Kikuyu. Pour les Masai, c'est s'abaisser car, jadis, ils méprisaient les Kikuyu mais, maintenant, ils n'ont plus d'enfants eux-mêmes. J'espère que c'est ce qui s'est passé pour le fils de Kanino mais il est impossible d'avoir aucune certitude...

PERSONNEL

Si Thomas est rentré, peux-tu lui remettre ceci et ainsi je n'aurai pas besoin de te déranger. Je suis désolée à l'idée de devoir te causer de l'embarras mais, s'il n'est pas rentré, il faudra bien que je le fasse.

Mon divorce est sans doute assez avancé et le jugement pourrait bien être rendu bientôt. Je voudrais donc vous demander, s'il n'est pas trop tard, de tâcher d'obtenir par l'intermédiaire de Repsdorph que je me voie allouer par Bror une pension alimentaire, si c'est possible.

Ceci ne te paraît sans doute pas très joli ; mais je *peux te promettre* que je ne la réclamerai jamais. La raison pour laquelle je souhaite qu'elle me soit accordée légalement, c'est que je crois que cela pourrait faciliter notablement mes affaires à l'avenir. Car je serai toujours dans une situation difficile tant que Bror sera dans le pays et tant que ses amis, et lui-même, penseront qu'il a été injustement traité et rejeté par la société et par toute ma famille ; si *la loi*, qu'ils ne peuvent pas accuser de partialité, m'accordait cette pension, à laquelle je pourrais renoncer chaque année auprès de Bror, je crois que cela rendrait ma position bien plus forte, — et, dans la pratique, cela n'aurait aucune incidence. Thomas, qui sait comment les choses se passent, pourra certainement comprendre cela.

Et puis il y a aussi le fait que, selon la loi anglaise, la femme est considérée comme « coupable » en matière de divorce si elle ne se voit pas allouer de *maintenance* par le mari. Ici, cela ferait donc bien meilleur effet en ce qui me concerne ; et je crois que, pour Bror, cela ne changerait rien.

... Si vous pensez que ceci peut paraître manquer de générosité, je veux simplement dire, pour ma défense, que cela permettra peut-être de m'éviter à l'avenir d'être maintes et maintes fois accusée de manquer de générosité.

J'ai encore vraiment beaucoup d'affection pour Bror ; je l'ai d'ailleurs rencontré récemment et, maintenant que nous ne dépendons plus l'un de l'autre, je crois que nous pouvons être bons amis, mais il a une façon de voir les choses qui est très différente de la mienne ; plus je serai assurée que cette façon de voir ne pourra influer sur mon existence, plus il nous sera facile de vivre tous les deux dans cette colonie et de nous rencontrer ici, comme nous ne pouvons éviter de le faire...

À INGEBORG DINESEN

Ngong, dimanche 27/1/24

... Puisque les flirts de Thomas semblent toujours te préoccuper, il m'est venu à l'idée de te dire une bonne fois ce que je pense personnellement de la forme que revêtent couramment maintenant les rapports entre jeunes gens et jeunes filles, et telle qu'elle est résultée de l'évolution qui s'est produite depuis que la guerre a éclaté ; je ne veux pas te laisser entendre par là que je m'apprête à te dire ce qui, selon moi, est bien ou mal, engageant ou non, en ce domaine mais uniquement ce que, d'après ce que j'ai vu et entendu, je crois être la normale et le plus naturel pour l'instant.

Je ne saurais dire si, à l'origine, c'est *l'idée* de l'égalité entre les sexes qui a eu pour résultat *pratique* des choses comme l'indépendance des jeunes filles et, par exemple, le *birth-control* maintenant en usage partout, — à ce que je sache, — ou bien si, au contraire, ce sont les nécessités économiques pratiques, telles que le fait que les jeunes filles aient dû subvenir à leurs propres besoins et, par exemple pendant la guerre, voler de leurs propres ailes et être capables de se débrouiller comme les jeunes gens, qui, peu à peu, ont partout placé les jeunes des deux sexes sur un pied d'égalité dans l'esprit de tout le monde ; mais il me paraît en tout cas incontestable que, dans toutes les circonstances importantes de la vie, les jeunes gens et les jeunes filles de la génération actuelle se sentent totalement égaux. Ceci vaut également et en particulier pour tout ce qui a trait à la vie amoureuse et a forcément influé de façon notable sur celle-ci ainsi que sur l'idée que l'on s'en fait. Dans la pratique, il me semble que cela a conduit à ce que, alors que jadis, — c'est-à-dire il y a une ou deux générations, — les jeunes gens et les jeunes filles se rencontraient dans des occasions et dans une atmosphère de fête, — bals, visites de vacances, etc., — qui ne faisaient donc, pour ainsi dire, pas partie de l'existence normale des intéressés, et que cela donnait lieu à des propos galants, à une cour en bonne et due forme, à une sorte de demande en mariage d'un côté et à beaucoup de réserve de l'autre, ainsi qu'à pas mal de cachotteries de part et d'autre, les jeunes se côtoient maintenant dans toutes les circonstances de leur existence quotidienne ; et je crois que ce qui, de nos jours, est normal et naturel entre deux jeunes gens qui se plaisent et qui s'intéressent l'un à l'autre revêt généralement la forme de ce que, jadis, on appelait une « liaison », qui était alors une exception et qui était considérée et traitée comme telle. Mais une telle situation prend un tout autre aspect lorsque les deux parties sont bien d'accord qu'aucune d'entre elles ne donnera ou ne recevra, ne risquera ou ne profitera, ou de façon générale ne mettra plus en jeu, que l'autre.

Jadis, on parlait de « séduire », de « séduction », etc., mais je ne crois pas que ces notions existent encore dans l'idée des jeunes gens ou des jeunes filles modernes et, dans l'ensemble, les gens de notre époque ont du mal à prononcer ces mots sans que « dans leur voix vibre une pointe d'ironie* ». À y regarder de plus près, les choses devaient sans doute être envisagées de la façon suivante : afin de parvenir à ses fins, le « séducteur » persuadait ou incitait l'autre à faire quelque chose qui, d'une façon ou d'une autre, devait lui nuire, le compromettre ou le déshonorer, dont le « séducteur » savait que « la personne séduite » le regretterait, et qui, par la même occasion, rabaissait celle-ci *aux yeux du séducteur lui-même* ; car on ne traitait pas de séducteur un homme qui persuadait une jeune fille de se marier avec lui, au besoin en ayant recours à la torture morale. Dans les cas les plus graves, la chose pouvait également se présenter de telle façon que le séducteur allait jusqu'à promettre quelque chose, – par exemple le mariage, – qu'il n'avait pas l'intention de tenir ; mais, à vrai dire, ce genre de situation ne compte pas vraiment parmi les cas de « séduction ». De nos jours, une « liaison » n'entraîne aucune des conséquences évoquées ci-dessus et c'est pourquoi ce vocable a tout naturellement disparu du langage courant (tout du moins en ce qui concerne le domaine sentimental, car il peut encore être utilisé en politique, par exemple).

Je crois que c'est maintenant l'opinion générale que

le jeune homme et la jeune fille tirent autant d'agrément l'un que l'autre d'une liaison et peuvent y mettre fin avec aussi bonne conscience l'un que l'autre, — à condition qu'ils aient par ailleurs observé les règles de la bonne conduite. Une telle liaison n'entraîne aucun risque particulier pour la jeune fille moderne, qui est indépendante, qui ne se voit pas rabaissée dans l'opinion des gens, et qui sait qu'elle n'a pas à craindre d'avoir un enfant qu'elle ne désire pas. Il peut toujours exister un certain risque que l'un des partenaires s'engage plus que l'autre, soit plus dépendant de cette relation que l'autre mais, dans ce cas, le risque est égal pour les deux parties et il est difficile de l'exclure de toute forme de relation ; il peut parfaitement être encore bien plus grand dans le cadre du mariage, par exemple, car l'un des deux membres du couple peut toujours aimer avec plus de passion que l'autre, ou bien plus longtemps que l'autre et donc avoir plus à souffrir qu'en dehors des liens du mariage ; mais, ce risque, chacun doit être capable de le prendre sans pour autant se sentir injustement traité par l'autre. Jadis, il était couramment admis que, dans une liaison amoureuse, la femme mettait en général plus de sentiment que ne le faisait l'homme ; mais Dieu sait si ce sera toujours la même chose lorsque les femmes auront dans leur vie, en dehors des relations amoureuses, autant de ressources que les hommes.

Le plus important de tout ceci est certainement ce qui suit : la jeune fille n'est plus, comme jadis, rabaissée à ses propres yeux, ou à ceux du jeune homme, par une liaison. Je ne saurais cependant dire si c'est l'abondance des unions libres qui a eu pour conséquence une telle façon de voir parmi la jeune génération, ou bien si c'est cette conception qui a conduit à la prolifération des unions libres. Naturellement, c'est toujours l'affaire de chacun de savoir s'il désire faire partie des exceptions, même avec la meilleure conscience du monde. C'est cela, et non pas la nature de leurs liens, qui a fait le malheur de Christine Lavransdatter et d'Erlend et tu admettras qu'il aurait été bien pire pour eux, par exemple, que l'un d'eux perde sa foi en la Vierge Marie ; dans ce cas, ils auraient vraiment été dans un mauvais pas. Il s'est peut-être produit un changement dans le goût, dans l'idée que l'on se fait de « l'idéal », – mais ceci est à son tour dû à des raisons d'ordre pratique, car une seule et même chose n'a pas toujours la même signification. Par exemple, il y a deux siècles, un homme ne pouvait pas avoir d'objection à épouser une jeune fille, même issue des classes supérieures, qui était à peine capable d'écrire une lettre ; aujourd'hui, une telle jeune fille passerait pour stupide. En Somalie française, les Somali n'ont pas le droit de se marier avant d'avoir tué un homme ; ceci ne signifie pas forcément qu'ils soient particulièrement sanguinaires mais est probablement dû au fait que les affrontements sont choses tellement courantes, là-bas, qu'un jeune homme d'âge nubile qui n'a pas risqué sa vie au combat est vraisemblablement un poltron. Jadis, à l'époque où les jeunes filles se mariaient à 17 ans, lorsque l'une de celles-ci avait trouvé le moyen d'avoir une liaison avant cet âge, en dépit des murailles d'égards et de préjugés dont elle était entourée, il fallait qu'elle ait *le diable au corps*[1], et il était normal qu'un homme circonspect ait quelque scrupule à l'épouser ; mais, en suivant le même raisonnement, un jeune homme moderne doit considérer comme particulièrement sèche de cœur ou bien comme particulièrement calculatrice une jeune fille qui a vécu pendant 5 ou 10 ans dans cette atmosphère de liberté amoureuse dans laquelle les jeunes filles grandissent de nos jours sans avoir au moins cru aimer, – et avoir *à son tour* certains scrupules.

1. En français dans le texte. *(N.d.T.)*

Cela fait tellement longtemps que je suis partie de chez nous que je ne sais pas comment se présentent actuellement les choses au sein des classes supérieures danoises ; mais je crois qu'il serait bien difficile, sur un certain échantillon de jeunes Anglaises de 20 ans, d'en trouver une qui n'ait jamais eu de « liaison », — de même que sur un certain échantillon de jeunes Anglais. Et cela n'est pas un secret de famille entre femmes ; pour les jeunes gens qui sont les camarades de ces jeunes filles, qui travaillent avec elles, dansent, discutent, vont en automobile et en avion avec elles, et qui les épousent, c'est une chose aussi naturelle que l'inverse l'est pour elles lorsqu'il s'agit de leurs jeunes maris.

J'ai entendu bien des hommes exprimer beaucoup d'appréhension à l'idée d'épouser une *jeune fille*[1], — Charles Gordon, Polowtzoff, Éric Otter, par exemple ; Polowtzoff, qui fait pourtant partie de l'ancienne génération, m'a dit une fois que la vie lui avait appris que l'inexpérience de la femme était, de façon générale, le plus grand obstacle au bonheur conjugal ; et, quand on lit les livres d'une certaine époque, on ne peut s'empêcher de penser qu'il n'a pas tort. Je me souviens qu'une fois, alors que je discutais avec Éric Otter de la liberté dont jouissent les jeunes filles modernes, celui-ci m'a dit qu'il espérait que ce serait véritablement la normale avant que ses propres filles n'atteignent l'âge adulte, car il pensait que bien des difficultés et une bonne partie du manque de compréhension qui existaient dans son propre mariage étaient dus à une grave inégalité sous ce rapport entre sa femme et lui. Qu'il n'en ait pas été ainsi jadis, et qu'aucun des deux partenaires n'ait souhaité qu'il en soit ainsi, était certainement dû au fait que la vie des hommes et des femmes et le milieu dans lequel ils évoluaient étaient, dans l'ensemble, tellement diffé-

1. En français dans le texte. *(N.d.T.)*

rents, — ils ne requéraient pas du tout les mêmes aptitudes. Maintenant, un jeune homme qui se marie et sa femme vivent dans les mêmes conditions, fréquentent les mêmes milieux et les mêmes personnes, ont à faire face aux mêmes phénomènes, et les jeunes maris considéreraient un privilège spirituel (?) de la part de leur femme comme aussi peu justifié que bien des éléments du costume féminin de jadis.

Tout ceci ne t'intéresse peut-être que très modérément et, dans ce cas, il faut m'excuser. Je n'ai pas écrit cela pour te faire part de mes « idéaux », mais plutôt de l'idée que mon expérience m'a permis de me faire des idéaux et de la pratique qui sont courants à l'heure actuelle. Tu n'as peut-être pas connu toi-même beaucoup de jeunes gens de la génération qui a été marquée par la guerre et je crois bien souvent que tu te fais des soucis inutiles en mesurant leurs us et coutumes à une aune en usage il y a peut-être bien longtemps de cela ; car vos amis du même âge que vous étaient sans doute déjà bien en retard sur ce point et, en définitive, cette aune date peut-être de l'époque de grand-maman... Quant au fait que Thomas ne te cache pas ses flirts, alors que ceux-ci te déplaisent profondément, je ne le comprends pas très bien, quoique je n'aie pas beaucoup mieux réussi, me semble-t-il, en te cachant mes amitiés etc. parce que je pensais que tu ne les apprécierais pas ! Il en va en l'occurrence à peu près comme de l'odeur du cigare ; si vous désirez que vos intimes du sexe masculin viennent vous voir chez vous, et s'y trouvent bien, il faut bien s'y habituer.

Si tu n'as pas toi-même le courage de lire toutes ces considérations, je te prie de les transmettre à tante Bess car j'ai très souvent discuté de ce sujet avec elle. J'ai l'impression, de temps en temps, qu'il convient que je donne un peu d'exercice à mon cerveau en l'employant à ce genre de choses et également que je m'assure que je sais encore manier la langue danoise, car je n'en ai pas parlé un mot depuis le départ de Thomas.

J'ai été interrompue dans le cours de cette lettre par la visite bien importune d'un vieux Danois aveugle et alcoolique, Aarup*, qui est venu me demander si je ne pouvais pas mettre à sa disposition un endroit où il pourrait fabriquer les *kibokos* dont il tire sa subsistance. Je n'ai pas pu le lui refuser et je lui ai promis les deux pièces de la maison de Charlie dans lesquelles logeait Palme ; mais je sais que Dickens et Thaxton, qui le connaissent, ne vont pas être contents. Il a fait une arrivée assez remarquée, dans une voiture conduite par un planteur de café de Kiambu, quelqu'un de très gentil qu'il avait certainement harcelé de la même façon jusqu'à ce qu'il l'amène ici !...

À INGEBORG DINESEN

Ngong, dimanche Feb. 3rd 24

... J'ai eu bien des ennuis avec le vieux Danois du nom d'Aarup auquel j'ai promis de l'héberger ici, à la ferme, pendant un certain temps ; c'est le genre de bonne action à laquelle on ne devrait pas se laisser aller, surtout du fait que le poids en retombe sur d'autres, en l'occurrence Dickens et Thaxton. Il est pratiquement aveugle, il faut l'aider pour tout, et puis c'est un affreux bavard et il peut passer des heures à vous raconter les histoires les plus dépourvues d'intérêt, du genre de celles d'oncle Gerhardt ; – « c'était en 1889 – non, voyons, attendez un peu, je me trompe, c'était plutôt en 1888 ou 1887, oui, c'est cela, je crois bien – », et, pour moi, elles peuvent encore comporter un *semblant* d'intérêt car elles ont généralement trait à une bévue commise par le maire de Kolding ou à d'autres incidents du même genre ; mais je ne peux quand même pas imposer aux autres de prêter l'oreille à cela et alors il se vexe et vient me trouver pour se plaindre d'eux. Je ne peux pas le loger ici, chez moi, car il est toujours un peu ivre et il a constamment des altercations horriblement bruyantes avec les *natives*. Je l'aime bien, malgré tout, mais j'aimerais également qu'il soit déjà reparti. Je lui ai offert une grosse boîte de cigares que Finch-Hatton avait oubliée ici et suis ainsi devenue « son amie pour la vie », selon ses propres termes. « Le tabac me tient maintenant lieu à la fois de femme et de patrie ; vous verrez cela par vous-même si un jour vous devenez aveugle », m'a-t-il dit...

J'ai beaucoup pensé à cette pauvre tante Clara... Personnellement, j'ai énormément d'affection pour elle et trouve que c'est quelqu'un d'une rare bonté et qui ne manque pas d'envergure ; mais elle est si effroyablement *partiale* que je crois que je ne pourrais pas vivre avec elle et même que j'aurais bien du mal à lire ses lettres sans en être révoltée au fond de moi-même... En particulier, il y a son furieux parti pris en faveur des hommes en toutes circonstances ; la terre et tous ses biens sont faits pour eux, partout et toujours, et, si jamais ils commettent une *mistake*, c'est toujours les femmes qui les y ont incités. On s'attend donc toujours à assister, de leur part, à l'un de ces prodigieux exploits qui devraient compenser le reste, mais cela n'est jamais exigé d'eux. De nos jours, un tel système n'est plus *pensable*, pas plus que la monarchie absolue, l'infaillibilité du pape ou les privilèges des classes supérieures ; je ne crois pas qu'il y ait d'autre solution que l'égalité, jusque sur le plan moral, entre les hommes et les femmes et cela, du fait de l'évolution de la société. La façon qu'avaient les hommes de mettre en avant le fait qu'ils étaient exposés à de bien plus grandes tentations, – prétexte avec lequel tante Clara est tout à fait d'accord, – ne peut plus *hold water*[1], non plus, maintenant, puisque la vie est la même pour les hommes et pour les femmes, – et puis les femmes ne peuvent-elles pas également, en toutes circonstances, faire valoir qu'elles étaient véritablement exposées à une grande tentation, par exemple de s'amuser, de dépenser de l'argent etc. ? Tante Clara n'a peut-être jamais été « tentée » en aucune façon mais je crois que ce genre de femmes cause vraiment beaucoup de tort à son propre sexe en érigeant en norme son propre cas, ce dont bien des hommes ne sont naturellement que trop heureux. J'imagine qu'à l'âge de 16 ans, tante Clara, jeune mariée, a été émerveillée par les capacités d'oncle Frederick jusque dans le domaine de la vie quotidienne, par exemple d'être capable d'acheter des billets de théâtre, d'organiser un voyage, d'acheter des chevaux, de s'y entendre en comptabilité et en politique, – choses qui étaient totalement en dehors de ses capacités, – et que c'est sur cette base qu'elle a érigé tout cet édifice d'admiration envers la supériorité masculine ; mais elle est maintenant bien obligée de reconnaître elle-même que cette base a disparu et elle voit bien ses petites-filles affronter toutes les difficultés de cette sorte dans la vie ; comment peut-elle alors exiger que le reste de l'édifice demeure en place, ou s'attendre à ce qu'il le fasse ?

Quand je pense à la façon dont, à Näsbyholm, tout ce qui était l'apanage des hommes, – par exemple la battue, les cigares et le vin, – était entouré de la vénération qui s'attache normalement au rites (?), alors que les chapeaux de dames et les ouvroirs, par exemple, étaient choses risibles, tout mon être réclame des preuves des prouesses, de la supériorité morale et spirituelle ou, tout

1. tenir debout. *(N.d.T.)*

du moins, de dons particuliers dont les hommes seraient détenteurs, qui pourraient expliquer pareil état de choses. Mais je n'oserais pas faire voir toute cette lettre à tante Clara ; elle la repousserait comme un tissu de niaiseries, comme le produit d'un abominable esprit de révolte et de domination de la part d'un membre du sexe faible... bien loin de moi toutes ces idées ; personnellement, je ne demande pas mieux que de me soumettre à un homme que j'admire mais je n'ai aucune vénération pour les pantalons en tant que tels et il me semble qu'il est bon que, tout comme le chapeau de Geizler (?)[1], on les ait énergiquement fait choir de leur piédestal. Peut-être était-ce jadis un symbole vénéré, en une époque probablement meilleure et plus heureuse, mais, à l'heure actuelle – personne ne sait plus ce qu'ils symbolisaient au juste. Tante Clara a bien le droit d'être leur dernière et vénérable prêtresse et, en tant que telle, elle est digne de respect, mais je renonce du fond du cœur à tout ce qui est sien, à toutes les pompes et toutes les œuvres de ce culte fort ancien...

À THOMAS DINESEN

Ngong, Feb. 24th 24

... Je ne crois pas, dans l'ensemble, aimer me plaindre mais je crois également qu'il y a quelque chose dans mes rapports avec le reste de la famille, chez nous, – peut-être est-ce le fait que nous sommes bien différents, de façon générale, – qui fait qu'il leur est bien difficile de comprendre ce qui m'est pénible, ou même que quelque

1. En fait : Gessler, personnage de *Guillaume Tell. (N.d.T.)*

chose puisse être pénible pour moi dans la vie, et je pense très souvent aux paroles de Ragnhild :

— — je ne manque pas de parents —
qui voient comme les chagrins font pâlir mon front,
mais que je souffre jamais ils ne croiront
si la tombe, de pitié, les défunts ne rend*.

— Or, il est vrai qu'ils ne peuvent pas voir les chagrins faire pâlir mon front ; mais je n'aurais tout de même pas cru qu'il soit nécessaire de leur apporter des preuves tangibles pour qu'ils puissent admettre que cette année a vraiment été bien pénible pour moi...

Personnellement, je pense que j'ai fait ici du bon travail et, à bien des égards, un travail remarquable. Je suis convaincue que personne d'autre n'aurait été capable ou n'aurait accepté de le faire et qu'il comportait de telles difficultés que tout autre que moi y aurait renoncé ; j'ai même la vanité de penser que j'ai, pour ainsi dire, autant mérité une V.C. ici que toi à la guerre. Mais tout cela fait partie des choses dont les autres membres de la famille ne veulent pas entendre parler ou auxquelles ils ne veulent pas penser. Ils n'ont pas devant les yeux les faits qui plaident en ce sens ; le fait que la ferme est dans un tout autre état que lorsque je l'ai reprise, que tout s'améliore, que nous sommes en train de perdre notre mauvaise réputation et que l'avenir se présente sous des couleurs tout autres qu'auparavant, que nous avons réduit les dépenses dans des proportions bien plus grandes qu'ils ne l'auraient eux-mêmes cru possible ; bien sûr, ils peuvent fermer les yeux sur tout cela et, même si je leur apporte à ce sujet les témoignages les plus dignes de foi, préférer considérer ceux-ci comme extrêmement sujets à caution ; je crois même que le simple fait que j'attire leur attention sur eux plaide en ma défaveur et que, si je n'y prends pas garde, cela peut me valoir à n'importe quel moment une bordée de « réprimandes ».

Les difficultés que nous connaissons ici, ils préfèrent également les ignorer et, si elles ne sont pas surmontées, c'est ma faute et ils ne peuvent rien y faire...

Il y a une autre question dont j'aurais sans doute dû t'entretenir auparavant : la visite de maman. Je te dis tout de suite que j'aimerais infiniment qu'elle vienne jusqu'ici mais que, si je dois toujours avoir autant de *shauries*, et si la situation ne devient pas plus satisfaisante, je ne crois pas que ce serait une très bonne idée... Vivre de la sorte n'est pas possible, au bout d'un certain temps, sans la moindre interruption ; il ne me semble pas que beaucoup de personnes s'en rendent compte, mais moi si. En outre, je ne suis pas en bonne santé. Et les joies que j'ai, ici, sont constamment gâchées par les *shauries* et par tout ce sentiment d'insécurité que m'inspire l'avenir ; d'une certaine façon on peut même dire que, plus on se sent heureux et satisfait, plus un tel sentiment est exaspérant. Je ne crois pas que cette année-ci se prête bien à la venue de maman. Si les choses s'arrangent un peu, elle pourrait fort bien faire le voyage avec moi quand je reviendrai ici, l'automne prochain, car, l'an prochain, il faut que je retourne chez nous ; je crois sérieusement que, sans cela, je vais mourir.

Je suis désolée de toujours t'écrire des lettres pleines de jérémiades. Mais, d'un autre côté, je me dis que si je devais mourir bientôt, — car je suis comme Monica : *I do not bend, I break*[1], — tu aimerais peut-être bien que je t'aie écrit à temps. Il n'est pas certain que je meure ; mais le risque est plus grand que certains ne le pensent, chez nous.

Des milliers de pensées de

Tanne

1. Je ne plie pas, je romps. *(N.d.T.)*

À THOMAS DINESEN

Ngong, March 15th 24

Mon très cher Tommy.

Je dois te remercier pour une foule de choses, cette fois-ci, — tout d'abord un chèque de £ 40 dont je suis absolument ravie et qui arrive bien plus à propos que je ne saurais le dire, — et puis un petit faune vraiment ravissant, en porcelaine de Copenhague, qui est maintenant sur ma cheminée et qui fait l'admiration de tous, — et puis je ne me rappelle pas si je t'ai déjà remercié pour *Hassan*, qui a fait mes délices. Des milliers et des milliers de mercis pour tout cela !

Je ne t'en écris pas plus pour aujourd'hui ; je n'arrive pas à me concentrer. Denys est ici pour l'instant et je n'ai jamais de ma vie été aussi heureuse qu'en ce moment, il s'en faut bien de la moitié. Toi qui sais ce que c'est que d'aimer vraiment quelqu'un, — et non pas, me semble-t-il, à la façon de la moitié des mariages et des liaisons que je connais et qui ne sont le fait que des circonstances, de l'habitude, etc., mais uniquement parce que l'on a rencontré ce qu'il vous paraît y avoir de plus charmant au monde, — tu sais bien ce que cela veut dire que d'être heureux de la sorte et que cela accapare toutes vos pensées et votre être tout entier ; aussi excuseras-tu certainement la brièveté de cette lettre.

Mais ne parle pas de cela aux autres. Si, par exemple, je mourais et que tu te trouves plus tard à rencontrer Denys, il ne faut pas non plus que tu lui laisses entendre que je t'ai jamais écrit ou dit de telles choses ; mais tu es le seul à qui j'en ai parlé et, d'un autre côté, c'est également une chance que d'avoir quelqu'un à qui l'on puisse parler et qui vous comprenne. Tu te doutes aussi que je ne suis pas sans nourrir quelque angoisse à propos de tout ce *shaurie* ; cela m'apparaît de plus en plus comme la seule chose qui compte dans ma vie, et comment tout cela va-t-il se terminer ? – non, ce n'est pas exactement ce que je veux dire, mais le simple fait de posséder, ou d'avoir possédé, quelque chose qui vous paraît extrêmement précieux vous donne fatalement un certain sentiment d'appréhension, et puis tout ce qui me concerne baigne dans une telle incertitude.

Mais mieux vaut ne pas penser à cela en un moment où je me rends vraiment compte de ce que c'est que de vivre et que d'être heureuse heureuse heureuse — — « La mort n'est rien, l'hiver n'est rien — — »

Des milliers de pensées, mon cher Tommy, de la part de

Tanne

À INGEBORG DINESEN

Ngong, 13/4/24

... Il est inévitable que l'on ait bien des fois des idées différentes sur un point ou sur un autre et je me dis souvent qu'il faut s'incliner en se faisant la réflexion que l'on y gagne plus que l'on n'y perd, c'est-à-dire que le fait que vos gens travaillent avec enthousiasme et dans l'espoir de vous prouver qu'ils avaient raison importe plus que le fait qu'une fenêtre soit posée de telle façon ou qu'un champ soit passé à la herse de telle autre façon. À la longue, les êtres humains ne peuvent pas travailler dans la joie s'ils ne disposent pas d'une certaine marge de liberté ; ou bien disons que, sans cela, ils ne peuvent pas y mettre tout leur cœur et je pense de plus en plus que ce qui importe véritablement, même pour un travail ou une tâche bien particuliers, c'est la personnalité de celui qui les exécute... Il me semble que l'expérience ne cesse de nous montrer que tout dépend de l'ensemble ; seuls les *prigs*, – qui sont pour moi l'espèce la plus déplaisante au monde, – désirent, en matière d'art, de politique ou de quoi que ce soit dans la vie, mettre l'accent sur les détails aux dépens du tout et si l'on a, dans l'ensemble, confiance en quelqu'un, il faut bien souvent se forcer à passer sur un certain nombre de faits isolés.

Dans *For Livets Skyld*, de Jakob Knudsen, – qui n'était en aucune manière un *prig* ou un pédant, quoi que l'on puisse avoir contre lui, – il y a, vers la fin, un passage à ce sujet que tu devrais relire, si tu as le livre. L'un de ses vieux pasteurs y fait remarquer à Thomas Viig, à propos de ses rapports avec Karen, que si l'on a confiance en quelqu'un il faut se dire que ce qu'il fait est bien, *parce que c'est lui qui le fait*, sans chercher à savoir si, en soi, cela correspond bien à ce que vous désiriez. Je ne m'exprime pas très bien mais j'espère que tu comprendras malgré tout ce que je veux dire. De toute façon, je crois qu'en matière de collaboration l'essentiel est de ne pas ôter leur enthousiasme à ses subordonnés. Pour la « bonne marche des choses », cela vaut la peine de négliger une foule de détails qui auraient peut-être, en eux-mêmes, été souhaitables, et de fermer les yeux sur bien des faiblesses afin d'arriver à ce que : « Ceux qui te restent, – ils rayonnent de joie en entendant ton nom*. »...

Je vais devoir te demander un petit service à propos des *shauries* du vieil Aarup. Comme tu le verras d'après la coupure de journal que je te joins, on l'a trouvé mort, ici, sur le *shamba*, lundi dernier...

Comme tu peux le lire dans le journal, c'est moi qui l'ai trouvé ; il gisait sur la route qui mène à ma maison. C'est une chance que cela se soit passé ainsi car il avait l'habitude de se rendre à Nairobi de temps à autre et d'en revenir quand l'envie lui en prenait, et il venait justement de rentrer d'un séjour d'une dizaine de jours. S'il était mort sur le chemin du retour, – il avait l'habitude de prendre un *short cut* à travers la campagne, – il aurait pu s'écouler des mois avant que ses amis de Nairobi ou moi-même nous mettions en peine de savoir ce qu'il était advenu de lui. Je l'ai transporté chez lui ; j'avais avec moi Kamante, mon *toto* « chrétien », – nous partions à la cueillette des champignons, – et celui-ci m'a dit que c'était le troisième mort qu'il m'aidait à porter, ce qui est parfaitement exact ; tout d'abord la jeune Kikuyu qui est tombée d'un char à bœufs, puis le *toto* qui a reçu la décharge de fusil et enfin Aarup, – j'espère bien que ce sera le dernier. Dix minutes plus tard, Rose Cartwright est arrivée ici au volant de son automobile et, quand les boys lui ont dit que j'étais sur le *shamba*, ils sont venus à ma rencontre en voiture ; je suis heureuse que ce ne soit pas elle qui l'ait trouvé car elle attend un enfant d'un jour à l'autre et cela aurait bien pu lui causer un choc.

Je leur ai demandé de passer prévenir la police en rentrant et, au milieu de la nuit, trois agents sont arrivés ici en voiture, avec un cercueil, pour emmener le vieil Aarup. Ils ont voulu que je vienne avec eux sur le *shamba* pour leur montrer où je l'avais trouvé et, au moment même où nous montions dans leur voiture, a éclaté un orage comme je n'en ai encore jamais vu ici ; en l'espace de trois quarts d'heure il est tombé un pouce de pluie. Sur la route, à l'endroit où je l'avais trouvé alors qu'il n'y avait pas une goutte d'eau, j'en avais maintenant jusqu'au-dessus des genoux. Pendant le temps qu'il nous a fallu pour arriver chez lui et le mettre dans le cercueil, tous les chemins étaient transformés en cours d'eau impétueux et je crois vraiment qu'ils n'auraient jamais dû venir avec ce cercueil, qui était d'ailleurs bien mal installé dans la voiture. Avec l'absence de bon sens qui est coutumière à la police de Nairobi, ils avaient oublié d'apporter des chaînes et, sur la route, ils tiraient des bords comme un navire par vent debout ; pendant ce temps, les éclairs ne cessaient de s'abattre autour de nous, le tonnerre de retentir et la pluie de tomber *in sheets* ; celle-ci m'a collé mes vêtements sur le corps et j'ai eu bien du mal à les enlever. On aurait dit un chapitre de roman et je n'ai pu m'empêcher de penser qu'Aarup aurait certainement trouvé cela de son goût ; car il appréciait beaucoup tout ce qui sortait de l'ordinaire. Le lendemain, j'ai appris qu'ils n'étaient pas arrivés à Nairobi avant quatre heures du matin.

Le jour suivant, je suis partie en voiture pour la ville afin d'aller à son enterrement mais je suis tombée en panne et n'ai pas pu y assister.

Il me manque, le vieil Aarup ; il avait l'habitude de venir bavarder ici et il était le seul avec lequel je pouvais parler danois ; mais, pour lui, cela a été un soulagement. Il était presque totalement aveugle et je crois que, de façon générale, il avait complètement ruiné sa santé ; car il n'avait certainement pas mené une vie bien raisonnable. Il était toujours plein de courage et formait perpétuellement de grands projets d'avenir. Il avait une mémoire étonnante et se rappelait beaucoup de choses du temps de son enfance et sur la vie dans les campagnes jutlandaises à l'époque, ainsi que tous les chants patriotiques danois. Mais il était devenu très amer et revenait sans cesse sur les affronts qu'il avait eu à subir au temps jadis. Il avait en particulier deux ennemis dans ce pays, nommés Brink et Andersen, auxquels il vouait une haine inexpiable, bien que je ne sache pas très bien quelle en avait été l'origine et que je me demande s'il s'en souvenait encore lui-même. L'autre jour, il est revenu de Nairobi absolument furieux contre le vieux Nepken*, l'un de nos voisins dans les Ngong Hills, dont tu as sans doute entendu parler par Thomas et qui, selon lui, l'avait dépassé sur la route, en compagnie de Brink et d'Andersen, sans le saluer. J'ai tenté de le raisonner, car Nepken a vraiment toujours été très bien disposé à son égard, mais il a déclaré qu'il ne lui adresserait plus jamais la parole et il a ajouté : « Je n'agirais pas autrement si c'était Jésus-Christ en personne qui s'était conduit de la sorte envers moi ». « Mais, lui ai-je dit, Jésus-Christ n'aurait jamais fait cela, Aarup. » « Oh, a-t-il répondu, s'il avait été en compagnie de Brink et d'Andersen, on ne sait jamais ! »...

Si tu peux réussir à trouver sa fille, et si elle le souhaite, je ferai mettre une pierre ou une croix sur sa tombe, à Nairobi, avec l'inscription de son choix ; mais j'attends pour faire quelque chose d'avoir des instructions de sa part car je ne suis pas sûre de son nom et n'ai aucune idée de sa date de naissance. Ici, il est très difficile de savoir que faire en pareille circonstance ; il me semble que les Anglais sont bien mal organisés en la matière et puis nous n'avons pas de consul, – je me suis bien rendue en une vingtaine d'endroits différents à propos de cette affaire...

Mon ruban de machine à écrire est bien pâle parce que je suis en train de rédiger mon *essay* sur le mariage à l'intention de Tommy, – mais je n'avance pas, en partie parce que je n'ai personne avec qui en discuter ou pour juger ce que j'ai écrit, de sorte que je ne puis être sûre que ce n'est pas un tissu de banalités, et en partie parce que je suis, par exemple, dans l'incapacité de trouver telle citation que je désire utiliser, puisque je n'ai pas de livres où je puisse la chercher. Sur le fond, je suis d'avis qu'en fait, le mariage *n'existe plus*, si ce n'est sur le papier, et qu'il s'agit donc ou bien de le fonder sur des bases nouvelles qu'il faut alors s'efforcer de tirer au clair, – ou bien d'exercer l'humanité à une pratique plus digne et plus harmonieuse de l'amour libre, alors qu'elle a, en fait, simplement sauté le pas sans y être véritablement préparée. Personnellement, je crois que tout cela se terminera par l'instauration d'une nouvelle forme de mariage basée sur l'idée de la race : *eugenics, birth-control*, etc. et sur un idéalisme plus strict que l'ancien, mais que l'« amour libre » se verra reconnaître le droit à l'existence, en tant qu'affaire personnelle de chacun. Car le mariage actuel a perdu tout droit au respect ; je puis au moins affirmer que c'est le cas parmi les Anglais et, en ce qui me concerne, je pense qu'un mariage qui n'est pas porté par une idée quelconque, d'ordre religieux, moral ou bien social, qui peut être dissous à n'importe quel moment pour cause, par exemple, d'infidélité en une seule et unique occasion, et que les deux partenaires contractent dans cette idée, — un tel mariage ne mérite aucune considération et ne mérite pas non plus de continuer à exister.

Je vois que tu ne peux t'empêcher de te faire toujours un peu de souci au sujet des flirts de Tommy. J'en suis désolée mais je t'ai dit sur ce chapitre tout ce que j'avais à te dire et ne trouve plus rien d'autre. Veux-tu bien, cependant, m'accorder, pour en terminer, le droit de te faire quelques remontrances sans que tu m'en tiennes rigueur ? Je trouve que, jusqu'à un certain point, toute votre famille ne sait guère « s'amuser » ou, pour avoir recours à un symbole, qu'elle n'a pas beaucoup de goût pour le *vin* de la vie et qu'elle a tendance à considérer que le bonheur de l'humanité consiste à manger de la panade. Mais la majorité de l'humanité est en quête d'*excitement*, d'une légère ivresse, de réjouissances mais également de périls. Personnellement, il me semble que s'il était en mon pouvoir de faire ce que je veux pour l'humanité, je l'*amuserais*. Je trouve qu'il est magnifique qu'il existe des gens charmants et paisibles comme vous ; mais il faut de tout pour faire un monde et je me permettrai de citer les paroles de Shakespeare lui-même : « Crois-tu donc, parce que tu es vertueux, qu'il n'y aura plus de vin des

Canaries ni de bière ? Par Dieu si, et puis du gingembre pour brûler le gosier*. — — »

Or, les petits flirts de Thomas ne brûlent le gosier de personne ; laissez-le donc boire le champagne ou l'*asti spumante* qu'il peut trouver puisqu'il aime cela, même si, vous, vous préférez une tasse de café. Il me semble que l'on peut sincèrement se réjouir du fait que Thomas, qui n'y était pas particulièrement porté étant enfant et tout jeune homme, sache maintenant vraiment *s'amuser*, même si c'est de choses pour lesquelles ni toi ni moi n'avons beaucoup de goût ; je crois qu'il est tout d'abord vraiment désolant qu'un homme puisse dire, comme J. P. Jacobsen : « — Jamais je n'ai vécu ma vie de jeune homme, je l'ai passée à rêver, hélas, au pays des ombres — je n'ai point été jeune et maintenant je suis un homme* », mais que c'est également *dangereux* pour certaines natures et je terminerai en te demandant du fond du cœur : laisse-le s'amuser, laisse-le s'amuser, laisse-le s'amuser, — et ne jette aucune ombre de quelque sorte que ce soit sur ce qui le divertit...

À MARY BESS WESTENHOLZ

Ngong, 19/4/24

Chère tante Bess.

Je te remercie des milliers de fois pour ta lettre si agréable qui est arrivée ici le jour de mon anniversaire, — avec deux lettres de maman et une de Thomas. Elle est si riche et si intéressante que j'ai bien peur que celle-ci ne puisse en aucune façon soutenir la comparaison ; mais, afin de te montrer, au moins, quel prix j'attache à tes lettres et à quel point je te suis reconnaissante que tu te donnes la peine de m'écrire aussi longuement, je vais m'efforcer d'y répondre.

Il ne me semble d'ailleurs pas que l'on puisse dire que ce soit une perspective très encourageante que d'essayer de mener une discussion par correspondance à une aussi grande distance, — c'est à peu près comme de jouer au tennis en envoyant la balle tellement haut qu'il faille à chaque fois attendre une demi-heure avant qu'elle ne touche le sol. Cela gâche fatalement une partie de ce qui fait la particularité et le charme de ce jeu, mais il peut également y gagner une certaine gravité.

Je vais tout d'abord essayer d'examiner la sempiternelle question de la confiance ébranlée.

Je commencerai donc par dire que je suis tout à fait d'accord avec toi pour penser que le différend qui nous a opposées, en son temps, était pour l'essentiel dû à un malentendu, ou à un manque de compréhension, — ce qui est d'ailleurs le cas de presque tous les différends entre personnes bien élevées, — et, en fin de compte, presque à un manque de rigueur dans le choix des mots. Car nous n'avions aucune raison de nous plaindre, ou de vous reprocher, que votre confiance en nous ait été ébranlée ; en effet cela peut arriver entre les personnes les plus respectables ; mais nous avons cru comprendre que vous pensiez que nous avions fait mauvais usage de cette confiance ou que nous vous avions donné le change, et cela nous a blessés et surtout nous a fait perdre notre propre confiance en nous-mêmes, parce que nous ne vous avions bien sûr jamais abusés de propos délibéré et que nous ne savions pas quand il pourrait se faire que vous interprétiez à nouveau de travers, et avec des résultats aussi désolants, ce que nous pensions, disions ou faisions.

Si, par exemple, Farah, à qui j'ai moi-même appris à conduire et que j'espère être un chauffeur digne de ce nom, se révèle un jour incapable de se servir du frein et me conduire dans la rivière, je pourrai dire en effet que ma confiance en lui (en tant que chauffeur) est ébranlée, mais en aucune façon qu'il a abusé de ma confiance ou qu'il m'a trompée. Selon le choix que je ferai de mes paroles dans ce que je lui dirai après l'accident, ou bien je lui ferai un reproche fondé ou bien je porterai à son encontre une accusation injuste.

Il serait aussi parfaitement normal, par exemple, qu'après avoir vu les toiles que j'ai envoyées d'ici tu dises que ta confiance en moi en tant qu'artiste est ébranlée. Ce serait naturellement bien regrettable ; mais la faute nous en incomberait également à l'une et à l'autre. Et si, de la même façon, tu parviens progressivement à la conviction qu'en matière de vertu, d'esprit de sacrifice, d'énergie et de dons la jeune génération est bien inférieure à ce que tu attendais d'elle, tu peux dire en effet que ta confiance en la jeunesse du Danemark se trouve ébranlée ; mais ceci est probablement quelque chose à quoi elle ne pourra jamais remédier malgré toute sa bonne volonté, et, de toute façon, on ne peut attendre d'elle qu'elle le fasse par égard pour toi. La chose ne pourrait faire problème que dans des circonstances où on pourrait prétendre qu'elle ait profité de ta confiance, ou qu'elle en ait abusé, et ce serait alors une question de *probité*.

Il faut selon moi distinguer deux choses : la franchise, ou la droiture, d'un côté, — et de l'autre le fait de se confier à quelqu'un. Chacun est en droit d'exiger de ses semblables une certaine droiture mais il me semble que personne ne peut avoir le droit d'exiger des confidences de la part de quelqu'un d'autre.

Les gens honnêtes n'arborent pas de faux pavillons mais ils doivent quand même aussi pouvoir exiger de leur entourage qu'il connaisse les différentes couleurs. Pour un non-initié, un morceau de tissu bleu, blanc et rouge ne signifie rien. Pour le marin, il veut dire que le navire dont il croise la route est français et il est probable que cet homme y associera un certain nombre d'idées très simples ; en temps de guerre, il désigne l'ami et l'ennemi. Pour les gens instruits et qui ont voyagé, il résume instantanément tout ce que représente ce pays du point de vue géographique, politique et culturel.

Je crois que c'est dans l'une des histoires de Jakob Knudsen qu'un jeune paysan qui vient d'arriver à Copenhague se sent entouré de personnes de mauvaise foi, et même de menteurs, parce que ceux-ci donnent pour instructions à leur bonne de dire aux visiteurs qui se présenteront qu'ils « ne sont pas là », alors qu'ils sont bien tranquillement assis derrière leur porte. Il est vrai qu'ils font en quelque sorte une fausse déclaration et qu'ils mettent en bas de leur escalier un écriteau sur lequel il est marqué « absent » afin d'empêcher les visiteurs de monter et d'essayer de sonner ou de frapper. Et si ce garçon emportait cet écriteau chez lui et l'accrochait à la porte de son père, chez qui ce genre de chose est inconnu, l'inscription prendrait alors toute sa signification et les gens pourraient vraiment dire qu'on les a trompés si la famille se trouvait bien à la maison ; mais si, à partir de ce fait, il traitait la dame de Copenhague de menteuse, celle-ci ne pourrait-elle pas obtenir de la justice qu'elle l'oblige à retirer ce qu'il a dit et à lui faire des excuses, même s'il avait l'écriteau à la main et qu'il puisse parfaitement prouver que toute cette famille était bien chez elle pendant toute cette journée ?

Et si, de la même façon, ce jeune homme, ou bien sa sœur, se mettait, sans y être préparé, à fréquenter certains cercles de Londres, de Paris ou même de Copenhague dans lesquels presque toutes les dames aident la nature au moyen de fards, de poudre, de rouge, de perruques, de teintures, de faux cils, etc., il pourrait bien se faire que, sous le coup d'une horrible désillusion, ils considèrent toutes ces femmes comme foncièrement malhonnêtes, — mais auraient-ils raison ? Je crois malgré tout que beaucoup de ces vieilles dames qui, aux yeux de ces jeunes gens, feraient l'effet de véritables Jézabel, avec leur tête couverte de fausses boucles, poudrées et maquillées, tentant peut-être effrontément de se rajeunir de bien des années, n'en sont pas moins, en réalité, franches comme l'or. Et ne serait-il pas de l'intérêt même de ces jeunes Danois de comprendre et d'admettre cela ? Dans le livre de Samuel Butler *The Fair Haven* il est montré comment un petit garçon épris de vérité voit sa foi en l'humanité ébranlée pour la première fois lorsqu'il se rend compte que la taille imposante de sa mère, avec toutes ses jupes et ses crinolines, est amovible et donc fausse. Lorsqu'il sera devenu un peu plus vieux et aura un peu plus d'expérience, ce petit garçon ne devra-t-il pas réviser à nouveau, mais cette fois dans un sens un peu plus équitable, le jugement qu'il a porté sur l'honnêteté de sa mère et sur l'amour de celle-ci pour la vérité ?

Ou bien disons encore, par exemple, que le roi de Danemark est tenu par la constitution d'être de confession luthérienne. Quelqu'un qui aurait, de façon privée, eu connaissance du fait que le roi ne croit pas à la Sainte-Trinité aurait-il pour autant raison de traiter celui-ci de menteur et d'hypocrite ?

Dans tous ces cas c'est, selon moi, une erreur due à la myopie ou au pédantisme que de parler de tromperie. Si l'on prend les choses au pied de la lettre, il est vrai que ces gens mentent et trompent leur monde ; mais ils n'arborent pas de faux pavillons, ils ne sont pas déloyaux. Cela n'est pas seulement dû au fait que tous les gens qui sont en l'occurrence susceptibles d'être trompés sont parfaitement informés de ce qu'il en est véritablement et agissent pour leur part exactement de même lorsqu'ils « reçoivent », teignent leurs cheveux ou se font faire des « permanentes », ou au moins passent chaque jour près de centaines de vitrines où sont exposées des perruques et lisent des réclames pour du rouge, de la belladone, etc. – et se laissent baptiser, marier et enterrer selon des rites qu'ils connaissent à peine. Cela s'explique également par le fait que tous ces mensonges ou toutes ces tromperies impeccablement perpétrés ne sont en définitive que des sortes d'égards mutuels que les hommes qui, dans une société donnée, sont contraints de vivre au contact les uns des autres, ont les uns pour les autres. Ils se mettent réciproquement à l'abri des visites importunes ; ils viennent manger les uns chez les autres vêtus et parés à peu près de la façon que l'on attend d'eux, et le roi écoute des prêches, inaugure des églises, communie etc. afin de contribuer à prévenir les conflits qu'entraîneraient des changements de confession ainsi que des convictions religieuses par trop arrêtées de la part du représentant suprême de la nation. En d'autres termes, personne ne souhaite voir démasquer ces mensonges et ces tromperies ou les remplacer par la vérité pleine et entière.

Selon moi, tu peux donc dire de gens de ta connaissance qu'ils sont « faux et *made up* des pieds à la tête », et quelque chose d'approchant dans les autres cas que j'ai cités ; mais si tu dis d'eux qu'ils sont déloyaux dans leur façon de vivre et qu'ils arborent un faux pavillon, tu es injuste envers eux.

Il en est de même, j'en suis convaincue, en ce qui concerne les jeunes mariées dont tu parles dans ta lettre. Leurs relations et les gens de leur condition s'attendent à ne pas se voir placés dans l'embarras par l'arrivée inopinée d'enfants illégitimes ou par la situation irrégulière d'un jeune couple qui vient leur rendre visite et, le jour du mariage, ils comptent que la mariée porte son voile et sa couronne[1], – à laquelle je crois que bien peu attachent une signification précise, – tout comme, lors d'un

1. En Scandinavie, les mariées portent une petite couronne censée symboliser leur virginité. *(N.d.T.)*

enterrement, ils s'attendent à voir la veuve « en deuil » avec son voile noir, et, de même qu'ils attendent du couple de mariés qu'il s'agenouille et jure de vivre ensemble jusqu'à ce que la mort les sépare[1], même s'ils peuvent nourrir toutes sortes de doutes quant à leur foi religieuse et savent fort bien quel pourcentage de mariages se termine par un divorce, de même ils s'attendent à les entendre chanter que leur foyer sera bâti « sur le roc de la parole* », bien qu'ils sachent parfaitement que « la parole » a joué un rôle insignifiant dans la fondation de ce foyer ; mais ils n'ont pas le moindre désir de se voir mettre au fait de leur intimité, tant du point de vue spirituel que du point de vue corporel, et seraient extrêmement mal à l'aise de devoir être instruits de la vérité à ce sujet. Ils ne demandent pas à savoir si le mariage auquel ils assistent a été contracté du fait d'un amour sincère ou bien de considérations familiales ou sociales, ou bien encore parce que aucune des deux parties contractantes n'a pu en trouver d'autre, — et ils n'ont certainement pas plus envie de savoir si tel jeune couple a « vécu ensemble » avant le mariage que de savoir que tel autre ne le fait plus après celui-ci, même si, dans les deux cas, cela peut être un sujet tout à fait piquant de *gossip*. Personnellement, je puis dire que je considère comme grossier et fort mal élevé de la part d'étrangers que de s'interroger sur la réalité de « l'innocence » de la mariée et je crois que toute l'assistance masculine, au moins, sera de mon avis. Il est bien possible que telle ou telle personne intéressée s'en soit préoccupée, ait voulu croire ceci ou cela et ait ainsi été « trompée », pour ainsi dire, — mais il me semble pourtant que le jeune couple est fondé à faire valoir que cela ne regardait que lui et qu'il n'avait de comptes à rendre à personne. Imaginons de même un couple de jeunes mariés qui, pour une raison ou pour une

1. Formule rituelle du mariage protestant. *(N.d.T.)*

autre, diffère sa vie commune d'une année ou deux. Il est probable que, si cela venait à leur connaissance par la suite, leurs relations se souviendraient de certaines dispositions, de remarques railleuses, d'expressions de sympathie envers la jeune épouse parce qu'elle n'attendait pas encore l'arrivée de la cigogne etc. à l'occasion desquelles ils s'étaient pour ainsi dire rendus ridicules ; mais ils ne pourraient tout de même pas soutenir qu'ils aient vraiment été abusés ou qu'on se soit joué d'eux ! Il y a dans la vie bien des situations qui sont tellement intimes qu'on peut s'attendre à ce que personne ne donne de renseignements à leur sujet, — et que *personne ne désire* en être informé.

Je pense donc que tu peux avoir parfaitement raison de dire, par exemple, que telle veuve, malgré son voile de deuil et son profond « chagrin », est à jamais heureuse d'être débarrassée de son mari, ou bien que lors des trois derniers mariages auxquels tu as assisté la mariée n'était pas « vierge », — quant à savoir si ce genre de remarques est particulièrement plein de tact, c'est une tout autre question, — mais si tu avances qu'ils ont arboré un faux pavillon et tenté d'abuser toute l'assistance, tu es injuste envers eux.

Autant que je me souvienne, c'est contre ce genre de choses que nous autres, les jeunes, — d'alors, — protestions. Nous n'avions pas d'objection contre le fait en soi regrettable, naturellement, que vous nous trouviez plus dissolus du point de vue moral, moins patriotes, moins bien élevés et moins attentionnés etc. que votre propre génération ; si je me souviens bien, nous convenions spontanément d'une partie de ces choses. Mais nous avions l'impression que vous étiez injustes envers nous lorsque vous disiez que nous avions trahi votre confiance, que nous étions déloyaux.

Quant aux exemples que tu cites, je suis d'avis que tu as dans ces cas-là parfaitement raison d'en être offusquée.

Si tu donnes de l'argent à un jeune homme en lui spécifiant bien que c'est pour un voyage, et si tu donnes à ta bonne la permission de voir son bon ami jusqu'à neuf heures, sa tante le mercredi et sa grand-mère le dimanche à l'église, alors les intéressés devront suivre tes consignes ou bien essayer de te faire revenir dessus, faute de quoi il leur faudra reconnaître qu'ils t'ont trompée. Quant à savoir si ce qu'ils ont fait était particulièrement bien, ou avisé de leur part, cela dépend bien sûr dans chaque cas de la nature exacte de vos rapports et du caractère des différents interdits.

Mais je ne crois pas qu'aucun de ces exemples soit analogue à l'une quelconque des circonstances dans lesquelles il a été dit, à l'époque, que nous avions trahi ta confiance, ou votre confiance ; je n'en ai en tout cas aucun souvenir. Si ma mémoire est fidèle, tout ce problème a été évoqué pour la première fois à cause de la conduite jugée légère de certaines de mes amies. Et c'est sur ce point que je considère que l'accusation de vous avoir trompés, ou d'avoir abusé de votre confiance était injuste, car je n'ai jamais feint de professer un respect particulier pour le 6e commandement.

Ce qui a trait aux *confidences* et à la *confiance entre intimes* est, selon moi, une tout autre affaire. Dans ce cas, on peut être déçu et blessé de façon bien plus profonde que lorsqu'il s'agit de simples relations et, si ma meilleure amie vient un jour me dire qu'elle a une liaison depuis plusieurs années, ou bien si, le jour de ses noces d'argent, ma sœur me confie qu'elle n'a jamais vécu avec son mari, cela peut fort bien me faire beaucoup de peine de me rendre compte que j'ai été tenue tellement à l'écart de leur vie ; mais je pense que l'on n'a pas le droit d'*exiger* des confidences de qui que ce soit, pas plus qu'on n'a le droit d'exiger de l'amour. Il n'est même pas possible de revendiquer la réciprocité. À l'instar de ce que dit mélancoliquement Heine : Elle était aimable et il l'aima, mais il n'était pas aimable et elle ne l'aima point*, – il vaut mieux se dire : Il inspirait confiance et je lui ai accordé la mienne, mais je ne l'inspirais pas et il ne m'a pas donné la sienne, – d'autant plus qu'il me semble que c'est, au fond, une exigence tout aussi grande que d'attendre de quelqu'un qu'il soit prêt à accepter ma confiance que de lui demander de m'accorder la sienne.

Je crois que la plupart des gens désirent profondément pouvoir se confier à quelqu'un d'autre avec une franchise totale, et que ceux qui sont capables de recueillir des confidences de la part des autres et de ne pas les divulguer font là une très bonne action. Mais c'est un don bien rare et il faut également des conditions bien exceptionnelles pour que cela soit possible, et il serait certainement trop long de parler de tout cela, mais je voudrais cependant aborder certains points. En premier lieu, tout dépend de savoir si celui qui fait ainsi des confidences à l'autre peut être absolument sûr de sa discrétion. Sur ce point, il faut me permettre de dire que je pense que ma génération a une plus haute morale que la vôtre : nous avons été moins bavards. Je me rappelle une occasion où les circonstances et, en quelque sorte, une crise dans ma vie m'avaient fait totalement perdre mon équilibre et où il m'est arrivé de parler à tante Lidda de choses très intimes ; par la suite j'ai appris qu'elle les avait colportées à droite et à gauche, pour dire les choses comme elles sont. Je ne veux pas pour autant la juger comme nous aurions jugé quelqu'un de notre âge, car je sais que ce serait injuste ; mais, en tout cas, elle devait bien pouvoir comprendre qu'elle n'aurait plus jamais de confidence à attendre de ma part. Et nous n'avons jamais été tout à fait sûrs de vous. Je crois qu'au sein de l'Église catholique qui, sur ce point, est très en pointe, c'est un péché absolument impardonnable que de trahir le secret de la confession et qu'un prêtre doit être prêt à voir exécuter un innocent sans dire un mot, même s'il a encore dans les oreilles toute la confession du vrai coupable. Je ne sais pas si c'est bien, en soi ; mais je suis tout à fait sûre qu'une discrétion aussi absolue est nécessaire à la confiance, si l'on ne veut pas que celle-ci se limite à des futilités. Au cours de ma vie, j'ai rencontré trois personnes dans lesquelles j'ai pu avoir sous ce rapport une confiance à toute épreuve : Ellen Wanscher, Thomas et Farah, et je puis dire que, pendant le temps que j'ai passé avec chacun d'eux, je n'ai eu aucun secret pour eux.

Quelque chose d'autre est également nécessaire pour que règne entre deux personnes une confiance totale, — et, sur ce point également, je peux prendre l'Église catholique comme modèle : le rapport *personnel* ne doit pas être trop marqué. C'est pourquoi il arrive de voir quelqu'un choisir comme confident un ami chez qui il ne va pas, — pas plus que cet ami ne vient chez lui, — ou bien une vieille tante ou bonne d'enfants que l'on a envoyée terminer sa vie, au loin, dans quelque fondation bien paisible, ou encore un médecin qu'il ne fréquente pas quotidiennement. Il n'est pas toujours agréable de devoir vivre auprès de quelqu'un qui connaît toutes vos pensées et tout ce qui vous concerne. Mais il faut également tenir compte de considérations purement pratiques ; on voudrait pouvoir exprimer sa pensée sans risquer de voir quelqu'un s'ingérer dans vos projets. En tout cas, personne ne peut demander la confiance ou l'attendre de quelqu'un d'autre, sans s'être fait une raison sur ce point et je crois que c'est cela qui empêche très souvent une telle confiance de s'instaurer entre les jeunes et les adultes.

Les adultes pensent en effet, d'une part qu'ils en savent plus long sur toutes les situations qui peuvent se présenter dans la vie, et d'autre part que la responsabilité du bonheur ou du malheur des jeunes leur incombe en définitive, et les jeunes ont, dans l'ensemble, des difficultés à bien exprimer leurs pensées et à bien laisser se manifester leur vie intérieure, ainsi qu'une certaine pudeur naturelle à faire connaître, à expliquer et à défendre leurs idées.

Sur ce point, je puis évoquer un souvenir datant des premières années de ma jeunesse et qui m'a valu, à l'époque, le reproche de manquer de franchise, mais à propos duquel je regrette maintenant de n'avoir pas eu le courage d'agir encore plus selon mes propres convictions. C'est la fois où, alors que j'étais encore bien jeune, j'ai envoyé des fleurs à Georg Brandes qui était tombé malade et avait été admis à l'hôpital municipal. Je puis dire que cette initiative avait été motivée par l'enthousiasme très sincère d'un jeune cœur envers ce qui lui était alors apparu comme la première manifestation de l'esprit et du génie ; je vivais depuis longtemps dans les livres de Georg Brandes et je puis dire que c'est lui qui m'a fait connaître la littérature. C'est à lui que je dois mes premiers enthousiasmes *personnels* dans ce domaine : Shakespeare, Shelley, Heine. À voir les choses de façon tout à fait objective, Brandes était véritablement l'un des grands esprits de mon pays et un vieil homme malade. Je n'avais nullement mauvaise conscience en faisant ce que j'ai fait mais je savais que cela ne vous plairait probablement pas, – et puis, ce genre de passions juvéniles, ainsi que les actes qu'elles inspirent, les jeunes filles n'en parlent généralement pas à leur famille. Je ne me rappelle plus exactement comment la chose a été découverte, cependant ; mais je me rappelle fort bien quel horrible choc cela a été pour moi de voir la famille tout entière, jusqu'à tante Thora qui devait être en visite, participer à un échange de vues fort indigné et à quel point tout cet épisode m'a laissé un souvenir pénible.

Cette fois-là, il m'a été reproché d'avoir pu entreprendre quelque chose de semblable derrière votre dos – mais de quelle autre façon aurais-je pu l'entreprendre, à partir du moment où je souhaitais le faire ? Dès que la chose est parvenue à votre connaissance vous y avez mis un terme définitif ; je n'ai plus jamais écrit à Georg Brandes, je ne l'ai plus jamais vu et je n'ai plus jamais reçu de ses nouvelles, alors que je le désirais tellement. Grâce à ma ruse, j'avais quand même réussi à lui écrire au moins une fois et à lui « exprimer mon admiration » et, par la suite, cela m'a souvent fait plaisir d'y repenser. Je n'ai eu ni la force ni les moyens de faire quoi que ce soit de plus en ce sens, et cela n'aurait sans doute pas servi à grand-chose, bien que mon admiration pour lui soit toujours restée aussi grande.

Tout cela m'a alors causé beaucoup de peine à l'époque et maintenant je considère que ç'a été un grand malheur pour moi. Cette fois-là, ma brûlante passion juvénile pour « les choses de l'esprit », qui était passablement *starved* dans la vie quotidienne, avait eu l'occasion de se manifester ; c'est la seule fois qu'une possibilité s'est offerte à moi d'entrer personnellement en contact avec l'un des plus grands esprits du Danemark et je crois maintenant que Brandes aurait pu faire de moi une artiste ou un écrivain, comme il l'a fait de tant de gens, — on peut même dire qu'il n'y a pas eu dans ce pays, au cours des 50 dernières années, un seul artiste ou écrivain qui ne le soit pas devenu plus ou moins grâce à lui, — et ma jeunesse aurait pu être marquée par le travail intellectuel et l'enthousiasme pour l'art et pour le « génie ». Si, à l'époque, je m'étais rendu compte de ce qui était véritablement en jeu et à supposer que je n'aie pas eu la force de parvenir ouvertement à mes fins, j'aurais bien eu celle de vous donner le change et je regrette de ne pas l'avoir fait. Toute autre comparaison mise à part, les premiers chrétiens célébraient bien la messe dans les catacombes non pas uniquement parce qu'ils redoutaient d'être jetés aux fauves dans l'arène etc. mais aussi et surtout par peur que l'on vienne les déranger dans le culte qu'ils rendaient à leur Dieu et qui était pour eux la nécessité suprême, – et qui irait les accuser de fourberie ?

Je vais laisser là pour aujourd'hui ces considérations sur la probité, la franchise et la confiance. Il m'est venu à l'idée de les compléter par un *essay* sur un sujet tout aussi immortel : l'amour, à propos duquel tu m'écris également ; mais il me semble que tu dois maintenant être plus que lasse de mes réflexions et qu'il vaut mieux attendre un peu avant de t'en administrer une nouvelle dose. D'ailleurs, je suis également en train de rédiger toute une série de considérations sur ce thème à l'intention de Thomas et mes traits d'esprit ne souffrent certainement pas d'être répétés. Je voudrais te remercier de m'avoir suivie jusque-là avec autant de patience, – si tu y es bien parvenue. Tu auras certainement remarqué que je n'ai plus beaucoup l'habitude de ce genre de discussions, dont je n'ai pas l'occasion ici, et cela a été pour moi une bien dure épreuve que de devoir mener celle-ci par écrit.

Je t'envoie des milliers de pensées, ainsi qu'à tout Folehave. Quant au reste de ce qui se passe ici, tu en entendras parler par maman ; j'espère cependant que tu auras compris que j'enfreins chacun des 10 commandements et que je m'en trouve très bien.

J'ai rêvé cette nuit que j'assistais à l'enterrement de la vieille Sanne et que tu me disais que tu espérais que je marcherais sur ses traces. C'est étrange que l'on puisse faire de pareils rêves ; cela fait certainement plus de 30 ans que je ne l'ai pas vue.

Bon, encore une fois je pense beaucoup, beaucoup à toi, ma chère tante B.

Tanne

À THOMAS DINESEN

Ngong, 27/4/24

Mon cher vieux Tommy.

1 000 mercis pour une lettre qui est arrivée ici le jour de mon anniversaire ; cela m'a fait grand plaisir d'avoir de tes nouvelles et j'espère que tu te plais toujours bien à Oxford, que tu as fait la connaissance de beaucoup de personnes intéressantes et que tu t'amuses bien. Es-tu allé rendre visite à Wells ? Selon moi, tu devrais absolument le faire ; je crois que l'on hésite souvent à faire ce genre de choses parce que l'on se dit que les gens célèbres en ont bien assez comme cela ; mais, tout d'abord, je ne crois pas que ce soit toujours le cas, ensuite il leur serait certainement difficile d'en avoir trop, et enfin ils sont bien capables de faire la différence entre les visiteurs intéressants et ceux qui ne le sont pas. La seule fois où je me suis permis une telle démarche, c'était envers Georg Brandes, elle a vraiment été accueillie avec un intérêt touchant et elle aurait pu amener beaucoup de choses dans ma vie si je n'avais pas été une imbécile, et puis, en ce genre de circonstances, ta V.C. devrait te conférer certains avantages. Est-ce que tu lis *The Dream*, de Wells, qui paraît en ce moment dans *Nash's Magazine* ? Cela m'intéresse énormément et je suis bien d'accord avec ses idées sur la façon dont notre époque conçoit la vie. J'ai bien souvent pensé à ce que tu disais toujours, à savoir que les hommes pouvaient certainement progresser en intelligence, en beauté etc. mais non pas devenir plus heureux. Je crois que tu te trompes ; d'une certaine façon, il me semble que la grande idée de notre époque est d'« enseigner l'art d'être heureux », ou comme le dit

Wells : *the art of being human*, — et que cela peut fort bien donner le signal d'un « âge d'or ». Il s'est trouvé que le chemin qui y mène a, jusqu'ici, été impossible à emprunter ; notre vieille conception du monde doit d'abord être débarrassée de bien des choses et en tout premier lieu, selon moi, de la religion, — et puis, avant de pouvoir parvenir à un résultat quelconque, il faudrait aussi que nous soyons en mesure de nous libérer, jusqu'à un certain point, des forces naturelles, ou bien de les maîtriser. Si *The Dream* est paru en livre, ne voudrais-tu pas me l'envoyer ? Mais il ne sortira sans doute pas avant que la publication en soit terminée dans *Nash's*.

J'ai parfois peur de t'écraser sous mes ennuis ; mais, il faut dire que, de temps en temps, ils sont assez considérables et il faut que tu te souviennes que tu es la seule personne au monde à laquelle je puisse ouvrir mon cœur et même dire ce que je pense, purement et simplement. À maman, il faut toujours que j'écrive de façon *cheerful* et, ici, il n'y a personne qui ait le courage de prêter attention à tous mes *shauries* ou même qui soit au courant de ceux-ci. Il me semble remarquer dans les lettres de maman qu'elle est de plus en plus sous l'influence du reste de la famille, à moins que ce ne soit seulement dû au fait qu'elle vieillit et qu'elle est fatiguée par toutes les peines qu'elle a connues ; mais elle ne possède plus son ancienne « disponibilité d'âme* » qui lui permettait de rester insouciante même au milieu des difficultés. Par exemple, elle prend bien plus à cœur les désaccords qui peuvent se faire jour entre elle-même et nous, et puis il est bien cruel de lui faire de la peine avec tout cela.

Il me semble que l'affection, ou la solidarité, au sein d'une famille, comme il en existe dans la nôtre, présente également ses inconvénients ; pour maman, par exemple, ses rapports avec nous, en premier lieu, et ensuite avec ses frères et sœurs etc. sont toute sa vie ; pour ma part, j'arrive à peu près à la satisfaire à cet égard mais je ne peux pas le faire d'une façon tout à fait honnête et cela m'est bien pénible, parce qu'elle met dans cela tout son cœur et toute son âme, – si tu peux comprendre ce que je veux dire. Par exemple, il me semble que maman n'arrivera jamais à admettre qu'il puisse y avoir dans notre vie des choses qui comptent plus que nos rapports avec elle ou que nos rapports entre frères et sœurs. C'est ainsi qu'elle n'arrive pas à comprendre que la tragédie qu'a été pour moi mon mariage m'ait causé plus de peine que la mort d'Ea ; je ne crois pas qu'il lui arrive encore de penser à Bror et à tout ce *shaurie*, ou qu'elle s'imagine vraiment que je puisse le faire alors qu'elle se dit certainement, une fois de temps en temps, que j'ai en quelque sorte surmonté la mort d'Ea avec une facilité incompréhensible. Mais, malgré toute l'affection que j'ai pu avoir pour Ea, elle m'était bien moins proche, dans la réalité des faits, que ne l'a été Bror pendant les années véritablement heureuses de notre mariage, au cours desquelles nous avons commencé ensemble une vie tout à fait nouvelle.

Si maman apprenait jamais qu'il existe quelqu'un d'autre que j'aime et qui représente pour moi plus que tout le reste, je crois qu'elle serait incapable de le comprendre et même que cela lui ferait du mal. Je crois que c'est ce qu'elle ressent envers Elle et que, d'une certaine façon, c'est pour elle une perpétuelle déception inconsciente, ou une sorte de ressentiment inconscient, – je devrais plus exactement dire que, bien que la situation d'Elle lui donne toute satisfaction, elle n'est pas, pour sa part, vraiment *heureuse* dans ses rapports avec celle-ci et recherche une sorte de compensation dans ses rapports avec ses autres enfants. Je ne crois pas que maman se soit jamais rendu compte, par exemple, du rôle que Viggo pouvait jouer dans la vie d'Ea... ou, inversement, qu'elle soit capable d'estimer dans quelles proportions, par exemple, Anders joue un rôle dans ma vie ou moi dans la sienne. Malgré toute l'affection qui peut nous unir et la joie que nous aurons toujours à nous retrouver, il y a entre nous une trop grande différence d'âge, et de bien d'autres choses, pour que nous puissions être proches l'un de l'autre, – Dieu sait si Anders pense à moi trois fois par an, – mais je ne crois pas que l'on puisse ôter de l'idée de maman qu'Anders figure au tout premier rang des personnes que j'aime et qui représentent quelque chose dans ma vie.

Maman et moi avons eu une correspondance soutenue à propos de tes « flirts », – je ne sais pas si tu en as jamais entendu parler, – et, tout récemment, j'ai fini par lui écrire une lettre de remontrances, tout d'abord parce qu'elle ne peut s'empêcher de se faire constamment du souci à propos de ce *shaurie*, et ensuite parce qu'elle n'arrête pas d'exprimer son inquiétude que tu te maries avec une jeune fille qui ne soit pas « digne de nous ». Mis à part le fait que c'est d'une outrecuidance peu ordinaire, il ne peut servir à rien qu'elle pense à ta femme avant tout par rapport à elle-même, à Rungsted, à Folehave, à Mitten et à moi. Si une telle façon de voir venait à prévaloir, ce serait un terrible obstacle à ton mariage, de façon générale, et à ton *bonheur* conjugal, – *pour le cas où* tu te marierais, – et je puis dire que, sans aucun doute, si nous étions, nous autres, tels que maman, grand-maman et tante Bess croient que nous sommes, – c'est-à-dire aussi axés qu'elles sur la famille, – nous serions certes totalement *unfit* au mariage avec qui que ce soit... J'aimerais bien que maman puisse trouver autre chose, sinon à quoi se consacrer, du moins à quoi s'occuper, que ses enfants et ses petits-enfants ; par exemple, la musique, les bonnes œuvres, un peu de mondanités ou de choses de ce genre, comme Mme Wanscher, par exemple, qui aime beaucoup le théâtre et la littérature et qui y consacre une bonne partie de son temps ; mais je sais bien que c'est impossible.

C'est pourquoi je me fais également quelque souci à l'idée de voir maman venir ici... Précisément du fait que cela fait si longtemps que je suis partie qu'il a été impossible d'ôter à maman ses illusions et parce que, dans mes lettres, il m'a été si facile de lui donner ce qu'elle désirait et de lui cacher tout le reste, je crois qu'elle s'est mis dans la tête qu'elle et moi sommes, en quelque sorte, tout l'une pour l'autre, – ou en tout cas qu'elle est tout pour moi, et je ne crois pas qu'elle en ait conscience ou qu'il soit possible de lui ôter ses illusions en ce domaine ; mais je pense que *si* elle en venait à les perdre, ne serait-ce que dans une très faible mesure, elle en concevrait un chagrin indicible, – et qu'elle aurait l'impression que le dernier refuge de tout son grand amour lui est désormais interdit. Elle m'écrit par exemple que ce serait « pour toutes deux comme d'être au ciel que de pouvoir à nouveau fêter Noël ensemble », – et tu comprendras sans doute que j'aie peur de ne pas être tout à fait à la hauteur d'une telle attente, – alors que, si tu étais là aussi, il me semble que cela pourrait peut-être aller ?...

Pour en revenir à mes propres *shauries*, il y a encore une chose à propos de laquelle j'aimerais te demander ton aide et qui concerne Bror. J'ai en effet reçu deux lettres, tout d'abord une de Roy Whittet, un compagnon de safari de Bror, et ensuite une de Bror lui-même, qui m'apprennent qu'il est actuellement très malade à Arua, en Ouganda. Il n'y a pas le moindre doute à avoir quant à la nature de son mal et il est lui-même bien conscient que c'est toujours le même ; il me dit qu'il a tout d'abord eu une sorte de plaie sur tout le corps et maintenant une sorte d'inflammation de tous les membres, qui sont enflés et absolument raides, ainsi qu'une forte fièvre qui ne veut pas baisser et une sorte de paralysie. Whittet m'a écrit à l'insu de Bror et il me prie de préparer tante Clara ; il semble donc qu'il n'y ait que peu d'espoir. Dans ces circonstances, je lui ai écrit et lui ai dit qu'il pouvait venir ici s'il était en état d'être transporté. Car il est sans argent, il est parti pour ce safari dans l'espoir de tuer des éléphants mais cela n'a rien donné. Je ne peux pas le laisser mourir là-bas comme un chien et je lui ai promis une fois pour toutes de ne jamais écrire à sa famille.

Je ne sais pas encore s'il pourra, ou s'il voudra, venir mais, si ce devait être le cas, j'aimerais que tu en parles avec oncle Aage. S'il veut mettre fin à mes fonctions pour cette raison, il n'aura qu'à le faire. Je ne crois pas que cela puisse avoir une influence quelconque sur notre divorce qui est maintenant pratiquement acquis ; les juristes de chez nous ne doivent pas oublier de tenir compte du fait qu'ici tout n'est pas comme là-bas ; il n'y a pratiquement pas d'hôpitaux et pas de sanatorium, de maison de convalescence, d'établissement de cure ou de choses de ce genre. Je ne vois aucun autre endroit où Bror pourrait être accueilli ; les gens auraient certainement trop peur, au moins les Lindström et les Bursell, en tout cas, car ils ont des enfants. Je n'ai l'intention de le garder ici que tant qu'il sera très malade, et je ne lui laisserai pas le moindre mot à dire quant à la marche de la ferme. Cela ne me plaît guère d'informer oncle Aage de tous mes *shauries* mais, s'il n'y a pas moyen de faire autrement, ce que je te laisse le soin de décider, tu n'auras qu'à tout lui dire franchement ; naturellement, il faudra lui demander de n'en parler à personne. Ne fais cependant rien avant d'avoir eu à nouveau de mes nouvelles ; Bror est peut-être en trop mauvais état pour pouvoir supporter le voyage.

... En ce qui concerne la ferme, j'ai eu quelques appréhensions car les pluies se sont interrompues le 5 avril et, après cela, nous avons eu trois semaines de temps frais, tout à fait comme après la saison des pluies en temps normal. Tout le monde disait que c'en était terminé de celles-ci bien avant la date, et la situation était préoccupante. Mais elles ont repris avant-hier et en ce moment il pleut. Nous avons eu une belle floraison et, si nous avons le temps qu'il faut, l'année sera excellente.

Je pense toujours à mon idée d'acheter la ferme, qui serait, selon moi, la meilleure solution. J'avais alors pensé en offrir une certaine somme et m'engager, si jamais je vendais le tout, à partager le bénéfice éventuel avec l'ancienne société par actions. Mervyn Ridley, qui est rentré chez lui, va essayer de voir ce qu'il peut faire pour moi sous ce rapport. Tu penses bien que je me dis que ce serait une bonne affaire pour moi...

Denys est rentré en Angleterre ; il était ici quand il a reçu une lettre de son père et de son frère* l'avertissant que sa mère était très malade et il est parti après s'être accordé un seul jour pour se retourner. J'espère bien que je le reverrai un jour mais ne sais pas quand il reviendra ici. Tu te doutes qu'il me manque beaucoup, – et même le simple fait de savoir qu'il est dans le pays et que je pourrais le rencontrer. Si par hasard tu tombais sur lui, il ne faut surtout pas que tu lui dises que tu as traversé l'étang en voiture ; en effet, il l'a fait lui-même et en était très fier, aussi je ne veux pas lui ôter cette satisfaction. J'ai reçu une lettre de lui, un jour, mais plus rien d'autre depuis et je n'en attends pas non plus car je sais qu'il déteste écrire.

J'ai envoyé mes toiles au Danemark afin de savoir quelle en est la valeur, et j'ai envoyé quelques poèmes, – sous le nom d'Osceola, – au *Tilskueren* ; je ne sais pas s'ils en voudront, n'en parle donc pas. Ce sont les suivants : *Clair de lune*, *Bon vent*, les deux chansons de Fortunio, *Tôt le matin*, *Chanson pour la harpe* et *La réserve masai*. J'ai quelques petites histoires que j'ai l'intention de leur envoyer, s'ils acceptent ce genre de choses. Peux-tu imaginer que je n'ai jamais lu ton article sur la chasse au lion dans *Gads Magasin** ? C'est quand même un comble.

J'ai une proposition à te faire, que tu ne dois cependant pas hésiter à refuser. *Il faut que je rentre*, je suis malade et il faudrait que je suive un traitement ; mais je préférerais ne pas rentrer au Danemark, surtout pas dans la situation actuelle. Par contre, j'aimerais bien aller à Paris, où Rasch pourrait certainement m'indiquer un bon médecin et où je pourrais en même temps suivre des cours de peinture. Je pense que cela me serait possible au printemps prochain. Je tiendrai bien jusque-là ; j'ai été assez mal en point mais cela va mieux maintenant et je crois que rien ne presse. Si cela peut cadrer avec tes projets, aimerais-tu séjourner là-bas avec moi ? Je ne suis pas absolument fixée sur Paris ; ce pourrait être Munich, par exemple ; il faudrait simplement que ce soit un endroit propice aux études artistiques, et de préférence pas Londres car cela fait si longtemps que je fréquente les Anglais que j'aimerais bien changer un peu d'atmosphère ; mais Florence ou Rome, par exemple, me conviendraient parfaitement.

Il me semble que, tant pour toi que pour moi, qui nous détachons peu à peu de notre patrie et de notre famille, ce pourrait être très amusant de passer ainsi un certain temps ensemble. J'ai fait le calcul que, si tu venais ici avec maman, par exemple au mois d'octobre, et repartais avec elle le 1er janvier ou même avant et qu'ensuite tu restes en Orient pendant 3 mois, — à moins que tu n'aies pensé y rester plus longtemps ? — nous pourrions nous retrouver, peu importe où, vers le milieu du mois d'avril et y rester 3 mois ; j'aimerais bien sûr rester un peu plus longtemps en Europe, 6 mois de préférence, mais je pourrais toujours voyager un peu par la suite. En ce qui concerne ton offre d'aide financière, je te remercie naturellement du fond du cœur. En effet, j'avais à moitié eu l'intention de te demander si je pouvais venir avec toi en Chine, mais cela n'est sans doute pas une très bonne idée. Il me faut *absolument* du changement. Et puis je veux, d'une façon générale, essayer d'être fixée en ce qui concerne mon avenir, – savoir si je vais rester ici ou bien si je vais entreprendre quelque chose de tout différent, – mais cela attendra bien jusque-là. Tu n'es pas obligé de me donner une réponse, je te demande simplement d'y réfléchir. Pour toi il y aurait, par exemple, pas mal de choses à étudier, à Paris ; nous pourrions prendre un petit appartement sur la rive gauche de la Seine, bûcher les jours de semaine, et puis faire une petite excursion de temps en temps.

Bon, j'espère que cette longue lettre ne t'a pas trop ennuyé. Donne-moi enfin quelques nouvelles de la vie intellectuelle de l'Angleterre d'aujourd'hui : j'ai très peur de m'abêtir complètement, ici. Je suis bien en train de rédiger un traité sur le mariage mais je n'avance que très lentement et ce que j'écris est bien misérable, parce que je n'ai personne avec qui parler de ce genre de choses ; j'ai même des douleurs dans le cerveau lorsque j'essaye de réfléchir. Ma conviction est que *le mariage n'existe plus*, si ce n'est sur le papier, mais qu'il fera sa réapparition sous une forme plus stricte, pour *la race*, tandis que *l'amour*, en tant que source d'art et de bonheur sous toutes leurs formes restera une affaire privée, – et que, de toute façon, l'humanité n'échappera pas à une *sexual education* sérieuse et poussée jusque sur le plan des idées, qui ne consistera pas seulement en une information sur les phénomènes physiques et en un apprentissage des rapports charnels, mais également en un entraînement à la loyauté, à l'absence d'égoïsme et à la beauté dans ce domaine particulier des relations humaines. Mais nous en reparlerons...

À THOMAS DINESEN

Ngong, 22/5/24

Très cher Tommy.

Je t'envoie ci-joints les huit premiers chapitres de mon traité sur l'amour et le mariage. Le reste viendra par la suite ; mais il m'a semblé que cela pourrait être amusant pour toi de recevoir cela pendant que tu étais encore à Oxford et c'est peut-être le dernier courrier par lequel je puisse t'y faire parvenir quelque chose.

Tu ne pourras bien sûr pas le juger avant d'avoir l'ensemble, aussi ne te donne pas le mal de m'en faire une critique et de me l'envoyer tout de suite.

Je suis bien consciente que ce travail n'a pas une bien grande valeur ; et il ne servirait pas à grand-chose de faire valoir de nombreuses circonstances atténuantes, car le lecteur pourrait alors me demander à juste titre pourquoi je me suis hasardée dans cette entreprise si les conditions s'y prêtaient aussi peu. À toi qui, je l'imagine du moins, t'intéresses plus à ma personne qu'à ce que je peux écrire, je puis malgré tout avancer une explication : à savoir que le devoir moral que je me suis imposé de sauvegarder toute mon énergie et de la consacrer à mener à bien ce que j'avais entrepris, ainsi qu'à conserver de mon mieux ma lucidité et une certaine maîtrise de mes idées, n'a pas été sans importance pour moi dans une partie du monde où le travail intellectuel à caractère abstrait n'est pas ce qui abonde le plus.

Une difficulté particulière s'est présentée à moi du fait que je n'ai pas accès aux livres dont j'aimerais tirer mes citations. C'est ainsi que je n'arrive pas à me rappeler le titre du livre de Martensen-Larsen*, que je te prie d'ajouter, ni de ce que Kormak a dit à Stengerde* (les deux dernières lignes). Excuse ces lacunes.

Étant donné que je n'ai pas pris de copie de ce travail et que c'est donc le seul exemplaire qui en existe, je me suis permis de le recommander. J'espère que cela ne te causera pas trop de dérangement et que cela ne fera pas penser que j'y attache trop de prix. Mais il serait quand même bien dommage que le résultat de mes efforts s'égare avant de parvenir entre les mains de son unique lecteur !

Bien des pensées et des souhaits de bonne chance et de succès de la part de

Tanne

À THOMAS DINESEN

Ngong, 20/6/24

Très cher Tommy.

Je t'envoie ci-joints les 4 derniers chapitres de mes considérations sur le mariage. Dieu sait que cela ne vaut pas grand-chose ; c'est certainement bien banal et ennuyeux — — mais je suis quand même heureuse d'avoir mené cette tâche à bien et cela pourra peut-être te divertir, ou bien tante Bess ou Elle, qui, comme toi, trouveront peut-être un intérêt personnel à mes opinions et pourront en prendre connaissance si elles le désirent.

La pagination n'est pas toujours très claire (p. 269 et 277) mais j'espère que cela ne gênera pas trop la lecture. Je serais très heureuse de savoir ce que tu en penses.

En même temps, j'aimerais te demander de me rendre un service. J'ai envoyé quelques poèmes, — 7 en tout, — au *Tilskueren* mais Dr Levin n'en accepte qu'un (*La réserve masai*) et dit qu'il n'a pas de place pour les autres. Il m'a cependant proposé très obligeamment de les placer auprès d'une autre revue, si je le désirais ; mais je ne pense pas qu'il y ait lieu qu'il se donne cette peine. Je me suis dit que, puisque tu es en relation avec *Gads Magasin*, tu pourrais essayer de les faire accepter par celui-ci. J'ai donc demandé à Levin de te les envoyer et te serais très reconnaissante si tu voulais bien faire ton possible pour les faire publier soit dans cette revue-là soit dans une autre.

Des milliers de pensées de

Tanne

À THOMAS DINESEN

Ngong, 3 août 1924

Très cher Tommy.

Je te remercie beaucoup de la lettre qui est arrivée avant-hier, par un courrier affreusement lent. Je voudrais répondre de mon mieux à ce que tu y dis sur toi-même, en partie du fait que je n'ai pas d'autres *shauries* pour l'instant et Dieu seul sait pendant combien de temps encore nous allons pouvoir ne pas consacrer nos lettres exclusivement à ceux-ci.

Je sais bien qu'il ne m'est guère possible d'espérer t'aider ou te conseiller véritablement. Il n'est cependant pas exclu qu'il puisse être utile que je te fasse part de ma façon de voir les choses et que tu prêtes l'oreille à ce que d'autres peuvent avoir à dire sur la question.

Il s'en est fallu de peu que tu ne reçoives de moi une lettre du même genre. Ces derniers mois, depuis que Denys est parti, je me suis sentie affreusement déprimée, ou comme tu le dis toi-même, « malheureuse comme les pierres », — ce que tu comprendras sans doute aisément ; et puis il y a le fait que l'uniformité de ma vie et l'impossibilité de sortir d'ici ou de connaître le moindre changement est contraire à ma nature à un point que je ne saurais dire : j'en souffre mille tourments. J'ai eu le sentiment qu'il était totalement absurde et dément que j'existe, de façon générale, et, de façon plus particulière, que je sois ici en train de peindre, que je me lève le matin etc. et, comme Sabine, j'étais « dégoûtée de la vie entière comme d'une robe qui vous va mal* ». Mais, pour en revenir à mon propre cas, lorsque je suis vraiment au désespoir il arrive alors généralement que je remonte lentement à la surface. Je crois que cela vient de ce que ma nature recèle des trésors peu communs de *joie de vivre*[1] qui agissent en fait contrairement à toute raison, — de même je me remets plus rapidement que d'autres d'une égratignure.

Je sais bien qu'il n'en va pas de même pour toi. Mais je crois pourtant qu'il est possible de faire pas mal de choses, ici, en s'y prenant de telle sorte, en s'efforçant de parvenir à vivre d'une façon telle que les forces dont on dispose dans tel ou tel domaine soient mises en valeur et puissent donner le meilleur résultat. Ici, le climat et le fait que je sois libre, que personne d'autre ne puisse se mêler de mes affaires, font beaucoup, me semble-t-il, pour que, par exemple, je me sente forte et sois capable de me renouveler, malgré tous mes chagrins. Je crois que, sous ce rapport, tu t'y es mal pris, — et j'y reviendrai par la suite.

Mais, tout d'abord, si tu me demandais si, selon moi, tu ferais bien de renoncer à ce qui te paraît être l'idéal dans la vie et de te mettre, comme tu le dis, à « suivre les sentiers battus à la façon routinière de tout le monde », — je

1. En français dans le texte. *(N.d.T.)*

ne pourrais te répondre autre chose que : non, non, non. Il n'est pas possible, selon moi, de renier sa nature de la sorte.... Quant à un « travail régulier », il me semble qu'il en va de même : pour toi, ce serait inutile, — et le seul avantage que cela aurait par rapport au mariage serait que tu pourrais t'en libérer quand tu voudrais ; mais en pareil cas, cet avantage n'est pas bien considérable. Je crois qu'il existe une espèce d'hommes qui se disent libres penseurs, et peut-être même anarchistes, et qui ont en réalité beaucoup de respect pour tout ce qui ressemble à un contrat, pour ce qu'on appelle un « métier », et pour un revenu assuré et confortable, mais tu ne fais pas partie de ceux-là. Je n'arrive pas à imaginer ce qui pourrait bien t'inciter à t'y cramponner, — étant donné l'état d'esprit dans lequel tu te trouves et l'idée dans laquelle tu aborderais ce travail.

Je puis juger d'après moi-même. À la vérité, j'aimerais bien me marier et je suis lasse d'être toujours toute seule. Or, si je n'étais pas celle que je suis etc., je pourrais fort bien le faire, par exemple épouser Jack Llewellyn ou Berkeley Cole, que j'aime bien, en compagnie de qui je m'amuse beaucoup, et qui va recevoir du gouvernement 150 000 acres dans le nord, — c'est toujours cela ! Mais, les choses étant ce qu'elles sont, je vois bien que c'est impossible. Naturellement, d'un point de vue purement pratique, je pourrais fort bien *le faire*, c'est-à-dire que je pourrais entrer avec Berkeley dans un bureau d'état civil et ensuite partir avec lui pour Nyeri dans sa voiture. Mais je crois que cela ferait l'effet d'être aussi absurde et aussi peu naturel que si je disais tout à coup que je suis maintenant mariée à Banja. Il est possible que, pour un observateur impartial, ce que je dis là soit « bête » ; mais, dans ce cas, la bêtise résiderait dans le fait que je suis telle que je suis, et il serait encore bien plus bête de croire que je puisse y changer quoi que ce soit, tout comme d'essayer de me persuader que je pourrais n'avoir que 17 ans, ou bien devenir un homme ou encore un chien.

Il me semble que je suis pour l'éternité liée à Denys, vouée à aimer le sol qu'il foule, à être indiciblement heureuse lorsqu'il est ici et à souffrir bien plus que la mort lorsqu'il s'en va...

Si je n'avais pas les Somali et les *natives*, la *middleclass* anglaise, que je suis bien forcée de fréquenter, me rendrait folle. J'aime bien l'aristocratie et la bohème, à la différence de toi, peut-être ; mais d'un autre côté, en tant qu'homme, tu as plus de possibilités de faire la connaissance de la classe inférieure, du prolétariat, ou de vivre parmi celui-ci. Tu as une fois parlé de t'engager comme matelot ; je crois vraiment que tu devrais le faire maintenant. À moins que cela ne revienne au même pour toi de partir en Somalie ou en Abyssinie, pour un an.

Je suis persuadée que, pour l'instant, le fait de vivre au sein de ta propre classe, dans le bien-être, de mener une existence paisible et bien ordonnée, t'est absolument insupportable et même t'empoisonne la vie. Lorsque l'on est vraiment touché à mort, il me semble que le bien-être, les petites satisfactions, les passe-temps agréables sont ce que l'on peut connaître de plus affreux.

Mais, juste à votre porte, se trouvent des êtres qui ont faim, qui sont malheureux, qui sont au désespoir et qui luttent. Je ne parle pas seulement des prolétaires, car en Allemagne, en Russie, en Autriche, cela représente presque toute la population. Si je puis te donner un conseil, c'est d'aller vers eux, – ou, de façon plus générale, de rechercher des endroits où le danger est chose quotidienne et où la vie est chaque jour remise en question...

À lire ce que tu écris, on dirait qu'il n'y a rien d'autre au monde que les voyages, les études, – et puis les « huit heures de bureau » et le mariage bourgeois. Tout cela se situe à peu près au sein de la même couche sociale et parmi la même sorte de gens. Mais, en dehors de celles-ci, il existe un univers sauvage que tout le monde cherche à éviter mais qui pourrait te faire du bien, me semble-t-il. Personnellement, en tout cas, je tiendrais à avoir fait sa connaissance avant d'abandonner tout espoir et de dire que la vie ne vaut rien.

Je crois que j'ai un certain *faible*[1] pour les conseils ; en tout cas, j'en ai beaucoup donné au cours de ma vie et, quand j'y repense, je ne crois pas que quiconque ait jamais suivi un seul d'entre eux. Et je ne vois pas non plus pourquoi on devrait le faire ; lorsqu'il n'est nullement évident qu'un conseil lui procure le moindre avantage, il faut bien croire à une certaine inspiration divine, ou tout au moins à une supériorité humaine, de la part de celui qui le donne. Mais, d'un autre côté, je crois qu'il y a quelque chose de libérateur, — lorsqu'on en est au point de demander conseil, — dans le fait de le suivre, même si l'on ne pense pas qu'il vaille grand-chose.

Je ne crois pas qu'on puisse être quelqu'un comme toi, — je veux surtout dire par là : d'aussi probe, — sans qu'il en résulte quelque chose. Et quand on a des intentions aussi arrêtées que les tiennes, il ne faut pas lâcher prise, si dur que cela paraisse, tant que l'on *peut* tenir. Si Erasmus Montanus avait vraiment aimé la science de toute son âme, il aurait dû préférer de continuer à être soldat plutôt que d'accepter de dire que la terre est plate comme une galette ; en effet, quelle joie aurait-il bien pu trouver à la vie au Mont et même dans un mariage avec Lisbet ? — Toutes les louanges qu'auraient pu lui décerner Per le bedeau et Jesper l'intendant ne lui auraient apporté que bien peu de satisfactions...[2].

Quant à mon traité sur le mariage, sur lequel tu me

1. En français dans le texte. *(N.d.T.)*
2. Allusion à la comédie intitulée *Erasmus Montanus* du grand dramaturge dano-norvégien Ludvig Holberg (1684-1754). *(N.d.T.)*

dis des choses si aimables, je ne vois pas d'objection à ce que tu le communiques aux personnes que cela pourrait intéresser particulièrement, si cela peut t'amuser, mais, en fait, il écrit uniquement pour toi. Il est en grande partie directement issu de nos discussions sur la question et tu y trouveras plusieurs remarques qui sont de toi. Je me suis dit que cela pourrait peut-être t'aider au cas où tu aurais toi-même l'intention d'écrire quelque chose sur ce sujet...

Je me réjouis plus que je ne saurais le dire à l'idée de te revoir ici. Tu m'as terriblement manqué.

Des milliers de pensées à tous.

Tanne

Je reprends ma lettre afin d'y ajouter quelques mots pour répondre à ce que tu dis à la fin de la tienne : « Ce à quoi tu es parvenue, je pourrai peut-être y parvenir moi aussi à mon tour — ». Oui, je suis sûre que tu y arriveras. Quand on est capable d'aimer, on finit toujours par rencontrer quelqu'un à qui on peut donner tout cet amour. Celui qui n'a jamais aimé peut nourrir des doutes quant à savoir s'il aimera jamais ; mais je ne crois pas que la vie soit ainsi faite que l'on puisse avoir un jour un aperçu du bonheur et que cela ne se reproduise jamais plus ; cela tient à vous et c'est aussi fatal que la mort. Je parle par expérience ; lorsque j'étais toute jeune, — c'était en 1909, — je suis tombée très amoureuse et j'ai cru que je ne connaîtrais plus jamais cela ; et puis, 9 ans plus tard, en 1918, j'ai à nouveau connu l'amour, — et un amour encore bien plus profond que la première fois. J'ai lu un jour la traduction d'un petit poème grec auquel je pense très souvent :

> Eros frappa, tel le forgeron de son marteau,
> et les étincelles plurent de mon défi.
> Il rafraîchit mon cœur dans les larmes et les cris
> comme le fer brûlant est tiédi dans les eaux.

C'est comme cela que cela se passe, je crois, et non pas de façon aussi douce et amollissante qu'on le dit souvent. Prends patience ; le marteau se lèvera bien à nouveau pour toi.

Il me semble que c'est dommage que tu n'aies jamais lu de littérature *ancienne*. Je crois que cela te ferait du bien. Lis les anciens philosophes et les écrivains satiriques comme Rabelais. Je crois que deux choses te feraient du bien, pour l'instant : *sense of humour* et danger. D'ailleurs, tu peux également lire Søren Kierkegaard, même s'il te paraît un peu compliqué (et peut-être aussi un peu vieux jeu pour ton goût !). Nous avons au moins *Ou bien... ou bien*, à la maison. Je crois qu'il n'est pas possible de le lire sérieusement sans se laisser prendre par ce qu'il dit. C'était un homme probe et il a eu à en souffrir ; dans l'idée qu'il se fait de « L'Individu* », tu retrouveras peut-être quelque chose de toi-même.

Excuse la bêtise de cette lettre. Ce n'est pas du tout ce que je voulais t'écrire. Mais ce que je voulais vraiment te dire, je te le crie encore une fois : tiens bon.

À THOMAS DINESEN

Ngong, 4/9/24

Très cher Tommy.

J'ai reçu hier soir le télégramme de maman et tu te doutes que je suis vraiment extrêmement heureuse à l'idée de vous voir ici, elle et toi, en chair et en os, dans peu de temps maintenant. J'ai du mal à y croire et il me tarde tellement de vous avoir près de moi tous les deux, maintenant que j'ose vraiment me dire que vous allez arriver, que je ne sais pas comment faire passer le temps.

Je n'ai bien sûr pas besoin de te demander de prendre tout le soin que tu pourras de maman pendant le voyage ; je ne crois pas que tu te rendes compte à quel point celui-ci peut être infernal pour la plupart des gens. J'envoie le petit Abdullah, – il est ici en vacances pour l'instant, il a énormément grandi et c'est maintenant un colosse ainsi, me semble-t-il, qu'un génie mathématique, – à votre rencontre à Mombasa et j'espère que, pour le reste, vous arriverez à vous tirer d'affaire tout seuls. Farah est certes d'avis qu'il serait nécessaire qu'il aille jusque là-bas, mais je tiens tellement à l'avoir près de moi, – et puis je viendrai moi-même à la gare de Nairobi ! !...

Il n'est pas impossible que vous fassiez le voyage en compagnie de Denys, car j'ai appris qu'il allait arriver par un bateau français au mois d'octobre. Dans ce cas, je te prie de demander à maman de faire comme si elle n'avait jamais entendu parler de lui.

Hier, j'ai pris le thé avec Genessee, qui m'a parlé de toi en termes très amicaux et qui s'est énormément réjoui de te rencontrer à nouveau.

Sois le très bienvenu, mon très cher frère. Ici, tout le monde se réjouit infiniment de te revoir, Poor Singh, qui est d'ailleurs devenu très désagréable, Kamante, qui est maintenant notre meilleur joueur de football, Abdullah, Farah, – et surtout ta vieille sœur qui t'est toujours aussi sincèrement dévouée.

Tanne

Vous avez tous été particulièrement paresseux pour écrire, ces derniers temps ; les trois derniers courriers ne m'ont pas apporté un seul mot de vous !

Le 11 octobre 1924, Madame Ingeborg Dinesen quitta le Danemark pour Marseille, via Paris, en compagnie de son fils Thomas. Cinq jours plus tard, ils appareillèrent à bord du S/S

Chambord, *traversèrent la Méditerranée, longèrent la côte est de l'Afrique, après avoir emprunté le canal de Suez, et, le 3 novembre, ils arrivèrent à Mombasa où les attendait Farah. La mère de Karen Blixen passa plus de deux mois à la ferme et, à la lecture de son journal intime de cette période, qui a été conservé, il apparaît qu'au cours de ce séjour elle a rencontré la plupart des amis anglais de sa fille : Sir Northrup et Lady Mac Millan, Denys Finch Hatton, Charles Bulpett, Berkeley Cole, Hugh Martin, Algy et Rose Cartwright, pour n'en citer que quelques-uns. Le dimanche 11 janvier 1925 fut donnée à la ferme une grande* ngoma *à laquelle assista, entre autres, le chef Kinanjui, et, deux jours plus tard, Ingeborg Dinesen dit adieu à sa fille à la gare de Nairobi. Thomas Dinesen accompagna sa mère jusqu'à Mombasa et, le 7 février, elle était de retour à Copenhague.*

À INGEBORG DINESEN

Ngong, 14/1/25

Ma très chère maman.

Depuis que j'ai vu ton visage chéri disparaître avec le train, je me réjouis chaque jour à la pensée de le revoir sous la véranda de Rungsted, ce qui ne devrait pas beaucoup tarder. Lady Mac Millan m'a obligée de m'éloigner avant que tu n'aies tout à fait disparu ; les Anglais ont une superstition qui leur interdit de voir la toute dernière image de quelqu'un, et puis c'était très gentil de sa part de venir nous accompagner, mais j'aurais quand même bien voulu te voir une seconde de plus. Elle m'a forcée à venir avec elle jusqu'à Chiromo mais, là, j'ai réussi assez rapidement à me libérer.

Dans la voiture, sur le chemin du retour, j'ai eu le

sentiment que je n'allais pas pouvoir supporter le vide que tu laisses derrière toi ; mais, lorsque j'ai pris le virage et que j'ai vu la maison, il est arrivé cette chose curieuse que j'ai eu l'impression que j'allais t'y retrouver, – et cette impression n'a pas cessé depuis. Maintenant, je comprends vraiment pourquoi l'on dit que la maison dans laquelle votre mère a séjourné est *for ever blessed*, et à quel point cela peut être vrai. Tu es dans la véranda et sur le banc de pierre. Tu es en train de coudre dans la salle de séjour et tu viens à ma rencontre en sortant de ta chambre. Tout ce pour quoi j'avais de l'affection, auparavant, a maintenant pris une valeur nouvelle et tout à fait merveilleuse parce que tu as toi-même posé tes yeux dessus et que c'est maintenant cher à ton cœur également. Je ne serai plus jamais seule dans cette maison. Tous les boys sont venus me dire comme ils étaient tristes de te voir partie et me demander pourquoi tu n'étais pas restée six mois, « *Wataa yaate na penda Mama** ». Ce fou de Tumbo avait pleuré toute la journée parce que tu étais partie et qu'il n'avait pas pu t'accompagner ; lorsque je suis rentrée il s'était un peu résigné et se contentait de répéter, l'air très abattu, « *mimi kidogo** » : c'est la raison qu'on lui avait donnée. Le petit Drage est arrivé tout joyeux à ma rencontre mais il te cherche partout dans la maison et, cette nuit, il a couché dans ta chambre. – À part cela, la faune de la ferme s'était, à mon retour, accrue d'une tortue capturée par Kamante ; elle s'habitue sans trop de peine à cette atmosphère paisible.

En rentrant à la maison, j'ai trouvé une lettre de tante Bess qui n'aurait pas pu arriver plus à propos ni être mieux accueillie ; deux lettres de tante Lidda étaient jointes et m'apprenaient que tout allait bien à Matrup ces derniers temps.

Aujourd'hui, j'ai reçu un télégramme de Repsdorph m'informant que j'avais obtenu le divorce ; il est étrange de recevoir une telle nouvelle le jour du 11e anniversaire de son mariage.

À part cela, je n'ai pas grand-chose d'autre à dire. Je voudrais seulement te remercier encore une fois, – ou plutôt des milliers de fois, – d'être venue jusqu'ici ; je ne l'oublierai jamais. À partir du moment où j'ai eu la surprise de voir ton visage dans la voiture, et jusqu'à la toute dernière minute, les heures et les jours ont constitué pour moi un véritable trésor, un immense trésor qui est mon bien et que je ne pourrai plus jamais perdre. Ici, tout a maintenant du sens et possède un éclat semblable à celui du soleil, le soir, sur les Ngong Hills ; de ta main légère et chérie, tu as accordé toutes les différentes cordes qui vibrent ici et dans ma vie, et celles-ci jouent maintenant à l'unisson, – et, pour tout, pour chaque parole que tu m'as dite et chaque regard que tu as posé sur moi, je te suis plus reconnaissante que je ne pourrai jamais te le dire. Maman chérie, chérie, lorsque je lève les yeux, en ce moment où je t'écris, il me semble que tu es là, que j'entends tes pas et ta voix, et que tu dois *certainement* être dans la maison, – et tu y es vraiment ; « grand est le pouvoir de l'esprit », nous le savons bien et pourtant nous continuons obstinément, pour notre propre malheur, à ne prendre en considération que les réalités physiques.

Naturellement Lady Mac Millan n'a pas cessé de me répéter que tu es charmante et que tu incarnes « *the most beautiful, lovely and delightful type of woman*[1] ».

Tout, ici, t'envoie ses plus sincères pensées, y compris Lulu, Minerva, la maison elle-même et les collines ; ils ne veulent et ne peuvent renoncer à toi. Quant à moi, je ne te dis pas « au revoir ! » car, lorsque je lève les yeux, tu me regardes.

1. Le type de femme le plus beau, le plus ravissant et le plus délicieux qui soit. *(N.d.T.)*

Merci, merci et merci encore, tant que je vivrai, d'être venue.

Tanne

*Le 5 mars, Karen Blixen embarqua à Mombasa à bord de l'*Admiral Pierre*, à destination de Marseille, en compagnie de son frère Thomas et de Farah. À l'escale d'Aden, les deux hommes quittèrent le bord afin d'effectuer un safari de deux mois en Somalie, pays natal de Farah. Karen Blixen poursuivit seule son voyage et arriva à Marseille à la fin du mois de mars.*

À INGEBORG DINESEN

Marseille, Hôtel du Louvre et de la Paix
28/3/25

Ma chère maman. –

Me voici à nouveau en Europe ! et je vais commencer par te remercier pour ta lettre qui m'y souhaite la bienvenue. – C'est vraiment délicieux d'être enfin arrivée, le voyage est toujours *trying*... J'ai laissé Tommy à Aden et il se réjouissait beaucoup à l'idée de l'expédition qu'il projetait mais, comme vous le savez sans doute, on a refusé de les laisser pénétrer en Somalie. J'ai rarement vu pareille mesquinerie : un homme qui a risqué sa vie pour eux ! – il y a des moments où les Anglais me rendent furieuse et où je me dis que je ne veux plus jamais avoir affaire à eux ! Je ne sais ce qu'il fait en ce moment ; je pense avoir de ses nouvelles à Paris mais vous en savez sans doute plus long que moi pour l'instant. –

J'ai eu bien du mal à me séparer de lui car nous avons passé de si bons moments ensemble. Il est en compagnie de Farah mais je ne sais pas non plus ce qu'il est advenu de celui-ci. Il m'a également été très difficile de me séparer de tout le monde, à Ngong, et surtout de Pjuske qui était bien triste lui-même. – Les *natives* ont été touchants, ils sont venus en foule me dire au revoir et tous m'ont dit : « Nous te dirons merci-merci-merci quand tu seras de retour. » Le dernier jour, la vieille femme dont tu te souviens peut-être et qui m'appelait Mama, est arrivée, courbée en deux, et m'a dit : « Il paraît que tu veux partir mais je n'arrive pas à croire cela car, alors ce serait signe que Dieu nous a abandonnés. » – Et elle est restée assise dehors à pleurer. J'ai eu la grande peine de voir Minerva mourir la veille de mon départ ; car elle était devenue extrêmement mignonne et drôle, tu ne peux pas savoir à quel point, – Thomas et moi l'aimions beaucoup, tous les deux. Tumbo voulait venir en Europe pour être auprès de toi, et *tout le monde* m'a dit de te saluer infiniment de sa part car tu es très aimée et très respectée parmi les *natives*. – Comment peux-tu croire, maman chérie, que je vais trouver notre maison vieille et en mauvais état ! Nous l'aimons précisément dans l'état qui est le sien. C'est quand même un peu bête d'écrire des choses pareilles ! Je me réjouis plus que je ne saurais le dire de *tout* ce qui m'attend : acheter des vêtements à Paris, aller à nouveau voir des tableaux et entendre de la musique, la nature de chez nous, manger des fruits, du pain de seigle et des crevettes, – et ne voudrais-tu pas te procurer un *véritable fromage de chèvre norvégien* pour quand j'arriverai ? Cela fait bien longtemps que j'en rêve...

À INGEBORG DINESEN

Quai Voltaire, 7/4/25

Ma bien chère maman.

1 000 mercis pour ton télégramme me donnant des nouvelles de Tommy et qui vient d'arriver. Je ne peux pas te dire à quel point je suis soulagée ; je me disais que ce serait pour lui une déception bien difficile à supporter si ses projets ne pouvaient se concrétiser... Je ne puis te dire le poids que cela m'a ôté de la poitrine car, d'après les dernières nouvelles que j'avais de lui et de Farah, ils voulaient louer un *dhow* et partir à la pêche, et c'est quand même plus agréable de les savoir à nouveau sur la terre ferme. – J'ai beaucoup de mal à admettre que Tommy ne puisse faire ce qu'il désire car il est si extraordinairement gentil ; j'espère très sincèrement que cette expédition lui sera profitable. – Farah fera certainement tout son possible pour lui, mais ce n'est tout de même pas quelqu'un d'assez exceptionnel pour que l'on puisse remettre son sort entre ses mains. –

... Comme je suis fort mal habillée, avec mes chaussures percées et mes vêtements en lambeaux, – ce qui, je crois, m'a valu d'être regardée quelque peu de travers par la patronne de l'hôtel, – je suis surtout restée sur la rive gauche de la Seine, qui possède tellement de charme à mes yeux... Hier, je suis allée au théâtre voir *L'Idiot**, une adaptation pour la scène du livre de Dostoïevski, mais, – d'après ce que j'ai lu d'autre de lui, – je n'arrive pas à croire que cela ait le moindre rapport avec celui-ci ; mais cela donnait à Ida Rubinstein, la prima donna, qui est très belle, l'occasion d'apparaître dans de magnifiques toilettes et sous un jour très avantageux...

À INGEBORG DINESEN

HÔTEL ST JAMES 211, rue St Honoré
& d'ALBANY 202, rue de Rivoli
Paris

20 avril [1925]

... J'ai maintenant l'intention de mettre mes projets à exécution et de partir d'ici vendredi ou samedi matin, de passer par Hambourg, et donc d'arriver chez nous samedi ou dimanche soir ; j'espère que cela ne te dérangera pas. — Tu trouveras peut-être que j'ai tort de rentrer si vite mais il me semble que je n'ai le choix qu'entre cette solution ou bien alors me décider à m'installer véritablement ici, à Paris, et m'inscrire dans une école de peinture pour 3 mois au moins, ce qui me paraît excessif ; et, d'une certaine façon il me semble qu'il me sera plus facile de me mettre à peindre chez nous qu'ici, où je ne connais aucun peintre et où je ne puis obtenir la moindre recommandation, si bien que l'on ne veut m'accepter qu'au nombre des débutants intégraux. — Il y a deux choses que je désire beaucoup faire pendant que je serai chez nous : peindre et apprendre à faire la cuisine. Crois-tu que je pourrais faire un stage dans la cuisine de la cour ? Peut-être les demoiselles Nimb, si elles sont encore de ce monde, me prendraient-elles comme apprentie, du fait qu'elles me connaissent depuis si longtemps...

En mai 1925, Karen Blixen arriva au Danemark pour sa troisième visite à sa famille depuis son départ pour l'Afrique.

Cette fois, elle séjourna à Rungstedlund pendant près de huit mois. La lettre suivante, qui ne porte pas de date et qui est adressée à tante Bess, a dû être écrite pendant ce laps de temps.

À MARY BESS WESTENHOLZ

[Non datée. Rungstedlund 1925 ?]

Chère tante Bess.

Comme la plupart des gens, je réagis trop lentement pour avoir tous mes arguments disponibles dans mon esprit au cours de la discussion et, lorsque mon contradicteur me met au pied du mur, je suis donc souvent contrainte de dire : je n'ai pas réfléchi à ce point particulier. À tête reposée, on peut alors repenser à la question et s'efforcer d'y voir clair, et, bien souvent, on souhaiterait pouvoir reprendre la discussion mais cela n'arrive que bien rarement.

Comme suite à notre discussion d'hier, j'aimerais bien essayer d'exprimer de façon un peu plus claire ce qui, selon moi, est véritablement « anti-anglais » dans l'esprit victorien et dans la conception de la vie qui porte le même nom. Je crois que le fond de ma pensée est que ceux-ci sont doctrinaires d'une façon qui est, au fond, étrangère au caractère anglais. Au Kenya, j'ai souvent été frappée, – surtout dans le cadre de leurs activités dans le domaine de l'agriculture, naturellement, – de voir à quel point les Anglais ont peu l'habitude de bâtir sur des théories, ou même de compter avec celles-ci de façon générale. Ici, au Danemark, nous avons certainement tendance à surestimer la formation théorique dans la mesure où nous considérons qu'à partir du moment où quelqu'un a suivi les cours d'une école et passé l'examen de sortie, il est tout à fait apte à remplir les tâches qui lui seront confiées ; et pourtant, grâce à notre système, nous avons pu atteindre un haut niveau de qualification et une certaine prééminence. Les Anglais, eux, ne tiennent, selon moi, que très peu compte de la théorie et préfèrent de beaucoup se fier à un certain instinct ; même en vue d'une tâche ou d'un poste difficiles, ils auront tendance à choisir quelqu'un en qui ils sont confiance quant au sens de l'observation et à la sûreté du jugement, plutôt qu'à retenir comme critères la formation et les diplômes du candidat. Ceci est frappant surtout si l'on compare avec les jeunes Suédois qui travaillent dans le secteur agricole et laitier car, au cours de la dernière génération, les Suédois ont pris modèle sur l'Allemagne pour la plupart des choses et les Allemands sont les théoriciens et les doctrinaires *par excellence*[1] et ceux qui ont le plus l'esprit de système.

Il me semble qu'il en va de même dans le domaine militaire et que cela est bien apparu au cours de la Grande Guerre, pendant laquelle les Allemands, — et les Suédois, même s'ils n'ont en définitive pas eu l'occasion de le prouver, — maintenaient en toutes circonstances un ordre impeccable, basé sur des calculs de toutes sortes, alors que les Anglais faisaient vraiment la guerre au petit bonheur. Ceux-ci ne peuvent procéder de la sorte que parce qu'ils disposent, en matière de capital, de réserves inépuisables auxquelles ils peuvent avoir recours ainsi que de ressources tout aussi étonnantes en matière de caractère, de sorte que les erreurs de calcul et l'imprévu ne les affectent pas vraiment et, dans une certaine mesure, on peut même dire qu'ils sont incapables de s'affliger ou de s'irriter d'un faux pas ou d'un mauvais calcul.

Lorsque, maintenant, j'essaie de considérer dans une perspective historique l'esprit anglais et la nature des

1. En français dans le texte. *(N.d.T.)*

Anglais tels qu'il me semble les connaître, par exemple à travers leur littérature et leur art, d'après leurs recueils de mémoires ainsi que des témoignages culturels de diverses natures, c'est alors qu'il m'apparaît que l'ère victorienne qui, comme le prince consort lui-même, était versée dans l'art des mémorandums et dans celui de *lay down rules*[1], a marqué l'Angleterre d'un esprit et d'une conception de la vie qui ne sont pas en accord avec la vie et la nature véritables de ce pays.

Je serai la dernière à nier que l'ère victorienne ait également beaucoup de grandes choses à son actif. Il est aussi tout à fait logique que, pour vous qui avez appris à connaître l'Angleterre, ainsi que la littérature et l'art de quelque importance de ce pays au moment même ou ceux-ci étaient marqués par cet esprit, toutes ces réalités aient pu vous paraître indissolublement liées. Je base également moi-même ma théorie, — que je ne voudrais pas faire passer pour autre chose que pour telle, — sur mon expérience personnelle : je n'ai ni aimé ni compris l'Angleterre victorienne que l'on a voulu me faire connaître lorsque j'étais enfant et je ne m'y suis pas intéressée ; mais, par la suite, en apprenant à connaître la vieille Angleterre par l'histoire et par la littérature, et en faisant connaissance avec des Anglais que je considère comme étant soit un *throwback* à la nature de cette Angleterre soit les héritiers naturels de sa façon de vivre et de ses traditions, — ce qui s'applique d'une certaine façon, me semble-t-il, à l'aristocratie qui, assurément, a « fait le mort » sous Victoria, — j'en suis venue à admirer ce qui est anglais et à me trouver en sympathie au plus haut point avec cela.

Dans mon esprit, cette nature anglaise est liée tout particulièrement au désir de liberté et à l'exigence du respect de celle-ci. — Lorsque je lis des mémoires et des

1. formuler des règles. *(N.d.T.)*

livres d'histoire datant de l'époque d'avant la Révolution, pendant laquelle l'aristocratie française s'est tout à coup entichée de tout ce qui était anglais et s'est laissé influencer par cela, je crois que, dans ce cas-là également, il s'agissait d'un retour à la liberté, à l'humain et à la nature, et du désir de fuir tout ce qui était conventionnel. On peut bien dire qu'il est symptomatique que, sous cette influence, les grands aristocrates français aient transformé en parcs leurs jardins à la conception sèchement géométrique ; car, pour moi, il n'existe pas de meilleure expression de l'esprit anglais que les parcs, justement. Ceux-ci donnent de la dignité à la nature et du naturel à la distinction, – mais il n'existe pas non plus de règles pour parvenir à ce résultat ; pour tracer un jardin à la française, il existe probablement de nombreuses règles et de nombreux principes à respecter, mais, pour un parc, seuls comptent l'instinct et le sens du beau. Je crois également que là où Shakespeare, à travers les âges, a été remis en honneur et représenté à nouveau après Racine, par exemple, il a été synonyme d'humanité et de liberté.

Or il m'apparaît que l'ère victorienne s'est assez largement écartée de cet idéal d'humanité et de liberté ; sous l'influence de *the great Victorians*, l'Angleterre a, selon moi et moralement parlant, perdu une partie de son allure de parc ; les règles sont devenues plus nombreuses, on a tracé des allées bien droites et interdit de marcher sur le gazon. L'autre jour, nous ne cherchions pas à savoir si cela a été un progrès ou bien le contraire d'un progrès, mais si c'est, ou n'est pas, en conformité avec la véritable nature des Anglais et en accord avec le reste de leur évolution, ce dont, pour ma part, je doute fort.

Lorsque je lis un écrivain de l'époque victorienne, comme Dickens par exemple, – que j'aime vraiment beaucoup et dont je crois avoir lu la plupart des œuvres, – alors je suis également frappée de voir qu'il est vrai, et donc grand et vraiment *charming*, lorsqu'il parle d'êtres humains et de situations qui se situent en dehors des règles communes, dans lesquelles tout est permis et rien n'a d'importance du moment que tout cela est vivant, drôle et, d'une façon ou d'une autre, libre, humain et aimable. On ne peut pas ne pas aimer Micawber, Fagin et toute sa bande ainsi que *the artful dodger* ; Bill Sykes lui-même n'est pas sans côtés sympathiques, — et, dans le portrait qu'il en trace, Dickens est dans la ligne de Swift, de Hogarth et des grands humoristes des temps anciens. Mais, par contre, lorsqu'il tente de décrire des êtres ou des situations auxquels sont imposées des lois et des règles bien déterminées, dans lesquelles les forces ne peuvent jouer librement, il perd, à mon avis, tout son sens de la vie : dans le cas d'Agnes et du docteur Wickfield, ainsi que pour ce qui a trait à tout l'univers dans lequel, pour mon plus grand désespoir, Oliver Twist se trouve entraîné, il est, selon moi, vraiment ennuyeux à mourir.

La même chose vaut, me semble-t-il, pour Kipling, qui est un représentant éminent de la fin de l'époque victorienne et qui a considéré comme allant de soi le monde que celle-ci avait créé ; si l'univers des indigènes de l'Inde, qui, pour lui, se situe en dehors des lois et du droit, n'intervenait pas de temps à autre, il serait absolument insupportable ; mais dans la peinture qu'il nous donne de cet univers-là il y a quelque chose qui m'apparaît comme véritablement anglais. —

L'humour anglais est, me semble-t-il, apparenté à cette prédilection pour l'humain et pour la liberté. Je ne veux bien sûr pas dire par là que l'époque victorienne n'ait eu aucun sens de l'humour ; mais elle a imposé dans bon nombre de situations un tabou qui, à mon avis, est totalement en contradiction avec la nature véritable des Anglais. Je crois que la vieille Angleterre ignorait toute espèce de pruderie et que les dames que peignaient

Gainsborough et Reynolds étaient à bien des égards plus libres et plus naturelles que les beautés françaises de la même époque.

Lorsque tu dis qu'avant Arnold il régnait dans les *public schools* anglaises un véritable chaos, je crois qu'il faut aussi prendre en considération le fait que les Anglais sont tout à fait capables de s'accommoder et de faire leur profit d'un chaos qui ferait le désespoir d'un Allemand ou d'un Français. Il me semble qu'il est très rare que leurs idées soient ordonnées selon un système bien précis et j'ai souvent été étonnée de voir à quel point ils peuvent éprouver des difficultés à procéder à un classement systématique de quelque sorte que ce soit, ne serait-ce que confectionner l'index d'un livre. — Hindenburg aurait certainement été épouvanté si, au milieu de la guerre, il avait été chargé de commander l'armée anglaise. Quant à savoir si Dr Arnold a vraiment réussi à rendre la jeunesse de l'Angleterre de cette époque moins brutale et plus chevaleresque *dans la réalité des faits*, c'est loin d'être certain car pareille chose ne peut se faire en un tournemain ; il a certes conféré une certaine respectabilité à ces écoles mais Strachey, entre autres, considère qu'il leur a également donné un caractère petit-bourgeois, — ou, à mon avis, moralement et intellectuellement doctrinaire.

En passant, je voudrais dire que j'ai bien l'impression que le culte des Anglais pour la famille royale est essentiellement le fait de l'époque victorienne et a commencé avec Victoria elle-même. Je ne crois pas qu'ils aient plus adoré les Stuarts et la maison de Hanovre que nous n'avons adoré les Oldenbourg. La haute aristocratie anglaise n'a certainement jamais eu beaucoup de considération pour eux et s'estimait elle-même bien plus distinguée et, même si elle ne représentait qu'un petit cercle, un tel élément ne peut manquer d'avoir son importance dans la vie et dans les opinions d'une nation.

Chez nous, nous n'avions rien de valable à leur opposer ; en Suède, tout comme en France, l'aristocratie s'est rangée derrière la cour, – jusqu'à ce qu'elle en vienne à s'y trouver à l'étroit. Mais je ne suis pas assez informée pour me prononcer avec certitude.

Tu diras peut-être que je ne connais pas assez *the Victorians* pour porter sur eux un jugement quelconque. Naturellement, c'est également vrai ; mais, à moins d'avoir un but tout à fait précis, il est difficile d'étudier sérieusement quelque chose pour quoi on ne ressent aucune attirance. Cependant, je crois connaître tout aussi bien que toi un certain nombre d'entre eux, par exemple Tennyson, Rossetti, les sœurs Brontë. Mais, lorsqu'il s'agit de faire des comparaisons, ce que l'on peut connaître des autres périodes et des autres personnalités a aussi son importance, et là je puis dire que j'ai véritablement étudié l'histoire, la littérature et l'art de l'Angleterre de façon assez approfondie. –

S'il est possible d'exprimer une idée en un seul mot, je dirai en définitive, pour résumer mon opinion sur la question, que, selon moi, les Victoriens ont fait des Anglais des « êtres fonctionnels » – (je ne sais si tu connais cette expression ; Rathenau ou Erichsen l'emploie et base toute sa conception de la vie là-dessus) – mais qu'ils ne le sont pas en eux-mêmes.

Je n'ai aucunement l'impression d'avoir, dans ce que je viens de dire, découvert une vérité nouvelle ou absolue et je serais fort satisfaite si tu voulais bien estimer que cela n'est pas complètement faux.

Aucun événement d'importance ne survint dans l'existence de Karen Blixen pendant tout le temps qu'elle passa chez sa mère, à Rungstedlund, en 1925, mis à part un bref séjour à l'hôpital. Le fait qui éclipsa tous les autres, au sein de la famille, fut constitué par les fiançailles de Thomas Dinesen avec

Jonna Lindhardt. Le jour même de Noël, Karen Blixen dit au revoir à ses proches et à ses amis et son frère Thomas l'accompagna jusqu'à Anvers, d'où devait appareiller le Springfontein. *Le 1er février 1926, elle était de retour à la ferme.*

À THOMAS DINESEN

Ngong, 24 fév. 26

Mon très cher Tommy.

J'aurais voulu répondre il y a longtemps déjà à ta lettre, qui m'a fait grand plaisir, mais j'ai été tellement enrhumée, bien que ce ne soit pas le terme exact pour décrire cet état de fièvre, mêlé de toux, de rhume, de migraines etc. qui est le mien depuis les 7 dernières semaines, – (pour ma part, je pense que c'est quelque chose de nerveux qui provient du fait que j'ai *eu peur* d'avoir le mal de mer dans le golfe de Gascogne), – que je n'ai pu m'acquitter que du strict nécessaire, – ce qui représente déjà pas mal de choses lorsque l'on revient de l'autre bout du monde après environ une année d'absence ! – et ce n'est qu'aujourd'hui que j'arrive à espérer avoir la force d'écrire une lettre à peu près convenable. En esprit, j'en ai rédigé plusieurs à ton intention, dans des états d'esprit assez divers ; mais celle-ci devrait être à peu près sereine, puisque je vais maintenant beaucoup mieux et qu'après bientôt un mois passé ici je devrais être parvenue à me faire une idée d'ensemble de la situation.

Par le courrier d'aujourd'hui j'ai reçu une très gentille lettre de Jonna à laquelle je répondrais si j'étais capable de me faire une idée du genre de nouvelles qui pourrait l'intéresser en provenance d'une partie du monde qui lui est inconnue. Lorsque, par exemple, les lions viendront tirer de leur maison Mr & Mrs Dickens, ainsi que leur bébé, et que je trouverai leurs cadavres à demi dévorés sur la pelouse, je le lui ferai immédiatement savoir ; mais, en attendant, je ne puis rien faire d'autre que te demander de lui transmettre mes très sincères remerciements pour sa lettre, qui était une très touchante attention de sa part...

Maintenant, je dois tout d'abord te faire parvenir bien des salutations de la part de tous les *natives* d'ici, des Somali et des Indiens, parmi lesquels tu as les amis les plus dévoués. Il n'y en a pas un seul qui n'ait pas demandé si tu n'allais pas bientôt venir ici, et qui n'ait poussé des soupirs et des gémissements en s'entendant répondre qu'il était fort peu probable que cela se produise de sitôt. Lorsque je leur dis que tu as « *pattat ndito** », ils me demandent : « *Modja tu* ?* », voulant certainement dire par là que tu en mériterais dix. Farah a dit que tu étais « *very good, very good, very good*, — all people *say this* », et, lorsque je lui ai répondu oui, parce que tu n'étais pas *kali*, il m'a dit d'un air très supérieur : « *Not this, — many other people not kali, but Thomas quite different, his* word *more good than big contract with other white men*[1]. »

Poor Sing était très content de sa montre, à propos de laquelle il a tout de même émis des doutes quant au fait qu'elle soit vraiment en argent, au grand scandale de Farah. Kinanjui est également éperdu de gratitude pour son *bakshish** de 20 shillings. Par contre, je n'ai pas remis à Juma les 20 que tu lui destinais parce que je le soupçonne, — pour employer un euphémisme, — d'avoir volé les boutons de manchette que je t'avais promis et

1. « Non, — beaucoup d'autres gens pas *kali*, mais Thomas très différent, sa *parole* plus bonne que gros contrat avec autres hommes blancs. » (*N.d.T.*)

qu'à ma grande honte je dois maintenant avouer ne pas pouvoir t'envoyer. La boîte était bien là mais elle était vide ! Je suis très contrariée car ils étaient vraiment beaux et je trouvais que ce serait amusant que ce soit toi qui les aies. Je crois qu'il est impossible de faire confiance à Juma de ce point de vue ; il est capable des choses les plus étranges. Naturellement, il est *possible* que ce soit l'un des boys de Denys, — ou bien Denys lui-même, — qui les ait pris ; mais bien des choses du même genre ont déjà disparu auparavant et il me semble que tout indique que le coupable fait partie de la maison...

Je vois que le *Tilskueren* n'a pas encore fait paraître *La Revanche de la vérité*. N'auraient-ils pas changé d'avis à ce propos ? Ne pourrais-tu t'en informer auprès d'eux ainsi qu'arracher *Jacques* des mains de Holstein, — qui aurait quand même bien pu donner signe de vie à son sujet ? *Au cas*, malgré tout, où *La Revanche* finirait par paraître, ne voudrais-tu pas l'envoyer, accompagnée de la lettre ci-jointe, au vieux Georg[1] — car j'aimerais bien qu'il en ait connaissance et, si possible, savoir ce qu'il en pense. Même si c'était paru dans le numéro de mars, je te demande de lui envoyer la lettre ; tu pourrais peut-être alors y ajouter quelques mots et dire que je te l'avais envoyée mais qu'elle s'est trouvée retardée pour des raisons indépendantes de notre volonté.

Je suis malheureusement bien loin de me sentir l'énergie nécessaire pour m'atteler au *Cœur d'Elmi* ou à quoi que ce soit ; je me suis rarement dans ma vie sentie aussi peu en état de travailler et aussi peu vigoureuse qu'en ce moment. Je ne sais pas vraiment à quoi cela peut tenir. J'espère que cela va se passer et que je pourrai un jour t'envoyer un nouveau livre ainsi qu'une nouvelle toile qui puisse te rappeler, au moins partiellement, la nature d'ici mais cela demandera certainement pas mal de

1. Il s'agit de Georg Brandes. *(N.d.T.)*

temps ; à l'heure actuelle, il me semble que je n'aurais même pas la force de descendre jusqu'à l'étang...

Denys est encore en safari mais je l'attends pour bientôt. J'ai reçu deux lettres de lui ; je crois qu'il a été très heureux de loger ici car tous ses amis disent qu'il n'était pas possible de lui faire quitter Ngong. Il va rentrer chez lui car son père est malade*, – j'en suis bien peinée pour lui ; il y a deux ans, c'est à cause de la mort de sa mère qu'il est rentré. Il a fait venir beaucoup de gens ici ; ceux-ci ont eu l'amabilité de me dire que « *it was always you we came out to dine with, – but it was ghastly without you, like a haunted house*[1] ». Je me réjouis beaucoup à l'idée de revoir Denys mais j'aimerais bien être en meilleure santé lorsqu'il sera là...

Je ne peux pas te dire à quel point je serais heureuse que tu puisses participer aux travaux de la Société des Nations et qu'un jour prochain tu puisses y défendre les intérêts des *natives*. Je suis vraiment en colère contre les Anglais qui veulent leur faire acquitter des impôts plus lourds, on parle de 20 shillings par tête ; quand on sait que le maximum qu'un homme puisse gagner est d'environ 150 shillings par an, on trouve cela révoltant ; si seulement on pouvait savoir cela chez nous, mais ce pays-ci est étrangement en dehors des lois et du droit. Les classes supérieures ne se sont pas améliorées depuis la Révolution ; lorsqu'elles n'ont pas *peur* des classes inférieures, elles n'ont vraiment aucune pudeur ; ici, les *natives* ne mangent actuellement pas à leur faim et vont bientôt mourir de famine mais le gouverneur se fait construire une nouvelle résidence qui va coûter la somme de £ 80 000 et le champagne coule à flots lors des courses etc. – Lord Delamere vient de donner à Nakuru un dîner de 250 personnes au cours duquel on a

1. « C'était toujours avec vous que nous venions dîner, – mais sans vous c'était affreux, on aurait dit une maison hantée. » *(N.d.T.)*

bu 600 bouteilles, – mais on ne se *doute* pas de ce genre de choses ; les dames d'ici seraient capables, en entendant dire que les *natives* n'ont pas de *posho*, de demander pourquoi ils ne mangent pas du froment ou bien du riz, tout comme Marie-Antoinette demandait pourquoi les pauvres ne mangeaient pas de la brioche s'ils n'avaient pas de pain. Il y a de quoi perdre patience avec des gens pareils et c'est bien dommage car je serais navrée de voir disparaître l'idée de « classe supérieure » ; mais elle a sans doute déjà disparu, en fait, et il est vrai que ce n'est pas uniquement de sa faute.

De temps en temps, il me prend l'envie de t'avoir près de moi afin de pouvoir parler avec toi de toutes ces choses, car j'ai l'impression que je vais éclater, – je n'ose pas parler de cela aux Anglais, je crois qu'en tant que femme et qu'étrangère mon influence doit être uniquement du domaine de l'exemple ; si je me mets à prêcher quoi que ce soit, je perdrai toute l'emprise que je peux exercer, en particulier dans le rôle d'hôtesse et d'amie ; il me semble que même ma verrerie et ma grande armoire ont une mission à remplir auprès de mon « frère à la peau noire », – mais l'« exemple » est bien long à produire son effet et, lorsque la bêtise anglaise se met vraiment à fanfaronner un peu trop haut, il arrive que l'on soit pris d'envie de leur envoyer une bonne bordée en pleine figure.

J'ai lu un beau livre : *The Constant Nymph*, de Margaret Kennedy, qui est en même temps vraiment plaisant, chose rare pour un livre, ainsi qu'un tout petit recueil de poèmes : *A Shropshire Lad*, et je te les recommande tous les deux si tu peux te les procurer.

Tu voudras bien laisser maman lire une partie de cette lettre et lui expliquer qu'elle n'en recevra pas elle-même cette fois-ci parce que je n'en viendrais pas à bout ; je suis à nouveau restée au lit pendant quelques jours mais je ne crois pas que cela change quoi que ce soit, aussi me suis-je relevée. J'ai eu 104 de fièvre[1] la semaine dernière et terriblement mal à la gorge.

Pour terminer, je vais te parler un peu de moi. Je crois que tu avais raison et que j'ai bien fait de revenir ici, – c'est-à-dire, en fait : de croire que mon avenir était ici ; car je ne pouvais faire autrement que de revenir. Ici, je suis chez moi et c'est ici qu'est ma place. Ce pays possède également une partie de mon cœur, peut-être la plus grande, et, quant à la solitude et au reste, il faudra bien que je m'y habitue ; et ce qui m'a poussée à retourner à la maison, à savoir le désir de ne plus avoir de *shauries*, de ne connaître ni embarras ni l'incertitude du lendemain, c'est-à-dire de vivre dans du coton, en quelque sorte, cela ne me convient sans doute pas, malgré tout. Mais maintenant je voudrais te demander de m'aider, dans toute la mesure de ton possible, – sans que tu doives en conclure que j'attende de toi quelque chose de surhumain, – à pouvoir rester ici. *Je ne pourrai pas supporter* une transplantation de plus sans y laisser une grande partie de moi-même. – je crois même que j'en mourrais d'épuisement et de chagrin ou que j'endurerais quelque chose qui ressemble fort à la mort. Si, à l'occasion de mon dernier séjour à la maison, je n'avais pas caressé l'idée de pouvoir y rester, il ne m'aurait pas été aussi difficile de partir et cela n'aurait pas représenté pour moi un tel effort de revenir ; j'ai même encore parfois le sentiment d'être *toujours* chez nous, au Danemark, et que tout ceci est quelque chose que j'imagine, – je veux dire par là que mon centre de gravité n'a pas encore vraiment changé de place, mais il finira bien par me rejoindre. Cependant, lorsque j'ai dit que je « détestais » cet endroit, il ne s'agissait pas du pays ou des gens ou de la situation, – je ne les déteste pas, au contraire je les aime, comme on le sait, – mais je voulais

1. Environ 40° centigrades. *(N.d.T.)*

parler de cette incertitude dans laquelle j'ai vécu ici et que je ne puis plus supporter. Puisque j'ai à nouveau mis tout mon cœur dans tout ceci, il n'est plus possible de l'en arracher.

Tu m'as mieux comprise et plus aidée dans la vie que qui que ce soit ; maintenant il faut encore que tu me comprennes et que tu m'aides dans la mesure où il faut que tu sois informé que je ne supporterais pas d'être transplantée à nouveau, même si la situation matérielle l'exigeait. Il faut que tu sois d'accord avec moi, et, si nécessaire, que tu me prêtes ton appui si je dis qu'une balle serait alors une solution plus digne que ce ne le serait de me voir réduite, pendant le restant de mes jours sur cette terre, à la situation d'une mouche dans une bouteille.

Le vent souffle en provenance des plaines d'Athi et les hyènes glapissent tout près d'ici. En ce moment tout est vert, après les pluies, et les forêts et les champs de maïs embaument. La lune est en train de se lever en bas, derrière les caféiers, et le ciel est couvert de gros nuages blancs, — tu te souviens certainement de nuits de ce genre en Afrique. Tout cela t'envoie mille salutations, à toi qui jadis étais ici.

Ton amie toujours aussi fidèle.

Tanne

La lettre suivante, qui ne fut jamais terminée, ne fut envoyée par Karen Blixen à son frère que cinq mois plus tard, avec celle du 5 septembre, afin de lui faire comprendre quelle crise elle avait traversée peu après son retour à la ferme. Bien que ces deux lettres soient insérées dans ce recueil à leur place chronologique, elles doivent en fait être lues comme la suite l'une de l'autre.

À THOMAS DINESEN

Ngong, 1/4/26

Mon cher vieux Tommy.

Il faut que je commence par te remercier pour le télégramme que tu m'as envoyé afin de m'annoncer ton mariage et te souhaiter tout le bonheur possible au monde. Mes pensées sont tout le temps auprès de toi et de Jonna ; personne, en cette occasion solennelle, ne peut désirer plus ardemment que la vie vous apporte à tous les deux ce qu'elle recèle de plus magnifique : l'harmonie et le contentement, un amour profond et sincère ainsi que la compréhension à travers toutes les péripéties de la vie, des expériences et des aventures, et enfin de mûrir et de vieillir en gardant foi en la poésie éternelle et en conformité avec elle. Il y a certes bien des gens qui t'aiment et pour lesquels tu représentes beaucoup de choses, mais il n'est personne pour qui tu aies été plus que pour moi ; personne qui ne pense à ton amitié, à ta compréhension et à ton aide avec plus de gratitude que je ne le fais. *God bless you*, mon frère au cœur fidèle, ainsi que Jonna, — Dieu fasse qu'un long et bel avenir vous attende et que vous puissiez fêter vos noces d'argent, d'or et de diamant avec au fond du cœur un amour sans cesse plus riche, plus profond et plus sincère, ainsi que, chaque année, un trésor commun encore plus grand d'expériences et de souvenirs magnifiques, drôles et merveilleux, aussi bien dans votre vie intérieure que dans celle que vous mènerez au vu et au su de tout le monde.

Merci également pour ta lettre, qui m'a fait grand plaisir. J'ai toujours beaucoup de joie à recevoir de tes nouvelles et, à l'exception de ce que tu me dis de la maladie de Jonna, dont je suis vraiment navrée mais qui est maintenant du domaine du passé, je présume, tout dans cette lettre respirait le bonheur et la joie et c'est magnifique d'en recevoir une pareille. Dieu fasse que toutes celles que je pourrai recevoir de toi à l'avenir, – et, s'il nous prête vie, j'espère qu'il y en aura une quantité innombrable, – soient aussi pleines de bonnes nouvelles. Je pense à certaines lettres que j'ai reçues dans le passé, et en particulier à une ou deux en provenance d'Oxford il y a deux ans, et je me réjouis de la différence ; non pas seulement parce que je suis contente de *te* savoir heureux mais parce que je m'aperçois ainsi que la vie peut apporter beaucoup de lumière après les ténèbres, que les livres qui « finissent bien » et qui font triompher la vertu n'ont pas tort, et enfin qu'il peut fort bien y avoir de l'espoir à nourrir pour tous ceux qui, à l'heure actuelle... l'ont perdu et contemplent la vie l'angoisse et le désespoir au cœur.

Après ce préambule, j'en viens à des choses qui vont peut-être te faire de la peine. Je commencerai par te dire que, lorsque j'ai reçu ton télégramme, j'en avais ici un qui était prêt à partir à ton adresse et qui disait ceci : « *Will you help me to get to Europe, I shall die if remaining here*[1]. » – et la raison pour laquelle je ne l'ai pas fait partir c'est uniquement que cela aurait constitué une bien étrange réponse au tien. Et puis un tel télégramme ne peut être envoyé que sous le coup d'un désespoir absolu ; je n'en suis pas encore tout à fait là, aussi vaut-il mieux que je te dise tout cela par lettre et ainsi, lorsque tu recevras ceci, tu seras de retour à Rungsted pour fêter les 70 ans de maman, après quelques semaines merveilleuses passées en compagnie de ta jeune épouse ; même si pareille occasion ne convient pas particulièrement à des

1. « Veux-tu m'aider à rentrer en Europe, je vais mourir si je reste ici. » *(N.d.T.)*

épanchements de tristesse comme ceux-ci, je saurai au moins que tu les recevras dans une atmosphère tellement heureuse qu'ils ne t'affligeront pas trop. Il faut *absolument* que j'écrive et je ne connais personne d'autre que toi à qui je puisse écrire ; à qui d'autre pourrais-je ouvrir mon cœur ? Être réduite au silence, comme je le suis ici, alors que l'on connaît les difficultés que je connais en ce moment, cela donne l'impression d'être enterrée vivante et il faut que tu penses à moi comme si je gisais au fond des ténèbres avec le poids de la terre entière reposant sur ma poitrine, et me pardonnes de pousser ce cri.

Lorsque j'étais à la maison et que nous parlions de mes projets, je crois que nous avions raison tous les deux : toi, de dire que cela n'avait aucun sens que je reste au Danemark, chez nous, à Rungsted, — et moi de dire que cela n'avait aucun sens que je revienne ici. À supposer que l'un d'entre nous ait eu plus raison que l'autre, c'était *toi*. Cela aurait été de la folie pure et simple que de m'installer à la maison auprès de maman. Le fait que j'aie pu un instant envisager la chose ne peut s'expliquer que par les circonstances particulières dans lesquelles je me trouvais : à savoir en vacances, à la maison, après de nombreuses années d'absence, et dans les dispositions qu'il faut pour apprécier le bien-être et une vie paisible ; il convient d'ajouter que, pendant tout ce temps, je savais que cela ne durerait pas très longtemps et que je n'étais donc pas dans la nécessité de trouver un travail quelconque ni même de penser à la *suite* de mon existence ; n'oublions pas non plus que l'été à été merveilleux, ce qui n'a pas manqué d'avoir une influence sur l'idée que je me suis faite du Danemark et de la vie que l'on peut y mener. Mais tout cela n'avait pas le moindre rapport avec la réalité. Maintenant je suis repartie, j'ai eu le temps de repenser à tout cela, — et je puis t'assurer que je n'ai pas cessé de lutter, sur le bateau qui m'amenait ici de même que depuis que je suis rentrée, afin d'y voir clair et je crois que je suis parvenue à avoir une vue d'ensemble un peu plus satisfaisante de la situation ; au point où je suis rendue, il faut que j'essaie d'écrire à quelqu'un à qui je puisse parler *absolument* du fond du cœur, — et c'est pourquoi tu vas recevoir cette lettre.

Tu te souviens peut-être qu'à la maison j'ai plusieurs fois dit que je me demandais toujours *quand*, à la vérité, j'avais choisi la voie qui m'a menée là où je suis à l'heure actuelle, c'est-à-dire dans une impasse, — et que je n'arrivais pas à trouver la réponse à cette question ; est-ce lors de mes fiançailles avec Bror ? — lors de notre décision de venir ici ? — ou bien ici même, à un moment ou à un autre ?

Telles que je vois les choses, maintenant, ce n'est à aucun de ces moments-là mais bien plus tôt que cela, je puis presque dire que c'est lors de mon entrée dans la vie.

Je crois que cela a été pour moi un bien grand malheur que de grandir au sein de la famille, du milieu et de la « conception de la vie » qui m'ont vue naître et qui ont été les miens. Tu comprendras certainement que je dis cela sans l'ombre d'un reproche envers les autres membres de la famille, et même sans la moindre critique, sauf du genre de celle que l'on peut émettre envers toutes choses en ce monde ; car je ne connais personne de plus gentil, de plus aimable et de meilleur qu'eux tous, seulement ils ne sont pas ceux qu'il me fallait. Et leur grande bonté, leur bonté infinie, ainsi que leur amour pour moi et tous les bienfaits qu'ils m'ont prodigués n'ont été qu'autant de malheurs de plus. Ils ont rendu toute fronde de ma part impossible. Tu te souviens certainement que nous avons parlé de cette étonnante capacité que possédait grand-maman vis-à-vis de ses enfants, — et qui était quelque chose de remarquable pour l'époque, — et qu'a ensuite possédée maman vis-à-vis de nous, d'étouffer toute critique, toute tentative de contradiction, et même d'empêcher que nous puissions, au fond de nous-mêmes, nourrir la simple idée qu'il soit possible que maman puisse se tromper, de sorte qu'il aurait mieux valu pour nous agir directement à l'encontre de sa volonté ; cette aptitude tout à fait particulière a exercé une influence néfaste sur ma vie ; si toi, par exemple, tu avais grandi sous l'influence d'oncle Laurentzius, il serait fatalement arrivé un jour où *tu n'aurais pas pu faire autrement* que de t'émanciper ; mais ceci, qui aurait été pour moi la seule chose à faire, m'a été rendu impossible, comme je l'ai déjà dit, par l'atmosphère qui régnait à la maison. Les pauvres tentatives que j'ai faites en ce sens, étant enfant et jeune fille, dans un cadre comme celui que je viens d'évoquer, m'ont fait à moi-même l'effet d'être des actes inspirés par les puissances des ténèbres.

Je ne veux pas dire que cela m'ait rendue malheureuse, mais cela a gâché toutes les capacités qui étaient en moi ; toutes les occasions dont j'aurais pu profiter pour vivre et pour œuvrer, pour faire quelque chose *par moi-même*, ont ainsi été réduites à néant. Maintenant qu'il me semble pouvoir passer un jugement serein sur tout cela, je crois que je dois, d'un côté, nourrir le sentiment d'une dette immense envers eux tous, – ou, plus exactement, envers cet *esprit* si particulier, – pour une somme bien imméritée d'amour et de mansuétude, mais également, d'un autre côté, celui d'une créance sur eux parce qu'ils m'ont pris la période de ma vie, de mon enfance et de ma jeunesse, pendant laquelle j'avais la possibilité de devenir quelque chose et en particulier indépendante, autonome par rapport à eux, période pour laquelle je n'arrive pas, à l'heure actuelle, à imaginer comment je pourrais bien obtenir compensation.

Je crois qu'il est possible de vivre chez nous et d'y être très heureux lorsque l'on est capable, comme l'ondin l'a fait avec Agnete, de « boucher ses oreilles et sa bouche* » face au reste du monde. Il me semble que c'est ce qu'ils font tous et de la façon la plus harmonieuse qui soit. Lorsque tante Bess m'écrit et me parle de grand-maman, de maman, de toi et d'oncle Aage comme des êtres les plus nobles qui soient au monde, de Magleaas, de Folehave, – alors je vois bien qu'il est possible de vivre de la sorte et d'être heureux, de se rendre utile, de donner la pleine mesure de soi-même et de répandre de la sorte le bonheur et l'harmonie autour de soi. *Mais ce n'est pas possible en ce qui me concerne.* (Que, pendant un instant, j'aie pu croire le contraire cet été, chez nous, et me sentir tentée de m'y laisser aller, c'était, comme je te l'ai déjà dit, dû à une illusion extrêmement singulière, même si elle est peut-être très explicable.)

Te souviens-tu d'avoir, à Knuthenborg Park, parlé avec moi de Lucifer ? Eh bien, j'en suis convaincue, Lucifer est certainement mon ange gardien. Et, pour Lucifer, la seule solution était bien la révolte et la chute dans son propre royaume. Au paradis, – s'il y était resté, – il aurait fait bien piètre figure. Mais Lucifer possédait une tout autre stature que son humble servante qui écrit ces lignes, qui est restée elle, au paradis, qui y fait piètre figure et qui s'y est même laissé anéantir.

Lucifer jouissait de cet avantage qu'il était éternel et que, en ce qui le concerne, il n'était donc guère possible de parler de temps perdu et d'occasions manquées. Il peut fort bien se faire qu'il ait laissé passer plusieurs occasions de se révolter ; mais cela n'avait aucune importance. Il n'est pas, entre-temps, devenu trop vieux, que ce soit pour apprendre ou pour étudier quelque chose, pour « se faire sa place », pour se marier et changer de vie, ou bien encore pour avoir la force de prendre un nouveau départ, tout simplement.

Pour ma part, je comprends maintenant qu'il s'est offert à moi bien des occasions que j'aurais dû saisir de quitter ce paradis personnel dans lequel je jouais un rôle aussi piteux. Par exemple, j'aurais sans aucun doute dû passer le baccalauréat. En principe, cela n'était pas vraiment en contradiction flagrante avec l'esprit du paradis ; mais en pratique, *de la façon dont je concevais la chose*, cela l'aurait été. (Lorsque j'ai tenté quelque chose de ce genre, c'est-à-dire d'entrer à l'Académie des Beaux-Arts, j'ai été confiée aux bons soins de la famille Plum, qui était une filiale du paradis, et je me rappelle à quel point je me sentais coupable et peu sûre de moi, par exemple lors des fêtes costumées de notre association d'élèves où j'aurais dû beaucoup m'amuser.) Par la suite, à Paris, j'aurais dû me marier, – ou bien essayer de me marier, – avec le vieux Hoskier. À Rome, j'aurais dû faire une fugue avec un homme, peu importe lequel. La raison pour laquelle je n'ai pas fait tout cela, c'est tout simplement le manque d'envergure, le fait que je ne possédais pas la largeur de vues de Lucifer. Mais les choses ne se présentaient pas de la sorte pour moi qui concevais la vie tout entière sous la forme de la comparaison du capitaine Brun avec les allumettes, – qui me semble être, à l'heure actuelle, l'idée que l'on se fait de la vie au paradis. La même chose vaut pour ma pitoyable « production littéraire ». Je n'arriverai pas à écrire, il me sera *impossible* d'écrire quelque chose de valable sans quitter le paradis et sans être rejetée dans mon propre royaume. *La Revanche de la vérité* est sans doute une tentative en miniature dans cette direction ; je l'ai écrite à Rome. Mais les petits récits de voyage en Afrique que le *Flensburg Avis* veut bien attendre de moi maintenant ne sont que des échos des cantiques que chantent les anges et je ne suis plus capable d'écrire ce genre de choses ; ce ne serait plus que du *mbuni** avant même d'arriver sous ma plume.

Il y a deux choses que je te reconnais le droit de me dire maintenant qu'arrivé à ce point de ma lettre tu lèves un instant les yeux.

La première chose, c'est : tu as été une belle idiote, *a fool*, une folle d'une telle envergure que l'on peut véritablement te comparer à ce Lucifer dont tu parles. Avec l'esprit de Lucifer encore vivant dans l'univers, et bien représenté de tous côtés autour de toi, tu t'es laissé totalement paralyser par un milieu familial charmant, affectueux, animé des meilleures intentions, et qui compte – disons au plus une centaine de personnes dans ce Danemark plein de mansuétude et tolérant du fond du cœur. À ce reproche je n'ai rien d'autre à répondre que : « Amen, amen. » C'est vrai, je n'ai jamais rencontré une personne plus bête que celle qui écrit ces lignes ; Dieu épargne à chacun de devoir un jour se considérer lui-même comme un véritable idiot et comme quelqu'un de bien pitoyable.

L'autre remarque que tu peux me faire, et que pourrait me faire toute personne intègre qui aurait lu cette lettre jusqu'ici, est celle-ci : tire maintenant un trait sur l'idiotie de ton passé et fais maintenant ce que tu aurais dû faire il y a longtemps, – mets à exécution cette révolte dont tu parles et qui n'en est plus une car, à l'âge que tu as, tous les gens doués de bon sens te diront que tu es ton propre maître, et descends en enfer si c'est là que tu penses que soit ta place.

Oui, je voudrais bien le faire. Mais, « ce que je veux, je ne le fais pas, et ce que je ne veux pas, je le fais* ». Et l'une des raisons pour lesquelles je ne le fais pas, c'est que je n'en vois pas le moyen. Je commence à croire, comme Sophus Claussen, qu'« il n'y a plus d'escalier pour descendre en enfer* », qu'« il en coûte cher de parler avec le diable, si cher que la plupart des gens n'ont pas les moyens de se payer un aperçu de la splendeur de sa queue en forme de comète* », ou que, comme c'est le cas pour « la plupart des gens » depuis cette époque, je ne suis déjà plus en possession de tous les trésors de jeunesse, de temps, de travail et de personnalité au moyen desquels j'aurais jadis pu me payer cela, – et que je suis maintenant insolvable.

Tout ceci est un petit peu trop philosophique et

enrobé d'images. C'est pourquoi je vais maintenant te décrire, aussi clairement que je le pourrai, la situation telle qu'elle se présente pour moi à l'heure actuelle et, ensuite, je te demanderai de me donner un conseil.

SUITE, le 3/4/26

Cher Tommy. Je crains que cette lettre ne risque de devenir aussi longue que les *Confessions* de Rousseau, quoique bien moins intéressante, et de ne pas avoir le droit d'exiger de toi que tu la lises. Mais je la continue pourtant car j'éprouve véritablement un sentiment de soulagement, et une impression de bien-être, — que je n'ai que trop peu l'occasion de ressentir, — à l'idée de l'avoir commencée et d'être arrivée jusque-là. Peut-être pourrai-je, lorsque je l'aurai terminée, m'abstenir de l'envoyer et t'épargner ainsi la peine de la lire. Mais en ce moment même, alors que je suis en train d'écrire, il faut que j'aie le sentiment de l'adresser à quelqu'un, c'est-à-dire à toi, puisque je ne connais personne d'autre à qui je puisse ouvrir pareillement mon cœur et de qui je puisse attendre autant de compréhension.

Pour reprendre là où j'en étais restée, je vais donc essayer de te donner une idée de la situation devant laquelle je me trouve à l'heure actuelle, c'est-à-dire en avril 1926.

Denys a passé 2 semaines ici et repart maintenant pour l'Europe, c'est-à-dire que je l'attends ici demain et après-demain et qu'il doit quitter Nairobi mardi.

Pendant le temps qu'il a passé ici, comme auparavant en pareille occasion, j'ai éprouvé un très grand bonheur, mêlé d'un sentiment de désespoir tout aussi grand à la pensée qu'il allait repartir dans si peu de temps, qu'il se pourrait que je ne le revoie jamais, etc.

Le résultat final de sentiments aussi dissemblables est que je suis absolument sûre qu'il est la seule chose qui ait de l'importance pour moi dans la vie et que mon existence tout entière tourne autour de ce fait comme autour d'un axe, ce qui me vaut donc de connaître tant ce que l'on appelle le ciel que ce que l'on appelle l'enfer, avec passage sans transition de l'un à l'autre.

Mais je ne veux ni ne peux vivre de cette façon, c'est-à-dire que ma vie se réduise à cela ; pareille situation n'est pas tenable et je ne suis prête en aucune façon à ce que mon avenir immédiat prenne la forme de six mois de désert, de vide et de ténèbres complets, dans le seul espoir de revoir Denys à l'automne et de connaître alors le même bonheur sans réserve, puis de me trouver ensuite rejetée dans les ténèbres et dans le désert — et ainsi de suite jusqu'à la fin de mes jours.

Je sais bien que tu m'as dit qu'il valait la peine d'être totalement malheureux pendant un certain temps pour pouvoir ensuite être totalement heureux pendant une autre période. D'un point de vue strictement mathématique, il est possible que l'on puisse atteindre un état de parfait équilibre, par exemple, en restant pendant six heures dans un bain parfumé à écouter la musique la plus suave qui soit pour être ensuite soumis à la torture pendant les six suivantes (et ainsi de suite) ; mais, dans la pratique, il est tout simplement impossible de vivre de la sorte parce que l'on ne peut se couper aussi radicalement que cela de son passé et de son avenir ; avant qu'il ne s'écoule bien longtemps votre existence serait plongée dans un chaos qui signifierait votre perte.

Je me demande vraiment si, de façon générale, on peut « vivre », comme on dit, d'une passion, — je veux dire par là : si c'est possible au-delà d'un certain laps de temps, assez bref d'ailleurs. Mais, même si c'était le cas, il ne s'agirait plus simplement d'une passion ; cela recouvrirait et comporterait bien d'autres choses. À supposer que mes rapports avec Denys se trouvent un jour être la seule chose dans ma vie, que je doive venir vers lui les mains vides, sans avoir d'autres sources d'intérêt, d'autres expériences, de nouvelles pensées ou de nouvelles impressions, alors ce qui est l'amitié la plus heureuse, la sympathie et la compréhension la plus délicieuse que je puisse imaginer, ne sera plus qu'une faim suivie d'une satiété d'ordre purement physique et je ne le veux en aucun cas ; d'ailleurs, cela ne serait pas durable uniquement de cette façon, cela se consumerait *in no time*.

Non, pour que je puisse vivre, de façon générale, et que je puisse connaître, et désirer continuer à connaître dans ma vie ce bonheur indescriptible qu'est mon amour pour Denys, il faut, vois-tu, que *je sois moi-même*, que je sois quelque chose à moi seule, que j'aie, que je possède quelque chose qui soit vraiment à moi, que je fasse quelque chose qui exprime ma personnalité et qui m'appartienne. Et ce n'est pas le cas ici, en ce moment, — je n'ai et ne suis rien ; j'ai trahi Lucifer et j'ai vendu mon âme aux anges du paradis et pourtant il m'est impossible d'y vivre ; il n'y a pas en ce monde d'endroit qui soit fait pour moi et où je puisse vivre, et pourtant il me faut bien être quelque part ; je suis prise de haine et de frissons à l'idée de chacune des minutes de ma vie, et pourtant celles-ci se présentent l'une après l'autre ; bref, c'est insupportable et, si j'en entendais parler, je n'arriverais pas à croire qu'il soit possible de vivre de cette façon.

Il ne faut pas que tu croies que je suis poule mouillée au point de ne pas m'être demandé s'il ne vaudrait pas mieux que je mette fin à mes jours, et de ne pas être prêtre à le faire si j'en venais vraiment à répondre à cette question par l'affirmative. D'ailleurs, pour ne pas avoir à vivre de la façon dont je vis en ce moment, la pire des poules mouillées y serait prête. Mais il me semble que cela ne servirait à rien. Ce que je désire de tout mon être c'est la vie, et ce que je redoute et devant quoi je fuis c'est le vide et l'anéantissement, — et que croit-on que soit la mort ? J'ai terriblement envie de vivre, je suis terriblement contrariée à l'idée de mourir.

Mais si je dois imaginer, ou essayer, de continuer à vivre, il faudra bien que ce soit d'une façon ou d'une autre. Puis-je donc imaginer qu'il me soit possible de partir d'ici et de vivre, — ce que j'appelle vivre, — ici ?

Je m'avise tout à coup que j'aurais certainement dû expliquer un peu mieux ce que j'entends par l'expression imagée de « Lucifer », afin qu'elle ne soit pas comprise de travers et ne laisse pas croire, par exemple, que je désire mener une vie débridée, démoniaque.

Je l'entends au sens de vérité, ou bien de recherche de la vérité, d'effort vers la lumière, de critique, — en définitive, sans doute de ce que l'on appelle l'*esprit*. C'est le contraire même de la tentation de se bercer de l'idée que ce à quoi l'on tient est et sera toujours ce qu'il y a de mieux, c'est-à-dire le contraire de l'inaction voulue, de la satisfaction et de l'absence d'esprit critique qui règne au paradis. Et également : le travail, — je crois que je suis capable de travailler et que je me lasse moins vite que la plupart des gens, — un *sense of humour* qui n'ait peur de *rien* mais qui ose se moquer de tout, *en ne se fiant qu'à lui-même*, et puis la vie, une lumière nouvelle, le changement.

Et pendant ce temps-là je suis là, dans ce cadre idyllique qui ne l'est pas vraiment, si ce n'est parce que je le veux ainsi.

Ah, crois-tu, mon cher Tommy, crois-tu que je puisse encore « devenir quelque chose », et que je n'aie pas encore gâché toutes mes chances dans la vie pendant qu'il en était encore temps, et que je ne suis pas sans autre ressource que de me flétrir et de monter en graine, d'avoir moi-même de la patience et d'espérer que les autres auront de la patience vis-à-vis de moi qui ai totalement manqué ma vie ?

Il ne faut pas que tu me répondes par des paroles de consolation et en me disant que, si, je suis « devenue quelque chose », et que, non, je n'abuse *pas* de la patience de mes semblable, etc. — ce serait ce que tu pourrais dire de pis, puisque je sais parfaitement ce qu'il en est et que je suis vraiment en train de faire ce que l'on appelle marcher à sa perte.

Mais, si tu pouvais imaginer une issue pour moi, écris-moi pour me le dire et je t'en serai reconnaissante pendant le restant de mes jours.

Je connaîtrais naturellement de grandes difficultés, des difficultés probablement insurmontables, si j'essayais de me trouver un métier d'un genre ou d'un autre, ou un *job*, puisque je ne sais absolument rien faire.

Est-ce qu'il n'est tout de même pas effarant de penser que des gens honnêtes soient capables de laisser quelqu'un grandir sans apprendre *quoi que ce soit*, — simplement parce que ce quelqu'un se trouve être du sexe féminin ? Je crois que j'étais une enfant au-dessus de la moyenne en ce qui concerne les dons et que j'étais *très désireuse d'apprendre*, par exemple les mathématiques, pour lesquelles je pense vraiment que j'avais des dispositions ; mais, alors que la famille a fait bien attention à m'apprendre les bonnes mœurs et le désintéressement, il ne leur est jamais venu à l'idée de me permettre d'en apprendre un peu plus sur les nombres que ce que savait Mlle Zøylner ! C'est grand-maman et Mlle Zøylner qui ont eu la responsabilité de mon instruction et, à partir du moment où nous sommes revenus de Suisse, — où nous n'avions rien appris non plus, — alors que j'avais 14 ans, je n'ai pratiquement plus rien appris. Et cela bien qu'on n'ait nullement ignoré, — ce dont je n'ai moi-même jamais vraiment eu conscience, — que je n'étais pas en position de vivre sans gagner ma vie par mes propres moyens. Naturellement, j'aurais dû prendre la décision moi-même ; mais là encore s'est manifestée cette singulière résistance à tout ce qui était, d'une façon ou d'une autre, étranger au petit cercle de chez nous, et cette singulière aptitude qu'on y avait de vous donner l'impression que vous aviez tort dès que vous ne vous conformiez pas à la volonté des autres. Quels projets avait-on en tête ? Eh bien, on pensait que votre avenir, c'était le mariage. Que n'a-t-on fait ce qu'il fallait pour cela, alors ! Je ne crois pas que j'aurais été bien difficile à marier ; je crois qu'un beau parti, un propriétaire terrien par exemple, m'aurait bien tentée. Mais je n'avais aucune chance. Car nous ne rencontrions jamais de beau parti...

Mais l'idée d'un mariage de raison était presque impossible à faire prendre en considération, chez nous. On imaginait bien plutôt de s'en remettre à l'amour. Mais un sentiment comme celui-ci est-il quelque chose sur quoi bâtir entièrement l'avenir de quelqu'un ? Et si l'on ne devait pas aimer ? Ou bien si l'on devait aimer mais ne pas être aimé en retour ? Ou encore aimer et être aimé, — mais alors n'y a-t-il rien de mieux à faire que d'arriver à cet amour les mains vides, sans ressource d'aucune sorte, sans même savoir quoi que ce soit, sans être capable de quoi que ce soit ou avoir appris quoi que ce soit ? Même la vie conjugale a un côté pratique. Nous n'avions pas la moindre notion en matière de gestion domestique, de comptabilité, ou en ce qui concerne l'art et la manière de se conduire en société. Et on nous avait tellement tenus à l'écart du monde que nous ne disposions pas du moindre crochet auquel nous cramponner afin d'avoir prise sur lui ; je suis arrivée à Paris sans une lettre ou une recommandation auprès de qui que ce soit, et, lorsque j'habitais chez les Plum, à Copenhague, je ne connaissais pas une seule maison, en dehors de celles de tante Ida et de tante Ellinor, où je puisse me rendre pour passer la soirée. Mais tout cela est *neither here nor there*[1].

1. En dehors de la question. *(N.d.T.)*

Il faudrait que tu puisses t'imaginer dans ma situation, — c'est-à-dire te trouver en ce moment sans argent et sans la *moindre* formation, pour pouvoir te faire une idée de ce que je ressens.

Alors crois-tu que, dans la pratique, il soit possible de me tirer de là ? Crois-tu qu'il serait possible pour moi, à mon âge, au prix d'une année de formation par exemple, ce à quoi je pourrais sans doute trouver des gens disposés à m'aider, d'obtenir quelque part une place qui me permette de vivre et qui me fournisse une occupation qui me convienne et à laquelle je puisse employer les capacités que je possède ?

Malgré tous les *drawbacks* de mon cas, je possède cependant un avantage qui est le fait que, pour moi, les considérations inspirées par les conventions n'ont pas la moindre importance. Je me lancerais bien dans la traite des blanches s'il se révélait qu'il y ait quelque *opening* dans ce domaine ; mais je pourrais aussi bien être missionnaire en Chine. Je veux être là où il y a de la vie et là où je puisse faire appel à mes forces et à mes capacités, s'il m'en reste encore. Tu te dis sans doute que je pourrais écrire. Oui, je le crois aussi, si je pouvais me trouver dans des circonstances qui me procurent de la lumière et qui me permettent à nouveau de penser et d'inventer.

Voudrais-tu réfléchir à tout cela ? Il ne faut pas que tu croies que je sois désespérée au point que, si tu me donnes de l'*espoir*, j'aille me pendre parce qu'il faudra un an avant que cet espoir cesse de n'être que cela. Je suis en effet désespérée mais pas à ce point-là. Même si le temps passe, incontestablement, et ne revient *jamais* ; — ah, si seulement, au lieu de monter à bord de ce maudit bateau, j'avais pris à Anvers le train pour Paris et j'étais allée acheter des journaux afin de les vendre dans les rues !

À SUIVRE

Ngong, May 4th, 1926

... Il est étrange de se dire que tu as 70 ans, – mais c'est certainement ce que tout le monde te dit à cette occasion, – et il est étrange de penser à ce qu'est une vie humaine, à la vérité, quand on l'embrasse pour ainsi dire d'un seul coup d'œil, dans son ensemble, en un jour comme celui-ci ; de se dire que tu es à la fois la petite fille qui est née à Matrup le 5 mai, je suppose à la grande joie du jeune papa et de la jeune maman, et la jeune mariée qui, il y a 45 ans, fêtait son dernier anniversaire de jeune fille, – ainsi que la grand-mère de Mitten, la belle-mère de Jonna et la *memsabo mesei* de Tumbo...

J'ai très souvent ressenti cela en apprenant la mort de quelqu'un, – tout à coup, cette personne cesse d'exister pour vous en un point isolé de son existence mais sa vie et sa personnalité deviennent une réalité condensée et elle continue à exister autant qu'auparavant dans toutes les phases de celles-ci, de la même façon que, lorsque l'on voit représenter une pièce de théâtre, votre attention est accaparée par l'acte et la scène qui sont précisément en train d'être joués à tel ou tel instant mais que, aussitôt le rideau tombé, on se souvient de cette même pièce comme d'un ensemble et on la juge comme telle. Et il peut en aller de même lors d'une occasion comme ton 70e anniversaire, surtout quand on se trouve aussi loin ; ces 70 ans vous apparaissent sous la forme d'*une vie*...

Je suis bien ennuyée d'avoir à nouveau dû garder la chambre et, de façon plus générale, de ne pas être en bonne santé et cela depuis que je suis montée à bord du bateau à Anvers. Cela commence vraiment à devenir lassant. Je ne puis véritablement dire que je sois malade mais je suis extrêmement fatiguée et bonne à rien. Je ne me suis encore jamais sentie comme cela ; j'ai l'impression qu'il est bien trop pénible de vivre, de façon générale, et je ne sais pas comment tout cela va tourner. Mis à part la période pendant laquelle Denys était ici, je me suis sentie dans cet état depuis mon départ de la maison...

Mon école ne marche pas bien et, si je n'en faisais pas un point d'honneur vis-à-vis de Dickens et de quelques autres, je serais très tentée d'y mettre fin. Je ne crois pas que les *natives* d'ici soient encore mûrs pour cette sorte de progrès, – c'est un peu comme s'ils voulaient brûler une étape que nous avons dû respecter, nous, au cours de notre lent passage de l'état barbare à celui d'hommes civilisés ; j'ai par moments l'impression que, par une sorte d'impatience, nous les mettons volontairement au monde avant terme et que nous les plaçons ensuite en couveuse, ce qui serait vraiment quelque chose d'horrible à faire *in the flesh* et qui ne manquerait pas d'être puni. Je ne suis pas sûre que le *kiboko* ne soit pas plus sain pour eux à l'heure actuelle.

Si j'en suis arrivée à de telles conceptions quant à tout ce qui a trait à l'éducation, de façon générale, ce n'est pas par amour du bâton et des verges mais bien pour éviter quelque chose de pis, car j'ai toujours beaucoup répugné à *work upon* les *feelings* des gens ; et si l'on veut obtenir un résultat quelconque, un changement ou une évolution, il faut toujours bien employer un moyen ou un autre ; l'argile doit d'abord être pétrie si l'on veut lui donner une forme. Il faut laisser les réalités faire leur œuvre, les natures primitives sont capables de les comprendre, alors qu'elles ne comprennent pas les raisonnements que tirent de ces mêmes réalités des êtres bien plus évolués ; tenter de faire pénétrer ces raisonnements dans le crâne des enfants ou des *natives* me fait la même impression que d'essayer de leur donner à manger de la nourriture digérée une première fois et ensuite régurgitée. Je suis également loin de penser que cette méthode d'éducation soit plus charitable ; on inflige une peine bien plus grande à un enfant en lui faisant comprendre que maman va avoir terriblement de chagrin, etc., — si c'est vraiment cela que l'on veut qu'il ressente car, sinon, c'est quelque chose de totalement hypocrite et artificiel, — qu'en lui administrant la taloche la plus appuyée.

Lorsque, par exemple, j'entends le père Bernhard me raconter fièrement qu'un groupe de garçons de la mission anglaise est venu le trouver et lui dire qu'ils voulaient rejoindre les rangs de la sienne parce qu'ils avaient lu la Bible et qu'ils ne pouvaient en aucune façon accepter désormais l'idée que l'hostie *représente* seulement le corps et le sang du Christ, alors qu'elle se transforme *véritablement* en ceux-ci, — dans ce cas-là je ne peux m'empêcher d'être vraiment navrée de voir des gens à courte vue en prendre à leur aise avec un naturel indigène qui est vraiment bon, sain et équilibré, le fausser par un enseignement superficiel et irresponsable, et élever au biberon une nouvelle espèce, hypocrite et sans énergie, dont il nous faudra bien des générations pour nous débarrasser...

À INGEBORG DINESEN

Ngong, 13/5/26

... Je crois qu'une personne au caractère aussi particulier que Tommy, — « héroïque », si l'on veut, car c'est son cas, — peut fort bien vivre en harmonie et se plaire dans le cadre d'une vie régulière, paisible et laborieuse, tout à fait semblable extérieurement à celle d'un

« petit-bourgeois », comme on peut le voir dans le cas de certains savants, — par opposition à ce qui se passe pour les artistes ; car je crois que ce n'est guère possible pour ceux-ci, — et je préférerais de beaucoup voir Thomas s'installer dans cette sorte d'existence que de le voir, — maintenant qu'il a choisi une femme comme Jonna et qu'il se doit à elle tout comme elle se doit à lui, — jouer, ou bien, — ce n'est pas vraiment le mot juste mais c'est le meilleur que je puisse trouver, — faire les yeux doux à l'« aventure ». Car, je crois que, dans cette seconde hypothèse, il pourrait se causer du tort à lui-même et en causer à Jonna en forçant quelque chose à se manifester en elle, ce qui pourrait lui faire perdre son équilibre. Je ne crois pas que le fait que Jonna, comme tu m'écris qu'il te l'a dit, ait osé se fiancer avec lui sans savoir ni ce qu'il « était » ni où il habitait, soit le signe d'un goût de l'aventure mais simplement ce dont aurait pu faire preuve toute jeune fille d'un bon naturel, innocente et sans détour, à savoir une profonde confiance en l'homme qu'elle aime ; et, en l'occurrence, je crois aussi pouvoir discerner une confiance bien enracinée dans ses aptitudes à se montrer à la hauteur également pour ce qui est de « devenir quelque chose », de lui procurer un foyer et de prendre les meilleures dispositions possibles pour sa vie à elle, — et, selon moi, le fait de ne pas se trouver un logement en temps voulu et de partir pour un voyage de noces de trois mois en automobile n'est aucunement un exploit.

L'aventure — — qu'est-ce exactement ? Ce n'est pas une cabriole, cela peut se présenter sous des dehors tout ce qu'il y a de plus quotidiens, sortir aussi peu de l'ordinaire que les chansons populaires ou que les sagas, qui sont l'expression de la vie quotidienne de leur époque ; sous sa forme le plus noble et la plus profonde, elle sera toujours aux côtés de Thomas car c'est un « héros » ; elle peut aussi se manifester ouvertement aux yeux de tous, à sa main droite, lorsque ses *idées* le pousseront à laisser derrière lui son foyer, les siens et sa patrie afin d'accomplir une tâche qui lui paraîtra être la plus noble qui puisse lui être proposée ; mais je crois que nous tous qui l'aimons, nous n'avons rien à craindre même si nous le voyons vivre jour après jour dans un appartement de Copenhague, avec des chocolats d'anniversaire pour les petits Rothe* et des promenades dans le parc de Dyrehaven avec belle-maman Lindhardt venue en visite, — ce sera toujours ce qu'il y a de grand dans la vie qui aura de l'importance pour lui...

Je crois que Tommy *carries too heavy weight* pour faire des cabrioles et que c'est une nature profondément sobre qui doit probablement détester « l'ivresse ». Je me suis souvent dit qu'il était possible que, — moi qui *sais* faire les cabrioles et qui aime toutes les boissons fortes, — je lui aie fait du mal, peut-être sans le savoir et certainement sans le vouloir ; mais, mon Dieu, il était alors jeune et sans attaches, et puis il faut bien faire des erreurs dans sa vie et maintenant je suis bien loin et plus avisée. Maintenant qu'il se trouve à l'aube d'une nouvelle phase de sa vie, il me semble qu'il s'agit avant tout pour lui d'être tel qu'il est, de l'être au point d'être capable de se résigner à renoncer à « se parer ». Je ne crois pas que cela aille sans difficulté pour lui, — car, sur ce point, Tommy est un peu gâté, — mais je l'y aiderai volontiers prce que je crois que c'est à cette école qu'il trouvera le vrai bonheur et qu'il préservera et développera ce qu'il y a de meilleur en lui...

Ce que tu dis de Mitten... a, comme tu t'en doutes, retenu toute mon attention... Au fond, je crois qu'il est vrai de toute éducation que ce que fait l'un est passablement incompréhensible à l'autre et que tous les enfants, lorsqu'ils arrivent à l'âge de raison, repensent à la façon dont leurs parents et leurs tuteurs se sont comportés envers eux, — à la fois sans y penser et en y pensant beaucoup, — avec étonnement et sans pouvoir se l'expliquer autrement qu'en se disant que c'était ainsi et qu'ils n'ont aucune raison de douter que tout cela ait été inspiré par l'affection et la bonne volonté... En ce qui concerne un petit enfant aussi précieux et aussi adoré que Missen on aimerait bien avoir le don d'arrêter le vent et le froid et d'empêcher l'arrivée de la nuit, et pourtant l'on sait parfaitement qu'il est *bien* qu'on n'en soit pas capable ; car le vent, le froid et la nuit eux-mêmes ont une fonction à remplir au service de la vie et ils ont leur utilité, de sorte que, si l'on avait ce pouvoir, on ferait du mal à ceux qu'on aime... Toute l'affection et toute la richesse que tu peux prodiguer à Missen elle-même, à Rungsted, il faut que tu les laisses en toute tranquillité répandre la joie dans sa vie, — et, pour le reste, il faut que tu te dises qu'il n'y a jamais eu aucune éducation au monde qui ne puisse être critiquée, — et à juste titre, — par une personne animée d'un amour sincère qui observerait celle-ci avec intérêt et sollicitude mais sans pouvoir exercer une influence quotidienne.

Il me semble que la vie vous apprend qu'il ne faut pas être trop prompt à se dire que ce qui est bien, plaisant et raisonnable pour soi-même l'est également pour les autres ; il ne s'agit pas d'aller jusqu'à reconnaître humblement que les méthodes des autres sont meilleures, mais d'accepter l'idée qu'elles soient tout aussi bonnes et de savoir discerner ce qui est bien et ce qui est beau sous toutes les formes que cela peut revêtir ; de même que, par exemple, on apprend, — car c'est impossible immédiatement après son arrivée dans ce pays-ci, mais tout à fait manifeste lorsqu'on s'est familiarisé avec lui, — à admettre l'idée qu'une *ndito* est belle et habillée de façon élégante, qu'elle est prête pour aller au bal, lorsque tout son corps est enduit d'argile rouge et qu'elle a la tête rasée de frais. Je crois que c'est, si j'ose dire, une grande source de satisfaction dans la vie que d'être capable de discerner sa beauté, sa joie et son harmonie, sous des apparences sans cesse plus diverses…

Je ne t'ai pas écrit dimanche dernier parce que j'étais très enrhumée et que je suis restée au lit. Dès que je cesse de faire très attention, – et c'est presque impossible ici pendant la période des pluies, – je suis reprise du même genre de refroidissement que sur le bateau et j'ai très mal à la tête et dans les oreilles. Je crois que je souffre d'une sorte d'inflammation chronique quelque part dans la tête et, si j'étais chez nous, on m'opérerait probablement ; mais, ici, je n'oserais jamais les laisser faire cela et puis cela finira bien par se passer…

Hier, je suis allée en ville et j'ai vu 4 aéroplanes arriver de Kisumu, – à 2 heures de vol ! ! – ce sont les premiers qu'on ait vus ici. Ils ont atterri près de Dagoretti Junction ; il y avait bien 100 voitures et une foule immense pour les accueillir. Ils étaient *magnifiques à voir*, tandis qu'ils arrivaient dans un grand bruissement, – mais j'ai eu le déplaisir de n'apprendre cette nouvelle qu'à Nairobi et de n'avoir pas le temps de rentrer chercher mes *totos* pour aller voir cela ; nous y étions allés la veille, dans nos habits du dimanche, mais il ne s'est rien passé. C'est à mettre à l'actif des Anglais que presque toutes les voitures européennes étaient pleines de *house-boys* et de *totos*…

À ELLEN DAHL

Ngong, 16 mai 1926

… Je veux aussi répondre immédiatement à ce que tu me dis à propos de la possibilité de faire représenter *La Revanche de la vérité*. Rien ne pourrait me faire plus de plaisir. Poul Levin, – qu'est-ce qui prend, d'ailleurs, à ce youpin de ne pas faire paraître la pièce dans le *Tilskueren* ? – en a parlé, ainsi que Ludvig Holstein mais je ne crois pas qu'ils soient assez dynamiques pour que ce projet aboutisse. Naturellement, Johannes Poulsen serait ce qu'il y aurait de mieux ; on peut dire de lui tout ce qu'on voudra, c'est quand même un artiste. Pour le cas où tu parviendrais vraiment à la faire représenter, je vais te donner un certain nombre d'indications sur l'idée que je me fais, en tant qu'auteur, des décors et des costumes. – Je ne saurais trop insister sur le fait que c'est une comédie *pour marionnettes* et donc qu'elle a ses propres lois, qui ne sont pas les lois habituelles du genre. On ne doit donc aucunement se soucier d'ensemble en ce qui concerne les costumes ou les décors et la mise en scène doit être réduite à sa plus simple expression ; par exemple, quand les chauves-souris de Mopsus sortent du sac et s'envolent, il n'est pas nécessaire de s'efforcer de cacher qu'elles sont tirées par un fil. La scène : une salle d'auberge, assez sombre, comme si elle était éclairée par une rampe de bougies ou de lampes de faible puissance, un peu à la manière d'un tableau mais très simple, l'illustration ci-jointe pouvant servir de modèle. Quant aux différents personnages :

Abraham. Doit apparaître immédiatement comme un *vieux juif*, soit en caftan comme un juif polonais soit comme Fagin, mais le caftan serait préférable. Barbe et cheveux bouclés, le tout dans des couleurs très sombres et très sales.

Sabine. J'aimerais bien qu'elle soit vêtue de façon assez somptueuse, par exemple en brocart. De style éventuellement très moderne, à la manière d'une *robe de style*[1] de chez Lanvin, avec paniers. Les cheveux courts, frisés au moyen d'une permanente. Il faut qu'elle porte

1. En français dans le texte. *(N.d.T.)*

un fichu puisque, si je me souviens bien, elle parle de l'enlever. Très jeune.

Mopsus, lui, peut être habillé à peu près n'importe comment. Les tableaux hollandais du XVIIe siècle pourraient peut-être donner des idées intéressantes en la matière. Le plus important est le masque.

Fortunio. Même chose. Je le verrais bien en chemise et en pantalon, un peu à la mode de 1920 ou bien comme dans *Jomfruburet*. Peut-être avec un tablier.

Jan Bravida est le plus délicat à habiller, de même qu'à jouer. Soit de façon très correcte, à la mode d'un jeune soldat imité de l'un des tableaux de Frans Hals, soit de façon tout à fait imaginaire, par exemple en *plus fours (shepherds plaid)* sweater et chaussettes de sport, mais celles-ci comme des sortes de chaussures de mailles et le sweater à la manière d'une cotte de mailles, montant jusqu'au cou. Frans Hals est sans doute préférable. En tout cas avec une coupe de cheveux assez moderne et imberbe. Sabine, Fortunio et lui doivent être assez jeunes. Jan Bravida peut fort bien être très élégant.

Amiane. À la manière d'une vieille mendiante néerlandaise dont on doit bien pouvoir trouver le modèle dans les tableaux hollandais. Assez *shabby*, en noir ou bien en noir avec un peu de blanc. Pour mettre en relief son rôle de sorcière ou de fée, rien n'empêche de faire intervenir des jeux de scène, et par exemple, lorsque aucun des autres personnages ne la regarde, de faire sortir de son corps des ailes de chauve-souris ou bien, au moyen d'un jeu de lumière, de la faire apparaître, l'espace d'un instant, dans une robe somptueuse, ornée de bijoux, avec de vastes paniers, et une tiare ou bien une fontange sur la tête. Sauf lors de ces effets de lumière, elle doit rester dans un coin sombre de la salle.

J'aimerais bien aussi qu'il y ait un peu de musique. Une brève ouverture, une mélodie pour la première chanson de Fortunio et peut-être une sorte d'accompagnement pour *Hejs Ankret op*, – mais ce sera certainement difficile à trouver. Si Jeppesen existe toujours, peut-être accepterait-il de l'écrire ? En tout cas, il faut que *Kom søde Sorg* soit chanté ; mais peut-être est-il possible pour cela d'arranger une vieille mélodie quelconque.

Cela me ferait infiniment plaisir que cette pièce soit représentée et je te serais donc extrêmement reconnaissante pour tout le mal que tu pourrais te donner à ce propos...

Ici, il faut que je fasse comme si de rien n'était après que Denys est parti, emportant avec lui l'odeur des roses et l'éclat de la pleine lune, – mais tout se paye en ce bas monde et même le fait de voir ses désirs s'accomplir. Je suis en train d'écrire deux nouvelles petites comédies pour marionnettes pour me consoler, mais c'est une bien piètre consolation...

Ton article sur le jardin de Rosenborg* vient d'arriver, – remarquablement écrit, très charmant et sensé. 1 000 mercis. –

À INGEBORG DINESEN

Ngong, dimanche 27/6/26

Maman chérie.

J'arrive de l'école ; elle marche beaucoup mieux maintenant. Je crois que, cette fois, j'ai été heureuse dans le choix de mon maître d'école. J'ai beaucoup de mal à garder mon sérieux, surtout lorsque les élèves chantent les psaumes qu'il est à l'heure actuelle à la mode de chanter d'une voix tellement chevrotante que cela ferait plaisir à Per le bedeau lui-même. Le maître a commencé par une sorte de sermon auquel j'ai honte de dire que je n'ai pas compris un traître mot ; en l'entendant je me suis dit qu'il fallait espérer qu'il n'allait pas inciter mes *totos* à la révolte, car je me suis aperçue qu'il leur expliquait que j'étais moi-même une femme remarquable alors qu'ils étaient, eux, des êtres foncièrement mauvais puisqu'ils ne venaient pas chaque jour à l'école. Ses propos, ainsi que les chants, étaient de temps à autre interrompus par Rouge, qui se tient dans la pièce d'à côté et que ceux-ci irritaient apparemment puisque, par moments, il donnait de grands coups de sabot dans la cloison. Je trouve que le maître choisit des mélodies bien difficiles à apprendre pour ses élèves ; mais quand on est aussi mauvaise en swahili que je le suis, il est naturellement plus difficile de les apprendre par cœur, les élèves, eux, n'avaient pas trop de difficultés et il faut donc admettre qu'il connaît bien leurs goûts et leur façon de penser ; le titre du psaume qu'ils ont appris aujourd'hui est, en traduction, le suivant : *There is Life in a look at the Crucified One**, — ce qui, d'après moi, ne veut pas dire grand-chose mais ils le chantaient avec beaucoup d'enthousiasme ; il contenait un passage qui parlait de *damu a Gondoa**, ce qui me paraît devoir se traduire par le sang de l'agneau, — pour ma part je ne connais ce mot de *gondoa* que d'après le commerce des moutons mais ils n'ont peut-être pas de mot particulier pour dire agneau...

Mercredi, j'étais descendue faire des plantations dans mon jardin, — qui me donne de grandes satisfactions, — lorsque Dickens a envoyé quelqu'un me demander si je voulais bien conduire à l'hôpital un *toto* qui était tombé malade. Je suis donc partie en ville en voiture avec lui et comme il se trouvait que, dans l'après-midi, des chanteurs italiens qui font partie des chœurs pontificaux de Rome donnaient un concert en *matinée*, je suis restée les écouter. Ils ont des voix absolument magnifiques et chantent avec une assurance parfaite. Ils avaient composé un programme un peu trop populaire à mon goût mais il n'est certainement pas possible de faire accepter autre chose par un public anglais, – il y avait tout de même un certain nombre de morceaux de tout premier ordre : *Le Barbier, La Bohême* et quelques chansons italiennes anciennes ; c'était magnifique de les entendre... Comme les Latins peuvent être différents de tempérament des Nordiques ; ils sont pleins de *dons* et sont artistes d'une tout autre façon ; l'ennui avec ceux-ci était qu'ils étaient extrêmement théâtraux et qu'à la moindre occasion ils se livraient à de grands effets dramatiques, comme par exemple dans un duo entre Faust et Méphistophélès : Méphisto, un petit gros, prenait vraiment son rôle au sérieux, il roulait les yeux, poussait des éclats de rire démoniaques, faisait de grands gestes, – tout cela a quelque chose d'irrésistible...

À INGEBORG DINESEN

Ngong, dimanche 1/8/26

Ma chère maman.

Je ne vais pas avoir le temps de t'écrire très longuement aujourd'hui, car j'ai bien des préparatifs à faire pour la maudite fête que donne demain Lady Grigg ; entre autres choses, on m'a demandé de griller des amandes pour le pavillon de thé et je ne suis pas très sûre que mon cuisinier se rappelle très bien comment faire, bien que je le lui aie déjà montré. Toute cette fête me paraît passablement stupide et tellement barbare que je crois que dans 100 ans on sera incapable de comprendre que l'on ait pu se livrer à ce genre de choses ; les bonnes œuvres en sont le prétexte invoqué et le bénéfice leur sera sans doute consacré, en fin de compte, mais au prix de telles dépenses, – pour ne pas parler du mal que cela donne, – que je crois qu'il aurait été d'un meilleur rapport de faire purement et simplement la quête. Or, dans cette société qui n'est pas bien grande, à vrai dire, ce qui fait qu'ils vont peut-être avoir du mal à trouver des acheteurs, tout le monde a été harcelé, sollicité de donner tout ce qu'il pouvait, l'installation de tentes et de stands a coûté plusieurs centaines de livres et, outre le fait qu'une foule de produits qu'on fait venir de l'intérieur du pays, comme les légumes, les fruits, les fleurs, le beurre, la volaille, etc. va certainement souffrir du transport et perdre de la valeur, la plupart des choses vont probablement être vendues en dessous de leur prix réel, ce qui ne va pas faire plaisir aux donateurs, alors que les acheteurs n'y retrouveront pour ainsi dire pas leur compte car, en temps normal, ils n'auraient vraisemblablement jamais fait l'acquisition de ces dindons, de ces chèvres angora, de ces poules d'Afrique ou de ces *native curios* et, de toute façon, ils devront ajouter au prix de ces marchandises leurs frais d'hôtel, de voyage en voiture ou en chemin de fer, d'entrée, de robes et de chapeaux neufs, frais dont ils auraient pu faire l'économie si on leur avait laissé la possibilité de faire tranquillement leurs achats là où ils habitent. Toute cette affaire est du genre de celles qu'on peut lire dans les lettres de Madame de Sévigny [*sic*] où il est raconté, par exemple, que lors de l'un des voyages de Madame de Montespan dans les provinces françaises, le maire d'une ville avait fait construire, pour lui faire descendre la rivière, un bateau doré qui, avec ses voiles de soie et tout son équipement avait coûté plus de 100 000 livres, – à la charge de la population naturellement, – « mais tout ceci ne fut pas, en vérité, de l'argent mal employé car la marquise fut tellement contente de ce beau navire et de l'attention de Monsieur de Tourvel que, lors de son retour à Versailles, elle obtint du roi que le neveu de Monsieur de Tourvel se voie confier le commandement de l'un des meilleurs régiments du royaume. » – Espérons que celui-ci n'a pas eu à faire la guerre...

Mes activités en tant que ce qu'Anders appelle « professeur de – soins aux animaux en tous genres » ont pris une telle extension que je n'ai plus le temps de faire grand-chose d'autre, surtout étant donné que l'on fait maintenant appel à moi dans les cas les plus graves. Si je puis me permettre de me vanter de la sorte, je crois que j'ai certaines dispositions pour la médecine, ou bien un bon coup d'œil en ce qui concerne les maladies dont les gens peuvent être atteints, et j'ai eu de la chance dans les cas que j'ai traités jusqu'ici. Mais les Kikuyu ont, au fond d'eux-mêmes, une telle méfiance envers ce que l'on peut bien appeler l'univers en général, que seul un faible pourcentage de ceux qui sont malades vient se faire soigner et il en est mort de grandes quantités ces derniers mois, surtout parmi les vieillards. Et puis ils observent toujours leur coutume ancestrale d'exposer les cadavres des défunts, les hyènes s'en emparent et les emportent là où il leur plaît de sorte que j'ai eu le plaisir d'en retrouver deux dans la forêt et dans le maïs derrière ma maison. Dickens et Farah, – pour les musulmans les funérailles ont une importance extrême, – voudraient que je leur donne l'ordre d'enterrer désormais leurs morts ; mais je ne m'en sens pas l'énergie nécessaire car, à la vérité, je suis *in sympathy* avec les Kikuyu sur ce point et je n'aurais pas d'objection à voir mon propre corps se transformer en squelette, – ce qui, ici, est très rapide à cause du soleil et du vent et des bêtes et des oiseaux, – dans l'herbe sèche, au grand air et sous la lumière des étoiles ainsi que, pour ainsi dire, sous le regard de ceux que je fréquente quotidiennement...

À THOMAS DINESEN

Ngong, Aug. 5th, 1926

... Après ces remerciements tardifs, je désire te faire parvenir mes très sincères vœux de bonheur et de joie dans tous les domaines de votre vie quotidienne dans votre nouveau foyer*, sur lequel je serais heureuse d'avoir plus de détails. Puisse celui-ci être pour vous deux ce que Jacob Knudsen dit du sien : « le foyer de mon âme et de mon cœur* », — ce qui est également ce que j'ai souvent ressenti et ressens encore envers ma maison, ici, à Ngong. Je souhaite aussi que ce soit pour toi le point de départ d'un travail véritable, de ce que l'on appelle « une œuvre » et que tu puisses y voir ta personnalité s'exprimer dans l'action. Il existe un poème de Holger Drachmann, — pour lequel on s'est beaucoup moqué de lui et qui dit à peu près ceci :

> Dans la nuit j'entends,
> venant de la forêt paisible,
> un cri qui dit : aide-moi,
> mon Dieu !
> Je me lève, prête l'oreille,
> et ne puis dormir.
> Qui suis-je ?
> De quoi
> ai-je l'air* ?

Il me semble qu'il a exprimé là quelque chose de profondément vrai. D'une certaine façon, c'est toujours ce que l'on cherche à savoir dans la vie. En essayant de regarder en soi-même on ne peut en quelque sorte que s'en faire une idée générale, on ne voit que l'esquisse, que la maquette de la maison ou du navire à bâtir ; mais c'est par l'intermédiaire de son travail qu'on peut le savoir, par l'intermédiaire de ce qu'on fait, de l'impression qu'on produit sur le reste du monde et des rapports qu'on entretient avec lui, – sur les gens et sur les idées qui le composent, – car on est alors, pour ainsi dire, face à face et on ne peut manquer de s'en aviser. Souvent, on est obligé d'en rire, tellement ce qu'on voit est éloigné de l'idée qu'on s'en faisait et, bien des fois, on est soi-même le premier étonné ; tu retrouves là mon image favorite, celle de l'homme qui « tomba dans un trou, en ressortit, – et qui finit par voir – une cigogne » ; c'est également très différent de ce que l'on pensait que cela devrait être, – quelque chose comme les figurines primitives de *nuggos* et de *ngoroas* de mes jeunes artistes wakamba, – qui ont pourtant donné là en quelques traits l'image d'eux-mêmes « tels qu'ils sont, tels qu'ils ont l'air ». Aussi étrange que cela puisse paraître, c'est le plus souvent satisfaisant ; ce sont, – excuse cette façon que j'ai de me répéter, des assignats* d'une valeur nominale de 100 francs et que l'on change contre 10 francs or à la totale satisfaction de tout le monde. La réalité convertit les rêves à son propre taux, qui est bien éloigné de la « valeur nominale » mais qui *sounds true like a good sovereign*[1], et tout le monde accepte ce taux-là en étant même reconnaissant qu'on veuille bien le lui consentir. Puisses-tu, dans votre nouveau foyer, – dont je ne connais même pas encore l'adresse, – faire ample provision d'or véritable, de ce pain de Jan Bravida qui rassasie plus qu'un livre de cuisine...

J'espère qu'il t'intéressera encore un peu d'entendre parler de moi et de la vie que je mène ici, et, sur ce chapitre, je puis te dire que je suis *très* heureuse ; parfois, lorsque, le soir, je fais sortir Pjuske, – non sans me tourmenter à l'idée d'un léopart très *kali* qui rôde dans les

1. sonne franc comme l'or. *(N.d.T.)*

environs, – et que je reste un instant devant ma porte à regarder le ciel étoilé et le contour des Ngong Hills qui se détache sur celui-ci, il me semble que je suis parfaitement heureuse et que je peux pratiquement voir « la cigogne ». Il me semble qu'ici, malgré tous les *shauries* qui, à la vérité, n'ont rien à voir avec cela, on jouit de la paix et de la liberté ; à vrai dire, cela veut peut-être uniquement dire que ma vie ici est en accord profond avec ma personnalité. Car je me suis rendu compte du fait, – qui, en lui-même, est certainement fort étrange et tout aussi risible que les figurines animales des Wakamba, – que la grande passion de mon existence est maintenant l'amour que je porte à mon *black brother* ; et, même s'il me cause bien du tracas et beaucoup d'inquiétudes, il me vaut également beaucoup de satisfactions et infiniment de joies. Et puis, je peux bien te dire, à toi, que la ferveur des sentiments que je porte à Denys confère une douceur indicible à ma vie tout entière, malgré l'absence presque permanente de celui-ci. Si seulement les choses pouvaient, sur ce point, rester en l'état où elles sont je m'estimerais comblée. Nous avons si souvent parlé du mariage, tous les deux, que nous n'avons plus grand-chose de neuf à nous dire sur ce chapitre et je ne voudrais surtout pas en dire de mal à un jeune mari en pleine lune de miel ; mais, pour ma part, je ne crois pas que je sois faite pour cela. J'ai déjà fait part à Elle, et peut-être aussi à toi, car en vieillissant je prends la très mauvaise habitude de me répéter et d'en revenir sans cesse aux mêmes idées, d'une théorie que j'ai sur l'amour moderne en tant que forme d'« homosexualité », – étant bien entendu que j'emploie ce mot de la façon dont on dit que quelque chose est « homogène », – prenant plus l'aspect d'une sympathie passionnée, d'une communion dans certaines idées et certains idéaux que celui d'une dévotion l'un à l'autre, que le fait de se fondre l'un en l'autre, et je ne crois pas qu'un tel sentiment puisse prospérer aussi facilement, — je ne veux pas dire dans le cadre d'une vie commune, quotidiennement, pendant toute une existence car, cela, je crois bien que j'en suis capable, — que dans une situation où chacune des deux parties aurait, pour ainsi dire, sa propre existence, comme ce serait le cas avec des amis du même sexe, même les plus attachés l'un à l'autre. Aldous Huxley a une expression : *the love of the Parallels**, — à laquelle il donne, certes, un sens passablement tragique mais que j'ai bien le droit de prendre dans le sens que je veux, — et qui exprime d'une certaine façon ce que j'entends par là ; on ne « se fond » pas l'un dans l'autre ; on n'est peut-être pas aussi proches l'un de l'autre que les êtres qui possèdent cette faculté et l'on n'est aucunement le but l'un de l'autre dans la vie mais, tant que l'on est soi-même et que l'on s'efforce d'atteindre son propre but, même s'il est lointain, on trouve le bonheur dans la certitude de suivre, pour l'éternité, une trajectoire parallèle à celle de l'autre. — Il ne faut pas que tu montres ceci à Jonna ; d'une part parce que je ne veux pas parler de Denys à quiconque d'autre qu'à toi et, d'autre part, parce qu'il n'est pas bon qu'une jeune mariée entende parler de situations aussi peu conformes à la morale et encore moins qu'elle en entende dire du bien.

Je peux également te dire que je te suis très reconnaissante d'avoir, lorsque j'étais à la maison, maintenu que ce que j'avais à faire c'était de retourner en Afrique. Mais je voudrais ajouter quelques mots pour expliquer qu'il ait pu y avoir certains doutes dans mon esprit à ce sujet ; lorsque je t'en ai parlé, il me semble que je n'avais pas une idée aussi nette que maintenant de ma ligne de conduite et de ma façon de voir sur ce point. Ce que je redoutais ici, au point d'en être par moments véritablement effrayée, ce n'était pas tellement la situation en elle-même que la précarité qui la caractérisait et ce qu'il pouvait y avoir de tragique dans la perspective de consacrer ma vie à nouveau, et pour ainsi dire de façon irrémédiable, de faire le don sincère de ma personne à quelque chose dont je pouvais fort bien me voir privée d'un jour à l'autre. Chez nous, au Danemark, tout le monde m'a fait l'effet d'être parfaitement en sécurité ; personne ne courait aucun risque et c'était cela qui me faisait envie, — et non pas le genre particulier de situation dans laquelle ces personnes se trouvaient. Et le pressentiment, la conviction que je nourrissais que mon retour à ma vie ici, à ce qui est très précisément *ma vie* ici, ne pouvait en aucune manière être une expérience passagère mais était au contraire quelque chose de décisif, cette conviction a fait de la décision que j'ai prise la chose la plus lourde de conséquences qui puisse intervenir dans ma vie. Il arrive presque toujours dans la vie un moment où l'on a encore le choix entre *deux* possibilités, — et puis où, tout à coup, il n'en reste plus qu'une. Je suis également bien consciente d'une autre chose : cette fois-ci, j'ai brûlé mes vaisseaux. « — — *No retreat, no retreat, — — they must conquer or die who have no retreat*[1] », — mais il est puéril de se laisser effrayer par cette perspective et, sans aucun doute, c'est uniquement parce que, l'espace d'un instant, mon choix s'est matérialisé de façon aussi inhabituellement nette dans le fait même de mon départ qu'il a produit sur moi un tel effet ; mais, en réalité, ceci est probablement quelque chose qui arrive à tout le monde.

Je viens d'éprouver la plus grande contrariété que je puisse connaître, me semble-t-il, et qui est la suivante : alors que j'avais le dos tourné, pour aller en voiture à Nairobi afin de parler à Hunter, mes boys ont un jour laissé un horrible mâtin s'accoupler avec Heather. Quand je pense à tout ce que j'ai fait pour me la procurer, pour l'amener ici, quand je pense que j'ai même presque

1. « — — Aucune possibilité de retraite, — — ceux qui ne peuvent battre en retraite doivent vaincre ou mourir ». *(N.d.T.)*

risqué ma vie pour elle à bord du bateau, et tout cela pour un tel résultat, je manque de suffoquer. Je n'ai même pas eu le courage de parler de cela dans mes lettres au reste de la famille ; il me semble que c'est, en gros, ce qui caractérise une « contrariété » par opposition à un chagrin véritable : le fait que l'on ne peut en aucune manière la laisser s'exprimer, — elle vous ronge intérieurement et empoisonne aussi bien votre âme que votre existence dans son ensemble. Lorsque j'ai appris cela et que je suis sortie pour en parler à mes boys, à ma grande surprise je me suis trouvée dans l'incapacité d'articuler un seul mot. Lorsque j'ai retrouvé l'usage de la parole, je les ai tous mis à la porte, autant qu'ils étaient, — à l'exception de Farah qui, certes, n'avait en aucune manière fait preuve de plus de sens des responsabilités que les autres, mais qui s'était trouvé m'accompagner à Nairobi. Depuis, ils sont tous venus me promettre de ne plus recommencer et, comme tu t'en doutes, ils ont réussi à obtenir de rester. Ils ont également inventé toute une histoire selon laquelle Banja serait en fait passé par là avant l'autre chien ; bien sûr, ce n'est pas impossible mais tout ce qu'il y a à faire c'est d'attendre la suite des événements, — à l'air qu'auront les chiots de Heather je verrai tout de suite quel est l'auteur de leurs jours...

Pour terminer, je voudrais te dire quelques mots de la ferme. Comme tu le sais probablement, nous avons eu la grande déception de ne pas avoir une floraison particulièrement abondante, ce qui ne laisse pas bien augurer de la récolte. Tu te rappelles sans doute qu'en 1922 nous avons connu quelque chose de semblable après une année sèche, et malgré des pluies abondantes cette année-là, et que ceci, — du moins j'en suis persuadée, — m'a conduite à l'hôpital de Nairobi. Depuis le moment où j'ai remis le pied ici, je vis dans l'angoisse que cela se reproduise cette année ; nous sommes situés trop haut pour que nos caféiers puissent se remettre rapidement d'une période de sécheresse. Je voudrais cependant te dire qu'il me semble que la ferme est magnifique à voir ; des progrès ont vraiment été réalisés dans tous les domaines et je suis convaincue que nous pourrons escompter une bonne récolte l'année prochaine, si, bien sûr, le climat ne nous met pas trop de bâtons dans les roues...

À INGEBORG DINESEN

Ngong, Aug. 8th, 1926

Maman chérie.

Je suis très peinée de devoir t'annoncer qu'Abdullai, qui est venu avec moi au Danemark, est mort avant-hier. Il y a beaucoup de malades, ici, en ce moment ; dans son cas c'était la *black-water*, qui est une des séquelles de la malaria. Il est mort à l'hôpital de Nairobi. Cette disparition est tragique car il était un soutien très précieux pour sa mère ; elle a un mauvais mari et la voilà maintenant avec deux enfants en bas âge à sa charge. Le chagrin a fait perdre la tête à cette pauvre femme et elle a disparu pendant deux jours, mais elle vient de rentrer. Il y a quelque temps, lorsque j'ai appris qu'Abdullai était malade, je suis allée lui rendre visite dans la ville somali, je ne suis plus si je t'en ai parlé ; il m'a prié de dire bien des choses de sa part à tout le monde à Rungsted, – sa mère et lui étaient si gentils tous les deux et je l'ai toujours bien aimé, on peut dire que j'avais un faible pour lui. Farah assiste aujourd'hui, en ville, à une cérémonie musulmane qui a lieu après l'enterrement, – car j'ai pu donner un peu d'argent pour cela à sa pauvre mère ; parmi les musulmans, les festivités, de quelque genre qu'elles soient, sont essentiellement destinées à venir en aide car ils ne boivent pas et sont également très modérés en matière de nourriture. Abdullai devait se marier la semaine prochaine ; sa jeune fiancée, qui ne l'aura donc jamais vu, vient de Mombasa pour assister à cette cérémonie funéraire...

L'autre Abdullai, le frère de Farah, doit passer son examen de sortie le mois prochain ; pour moi, ce n'est pas trop tôt car j'aurai ainsi dépensé plus de 1 200 shillings pour son éducation, — j'espère qu'elle lui servira à quelque chose. Il est plus grand et plus gros que les mots ne sauraient le dire mais il a toujours le même visage que lorsqu'il avait 6 ans ; c'est un jeune homme assez remarquable, passionné de savoir et en particulier de tout ce qui concerne les nombres ; il jouit d'un grand prestige parmi les Somali, en particulier du fait qu'il n'est jamais *kali* et Farah dit que même les vieux Somali le consultent en cas de désaccord. Il deviendra peut-être un nouveau Salomon, qui sait ?

Cette semaine a été placée sous le signe de la fête de bienfaisance de Lady Grigg et j'ai bien envie de répéter ce qu'a dit l'autre jour mon vieux cuisinier chrétien lorsque la journée de mercredi a été terminée : « Avec l'aide miséricordieuse de Dieu, nous en avons vu la fin. » J'ai rarement participé à quelque chose d'aussi fatigant... Pendant les rares moments où je n'étais pas occupée à vendre, il a fallu que je rende visite aux autres stands, que j'achète tout un tas de choses inutiles dont c'est bien le cas de dire que je ne pourrai jamais « m'en débarrasser ». Ce que j'ai trouvé le plus réconfortant, cela a été le stand des cocktails, qui était tenu par Keith Caldwell et où l'on pouvait reprendre des forces instantanément, mais je crois également que ce n'était pas très indiqué à la longue, car ils composaient leurs cocktails de la façon la plus fantaisiste possible ; si l'on arrivait un peu tard dans la journée, on se voyait servir un verre composé d'une vingtaine de liquides différents, peut-être, afin d'épuiser les restes...

La lettre suivante fut envoyée par Karen Blixen à son frère avec celle, inachevée, du 1er avril 1926. Il convient donc de les lire comme la suite logique l'une de l'autre.

Dans une lettre au responsable de l'édition de ces lettres, en date du 14 mars 1978, Thomas Dinesen indique que l'événement auquel Karen Blixen fait allusion dans la sienne, à la page 308, et qui l'a contrainte, selon ses propres termes, à faire son bilan, est le fait qu'à un moment du printemps 1926 elle a cru être enceinte.

À THOMAS DINESEN

Ngong, dimanche 5 septembre 26

Confidentielle

Mon cher vieux Tommy.

Je ne prends pas aujourd'hui la plume sans hésitations. C'était *all right* de venir te trouver avec mes *shauries* de toutes sortes, à la fois d'ordre matériel et d'ordre moral, jadis lorsque tu étais libre comme l'air et que, sans avoir à faire par trop violence à sa conscience, on pouvait se dire qu'on avait le droit de t'importuner ; tu n'avais, pour ainsi dire, rien à y perdre et on pouvait même se demander si tel ou tel des *shauries* que l'on te mettait ainsi sur le dos ne t'ouvrirait pas la voie vers quelque chose, vers une source d'intérêt ou vers un sens de la vie à la recherche duquel tu te trouvais. (C'est à peu près dans cet esprit, par exemple, qu'en 1920 je t'ai plus ou moins imposé l'Afrique, avec ses noirs et ses blancs, son agriculture, sa politique, ses chasses etc.) Maintenant tu es un homme chargé de la totale responsabilité du bonheur de quelqu'un d'autre, et peut-être bientôt de plusieurs personnes, — tu es quelqu'un qui ne peut plus remettre à plus tard le moment de se consacrer pleinement à quelque chose et qui a donc besoin pour lui-même de toutes ses capacités, de toutes ses forces, de tout son argent et de tout son temps. Il ne faut pas que tu croies que ce soit quelque chose que je déplore ; car je t'ai très sincèrement souhaité non seulement le bonheur en général mais aussi, de façon plus précise, de trouver à quoi vouer toute ta personne et toute ta vie, — et je devrais, plus que tout autre au monde, être capable de mettre un frein à ces exigences d'une « attention totale » de ta part que j'ai si souvent émises par le passé mais que je devrais donc, maintenant, exclure peu à peu du champ de notre amitié, par ailleurs, à jamais inaltérable.

Mais, d'un autre côté, j'ai en ce moment besoin de quelqu'un à qui je puisse parler de tout du fond du cœur, auprès de qui je puisse me répandre en confidences sur toutes les difficultés et toutes les préoccupations que je connais, et à qui je puisse demander de l'aide et des conseils, — et même quand on s'attend à recevoir en réponse que personne, pour l'instant, n'est en mesure de faire ni l'une ni l'autre de ces choses, il est malgré tout réconfortant de pouvoir les demander à quelqu'un, — et à qui donc d'autre qu'à toi puis-je, dans le monde entier, parler ou écrire de la sorte ? Tant que cela ne te rend pas *kali* il n'y a, pour ainsi dire, pas de mal à cela et j'ai confiance que ce ne sera pas le cas même si, après avoir lu cette lettre, tu la reposes en te disant : elle devient vraiment de plus en plus folle. Car je ne connais rien au monde que tu puisses m'écrire et qui puisse avoir pour effet de me faire « perdre patience avec Thomas », — et puis j'ai, par expérience, une très haute opinion de la patience que tu peux avoir envers moi.

Je sais que, par le passé, je n'ai eu que trop tendance à « me plaindre » ou plutôt à me mettre en colère et à tempêter contre le destin en général et contre chacune de mes épreuves de moindre format en particulier, — mais je crois que j'ai perdu cette habitude et que je le fais peut-être moins, maintenant, que la plupart des gens ; si, une fois de temps en temps, je me permets malgré tout un petit accès de ce genre cela tient certainement en partie au fait que je me trouve dans une situation exceptionnellement défavorable quant aux occasions que j'ai de me confier à quelqu'un. Pour l'instant, je ne m'entends pas très bien avec Dickens, qui est vraiment fort impoli et désagréable avec moi et, lors des périodes *sulky* de Farah, je me suis rendu compte à quel point je puis être limitée, ici, non seulement quant aux possibilités d'échanger les expressions de sympathie les plus banales, mais même quant à cette forme modérée de réconfort que l'on appelle « un mot amical ». Les *jambo memsabo** de mes petits *totos* en sont venus à me faire un effet bien supérieur à la normale et j'attends avec une impatience insensée les quelques minutes pendant lesquelles, chaque lundi, je rencontre ton ami Mohr devant un vermouth à l'hôtel Stanley, — et au cours desquelles nous avons l'habitude de nous prêter mutuellement des livres, — pour la simple raison qu'il a fait de son mieux à cette occasion pour manifester l'amabilité et la sympathie qui sont normalement de mise entre les êtres humains. N'oublie pas cela et n'attache donc pas trop d'importance à la lettre de ce qui peut se trouver dans les lignes qui suivent ; faute d'autre chose, tu peux toujours me crier « *jambo memsabo* » du Danemark et, en soi, cela sera déjà quelque chose d'appréciable.

Il m'a été très difficile, cette fois-ci, de revenir d'Europe et de retrouver ma place, ou mon équilibre, ici (il est vrai que j'ai toujours eu des difficultés à trouver ma place ou mon équilibre pendant toute ma vie, mais je ne veux pas aborder ce sujet pour l'instant et désire me limiter à cette occasion particulière), — de sorte que je suis assez réservée, désormais, quant à l'idée de rentrer à nouveau à la maison ; tout est tellement différent entre l'un et l'autre de ces endroits que l'indispensable réadaptation vous met à rude épreuve. J'ai été, si je puis dire, victime de hauts et de bas assez absurdes dans la conception générale que je me suis faite de l'existence, et, pour quelqu'un qui a gardé la moindre parcelle de bon sens, ce simple phénomène comporte vraiment quelque chose d'inquiétant. Or je ne crois pas qu'il ait été uniquement dû aux circonstances extérieures mais bien plutôt au moment particulier auquel j'étais parvenue dans ma vie, c'est-à-dire celui où l'on ne peut plus se contenter de spéculer sur l'avenir mais où l'on est bien obligé d'accepter *for good* ce que l'on a dans sa vie et, pour ainsi dire, de faire son bilan, — et je crois que c'est toujours une affaire délicate et que l'on a toujours tendance, à un instant donné, à voir les choses trop en rose et, l'instant d'après, à les voir trop en noir ; c'est probablement inévitable car il est *vraiment* difficile de se faire une opinion en la matière et l'un des avantages, ou l'une des chances, parmi beaucoup d'autres, de la jeunesse c'est que tant qu'on vit, comme je l'ai dit, en spéculant sur l'avenir on n'a nullement besoin de se livrer à ce genre d'exercice. Il s'impose, par contre, à tous ceux qui parviennent au même âge que moi ; et, si tout le monde ne le fait pas, cela vient en partie de ce fait que tant de gens vivent, moralement parlant, au jour le jour, sans jamais se soucier de leur actif ou de leur passif, et en partie de ce que, dans la vie conjugale ou familiale, de même que dans toute société au sein de laquelle règne une certaine intimité, les gens se confortent les uns les autres dans la conviction de l'importance et de l'excellence de leurs mérites respectifs, — réconfort qui m'est interdit ici, — et, dans un mariage véritablement heureux, on ne fait pas de bilan car tout y est inestimable !

Je t'envoie ci-jointe une lettre que je t'ai écrite, comme tu le verras, deux mois après mon retour dans ce pays. À cette époque j'ai donc eu, malgré tout, assez de bon sens pour ne pas l'envoyer et, à partir du moment où j'ai eu le sentiment que je ne devais pas l'expédier, il m'a paru sans intérêt de la terminer, aussi est-elle restée inachevée. Maintenant que je vois les choses d'un autre œil, je te l'envoie pour t'aider à te faire une idée de la situation dans laquelle je me trouvais alors, — ou tout du moins d'une phase que j'ai traversée. Je ne veux pas dire par là que j'en sois arrivée à la conclusion que j'avais tort de dire ce que je disais dans cette lettre ; en ce qui concerne les faits eux-mêmes, il me semble qu'ils se présentent bien à peu près comme je les expose là-dedans, — mais j'en suis venue, si je puis dire, à les voir d'un autre œil, — et l'on peut se demander si, avec un peu de bonne volonté, on ne peut pas toujours y parvenir dans la vie. As-tu lu les *New Arabian Nights*, de Stevenson ? Et te rappelles-tu comment, dans ce livre, le prince Florizel de Bohême, après avoir été chassé de son royaume, finit par tenir un débit de tabac à Piccadilly et explique qu'il est bien plus heureux ainsi que lorsqu'il était prince ? Telles que les choses sont présentées dans le livre, il a raison ; mais il est tout aussi sûr qu'il n'aurait jamais renoncé de lui-même à sa dignité de monarque pour s'installer comme marchand de tabac. De même, je crois que quelqu'un qui aurait, par exemple, perdu les deux jambes à la guerre, pourrait finir par admettre qu'il est possible de vivre sans jambes et par se dire que, grâce à la perte de celles-ci, il est parvenu à une meilleure appréciation de la littérature ou de la vie intellectuelle, à une vue plus juste de la nature, de la musique, etc. et pourrait donc, finalement, affirmer qu'il est plus heureux depuis cet événement qu'avant ; mais il serait conscient du fait qu'il n'aurait jamais pu en venir de lui-même à une pareille façon de voir les choses.

Peu de temps après t'avoir écrit cette lettre, il m'est arrivé quelque chose qui a porté, pour moi, les choses à un point critique, c'est-à-dire qui m'a contrainte à faire mon bilan. Je crois qu'au printemps je me suis trouvée dans la même situation qu'A... l'année dernière au mois d'août. Je ne sais pas avec certitude s'il en était vraiment ainsi et je ne le saurai jamais, mais cela revient au même et l'élément véritablement capital en cette circonstance, — qui, par ailleurs, m'a valu bien des désagréments d'importance, — ne résidait pas là. Si j'ai alors clairement pris conscience du fait que je ne voulais pas avoir d'enfant, — ce qui était bien le cas, même s'il a pu y avoir des moments où je me suis dit que ce serait, eh bien, pratiquement *a great joke*, et où je me suis amusée à me demander comment les choses se seraient présentées si les circonstances extérieures avaient été différentes, si, par exemple, tu n'avais pas été marié, ou bien si Daisy était encore vivante, alors qu'il y a eu des moments où j'aurais considéré cela comme un grand bonheur, — eh bien, à quoi était-ce dû ?

J'ai toujours pensé que tenter de « vivre à travers ses enfants » après avoir soi-même échoué dans la vie, — et ne disposant donc d'aucune foi ni d'aucun but à transmettre à ceux-ci, — était l'une des solutions les plus pitoyables auxquelles on puisse avoir recours... et cela me paraît à la fois méprisable du point de vue moral et totalement inconsidéré du point de vue logique. Mais était-ce la situation dans laquelle je me trouvais ? Étais-je convaincue, inconsciemment, d'avoir échoué, soit de façon tout à fait extérieure, en ce sens que je me serais trouvée dans une situation précaire ou désespérée — ou bien de façon plus profonde, en ce sens que je serais parvenue à la conclusion que *life is not worth living*[1] ? —

1. la vie ne vaut pas la peine d'être vécue. *(N.d.T.)*

Si les proportions sont respectées, cette lettre ne péchera pas par la brièveté, après 6 pages d'introduction. Mais imagine un peu, par exemple, que nous ne nous revoyions jamais, — dans ce cas elle revêtirait malgré tout un certain intérêt pour toi en tant que dernier chapitre d'un livre dont certains autres ont, jadis, quelque peu retenu ton attention.

Or, lorsqu'on veut apprécier son propre destin ou passer un jugement sur lui, l'une des difficultés qui se présentent est qu'on est toujours forcé d'adopter, pour finir, le point de vue et les critères des autres. En particulier, lorsqu'on a dû admettre bien des fois qu'on était une imbécile et qu'on a perdu la plus grande partie de sa confiance originelle, on est amené, contre son gré, à s'efforcer d'apprécier les choses et les situations comme le feraient les autres et l'on oublie que chacun d'eux juge également celles-ci, en définitive, plus ou moins à partir de son point de vue personnel et de sa façon de voir. Mais ce dont il importe de bien prendre conscience, c'est la façon dont elles se présentent pour vous, — pour cet individu aux dispositions particulières et à l'évolution également particulière auquel on a affaire. Ai-je, oui ou non, échoué vis-à-vis de moi-même, et en voyant les choses de mon propre point de vue ?

Je crois qu'il paraîtrait étrange à la plupart des gens, — mais moins en ce qui te concerne parce que tu as toi-même fait une expérience analogue, — de m'entendre dire que ce qui m'a le plus frappée ou affectée, lorsque j'étais à la maison, et que j'ai ensuite du mal à rapprocher de la situation que je connais ici et de ma vie, c'est le fait qu'au Danemark les gens m'ont paru consacrer leur vie à s'efforcer d'être heureux et qu'ils l'étaient véritablement. Pour moi la vie avait pendant tant d'années été une lutte soit pour se maintenir à la surface soit pour faire aboutir certains projets malgré les circonstances, — tout d'abord malgré ma maladie, ensuite malgré l'égarement d'esprit de Bror et les difficultés que nous avons connues ici, — que j'avais oublié d'envisager l'existence sous cet angle. Je pouvais être heureuse, lorsqu'un *shaurie* était terminé ou avait trouvé une solution, et cela jusqu'à ce que le suivant se présente, mais être heureuse en soi, jour après jour, consacrer sa vie à être heureuse et considérer que c'est le but de celle-ci, — cela ne m'est jamais venu à l'esprit pendant tout ce temps. Et lorsque, récemment, il m'a semblé voir que c'était possible, tu comprendras que cela ait exercé sur moi une très grande attirance, non seulement parce que je pouvais y trouver le repos mais aussi parce que cela me paraissait tellement beau.

Auparavant, ce qui me causait le plus de peine, quant à mon propre destin, c'était presque toujours qu'il me semblait que je n'étais pas devenue ce que je devais devenir et que je n'avais pas assez tiré parti de mes capacités et des dons que la nature m'avait accordés, — en voyant les choses de façon vraiment objective, je crois, même si cela peut paraître extrêmement présomptueux ! Nous avons déjà eu l'occasion de dire, entre nous, que c'était une chose bien regrettable dans la vie ; de dire, par exemple, qu'il n'était pas tragique, même si c'était bien pénible, de voir donner des coups à un chien de chasse pour lui apprendre à rapporter sa proie ou bien cravacher un cheval de course pour lui faire fournir l'effort maximum, mais qu'il était tragique de voir un chien de chasse transformé en chien de garde, un pur-sang attelé à une charrue, un oiseau sauvage en cage et un caféier planté dans de la mauvaise terre. Si, par exemple, j'ai payé ces derniers temps pour l'éducation d'Abdullai, ou bien si je ne peux m'empêcher de mener mes *natives* à la baguette, ici, dans l'espoir de leur permettre de s'améliorer un peu en tant qu'êtres humains, — ce qui n'est certainement pas dans mon propre intérêt, — ou même si, la nuit, je n'arrive pas à dormir parce que je me demande comment je vais bien pouvoir apprendre à mon cuisinier à faire des *éclairs*[1] qui soient vraiment bons, ou encore si je replante mes cinéraires 20 fois de suite dans une terre différente, dans toutes ces circonstances je suis motivée par une seule et même conviction : le sentiment du caractère précieux du divin, — c'est-à-dire du talent, de la singularité, de la beauté, et la peur de le voir gâché ou bien réduit à néant. Et puis j'ai souvent eu l'impression que j'avais moi-même disposé de certaines capacités et d'une grosse puissance de travail mais que, pour une raison ou pour une autre, ou bien d'une façon ou d'une autre, je ne les avais pas mises à profit ; ces deux choses-là n'avaient pas œuvré de concert, je n'avais pas eu l'*opportunity* d'utiliser mes capacités dans mon travail ; celui-ci, — et il me semble qu'en quelque sorte je n'ai pas ménagé ma peine, — pouvait être assimilé à ce à quoi un chien de chasse en est réduit dans un chenil : monter la garde et aboyer ; « en esprit et en vérité* » il ne répondait à aucun dessein, il allait même à l'encontre de mes desseins, — et il était d'une qualité extrêmement médiocre !

Mais lorsque je suis rentrée à la maison, il n'y a pas bien longtemps, il m'est apparu que je pouvais cesser de me chagriner pour cela et même qu'il y avait dans une telle façon de voir quelque chose de fébrile, de discordant et presque de méchant, car je voyais au milieu de quelle harmonie et de quelle santé les gens de là-bas consacraient toute leur vie à être heureux et satisfaits, — et cela sans arrière-pensées ! Toutes les femmes qui se trouvaient là avec moi et que j'étais si contente de rencontrer : Elle, Koosje, Sophie, — ces femmes ne cherchaient pas à atteindre « l'idéal » mais s'efforçaient de trouver l'idéal dans ce qu'elles aimaient, dans ce à quoi elles étaient parvenues, dans ce qui leur convenait. Si l'on parle d'un cheval, d'un chien ou d'un jardin idéal, on ne s'efforce pas de dresser un gagnant du Derby, ou

1. En français dans le texte. *(N.d.T.)*

un cheval d'Elberfeld, ou un chien policier primé, mais on se dit que Médor et Fidèle sont des animaux domestiques idéals. Traverser le bois entre Rungsted et Folehave, préparer une tasse de thé avec des tartines de pain de seigle grillé, planter une nouvelle rangée de jacinthes, — c'est un but dans la vie, cela vaut la peine d'être fait parce qu'on aime cela, parce qu'on se trouve bien dans ce genre d'activités, parce qu'elles vous rendent heureux. Le « foyer idéal, spartiate et patriotique » — c'est le Magleaas où l'on s'est installé selon son goût et où l'on se sent *at ease*. Comme tout cela était beau et riant, — j'avais l'impression que les autres allaient et venaient dans un jardin ou dans un bois, alors que moi j'avais tenté d'escalader précipitamment le flanc rocheux et semé de dangers d'une montagne ! — et comme les autres réussissaient à faire plus de choses que moi : voir des jardins, des enfants et des amis prospérer autour de soi, sans avoir besoin de faire d'efforts, — alors que moi qui pensais que j'avais été prête à tout mettre en jeu et qui, d'une certaine façon, avais été rouée de coups comme quelqu'un qui a tout mis en jeu, je n'avais pas réussi à embrayer, j'en étais arrivée à consacrer ma vie à tenter de *make both ends meet*[1] dans une plantation de café lointaine dont l'avenir est toujours aussi incertain ! —

J'imagine que, pour ta part, tu es maintenant très heureux ou que, tout du moins, tu as été totalement heureux pendant la durée de ton voyage de noces en France, — car, à l'avenir, tu ne pourras certainement pas éviter de connaître certains problèmes dans ta vie. Mais tu voudras bien me faire la grâce de penser que ce n'est pas la jalousie qui m'inspire si je te dis que je ne me souviens pas d'avoir vécu quoi que ce soit d'analogue ou même d'approchant ! — Quand j'étais à Rome avec Daisy, il est vrai que nos promenades à cheval jusqu'à Frascati

1. joindre les deux bouts. *(N.d.T.)*

pouvaient être revêtues d'un éclat un peu semblable ; mais il n'y avait aucune suite à en attendre, nous étions tout le temps conscientes qu'elles n'auraient qu'un temps. La même chose s'est produite lors de mes excursions en voiture dans la réserve de gibier en compagnie de Denys, ainsi que lors de mes vacances à la maison ; l'avenir était borné, on pouvait en voir la limite de là où l'on se trouvait. Je t'ai certainement déjà dit que c'est devenu chez moi une sorte d'habitude ou d'idée fixe que de toujours envisager l'avenir de cette façon et de compter combien de temps il me reste en toute chose, même s'il ne s'agit que d'aller en voiture à Nairobi, – « plus que 20, que 10 minutes », – cela provient, me semble-t-il, du fait que la plus grande partie de ce que j'ai vécu au cours de ces 10 dernières années a été d'une telle nature que je me suis accrochée à cette idée. Lorsque je suis montée à bord de mon bateau je me suis trouvée dans mon élément, de ce point de vue ; dans le golfe de Gascogne, j'ai eu amplement l'occasion de trouver une consolation dans ce genre de calculs.

Mais, comme je l'ai déjà dit, le destin des autres ne peut servir que d'élément de comparaison par rapport au sien propre. Car je ne suis pas Elle, Koosje ou bien Jonna ; je ne pense pas pour ma part que la jalousie soit tellement mon fait, dans l'ensemble, et, si je les enviais, cette envie devrait en fait se rapporter à leur personnalité et à leurs dispositions naturelles, or je ne crois pas que même les êtres les plus prédisposés dans cet ordre d'idées poussent vraiment la chose jusque-là.

J'ai lu quelque part que la véritable religiosité consiste à aimer son propre destin sans la moindre réserve, – et il y a sans doute quelque chose de cela. C'est-à-dire que je crois que la « religiosité » ainsi conçue est la condition du véritable bonheur. D'une certaine façon, je ne crois pas non plus que ce qui vous ronge, vous accapare, vous aiguillonne le plus, – ce qui ne vous laisse pas en paix, une fois que vous avez commencé à vous en préoccuper, — ce soit tellement le regret des occasions perdues ou bien, comme je l'ai déjà dit, la jalousie envers ceux qui ont eu plus de chance dans leurs entreprises, mais bien plutôt la pensée suivante : comment vais-je pouvoir tirer le meilleur parti de ce destin que j'aime peut-être, malgré tout, « sans réserve » ; ou bien pour reprendre une formulation déjà utilisée : « comment vais-je pouvoir m'en sortir avec l'intelligence dont je dispose, — ainsi que l'âge, l'air, la maison, le cercle d'amis, l'avenir et les possibilités qui sont les miens ? » « Quelles sont les conditions qui me sont assignées et les difficultés que je puis rencontrer si j'essaye de développer ma personnalité ou d'atteindre le bonheur, en prenant comme donnée la situation dans laquelle je vis ? — et, comme je l'ai déjà dit, même si j'en avais eu la possibilité, je ne sais pas quand et comment j'aurais pu la modifier ou l'améliorer et, de toute façon, il ne sert à rien de se lamenter sur les occasions perdues. »

Je ne vais pas commencer par les diviser en deux groupes : celles qui dépendent des circonstances extérieures et celles dont on peut dire qu'elles trouvent leur origine dans mon propre tempérament ; car il me semble que ces deux catégories n'en font qu'une, en définitive. Si, par exemple, je grelotte de froid, on peut bien sûr dire que c'est dû à ma propre nature ou bien à la température ambiante mais, dans les deux cas, cela revient au même pour moi et, pour exprimer cela d'une manière figurée, bien malin qui pourrait dire s'il me faut prendre un *tonic* ou bien mettre du bois dans la cheminée. Je ne crois pas qu'il existe deux êtres humains qui aient les mêmes réactions à un seul et même phénomène extérieur et, avec l'âge, on apprend à être naturel et sans préjugés, à cet égard, à la fois envers soi-même et envers les autres. Ceux qui, s'ils lisaient cette lettre, me blâmeraient pour le manque de caractère avec lequel j'affronte ce qui leur paraîtrait un malheur bien mineur, ne devraient pas se faire faute de se dire que j'en aurais peut-être supporté un majeur avec plus d'énergie qu'eux. Si ce n'était pas aussi abominable à dire, je pourrais par exemple soutenir que, tel que se présente le monde, je trouve que cela a valu la peine d'avoir la syphilis pour devenir « baronne » ; mais je ne veux en aucun cas prétendre que tout le monde serait prêt à payer ce prix-là.

Je place ma liberté au-dessus de tout ce que je possède ; elle est certes limitée, en définitive, par les circonstances extérieures mais cela ne se produit que bien loin à l'horizon et il n'est pas un être sur terre qui ait le droit de me blâmer pour l'air que j'ai, pour la façon dont je pense ou bien, — en dehors du *business*, — pour celle dont je parle ou j'agis. Cette liberté, je l'ai payée, je le sais, du prix de mon « absence de liens » et il m'arrive de ressentir très fortement celle-ci, comme tu le comprendras certainement toi qui, maintenant, baignes dans la lumière et dans la chaleur d'un foyer ; mais, même si c'est cher payé, ce n'est pas trop. Je sais que l'amour que je porte à ma liberté est réel et très profond, — car, en théorie, je ne place pas la liberté aussi haut, — mais, dans la pratique, je crois que dans toutes les occasions où je puis avoir le choix, c'est cette considération qui dicte ma décision. Si j'avais désiré plus fortement avoir des « liens », j'aurais pu me mettre à aimer Geoffrey Buxton, avec lequel j'entretenais de très bonnes relations, ou bien me prendre de passion pour *the Empire* ; mais si j'ai voué ma vie à aimer un homme aussi impossible à attacher que Denys, et également la race noire dans son ensemble, c'est bien, — entre autres raisons, — parce qu'*il fallait* que je sois en sûreté ici ; je ne peux être possédée et je ne souhaite pas posséder, — et Dieu sait que ma vie ici peut être vide et glaciale, mais elle n'est pas étouffante ni confinée. Sur ce point également, je sais que je dois accepter mon destin « sans réserve » car, même s'il m'arrive de désirer ardemment voir mon existence devenir un peu plus stable et comporter un peu plus d'intimité, je sais aussi que je « me reprends » au moment décisif et que cela se reproduit régulièrement dans ma vie. Il m'est arrivé de dire que je pourrais fort bien être prêtre catholique et je le maintiens, – et, à vrai dire, je n'en suis pas si loin, – mais il faut être bien au-dessus de l'humain pour ne pas pousser de temps à autre un profond soupir en voyant les lampes s'allumer dans les différents foyers et le cercle de famille se rassembler. Je ne veux pas dire que je sois, comme Shelley : « *One, whom men love not and yet regret** » ; on m'aime, je le crois bien, mais on ne désire pas ou bien ne peut pas s'approcher très près de moi, – pas plus près que Farah ou que Pjuske, – et n'est-ce pas bien éloigné de ce qu'on appelle véritablement des liens et de ce que tu peux connaître maintenant, par exemple ? Je puis t'écrire tout ceci sans avoir besoin de redouter que tu perdes patience ou que tu me comprennes de travers parce que je crois qu'à certains moments tu as ressenti la même chose que moi. Je me rappelle que Daisy m'a parlé du même genre de problèmes, – elle était, si j'ose dire, un prêtre catholique très aimé ; il n'est pas une seule personne, parmi celles qu'elle a rencontrées, avec laquelle elle n'ait pas, d'une façon ou d'une autre, établi un rapport personnel, – serveurs, cochers de fiacres, personnes vues une fois ou deux et qui maintenant, bien des années après, parlent d'elle, – mais personne n'a jamais pu la fixer et je crois qu'à la fin de sa vie cela lui a manqué...

Mais tu comprendras que, même si l'on peut se résigner de façon très *cheerful* en ce qui concerne les possibilités qu'il existe de se sentir vraiment sincèrement solidaire des autres, ou bien d'une autre personne, on peut également éprouver le besoin d'une sympathie et d'une compréhension plus superficielles au point de suffoquer presque si celles-ci vous font défaut. Maintenant que

Berkeley est mort et que Denys est rentré chez lui, je n'ai pratiquement plus personne avec qui parler et il m'arrive d'avoir la nostalgie de ta présence et de nos discussions à un point tel que j'ai l'impression que ce sentiment doit être capable de t'attirer ici comme un aimant et de te faire franchir les mers et les continents. Si tu trouves qu'il est fatigant de recevoir des lettres aussi longues, c'est à elle que tu dois en attribuer la faute. Il est bien difficile de se voir privée, jour après jour, de l'enrichissement intellectuel que procure la fréquentation de personnes qui partagent vos intérêts et qui vous aiment, sans se sentir *starved*, – et même sans être prise de panique à l'idée de finir par mourir de faim et par rester totalement vide et *stale*. À une distance pareille, la correspondance ne peut se dérouler que sur un rythme bien trop lent et qui n'est pas naturel à l'être humain ; on se sent comme Ea devant un prêtre qu'elle avait entendu parler et dont elle a pu dire : « il parle si lentement qu'on n'arrive pas à suivre ce qu'il dit ». Même si je peux avoir tout autant de relations avec le ciel et avec les saints que le prêtre catholique, je n'en ai aucune avec l'*Église*, je ne reçois pas de lettre pastorale de mon évêque et ne puis envisager une audience auprès du Saint-Père. Et, outre le fait que c'est là une grave lacune qui peut sans aucun doute causer la mort spirituelle, elle est également du genre de celles qui portent sur les nerfs ; il est possible de se trouver dans un état de total désespoir, aussi bien en ce qui concerne le ciel que la terre, que 5 minutes de conversation avec une autre personne digne de ce nom dissiperaient totalement.

Et puis tu peux aussi te douter que l'incertitude face à l'avenir dans laquelle la société aussi bien que moi-même sommes constamment plongées peut finir par faire perdre l'espoir. Cela a pu être *exciting* à un certain moment mais le *joke* finit par devenir lassant. Personnellement, je pense que si nous réussissons à passer le cap de cette année, c'en sera fini de nos difficultés ; mais, d'une part, nous avons déjà cru cela auparavant et, d'autre part, il n'est pas du tout certain que nous puissions franchir ce cap. Et ne jamais oser faire de projets de quelque envergure, ne jamais oser envisager l'avenir au-delà de quelques mois et ne pouvoir, de façon générale, voir au-delà de février ou de mars, cela ne fait pas de bien ; on finit, comme la femme du préfet dans *Det flager*, par « perdre pied peu à peu, du fait de l'insécurité, au point que ses pensées et son esprit sautillaient de-ci de-là comme un oiseau, — jusqu'à ce qu'un beau jour ses forces la trahissent* ». — Je ne veux pas en dire plus sur ce sujet, on finit par tourner en rond dans ses arguments et cela ne mène à rien ; on se retrouve au point de départ, un peu plus étourdi seulement.

Mais tout ce que je viens d'énumérer, cela ne peut suffire à venir à bout de moi. Je crois bien que cela pourrait venir à bout de certains autres, de même que les fagots que transportent les *bibis** à l'aide de leurs bandeaux seraient trop lourds pour nous alors qu'elles les portent sans flancher. Cette absence de liens dont je parle, — la solitude jour après jour, — cette absence insensée de certitude dans tous les domaines de la vie quotidienne, — c'est malgré tout un poids qui, pour moi, est placé là où il faut ; je peux le supporter assez facilement même si je finis parfois par trouver que l'excès est nuisible en tout, fût-ce dans les bonnes choses. Mais je veux maintenant te parler de quelque chose qui est, sinon mesquin, du moins horriblement banal, et que je crois que tu vas désapprouver et peut-être même trouver très méprisable, — mais je n'y peux rien ; quand c'est à toi que j'écris, il faut que je fasse comme j'ai toujours fait envers toi, c'est-à-dire être tout à fait honnête, — autrement, cela n'aurait aucun sens.

Quand je dis que certaines situations qui paraîtraient peut-être très difficiles à supporter pour d'autres ne sont pas particulièrement accablantes pour moi, c'est très probablement parce que, *after all*, elles sont conformes à ma nature et, comme je l'ai déjà dit, c'est toujours ce qui détermine la façon selon laquelle des situations et des coups du sort désagréables ou bien *unbearable* peuvent être ressentis par chacun de nous. En définitive, tout dépend de savoir si, en pareil cas, on peut malgré tout rester soi-même et si la réaction que suscite en nous cette pression venue de l'extérieur est l'expression de notre propre nature. Ma maladie, par exemple, ne m'a pas véritablement mise « hors de moi » ; bien des *shauries* qui pourraient paraître à certains absolument insupportables, produisent sur moi un effet presque roboratif : par exemple les désagréments que ma *pro-nativeness* suscitent dans mes rapports avec les Anglais. Te souviens-tu que nous avons un jour parlé, précisément, des avantages ou des inconvénients que les circonstances extérieures peuvent constituer pour tout un chacun dans ses efforts pour « être lui-même », et que tu as dit qu'il serait extrêmement difficile, sinon impossible, pour un grand professeur de mathématiques, par exemple, d'être lui-même au milieu des sauvages sur une île déserte ; les conditions pour que puisse s'exprimer sa véritable personnalité ne seraient pas réunies, ses racines seraient, en quelque sorte, coupées et ce serait pour lui un bien plus grand malheur que, par exemple, pour un homme très doué du point de vue pratique, — de même que ce serait un bien plus grand malheur pour un virtuose du violon que pour un grand armateur de perdre deux doigts de la main droite.

Lorsque, cette année, dans des conditions qui exigeaient tout particulièrement du sérieux et de l'honnêteté, j'ai essayé d'apprécier lucidement ma propre situation et mon destin en général, examiné les conditions dans lesquelles je vivais ici et les possibilités que j'avais de développer ma personnalité et d'atteindre le bonheur, il m'est apparu que ce qui me rendait la vie si difficile c'était le fait que j'étais si pauvre. C'est assez mesquin de dire cela et j'ai mis un certain temps avant d'admettre véritablement qu'il en était bien ainsi ; mais maintenant je suis sûre que c'est vraiment la vérité et je ne sais pas pourquoi, à vrai dire, c'est si affreusement mesquin. Nous sommes élevés dans l'idée que l'on n'a pas le droit de penser ainsi et donc que c'est vulgaire, anti-intellectuel et anti-idéaliste, et qu'il n'est pratiquement pas possible de tomber plus bas. Ceci est sans doute exact, aussi, dans la mesure où les gens qui ne se soucient pas de l'argent (probablement parce qu'ils se soucient de choses plus nobles dans la vie) sont au-dessus des autres et valent mieux qu'eux. Mais cette qualité supérieure, ils la possèdent en eux-mêmes ; ce n'est pas l'amour ou le mépris de l'argent qui est le facteur décisif et les gens qui sont d'une espèce inférieure, ou de moindre valeur, ne deviendraient pas pour autant meilleurs et supérieurs s'ils arrivaient à se débarrasser de ce désir d'argent qui est le leur. Il est plus grand d'être Einstein que de savoir faire des tableaux à l'aiguille ou jouer la comédie ; mais si ce dont on est *capable*, ce qui vous permet d'exprimer votre personnalité, c'est précisément l'une de ces choses-là, cela ne vous améliore en aucune manière de jeter vos fils de soie ou de tourner avec mépris le dos à la rampe. –

Il me semble pour ma part que, pour pouvoir s'exprimer, ma personnalité réclame, comme une sorte de nécessité naturelle, une certaine forme et une certaine couleur autour de moi, en quelque sorte le « grand style » qu'Elle me reprochait jadis ; sans cela je suis, – non pas du tout un gourmand qui ne peut avoir ses plats préférés, – mais un acteur sans scène, un violoniste sans mains ou du moins sans violon, et même ton professeur de mathématiques sur son île déserte, – je ne suis pas moi-même. On peut certes être forcé de se passer de tout cela, tout comme, par exemple, on peut être contraint de se passer d'exercice si l'on est mis en prison ; mais on ne peut en être privé sans être malheureux. J'accepterais volontiers de perdre une jambe contre un revenu de £ 5 000 par an ; non pas que je pense que j'aurais ainsi une vie plus confortable ou que je serais plus à l'aise, — j'inclurais volontiers dans le contrat une clause pour laquelle je renoncerais ensuite aux 5 000 £, — mais parce que je crois que je pourrais être moi-même avec une jambe en moins, alors qu'il me paraîtrait extraordinairement difficile d'être moi-même sans argent. J'ai ressenti ma maladie, et je ressens actuellement ma solitude comme des choses déplaisantes, c'est certain, mais en même temps comme des coups du sort qui, au fur et à mesure que mon destin prend forme, sont devenus parties intégrantes de moi-même, — tout comme mon nez, par exemple, que je souhaiterais un peu moins laid, mais qui ne me tourmente quand même pas constamment ; par contre ma pauvreté me fait l'effet d'un corps étranger en moi, tout comme un fer de lance qui s'y serait brisé ou bien une pointe d'aiguille ou peut-être un *djigger*[1], auquel je ne puis m'habituer et contre la présence duquel mon être tout entier ne cesse de se révolter.

Dieu m'est témoin que je me sens bien mesquine d'écrire de pareilles choses ; mais est-il possible de vouloir tenir compte uniquement de ce qui est mesquin ou de ce qui est grand et généreux, — indépendamment de la nature et des dispositions de la personne jugée, — est-ce que ce n'est pas la porte ouverte aux erreurs de jugement ou aux préjugés ? Est-il plus blâmable de reconnaître que l'on souffre de la pauvreté que de la solitude ou de l'angoisse ? — (Ce qui *n'est pas mon cas* ; je crois vraiment que j'ai acquis une intrépidité dont on aurait du mal à trouver l'égale, je peux presque reprendre à mon propre compte les paroles que tu m'as écrites un jour :

1. Larve, tique. *(N.d.T.)*

« Rien ne fait d'effet sur moi, pas plus les poux que les balles ennemies », – je n'ai même plus peur des serpents et j'en ai tué deux avec un bâton, – mais, c'est vrai, j'ai peur de la pauvreté) – et, pour pouvoir juger équitablement les faiblesses de quelqu'un, ne faut-il pas les mettre en regard de ses qualités et de l'ensemble de sa personnalité ? Lorsque, par exemple, tu t'es attiré, et tu as attiré aux autres, certains tourments du fait de ton penchant pour ce que tante Bess appelait des gamineries, n'était-ce pas en partie la faute de la vie, de la société et des circonstances, et la cause, n'en résidait-elle pas dans quelque chose en toi qui avait également de la valeur et qui, lorsque tu as eu la chance de pouvoir infléchir quelque peu le cours des événements, a pu devenir une source de bonheur et t'a procuré, ainsi qu'à quelqu'un d'autre, un but dans la vie ?

Mon amour de l'argent est en partie dû au fait que les choses matérielles ou bien visibles, perceptibles par les sens, sont pour moi, à un degré bien plus grand que pour la plupart des gens, me semble-t-il, l'expression d'une réalité spirituelle, mais est-ce là quelque chose de blâmable ou bien un défaut ? – car c'est cela qui fait que je suis capable de peindre un peu moi-même et, en tout cas, de prendre un plaisir infini à tout ce qui touche à l'art. J'ai lu un jour que « la coupole de Michel-Ange a infiniment plus de valeur didactique sur le plan moral qu'une bibliothèque entière de livres d'éthique » – et cela exprime selon moi quelque chose de vrai car je me suis toujours dit que le jour du Jugement dernier on pourrait s'entendre reprocher tout aussi sévèrement d'avoir associé deux couleurs qui n'allaient pas ensemble que d'avoir porté un faux témoignage à l'encontre de son prochain. Mes vêtements, par exemple, – je n'engloutis pas des sommes déraisonnables dans ce domaine pour faire impression ou pour qu'on me compare favorablement avec d'autres femmes mais parce qu'ils sont l'expression de ma personnalité, et cela à un degré bien plus grand dans mon propre cas que dans celui des autres, me semble-t-il. Je suis capable de porter des guenilles, comme tu le sais, mais aller à un dîner ou aux courses dans une tenue inélégante m'est aussi peu naturel qu'il te le serait de descendre Bredgade vêtu d'une culotte de femme garnie de broderies...

Mais, — si, après tout cela, tu as encore la patience de m'écouter pendant un certain temps, — ce n'est pas seulement mon désir de « belles choses » qui me rend la pauvreté si pesante ; tu sais, par exemple, que dans mes relations avec les *natives*, qui représentent tant pour moi, il m'est presque impossible de ne pas faire les choses sur une plus grande échelle que je n'y serais tenue de par ma position sociale. Naturellement, c'est aussi déraisonnable de ma part. Mais une si grande partie de mon bonheur, du sens de ma vie ici, en dépend. On peut bien sûr dire qu'on peut les aider avec autre chose que de l'argent et je crois que c'est bien ce que je fais ; car je leur donne beaucoup de mon temps, par exemple en leur servant de médecin, et de mes forces, — et pourtant, dans ce cas également, l'argent est semblable aux mains du violoniste : il peut être un tout aussi grand artiste sans elles mais alors il n'y a que Dieu qui le sache, et qui peut bien profiter de ses dons ? Cette année, les *natives* ont été très *hard up* ; l'argent que j'ai prêté ici ou là, — 1 600 shillings, — je ne puis leur demander de me le rembourser en ce moment.

Il est peut-être également mesquin de dire ce que je vais dire mais, lorsque j'ai pensé à ce problème cette année, au mois de mai, je me suis dit que si, par exemple, j'avais gagné le *Calcutta sweep* ou si je pouvais faire un coup du même genre, j'aurais désiré avoir cet enfant. Je ne me faisais pas cette réflexion uniquement parce que j'avais peur de devoir économiser mon argent, etc., mais également pour l'enfant lui-même. Quand on a soi-même tellement souffert de la pauvreté on se dit que l'on ne peut pas prendre sur soi d'y exposer quelqu'un d'autre en pleine connaissance de cause. Je crois que tout le monde me blâmerait en m'entendant dire qu'il me paraîtrait moins important de savoir qu'à cause de ma maladie il aurait eu de grandes chances de ne pas jouir d'une bonne santé, – mais, à toi, je le dis quand même ; si j'en juge d'après moi-même, il me semble, comme je l'ai déjà dit, que cela vous empêche moins d'être vous-même que la pauvreté. Mais peu importe.

En ce qui concerne maintenant mes rapports avec Denys qui, malgré tout, sont, comme dirait Stuckenberg, « le bonheur de ma vie* », tu comprendras que, là également, je me trouve gênée, contrecarrée, et que cela m'empêche d'être comme je le voudrais, comme il serait naturel que je sois en pareil cas. Non pas que je veuille « paraître » à ses yeux, que je veuille lui faire des chatteries comme ces maîtresses d'un certain âge dont il est bien connu qu'elles doivent entourer leur amant de confort et le repaître de bonne chère pour pouvoir le garder ; mais quand je me dis, comme je te l'écrivais dans ma précédente lettre, que par moments je viens vers lui les mains vides, c'est quand même bien dû en grande partie au fait que je n'ai pas d'argent. Si, parfois, je pouvais revenir vers lui après une excursion en Chine ou, comme lorsque j'étais à la maison récemment, d'un périple comme le tien, et en Italie, qu'il aime tout autant que moi, ou en Égypte, qu'il connaît très bien, – ou même si je pouvais entretenir mes connaissances en musique au moyen d'un pianola, – je ne me sentirais pas aussi dépendante de lui et de mes sentiments envers lui, ce qui me rend malheureuse même dans des occasions qui devraient me rendre totalement heureuse. Tu diras peut-être que ce ne sont là que des vétilles quand on aime vraiment quelqu'un ; mais imagine un peu ce que cela représenterait pour toi, vis-à-vis de Jonna, si tu perdais une partie de ta force d'athlète ou si tu devenais myope. Le fait que tu saches conduire ta voiture, faire du ski, que tu sois capable de la porter dans tes bras pour monter un escalier si cela s'avère nécessaire, – ce ne sont aussi que des vétilles, mais c'est l'expression de ta nature profonde et peut-être tout particulièrement en ce qui concerne tes rapports avec elle.

Lorsque je dis que la pauvreté me fait l'effet d'être un « corps étranger » en moi, c'est parce qu'il me semble que ce n'est pas l'expression de quelque chose de profond ; je n'en suis pas responsable. Ma propension à la « fuite » en ce qui concerne mes rapports avec les autres, ma solitude, – cela, j'en suis responsable ; où que je sois, et dans quelque situation que je puisse me trouver, celles-ci m'affecteraient probablement sous une forme ou sous une autre ; mais quant à la pauvreté, ou bien quant à l'argent de façon générale, on m'a « *taught wrong on purpose*[1] » comme dit Mrs Warren dans la pièce de Bernard Shaw*. Je crois que ceux qui ont eu la responsabilité de mon éducation et de ma formation étaient bien capables de se rendre compte que, sur ce point, ma nature me rendait bien différente d'eux, mais ils *voulaient absolument* que je leur ressemble ; je n'en avais pas vraiment conscience moi-même et ce n'est pas entièrement de ma faute, ils auraient dû me le faire comprendre. Je me rappelle que, lors de mes fiançailles avec Bror, tante Bess a dit que la seule chose dont elle se réjouissait, à cette occasion, c'était de me voir me fiancer avec un homme pauvre ; or, je suis bien obligée de dire que, dans toute cette misère, c'était la seule chose vraiment misérable ! J'aurais dû prendre conscience du fait que, puisque l'argent représentait en vérité tellement pour moi et que je n'en avais pas, il me fallait, si je voulais être heureuse, m'efforcer de m'en procurer et, si je m'en étais

1. On a fait exprès de m'enseigner ce qu'il ne fallait pas. (N.d.T.)

vraiment occupée, j'y serais bien parvenue d'une façon ou d'une autre. Sur ce point, je considère que j'ai manqué de clairvoyance et que j'ai été « égarée », et que je dois maintenant le payer.

J'ai beaucoup développé ce dernier point car il me semble que tout cela t'est fort étranger et qu'il fallait donc que je te donne des explications, et aussi parce que ma façon de voir, sur ce sujet, a, comme tu t'en rends compte, changé depuis la dernière fois où nous en avons parlé ensemble ; – mais j'avoue avoir quelque peu perdu le sens des proportions ! Ce problème n'a pas dans ma vie une importance du même ordre que celle qu'il occupe dans cette lettre ! Mais, puisque je suis partie pour écrire mes « Confessions », – et que c'est la dernière fois que je t'écris de la sorte, – il faut bien que je t'en parle et que j'essaye de te l'expliquer clairement !

Et puis il n'est pas possible que notre affaire finisse par marcher comme il faut et par me permettre d'avoir l'argent dont j'ai besoin ; car je n'en ai pas besoin d'une quantité considérable. Et maintenant que j'ai fait l'« inventaire » de ma situation ici, de mon bonheur et de mon malheur, je crois que je puis conclure en disant que si j'étais sûre qu'il puisse en aller ainsi et que je puisse donc rester ici et mener à bien cette entreprise à laquelle les étranges méandres du destin m'ont amenée à consacrer ma vie, si Denys pouvait continuer à venir ici comme maintenant et si entre nous les choses pouvaient continuer à être ce qu'elles sont en ce moment, – alors je serais aussi heureuse qu'il est possible de l'être dans cette vie, c'est-à-dire ce qu'on appelle « heureuse ». Te souviens-tu que nous nous sommes dit, un jour, que la meilleure façon de juger du degré de bonheur ou de malheur dans une situation donnée était de s'imaginer que celle-ci puisse se prolonger pendant l'éternité ? – et que, dans bien des cas, alors qu'elle ne vous paraît pas particulièrement infernale sur le moment, on se rendrait compte que l'on est, en fait, « rendu en enfer ».

Car c'est malgré tout ce qui caractérise les situations humaines, en général : elles ne durent *pas* éternellement. Si, dans le golfe de Gascogne, on était venu me dire que j'allais, pour l'éternité, être ballottée de la sorte, avec la responsabilité de Heather, j'aurais très certainement été aussi désespérée que les damnés sur la fresque du Jugement dernier de Michel-Ange ; avec le recul, c'est presque une expérience amusante. Et, comme dans le cas d'une image perçue dans un miroir, l'inverse est valable en ce qui concerne ma situation ici : si je pouvais seulement être sûre qu'elle va se prolonger, alors je serais débarrassée, malgré tout, d'un certain nombre de doutes et d'inquiétudes d'ordres divers, dont tu reçois par la présente un échantillon, et j'aurais le sentiment d'être très près du paradis. Non pas de la façon dont, toi, tu es maintenant au paradis car, comme je te l'ai déjà dit, je suis une enfant de Lucifer et le chant des anges n'est pas fait pour moi, mais aussi proche du bonheur et de l'équilibre que ma nature peut me le permettre.

Dans la dernière lettre que je t'ai envoyée, je te disais que lorsque je me tiens ici, comme ce soir, devant la maison, que je regarde la lune et que j'entends une *ngoma* dans le lointain, — et que je repense à mon départ de Naples et à mes *shauries* avec Mrs Birkbeck ! — à ma maladie et à ma première rencontre avec Denys, — il me semble parfois que je puis « voir la cigogne ». Et c'est vrai, également. Je la vois ou je sens sa présence, — c'est-à-dire : je crois en elle. Un jour, je pourrai donc peut-être la voir vraiment. Je serai peut-être un jour ici, bien en chair, pas tellement loin de vous tous et de chez nous puisque je pourrai aller vous voir quand je le désirerai, avec une ferme qui marche bien, avec un ami sûr et de longue date en la personne de Denys, avec la progéniture de Pjuske et de Heather, et le fils de Farah pour me servir de *butler*, – et avec plus d'équilibre, d'harmonie et de sagesse dans ma vie que jamais auparavant. Et alors je reconnaîtrai ce que je suis déjà prête à admettre, à savoir que la vie m'a donné plus que je ne méritais, et qu'il valait bien la peine de tomber dans tous ces trous et de faire autant de fois le tour du lac puisque c'était indispensable pour finir par distinguer la jolie silhouette de la cigogne !

J'ai abusé de ton temps mais je puis me défendre en invoquant le principe chrétien : ne faites pas aux autres etc. – Je serais très heureuse si tu m'écrivais sur toi-même comme je viens de t'écrire sur moi. Même si, toi, tu n'es pas particulièrement joyeux en ce moment, il faut que tu fasses preuve d'indulgence et que tu te dises qu'il fallait absolument que je t'écrive de la sorte avant de pouvoir m'atteler à quoi que ce soit d'autre, par exemple à mes comédies pour marionnettes qui vont maintenant pouvoir progresser de façon plus satisfaisante. Car je doutais tellement de moi et il ne pouvait pas en être autrement tant que je n'avais pas entendu ma propre voix, que je ne m'étais pas vue dans le miroir que constitue une personne à laquelle on se confie, – avant d'avoir fait mes comptes. Maintenant j'ai l'impression qu'un poids m'a été ôté de la poitrine et je te remercie par avance de bien vouloir lire cette lettre.

J'ai souvent pensé qu'il serait souhaitable que les êtres humains se parlent ou s'écrivent les uns aux autres du fond du cœur ; même s'il ne vous intéresse pas personnellement, le destin de l'autre peut toujours vous servir de mise en garde. Quand on lit un livre, on se dit souvent : oui, il est très possible que cela se passe de telle ou telle façon et que cela se termine de la sorte ; mais cela n'est pas vrai. Et dans la vie on se dit souvent : si seulement les gens qui ont connu ce que je connais en ce moment voulaient bien me dire très honnêtement comment cela s'est terminé pour eux. – Comment cela s'est terminé, je ne saurais bien sûr pas le dire, c'est le temps qui le dira ; mais, de quelque façon que ce soit, ceci pourra peut-être t'intéresser lorsque tu seras en mesure de connaître cette fin, comme une pièce annexe te permettant de savoir selon quel principe les chutes dans les trous et les promenades autour du lac se trouvent disposées pour faire apparaître cette cigogne particulière.

Je ne connais pas d'autre adresse où te faire parvenir ceci que celle de chez nous ; si quelqu'un te voit ouvrir ceci, tu n'auras qu'à dire que c'est un manuscrit ! — D'ailleurs, tu en recevras sans doute un dans un avenir plus très lointain, maintenant que j'ai soulagé mon cœur dans cet envoi.

Je t'envoie bien des pensées, mon cher vieux Tommy. Je te promets de ne plus jamais t'écrire de la sorte. Et nous pouvons donc nous lever maintenant du banc de pierre et rentrer, — toi pour aller retrouver Jonna, ce dont tu seras content, je suppose, même si tu es un peu fatigué !

Dis bonjour de ma part à tout le monde.

Tanne

À INGEBORG DINESEN

Ngong, dimanche 12/9/26

... Je suis allée en ville en voiture pour voir la mère d'Abdullai, — Tommy la connaît certainement. Le spectacle qu'elle offrait était si navrant et si tragique que je ne trouve pas de mots pour le décrire ; on aurait dit Niobé ou bien l'une des femmes qui se trouvaient au pied de la croix, et que dire en guise de consolation ? Abdullai était si bon envers elle ; peu de temps avant sa mort je suis allée le voir car j'avais entendu dire qu'il était malade, et sa mère et lui étaient tellement charmants et touchants, l'un près de l'autre ; ils rayonnaient littéralement lorsqu'ils se regardaient, on aurait dit des amoureux. Mais cette fois-ci elle était complètement anéantie. C'est presque inimaginable mais la pauvre femme a perdu 11 enfants. Je crois que c'est la tuberculose, — ils sont très mignons et gentils quand ils sont petits mais, quand ils grandissent, ils meurent...

Denys revient aux environs du 1er novembre...

À la fin de ce mois, Farah va reprendre la *duca** de Hassan mais il restera à mon service. J'en suis très contente ; ainsi il me procurera toutes les marchandises et toute la viande dont j'ai besoin et, à l'heure actuelle, sa *duca* de Thika l'amène à être très souvent absent. Le gros Abdullah tiendra la boutique dans un an, quand il aura terminé son école. Farah s'est acheté un camion de marque Chevrolet et il est très *excited*, comme on peut l'imaginer...

À THOMAS DINESEN

Ngong, 22/10/26

... Il m'est plusieurs fois venu à l'idée de t'écrire à propos de ta « morale sexuelle » et, puisque j'en ai le temps aujourd'hui, je voudrais te faire quelques remarques dont j'espère que tu les prendras comme des conseils inspirés par l'amitié et, en tout cas, que tu n'y verras pas malice.

Je crois que l'un des *moves* les plus dangereux par lesquels on puisse commencer une carrière, – que ce soit en tant que politicien, que travailleur social ou qu'écrivain, peu importe, – consiste à *flog dead horses*[1]. Cela vous vaut facilement un handicap dans l'opinion publique et, aussi progressiste qu'on puisse être, vous fait cataloguer comme attardé. Je suis d'avis que c'est ce qui, par exemple, a affaibli les Unitariens ; s'ils avaient commencé par dire qu'ils apportaient un message à un monde dans lequel Dieu avait peu à peu perdu sa place, ils se seraient sans doute fait entendre d'une tout autre façon, mais ils ont concentré leur attention sur un *combat d'arrière-garde* ; contre les dogmes, l'orthodoxie, etc., et je crois que quoi qu'ils puissent dire, maintenant, ils auront du mal à se faire écouter.

Or, je crois que le Danemark et la Scandinavie qui, sur tant de points, sont vraiment à la pointe de l'évolution, – de telle sorte que quelqu'un qui y serait en avance, le serait dans le monde entier, – connaissent sur le chapitre de la morale sexuelle et du *birth-control* un retard vraiment étonnant, du moins en ce qui concerne les positions *officielles*. Il est possible que cela soit dû au fait que nous sommes si libéraux que tout ce problème ait en réalité été résolu sans qu'il soit nécessaire de trancher dans le vif et qu'il n'y ait donc pas eu besoin de trouver des arguments, ce qui fait que ceux-ci ne sont connus que sous la forme d'échos de ce qui se dit à l'étranger sur ce sujet ; il est possible que, sur ce point, nous soyons conservateurs, – je ne puis me prononcer à ce propos car je ne suis pas au fait de la « vie intellectuelle », ni de la situation générale chez nous. Mais, quelle qu'en soit la raison, je suis sûre que la lutte qui s'y déroule dans ce domaine est un stade dépassé dans le reste du monde et que les cris de guerre de Thit Jensen et du Dr Leunbach

1. enfoncer des portes ouvertes. *(N.d.T.)*

n'y affecteraient pas âme qui vive. Par exemple, j'en ai parlé avec Denys et il m'a dit qu'il s'étonnait grandement que nous en soyons encore à discuter de cette affaire, nous qui sommes, selon lui, tellement à la pointe de l'évolution en ce qui concerne les problèmes sociaux. De même, — lorsque je vois la façon dont les choses se passent ici et celle, parfaitement sereine, dont se conduisent les gens qui jouissent de la plus grande considération sociale, — je suis sûre que la vieille « morale sexuelle » négative a connu sa dernière heure il y a bien longtemps. Il est naturellement possible que ce pays-ci s'écarte, d'une certaine façon, des principes en usage dans les autres pays ; mais on ne peut tout de même pas dire que les Anglais changent de point de vue et de conscience morale au moment même où ils en foulent le sol et, dans ce domaine, il n'y a absolument rien que l'on ne puisse se permettre ici, si l'on ne cherche pas à indisposer et à provoquer les autres de façon délibérée. Je crois que la position de tous les milieux sans préjugés d'Europe est, de façon plus ou moins *explicite*, la suivante : la morale sexuelle est une affaire privée et le *birth-control* une question qui regarde les gens honnêtes et que ceux-ci peuvent régler comme ils l'entendent et de leur mieux.

Je ne veux pas dire par là que ne se fasse pas sentir le besoin d'un véritable *idéal* sous ce rapport ; je crois au contraire qu'il existe partout un terrain propice pour un message de ce genre, de même qu'il pourrait bien y en avoir un pour un message religieux ou pour un idéal social qui soit positif. Mais, selon moi, il n'est nullement besoin de lutter de quelque façon que ce soit contre l'ancienne morale, de la critiquer ou de la condamner. Ce contre quoi les Anglais luttent ici, dans la mesure où ils luttent, c'est leur vieille *législation en matière de mariage*, et ils luttent contre elle parce qu'ils veulent se débarrasser d'un appareil législatif qui heurte la conscience de tous les gens évolués, — mais cette lutte se déroule ici sous des formes bien différentes parce que, lorsqu'il s'agit de lois et de législation, l'opinion des personnes les plus vieux jeu, les plus affreusement « rétrogrades » a du poids, alors qu'en matière de *morale* on peut s'en moquer. Il me semble que cette opinion se voit confortée par tout ce que l'on peut lire sur ce sujet dans la littérature anglaise moderne. Je te recommanderai, si tu ne l'as pas encore lu, un livre de Bertrand Russell intitulé *Principles of Social Reconstruction*, — il n'est d'ailleurs pas tout nouveau puisqu'il a été écrit pendant la guerre mais, selon moi, c'est, à bien des égards, un très grand livre. S'il m'appartenait je te l'enverrais ; mais je l'ai moi-même emprunté.

Pour un homme qui a une influence directe sur la vie pratique, par exemple un député, il peut naturellement se présenter souvent des occasions où il se voit dans l'obligation de remonter bien des siècles en arrière dans ses arguments et par exemple, pour l'affaire qui nous occupe, — là où un puissant élément catholique exerce au sein de la population une influence sur la législation, — s'en tenir à examiner la nature divine du mariage à partir du cas d'Adam et Ève dans le jardin d'Éden ou bien la position de saint Pierre sur la question du *birth-control*. C'est aussi ce qui peut nous arriver à nous autres dans la vie pratique ; Knud peut s'aviser de dire à Elle qu'il ne veut pas de juif dans la maison et, ici, une dame peut avoir des difficultés à exercer une influence au sein de la *E. A. Women's League** parce que du sang hollandais coule dans ses veines.

Mais aucun de ceux qui cherchent à compter au nombre des précurseurs dans ce genre de problèmes ne relèverait de telles choses dans ses écrits, sauf à titre de curiosité ou comme exemple à caractère historique ; car il est évident que telle ou telle affaire peut « *finnas kvar si lifvet och have intresse i lifvet, emedan den är udagerad inom litteraturen*[1] » et les éclaireurs* se soucient peu pour agir de savoir où se trouve l'arrière-garde du train des équipages.

Je crois que, sur ce point, tes discussions avec tante Bess peuvent être, et ont véritablement été, fort dangereuses pour toi. Tante Bess n'est pas vraiment « rétrograde » ; mais, d'une part, elle ne dispose pas dans sa vie et dans son entourage des bases nécessaires pour envisager ce genre de choses d'une façon personnelle et, d'autre part, elle nourrit à leur égard une aversion si profonde, — même si, en même temps et de façon fort étrange, elles se trouvent l'intéresser, — qu'elle n'a pas désiré s'informer de ce qui avait été écrit de plus élémentaire sur la question ; bon nombre de ses théories reposent sur des bases totalement erronées, — par exemple, lorsqu'elle pense que les maladies vénériennes proviennent, à l'exclusion de tout autre facteur, d'une vie amoureuse déréglée, — et, même dans ce genre de discussions, on est obligé de tenir tellement compte de ce qui lui répugne personnellement, — comme, par exemple, lorsque tu n'as pas osé faire valoir que la continence des jeunes gens d'Oxford par rapport aux femmes conduisait souvent à des relations à caractère plus ou moins amoureux entre eux, — que ce genre de conversations perd toute espèce de valeur. Elles conservent un certain intérêt et un certain sens parce que nous aimons beaucoup tante Bess, parce qu'elle a eu tant d'importance pour nous au cours de notre enfance et de notre jeunesse, parce qu'elle possède beaucoup de dons, qu'elle est très

1. Cette citation (?) suédoise, bien que quelque peu danisée, veut dire littéralement : ... « rester d'importance dans la vie puisqu'elle a cessé d'être débattue dans la littérature » ; mais il n'est pas impossible que Karen Blixen ait confondu le mot suédois *emedan* (qui veut dire : puisque) avec le mot danois *imedens* (qui veut dire : alors que). *(N.d.T.)*

chaleureuse et qu'elle s'intéresse beaucoup à nous ; mais, à voir les choses de façon abstraite, elles ne consistent en réalité qu'à faire revivre une bataille déjà livrée et déjà gagnée et, si on les éditait, elles n'auraient pas le moindre intérêt ou la moindre importance dans un sens ou dans l'autre, — mis à part la valeur littéraire qu'elles pourraient présenter ! !...

Si l'on veut être parmi les meilleurs, il faut rechercher la compagnie des meilleurs ; si l'on veut être parmi les premiers, il faut chercher à connaître les premiers, — pas nécessairement au moyen d'un contact personnel mais par la pensée et dans la vie intellectuelle. J'ai toujours été irritée de voir que tu préférais la compagnie de tes inférieurs ou tout au plus de tes égaux. Il faut reconnaître que tu avais sans doute plus de mal que d'autres à trouver tes *supérieurs*, — mais ils existaient quand même et ils ont parfois dû te côtoyer de très près. Je t'ai certainement déjà dit que je souhaitais beaucoup te voir aux pieds d'un maître, ou d'un camarade comblé de dons par la nature, en train d'écouter. Mais, s'il se trouve qu'il y ait en toi quelque chose qui t'empêche de te sentir à l'aise en compagnie de ceux-ci, — ne manque tout de même pas de te fier à eux en matière de littérature, de théories et d'idées. Cela ne veut pas dire que l'activité que l'on déploie dans son petit cercle particulier ne puisse pas être bénie par le ciel si l'on a bien conscience qu'elle n'a aucune importance en dehors de celui-ci ; cela ne veut pas dire qu'un homme politique conservateur ne puisse avoir une action tout aussi appréciable, ou même plus appréciable, qu'un révolutionnaire, — mais on ne peut être un Danton que parmi la Montagne ou au sein du Club des Jacobins, et un agitateur qui se prendrait pour un révolutionnaire parce qu'il met sens dessus dessous la rédaction du *Berlingske Tidende*, ou bien pour un vandale parce qu'il est capable de choquer les membres de l'ouvroir de la reine douairière, ne serait pas grand-chose en définitive ; il peut sans doute venir en aide à certains individus mais il ne pourra jamais avoir aucune influence sur le plan des idées.

En ce qui concerne le problème particulier de la morale sexuelle, je crois donc que ce qui s'impose en la matière est bien plutôt quelque chose de positif que quelque chose de négatif, et qu'il n'est guère besoin de critiquer ou de condamner l'orthodoxie ; celle-ci a reçu tellement de coups sur l'échine que l'on est presque tenté de demander grâce pour elle, par pure charité chrétienne. La liberté – nous la détenons, j'en suis convaincue, et, si cela n'a pas toujours été le cas, la génération qui nous suit se l'est pleinement assurée. Mais que va-t-elle en faire, et où est l'étoile qui doit éclairer cette liberté et ceux qui en jouissent ? Je puis dire que je n'en sais rien. Ce que les Anglais appellent *eugenics* peut fort bien être un très beau phare et servir de guide ; mais je croirais volontiers que, si les descendants de nos descendants doivent eux aussi naviguer avec l'œil fixé sur les descendants de leurs descendants, ils s'en lasseront certainement. Cette façon d'aimer la vie pour ce qui viendra à la génération suivante, et qui fait qu'elle n'a aucune valeur en elle-même, m'a toujours paru être un argument bien faible. – Mais je ne vais pas entrer ici dans toutes ces considérations-là car, autrement cette lettre serait par trop longue. Pour ma part, j'aurais tendance à dire qu'à l'avenir, – pendant un certain temps, – la sexualité dans son ensemble ne jouera plus un rôle très important une fois qu'elle aura vu reconnaître et respecter ses droits et sa liberté ; c'est ainsi qu'il en est allé de bien des forces tenues en servitude et même des « Droits de l'Homme », pour lesquels certaines personnes ont jadis donné leur vie parce qu'ils leur paraissaient aussi nécessaires que l'air et que la lumière, – les gens de notre époque ne les associent pratiquement plus à une idée quelconque. Comme tu le sais, la sexualité en elle-même, – du point de vue physique aussi bien qu'intellectuel, – ne m'est jamais apparue comme étant la chose la plus importante entre un homme et une femme, il faut bien d'autres choses ; sur le plan social également, il faut bien d'autres choses que les rapports entre employeurs et employés, entre *labour* et *capital*, – mais nous attendons toujours la venue du prophète qui nous fera prendre conscience de ce fait et peut-être n'est-ce pas ce que l'on peut faire de plus mal, à l'heure actuelle, que de s'inscrire dans un parti et d'y œuvrer dans la mesure de ses moyens, ou bien alors de *mind one's own business*...

À INGEBORG DINESEN

Ngong, November 7th, 1926

... Il m'est arrivé quelque chose que je suis bien obligée d'appeler un miracle en miniature. Tu sais que j'ai souvent exposé une théorie dans laquelle j'ai trouvé bien du réconfort, celle de « la cigogne » ; c'est-à-dire qu'il en va dans la vie comme il en allait, dans ton vieux conte illustré, pour l'homme qui, entendant l'eau s'échapper du barrage et voulant arrêter celle-ci, fit le tour du lac, tomba dans un trou etc. – et s'aperçut le jour suivant que le résultat de ses allées et venues était le plus inattendu possible : une cigogne ! Avant-hier, alors que j'étais précisément assise dehors, à la table de pierre, en train de réfléchir, – à propos de Thomas, je crois, – à cette façon de voir la vie, j'ai soudain levé les yeux et vu – – une cigogne ! une cigogne européenne, peut-être même danoise, qui semblait venir de quitter son perchoir sur un toit d'Ølholm ou bien sortie tout droit d'un conte d'Andersen. Elle n'est absolument pas sauvage, elle se promène dans la véranda, elle vient quand on l'appelle et n'essaie en aucune façon de partir. D'où est-elle venue, je n'en sais rien ; elle a l'air d'avoir déjà fréquenté des êtres humains. Je lui donne à manger des graines que mes *totos* apportent dans des seaux, à 3 cents pièce, ainsi que des rats qu'on prend dans l'entrepôt, et c'est amusant de la voir manger ; elle montre, de façon générale, beaucoup de dignité dans tout ce qu'elle fait. En ce moment, elle se tient sur la pelouse, là devant moi, et me regarde d'un air très sérieux. Lulu[1] lui tient compagnie, avec une fille mariée et un bébé. Je crois maintenant que j'ai un certain don en ce qui concerne les bêtes sauvages, — te rappelles-tu avec quelle rapidité la chouette s'est apprivoisée, elle aussi ? C'est certainement pour cette raison que je m'entends bien avec les *natives*, — et également ce qui m'inspire ma crainte du mariage, si tu comprends ce que je veux dire ! Je ne me soucie pas de capturer ou d'enfermer quoi que ce soit, afin d'en faire ma propriété, et ils s'en aperçoivent bien. En tout cas, j'ai beaucoup d'affection pour les « fils aux pieds légers de la forêt* », de quelque sorte qu'ils soient, en direction desquels « les troupeaux mugissent* », et je voudrais, pour en finir sur ce chapitre, dire un ou deux mots pour défendre ce que vous avez appelé mon « snobisme » en citant les paroles du vieil Aarestrup qui, après avoir dit :

> « À ta santé, peuple laborieux,
> poète ou paysan,
> homme de plume ou cul-terreux,
> ministre ou cuisinier,
> en manteau ou en haillons,
> engeance apprivoisée ! »

1. Sur Lulu voir le chapitre « Une antilope » dans la première partie de *La Ferme africaine. (N.d.T.)*

continue par ces mots :

« Qui d'entre nous n'aime
les bêtes sauvages de la forêt
et les oiseaux dans le ciel ?
Le noble est semblable
à un fauve dans un poulailler.
Un grand hourrah en son honneur* ! »
etc.

... Sans pouvoir en aucune façon prétendre faire partie de la classe noble de l'humanité, les *natives* n'en possèdent pas moins pour moi le même charme sauvage, et ils ressentent certainement la sympathie que je leur porte, de même que Lulu et que cette cigogne, que Kamau estime être *msei kabisha**, et que Farah, qui connaît parfaitement les *1001 Nuits*, soupçonne d'être le calife déguisé...

À INGEBORG DINESEN

Ngong, dimanche 14 Nov. 26

... On m'a écrit de chez nous pas mal de choses sur ton voyage, à la fois sur ce que tu en penses toi-même et sur ce qu'en pensent les autres. Mais tout le monde m'en a parlé en partant de l'idée qu'il comporterait des risques pour toi, ou bien au contraire te ferait du bien, — et il est vrai que cela peut fournir matière à réflexion et à discussion... Mais, outre la question de ta santé et de tes forces, celle de la situation que tu laisses à la maison et des difficultés du voyage, il convient également de prendre en considération la situation que tu vas trouver ici en arrivant, et, sur ce point, j'ai l'impression que je suis la mieux placée pour te donner des conseils. Il me semble aussi que je t'ai déjà écrit ce que j'en pensais, même s'il y a longtemps de cela ; mais je n'ai vu cette question ni abordée ni traitée dans une seule des lettres que j'ai reçues de vous, en réponse à ce que j'ai dit, moi, dans les miennes, — on dirait tout simplement qu'elle n'existe pas. Or, je sais par expérience qu'il se produit des phénomènes mystérieux dans les lettres qui font le long voyage d'Afrique vers le Danemark et vice versa ; je ne saurais dire si c'est dû au climat, ou à l'époque, ou bien à des fantômes de pillards qui traînent encore sur la mer Rouge, mais il est certain que ce qui serait tout à fait clair et net dans une lettre allant de Vejle à Rungsted, ou bien de Njoro à ici, se trouve soumis, au cours de ce long voyage d'une partie du monde à une autre, à une influence et à un processus mystérieux qui le rendent confus et obscur, — je crois même que des morceaux entiers finissent parfois par disparaître...

Je voudrais donc maintenant tenter de vous écrire de manière à ce que vous puissiez, vous aussi, vous faire une idée de la situation que nous connaissons, ici, et que vous la gardiez présente à l'esprit dans vos futures décisions ; je voudrais surtout que vous preniez bien conscience de la façon dont elle se présente et que vous *arrêtiez votre décision en pleine connaissance de cause.*

Pour commencer, je puis affirmer *un certain nombre* de choses de la façon la plus catégorique :

Que tout, ici, est parfaitement en ordre.

Que, dans l'ensemble, la ferme est plus belle à voir qu'elle ne l'a jamais été.

Que la floraison que nous connaissons en ce moment est la plus abondante que nous ayons jamais connue pendant la petite période de pluie, et je crois que je puis même dire que nous ayons jamais connue de façon générale.

La conclusion de tout ceci est que nous verrions le

bout de nos difficultés et que notre travail serait enfin récompensé si seulement :

1°) les conditions climatiques voulaient bien nous êtres favorables, et

2°) notre récolte de cette année était suffisante pour nous permettre de tenir jusqu'à ce que la suivante soit mûre.

Autant dire que mes doutes tournent autour de ces deux facteurs qui sont absolument décisifs pour nous...

Je sais bien que les nuages des temps passés jettent leur ombre sur l'appréciation que je puis avoir de ces divers facteurs. Pendant les six années au cours desquelles j'ai eu la responsabilité de cette affaire, nous sommes souvent passés si près du gouffre qu'il est très possible que le vertige qui me prend de temps en temps soit une farce que me jouent mes nerfs, de même qu'après un long voyage par voie de mer ils vous font croire que vous êtes toujours en train de vous balancer bien longtemps après le moment où vous avez mis le pied sur la terre ferme. En 1923, juste après le départ de Thomas et de Viggo, je me rappelle que je bénissais toujours le samedi soir, parce qu'au cours des 36 heures suivantes j'étais au moins sûre de ne pas recevoir un télégramme m'apportant la nouvelle d'une décision fatale en provenance de chez nous. Je crois que ce genre d'expérience marque votre *mentality* de façon tout à fait inconsciente et se manifeste à nouveau au moment où l'on s'y attend le moins. Même la belle allure qu'a en ce moment la ferme et le spectacle de ses caféiers couverts de boutons aussi nombreux peuvent me mettre en émoi, — ce qui ne devrait pas être le cas.

À cela vient s'ajouter le fait que l'éventualité d'une issue heureuse ou malheureuse en ce qui concerne la ferme se répercute sur moi amplifiée par l'effet multiplicateur que constituent les années, l'énergie et l'amour que je lui ai prodigués... Je ne suis plus aujourd'hui la même que celle qui est montée à bord de l'*Admiral* à Naples, en 1914 ; non seulement 13 années ont laissé sur moi leur empreinte mais toutes les possibilités qui s'offrent à vous, dans votre vie, entre l'âge de 27 ans et celui de 41 mais *jamais* plus par la suite, se sont trouvées concentrées dans l'existence que j'ai menée ici, à Ngong...

Bien, je vais en terminer là. Que Thomas et tante Bess lisent ceci, comme je te l'ai déjà demandé, et qu'ils te fassent ensuite part de leurs conseils.

Je voudrais encore te dire une dernière petite chose. Si tu viens, voudrais-tu apporter un peu de musique ? Je trouverai bien le moyen de me procurer un piano. Le *Concerto de l'Empereur* de Beethoven, *Le Songe d'une nuit d'été, Le Mariage de Figaro*, certains morceaux de Schubert et de Grieg, ainsi qu'*Orphée*...

À INGEBORG DINESEN

Ngong, 27 novembre 1926.

... Ici, tout est très beau à voir, après la pluie. Lulu et mes cigognes marchent sur la pelouse qui, en prévision de ta venue, a enfin été tondue comme il faut. Ce n'est pas vraiment ce que l'on peut appeler une atmosphère de Noël ; mais tu sais comme, ici, tout est vivifiant après la pluie, ainsi que dans les vers de Bödtcher :

> La nuit étouffante nous a apporté ses bienfaits,
> et le vent du matin comme un verre d'eau est frais.
> Par la fenêtre ouverte pénètre le parfum
> des orangers de Ngong et de ses jardins — — —*

ou bien celui de la forêt, où tout est en fleurs. Dans la plaine pousse une foule de champignons, comme lorsque tu étais là l'année dernière.

Denys est venu ici hier et il revient cet après-midi. De Mombasa, il m'a écrit qu'il était très heureux d'être à nouveau en Afrique et non pas en route pour l'Angleterre, et il a ajouté, ce qui, tu t'en doutes, m'a fait grand plaisir : « *Homeward bound I feel that I am, for now Ngong has got more of the feeling of home to me than England*[1]. » Il va peut-être rester ici pendant toute la période de Noël...

À THOMAS DINESEN

Ngong, 29 novembre 1926

... Tant que je ne me laisserai pas totalement aller à la fureur contre le destin, je m'efforcerai en premier lieu de me sortir de mes difficultés sans me faire plaindre par des amis affectueux et prompts à la sympathie, – et je prie le destin d'épargner à tous ceux que j'aime le spectacle de mes défaillances.

Cependant, – si maman désire vraiment venir ici et que vous pensiez, à la maison, que cela lui ferait du bien, je parviendrai certainement à me tirer de cette situation en gardant ma bonne humeur et je vous promets qu'elle n'aura pas à en souffrir.

Mais je suis obligée de mettre comme condition expresse à son départ du Danemark qu'il ne soit pris aucune décision définitive en ce qui concerne la Karen Coffee Co. pendant le temps de son séjour ici. Si jamais vous en preniez une, je me considérerais comme dédiée de tout engagement de même que de l'obligation d'avoir des égards envers qui que ce soit...

1. J'ai le sentiment d'être en route vers chez moi car, maintenant, j'ai plus l'impression d'être chez moi à Ngong qu'en Angleterre. *(N.d.T.)*

Le 2 janvier 1927, Ingeborg Dinesen entreprit son second voyage au Kenya. Thomas Dinesen l'accompagna jusqu'à Marseille, d'où le bateau appareilla le 6 janvier. À l'arrivée de celui-ci à Mombasa, le 23 du même mois, Farah accueillit la septuagénaire et lui tint compagnie pendant son voyage en train jusqu'à la gare de Nairobi, où Karen Blixen, Denys Finch Hatton et Tumbo vinrent lui souhaiter la bienvenue. La lettre suivante lui fut remise à sa descente de bateau en guise de première salutation.

À INGEBORG DINESEN

Ngong, 19 janv. 1927

Mon cher petit agneau blanc comme la neige*.

Quel exploit ! – Je savais bien, moi, que ma mère était une véritable héroïne mais mon cœur se réjouit de voir que deux continents vont maintenant être obligés de le reconnaître.

Et maintenant l'Afrique entière se trouve devant toi, les bras ouverts, fière et reconnaissante de ton affection. Le vent, le soleil, l'ombre, les grands manguiers, les petits Noirs, le gibier dans la réserve, la cime étincelante du Kilimandjaro et les Ngong Hills que tu connais bien, tout cela, lorsque tu les verras par la fenêtre de ton train, ne te dira pas autre chose que : « Bienvenue, bienvenue » ; tu t'enfonceras droit dans le cœur béant de l'Afrique...

Je t'envoie Farah pour t'accueillir et souhaite qu'il te soit de quelque utilité. J'espère que cela ne te dérangera pas que Denys loge avec nous pendant quelque temps. En effet, il a été très malade, il a eu une dysentrie accompagnée de fièvre, il est tout juste en train de se rétablir et je ne veux pas le chasser et l'envoyer à Nairobi où la maladie et la mort rôdent sans cesse. Il m'a proposé de te laisser la place à ton arrivée mais j'ai pensé que tu n'aurais rien contre sa présence ici ; il se réjouit beaucoup à l'idée de te revoir...

À THOMAS DINESEN

Ngong, 29 janvier 1927

... Il me semble que, loin d'avoir encouragé maman à cette visite, j'ai dès le début souligné les difficultés de l'entreprise et que, pour finir, je l'ai déconseillée même si cela n'a été qu'indirectement... Lorsque, fin octobre, je vous ai fait parvenir un contre-ordre très explicite par voie télégraphique il était facile de comprendre que je pensais que tout ce projet avait de quoi donner à réfléchir ; pour Nöel, je t'ai envoyé un télégramme disant : *Prospects doubtful* et, un peu plus tard, pour le nouvel an, j'ai télégraphié à maman en personne : *Prospects very uncertain*.

Denys, qui était alors ici et qui a vu tous mes télégrammes, m'a dit : « *Your people must be quite mad if they lef your mother start after this*[1]. » Je sais pourtant que vous ne l'êtes pas ; au contraire, vous êtes sans doute plus au fait de la situation que moi. Mais, comme je l'ai déjà dit, c'est bien difficile à comprendre d'une partie du monde à l'autre...

Si vous aviez examiné un tant soit peu *ma* façon de

Il faut que les gens de votre famille soient fous s'ils laissent votre mère venir après cela. *(N.d.T.)*

voir les choses, n'auriez-vous pas alors été obligés de comprendre qu'il devait bien y avoir une raison qui motivait ce point de vue, c'est-à-dire selon toute vraisemblance le fait que la situation, ici, ne se prêtait pas à la venue de maman ? Ne s'est-il, au cours de vos discussions sur la question, vraiment trouvé personne pour dire : cela va être trop pour Tanne ?

Si je n'ai pas pu donner plus tôt un avis plus tranché c'est dû au fait que la situation varie beaucoup d'un jour à l'autre, ce que tu pourras certainement comprendre, toi qui la connais. Maintenant tu m'écris que vous avez laissé maman partir malgré tout ce que j'avais pu dire sur le fait que les temps étaient difficiles ; que vous ne pouvez rien faire pour m'aider à les surmonter mais que je ne dois pas laisser maman s'en apercevoir. C'est le genre de conseil que donnent les Anglais quand ils vous disent : « *Don't be an ass*[1] », — au conseil en lui-même, il n'y a rien à redire ; le seul ennui c'est que l'on ne vous dit pas comment le mettre en pratique ! —

Pourtant je vous crois lorsque vous me dites que vous avez fait de votre mieux pour prendre la meilleure décision possible ; il faudra donc que vous me croyiez lorsque je vous dis que, de mon côté, je fais de mon mieux pour que tout se passe aussi bien que possible.

Montre cette lettre à Elle ; c'est mon dernier mot dans cette affaire. *Tender love* à vous tous.

Tanne

1. Ne faites pas l'idiot. *(N.d.T.)*

À THOMAS DINESEN

Ngong, dimanche 27/3/27

... Je suis fort heureuse que maman aime beaucoup la nature, ici, ainsi que les noirs de tous âges ; en retour, elle est adorée de tout le monde. Avec les blancs, les choses ne se passent pas toujours aussi bien ; ici, on oublie très facilement les critères de jugement européens en ce qui concerne les gens et leur façon de se conduire et je me fais toujours une joie à l'idée que maman puisse connaître ceux que je connais et que je fréquente régulièrement ici, mais, lorsque nous annonçons à Charles et à Honour Gordon que nous allons venir prendre le thé chez eux et que nous apprenons qu'Idina et son nouveau mari y logent en ce moment, il faut alors que je m'efforce de retrouver mes esprits et de différer la visite, par égard pour la dignité et pour les sentiments d'une dame danoise d'un certain âge. Madame Gliemann*, elle, ne fait mystère de rien et maman apprécie sa jovialité...

Denys et maman ont logé ensemble, ici, pendant le premier mois de la visite de celle-ci, et à la plus grande satisfaction des deux parties. Quant à la véritable nature de la situation, je n'ai pas été parfaitement honnête sur ce point, bien que j'aie souvent été tentée de l'être, — et ceci, en gros, pour les raisons suivantes ; tout d'abord, je me suis dit que maman aurait une impression plus *exacte* de la situation si elle pouvait considérer mes relations avec Denys sous l'angle de l'amitié, notamment parce que, dans ce cas, elle penserait que c'est une chose qui me rend heureuse alors qu'autrement, avec sa conception de la vie et ses principes, il lui serait difficile de ne pas considérer cela comme une chose qui me rend malheureuse,

— alors que c'est le contraire, — et également parce que j'aurais du mal à supporter de voir ces relations regardées de travers ou critiquées, de même que les autres auraient de la peine de voir critiquer leur mariage. Il me semble que, bien souvent dans la vie, il faut faire sienne la parole de Ponce Pilate : « Qu'est-ce qui est la vérité* ? » Cependant, si jamais, au cours de conversations avec maman, tu t'apercevais qu'il est préférable de donner un autre nom à ces relations, je t'autorise à le faire et à lui montrer alors cette lettre ou à lui expliquer ma façon de voir. D'ailleurs, il peut fort bien se faire qu'avant son départ je la mette au fait de la réalité des choses et il est possible que cela ne produise pas la moindre impression sur elle.

Pour moi, il est à la fois émouvant et plaisant de voir maman assise dans la salle de séjour et dans la véranda en train de travailler à confectionner les petits draps et les taies d'oreiller de ton enfant. Pendant tout ce temps, la cigogne arpente la pelouse autour de la maison de son pas très solennel et nous sommes d'accord pour penser qu'elle veut faire la connaissance de la famille avant de s'envoler vers le nord et d'aller livrer le petit. J'aimerais beaucoup le voir moi-même avant qu'il ne soit trop grand ; j'ai l'impression qu'il ne s'est pas écoulé un temps considérable depuis l'époque où tu étais toi-même un petit garçon en costume marin qui marchait d'un pas mal assuré et qui tirait sur les renards dans le « fer à repasser » et je trouve que ce serait très amusant pour nous, les vieilles tantes, que ce soit un garçon, encore qu'une petite fille qui ressemblerait en gentillesse à sa mère et à sa grand-mère serait certainement irrésistible pour nous tous...

Il est horrible de penser que nous en sommes bientôt au dernier mois de la visite de maman ; il me semble qu'elle pourrait bien rester jusqu'en septembre mais elle ne veut pas en entendre parler. Je l'accompagnerai jusqu'à Mombasa où nous logerons un ou deux jours chez Ali bin Salim. J'espère que le voyage de retour se passera bien pour elle. Je pense qu'il ne faut absolument pas qu'elle se dise que ce sera sa dernière visite ici, — mais bien plutôt qu'elle devrait considérer ce pays comme sa *winter-resort* normale. Elle est assise non loin de moi, en train de coudre, et j'ai vraiment l'impression qu'elle est née ici et que tout, ici, est son œuvre et lui appartient...

Après un séjour de plus de trois mois au Kenya, ponctué par de nombreuses visites effectuées à travers le pays chez plusieurs des bons amis de Karen Blixen ainsi que reçue très cordialement à la ferme, Ingeborg Dinesen quitta Mombasa le dimanche 1er mai, à destination de Marseille. Le 24 mai, Jonna et Thomas Dinesen allaient la chercher à la gare centrale de Copenhague. Un nouveau voyage venait de s'achever de façon heureuse.

À INGEBORG DINESEN

Ngong, samedi 14/5/27

... En rentrant de Mombasa, et sans en avoir vraiment conscience, je ne cessais de me dire que, lorsque je viendrais ranger la voiture devant la maison, tu te tiendrais sur le pas de la porte. Et c'est la même chose toute la journée ; lorsque je suis dans le bureau, ou bien en train de faire du cheval, j'ai toujours la même impression ; « Maman est à la maison, elle va venir à ma rencontre quand je rentrerai. » Cette dernière visite aura peut-être pour conséquence que j'aurai ce sentiment toute ma vie ; car il était presque incroyable que tu puisses vraiment effectuer le voyage et, puisque cela a été possible, il peut parfaitement se faire que tu l'effectues à nouveau, ou bien que tu restes avec nous pour toujours. Ici, tout le monde parle beaucoup de toi et fait preuve de beaucoup de sympathie envers moi. Lundi, lorsque je suis rentrée, j'étais très fatiguée et je suis allée me coucher ; et, tout à coup, toutes les femmes ont pénétré dans la maison, revêtues de leurs plus beaux atours et semblables à un vaste bouquet de fleurs, et sont allées, sans faire de bruit, se ranger près de la porte ; elles étaient venues me dire bonjour, afin que je ne sois pas trop triste que la vieille dame soit partie...

À Nairobi, Kanuthia m'attendait avec toute une pile de courrier, parmi lequel le télégramme d'Elle, auquel j'ai immédiatement répondu. Il y avait également une lettre de tante Bess, qui m'a beaucoup réconfortée, et plusieurs lettres de Denys, qui va arriver ici dans la première semaine de juin. Il me dit qu'il se porte très bien et qu'il a trouvé son père en bonne santé et très heureux de le voir, qu'il a passé un printemps excellent en Angleterre mais qu'il a la nostalgie de l'Afrique ; et il ajoute : « *I bless you whenever I think of you, which is very often*[1]. »

J'espérais pouvoir retirer de l'argent pour régler les boys avant que la banque ne ferme, mais le train avait du retard et je n'ai pu supporter l'idée de rester en ville jusqu'à ce qu'elle rouvre, aussi ai-je remis la chose au lendemain et suis-je rentrée directement ici... Tous mes boys se tenaient devant la maison pour m'accueillir et pour me demander de tes nouvelles. Le vieux Pjuske était heureux de me revoir mais il était bien malade ; je ne crois pas qu'il lui reste bien longtemps à vivre mais il ne souffre pas et il est semblable à lui-même, toujours aussi gentil et aussi doux, avec son bon vieux *sense of humour*, malgré sa faiblesse.

Comme je le pensais, Banja est mort ce matin, 18/5.

1. « Je bénis votre nom chaque fois que je pense à vous, c'est-à-dire très souvent. » *(N.d.T.)*

À INGEBORG DINESEN

Ngong, 24/5/27

... Tu comprendras que cette semaine j'aie surtout pensé à la mort de ce vieux Pjuske ; j'ai l'impression d'avoir perdu mon meilleur ami... À vrai dire, je ne puis me faire à l'idée qu'il soit mort ; j'ai tout le temps le sentiment qu'il doit se trouver dans la maison, — et que, si je prends les ailes de l'aurore et que j'aille habiter au plus loin de la mer, etc.*, sa patte droite sera là également pour se poser sur mon bras.

Dimanche dernier, j'ai écrit à tante Bess, qui m'a écrit très fidèlement après ton départ, aussi n'ai-je pas eu le temps nécessaire pour ton habituelle lettre dominicale. L'après-midi, j'ai réussi à me faire désarçonner par Rouge parce que j'étais tellement irritée que Heather ne veuille pas marcher à côté de moi quand je suis à cheval que j'ai voulu lui montrer comment faire en la tenant en laisse. Mais celle-ci s'est entortillée autour de mes doigts, de sorte que je n'ai pas pu lâcher prise et qu'elle m'a entaillé la main ; Heather et Rouge, très excités, se sont alors tous les deux mis à faire des bonds et le tout s'est terminé pour moi par une chute sur la tête, à la grande joie de quelques *totos* qui se trouvaient devant la maison. Je suis encore tout endolorie...

Ngong, 10/7/27

... Thaxton veut partir pour le 1er décembre ; je m'y attendais car il possède lui-même des terres au Tanganyika et va les perdre s'il ne les occupe pas avant la fin de l'année. Dans le contrat de Dickens, que je vais renouveler très bientôt, j'inclurai une clause selon laquelle il n'a pas le droit d'avoir d'autres intérêts en Afrique ; elles sont ruineuses, ces fermes que l'on peut avoir par ailleurs...

Un meurtre vraiment affreux a été commis sur le territoire de la ferme et le coupable est très certainement un Kavirondo qui fait partie du « personnel » de la *duca* de Farah. Le raisonnement auquel s'est livré le meurtrier est étonnant et mérite qu'on s'y arrête. Cet homme a affirmé qu'il en avait vu un autre commettre le crime, – Jerogi, dont Thomas se souvient sans doute, ce boy qui est considéré comme un très grand don Juan et qui, jadis, allait à la *ngoma* paré des fausses boucles dont je ne me servais plus, – et, devant le tribunal, il a raconté ce qu'il avait vu d'une façon très détaillée et cadrant très bien avec les faits connus, mais, lorsqu'il s'est révélé que Jerogi avait, – comme d'habitude, – pris part ce jour-là à une *ngoma* en un endroit tout différent, ce récit l'a clairement désigné, par la même occasion, comme le meurtrier. Le jugement n'a pas encore été rendu mais l'affaire a été portée devant la Haute Cour* et Abdullai séjourne en ce moment à Nairobi pour pouvoir comparaître en tant que témoin...

J'attends, – plus ou moins, tu l'imagines – Denys ici aujourd'hui, de passage avec son safari qui se déplace du sud vers le nord. À l'endroit d'où ils viennent ils s'intéressaient surtout aux lions car il paraît qu'il y en a de grandes quantités ; Ritchie, qui est venu me voir ici alors que j'étais malade, était très préoccupé par les dégâts que ceux-ci ont causés au bétail et aux Masai eux-mêmes dans la réserve de gibier ; car on a enlevé leurs armes aux Masai et maintenant les lions les dévorent, et il était d'avis que, si l'on était informé de la chose en métropole, l'idée de cette réserve pourrait bien être totalement abandonnée. Car il est évident qu'il faut faire quelque chose pour ces pauvres Masai...

À MARY BESS WESTENHOLZ

Ngong, le 13 juillet 1927

Ma très chère tante Bess.

Dans l'espoir que cette lettre arrive à temps pour le grand jour*, je t'envoie de nombreux souhaits très sincères de bonheur ainsi que des remerciements pour celles de tes soixante-dix années pendant lesquelles j'ai eu la chance de te connaître et de t'aimer. Je suis bien désolée de ne pouvoir faire partie de tous ceux qui vont se rassembler pour te fêter, car je suis l'une des personnes qui ont le plus à te remercier et dans la vie de qui tu as représenté le plus de choses. Depuis *Les Enfants de Dame Drost* et *La Cour de Nusve** jusqu'aux lettres que tu m'as envoyées ici et qui m'ont toujours fait grand plaisir en passant par toutes nos discussions, — même lorsque la confiance était au plus bas entre nous, — je t'ai toujours admirée et j'ai toujours compris quel sens, quelle lumière et quelle chaleur tu apportais dans la vie de tous ceux qui te connaissent ; cela ne va pas toujours sans difficultés car tu ne veux absolument pas que l'on agisse de même envers toi, – mais, si seulement nous pouvions exprimer ce que tu as été pour nous et combien nous t'aimons, tu serais chaque jour entourée, à Folehave, d'un gros bouquet de pensées affectueuses et admiratives.

C'est pour moi un bien grand chagrin que tu ne doives probablement jamais connaître mon *establishment*, ici ; j'aimerais bien que tes yeux puissent se poser sur lui au moins une fois. Je trouve qu'il est bien navrant que, sur notre pauvre petite terre, les distances aient encore autant d'importance pour les êtres humains. Mais, en esprit, je suis sûre que, de temps en temps, tu es ici avec nous, de même qu'en cette occasion solennelle je suis avec vous à Folehave.

Lorsque je me dis que j'ai vraiment été là-bas et que j'ai promené mes regards sur vous tous, l'un après l'autre, il y a une foule de choses que je voudrais dire et vous faire savoir mais qu'il est difficile de bien exprimer dans une lettre. Avec toi, il faut que j'aie une discussion sur le mariage, je le sens ; j'y ai beaucoup pensé, après toutes tes lettres à ce propos et j'ai également commencé à rédiger une étude d'une certaine envergure sur ce sujet, mais c'est tellement plus facile quand on peut se parler. Il me semble que, sur ce chapitre, je puis vraiment émettre un avis autorisé car, quand maman dit que « personne ne connaît les deux côtés d'une même chose », il me semble bien que je constitue l'exception à la règle ; je crois vraiment que, – si l'on juge d'après la moyenne, – l'on peut dire que j'ai été très heureuse en mariage pendant un certain temps (et j'en garde encore le titre de Madame et mon trousseau pour adoucir ma solitude présente) – et je pense vraiment que ce n'est pas par rancune personnelle ou par amertume envers le mariage que je ne considère pas celui-ci comme le seul moyen d'atteindre le salut dans cette vie, – ou même comme celui qui le permette le plus facilement. Il me semble que, dans le cadre du mariage ou peut-être, plus exactement, dans le fait de faire dépendre sa vie tout entière des relations que l'on peut entretenir avec certains êtres en particulier, il n'est pas facile de préserver son caractère de *personne humaine* ; il est difficile, lorsqu'on trouve en cela tout son bonheur de conserver une vue d'ensemble de la vie et, sans une vue d'ensemble de ce genre, les êtres de mon espèce, à tout le moins, ne peuvent absolument pas être heureux ; tout devient *out of proportion* pour nous, et tout perd son harmonie.

Dans la pratique, je puis juger de la valeur de mes opinions sur ce point dans la mesure, par exemple, où je préférerai toujours un célibataire comme *manager* de la ferme et où, de façon générale, je répugne à avoir des gens mariés comme collaborateurs dans quelque entreprise que ce soit. Ne crois pas que je veuille dire par là que la vie prenne plus de valeur quand on a une plantation de café ou une école ou une compagnie d'armement que lorsqu'on a une femme et des enfants ; on peut bien dire qu'en fait elle en a moins mais, dans ce cas, elle ne s'empare pas de la même façon de toute votre personnalité et, même si l'on s'y consacrait corps et âme comme un époux heureux se consacre à sa vie conjugale et des parents à leurs enfants, ces entreprises ne viennent pas, selon moi, faire écran entre vous-même et la vie ou le monde de la même façon que le font le mariage et la famille, du moins dans la plupart des cas ; au contraire, elles sont, ou, tout du moins, elles devraient être un moyen de mieux comprendre, par exemple, les phénomènes sociaux et les autres hommes ou bien des concepts abstraits comme la justice. Je puis m'autoriser de saint Paul lui-même, qui écrit : « L'homme non marié a souci des choses du Seigneur, des moyens de plaire au Seigneur ; mais celui qui est marié a souci des choses de ce monde, des moyens de plaire à sa femme* — » (quoique, pour ma part et pour bien exprimer ma pensée, j'aimerais remplacer par d'autres, dans cette épître, les mots de *Seigneur* et de *monde*.)

Il me semble que le bonheur conjugal consiste souvent en ceci que l'on achète l'approbation et l'admiration constantes, – et injustifiées, – de quelqu'un d'autre au moyen d'une admiration et d'une approbation constantes, – et injustifiées, – envers celui-ci ; finalement, aucune des deux parties ne peut plus s'en passer mais à quel résultat est-on parvenu ? Ce n'est sans doute pas le cas pour les couples dans lesquels l'un des époux, ou bien les deux, possède une vocation ou une œuvre à accomplir en dehors du mariage, et où celui-ci devient donc une sorte de havre dans lequel trouver le repos ou bien reprendre des forces ; mais, bien souvent, une telle vocation entre en conflit avec le bonheur conjugal ou bien celui-ci finit par l'étouffer ou par lui faire perdre ses véritables dimensions. Une amitié, même très passionnée, ou bien une « union libre », ne comporte pas, selon moi, ce danger parce qu'elles ne viennent pas empiéter sur votre vie quotidienne, sur vos goûts, vos intérêts ou bien vos principes, de la même façon que le mariage et qu'elles n'ont pas le même poids face à ceux-ci ; au contraire, c'est bien souvent une vocation, des goûts ou bien des intérêts communs qui causent une amitié, qui colorent celle-ci et qui en constituent l'essentiel...

Sur ce chapitre, à savoir celui de conseiller, d'aider ou, de façon générale, de se charger de quelqu'un, je voudrais d'ailleurs te dire quelque chose que j'ai déjà eu auparavant envie de te dire en réponse à l'une de tes lettres et qui est ceci : je ne sais pas d'où tu tiens cette fois de charbonnier, – que tu me fais l'effet de posséder, – dans l'idée que ce que recherchent tous les hommes, en définitive, et ce qui, en définitive, les rendra heureux, c'est le bonheur *bourgeois*, – le bonheur domestique, assuré, reconnu, normal. Sur le plan théorique, je n'ai rien à redire à cela de bien précis ; mais le fruit de mon expérience est que ce n'est ni ce que les hommes recherchent dans la vie ni quelque chose qui les satisfasse le moins du monde. Au contraire, je pense que la plupart des gens seraient plus heureux, s'ils en étaient capables, en faisant le tour des foires pour montrer un singe, à condition de pouvoir y recueillir des expériences et ressentir de nouvelles impressions et de nouvelles émotions, qu'en restant chez eux avec un revenu assuré, dans une maison assurée, où chaque jour est semblable au précédent. Lorsque tu dis que Helene Prahl a tort, à la fois vis-à-vis d'elle-même et de la nature humaine de façon générale, quand elle affirme qu'elle préfère « avoir des adorateurs » plutôt que de vivre pour son foyer et pour ses enfants, alors je dois te dire, tout en te donnant totalement raison, qu'il est extrêmement puéril de *déclarer* ce genre de choses, — que je crois bien qu'on peut affirmer qu'elle est parvenue à reconnaître la vérité. Il est naturellement assez regrettable que, dans la société actuelle, le mot « aventure » signifie presque toujours « aventure amoureuse », expérience pour laquelle tous les êtres humains sont loin d'avoir des aptitudes ; mais, peu à peu, la vie s'est trouvée organisée de façon telle que c'est pratiquement la seule sorte d'aventure que les gens puissent connaître. Mais je crois que, de façon inconsciente, la plupart d'entre eux sentent bien que l'âme et l'esprit se nourrissent plus de danger, d'espoir insensé et du fait de tout mettre en jeu, que d'une existence paisible et assurée ; qu'ils sentent également à quel point ils sont sevrés dans ce domaine et seraient prêts à donner presque n'importe quoi à cela qui pourrait les rassasier. —

Cet amour débridé de l'aventure et de l'expérience, je puis le trouver à l'état pur chez mes Somali ; toute cette race est heureuse du moment qu'il se passe quelque chose, peu importe quoi ; par contre, ils sont désespérés par une existence dépourvue d'événements et l'on pourrait en dire autant de la plupart des *natives*. Sur ce point, je crois que, plus encore que tous les autres écrivains de génie, l'immortel auteur de *Stankelben** a montré sa profonde compréhension de la vie et de la nature humaine ; lorsque l'on a lu son livre, on comprend que les lions en liberté dans le désert, les incendies de navires, les corsaires, le froid et les baleines du pôle Nord sont des malheurs d'une importance toute relative, si même on peut parler de malheurs à leur propos ; mais que ce qui était véritablement insupportable, ce qui l'a contraint à la fuite, au désespoir et au suicide, c'était sa sœur Stine, cette personne à bien des égards remarquable qui ne demandait au fond qu'à tout faire pour lui, qu'à prendre soin de lui dans toutes les circonstances de la vie, le soustraire à la fureur des flibustiers, et même descendre pour lui jusqu'au fond des mers, mais qui ne voulait pas ou ne pouvait pas faire preuve de la moindre compréhension pour sa seule grande passion, pour ce qui était pour lui l'aventure et le but de la vie...

Je suis très heureuse de savoir que tu relis *Hjemløs* avec tant d'intérêt ; car cela a été l'un de mes livres favoris pendant ma jeunesse. Comme toi, je suis bien consciente qu'il a de nombreux défauts ; mais ce que Goldschmidt dit si souvent de ses personnages, à savoir qu'ils « ont de l'esprit », peut fort bien s'appliquer à lui-même et, de ce fait, le reste n'a pas beaucoup d'importance. D'ailleurs, il me semble de plus en plus, avec l'âge, que la même chose vaut pour les gens qu'on rencontre dans la vie ; bien sûr, on ne peut pas dire que les gens qui n'ont pas d'« esprit » ne puissent aucunement être des individus de premier ordre et se rendre très utiles, mais il me semble que l'on retire fort peu de chose de leur contact, alors qu'on est toujours touché et captivé d'une façon particulière pour ceux qui en ont ; je ne veux pas parler à ce propos de culture car bien des *natives*, par exemple, et des gens qui ne jouissent que d'un intellect très limité, « ont de l'esprit » dans le sens où j'entends cette expression.

As-tu lu *The Silver Spoon*, — la dernière partie en date de la *Forsyte Saga* ? En tant que roman cela me paraît franchement mauvais ; je n'arrive pas à imaginer que les choses aient pu se passer ainsi mais il est très intéressant de suivre Galsworthy, — qui me fait également l'effet d'un homme plein d'esprit, — dans la description qu'il donne de la société moderne et dans l'idée qu'il s'en fait. Il ne musarde pas et ne se cantonne pas dans une phase particulière, il est porté en avant par son intérêt pour l'évolution de son époque, qui est grand, et, pour les historiens de l'avenir, la *Forsyte Saga* aura certainement une grande valeur en tant que *document humain*[1] et que peinture des mœurs et de la pensée d'une certaine classe au cours de ces 50 dernières années, peinture marquée par une authentique recherche de la vérité. Et puis, petit à petit, on s'est pris d'un intérêt réel pour Soames, Fleur et Michael, et j'ai hâte de voir ce qui va leur arriver à tous dans la troisième et dernière partie...

Je vais maintenant en terminer par là où j'ai commencé, c'est-à-dire en te souhaitant tout le bonheur et toute la prospérité possibles au cours de cette année qui s'ouvre pour toi et en envoyant de très, très nombreuses pensées à Folehave et à vous tous qui y serez réunis le 13 août. Je n'arrive vraiment pas à croire que vous ayez véritablement l'âge que vous avez ; il me semble d'une certaine façon que vous êtes encore très jeunes, et même presque plus jeunes que nous ne le sommes. Le monde ne connaîtra plus vos pareils ni celui des gens de votre génération ; je pense que vous vous êtes maintenus et que vous avez maintenu la vie tout entière à un niveau que le monde est bien loin de connaître depuis. La veille de Noël, la dernière fois que j'étais à la maison, je conversais avec Elle, tandis que nous nous rendions à Folehave, et nous nous disions que

1. En français dans le texte. *(N.d.T.)*

nous vous étions très reconnaissantes parce que vous nous aviez appris, ou nous aviez incitées, à ne pas nous laisser « traiter par-dessous la jambe ». J'ai constaté cela avec maman, ici, et, même au milieu de gens qui ne la connaissent pas et malgré sa grande discrétion et sa grande simplicité, elle attire autour d'elle, sans jamais se donner de grands airs, un cercle de gens qui fait qu'il est absolument impossible, même pour le plus teigneux des individus, de la traiter avec désinvolture. Cela n'est pas possible non plus avec moi ; et pourtant j'ai connu des situations dans lesquelles j'aurais fort bien pu être traitée sans beaucoup d'égards, mais il y a quelque chose qui s'y oppose et c'est à vous que je le dois. Tu es assurément, à un degré bien plus grand que tu ne le crois toi-même, un exemple pour nous tous et, alors que tu t'apprêtes à recevoir tant d'hommages et de témoignages de reconnaissance en ce grand jour, il ne faut pas que tu croies que ce soit quelque chose à quoi nous nous laissions entraîner par cette atmosphère de fête ; c'est quelque chose de vraiment sincère, qui vient du fond de nos cœurs et que, pour une fois, nous avons le courage de laisser se manifester.

Je te remercie pour tout et t'envoie de très, très affectueuses pensées de ce pays lointain dans lequel il est malgré tout possible de retrouver une partie de ta personnalité et de ton esprit.

Tanne

À INGEBORG DINESEN

[17 août 1927]

Mon refroidissement est bien pire que celui que j'avais lorsque j'étais à la maison pendant l'été 25 et refuse de passer, aussi ai-je fini par aller voir le docteur de l'hôpital européen, – je n'ose pas aller voir Burkitt, – et celui-ci m'a dit que j'avais ce qu'on appelle en danois, je crois, de la sinusite et il veut m'opérer. Comme tu peux le penser, je ne suis pas très enthousiaste à l'idée de me mettre entre les mains des docteurs d'ici mais, d'un autre côté, je ne peux plus supporter cet état ; j'ai presque constamment mal à la tête, dans le nez, dans les oreilles, j'ai les yeux qui coulent sans arrêt, et j'ai donc décidé d'en passer par là à la fin de ce mois.

Après m'être ainsi fait examiner, – c'est l'une des énigmes de l'existence que l'on puisse vous faire pénétrer des instruments métalliques aussi longs dans le nez sans qu'ils vous ressortent par la nuque, – j'ai été prise de telles douleurs dans la tête que je ne pouvais vraiment plus entendre ni voir quoi que ce soit et qu'ai-je fait en rentrant de Nairobi si ce n'est jeter la voiture de Denys dans un fossé de Forest Reserve et la mettre en pièces. Le coup a été terrible ; pour comble de malheur, j'étais allée chercher René Bent à l'hôpital afin qu'il vienne passer quelques jours de repos ici avant de repartir pour Nanyuki, il était assis à côté de moi et, comme tu le sais, il est presque paralysé aussi ai-je eu affreusement peur pour lui au moment de l'accident ; l'arrière de la voiture était également plein de boys et de *totos*, – mais nous nous en sommes remarquablement bien tirés, j'ai simplement reçu un coup de volant. J'espère pouvoir faire réparer la voiture avant le retour de Denys et elle est certainement assurée. Les vitres se sont brisées sous le choc et le spectacle n'était pas beau à voir, j'ai cru que nous étions tous réduits en bouillie. René a très bien pris la chose et je n'ai pas pu m'empêcher de rire une fois passée l'émotion ; car c'est vraiment incompréhensible de réussir à se conduire de façon aussi idiote sur une belle route bien droite. Nous avons passé plusieurs heures à tenter vainement de sortir la voiture de là et, pour finir, l'un de ces gros autocars indiens est passé par là ; ils nous ont aidés à la remettre sur ses roues et elle n'était pas très endommagée puisque j'ai pu regagner la maison au volant, même si celui-ci était un peu dur.

Le lendemain, je suis allée la conduire en ville, le plus dignement possible ; elle avait bien piètre allure et j'étais terrifiée à l'idée que Denys puisse arriver à l'improviste. Sur la route, je suis passée à côté d'un boy qui était assis sur le côté de la route en face du hangar des aéroplanes et il m'a fait un signe de la main pour me demander de m'arrêter mais je n'ai pas osé le prendre à bord avec une direction en aussi mauvais état. J'ai fait parvenir un mot au juge Creene, qui habite dans la maison de Coney, pour lui demander s'il pouvait me ramener, ce qu'il a fait très amicalement, et, lorsque nous sommes passés, le boy était toujours au même endroit. Je suis alors descendue pour voir ce qu'il avait et tu n'imaginerais jamais dans quel état effrayant pouvaient être ses pieds ; il se les était brûlés ou ébouillantés mais il devait y avoir bien longtemps de cela car ils étaient tout noirs, tellement ils étaient infectés. Creene a eu la gentillesse de faire demi-tour et nous l'avons emmené à l'hôpital où le docteur a dit que son état était très grave ; il était absolument incapable de parler et je n'arrive pas à comprendre comment il avait bien pu arriver là où il se trouvait ou qui avait pu le laisser à cet endroit ; si nous ne l'avions pas emmené, les hyènes lui auraient fait un sort pendant la nuit, — il était déjà tard lorsque nous l'avons pris à bord. Hier, je suis retournée le voir à l'hôpital, il était dans un état très inquiétant et on va peut-être devoir l'amputer des deux pieds. C'est affreux que des choses pareilles puissent se produire, je me demande chez qui il pouvait bien travailler ou d'où il a bien pu venir...

Il est pénible d'avoir autant d'enfants adoptifs que moi. Tumbo est maintenant revenu mais c'est au tour de Halima que son père veut envoyer à Nairobi, auprès de la femme de Jama, parce qu'elle n'apprend pas à parler somali chez nous. Elle est en pension chez Maura, la jeune femme d'Ali, qu'elle aime par-dessus tout au monde et c'est une petite fille intelligente et pleine de sentiment ; elle est très opposée à l'idée de s'en aller d'ici, – lorsque son père lui en a parlé, elle a prétexté qu'elle ne pouvait pas partir parce qu'elle avait mal à une jambe et s'est mise à se déplacer en boitant, avec une jambe bandée, et elle était si pâle que j'ai cru qu'elle avait quelque chose de grave ; mais, lorsque je lui ai enlevé sa bande, elle n'avait rien du tout et elle a éclaté de rire elle-même en voyant que j'avais percé à jour sa ruse. Elle me fait toujours penser à Missen ; elle est aussi mince et élancée, et elle a le regard aussi assuré qu'elle.

Ali et Maura sont toujours très heureux ; je les ai trouvés hier en train de roucouler près de la mare aux canards. Stimulé par un spectacle aussi romantique, Kamante a décidé de se marier avec une grande *ndito* à la taille imposante ; avec Kinanjui, l'ancien cuisinier de Tommy, il travaille en ce moment dans ma cuisine et s'en tire très bien, je viens de lui apprendre à faire la sauce béarnaise...

À INGEBORG DINESEN

Ngong, dimanche 21 août 1927

Ma très chère maman.

Je t'envoie ci-joint une immortelle qui a poussé tout en haut des Ngong Hills, où je suis montée jeudi dernier avec Ette et Nisse et avec les deux filles aînées d'Ingrid. Il est très étrange que j'aie toujours le sentiment que les Ngong Hills, et en particulier le paysage désertique que l'on voit de l'autre côté, en direction de l'ouest, t'appartiennent en fait ; j'ai eu tout le temps l'impression que tu étais auprès de moi et je me demande si tu as eu en aucune façon, ce jour-là, le sentiment d'être dans les montagnes. Étrangement, à une période aussi sèche de l'année, il y avait une quantité énorme de fleurs ; des flancs entiers de ces collines étaient couverts de ces immortelles jaunes et puis il y avait une petite clématite blanche qui dominait tout cela, entortillée dans tous les sens, et que je n'avais jamais vue.

Nous avons d'ailleurs passé là-haut une journée magnifique. Nous devions nous retrouver à neuf heures sur la route de Nong, près de chez moi et, à cette heure-là, il pleuvait légèrement et il y avait un brouillard si épais qu'on ne voyait pas devant soi ; mais, puisque je les avais fait venir de Kiambu et que les deux petites filles avaient très envie de monter là-haut, nous sommes partis malgré tout. Les choses ont encore empiré lorsque nous sommes arrivés dans les collines, — nous ne pouvions même pas voir où nous allions et il n'était plus question de panorama... Tandis que nous roulions, le brouillard a commencé à se retirer en direction de la vallée et nous avons fini par avoir un temps magnifique, avec un grand soleil, — au fond, tout à fait comme un jour de septembre chez nous. J'ai laissé ma voiture, avec le lunch, Farah et Juma à l'endroit où nous avons mangé cette fois-là, mais nous avions décidé de faire l'escalade de l'un des sommets avant de manger et Nisse voulait voir jusqu'où il pourrait arriver avec sa voiture ; à vrai dire, c'était la répétition générale de mes funérailles car il m'a donné sa parole d'honneur de m'enterrer au sommet des Ngong Hills si je meurs ici et s'il est toujours dans le pays ! —

L'herbe était encore toute mouillée quand nous sommes sortis de la voiture mais, ici, tout sèche très rapidement lorsque le soleil fait son apparition et il soufflait une légère brise, très agréable, — on aurait presque dit que, de là-haut, on pouvait sentir le déplacement de la terre dans l'espace, mais il est vrai qu'on est très haut, — les autres sont partis en voiture et j'ai voulu essayer de voir si je pouvais courir aussi vite que celle-ci ; car il n'y a pas besoin de faire un gros effort pour courir, là-haut, mais, lorsque je me suis arrêtée, j'ai entendu mon cœur qui battait si fort que l'on devait pouvoir l'entendre de Nairobi... Lorsqu'on arrive tout en haut de la crête, un sentier d'animaux court le long de celle-ci, il est bien marqué et facile à suivre ; il est amusant d'imaginer les buffles, les élans du Cap et les autres bêtes en train de s'y avancer en équilibre et qu'il leur plaît de jouir du vaste panorama qui s'étend des deux côtés. Un troupeau d'élans du Cap avait emprunté ce sentier juste avant nous et, lorsque nous sommes arrivés au sommet, — qui est très escarpé, — nous les avons vus qui se dirigeaient vers le sommet suivant, semblables à des mouches sur un mur. Les Ngong Hills ont quelque chose d'étrange, de presque semblable à un rêve, d'à la fois immensément vaste et libre et ressemblant pourtant fort à un jouet. Les élans du Cap sont de gros animaux, comme les plus gros taureaux de chez nous, mais, d'un sommet à l'autre, ils avaient l'air tout petits et cependant nous les voyions très distinctement avancer le long du sentier dans l'herbe rase, se retourner et nous regarder, et, dans ce grand air bleu, avec les petits arbres que tu connais, tout cela ressemblait à une gigantesque arche de Noé, Nous avons d'ailleurs vu également de nombreux *bush-bucks* et puis une grande quantité d'aigles, comme toujours, tout là-haut. Par contre, nous n'avons pu voir de girafes. Nous sommes restés un certain temps assis au sommet et nous avions l'impression d'être sur la cime du monde ; puis nous sommes redescendus prendre le lunch que les boys avaient préparé pendant ce temps et autour duquel s'étaient assemblés des centaines de moutons masai avec leurs petits bergers...

Hier, je suis allée en direction d'Orungi et j'ai abattu un élan du Cap à l'intention de mes petits Wakamba, qui me harcèlent pour avoir de la viande... C'est un très beau spectacle que de voir un troupeau d'élans, qui ne se doute pas de votre présence, en train de paître ; de plus, le soleil était juste en train de se coucher et les éclairait, — il y en avait plus de 50. L'un d'eux se trouvait tout près de moi et c'est celui-là que j'ai abattu. Mais nous n'avions que deux petits Wakamba avec nous car nous ne comptions guère ramener quelque chose et nous avons donc été obligés d'envoyer l'un d'eux chercher les autres, de sorte que dans l'intervalle la nuit est tombée. Nous avons découpé la viande afin que tout soit prêt pour leur arrivée... Les Kavirondo s'enivrent de viande comme les peuples plus civilisés s'enivrent d'alcool et ils ne peuvent supporter de laisser passer une occasion. Les petits Wakamba se sont comportés, Tommy n'en sera pas surpris, comme un vol de jeunes vautours ; ils se sont réparti la viande, absolument fous de joie, et c'est suivie d'un cortège d'enfants de toutes tailles portant de lourdes charges que j'ai repris le chemin de la maison dans l'obscurité. Nous avons entendu des hyènes tout autour de nous et, avant d'être rentrés, un lion sur les restes de notre élan. Tout en marchant, je pensais au point auquel j'en suis arrivée à aimer ce pays ; cela m'a rappelé les safaris de ma jeunesse que de sortir ainsi avec mon fusil dans cet air limpide et léger qui, après le coucher du soleil, vous pénètre jusqu'à la moelle des os, avec les chiens et les boys tout heureux qui reprennent leur souffle autour de vous, ainsi que les étoiles qui font leur apparition et qui prennent peu à peu de l'éclat. Car Vénus est encore juste au-dessus des collines, comme lorsque tu étais là, — si tant est que ce soit Vénus, Tommy est le mieux placé pour savoir. Nous avons cru que nous avions perdu Pedro, avec son énorme fardeau, et nous avons dû l'attendre une demi-heure au bord de la rivière ; et puis, juste à l'endroit où tu as dénoué tes cheveux devant les *nditos* kikuyu, mes propres boys sont arrivés à ma rencontre avec des lampes ; ils étaient très inquiets à mon sujet car il était plus de neuf heures. Le maître d'école a également attendu en vain ses élèves qui, à la place, se sont mis à chanter leurs cantiques près de leur feu et de leur viande bien grasse, pour exprimer, je suppose, leur profonde gratitude envers la providence, qui venait de leur accorder un tel *bakshish* après une si longue période de privation…

À INGEBORG DINESEN

Dimanche 9 septembre 1927

… Jeudi matin, je suis allée en ville consulter le Dr Sorabjee… Il m'a instillé de la cocaïne dans les yeux, cela ne m'a pas fait mal du tout mais je reste toujours aussi étonnée de voir la longueur des instruments qu'ils peuvent vous faire pénétrer dans la tête ; après avoir pratiqué une incision, il a enfoncé eux aiguilles métalliques afin d'élargir le « canal lacrymal », on aurait vraiment dit de très longues aiguilles à tricoter et elles ne dépassaient qu'un peu au coin de mes yeux. Je me souviens d'ailleurs qu'Elle nous a raconté cette opération qu'elle avait vu pratiquer sur une vieille femme au Frederiks Hospital. Je suis repartie de là avec, devant les yeux, un bandage taché de sang qui me donnait l'air de Christian IV et qui a fait très peur à celles de mes connaissances qui m'ont vue ; j'avais pris ma propre voiture car Denys n'aime pas beaucoup que Farah conduise la sienne…

Malgré tout ce qui me manque je suis très heureuse ici, bien plus que je n'aurais jamais cru l'être dans la vie.

En effet je suis libre, — je serais totalement libre si nous pouvions surmonter nos difficultés économiques, et il y a tant de choses que j'aime, ici. Et puis tu comprendras que mes sentiments à l'égard de Denys me rendent très heureuse. L'autre jour, j'ai écrit à Ellen Wanscher que je comprenais très bien le roi Valdemar qui disait que Notre-Seigneur pouvait garder le ciel s'il pouvait, lui-même, conserver Gurre. Je ne reprendrai pas ces paroles, moi qui sais quelles atroces conséquences elles ont pu avoir pour lui, mais j'imagine assez bien qu'il ne les a pas prononcées par bravade mais dans le but de reconnaître ce que lui avait donné la vie ; il se déclarait satisfait et n'en demandait pas plus. Et c'est dans cet état d'esprit que je me trouve vis-à-vis de Ngong et tout ce que cela représente pour moi. Il est sans doute impossible, en aucune façon, que cela dure éternellement et il se peut que, dans 15 ans, je rentre chez nous pour tenir le ménage d'Anders, s'il n'est pas marié ; mais, si je devais partir d'ici maintenant, je crois, comme je l'ai déjà dit, que j'en mourrais.

Lorsque tu penses à moi, il ne faut pas que tu attaches d'importance à ma solitude et à mes difficultés, mais bien à ce pays magnifique, à mes chers *natives*, à mes chevaux et à mes chiens, au sentiment que j'ai d'être là où il faut, de pouvoir faire quelque chose et au grand bonheur que je connais d'avoir près de moi quelqu'un que j'aime vraiment. Tu verras que tout ira bien, également, et qu'à l'avenir nous connaîtrons bien moins de difficultés et que nous nous retrouverons dans la joie au printemps 29 ; j'ai la nostalgie du Danemark et de vous tous, et surtout de toi, mais il faut bien payer pour tout le monde, d'une façon ou d'une autre, et je ne paie pas trop cher ici, — si seulement je puis y rester.

Au revoir, mon cher petit agneau blanc.

Tanne.

À THOMAS DINESEN

Ngong, 18 septembre 1927

... Tu te doutes à quel point cela m'a intéressée de lire ton article* car il traite de certaines des questions qui m'intéressent le plus et dont nous avons bien souvent discuté. Et une partie de tes arguments et de tes conclusions datent d'une période postérieure à nos entretiens. Je le trouve *absolument remarquable*, – c'est sans doute ce que j'ai lu de plus clair et de plus sensé sur ce problème. Il est aussi très bien condensé, tu as réussi à ne rien laisser dans l'ombre tout en gardant le sens des proportions ; tu n'es ni trop concis ni trop bavard, – personnellement, j'ai toujours beaucoup de difficultés à éviter de tomber dans ce derniers travers, en particulier.

Et je puis dire que ce que j'admire surtout en toi, – comme c'est d'ailleurs souvent le cas dans les discussions orales, – c'est le respect dont tu es capable envers tes contradicteurs ou, de façon plus générale, envers ceux qui pensent différemment de toi. Tu fais preuve à la fois de beaucoup de compréhension envers leur point de vue et leur façon de voir, et de beaucoup de patience dans l'exposé des tiens. Ce sont des qualités qui me font défaut, je le sais, de même qu'à la plupart des polémistes, dans l'ensemble. Dans les discussions, les gens dans leur grande majorité parlent en fait *pour eux-mêmes*, – et, plus ils s'enflamment, plus cela devient le cas, – ils ne s'occupent ni d'écouter leurs contradicteurs et de se laisser enrichir par eux, ni de s'efforcer de les enrichir. C'est pourquoi les discussions sont si fréquemment stériles. Des deux côtés, celui qui parle est à ses propres yeux le personnage principal et, s'il ne tempête pas contre les opinions de l'autre ou ne se moque pas de celles-ci, son esprit de conciliation va rarement au-delà du fait de n'en tenir aucun compte, alors que tout son intérêt se concentre sur les siennes propres...

Tu dois certainement une partie de cette bienveillance envers tes contradicteurs à ces discussions avec tante Bess dont je te disais justement dans ma lettre qu'elles pouvaient être dangereuses pour toi. Eh bien, il peut sans doute se faire qu'en tant qu'homme et que mon cadet de bien des années tu aies plus de facilité que moi à ne pas concevoir d'amertume envers les lois et les idéaux du temps jadis. Il est facile de juger sans parti pris et avec un certain respect quelqu'un que l'on a converti à sa propre façon de voir, on peut même se laisser aller à rêver un peu dans son sens et à admettre ce que son régime pouvait avoir de poétique et d'idyllique ; mais cela ne l'empêchait pas d'être insupportable quand il était au pouvoir. S'agissant, par exemple, de l'émancipation des femmes, malgré tout le respect que je puis porter à ce qu'il y avait de beau et de charmant dans les anciens idéaux et malgré toute la reconnaissance que je puis nourrir à l'égard des femmes qui ont jadis été les premières à livrer bataille pour notre liberté et notre indépendance, il me semble que les comptes ne sont pas encore totalement réglés avec un monde, un système (il n'est naturellement pas question d'individus) qui, avec une parfaite bonne conscience, a laissé presque toutes mes aptitudes en friche et ne m'a laissé d'autre solution que la bienfaisance ou la prostitution sous une forme ou sous une autre...

En ce qui concerne ce problème, qui m'a donc empêchée de t'écrire parce que je n'arrivais pas à savoir s'il était utile d'aborder la chose avec toi ou non, — il m'a beaucoup préoccupée moi-même mais il peut fort bien se faire qu'il en aille tout différemment pour toi, — voici ce qu'il en est :

Lorsque Denys est arrivé ici en novembre dernier, il a

fait la traversée sur un bateau italien et passé quelques jours, en route, en Somalie italienne, — à Mogadishu et à Kismayo, — et ce qu'il m'a raconté sur la façon dont les Italiens se comportent envers les Somali m'a alarmée au plus haut point, et même qu'il l'avait lui-même été par la situation. Il avait logé chez une vieille connaissance, un certain Conte Capallo, je crois, qui travaille là-bas depuis de nombreuses années, qui aime la population et qui était absolument désespéré de voir ce qui se passe ; il lui a raconté de nombreux faits, très détaillés, qui m'ont paru tout à fait incroyables mais dont je ne puis mettre en doute la véracité. D'après ce que j'ai pu comprendre, ils ont un nouveau gouverneur, une sorte de petit Mussolini, — et d'ailleurs protégé par celui-ci, — mais qui a sans doute la folie des grandeurs à un degré encore plus poussé et il semble que le but qu'il poursuit, ainsi que ses subordonnés, ce soit d'opprimer et d'anéantir totalement, et par tous les moyens, un peuple fier. Ce que Denys m'a raconté sur de véritables massacres systématiques, sur des taxes et des amendes à payer pour des offenses tout à fait imaginaires et qui transforment en déserts des régions entières, sur les rapts qu'opèrent sans le moindre scrupule les petits militaires et fonctionnaires italiens, qui sont des brutes sans éducation, sur la personne de femmes et de jeunes garçons destinés à leurs harems, — cette dernière pratique, en particulier, semble être extrêmement florissante, — tout cela est plus qu'épouvantable. La torture est naturellement pratiquée ouvertement, — Denys m'a dit que son ami lui avait raconté comment quatre Somali de bonne famille qui avaient protesté contre les abus de pouvoir des Italiens avaient été soumis à la torture pour vol dont tout le monde savait qu'ils ne s'en étaient jamais rendus coupables ; deux d'entre eux étaient morts dans ces circonstances et Denys a vu de ses propres yeux leurs vêtements ainsi que ceux des survivants et il m'a dit qu'ils étaient imprégnés de sang du haut en bas. Pendant ce temps, le gouverneur se construit un palais et vit comme un prince.

Denys m'a dit : « Si jamais j'ai vu un endroit où la Société des Nations devrait intervenir, c'est bien là. »

Je lui ai demandé pourquoi il ne soulevait pas la question lui-même mais, au cours de nos conversations ultérieures sur ce sujet, je me suis aperçue que les Anglais se font de la politique une idée bien différente de la nôtre, — et certainement, d'ailleurs, de celle de tous les peuples des grandes nations. Sur ce point, ils sont bien plus disciplinés. Et, à voir les choses de leur façon, ils n'ont sans doute pas tort, — car ce qu'un membre d'une grande nation peut entreprendre, sur le plan politique, peut avoir de telles conséquences que l'on doit reconnaître qu'il faut certainement que la politique de leur pays se trouve, de façon générale, entre les mains de personnes triées sur le volet et ayant le sens des responsabilités. En tout cas, c'est ce que j'ai fini par comprendre, — par exemple à travers les propos de Denys qui m'a dit que la meilleure façon de procéder, en l'occurrence, serait de faire présenter la chose par la France, qui hait les Italiens et qui était très opposée à ce qu'ils obtiennent une partie plus importante de la Somalie ; mais, dans ce cas, les rapports de l'Angleterre avec la France et avec l'Italie entreront en ligne de compte.

Mais alors on se dit : ne serait-ce pas le rôle des petites nations que de défendre la cause de la Justice dans les affaires humaines, puisqu'on ne saurait les accuser de le faire pour servir leurs propres intérêts ?

Je me suis vraiment demandé si je n'allais pas soulever cette question personnellement, — il est vrai que je ne suis pas arrivée plus loin dans mon plan de bataille que de songer à apprendre l'italien. Mais, d'une part, je ne puis abandonner la conscience tranquille le travail qui m'occupe ici, — non pas tellement ce qui concerne la ferme elle-même que les *natives* de ce pays, – et d'autre part une telle mission est toujours plus difficile à accomplir pour une femme, – même si je devais pour cela revêtir les pantalons d'Elle.

Mais je t'ai maintenant dit ce que j'avais à te dire sur ce sujet…

À INGEBORG DINESEN

Ngong, dimanche 16 octobre 1927

… Si nous nous en sortons, je n'oublierai pas Dickens et la façon dont il a conservé l'espoir et la bonne humeur pendant ces mois d'épreuve. Faire marcher une ferme dans ces conditions c'est à peu près comme de faire battre en retraite une armée et j'ai beaucoup pensé à Napoléon et à la retraite de Russie ; il a toute ma sympathie. Mais Dickens a été mon maréchal Ney, qui a mérité les compliments de l'Empereur pour s'être présenté chaque mois aussi bien rasé et habillé avec autant d'élégance que pour une revue militaire en dehors de Paris, – ce qui est *vraiment* digne d'éloges ; non pas que le rasage soit vraiment le point fort de Dickens mais sa force d'âme et sa maîtrise des événéments, qui s'expriment d'une tout autre façon, m'ont été aussi précieuses…

Tout à fait contre ma volonté, j'ai emmené Tumbo dans son pensionnat de Pangani ; je ne puis faire obstacle plus longtemps au désir de Juma de lui voir faire des études. C'était vraiment navrant de le laisser là-bas, son petit ballot à la main et regardant la voiture s'éloigner ; j'irai le revoir lundi. J'ai offert de gros cadeaux au maître d'école et à tous les *totos* pour qu'ils soient gentils avec lui, mais c'est *a beastly place*, là-haut, avec de la poussière et des détritus qui vous volent aux oreilles, et Tumbo est encore bien petit, selon moi, pour être livré à lui-même, Halima, mon autre enfant adoptif, est maintenant à Embu et totalement hors de ma portée, — ses relations avec Maura, la femme d'Ali, sont très touchantes ; l'autre jour, le bruit a couru que Halima se trouvait à Nairobi et Maura a fait tout le chemin nu-pieds pour aller la voir. Je lui ai demandé si elle lui avait parlé et elle m'a répondu que non mais qu'elle l'avait vue debout dans l'embrasure d'une porte. Elle ne voulait pas lui parler parce qu'elle avait peur que Halima ait de la peine et se mette à pleurer, et ses nouveaux parents adoptifs lui en auraient voulu. — Il n'y a pas beaucoup d'amoureux qui feraient ce qu'a fait Maura...

Je suis très heureuse de pouvoir te parler de Denys et c'est très beau et très méritoire de ta part ; tu sais bien que je suis loin d'avoir mauvaise conscience en cette affaire, — mais c'est malgré tout quelque chose qui n'est pas tout à fait conforme aux usages habituels...

À INGEBORG DINESEN

Ngong, 1er novembre 1927

... Denys est ici en ce moment ; il est arrivé voici deux semaines et j'espère qu'il va rester jusqu'à ce qu'il parte pour son prochain safari, juste après Noël. Ce n'est pas seulement magnifique pour moi, comme tu l'imagines, de l'avoir ici mais c'est également extrêmement divertissant ; je puis même dire que je ne pourrais pas avoir une existence plus heureuse que celle que je mène avec lui dans cette maison...

Pour répondre à tes questions, avant que je n'oublie, l'herbe a bien poussé sur ma pelouse du côté ouest mais cela prend toujours un certain temps avant qu'elle ne forme un beau tapis et il faut d'abord la couper plusieurs fois. Mon phonographe est en parfait état et Denys a rapporté quelques disques excellents, entre autres la *Sonate à Kreutzer* qui est vraiment quelque chose de magnifique, — même si vous qui pouvez entendre de la véritable musique vous méprisez certainement les phonographes. Tumbo est retourné dans son école, je ne puis rien contre les ambitions de Juma, mais il revient ici aux week-ends et il est très fêté par tout l'établissement, je crois d'ailleurs qu'il est très heureux « *at Eton* », comme dit Denys. Je trouve que Tumbo est un petit être merveilleux, très droit, très ouvert et très porté à l'amitié, et il paraît qu'il a également beaucoup d'amis à Pangani où il est assurément le plus jeune pensionnaire...

Thaxton est parti, il a sans aucun doute eu l'esprit un peu dérangé ces derniers mois, m'a-t-il semblé, de sorte que c'est presque un soulagement de ne plus l'avoir ici, surtout pour Nisbit, celui qui le remplace et qui semble très bien s'entendre avec Dickens, ce qui est déjà beaucoup, et être très raisonnable avec la main-d'œuvre... Sa famille et lui sont en train d'emménager dans la maison de Thaxton, qui est sale au-delà de toute expression ; Mme Nisbit se donne beaucoup de mal pour la nettoyer et je vais certainement leur donner de quoi faire un peu de peinture ; cela mis à part, ils sont très contents d'être ici, à Ngong, après avoir vécu dans les régions torrides situées autour de Donya Sabuk...

Hier soir j'ai eu un *shaurie* bien pénible : on m'a appelée au chevet d'un boy qui était venu ici en mon absence pour avoir un peu de quinine ; mon *toto* chargé des chiens lui a, de sa propre autorité, donné deux comprimés de sublimé et il les a pris ; il a fallu que je me rende à son chevet au milieu de la nuit et, comme on peut s'en douter, il était très mal en point, il crachait le sang en grandes quantités et souffrait beaucoup ; je l'ai transporté ici et j'espère que je vais pouvoir *pull him through*. Je fais fabriquer une armoire à pharmacie qui puisse fermer à clé car il me semble qu'il soit trop dangereux de laisser les choses en l'état. Denys a administré de ma part une bonne correction au *toto*.

Je suis extrêmement satisfaite de ma cuisine, qui n'a jamais aussi bien marché, et c'est vraiment un grand soulagement dans mon existence. Je crois que Kamante a de grandes dispositions pour la cuisine ; hier, il nous a confectionné tout seul de délicieuses croustades et il est très doué en ce qui concerne aussi bien la mayonnaise que la sauce hollandaise et la béarnaise. Le pis, c'est que la tentation de passer mon temps à la cuisine pour lui donner des leçons est trop forte pour moi, de sorte que je néglige des choses importantes ; ce qui prouve que la définition du « vice » comme « un péché qui est devenu une habitude » est erronée ; car, en soi, il est impossible de dire que ce soit un péché que d'être dans sa cuisine...

À THOMAS DINESEN

Ngong, 19 novembre 1927

... Vous savez bien que je vous envoie chaque jour de nombreuses pensées amicales, — le bonheur de quelqu'un qui est aussi proche de vous que tu l'es de moi représente en effet beaucoup de choses dans ma vie ; et, comme nous ne sommes certainement pas très faciles à caser, pour Notre-Seigneur, et qu'il y a eu des moments, même quand tu étais ici, où le problème paraissait difficile à résoudre, il me semble qu'il a fait preuve à la fois d'imagination et de détermination vis-à-vis de nous et que nous avons tous les deux des raisons de mettre chapeau bas. Puissions-nous l'avoir toujours à la main le jour de l'an...

Tu me dis que cela fait longtemps que tu n'as pas reçu de mes nouvelles. J'espère que, depuis, t'est parvenue la lettre dans laquelle je te remerciais pour ton étude sur le *birth-control*. J'y ai d'ailleurs un peu réfléchi par la suite, — ou plus exactement à la partie qui concerne la morale sexuelle de façon générale, et j'ai un certain nombre de choses à te dire à ce sujet.

Il me semble que ton étude révèle que son auteur est un homme jeune, — c'est-à-dire que, pour lui, le problème sexuel s'est résumé à celui des jeunes gens réduits à la continence ou à divers ersatz et qu'une fois ce problème résolu l'ensemble du problème l'est par la même occasion. La plupart des gens un peu plus âgés soutiendront certainement comme moi que ceci n'est que l'un des aspects de la question. Laisse-moi espérer tant que je le pourrai que tu n'auras jamais à faire connaissance avec les difficultés du « mariage », — mais, dans ce cas, tu feras néanmoins partie des exceptions (n'en déplaise à tante Bess et à sa foi de charbonnier dans les vertus du mariage). Lis Strindberg, lis Bernard Shaw, lis même le vieux Shakespeare, Othello était un homme tout à fait convenable, il possédait même une nature plus généreuse que la moyenne ; il n'aurait jamais de la vie étouffé dans un lit une personne sans défense, sauf pour une raison, et tu comprendras que le bât blesse celui qui le porte !

À la vérité, je puis dire que je parle de ces choses sans grande expérience personnelle. Polowtzoff m'a dit un jour qu'il n'avait jamais connu « *anybody so sensual and so little sexual*[1] », — et ce n'était certainement pas mal

1. « quelqu'un d'aussi sensuel et d'aussi peu porté sur les choses du sexe. » *(N.d.T.)*

trouvé. Ce qui a fait échouer mon mariage, c'est le genre de choses qui auraient pu faire échouer une camaraderie ou une association de n'importe quel genre, et non pas une passion comme celle qui a fait perdre la raison au « Père » de Strindberg* ou bien, comme je l'ai déjà dit, poussé Othello au meurtre. De toutes les expériences amoureuses que j'ai connues au cours de ma vie je suis sortie en excellents termes avec mon partenaire. Ce qui m'a plu, ce qui m'a séduite ou comme tu voudras, en ces occasions, cela a été une personnalité ou bien un intérêt commun d'une nature ou d'une autre, — à moins que tout cela n'ait été, si j'ose dire, un jeu ou une danse. Je ne suis certainement pas capable de prendre très au sérieux une relation purement sexuelle. Autant j'ai de plaisir à aller à la chasse, ou bien à voir un ballet ou faire un voyage avec quelqu'un dont je suis amoureuse, autant il m'est insupportable d'« être un objet ». Je n'ai jamais de ma vie regardé dans les yeux quelqu'un dont j'étais amoureuse ; je ne crois pas que j'en serais capable. Je ne puis supporter d'être cajolée, je trouve absolument insupportable de se voir donner des petits noms et *made a fuss about*.

Mais j'ai connu suffisamment d'autres personnes pour savoir qu'il n'en va pas ainsi pour tout le monde. Au fond, pour la plupart des gens, l'autre et sa véritable personnalité ne sont, en définitive, que des choses secondaires et peuvent être choisis tout à fait au hasard ; ce qui s'empare d'eux, les transporte, les séduit, les ravage (etc.), c'est l'instinct amoureux lui-même. Je crois qu'on peut aller jusqu'à dire que la plupart des gens qui sont heureux en ménage trouvent le bonheur dans le mariage parce qu'ils *aiment être mariés* bien plus que parce qu'ils aiment leur conjoint particulier, et parce que le mariage ou le rapport conjugal leur plaît même si l'autre ne leur plaît pas toujours. Ils sont heureux dans les bras de la personne aimée parce qu'ils aiment bien être cajolés et qu'on leur fasse la cour, – et, de ce fait, ils en viennent à aimer et à être attachés à la personne qui leur fait la cour et qui les cajole.

Cela peut donc conduire à des relations très intimes et très lourdes de conséquences entre deux personnes qui se connaissent fort mal – (c'est précisément sur le fait qu'Othello connaissait mal Desdémone que Iago a joué) – et qui ne se conviennent pas. Plus facilement qu'un ami éprouvé et de longue date, une personne pour ainsi dire passagère, une femme que tu connais depuis deux jours et avec laquelle tu n'as jamais échangé de confidences peut, du simple fait qu'elle représente pour toi l'une des forces les plus grandes et les plus impétueuses de la vie, t'inspirer, te rendre heureux, te faire souffrir, ruiner ta vie, te conduire à la folie, et même faire tout cela d'une façon dont celui-là ne pourrait jamais *begin to do it*.

Il est *fatal* que le sens des proportions se perde quelque peu dans les rapports purement personnels qui existent entre des êtres qui sont « possédés » l'un par l'autre de la sorte, qu'un instinct, une force, tient en son pouvoir. Tu écris que « la plupart des gens doivent reconnaître que les actes les plus indignes de leur vie sont liés à leur sexualité ». – Mais, dans l'ensemble, la plupart des gens n'ont connu dans ce domaine que l'ivresse, que le fait d'être « hors d'eux-mêmes ».

Si, dans la réalité des choses, bon nombre de propos que l'on pourrait fort bien qualifier de mensonges manifestes mais qui, en l'occurrence, n'en sont pas et sont en fait une déformation, une transposition des concepts, si de tels propos, disais-je, sont presque toujours prononcés dans une situation ayant un rapport avec la sexualité, la raison en est la même. Excuse-moi si je reprends à cette occasion, et sous une autre forme, ma vieille image des assignats convertis en or. Il est presque impossible, il n'est pas naturel, il n'est absolument pas décent, au summum d'une « situation amoureuse », d'avoir recours à des formes d'expression en usage dans la vie courante, à des formes d'expressions normales et véridiques. Une telle situation exige que le langage se hisse à un niveau tout différent. Dans les bras de celle qu'il aime, l'amant gémit : « Je n'ai jamais aimé qui que ce soit d'autre que toi. Je veux mourir pour toi. *You wonderful woman, I want nothing in life but you*[1]. » Est-il sincère ? – Oui. Peut-on, le lendemain, lui rappeler les propos qu'il a tenus et lui demander des comptes à ce sujet ? – Non, en aucune manière. Il n'était pas responsable de ce qu'il disait et sa grande erreur résidait dans le fait qu'il avait confondu un individu avec l'une des plus grandes forces de la vie. Il aurait pu dire de façon parfaitement sincère : je ne puis vivre dix minutes de plus sans l'amour ; mais, en pareille circonstance, on ne peut dire ni laisser entendre ce genre de choses, et l'on dit alors : je ne puis vivre dix minutes sans Caroline. Il faut être Bienen pour parler, – et pas seulement de sang-froid, – d'« un petit moment d'extase » et il est douteux que ses partenaires aient apprécié son honnêteté, même s'il était capable de renoncer à tout romantisme dans leurs rapports et aussi d'accord qu'elles aient pu être en réalité.

On dira ce qu'on voudra, mais ce genre de situations est bien dangereux. (Et elles le deviennent bien plus encore quand arrivent ces enfants dont on parle tellement et qui sont toujours, jusqu'à nouvel ordre, dans l'impossibilité de faire leur entrée dans le monde autrement que par ce moyen). Il se peut qu'il y ait des choses à dire en faveur de l'attitude raisonnable de ces vieilles personnes qui, jadis, essayaient de consolider ces situations de toutes les façons possibles et de se doter à la fois de soupapes de sécurité et de murs à l'épreuve du feu ; cette force dangereuse est nécessaire à la vie mais aucun

1. « Oh, femme merveilleuse, je ne désire rien d'autre que toi dans la vie. » *(N.d.T.)*

être humain ne devrait avoir le droit de lui laisser libre cours, de jouer avec elle sans contrôle ou bien de vagabonder seul en sa compagnie.

Tu peux naturellement soutenir que ni les lois ni la police ne peuvent empêcher des tragédies purement humaines de se produire, tant dans ce domaine que dans tous les autres. Mais ce n'est pas non plus celles-ci qu'on a à l'esprit lorsqu'on parle d'une « morale ». – Ce qui est nécessaire c'est un nouveau système de valeurs, une opinion. Je suis convaincue qu'à l'heure actuelle la plupart des gens sont plongés dans la plus grande perplexité vis-à-vis de tout ce qui ressemble à des droits ou à des devoirs dans le cadre de toutes les formes de relations entre les sexes, le mariage y compris. Une petite minorité avancée, *the smart set* des grands pays (au nombre desquels figure une partie de mes connaissances, ici) constitue une exception pour laquelle la sexualité apparaît comme la modalité normale des rapports qui peuvent exister entre les jeunes, rapports dont nul, – personnes mariées, parents ou amants d'âge plus avancé y compris, – n'a le droit de se mêler et dans lesquels tout est *all right* tant qu'aucun des partenaires ne perd son sang-froid ou ne fait semblant de prendre les choses au sérieux, d'une façon ou d'une autre.

Lorsque les gens parlent du « temps jadis », ils pensent en général à une période qui s'est terminée il y a 50 ans et ils conçoivent celle-ci comme si elle avait duré de toute éternité. La plupart des gens qui, chez nous, discutent de la morale sexuelle et qui aiment tellement se référer au temps jadis sous ce rapport, ont dans l'esprit les 75 dernières années du XIXe siècle et non pas l'époque des anciens Égyptiens ni même celle qui a précédé la Révolution française. Or, précisément, cette période qu'ils nous citent volontiers en exemple, – disons entre la chute de Napoléon et la guerre mondiale, – bien loin d'avoir constitué un solide *established order* est en fait une période très brève de l'histoire du monde, exceptionnelle et, selon moi, à très courte vue en ce qui concerne la morale sexuelle, attendu qu'il m'apparaît que c'est la seule époque qui ait envisagé la possibilité de fonder quelque chose de véritablement concret et matériel dans la vie, — foyer, famille, rapports économiques, — sur cette force dangereuse et mal connue : l'amour.

Cela a probablement commencé avec le romantisme, qui a pris au sérieux d'une façon toute nouvelle l'amour en tant que passion ; mais je n'en sais pas assez sur ce chapitre pour pouvoir me prononcer. Selon moi, ce système ne pouvait pas tenir et n'a pas tenu non plus ; il a entraîné dans sa chute un certain nombre de choses — (et en corrélation, selon moi, avec d'autres facteurs il a contribué à la dégradation de la situation de la femme. Il est difficilement compatible avec la dignité humaine de devoir faire son gagne-pain de son aptitude à brasser et à faire cuire, à élever une famille nombreuse, à tenir une grande et belle maison ou à occuper un emploi à la cour, mais de ne pas avoir le droit de le faire de l'élégance de sa silhouette et de son aptitude à plaire) — et, en confondant les réalités et les sentiments d'une façon inconnue jusqu'alors, a fait beaucoup pour rendre encore un peu moins claire une morale qui ne l'était peut-être déjà pas particulièrement auparavant.

Néanmoins, à une époque où, au moins théoriquement et selon la loi et les prophètes, les relations à caractère sexuel en dehors du mariage étaient en elles-mêmes « immorales » et le mariage en lui-même « moral », il y avait plus de choses auxquelles s'en rapporter que maintenant et les partenaires savaient mieux où ils en étaient. Un mari pouvait exiger et attendre de sa femme fidélité, soumission jusqu'à un certain point, ainsi que des enfants légitimes, et une femme exiger et attendre de son mari un certain respect et la satisfaction de ses besoins matériels pendant toute sa vie. Tout manquement à ces devoirs était une rupture de contrat qui valait à l'autre partie l'appui de l'opinion publique. Une jeune fille séduite ne pouvait pas se prévaloir de grand-chose sur terre mais elle pouvait invoquer le courroux du ciel ; l'amant d'une femme mariée était un *free lance* qui devait lui-même se débrouiller pour tirer profit de la situation.

De nos jours, il m'apparaît que les exigences, les devoirs et les droits moraux dans le cadre des relations entre membres des deux sexes dépendent plus des personnes et que celles qui manquent de personnalité et d'idées personnelles sont passablement *at sea* sous ce rapport, — et que, en dépit de l'éducation sexuelle, bien peu savent exactement ce qu'implique ce genre de situation.

Tu as peut-être raison de dire que les lois morales communes sont valables ici comme ailleurs et que l'absence d'égoïsme, les égards et la droiture soutiendront tout aussi bien l'épreuve en ce domaine que dans tous ceux qui ont trait aux rapports entre les êtres humains. Mais, dans la pratique, ces domaines sont rarement assez bien délimités pour que ne se fasse pas sentir la nécessité d'une formulation un peu plus précise de ces principes. Ils existent également pour la plupart des autres formes de commerce entre les êtres humains. Mais je crois que, pour l'instant, il règne une très grande incertitude et un très grand désaccord en ce qui concerne un certain nombre de choses qui ont à voir avec la morale sexuelle.

La fidélité est-elle, dans une mesure quelconque, un devoir auquel on s'astreint quand on s'engage dans une relation à caractère amoureux, — le mariage y compris ? L'honnêteté totale en pareil cas est-elle une exigence admise par tous ? Faute d'un accord passé entre les deux parties, doit-on normalement se considérer comme tenu d'avoir des enfants du fait d'une situation de ce genre ou bien du mariage ? Est-ce, comme je l'ai souvent entendu dire, un *dirty trick* de la part de la femme, dans le cadre du mariage ou d'une union libre, d'avoir un enfant sans le consentement exprès de l'homme, ou bien est-ce une rupture de contrat de la part de l'homme de ne pas lui en reconnaître le droit ? Une relation à caractère sexuel entraîne-t-elle certaines obligations vis-à-vis de la vie purement sexuelle de l'autre, ou bien la conception commune de la morale est-elle totalement du côté de la femme qui met fin aux rapports conjugaux sans mettre fin aux autres formes pratiques de la cohabitation.

Je crois que nous sommes loin, à l'heure actuelle, d'avoir des idées très claires sur ce genre de questions, que je pourrais ajouter les unes aux autres pendant longtemps.

Selon moi, aucun accord ne sera durable si, lorsque se manifestent des divergences, la seule solution est de dire : eh bien, nous pouvons toujours nous en tenir là. Mais, pour le moment, je crois que c'est ce à quoi la plupart des ménages et des amants se résignent lorsque les choses ne marchent pas entre eux comme elles le devraient. En tout cas, il est très difficile pour celui qui se sent offensé de trouver une convention préalable à invoquer et à laquelle s'en rapporter. Récemment, une jeune femme m'a fait part d'un conflit de ce genre. Son mari transgressait abondamment ce que l'on considérait jadis comme le devoir de fidélité conjugale et, lorsqu'elle s'en est plainte, il lui a suggéré de faire de même ; il ne trouverait rien à redire à cela. Mais cette solution ne la satisfaisait aucunement car elle n'avait aucun désir de cet ordre. Eh bien alors, ils pouvaient toujours divorcer, que pouvait-elle demander de plus ?

Je ne sais pas si, d'après les règles morales communément admises, elle pouvait demander quoi que ce soit de plus. Mais je considère comme évident que personne ne voudrait bâtir sa vie pratique sur quelque chose d'aussi vague, — par exemple se marier et quitter son pays et ses amis sur des bases aussi mal assurées. Qu'une telle morale sexuelle soit « la mort » du mariage, soit ! Il pourrait arriver pire. Mais cela découragera nécessairement les gens de mettre quelque chose d'important en jeu sur la base de leurs relations à caractère sexuel. Comme je l'ai déjà dit, – et sur ce point je puis véritablement arguer d'une certaine expérience, – dans les milieux où une telle conception des rapports entre les sexes est véritablement celle qui est communément admise, ce genre de relations est celui qui est le moins durable et qui est le moins pris au sérieux. Une amitié, une association de n'importe quelle nature possède un tout autre poids.

Je sais bien que personne ne peut faire de miracle ni changer la nature humaine, qu'il ait une opinion dans un sens ou dans un autre. Mais il est possible de formuler un idéal d'une sorte ou d'une autre et de tendre vers celui-ci. Lorsqu'il est question de *relations*, c'est-à-dire du bonheur et du bien-être de plus d'une personne, une certaine clarté et une certaine compréhension sont nécessaires ; sinon on risque de jouer une partie de football dans laquelle l'un des deux camps ne sait pas ce que c'est que le hors-jeu. Ou bien une « relation à caractère sexuel » est quelque chose en soi et possède un certain poids, un certain sens en dehors d'elle-même, et dans ce cas toute erreur constitue véritablement un malheur ou, comme on disait jadis, « une faute », ou bien elle existe exclusivement pour l'agrément de ceux qui s'y adonnent et alors elle se forme et se défait *in accordance*.

Je ne crois pas vraiment que le mariage que tu prônes, basé sur l'expérience, possède en lui-même plus de capacité de résistance que celui que Luther a institué pour être agréable à Dieu, – entre autres raisons parce que le conjoint expérimenté peut fort bien choisir un partenaire totalement inexpérimenté et être malgré tout très peu disposé à ce que ce mariage soit pour celui-ci une première expérience qui puisse lui être utile par la suite.

Cette lettre est loin d'être ce qu'elle aurait dû être, entre autres raisons parce que j'ai été constamment interrompue par Denys, qui est maintenant parti, Dieu soit loué, pour Nairobi. J'ai pensé ne pas l'envoyer ; mais j'ai tellement de lettres de Noël à écrire que le résultat serait que tu ne recevrais rien et une lettre, fût-elle aussi bête que celle-ci, t'apporte, n'est-il pas vrai, tant de pensées affectueuses à ton intention et à celle de toute ta famille, que je l'envoie malgré tout.

Serre Jonna et Anne bien fort dans tes bras de ma part ; l'Afrique et ta vieille sœur au cœur fidèle t'envoient l'expression de leur affection et de leur sympathie bien sincères, pour que celles-ci vous accompagnent tous sur votre chemin.

Tanne

À INGEBORG DINESEN

Ngong, 5/12/1927

... À part cela, nous avons connu beaucoup d'événements dramatiques ces derniers temps. Vendredi soir, nous avons eu un meurtre : une jeune Kikuyu, – la fille de Monyu, – étranglée à l'aide d'une lanière au milieu du maïs. Je ne me rappelle pas si je t'ai déjà parlé du meurtre presque totalement identique qui a été commis ici il y a 7 mois, alors que Dickens était en Afrique du Sud. C'est également une petite fille qui a été tuée cette fois-là, à la même heure de la journée et presque au même endroit. Ils ont arrêté un Kavirondo qui travaillait pour Farah, dans sa *duca*, et qui a tenté de rejeter la responsabilité sur Jerogi, dont Thomas se souvient sans doute et toi aussi peut-être ; c'était celui qui était si séduisant qu'aucune femme ne pouvait lui résister, — mais, à cette occasion, il a cependant pu fournir un alibi car il assistait à une *ngoma* à Kikuyu. Je crois que, depuis, ils ont pendu le Kavirondo suspect mais, selon une autre source, celui-ci a fait appel et l'affaire devait être jugée hier. Il me semble que tout indique que c'est le même homme qui a commis les deux crimes, aussi l'ai-je fait savoir aussi vite que possible car ce serait vraiment affreux qu'ils pendent un innocent, — si tant est qu'ils ne l'aient pas déjà fait.

Jerogi n'est pas coupable cette fois-ci non plus puisque je l'ai fait hospitaliser pour une pneumonie la semaine dernière et qu'il est mort là-bas le soir même où la petite a été tuée. Mais l'opinion générale est que le coupable c'est Lori, le garden-boy de Mrs Dickens, que tu as souvent vu dans mon jardin avec Muthaiga. Si c'est vraiment lui le meurtrier, il est étrange de penser que je lui ai parlé juste avant qu'il ne commette son crime et juste après. En effet, vendredi après-midi, vers 5 heures, je suis descendue dans mon jardin pour donner un ordre à Muthaiga ; il n'était pas là et j'ai appelé Lori et le lui ai donné à lui. Il a quitté le jardin en même temps que moi et je suis remontée le long de la limite des terres de Hemsted, je me suis assise et j'ai fumé une cigarette en essayant de revoir des perdrix que j'avais aperçues à cet endroit deux jours auparavant. C'est pendant ce temps-là que le meurtre a dû être commis, à moins de 500 mètres de là. Ensuite, je suis remontée jusqu'à la maison de Dickens, pour parler avec lui d'un *shaurie* quelconque, et, alors que je traversais la pelouse le long de la *boma* aux bœufs, Lori a surgi derrière moi ; il m'a parlé de pluie et nous avons bavardé ainsi pendant quelques minutes. Samedi matin, qui se trouvait d'ailleurs être l'anniversaire d'Anne, la fille de Dickens, celui-ci est venu me trouver, très *upset*, et m'a dit qu'on avait trouvé le cadavre d'une enfant ; je suis alors partie pour Nairobi en voiture afin d'aller prévenir la police, qui est aussitôt venue ici et qui n'en est pas repartie depuis.

Tout le monde comprend que les Dickens et tous les gens qui ont des enfants soient très tourmentés de savoir qu'il y a sur le territoire de la ferme quelqu'un de cette espèce, que ce soit Lori ou un autre. Mon témoignage est, paraît-il, très important ; ce n'est pas très agréable et il est difficile d'être très précis en ce qui concerne l'heure car, en temps normal, on n'est pas tout le temps à regarder sa montre. De toute façon, je déteste être mêlée à une chasse à l'homme de ce genre et je ne ressens aucun *excitement* à l'idée de pouvoir contribuer à faire mettre la main sur le coupable, bien qu'il s'agisse d'un crime vraiment horrible et que je n'aie rien contre le fait que son auteur soit pendu. Il est extrêmement difficile d'obtenir des Kikuyu ou de tout autre *native* quelque chose qui ressemble à la vérité ; leur *mind* n'est pas fait comme le nôtre...

À INGEBORG DINESEN

Ngong, dimanche 11/12/1927

... Mercredi dernier, l'officier de police de Nairobi est venu ici et il a fallu que je me rende en sa compagnie aux différents endroits où j'avais vu Lori et que nous chronométrions très exactement. Il est impossible de dire de façon certaine le nombre de minutes qu'on a passées ici ou là ; mais, telles que je vois les choses, il est *possible* que Lori ait tué la petite fille entre le moment où j'ai parlé avec lui dans le jardin et celui où je l'ai revu sur le chemin de la maison de Dickens. Sa conduite, ce soir-là, a été étrange à bien des égards ; entre autres choses, il n'est pas rentré dans sa case mais a passé la nuit chez des Kikuyu chez lesquels il n'était jamais allé auparavant et, quand j'y repense, il s'est également comporté de façon très étrange lorsqu'il m'a rejointe pour me parler ; il est arrivé derrière moi sans faire de bruit et de façon si soudaine que j'ai sursauté lorsqu'il a ouvert la bouche et ses propos étaient assez incohérents, — il est très possible qu'il m'ait vue et qu'il m'ait suivie pour se forger un alibi. Mais tout ceci est une base bien mince pour affirmer quoi que ce soit ou même, à vrai dire, nourrir des soupçons à l'égard de quelqu'un. On a trouvé un bâton qu'on croit lui appartenir et qui porte des taches de sang ; mais je n'ai pas très confiance dans le flair de la police locale car ils rêvent tous de jouer les Sherlock Holmes. Cela m'a fait penser à l'interrogatoire d'*Alice in Wonderland* quand l'officier m'a demandé : « Vous souvenez-vous de ce que portait Lori ? — Non, absolument pas. — Vous rappelez-vous s'il tenait un bâton à la main ? — Non, pas du tout. — C'est très important. » On sort le carnet de notes et l'on écrit : la baronne Blixen ne se rappelle absolument pas ce que portait Lori, etc. — et ainsi de suite pour le même style...

J'ai beaucoup pensé à ce que tu me dis en ce qui concerne tes rapports avec tante Bess... J'ai très souvent eu le sentiment que la proximité de Magleaas avait contribué à rendre la vieillesse de tante Bess moins heureuse et que c'est également cela qui joue un rôle à ce propos. J'ai l'impression que l'idéal qu'elle y voit matérialisé l'a rendue moins satisfaite de ce qu'elle a fait elle-même dans sa vie et lui a, d'une certaine façon, mis dans la tête que le mariage et les enfants sont la forme la plus extrême du « bonheur » dans l'existence, que les gens qui possèdent celui-ci sont *ipso facto* « riches », — et bien souvent de façon assez imméritée, — et qu'elle est elle-même bien petite par rapport à eux... Il y a quelque chose de pathologique dans cette façon de voir et, selon moi, de vraiment désolant, surtout s'agissant de tante Bess qui, de bien des façons, est justement très riche et très aimée et admirée, et qui devrait mettre sa fierté précisément dans le fait d'être « *a glorious strongminded old maid of old Denmark*[1] », – et je puis comprendre qu'il y ait parfois dans son attitude quelque chose de très *trying* pour toi, de même que lorsqu'on entend la « classe inférieure » se targuer, avec la même fierté remplie d'amertume, d'être des « prolétaires » et « sans instruction ni éducation », juste au moment où la pauvre « classe supérieure » se plaint d'être écrasée sous les impôts et sous les exigences de toutes sortes que l'on peut avoir envers elle, etc.

Farah est parfois pris d'accès du même genre, lorsqu'il se met à répéter sur tous les tons qu'il est particulièrement misérable car il est « *only a coloured man* », jusqu'à ce que je me sente obligée de lui dire : « Cesse de raconter des bêtises, Farah, tu es bien moins à plaindre que moi », – mais il est plus facile de lui faire des reproches, à lui, car je suis convaincue qu'en réalité il ne voudrait pas échanger son sort contre le mien, alors que je crois que la chose est plus profondément enracinée chez tante Bess. Pour ma part, j'en suis arrivée à la conclusion que cela ne sert absolument à rien d'aborder ce genre de sujets avec elle ; elle finira peut-être par changer d'avis, – car elle était bien loin de penser ainsi pendant mon enfance et le début de ma jeunesse, si je me souviens bien. Jusque-là tu as toute ma sympathie et puis je sais bien, également, qu'il existe entre tante Bess et toi une telle affection, un tel attachement et tant de compréhension qu'une petite idée fixe de ce genre peut être supportée sans trop de peine...

1. « une vieille fille superbe et résolue du vieux Danemark ». *(N.d.T.)*

Ngong, 3 janvier 1928

... Denys et moi avons réitéré bien tranquillement notre dîner de Noël, avec sapin et illuminations, mais nous n'avons pas eu le courage de rester debout jusqu'à minuit pour prendre congé de l'année écoulée. Je ne puis en dire de mal, cela a été une année magnifique du fait de ta visite, d'un résultat fort satisfaisant en ce qui concerne la ferme, malgré toutes nos inquiétudes, de la longue visite de Denys et des bonnes nouvelles en provenance de chez nous.

Maintenant il faut que je te raconte quelque chose de cocasse qui s'est passé le jour du Nouvel An. Tôt le matin, Denys et moi avons décidé de rattraper le safari dont je t'ai parlé pour leur apporter des fusils et des jumelles qu'il voulait leur prêter, et d'essayer d'emprunter pour cela la nouvelle route de Ngong à Narok. Nous ne l'avions encore jamais prise et il s'est d'ailleurs révélé qu'elle n'est terminée que jusqu'à mi-chemin, aussi n'avons-nous pu retrouver le safari. Il faisait un temps magnifique, ce matin-là, et la route est très belle, – elle passe par l'endroit où Thomas est allé chasser avec Palme et elle est très bien dessinée ; j'ai bien regretté qu'elle n'ait pas existé lorsque tu étais ici, cela aurait vraiment été une excursion qui t'aurait plu. Nous avons vu du gibier à profusion ; des élans du Cap, des zèbres et des grants. Puis, à environ 15 miles d'ici, Kanuthia a montré quelque chose sur la droite et a murmuré « *Simba* », et, en effet, un gros lion était dressé au-dessus d'une énorme masse sombre qui s'est par la suite révélée être une girafe morte, et il avait la face tournée droit vers nous. Or les Masai ont beaucoup à souffrir des lions en ce moment et le *Game-Department* a déjà demandé à Denys d'essayer d'en tuer un certain nombre dans cette région, aussi nous sommes-nous dit que c'était une bonne *opportunity*. Denys a abattu celui-ci de deux balles, à environ 250 mètres de distance : c'était un vieil animal avec une crinière qui n'était pas très impressionnante, — mais comme ils peuvent être grands et magnifiques, et quelle joie c'est de les revoir. —

Nous l'avons alors recouvert avec des branchages, dans l'idée de le dépouiller au retour, et nous avons poursuivi notre chemin pour arriver, 6 miles plus loin, au bout de la route, comme je te l'ai déjà dit, et être obligés de faire demi-tour et de rentrer. J'étais chargée de surveiller la route afin que nous ne passions pas à côté de la girafe sans la voir, et, lorsque je l'ai aperçue, j'ai eu du mal à en croire mes yeux : un autre lion se trouvait sur son cadavre et nous regardait, — une grosse bête absolument magnifique, à la crinière noire, il me semble que c'est le plus beau que j'aie jamais vu. Je crois que c'est l'une des plus belles choses que l'on puisse voir au monde. Nous sommes restés un certain temps à nous demander si nous devions l'abattre ou non, mais nous sommes parvenus à la conclusion qu'il nous le fallait absolument, aussi Denys l'a-t-il tué juste au moment où il s'apprêtait à partir ; il a fait un grand bond en l'air et est tombé raide mort. Selon Denys, c'est l'une des plus belles peaux qu'il ait jamais vues ; sa crinière était toute noire et lui descendait jusque sur les épaules. — Nous l'avons dépouillé tous les deux et, très fiers de nous, nous avons pris un *breakfast* de nouvel an composé de pain et de fromage, de raisins secs et d'amandes que nous avions apportés avec nous, ainsi que d'une bouteille de vin rouge, au milieu de cet air limpide et magnifique, avec les Ngong Hills et les plaines d'un beau vert autour de nous ; je ne crois pas avoir jamais passé une plus merveilleuse matinée de nouvel an. Nous sommes ensuite allés à Nairobi avec la peau, – nous avons d'ailleurs soigneusement caché à tout le monde l'endroit où nous avons tué ces deux lions afin d'éviter que tout Nairobi vienne chasser par ici. Tu ne peux savoir comme les girafes paraissent grandes quand elles sont allongées ainsi sur le sol, – et à quel point elles peuvent puer ! Kanuthia a pu remplir 4 bouteilles de graisse grâce aux lions et Denys lui en a acheté une à l'intention de Poor Sing ; Tommy se rappelle certainement combien celui-ci aimait la graisse de lion. Si 1928 continue de façon aussi splendide et aussi agréable, je ne suis pas au bout de mes joies.

Denys part demain pour son safari...

À INGEBORG DINESEN

Ngong, dimanche 8/1/1928

Mon agneau adoré.

Ce qui s'est passé de plus remarquable cette semaine, c'est le fait que nous avons eu un tremblement de terre dans la nuit de vendredi. Bien sûr, ce n'était qu'un petit tremblement de terre de rien du tout ; mais, pour qui n'en a jamais connu auparavant, ce n'en était pas moins une expérience. J'étais dans ma salle de bains et m'apprêtais à aller me coucher, et ma première idée a été qu'un léopard avait réussi, d'une façon ou d'une autre, à grimper dans le grenier ; mais, lorsque toute la maison s'est mise à osciller, il fallait bien qu'il y ait une autre explication. Bien que ce soit une sensation fort déplaisante en soi, il y a quelque chose de grisant, si j'ose dire, dans l'idée que quelque chose que l'on a l'habitude de considérer comme inerte puisse se mettre à bouger. On a envie d'aller donner des petites tapes à la terre et de lui dire : Eh bien, ma vieille terre, tu es vivante, après tout ! Juma dit qu'il a connu cela en Ouganda, une fois, et que le roi Edouard est mort le même jour ! Aussi faut-il s'attendre à des événements d'une extrême importance...

La police patrouille autour de la maison car il paraît qu'une troupe de bandits se trouve sur le territoire de la ferme ; ils ont tué un Indien et un *native* à Limoru avant-hier. Hier, un *askari* est arrivé ici, a dit qu'un Kikuyu acceptait de révéler leur cachette à la police si on lui donnait 20 shillings et m'a demandé de les payer de ma poche ; mais j'ai trouvé tout cela tellement *mean* que je n'ai rien voulu savoir. L'idée de captivité me répugne à tel point qu'en voyant les menottes entre les mains de cet agent de police j'avais presque envie d'envoyer quelqu'un prévenir les meurtriers. Si je savais où ils sont et si j'étais sûre qu'ils ne me tueraient pas, je crois que j'aimerais beaucoup les rencontrer ; car les gens qui sont aux abois ont toujours quelque chose de très attrayant...

La femme de Farah est arrivée* et elle est vraiment gentille ; ce n'est pas très facile pour cette pauvre fille qui se trouve dans un environnement qui lui est totalement étranger : elle ne parle pas un mot de swahili, — mais la jeune femme d'Ali a commencé à lui donner des leçons, — et puis Farah est assurément un épouvantable tyran domestique. La plupart des femmes somali possèdent une certaine gravité qui est très attachante ; celle-ci n'est pas vraiment belle mais elles sont bien bâties, elles ont de jolis pieds et de jolies mains, ainsi qu'un joli port.

Dis à Tommy que Titi, le petit frère de Kamante, est maintenant chargé de mes chiens, — il se souviendra sans doute de lui. Il n'avait plus de travail car Kamante a vendu toutes les chèvres et tous les veaux que gardait son frère pour acheter sa *ndito* ; l'autre jour, alors que j'étais en promenade avec Heather et Titi, celui-ci a rencontré certains de ses anciens veaux, qui appartiennent maintenant à des étrangers, et il s'est mis à pleurer en les revoyant. Pour ce mariage, Kamante s'est tellement endetté envers moi que je crois bien qu'il s'est réduit à l'esclavage pour le restant de ses jours...

À ELLEN DAHL

Ngong, 13/1/1928

... Tout d'abord, je te remercie beaucoup pour le petit arlequin que tu m'as envoyé pour Noël ; il m'a fait extrêmement plaisir car cela fait longtemps que je désirais en avoir un. Avec Colombine, il est maintenant dans ma chambre à coucher, sur l'ancienne commode de maman, mais, le soir de Noël, je les avais placés sur la cheminée de la salle à manger derrière une rangée de bougies, et ils étaient très jolis à voir, on aurait dit qu'ils étaient en train de danser sur une scène. Outre le fait qu'ils sont ravissants en eux-mêmes, ils représentent pour moi, d'une certaine façon, une bonne partie de l'esprit ancestral de Copenhague, — Tivoli et le Ballet et Dyrehavsbakken, — que les années et l'éloignement m'ont rendu très cher du fait de son charme, de sa droiture et de sa bonhomie ; d'ailleurs, j'ai toujours beaucoup aimé tant le *Jeu du soir de la Saint-Jean* que les *Facéties de Noël et plaisanteries du Nouvel An*, or Arlequin figure dans les deux. Je crois que notre époque a grand besoin d'un peu de fantaisie et de merveilleux en matière artistique et, pour ma part, je lis toujours avec une profonde admiration les contes d'Andersen, — j'ai lu qu'on allait fêter son jubilé cette année et j'aimerais beaucoup participer aux festivités ; j'aimerais bien posséder ses œuvres complètes si elles sont en vente en édition reliée à des prix raisonnables. Denys et moi nous disions justement, le soir de la Saint-Sylvestre, quelle expérience inoubliable et quelle immense joie ce serait si ton Arlequin faisait ne serait-ce qu'une seule petite pirouette, — si l'inattendu se produisait, fût-ce en miniature...

Je voudrais surtout te souhaiter beaucoup de réussite à propos de ton foyer pour sans-abri, dont maman m'a parlé et qui m'intéresse au plus haut point. Te souviens-tu qu'un jour, au cours de l'été 1925, nous étions assises à la gare de Skodsborg, — c'était d'ailleurs juste après les fiançailles de Tommy, le jour où nous étions venues à pied de Springforbi et où nous tenions au bout d'une ficelle un ballon en forme de cigogne, — et nous parlions des passions qu'on arrive à préserver au cours de sa vie, alors qu'il faut renoncer à tellement d'entre elles les unes après les autres, et je disais qu'avec les ans ma principale passion était maintenant « les classes inférieures » ? — Ce jour-là, tu n'étais pas d'accord avec moi ; mais on n'échappe pas à son destin, vois-tu. Pour ma part, ici, c'est aux *natives* que je prodigue mon affection mais cela n'a guère d'importance, il s'agit du même genre de personnes : ceux qui sont *Humiliés et offensés* d'une façon ou d'une autre. Dans *Fra ottende Brigade* papa écrit que « l'on aime les soldats comme on aime les jeunes femmes, — de façon totale, effrénée* », et j'en suis pour ma part arrivée à la conclusion qu'on a vraiment tort de penser, comme on le fait généralement, que ce sont les passions et les attaches *personnelles* qui sont les plus fortes et celles qui représentent le plus de choses dans une vie ; de celles-ci on peut dire, comme Stuckenberg l'écrivait à sa bien-aimée, que « le bonheur dans ma vie, c'est ton image* », — mais la véritable passion, la passion totale, effrénée, elle est réservée à des choses toutes différentes : par exemple l'art, la terre, les soldats, (les jeunes femmes), *my black brother* ou bien les chômeurs...

Je ne sais si les jeunes auront une existence plus facile ou plus difficile que la nôtre ; mais, d'une certaine façon, on peut dire que la vie s'est simplifiée depuis notre jeunesse, de même que l'habillement et les menus. Je crois qu'il s'est produit un grand changement qui, selon la façon dont on est prêt à le recevoir, apparaîtra comme un soulagement ou comme un appauvrissement, en ce sens que très peu de gens, si même il en reste, ont encore de nos jours le sentiment, vis-à-vis des autres ou vis-à-vis d'eux-mêmes, de *représenter* quoi que ce soit d'autre que leur propre personnalité et leur forme particulière d'humanité. L'enthousiasme, la fierté et la responsabilité que l'on éprouve lorsqu'on a le sentiment de représenter une nation quelconque ont assurément disparu chez la plupart des gens, aussi fort que puisse encore être, sur le plan individuel, l'amour porté à un pays ou à un peuple, et le sentiment et la fierté d'appartenir à une classe peuvent encore exister chez ceux qui pensent représenter le prolétariat, – même si, dans ce cas, il est un peu trop contaminé par des intérêts purement matériels pour avoir vraiment valeur d'idéal, – mais certainement plus au sein de la classe supérieure ou parmi les militaires, par exemple. Je crois qu'oncle Mogens affrontait encore l'existence avant tout comme un Frijs, représentant Frijsenborg et sa famille, et conscient du privilège et de la responsabilité que cela impliquait ; mais cette façon de concevoir la vie n'est-elle pas descendue dans la tombe avec lui, et où la trouver maintenant si ce n'est dans les musées ?

L'origine de tout cela est certainement le fait que les vieilles idées dont se nourrissait à tout le moins la génération qui a précédé la nôtre avaient fait leur temps et que, au fil des ans et des intempéries, elles étaient devenues bien fragiles, – elles pouvaient encore tenir par temps calme mais non pas survivre au *Ragnarök* de la guerre ; toute la question est de savoir si elles pourront jamais revivre sous une autre forme et sous d'autres noms et si les enfants et les petits-enfants de nos contemporains seront encore capables de se battre sous une bannière d'une couleur quelconque ?

Un très grand changement, dont tout le monde n'a peut-être pas encore pris pleinement conscience, s'est opéré, me semble-t-il, lorsque la *féminité*, le fait d'être une femme, a perdu son sens. Je crois que les femmes du temps jadis, et surtout les meilleures d'entre elles, se sentaient sous ce rapport comme les représentantes de quelque chose de grand et de sacré, en vertu de quoi elles avaient du poids en dehors d'elles-mêmes et pouvaient se sentir fières et investies d'une certaine dignité, et qui leur donnait le sentiment d'une responsabilité très profonde. Ni l'outrecuidance de la belle jeune fille ni la majesté de la vieille dame n'étaient, en définitive, quelque chose de personnel ; elles étaient dénuées de tout élément de vanité individuelle mais portées avec autant de fierté qu'un écu ou qu'un drapeau. Alors qu'un affront personnel pouvait fort bien être excusé, aucune atteinte portée à la féminité qu'elles représentaient ne pouvait jamais être pardonnée ; grâce pouvait être accordée pour un soufflet, mais non pas pour un baiser volé. Je crois que bien peu de jeunes femmes d'aujourd'hui sont encore dans cet état d'esprit. –

Dans l'une des nouvelles de Blicher*, l'héroïne a le choix entre la vie de son jeune frère et le sacrifice de son honneur (de femme) au commandant de l'armée ennemie, et ni elle ni son frère n'ont le moindre doute : le sacrifice à faire est celui de sa vie, à lui. Dans une histoire moderne, – due à Jakob Wassermann*, – un officier bolchevique promet à une jeune dame d'épargner un groupe de réfugiés si elle accepte de venir le retrouver dans son cantonnement au cours de la nuit ; elle ne réfléchit pas plus que le frère et la sœur de Blicher et répond : « Bien sûr, – me voici. » Je crois qu'il n'y a pas beaucoup de jeunes femmes, de nos jours, auxquelles leur conscience et leurs scrupules moraux ne permettraient pas de faire la même réponse. Car elles ne ressentent plus leur « féminité » comme le centre de gravité absolument sacré de leur nature et la notion d'« honneur de femme » n'a plus d'importance et même pratiquement plus de sens pour elles. De la même façon, le jeune noble de Blicher aurait choisi la mort plutôt, par exemple, que de passer l'écu portant ses armoiries autour du cou d'un cochon, alors qu'il serait de nos jours difficile de trouver un noble au monde, – en tout cas dans les pays civilisés, – qui ne serait pas prêt à le faire, en gardant la conscience parfaitement tranquille, s'il pouvait de la sorte sauver la vie de ses amis ou même tout simplement la sienne ; car ses devoirs suprêmes se situent sur un tout autre plan. Aussi indignée qu'une femme puisse se sentir contre quelqu'un qui tente de lui faire violence, – de même que contre quelqu'un qui aurait mis le feu à sa maison, par exemple, – je crois qu'elle serait encore bien plus furieuse contre les personnes compatissantes qui considéreraient qu'elle doit se sentir avilie et « déshonorée » de ce fait.

Aussi beaux et aussi nobles qu'aient pu être les idéaux des temps jadis, il est quand même évident que ce sel a aujourd'hui perdu de sa saveur et la preuve en est que ce sont maintenant les propres à rien, – sur le plan intellectuel, moral, ou sur tout autre plan, – qui s'en réclament. Il y a certes encore des Anglais qui se battent pour *the Empire* et qui n'arrêtent pas de dire *we Englishmen*, – mais ce ne sont *pas* les meilleurs, et il en va certainement de même pour les autres nations.

Et les femmes qui tirent les plus grosses traites sur leur sexe et qui attachent plus d'importance à leur vertu « féminine » qu'à leur honneur et à leur honorabilité purement humains sont, de nos jours, loin de faire partie, selon moi, de l'élite féminine de l'humanité.

Il est néanmoins certain que les hommes se sont ainsi privés de valeurs qui les rendaient plus solides, qui donnaient du poids à leur vie et qui, bien souvent, rendaient probablement les individus eux-mêmes plus heureux et les contacts plus faciles. Être conscient d'être un Allemand, un Reventlow, de faire partie de la corporation des potiers d'étain ou d'être une *honnête femme*[1] a sans aucun doute maintenu bien des gens à leur poste et leur a donné le sentiment et le bonheur d'être eux-mêmes, alors que les jeunes gens de nos jours qui « s'en remettent uniquement à leur personnalité » n'ont rien à opposer à cela. Je pense également que c'était en grande partie la signification et le caractère sacré, admis par tous, de la « féminité » qui rendait jadis les mariages, si ce n'est véritablement plus heureux, du moins plus faciles à supporter. Une jeune mariée donnait à son époux infiniment plus que sa valeur purement personnelle ; elle apportait en dot quelque chose d'impérissable et d'une valeur inestimable ; la qualité intangible d'« épouse » et, dans leur vie commune, l'accent était mis bien moins sur la sympathie ou sur l'antipathie qui régnait entre eux que sur les relations qui pouvaient exister entre « un homme et une femme », — sa boîte à ouvrage, à elle, et sa pipe et son journal, à lui, étaient des emblèmes, — et tous deux se trouvaient, dans leur vie conjugale, un jeu dans la situation d'ambassadeurs de deux grandes puissances, pleinement conscients des forces et des valeurs que représentait chacun d'eux, et prêts à admettre leur existence.

De nos jours, la vie commune de deux personnes purement individuelles est basée sur autre chose et a un autre sens (si elle en a un). Je ne suis pas, en ce qui me concerne, en mesure de dire si, pour la plupart des gens, il est possible de vivre ainsi sur un plan purement personnel et individuel et sans assumer aucun rôle dans

1. En français dans le texte. *(N.d.T.)*

l'existence, et de retirer quelque chose de celle-ci. Il paraît qu'au ciel nul ne prend qui que ce soit pour époux et, assurément, un Reventlow sera forcé d'y vivre côte à côte avec Pierre et Paul. Mais il faut quand même supposer que certaines dispositions particulières seront prises, ou qu'un esprit particulier y régnera, afin de rendre les rapports plus faciles ; autrement, je crois que les vieux Reventlow, ainsi que les couples des temps jadis, se sentiront passablement *at sea*. – On ne peut certes pas dire que ce soit absolument par libre choix que les jeunes d'aujourd'hui ont adopté, en un seul sens, le mode de vie du millénium, mais ils ne pourront pas éviter d'en payer le prix ; il exige certainement d'eux plus d'imagination, plus d'énergie et d'idéalisme que celui des temps passés. – Que Notre-Seigneur soit avec eux, je ne les connais pas très bien mais j'ai pourtant une grande confiance en eux...

Tu me dis que cela n'a pas dû être très facile pour moi d'avoir maman et Denys sous le même toit. – Entre nous soit dit : est-ce maman qui t'a donné cette impression ou bien est-ce toi qui t'es fait cette idée toute seule ? Je ne crois pas que maman ait ressenti la chose de la sorte et j'ai été contente qu'elle apprenne à connaître Denys. Elle est au courant de la nature exacte de nos rapports, de même que tout le monde l'est ici, naturellement, et je n'arrive pas à comprendre quelle différence cela pourrait entraîner dans l'idée qu'ils se font de moi ou dans leurs sentiments à mon égard, quelle que soit la nature de ceux-ci.

Il ne me reste plus, ma très chère Elle, qu'à t'envoyer de très, très nombreuses pensées, te demander de saluer Knud de ma part, – ainsi que Mlle Møller et Ella. Je te souhaite tout le bonheur possible à l'occasion de cette nouvelle année, aussi bien chez toi, à Sølvgade, qu'à Mols*, et où que ce soit que vous puissiez être dans le vaste monde. Salue Kongens Have et Langelinje, Dyrehaven et Ellemandsbjerget ; tout cela est bien loin mais je crois pourtant que la nature et la vie, ici, ne sont pas aussi différentes de celles du Danemark qu'elles ne le sont en beaucoup d'autres endroits, – bien souvent il me semble que nombre de vieilles chansons danoises auraient pu être écrites ici : « Le berger rentrait lentement ses moutons dans la fraîcheur du soir et laissait des marques dans la rosée*. » – – « Chevauche lentement à travers le bois, mon bien-aimé », – et Lulu « court de-ci de-là, dans la ferme et dans la forêt, – et chacun de ses poils brillait comme de l'or ». Et après la pluie : « Voici que fleurit la forêt, que les ramilles reverdissent, tandis que l'herbe se couvre de vapeur*. »

Eh bien, bonne chance et écris de temps en temps.

Tanne

À INGEBORG DINESEN

Ngong, dimanche 22/1/1928

... Malgré tout le respect que nous devons à Søren Kierkegaard, – Mohr et moi avons discuté du « concept d'angoisse », en particulier en corrélation avec la troupe de bandits qui rôde près de chez moi ; il me semble que je suis parvenue, en ce qui me concerne, à la conclusion suivante : toute angoisse est en fait nerveuse parce qu'*il n'y a rien dont on doive avoir peur*. Je veux dire par là que, naturellement, on peut avoir peur d'être tué, d'attraper une pneumonie, d'aller dans le fossé avec sa voiture, etc. – tous ces risques existent bien sûr dans la vie, – mais il ne faut pas *s'effrayer* à cette idée, – car il n'y a rien dans la vie qui vaille que l'on prenne peur (dans la mesure où l'on ne croit pas au diable car, dans ce cas, il y a naturellement de quoi le faire perpétuellement). Si, par exemple, je n'ai pas peur des *natives* et s'il n'est pas question que j'aie peur d'eux, même si je savais très bien qu'ils sont derrière la porte et décidés à me tuer, et même si je savais qu'ils y parviendraient, cela provient du fait qu'ils n'auraient pas peur, eux-mêmes, à l'idée de me tuer ; je veux dire par là que ni eux ni moi ne croyons au *diable* et que tout cela pourrait bien plutôt être comparé à une scène de chasse, par exemple à celle qui consiste à faire sortir un ours de sa tanière, ce qui n'a rien d'effrayant pour les chasseurs, même s'ils savent qu'ils risquent d'être tués, et certainement pas non plus pour l'ours, aussi furieux puisse-t-il être et aussi décidé à *put up a fight*. Toute peur est plus ou moins une peur du noir : faites donner de la lumière et elle se dissipera fatalement car il apparaîtra qu'il n'y a rien là dont on doive avoir peur. Mais nous avons pendant si longtemps cru au diable et à l'enfer, et nous nous sommes tellement effrayés mutuellement à propos de bien des choses, qu'il nous est resté dans le sang une pusillanimité infernale, et celle-ci peut redresser la tête dans les circonstances les plus extravagantes...

Jeudi, je suis allée chez les Fjaestad pour le lunch, j'avais convenu avec Mohr que je le retrouverais là-bas et que je l'emmènerais en voiture jusqu'à sa ferme l'après-midi ; il m'a priée de l'aider à acheter des rideaux, etc. pour sa maison, et il fallait naturellement que nous allions tout d'abord prendre les mesures et choisir les couleurs. C'était agréable de voir sa ferme, je trouve qu'il a un poste intéressant pour un aussi jeune homme, — elle fait plus de 11 000 acres, dont 6 000 de sisal et au moins 500 de café ; il a sous ses ordres quatre blancs, quatre *fundees** et 500 *natives*...

Je suis rentrée fort tard et, à ma grande joie, j'ai trouvé *Denys* ici ; il va rester une semaine puis repartir en safari...

Il faut vraiment que tu m'envoies ce livre intitulé

Ungdommens Oprør dont tu me parles ; j'aimerais bien connaître un peu mieux la jeunesse moderne que je n'en ai l'occasion ici. Il me semble que maintenant les gens poussent inutilement les hauts cris devant bien des bouleversements de l'époque ; car il est nécessaire que les choses changent et évoluent, et, comme chacun sait, on ne fait pas d'omelette sans casser des œufs...

À INGEBORG DINESEN

Ngong, dimanche 5/2/1928

... Au sujet du meurtre, je ne puis rien te dire de plus car ils n'ont rien pu prouver contre Lori et ont dû le relâcher. Nous l'avons renvoyé de la ferme car, qu'il soit coupable ou non, les esprits sont trop montés contre lui pour que les choses puissent se passer dans le calme, et il est retourné auprès de sa propre tribu, près de Meru. Depuis, la police ne s'est plus donné le moindre mal et il est probable que l'on n'en saura jamais plus.

Ils n'ont pas beaucoup progressé non plus dans la chasse qu'ils livrent au bandit Muangi, dont on dit qu'il se cache près d'ici avec sa bande. Dimanche dernier, alors que, comme je te l'ai certainement dit, nous avions ici une grande *ngoma*, un officier de police de Nairobi est arrivé en voiture dans l'espoir de le trouver sur les lieux car il paraît qu'il affectionne les *ngomas*. L'officier en question n'a d'ailleurs rien fait pour mettre la main sur lui, il a passé tout son temps dans la maison à boire de la bière et à se vanter de ses exploits, aussi aurait-il été bien étrange que, si Muangi avait vraiment été présent, ses amis ne puissent pas le prévenir à temps. Je trouve que ce serait très *sporting* de la part de Muangi de risquer vraiment sa vie pour venir à une *ngoma*, — toute la police a ordre de l'abattre si jamais on l'aperçoit, — aussi Dickinson, l'ami et subordonné de Denys au cours de ses safaris, qui a logé ici cette semaine, et moi nous sommes-nous demandé si nous n'allions pas organiser une *ngoma* à son intention et lui donner un sauf-conduit, en postant des guetteurs sur la route pour nous avertir si la police arrivait, mais il est bien peu probable qu'il ait suffisamment confiance en nous pour venir. D'ailleurs, je ne crois pas qu'il soit encore dans les parages...

Lorsque nous sommes rentrés ici [mercredi] nous avons eu la grande surprise de trouver Denys ; l'un de ses camions était tombé en panne de magnéto à 30 miles de l'autre côté de la frontière du Tanganyika et il était revenu ici d'une seule traite pour en chercher une neuve. Il a dîné avec nous et s'est couché pour se relever à une heure et prendre le chemin du retour au plus noir de la nuit. Si seulement j'avais su comment revenir, je l'aurais bien conduit un bout de chemin car il était très fatigué et avait grande envie de dormir, — tout ce qui touche aux safaris me plaît infiniment, même de partir dans l'air froid et clair de la nuit, à la lueur des bougies ; en chemise de nuit et en manteau, je l'ai accompagné jusqu'à l'étrang et je suis rentrée à pied, les étoiles étaient si belles dans le ciel et l'air si léger...

À INGEBORG DINESEN

Ngong, dimanche 12 février 1928

... Dimanche dernier, après t'avoir écrit, j'ai reçu la visite d'un personnage pitoyable, un Suédois du nom de Casparson qui a été pendant un certain temps maître d'hôtel au Norfolk et qui est maintenant absolument sans ressources. Il est arrivé ici à pied, dans toute cette poussière, il avait l'air vraiment misérable et faisait, à tous égards, l'effet d'un *hopeless case*. Il paraît qu'il a eu affaire à la police pour une raison ou pour une autre et que les Suédois d'ici, qui ne sont jamais très prompts à aider qui que ce soit, ne veulent plus rien avoir à faire avec lui après cela, ce qui fait que l'avenir ne s'annonce pas rose pour lui. Il faut dire qu'il est également assez peu fait pour ce pays ; il n'a pas l'esprit pratique, il ne sait pas conduire une voiture ou se servir d'un outil quelconque, il ne s'entend ni à l'agriculture ni au *business*, de quelque sorte que ce soit, et il ne semble donc pas doué non plus pour se faire des amis. En Europe, il a été — — acteur ! Ses meilleurs rôles ont été, selon lui, celui d'Armand dans *La Dame aux camélias* et celui d'Osvald dans *Les Revenants* — mais je ne vois pas très bien à quoi cela peut lui servir ici. Je l'aime bien ; c'est le type parfait du « pique-assiette », comme le sont toujours les gens sympathiques, — il est également passablement porté sur la boisson, pour ne rien arranger, mais que peut-on faire avec ce genre de personnage ? Je lui ai donné 25 shillings mais ils n'ont pas duré bien longtemps...

Lundi, je suis allée à Nairobi, — comme d'habitude : lunch avec Bent, *shauries* avec Hunter et Milligan... thé au Stanley Hotel avec ce pauvre Casparson...

J'ai passé toute la journée de vendredi à m'occuper de la ferme, en partie en compagnie de Dickens. Je suis rentrée tard chez moi et qui ai-je trouvé devant ma porte, semblable à une ombre, si ce n'est Casparson. « *Ja, här är en luffare, friherrinnan*[1] », m'a-t-il dit, et il en avait bien l'air, pitoyable et mal rasé comme il était. Il se rendait au Tanganyika, — à pied ! C'est absolument impossible car

1. « Vous avez devant vous un vagabond, madame la Baronne. » *(N.d.T.)*

il y a 230 miles dont la plus grande partie sans eau, — et, quand bien même il y arriverait, il ne serait pas tiré d'affaire pour autant : il n'a pas d'argent et ne connaît personne. Mais que peut-on faire de ce genre d'homme ? Je lui ai donné à dîner, il est resté coucher et, à vrai dire, cela a été très agréable, mais j'ai vainement tenté de le faire renoncer à son projet et retourner à Nairobi afin d'essayer d'y trouver un *job* d'une sorte quelconque ; il s'était mis dans la tête qu'il allait tenter sa chance de cette façon et je n'ai rien pu faire d'autre que de le faire partir tôt le matin afin qu'il puisse au moins parcourir une certaine distance avant qu'il ne fasse trop chaud. Je l'ai conduit jusqu'à la *duca* de Farah, à cinq heures et demie, et lui ai donné un peu de nourriture et une bouteille de bière, 10 shillings et ma bénédiction, mais il faisait vraiment pitié quand il s'est mis en route ; il n'avait même pas une couverture, rien qu'un grand manteau et pas le moindre bagage. Je l'ai envoyé chez Nepken et je suppose qu'il n'ira pas plus loin ; Nepken, lui, doit pouvoir lui faire comprendre que ce qu'il projette est impossible à réaliser, je pense même que les lions sont trop dangereux le long de la route ; j'aurais évidemment pu le conduire en voiture jusque chez Nepken mais il m'a paru qu'il ne serait peut-être pas mauvais qu'il se fasse une petite idée de ce que c'était que les promenades à pied dans ce genre de pays avant même d'arriver là-bas, afin qu'il ait le temps de changer d'avis avant de quitter cette dernière demeure humaine et d'affronter le désert. Comme je l'ai déjà dit, je l'aime bien et je m'intéresse à son sort ; il s'est obstiné à me répéter que, de toute façon, il ne pouvait rien lui arriver de pire que ce qu'il connaissait en ce moment et, au milieu de toute sa misère, il gardait une parfaite bonne humeur et il m'a divertie en me racontant ses expériences, qui sont de natures assez diverses. Il est marié avec une Danoise, une demoiselle Kofoed-Hansen ; la pauvre fille...

À INGEBORG DINESEN

Ngong, dimanche 19 février 1928

... Tout ce qui a trait au foyer d'Elle pour les sans-abri m'intéresse au plus haut point... En ce qui me concerne la question des distractions, dont vous me parlez, – et qui, grâce à l'aide de personnes amicalement disposées, semble se régler de la meilleure façon, – j'y ai beaucoup réfléchi, – car j'aimerais *terriblement* être à la maison et participer à la chose, – et il me semble, comme je l'ai déjà dit, que l'on devrait d'efforcer d'y faire participer tous les pensionnaires en leur proposant, puisque tant de gens différents et ayant des expériences si différentes sont rassemblés, qu'on s'efforce d'apprendre les uns des autres et, à cette fin, inciter ceux qui voudraient bien se montrer les plus coopératifs à raconter, par exemple, ce qu'ils ont connu de pis. C'est ce que j'ai fait une fois avec mes gens en safari, et, bien que l'on ait vraiment entendu des choses horribles, ils ont fini par rire tellement les uns et les autres de ce qu'ils avaient enduré que l'on pouvait se dire qu'ils allaient au moins avoir le courage d'affronter ce qui nous attendait. On pourrait peut-être demander à quelques blancs, – oh, pardon, disons à ce qui s'en rapproche le plus en l'occurrence, – de commencer : Elle en racontant ses brûlures*, Tommy les horreurs de la guerre ; pour ma part, j'aurais un certain nombre de choses à dire également, et le résultat de tout cela pourrait être quelque chose de ce genre : « Par ta main droite, ô roi d'Erin, et par la mienne, si elle était libre, j'étais encore en plus fâcheuse posture que je ne le suis maintenant dans ta prison et avec ta menace de mort suspendue au-dessus de ma tête. »...

Samedi, j'ai parcouru à cheval tout MBagathi... L'après-midi, je suis allée en voiture, – et, comme tu l'imagines, avec tout un chargement de *totos*, – assister à un concours d'aviation. Lady Carbery est venue avec son petit appareil tout neuf, qu'elle a amené elle-même de Mombasa à Nairobi, et il y avait trois autres aéroplanes qui se sont livrés à toutes sortes de courses, d'atterrissages périlleux, de montées à la verticale, etc. Lady Carbery a fait très bonne figure ; c'est charmant de voir ces petits aéroplanes jouer dans l'air et puis c'est certainement quelque chose que nous pouvons faire aussi bien que les hommes. Il y avait beaucoup de monde, j'ai rencontré entre autres Mme Bursell, qui revenait tout juste du Tanganyika et qui m'a ôté un poids de la poitrine en me racontant qu'elle avait rencontré Casparson qui paradait sur le sommet d'un camion et qui avait l'air d'excellente humeur. Car l'image de cette silhouette solitaire et pitoyable qui partait ainsi, à pied, pour un voyage sans espoir est sans conteste parmi les plus déprimantes qui me soient restées présentes à l'esprit, et j'ai eu assez mauvaise conscience de l'avoir laissé partir. J'ai pris le thé sur le terrain d'aviation et j'ai eu du mal à rassembler mes *totos* afin de les ramener au bercail ; ils avaient passé un excellent moment...

À INGEBORG DINESEN

Ngong, dimanche 4 mars 1928

... C'est stupéfiant, la rapidité avec laquelle tout reverdit, ici, après la pluie ; mes pelouses, qui avaient de faux airs de désert, ont déjà repris de l'allure et les caféiers ont une teinte toute nouvelle. Je suis heureuse qu'ils soient à leur avantage car Denys va arriver cette semaine et il s'était beaucoup affligé de les voir dans l'état où ils se trouvaient ces derniers temps. Il y a un peu plus d'eau dans l'étang et les petits buissons verts commencent à pousser...

Mardi, Dickinson est parti de bonne heure le matin et je suis allée faire une promenade à cheval à travers la ferme. D'après l'après-midi, Lady Grigg et Lord et Lady Islington sont venus prendre le thé ici. C'était le dernier jour que les Islington passaient dans le pays et c'était vraiment gentil de leur part de venir ici. Je les ai accueillis au tournant de la route et je leur ai fait visiter MBagathi ; ils sont très désireux d'acquérir la maison. Je crois que Lady I. et Lady G. avaient le cœur gros à l'idée du départ de Lady Islington et le spectacle de ces mères et de ces filles qui doivent se séparer est pour moi bien difficile à supporter ; après le thé, elles ont fait une longue promenade dans la forêt et j'ai tenu compagnie à Lord I. On nous a accusés d'être amoureux l'un de l'autre et ce n'est pas totalement faux car c'est vraiment un vieil homme charmant.

Nous avons parlé politique et nous avions tout à fait la même opinion en ce qui concerne ce pays et les *natives* ; il m'a dit qu'il allait exposer sa façon de voir à la Chambre des Lords, qu'il fallait que je vienne à Londres et que je loge chez eux, au mois de mai l'an prochain, qu'il me ferait connaître des gens qui s'intéressent à ces questions et que je pourrais parler avec eux. Ce serait vraiment une expérience et certainement plus efficace que d'écrire à des apathiques de l'espèce d'Inge et de Wells ; je crois bien que le peu d'influence que je pourrai exercer dans la vie, je devrai le faire oralement. Lady I. nous a taquinés sur le fait que nous étions tellement d'accord. « La chose qui m'incitera le plus à revenir au Kenya — » a commencé à dire Lord I., voulant dire par là le soleil. — « Tout le monde le sait, c'est la baronne Blixen », a-t-elle dit. – « Oui, a-t-il répondu, c'est tout à fait vrai, c'est la rencontre la plus marquante que j'aie faite ici. » J'en suis arrivée à la conclusion que les messieurs ne deviennent vraiment charmants qu'à l'âge de 70 ans.

Mercredi, il a donc fallu, à cause de ce maudit Milligan, que j'aille à Nairobi le matin pour chercher de l'argent. Il faisait si chaud que je n'ai jamais rien connu de pareil. Là-bas, j'ai rencontré le mari d'Idina, Joss Erroll, – son père est mort l'autre jour, aussi n'est-il plus Lord Kilmarnock, – et je lui ai demandé s'il ne voulait pas venir ici prendre une *bottle* l'après-midi ; il a répondu en me demandant s'il pouvait amener Alice de Jancé, – tu sais, celle qui a tué Raymond de Trafford, et qui est sous le coup d'une expulsion de ce pays. J'ai ainsi eu, pour mon thé, une compagnie tellement comique que j'en riais toute seule dans mon lit la nuit suivante. En effet, il y a en ce moment à Mombasa un paquebot américain ; les passagers ont passé 3 jours à Nairobi et ont bien sûr sillonné le pays pour voir tout ce qu'il y avait à voir. Or, pendant que j'étais dans le bureau en train de payer les boys, j'ai bien vu une voiture passer et se diriger vers ma maison, mais j'ai cru que c'était Joss et Alice et je me suis dit qu'ils pouvaient m'attendre. Mais Titi est alors venu me dire que cette *mensabo* ne pouvait pas attendre, j'ai donc demandé à Dickens et à Nisbet de terminer la paie et je suis retournée à la maison pour trouver Lady Mac Millan, Mr Bulpett et deux énormes vieilles Américaines, arrivées par ce paquebot, qui m'attendaient. Elles faisaient une excursion en voiture dans l'espoir de voir un lion, car elles auraient été très fières de pouvoir raconter cela aux autres passagers quand elles les reverraient.

Elles se sont alors mises à déplorer le nombre de personnes horriblement immorales qu'il y avait au Kenya, parmi lesquelles des Américains, hélas, et à mentionner Alice comme la pire de toutes ; et moi qui savais que celle-ci pouvait arriver d'une minute à l'autre, je les ai laissées s'étendre sur le sujet autant qu'elles le désiraient. Puis la voiture de mes deux autres visiteurs est arrivée, je suis sortie les accueillir et, lorsque je suis rentrée et que j'ai présenté Lord Erroll et la comtesse de Jancé, je ne crois pas que le diable lui-même aurait fait plus d'effet s'il était entré dans la pièce ; cela valait certainement tous les lions du monde et leur a donné de quoi raconter à bord du paquebot ! Lady Mac Millan devrait vraiment m'être très reconnaissante. – J'ai offert à Alice de loger ici s'il fallait qu'elle vienne à Nairobi pour mettre de l'ordre dans ses *shauries* avant de devoir quitter le pays.

J'ai reçu de Moshi une lettre de ce nigaud de Casparson, – il ne disait pas un mot de la façon dont il était arrivé là mais seulement que cela avait été pour lui « *förlösande at tala med friherrinnan*[1] ». Tout ce que je sais donc, c'est qu'il est arrivé sain et sauf à Moshi.

À INGEBORD DINESEN

Ngong, mardi 24/4/1928

... Tout d'abord, nous avons eu de la pluie, – près de 3 pouces en l'espace d'une semaine. Cela a donné aux choses une tout autre couleur, à la fois directement, par le bien que cela nous a fait, et parce que l'on dirait vraiment que l'année va prendre son courage à deux mains et redevenir à peu près normale, même si c'est avec un mois de retard...

1. « un grand secours que de pouvoir parler avec madame la Baronne. » *(N.d.T.)*.

Et puis il faut que je te raconte quelque chose de vraiment intéressant qui s'est passé hier. Tôt le matin, Dickens est arrivé ici et m'a dit que deux lions avaient pénétré dans notre vieille *boma* à bœufs, – tu sais, celle qui est située près de la maison de Farah, – et tué deux magnifiques jeunes bœufs ; ce n'était certes pas très réjouissant. Denys et moi avons suivi leurs traces à travers le café, sous une pluie battante, jusqu'au petit bois situé près de la maison de Thaxton, mais là, nous les avons perdues. Nous sommes alors retournés auprès des bœufs morts et les avons déplacés légèrement en les tirant jusque parmi les caféiers, dans l'espoir d'avoir une chance le soir. Dans l'après-midi nous sommes allés à Nairobi... et nous sommes rentrés à la tombée du jour ; nous avons alors passé un certain temps au milieu des caféiers à tenter de déterminer le long de quelle rangée nous pourrions le mieux viser les lions et à marquer la direction et la distance au moyen de petits morceaux d'américani[1] que nous avons attachés aux caféiers. Dickens était au désespoir et très amer parce que nous refusions de mettre de la strychnine sur les cadavres des bœufs, – l'un d'eux était à moitié dévoré, l'autre n'avait pas été touché, – mais il nous semblait que nous n'en avions pas le droit, ne serait-ce que par amour du sport.

Il y avait bien une petite lune mais elle s'est couchée trop tôt pour être utile à quoi que ce soit, et notre *shooting-party* était constituée, outre de Denys avec un 350, de Farah et de moi, portant chacun une torche électrique ; celles-ci n'étaient pas aussi bonnes qu'elles auraient dû l'être mais elles pouvaient cependant nous fournir un éclairage assez puissant et Denys avait une troisième lampe électrique fichée dans sa ceinture. Nous sommes partis à neuf heures, nous avons laissé la voiture

1. Mince étoffe de coton blanc. *(N.d.T.)*

près de l'école et avons ensuite continué, en file indienne, tout d'abord le long de la route du Kilimandjaro et ensuite entre deux rangées de caféiers sur lesquels nous apercevions dans l'obscurité de petits morceaux de chiffon blanc. Notre appât était alors droit devant nous mais nous n'avons pas eu le temps de faire beaucoup de chemin, — nous avancions très lentement, en nous arrêtant à chaque pas pour prêter l'oreille, — avant d'entendre le bruit caractéristique d'un lion que l'on dérange, légèrement sur la droite. Puis le silence s'est fait mais, au bout d'une ou deux minutes, le bruit a recommencé un peu plus fort. Denys m'a fait signe de donner de l'éclairage dans cette direction et les flots de lumière blanche qui se sont alors répandus entre les rangées de caféiers nous ont tout d'abord révélé un petit chacal absolument aveuglé qui nous regardait, l'air complètement perdu, puis, l'instant d'après, une fois que j'ai eu porté le faisceau un peu plus vers la gauche, Sa Majesté Simba en personne, d'une taille presque surnaturelle, allongé sur le sol à environ 25 yards de là, la tête sur les pattes et le regard fixé sur nous.

Je ne puis dire à quel point il était imposant, se détachant en clair sur le noir de la nuit, — tout est possible lorsque l'obscurité peut révéler quelque chose de semblable dans un champ de café ! Il n'est pas particulièrement facile de faire mouche en tenant une lampe électrique braquée sur un objet quelconque ; il était évident qu'il s'agitait et que, l'instant d'après, il aurait disparu de notre vue et aurait gagné un endroit hors de notre portée, mais Denys a tiré immédiatement et il s'est effondré avec l'un de ces rugissements ou de ces grognements qui sont comme l'écho du coup de feu lui-même. Avec la vitesse de l'éclair, Farah et moi avons balayé de la lueur de nos torches tout le *shamba* avoisinant, — et là, un peu plus loin, se tenait l'autre lion, un peu moins net mais assez clair, cependant, et avec deux yeux qui formaient des taches vertes dans l'obscurité. Il a eu le temps de faire demi-tour et de disparaître derrière un caféier, – de façon générale, un champ de café n'est pas un terrain idéal pour la chasse car il suffit que l'animal passe derrière un buisson pour changer tout l'angle de tir, – mais nous avons gagné d'un bond la rangée suivante, l'avons éclairé à nouveau et il est tombé immédiatement sous un coup de feu rapide comme l'éclair. Il s'en est suivi quelques minutes très poignantes car nous ne pouvions pas être sûrs qu'ils étaient morts ou mortellement blessés, en vérité nous n'étions sûrs de rien d'autre que du fait qu'ils étaient là, à moins de 50 yards, et que nous ne pouvions projeter qu'un petit cercle de lumière dans l'immensité de la nuit africaine ! Nous étions obligés de maintenir les torches sur l'un des deux, avec la possibilité que l'autre vienne nous surprendre par-derrière ; et il a fallu deux autres coups de feu pour achever le second, alors que le premier, lui, avait été tué sur le coup. –

C'étaient deux jeunes mâles, tous deux avec un peu de noir dans la crinière et de très grosses pattes ; ils étaient magnifiques à voir, même après la mort, et je n'oublierai jamais leur image alors qu'ils étaient encore vivants et qu'ils se déplaçaient au milieu de la nuit noire. Comme tu t'en doutes, toute l'école est accourue et tout le monde était émerveillé. Nous avons dépouillé les bêtes et nous sommes rentrés, sortant tout droit du monde de l'aventure, à onze heures, – tout cela avait pris deux heures, – pour déboucher une bouteille de champagne...

Ngong, dimanche 20/5/1928

... Denys est parti pour Mombasa mardi dernier ; je l'aurais bien accompagné mais j'ai dû rester ici car je devais aller dîner avec la princesse Marie Louise, — peut-être ne sais-tu pas que c'est une fille de la princesse Christian et donc une petite-fille de Victoria, — le gouverneur et sa femme, et je n'ai pas osé me décommander, et puis il y a bientôt le mariage de Lord Delamere, auquel j'ai promis d'assister. Le dîner avec la princesse a d'ailleurs été fort plaisant ; j'étais placée à côté de Tom Cholmondeley et j'ai fait un bridge très divertissant avec lui et Lord Francis Scott, qui est considéré comme le meilleur joueur de bridge de tout le Kenya, ainsi que le gouverneur. Lord Francis et moi avons réalisé 5 fois le grand chelem et gagné des sommes fort importantes...

Halima est maintenant une véritable dame de compagnie pour moi ; il y a en elle quelque chose qui me rappelle toujours Missen, elle est aussi mince et élancée, et elle a la même façon de vous regarder droit dans les yeux ; elle a quelque chose d'étrange et ne ressemble à aucun autre enfant que je connaisse. C'est une grande actrice, elle sait raconter et elle imite de façon tout à fait inconsciente tous ceux dont elle parle. Depuis la mort de sa mère, elle a toujours peur que quelqu'un meure ; elle reste auprès de moi, dit-elle, à « faire attention que tu ne meures pas » — — et elle répète tout le temps : « Tu ne vas pas mourir, hein ? »...

Denys est dans tous ses états car on l'a prié d'accompagner dans son safari le prince de Galles, qui va venir ici au mois d'octobre*. J'ai ri de le voir s'en faire une montagne mais il dit que je ne sais pas ce que c'est que les *royalties* en Angleterre et le *fuss* qu'on peut faire à leur propos. Pourtant, je l'imagine assez bien car les gens ne pensent déjà à rien d'autre et n'ont que cette visite à la bouche...

À INGEBORG DINESEN

Ngong, dimanche 27/5/1928

... J'ai eu la joie de recevoir une lettre de Casparson qui contenait, le croiras-tu, l'argent que je lui avais prêté sans le moindre espoir de jamais le revoir. Il avait très bon moral et c'est vraiment intéressant de suivre le destin d'un homme que l'on a ainsi vu toucher le fond de l'existence. Il me dit que, sur la route du Tanganyika, les *natives* lui ont déconseillé d'aller plus loin à cause des lions. – « Après avoir bien pesé le pour et le contre, m'écrit-il, j'ai poursuivi ma route car il m'est apparu qu'il était moralement juste de donner à ma famille cette chance de se débarrasser de moi. Je n'ai pas réussi dans mes intentions mais ma conscience est maintenant en paix et je me sens quitte à leur égard. » – Il dit que les *natives* l'on aidé d'une façon vraiment touchante et me remercie également infiniment pour l'aide, – pourtant bien minime, – que je lui ai apportée et pour la sympathie dont j'ai fait preuve à son égard, sympathie vraiment sincère...

Le gouverneur a demandé £ 7 500 pour terminer la salle de bal de Government House en prévision de la visite du prince de Galles. Il est possible que l'on réussisse à forcer le pays à cracher au bassinet mais, autrement, on ne pourra jamais obtenir son consentement car Government House est extrêmement impopulaire ici ; il me semble aussi que c'est une bien grosse somme, étant donné que le bâtiment lui-même existe déjà et que nous n'avons pas vraiment besoin de Gobelins authentiques, etc. — Le prince ne va rester que 3 semaines en tout et il sera à la chasse pendant une partie du temps, aussi son séjour à Government House reviendra-t-il à plus de £ 1 000 par jour...

À INGEBORD DINESEN

Ngong, dimanche 3 juin 1928

... Ne t'ai-je pas déjà envoyé, — non, je crois que c'était à Tommy, — une lettre d'un vieux *gun-bearer* adressée à : Mme la lionne von Blixen, — et qui commençait ainsi : Très honorable lionne ? C'est ainsi que tout le monde m'appelle maintenant et je trouve que cela a beaucoup d'allure.

... La maison de MBagathi nous cause bien des soucis ; les locataires actuels ont donné leur congé parce que le toit prend l'eau et que la maison est en mauvais état, dans l'ensemble, mais nous n'avons pas l'argent nécessaire pour procéder à des réparations. Nous avons décidé d'aller voir cela de près et j'ai emmené la femme de Farah et Halima dans ma voiture pour une *joyride*.

Halima est une petite fille extrêmement drôle ; je ne vois pas comment elle pourra jamais *fit in* dans la société des femmes musulmanes respectables car c'est une vraie tzigane. Elle joue de l'harmonica et chante et danse en même temps avec une légèreté et, si je puis dire, une force étonnantes, — c'est bien plus que du charme ; elle imite la façon dont les gens parlent et joue des épisodes entiers de son existence, — par exemple ce qu'elle a connu à Embu, où elle a séjourné un certain temps et où l'ivrognerie doit être très répandue car c'est un spectacle bien affligeant, — et cela pour la plus grande joie de Tumbo qui se tient les côtes de rire, alors que la femme de Farah, elle, regarde cela avec un mélange d'admiration et de réprobation car elle est déjà investie de la dignité de la femme musulmane. L'après-midi, j'ai essayé de faire le tour de la ferme ; cela fait déjà longtemps, à vrai dire, que j'ai constaté l'effet qu'ont eu les pluies, mais je suis rentrée tellement abattue que je n'ai pu ni manger ni dormir. Au cours de mes promenades, je suis toujours accompagnée de Tumbo et de Titi, qui doivent également surveiller les chiens ; on dirait deux petits chiots eux-mêmes, ils gambadent de tous côtés et s'esclaffent à propos de tout et de rien, Tumbo est maintenant un vrai petit garçon, il est très éveillé, possède un lance-pierres et pousse des « cris affreux la nuit »...

Vendredi matin, Choleim Hussein est arrivé ici en voiture et m'a demandé si je voulais bien recevoir le grand prêtre des Indiens, qui se trouve en ce moment en voyage d'inspection dans le pays, et lui offrir le thé. Il avait pris la précaution d'apporter des gâteaux et des fruits. Je suis restée debout jusqu'à l'heure du thé et j'ai été stupéfaite de voir arriver huit voitures, avec en tout 17 dignitaires ecclésiastiques, accompagnés de Jevanjee et d'autres membres de l'élite indienne de Nairobi. Il a fallu servir le thé dans la salle à manger. Ils portaient tous de longs vêtements blancs et faisaient très bel effet, tout autour de la maison ; le grand prêtre un très vieil homme avec un beau visage que l'on aurait dit de cire, portait des vêtements magnifiques, faits de la plus belle laine blanche que l'on puisse imaginer, tissée à la main, — il te faisait presque concurrence ! Il ne parlait ni anglais ni swahili, aussi avons-nous dû exprimer par des mimiques la considération et les bonnes intentions que nous nourrissions l'un à l'égard de l'autre. Il m'a offert une paire de boucles d'oreilles. – Il est musulman, certes, d'une secte particulière mais qui jouit d'une grande considération dans tout le monde musulman, aussi tu te doutes que Farah était élégant et que tous mes boys ont fait de leur mieux...

À INGEBORD DINESEN

Ngong, dimanche 24/6/1928

... Tu ne trouverais certainement aucun changement, – j'ai même toujours la cigogne ; elle n'est d'ailleurs pas sans causer certaines difficultés dans mon existence car elle mange les petits poussins. Elle peut parfaitement voler et, l'autre jour, alors que je faisais du cheval, je l'ai rencontrée aussi loin que Wangatta, tu sais l'endroit où il y avait des fleurs blanches et rouge clair ; et elle n'est absolument pas farouche, j'ai pu approcher tout près d'elle à cheval, – mais, le soir, elle revient et rentre chez elle avec beaucoup de dignité. J'ai d'ailleurs également une aigrette apprivoisée ; elle a élu domicile dans l'un des arbres de la pelouse, tous les soirs elle est perchée sur la même branche et, le jour, elle se promène sur les pelouses. – Mon jars est une grande réussite, selon les boys, et j'espère avoir des oisons, qui sont l'une des choses les plus ravissantes au monde.

J'ai été interrompue par un groupe de sept dames somali, parées des plus magnifiques couleurs, qui étaient en visite chez Fathima et qui sont venues me dire bonjour. On dirait qu'elles sont toujours prêtes à mourir de rire de tout ce que je dis, – non pas, me semble-t-il, que je fasse preuve de tellement d'esprit, mais parce qu'elles trouvent certainement que je suis une personne très comique en soi. Je leur ai proposé de leur apprendre à conduire une automobile. Elles ne sont pas revenues de cette proposition et se sont mises à rire à gorge déployée, se la répétant de temps à autre. L'une d'entre elle m'a offert une magnifique fanchon du genre de celles qu'elles portent et faite d'une étoffe noire décorée de grosses broderies en or ; j'espère qu'elle ne changera pas d'avis. Pour finir, elles se sont toutes enfuies, très effrayées, lorsque je leur ai dit que je voulais les photographier. En effet, Denys m'a donné un petit appareil photographique ainsi qu'une quantité innombrable de rouleaux de pellicule et je vais maintenant essayer de prendre des images d'ici et de te les envoyer. J'ai peur de ne pas être très douée pour cela mais je peux toujours essayer...

Je n'arrive pas à me remettre et j'ai toujours plus de 100 de température[1], on veut maintenant essayer de me faire des piqûres avec un produit nouveau qui est, paraît-il, un excellent *tonic* ; cela ne me plaît pas beaucoup mais c'est également bien ennuyeux d'être toujours à se traîner et d'avoir le sentiment que tout au monde est irréalisable...

Je suis véritablement effrayée par tout ce qui a trait aux accouchements ; l'autre jour, alors que j'étais avec Lady Grigg dans son Native Maternity Home, je suis allée voir une toute jeune femme indigène au très joli visage que l'on emmenait dans la « salle de travail », — son bébé devait arriver dans moins d'une demi-heure ; c'est tout ce qu'il y a de plus naturel, en un certain sens, mais il me semble que c'est une façon bien cruelle de mettre les enfants au monde et j'aimerais bien que l'on puisse en trouver une autre, — ce serait quand même bien plus agréable si l'on pouvait couver des œufs...

1. Environ 38° centigrades. *(N.d.T.)*

À THOMAS DINESEN

Ngong, lundi 25 juin 1928

... Il y a une seule chose que j'aimerais bien que tu fasses à ce propos, – c'est d'expliquer à maman que, dans ces conditions, je ne pourrai pas rentrer à la maison le printemps prochain et de la mettre au courant de ce *shaurie*. J'avais compté sur l'argent de tante Emy* pour payer le voyage mais, puisque je vais devoir l'employer à autre chose, il faudra que j'attende 1930. J'en suis naturellement navrée mais ce n'est pas un bien long délai et maman doit pouvoir comprendre cela ; de toute façon, cela ne peut pas être pire que lorsque j'ai dû aller lui apprendre que tu voulais partir à la guerre !...

À INGEBORD DINESEN

Ngong, dimanche 22 juillet 1928

... L'autre matin, alors que j'étais sortie faire une promenade à cheval avec Denys, nous avons trouvé 25 chèvres dans notre maïs et les avons amenées ici, où leur propriétaire a dû venir les rechercher ; jadis, Holmberg les mettait à l'amende d'une chèvre pour ce genre de délit, mais pareille pratique tourne facilement à l'abus, aussi y ai-je mis fin et maintenant Dickens se contente d'administrer une fessée au *toto* qui en a la garde ; cela n'est pas satisfaisant non plus car, si l'on ne prend pas en flagrant délit le vrai coupable, c'est toujours le plus jeune membre de la famille, qui n'a personne d'autre sur qui rejeter la faute, qui est désigné pour aller recevoir la correction, – cette fois-ci une petite fille de 5 ans au plus qui pleurait toutes les larmes de son corps et que Denys et moi nous sommes refusés à châtier de la sorte...

Lorsque tout marche bien, ici, il me semble impossible d'être plus heureuse que je ne le suis. Bien sûr, cette forme d'existence me prive d'un certain nombre de choses ; mais c'est le cas pour la plupart des gens, d'une façon ou d'une autre, et, pour ma part, je dispose de tellement de choses qui me plaisent et me transportent même de joie. À l'occasion d'une lettre que j'ai reçue de Katla et dans laquelle celle-ci me demande : Comment pouvez-vous être aussi heureuse et trouver autant d'attraits à l'existence ? – je me suis en effet interrogée pour savoir ce qui, à la vérité, me rend aussi heureuse ici. Naturellement, on peut mettre le doigt sur bien des choses et dire : c'est ceci ou cela ; mais pour quelles raisons ces choses-là sont-elles tellement riches de sens pour vous ? Eh bien, plus je vis, plus *l'authenticité* me paraît être l'essentiel et, de la même façon que tu dis, toi : l'amour est ce qui compte le plus, je dis, moi : l'authenticité est ce qui compte le plus. – Et, ici, je puis être vraie, je puis être moi-même. –

Qu'est-ce donc qu'« être soi-même » ? Ce n'est pas aussi facile qu'on pourrait le croire. Pour tous ceux qui ne sont pas des êtres d'exception, il faut certainement un peu de chance pour y parvenir. Je viens justement d'écrire à Elle à ce propos et dans cette lettre j'insiste sur le fait que cela ne consiste pas simplement à « avoir sa liberté » dans une mesure plus ou moins grande, mais qu'il faut également avoir des contacts avec tout ce qui vous entoure, – en ce sens qu'un professeur de mathématiques sur une île déserte ou parmi les nègres, ou bien la belle Otero au milieu des doukhobors russes ne *pourraient jamais*, même avec la meilleure volonté, être eux-mêmes ou être quoi que ce soit ; il faut d'abord qu'ils retrouvent d'autres *surroundings*, et alors ils pourront reprendre haleine et faire preuve de leur véritable personnalité lorsqu'ils retrouveront, l'un son cabinet et sa chaire, et l'autre les boulevards de Paris. Bien des gens ont également du mal à « être eux-mêmes » parce qu'en réalité ils n'ont pas de personnalité qui leur appartienne en propre et, lorsqu'on leur dit : « Eh bien, arborez vos couleurs ! », — ils sont bien embarrassés car ils n'ont rien à arborer ; c'est trop leur demander, en vérité, et ce qu'ils peuvent faire de mieux c'est de rassembler à la hâte quelques bribes de philosophie trouvées çà et là, — en partie lors de leur passage dans l'école de Melle Zahle, en partie dans le *Politiken* et le reste dans les œuvres d'Ellinor Glyn, — pour leur servir de couleurs. « Être authentique », c'est quelque chose de positif et cela ne peut en aucune façon consister simplement à ne pas mentir, — en fait, les deux choses n'ont absolument rien à voir l'une avec l'autre. —

Dans ses *Four lectures on Henrik Ibsen*, le professeur Wicksteed dit : « Qu'est-ce qu'être soi-même ? Dieu avait certaines intentions lorsqu'il a créé chacun de nous. Être soi-même, cela consiste donc à incarner ce dessein divin dans son langage et dans ses actes et à devenir alors, jusqu'à un certain point, " la parole divine incarnée ". — Mais que se passe-t-il si tel ou tel pauvre hère ne peut arriver à trouver quelle a bien pu être l'intention particulière de Dieu lorsque celui-ci l'a créé ? Eh bien, il faut qu'il en ait l'intuition. Mais l'intuition vous trompe bien souvent ! — Ah, vous avez bien raison. Le diable n'a pas de plus sûr allié que le manque de discernement[1]. » —

Mais, ici, je n'ai en tout cas pas affaire à ce diable-là. Il me semble qu'ici il m'est très facile d'être moi-même, d'être ce que je crois être l'« incarnation du dessein de

1. Toute cette citation est en anglais dans le texte. *(N.d.T.)*

Dieu à mon égard ». Dans mes rapports avec les *natives*, avec les blancs, – je veux dire par là avec une personne, non pas avec la « classe moyenne », et c'est bien pourquoi je ne puis retirer quoi que ce soit de mes rapports avec celle-ci, – et en particulier avec Denys, il me semble que je suis « *myself as the whole man, the true, with God's sigil upon my brow** » – (je n'ai pas d'édition norvégienne de *Peer Gynt*). Et il me semble que c'est être heureuse que de se sentir comme un poisson dans l'eau ou comme un oiseau dans l'air. – Et puis je pense que si l'on n'est pas soi-même on ne peut faire que bien peu de chose pour les autres. Avec la meilleure volonté du monde, et même au prix de bien des efforts, on ne leur donne que des pierres en guise de pain, jusqu'à un certain point, – et les deux parties en ont bien conscience.

Au revoir donc, ma très chère maman, dis bien des choses à tout le monde chez nous. J'ai bien de la peine pour le vieil oncle Fritz et pour ses filles*, c'est bien pénible de voir quelqu'un cloué ainsi au lit sans grand espoir de jamais se relever, et c'est bien triste de voir la vieille génération s'en aller ; même au plus profond de la misère et de la faiblesse elle constitue une protection pour ceux qui se trouvent auprès d'elle et le centre d'un monde bien particulier, et puis on ne connaîtra plus jamais des gens de cette espèce...

À INGEBORD DINESEN

Ngong, dimanche 2 septembre 1928

Mon petit agneau blanc adoré.

Tout d'abord, des milliers de mercis pour les *Contes* d'Andersen et pour le cosmétique. Les livres sont toujours un événement, ainsi qu'une grande joie, et c'est bien le cas pour Andersen. Comme l'imagination est une faculté merveilleuse, magnifique, — il me semble même, avec l'âge, que c'est ce qu'il y a de véritablement divin, au fond, que c'est la base de tout le reste, — (et c'est pourquoi je trouve qu'il est très intéressant et très réjouissant que la science moderne lui ait fait une aussi grande place, ou bien l'ait annexée dans une aussi large mesure : voir Einstein, Haldane, etc.) — Ce sont les gens sans imagination qui sont « les pires », comme le maître juré dans *Hans le balourd*, parce qu'ils ne comprennent rien ; seuls ceux qui en sont doués peuvent voir la véritable nature des choses, toutes les portes s'ouvrent devant eux. — Le soir, je suis restée seule dans mon coin, ici, à rire de tout mon cœur de *Chez les canards*, — j'ai certainement rencontré la « portugaise » quelque part, au cours de mon existence, mais je n'arrive pas à me rappeler où. Et puis, sur d'autres points, Andersen sait être très simple et très émouvant, on dirait un violon, — c'est un grand magicien...

J'ai malheureusement dû emmener Juma, gravement malade, à l'hôpital : il a une pneumonie. Je me rendais bien compte qu'il n'était pas dans son état normal et je lui avais donné des médicaments, mais je ne croyais pas que c'était aussi grave et ses femmes ces horribles commères, ne se sont même pas donné la peine de me faire prévenir ; les femmes des *natives* sont vraiment odieuses, elles n'ont absolument pas le moindre sentiment. Et puis, dans la nuit de dimanche à lundi, j'ai entendu quelqu'un pénétrer dans la maison et se cognant partout, — je me suis dit que, qui que cela puisse être, il devait être ivre mort, mais c'est alors que Juma a fait son apparition, pâle comme la mort et à peu près incapable de parler. Lundi matin, je l'ai donc emmené à l'hôpital et il était vraiment très mal. Par la suite, vendredi, il m'a fait appeler ; il était certain qu'il allait mourir et voulait faire une sorte de testament qui prévoyait essentiellement qu'il me léguait la pleine possession de Tumbo. Celui-ci était présent et il est maintenant ici, avec moi ; il est très abattu mais les femmes, ces sans-cœur, font preuve d'une totale indifférence. J'espère cependant que Juma va s'en remettre mais il est vieux et affaibli par une grave maladie...

J'ai reçu une lettre de Casparson, qui est donc toujours en vie. Il a fait paraître deux articles (dans le supplément bihebdomadaire de l'*Aftonbladet*) le 9 juin, intitulés *Paa luffen gennem Østafrika*, — et dans lesquels il parle de moi, en termes pas trop défavorables je l'espère.

En ce qui concerne la lettre au roi, je sais fort bien ce que je désire y dire mais j'ignore la formule de politesse que je dois employer. Pourrais-tu la demander à oncle Torben et me la faire savoir, puisqu'il faut qu'elle soit envoyée d'ici. La peau de lion* est à Londres, prête à être expédiée...

À ELLEN DAHL

Ngong, 13 septembre 1928

... Par ailleurs, il me semble que maman a toutes raisons d'être heureuse à presque tous les égards, — et tel est bien son avis. Pour ma part, ma longue vie m'a convaincue que le bonheur ne dépend pas des circonstances extérieures mais que c'est bien plutôt un *state of mind*, — mais qu'en même temps, au moins tant que l'on n'est pas encore bien assuré dans sa foi, il faut également que certaines circonstances extérieures y contribuent, — ou, plus exactement, que certaines circonstances extérieures doivent vous être épargnées pour que l'on puisse parvenir à connaître de façon durable ce *state of mind*. On fait bien en se coupant, – même au détriment de soi-même et des autres, – de tout ce qui va à l'encontre de celui-ci ; car si l'on n'est pas dans ce *state*, on ne peut ni devenir ni faire grand-chose...

Être soi-même : je t'ai déjà entretenue de ce sujet dans ma lettre précédente, – et je n'y reviendrai pas. Mais il est des circonstances dans lesquelles il est tellement difficile d'« être soi-même » qu'il ne vaut pas la peine de faire tout ce que l'on peut pour les perpétuer ; même si l'on peut fort bien imaginer que, lorsqu'on les a laissées derrière soi pendant un certain temps et que l'on s'est endurci dans cet art, l'on puisse les retrouver dans un tel état d'immunité qu'elles ne constituent plus, en aucune façon, des difficultés à surmonter.

Je crois que, par nature, maman est « *d'humeur légère* » – (loin de moi l'idée de la traiter de femme légère !) – et que, pour être heureuse, elle a besoin de croire ou d'être certaine que *la vie est facile*, agréable et magnifique en soi, – bref, elle a besoin de croire, de même que sa semblable Nora, que le merveilleux n'est pas loin. Si elle peut avoir le sentiment que, sur ce point, sa foi repose sur des bases solides rien ne pourra lui paraître difficile ou lui faire peur. Je me sens des affinités très profondes avec elle car ce que je m'efforce le plus de faire, dans la vie, c'est, et cela a toujours été, me semble-t-il, de trouver sans cesse de meilleures raisons de croire qu'il n'est rien au monde de mauvais ou de terrifiant mais qu'il recèle des millions et des milliards de possibilités de beauté et de splendeur. Je serais prête à vendre mon âme à un diable un peu facétieux et qui n'aurait pas froid aux yeux, afin de pouvoir obtenir diverses choses que je désire vraiment ; mais pour rien au monde que je puisse imaginer je ne serais prête à croire au vrai diable, au « mal ». Jusqu'à présent, je ne l'ai encore jamais rencontré, même s'il m'est arrivé d'avoir affaire à des êtres bien déplaisants, et je ne crois pas en lui... Il me déplairait fort de me trouver en compagnie de gens qui croient au diable, à ses pompes et à ses œuvres — et plus encore de vivre en permanence au milieu d'eux ; car cela peut être piquant pendant un certain temps, et je puis d'ailleurs fort bien imaginer que le temps puisse venir où je sois capable de fréquenter les pires exorcistes et même le diable lui-même sans en être le moins du monde affectée. Mais, pour l'instant, j'ai toujours peur que ceux-ci ne risquent de *cramp my style*, — c'est-à-dire ne m'empêchent d'être moi-même.

Je crois que, du vivant de papa, maman a ainsi pu être elle-même et avoir la vie facile, et cela a probablement été grâce à lui ; car elle aurait naturellement pu trouver un mari qui soit meilleur, à bien des points de vue, et plus sûr, mais, pour celui qui a écrit les *Jagthreve* et *Fra ottende Brigade*, la vie était facile et amusante. — Mais il me semble que grand-maman et tante Bess et leur famille et leurs œuvres possèdent la redoutable capacité de rendre la vie difficile. Je ne crois certes pas qu'ils en aient tous le sentiment, mais c'est bien celui que j'ai eu, moi. Nous étions cernés par des dangers de toutes tailles et de toutes natures : le danger de nous montrer mondains et vaniteux, de faire de la peine à Madame Jensen, de faire des dettes, de ne pas penser suffisamment aux autres, etc. — sans parler des dangers et des frayeurs qui se nichaient dans tout ce qui avait à voir avec la sexualité. Et cela n'aurait peut-être pas déplu tant que cela à Madame Jensen d'entendre un petit juron de temps en temps ou bien de voir un jeune homme un peu éméché !

Je ne crois pas que maman ait cette impression mais je suis toujours un peu effrayée à l'idée qu'elle soit en contact presque permanent avec tante Bess et sa « confiance ébranlée » et avec tante Lidda et la façon qu'a celle-ci de couper constamment les cheveux en quatre en ce qui concerne la morale, et, si elle est fatiguée et de mauvaise humeur dans la vie de tous les jours, elle peut voir son « état de grâce » prendre fin, se mettre à ne pas pouvoir dormir à cause de Madame Jensen et être passablement convaincue de l'existence du diable. — Je ne crois pas qu'il soit très heureux que se constituent de véritables colonies familiales comme il s'en est constitué une sur notre coin de terre ; si l'on n'est pas totalement en harmonie les uns avec les autres, ou bien capable de s'émanciper, cela finit facilement par empêcher tout un chacun d'être lui-même. Autrement, avec Malla et tous ses autres dévoués serviteurs, maman aurait fort bien pu avoir dans sa propre maison un milieu où elle aurait vraiment pu être « le Verbe fait chair* » et n'avoir pas trop de soucis ; qu'il puisse y régner un désordre que j'aurais bien du mal à accepter, moi, elle ne s'en soucie pas et, entre ses mains, sa demeure ressemble fort à une prairie dans laquelle « personne n'a passé la charrue ni enlevé les mauvaises herbes, mais où des milliers d'abeilles ont butiné le miel. » —

En vieillissant, on apprend à distinguer ceux des phénomènes de moindre importance qui, dans la vie, sont nécessaires pour que l'on puisse être soi-même, et à en faire le tri. Je sais, par exemple, qu'il ne faut pas que je sois grosse ; même si je devais pour cela endurer les tortures de la faim, celles-ci sont préférables car le contraire *cramps my style*. Je sais aussi, comme je l'ai écrit à maman, que, de même que tante Emy, je suis une snob de la plus belle espèce et que, si je ne puis vivre au contact de l'aristocratie ou de l'intelligentsia il faut que je descende jusqu'au prolétariat, ou bien jusqu'aux *natives*, qui, ici, en tiennent lieu, car je ne puis vivre parmi la classe moyenne. La véritable aristocratie, là où elle existe, et le prolétariat ne risquent rien. Mais la classe moyenne, elle, court toujours des risques et le *diable* est présent autour d'elle sous celle de ses apparences qui est la pire de toutes, c'est-à-dire la plus anodine...

En ce qui concerne, l'islam, qui semble t'intéresser, je ne suis pas particulièrement qualifiée pour te fournir des informations car je le connais à vrai dire fort peu. Je n'arrive pas à retirer quoi que ce soit de la lecture du Coran et la forme d'islam dont je suis témoin dans la vie pratique est sans aucun doute extrêmement primitive. — Il me semble que l'islam fait de ceux qui l'adoptent ou qui sont élevés selon ses principes des êtres propres et fiers, qu'il les dote d'une sorte de philosophie héroïque mais qu'il les rend également, à nos yeux, doctrinaires et intolérants à un point difficilement supportable. Il me paraît, dans l'ensemble, que c'est une religion ou une conception de la vie qui est bien *sèche* et qu'elle court le risque ou bien d'être purement superficielle et de consister en une série illimitée de règles à caractère social et de pratiques rituelles, ou bien alors de conduite au fanatisme.

À mes yeux, l'islam comporte un aspect fort peu engageant en ce qu'il me paraît ne pas accorder à la femme une place bien flatteuse, mais il est certain que cela peut se discuter ; de bien des façons, l'islam honore et respecte la femme et je suis fort bien en mesure de voir ce qu'il peut y avoir d'oriental jusque dans notre idéal chevaleresque occidental, et qui lui est certainement venu des Croisades, et il a quelque chose de noble et de très haut en couleur ; mais il fait de la femme un être réduit à son sexe, véritablement prisonnier de celui-ci, et qui n'a même pas le droit de contempler le monde extérieur. Pour moi, le rôle de protecteur qu'assume l'homme dans le cadre de cette religion comporte bien souvent quelque chose d'artificiel et d'excessif ; si, par exemple, on pose en principe dès le départ et on inculque à toute la famille qu'il est absolument épouvantable qu'un seul des cheveux de la femme soit de travers, on risque naturellement d'avoir beaucoup à faire pendant le restant de sa vie pour disposer en toutes occasions d'ombrelles et de paravents de toutes sortes ; mais, selon moi, il serait bien plus chevaleresque, en fait, de s'attacher à d'autres choses que les cheveux, et il ne me semble pas non plus évident qu'une coiffure absolument parfaite, sans un seul cheveu qui dépasse, soit réellement bien plus belle que des boucles qui flottent librement ou la coiffure *à la coup de vent*[1]. Mais, toute ma vie, j'ai préféré Diane à Vénus ; d'une part, son type de beauté, tel que je l'ai vu représenté sur différents tableaux et statues me plaît beaucoup plus, et, d'autre part, je préférerais mener son existence plutôt que celle de Vénus, aussi entourée de roses que soit celle-ci sur son char tiré par des colombes...

À INGEBORD DINESEN

Ngong, dimanche 16 septembre 1928

... Denys rentre aujourd'hui et, en son honneur, les *totos* ont décidé de laver tous les chiens, ce qui fait que j'entends en ce moment des hurlements en provenance de la pelouse.

Nous attendons incessamment l'arrivée de l'enfant de Farah ; celui-ci est de ce fait tellement plongé dans ses prières et dans son jeûne qu'il ne m'est d'aucune utilité. J'espère que tout va bien se passer car Fathima est bien menue et fluette ; mais il ne faut pas se fier à cela : ce sont souvent celles qui ont le plus de facilité en l'occurrence. Juma va mieux mais il a maintenant l'air bien vieux et bien amaigri.

Le grand chef de bande Mongaj a encore fait des siennes sur le territoire de la ferme en volant cette nuit

1. En français dans le texte. *(N.d.T.)*

deux moutons à Kaninu. La police de Nairobi n'a pas encore été capable de mettre la main sur lui ; à plusieurs reprises elle est parvenue jusqu'à son campement, dans la forêt, où il consomme la viande qu'il a volée mais je crois qu'elle a peur de lui. Naturellement, les Kikuyu savent parfaitement où il se trouve mais je crois que, d'une part, il les terrorise, et que, d'autre part, ils nourrissent à son égard une sorte de sympathie ou d'admiration et font en tout cas tout leur possible pour contrecarrer l'action de la police...

À INGEBORD DINESEN

Ngong, dimanche 30 septembre 1928

... Les Grigg sont donc tous les deux venus prendre le lunch ici dimanche dernier, ils étaient passablement harassés par les préparatifs en vue de la visite du prince de Galles mais ils sont toujours aussi aimables. Je leur ai servi du risotto, du poulet marengo, que Kamante prépare à la perfection, du chou-fleur au gratin ainsi que les baies noires qui poussent dans mon jardin, tu sais, avec de la crème, — car je n'avais pas eu beaucoup de temps pour préparer ce lunch. Ils m'ont invitée à Government House pendant la durée de la visite du prince de Galles et je pense que cela pourrait être amusant...

Une fois les Grigg partis, je suis allée me promener dans la réserve de gibier avec les chiens. Tu n'imaginerais pas à quel point tout peut être sec, la plaine entière ressemble au plancher d'une maison. À mon retour, j'ai eu la grande surprise de trouver Denys ici ; il n'est resté qu'une seule nuit car il partait le lendemain pour l'Ouganda avec son groupe... Denys était très fatigué après avoir participé sans résultat, pendant deux jours, à une chasse au *bongo** dans les forêts situées au-dessus de Kijabe ; je me fais l'effet d'être David aux pieds de Saül lorsque ensuite je fais marcher pour lui le phonographe, et je lui ai donné une soirée Schubert avec la *Symphonie inachevée* et *Der Tod und das Mädchen*, – je vous vois sourire quand je parle de mon phonographe comme si c'était vraiment de la musique mais, ici, nous n'avons pas autre chose...

Mardi matin, Farah est venu me dire que Fathima avait passé une nuit affreuse et qu'elle était très mal ; comme cela durait depuis le mercredi de la semaine précédente, j'ai décidé d'aller en ville chercher le docteur. J'ai bien trouvé le Dr. Sorabjee mais il n'a pas pu venir tout de suite, aussi ai-je laissé Farah auprès de lui et me suis-je rendue aux *show-grounds* pour voir où Poorbox allait se produire*... De là, je suis rentrée à la maison en passant par la mission française. Les *show-grounds* se trouvent à Kabiti, de l'autre côté du chemin de fer, à 5 miles de Nairobi, mais on peut rejoindre la route de Ngong à Dagoretti Junction. – Le docteur n'était pas encore là mais il est arrivé juste après moi et nous avons tous les deux été accueillis par la bonne nouvelle que l'enfant venait tout juste de naître. C'est Halima, qui a servi de commissionnaire pendant toutes ces péripéties, qui est venue me l'apprendre alors que je montais la courbe qui mène à la maison...

À INGEBORD DINESEN

Ngong, dimanche 14 octobre 1928

... Mercredi matin, je suis partie de bonne heure pour Nairobi afin d'accueillir Denys qui arrivait à huit heures par le train de Kisumu. Leur safari avait été très réussi et ils avaient tué trois *sitatunga** ; Denys est revenu ici pour être disponible au cas où le prince de Galles désirerait aller chasser...

Jeudi, Denys est parti en voiture pour Nairobi mais il est revenu en coup de vent à une heure et demie parce que Lord Delamere, chez qui se trouvait le prince de Galles, lui avait fait demander de venir les retrouver le jour même pour mettre sur pied ensemble un projet de *shooting trip* ; un aéroplane l'attendait à deux heures sur le terrain d'aviation pour l'emmener. Je l'y ai conduit, afin de pouvoir ramener sa voiture, et j'avais vraiment l'impression d'être dans un film : nous avons couvert la distance en un temps record et, une fois arrivés là-bas, nous avons trouvé l'appareil prêt à décoller, les hélices déjà en marche, de sorte que Denys n'a eu qu'à bondir dedans et l'instant d'après il était parti. Il n'a pas eu le droit de prendre d'autre bagage que ce qu'il a pu envelopper dans son mouchoir de poche : il était déjà trop lourd lui-même, lui a-t-on dit. Ils ont mis une heure à faire le trajet, en passant par le cratère du Longonot, que cela doit être amusant de voir ainsi d'en haut, et le lac Naivasha...

Vendredi, Denys est rentré ; il avait fait un voyage magnifique, il était enchanté de la vue dont il avait pu jouir du haut de l'aéroplane et avait passé une soirée très agréable chez les Delamere ; le prince de Galles ne désire pas particulièrement aller chasser, aussi n'y aura-t-il pas de safari, mais ils ont exprimé le désir que Denys vienne avec eux quand ils partiront en direction du sud, pour le cas où il se présenterait une occasion de chasser en cours de route, et cela peut certainement être très agréable pour lui. — Nous avons dîné à Government House en compagnie du prince de Galles, qui était revenu le jour même, et, le soir, on a passé le nouveau film de Martin Johnson intitulé *Simba*, — mais je n'ai aucun goût pour les films, même pas ceux dans lesquels figurent des animaux et qui sont pourtant les meilleurs car ils sont au moins naturels et ne se donnent pas des grands airs. Le plus amusant, cela a été un certain nombre de vues filmées de girafes au galop, prises à une vitesse plus lente que nature, de sorte qu'on pouvait véritablement suivre chacun de leurs mouvements ; je ne sais pas si tu as jamais vu des films de cette sorte, ils sont vraiment très curieux. Par ailleurs, la soirée a été très agréable car le prince de Galles est vraiment quelqu'un de tout à fait *charming* et je suis tellement amoureuse de lui que j'en ai mal partout. Et puis j'aime beaucoup aller dîner en ville avec quelqu'un car, ainsi, je n'ai pas besoin de conduire moi-même la voiture et puis j'ai quelqu'un avec qui parler de la soirée en revenant, or, d'habitude, Denys ne veut jamais sortir...

À INGEBORD DINESEN

Ngong, dimanche 11 novembre 1928

... Dimanche dernier, après t'avoir écrit, je suis allée avec Denys prendre le thé chez Crean et ensuite nous avons fait une promenade en voiture sur la nouvelle route qu'on est en train de construire en direction de Kajado. — Elle est à peu près parallèle à celle qui mène chez Nepken, mais située plus haut dans les collines afin d'éviter *the black cotton soil*, qui est vraiment déplaisant par temps de pluie. Je ne suis pas très heureuse de voir construire cette route car il me semble qu'elle civilise un trop le paysage magnifiquement sauvage du sommet des collines, qu'elle le coupe en deux pour ainsi dire, mais, en soi, elle est vraiment magnifique, je crois que c'est probablement la plus belle promenade qu'on puisse faire ici, — c'est-à-dire, en fait, dans le monde entier. Et puis, en ce moment, tout est d'une fraîcheur et d'un vert incomparables ; dans les gorges et sur le flanc des collines, là-haut, l'herbe desséchée a été remplacée par une herbe récente, très courte et très belle à voir, et tu sais à quel point elle peut être verte par ici, on dirait qu'elle est translucide et que la lumière émane des brins d'herbe eux-mêmes ou bien que l'air et le ciel se mirent dans le vert, dans les plaines et sur le versant des collines, — et puis l'ombre des gros nuages qui passent au-dessus et le gibier qui est en train d'y paître et de s'y reposer, tout cela forme un « paysage idéal » qui ressemble à un rêve. Nous sommes rentrés juste au coucher du soleil, après être passés par les *waterworks*...

À l'heure du lunch [mardi] une voiture est arrivée de Government House pour m'inviter à un dîner que le prince de Galles donnait le soir même à la gare de chemin de fer, dans son wagon-restaurant personnel ; il devait partir assister aux courses de Nanyiki et s'était certainement dit que ce serait plus pratique ainsi pour lui. — Denys et moi nous sommes donc rendus en ville en voiture pour ce dîner ; cela fait un effet assez étrange de se présenter à la gare en tenue de soirée et puis l'on n'est jamais très à l'aise dans un wagon-restaurant ; de plus, le repas qu'on nous a servi était vraiment épouvantable, mais, heureusement, l'atmosphère était très détendue. Nous n'étions que 16, répartis en quatre petites tables, et, après le repas, nous sommes restés assis sur une sorte de véranda ouverte qui a été aménagée dans l'un des wagons. Le train tout entier est joliment installé, surtout pour ce pays, et il comporte une chambre à coucher très confortable et une salle de bains. — Juste au moment de partir, le prince de Galles est venu nous trouver et nous dire que Lascelles, Leigh et lui aimeraient bien venir dîner ici vendredi et assister, si possible, à une *ngoma*.

Il n'est pas particulièrement facile d'organiser une *ngoma* à cette époque de l'année car la saison des danses est passée, en fait, et je ne pouvais rien faire moi-même en ce sens le mercredi car les Mohr venaient ici ; mais, dès le matin, j'ai envoyé Farah en voiture trouver Kinanjui et Kioi pour les prier de venir avec leurs jeunes dames et leurs danseurs le vendredi soir. Et ils ont promis de venir...

Le jeudi, je suis allée à Nairobi en voiture pour faire mes achats en vue du dîner du prince de Galles, ici, le vendredi. Il est heureux qu'en de telles occasions ce soit Denys qui fournisse les boissons et les cigares car, d'une part, cela représente pour moi des économies appréciables et, d'autre part, il s'y connaît parfaitement et ainsi je suis sûre que j'aurai ce qu'il faut...

Le vendredi, j'ai eu beaucoup à faire avec mon dîner et la *ngoma* ; quand tout ce que l'on a à sa disposition en fait de *chef*[1] c'est un *toto* ordinairement chargé des chiens et qui ne sait absolument rien d'autre que ce qu'on lui appris soi-même, il y a de quoi se faire du souci si l'on n'est pas constamment sur place, – or la *ngoma* me donnait aussi pas mal d'ouvrage, il fallait prévoir le bois pour les feux, ce que l'on servirait aux chefs indigènes, etc. – J'aime beaucoup faire la cuisine et j'aime beaucoup recevoir à dîner mais je n'aime pas du tout combiner les deux plaisirs et je souhaiterais volontiers que d'autres viennent cuisinier les dîners que je donne chez moi et faire moi-même office de cuisinière quand je ne suis pas l'hôtesse ; car c'est vraiment trop que de devoir jouer les deux rôles à la fois. –

Je crois cependant pouvoir dire que le repas a été réussi ; le prince de Galles a dit que c'était le meilleur qu'on lui ait offert dans ce pays et Denys qu'on ne lui en avait jamais offert de meilleur, Kamante n'a donc pas de quoi rougir. Au menu il y avait : du bouillon de moelle, – du poisson de Mombasa, genre turbot, à la sauce hol-

1. En français dans le texte. *(N.d.T.)*

landaise, – du jambon, que Denys m'avait donné, à la sauce Cumberland avec des épinards et des oignons glacés, – des perdrix avec des petits pois, de la laitue, des tomates avec des macaronis en salade et de la sauce à la crème et aux truffes, – des croustades de champignons, une sorte de savarin et des fruits (fraises et grenadilles).

Mes danseurs ont commencé à arriver dès l'après-midi et, de temps en temps, il a fallu que je m'absente pour surveiller les préparatifs et pour présenter mes compliments aux chefs. Nous avions décidé de tenir la *ngoma* entre les cases des boys, qui avaient été chaulées de frais pour la circonstance, et nous avions disposé un grand feu au centre de cet espace et une foule de petits feux formant un vaste cercle autour du premier ; en outre, j'avais prévu une série de petits feux le long de la route qui traverse la forêt et c'était très joli à voir. Et puis j'avais fait allumer devant la maison les lanternes de Berkeley rouges et vertes que tante Lidda m'a données.

J'étais *short of* une dame car j'avais seulement pu obtenir la présence de Vivienne de Watteville*, dont je t'ai certainement déjà parlé, – elle ressemble d'ailleurs passablement à Jonna, en plus grossier et avec plus de couleurs, – et de Beryl, qui se trouvait de passage à Nairobi alors qu'elle rentrait chez elle à Mombasa et qui était absolument ravissante ce soir-là. J'avais fait parvenir un message au prince de Galles, lui disant que je laissais une place disponible pour qu'il puisse amener lui-même une dame s'il le désirait mais il ne l'a pas fait. Nous n'étions donc que sept, placés ainsi autour de la table :

Denys

Lascelles	Beryl
Vivienne	
Piers Leigh	Le prince de Galles

Moi

Avant le dîner, nous avons tout d'abord pris un cocktail au café tout près de la *ngoma* qui battait son plein et qui était vraiment l'une des meilleures que j'aie vues en son genre ; elle était superbe à voir, avec tous ces feux. Puis nous avons dîné et sommes ensuite ressortis pour aller assister à la *ngoma* et le prince de Galles a salué tous les chefs et leur a parlé en swahili, ce qu'ils apprécient certainement beaucoup. – J'ai trouvé que le prince de Galles avait beaucoup de charme, je crois d'ailleurs que je ne suis pas la seule de cet avis, et il s'est comporté ici de façon extrêmement aimable, il a été vraiment agréable et plein d'entrain, on aurait dit qu'il me connaissait depuis toujours. Je me suis donc bien amusée et ai été très satisfaite de cette réception.

Samedi, je suis allée dans mon jardin et suis rentrée en passant par chez les Bruce-Smith, car la promenade est très jolie. Après dîner, je suis allée en ville danser au Muthaiga ; Denys n'a pas voulu venir et j'avais l'intention de rentrer de bonne heure mais, quand on est au Muthaiga, ce n'est jamais possible et je ne suis pas rentrée avant cinq heures et demie. – Lady Delamere s'est conduite de façon vraiment inqualifiable lors du souper, m'a-t-il semblé, elle s'est mise à lancer de gros morceaux de pain sur le prince de Galles et l'un de ceux-ci m'a touchée à l'œil, car j'étais assise à côté de lui, de sorte que j'ai aujourd'hui l'œil poché, et elle a fini par se précipiter sur lui, renverser sa chaise et le rouler sur le plancher. Je trouve que ce genre de plaisanterie n'est absolument pas drôle et que ce n'est pas quelque chose à faire dans un *club* ; de façon générale, je ne la trouve pas particulièrement sympathique et elle a vraiment une allure étrange, on dirait une poupée de bois avec tout son bariolage...

À THOMAS DINESEN

Ngong, 20 novembre 1928

Très cher Tommy.

Joyeux Noël ! – et puisse la nouvelle année t'apporter beaucoup de bonheur. Je sais que vous attendez pour le mois de mars une nouvelle petite merveille, puisse-t-elle faire son entrée dans le monde sous les auspices les plus favorables ; son arrivée sera également saluée avec beaucoup d'affection dans certaines parties éloignées du monde. J'espère aussi que ton livre* avance de façon satisfaisante, que, de façon générale, tu te sens débordant d'énergie et que « les flammes, le feu, – ont reconstruit les autels renversés de ta jeunesse, – dans l'herbe, près de la source* ».

Je t'envoie une photographie de la maison d'ici, dont j'espère qu'elle te rappellera de bons souvenirs.

Je voulais t'envoyer le fruit d'un travail de réflexion sur ta « morale sexuelle » qui me trotte dans la tête depuis un certain temps, mais j'ai eu tellement à faire que je n'ai pas eu le temps de mettre de l'ordre dans mes idées et ce sera donc pour plus tard. La difficulté en ce qui me concerne provient sans doute de ce fait que je suis loin, personnellement, d'avoir une doctrine bien arrêtée sur ce point et également qu'il est inévitable que ce travail ait un caractère assez personnel ; il ne manquera donc pas de requérir un effort tout particulier de compréhension et de discrétion de la part du lecteur.

Cela te réjouira certainement d'apprendre qu'il pleut en ce moment à verse ; depuis le début de la petite période de pluie, nous avons eu plus de 6 pouces d'eau et tout est magnifique, ici ; je n'ai pas besoin de t'en dire plus.

Je t'aurais bien envoyé un livre du professeur Haldane intitulé *Possible Worlds*. Mais, naturellement, il est impossible de le trouver ici et, quant à le commander là-bas, c'est toujours assez hypothétique, aussi puis-je seulement te recommander de te le procurer. Selon moi, il s'est produit depuis le siècle dernier un changement dans le domaine des sciences, en ce sens que l'imagination y joue maintenant un rôle bien plus grand que jadis et qu'elle leur a en quelque sorte apporté une nouvelle vie. Te rappelles-tu que nous nous sommes un jour dit, ici, que les hommes d'Église soutiennent toujours que la foi est supérieure à la *connaissance*, – et, selon moi, c'est en effet le cas, – mais qu'en réalité ce sont eux qui disent qu'ils *savent* que les choses se présentent de telle ou telle façon alors que les hommes de science se contentent de dire qu'ils le croient. – Pour ma part, je crois que j'ai toujours été einsteinienne sans le savoir ; par exemple, j'ai toujours été convaincue, au fond de moi-même, que le temps est une illusion et que « hier c'est demain* », et, au milieu des épreuves que réserve la vie, c'est pour moi une immense consolation que de me dire que 2 et 2 semblent probablement faire 4 mais que, dans d'autres circonstances, ils peuvent parfaitement faire tout autre chose et que, même si la ligne A-B est bien plus longue que la ligne B-C, la ligne B-C est d'autre part deux fois plus longue que A-B. Il me semble que l'imagination est l'une des facultés, – et peut-être même la faculté, – à laquelle l'humanité est le plus redevable pour son évolution ; sans elle, rien n'aurait été créé et, comme on sait, je crois même que le concept de chien a été créé avant que les chiens n'existent, – ou, pour m'exprimer de façon plus générale : créez le concept et le chien suivra toujours.

Par ailleurs, il me semble très étrange que les hommes soient si lents à transposer la théorie de l'évolution dans le domaine des choses spirituelles, par exemple dans ce que l'on appelle la morale. Je puis comprendre que les gens qui croient au péché originel, — si tant est qu'il en existe, — puissent encore être des tenants de l'ancienne morale négative : « Ne fais pas ceci », — « tu ne dois pas », mais je n'arrive pas à comprendre que des gens qui pensent que nous sommes parvenus à notre stade actuel à force de luttes et de témérité puissent hésiter tellement à adopter la même ligne de conduite dans leur propre vie. Si les aigles n'avaient pas fait l'effort de tenter de voler, même au risque de s'écraser sur le sol, ou les singes de descendre de leurs arbres, ou les ongulés et les artiodactyles de modifier leurs sabots, bifides ou non, — nous serions encore à barboter au milieu des prêles et nous aurions 20 aunes de long. S'il se révèle que c'est impossible, on peut toujours, par exemple, devenir pingouin et s'abstenir d'utiliser ses ailes. Mais il en est quand même sorti un bien, entre-temps. Courage ! — courage ! il me semble que c'est ce que nous dit le monde entier, exception faite, précisément, des pédagogues et des hommes d'Église. — Tu riras sans doute en lisant ceci et tu te diras que je suis moi-même ce que je déteste, à savoir un faux savant, mais je ne prétends pas non plus comprendre vraiment quoi que ce soit, par exemple, à la théorie de l'évolution ; mais une petite parcelle de vérité a pu, malgré tout, parvenir jusqu'à moi et, en tout cas, je souhaite ardemment *comprendre*.

À propos d'évolution, si tu revenais ici tu trouverais certainement une différence notable dans le mode de vie et dans la « culture » des *natives*. — Ils possèdent une étonnante faculté d'imitation et d'adaptation à des conditions nouvelles. Il me semble qu'il serait intéressant de voir s'il est véritablement possible pour une race de passer ainsi directement de l'âge de la pierre à l'ère des aéroplanes, et de trouver et d'adopter, par exemple, le christianisme moderne, tolérant et non dogmatique, sans avoir dû passer par l'artisanat, la construction des routes, les saints et les bûchers sur lesquels on brûlait les sorcières. Si c'est possible, alors nous avons au fond perdu un temps fou avec le gothique et le Roi-Soleil et l'abolition du servage. Maintenant tu peux voir les petits *totos* garder les vaches chacun avec son livre à la main et les *ngomas* commencent à se faire rares ; à la place, ils tiennent des sortes de réunions de prières accompagnées de chants...

À INGEBORG DINESEN

Ngong, dimanche, 17 mars 1929

Très cher agneau blanc.

Je t'envoie ci-joint une photographie de ma maison que Denys a prise de son aéroplane* ; on peut me voir, ainsi qu'Ali et quelques chiens sans doute, devant la véranda, côté sud, et un certain nombre de boys impossibles à identifier assis sur le mur, de l'autre côté. Est-ce qu'on ne dirait pas un jouet ? – Je crois que cela vaudrait la peine de l'agrandir mais je ne sais pas si tu le désires ; dans ce cas, je pourrais t'envoyer la pellicule. Denys en a pris une autre, qui est meilleure, me semble-t-il, parce qu'elle est prise de plus haut de sorte que l'on voit tout ce qui se trouve autour comme sur une carte, mais je ne l'ai pas ; je penserai à te l'envoyer quand il sera de retour...

Denys est parti mardi matin et pensait rentrer vers la fin du mois.

Mercredi matin, toute la partie masculine de ma domesticité est partie en voiture pour Nairobi afin d'aller à l'église car le ramadan est terminé, à mon grand soulagement. Ils sont partis avant qu'il fasse jour et j'étais sortie les voir se mettre en route, tous revêtus de leurs plus beaux habits : Tumbo en avait tellement sur lui qu'il avait l'air d'un cochon empaillé ; d'ailleurs, ils portent de belles choses lorsqu'ils sont vraiment bien habillés, et cela me faisait penser à un matin de Noël de chez nous de voir les gens en train de se faire beaux à la lumière de leurs lampes pour aller à l'église, — avec toute la compagnie, dans la maison de Farah, j'ai pris une tasse de thé avec un peu de cardamome dedans, ce que j'aime à vrai dire beaucoup maintenant. Les femmes n'étaient pas du voyage, cela ne se fait pas ; l'idéal pour une femme somali vraiment digne de ce nom est de ne jamais mettre le nez hors de chez elle. Je suis sensible à ce qu'il peut y avoir de poétique dans l'idée que les musulmans se font de la femme et du rang qu'elle occupe dans la vie et dans les préoccupations des hommes, c'est-à-dire ce qu'il y a de plus précieux ; il est vrai que ceux-ci dépensent presque tout leur argent pour leurs femmes et qu'ils leur attachent certainement un grand prix, d'une certaine façon ; il est vrai également qu'elles échappent à un certain nombre de cauchemars qui pèsent sur la vie des femmes européennes, et je ne crois pas qu'il soit pensable qu'une femme musulmane soit jamais abandonnée, — elles sont toujours assurées d'avoir un époux, un trousseau, un voile de mariée et des enfants ; mais, sur ce point, je me sens dans les mêmes dispositions que vis-à-vis des gens qui assurent que la corrida est le sport le plus noble qui soit et la façon la plus remarquable de prouver son courage, son adresse, etc., — d'une certaine façon je les crois volontiers mais mon être se révolte de façon tellement instinctive contre tout cela que je suis obligée, par avance, de renoncer à en retirer quoi que ce soit ; non seulement je ne voudrais pour rien au monde assister à une corrida mais je ne crois pas que je pourrais vivre dans une société où celle-ci occuperait une place importante et je ne puis m'empêcher d'essayer de faire sortir un peu mes femmes musulmanes de leur cage.

Il me semble qu'il est affreux que Halima, qui est un peu plus jeune que Missen, soit sacrifiée sur l'autel des convenances au point de ne pouvoir venir avec Titi, Tumbo et moi lorsque nous partons en voiture pour aller pêcher dans l'étang ou que nous traversons la rivière pour aller voir du gibier. La maison et sa misérable petite cuisine doivent être l'univers entier de cette pauvre enfant, sans quoi elle ne serait pas une véritable et charmante petite Somali, — et pourtant elle est très vive et éveillée, elle aimerait certainement faire du cheval et des cabrioles, comme le fait Missen... Aucun prix au monde ne serait assez élevé pour compenser mes promenades à cheval, mes voyages et mes safaris ; même si je devais aux yeux du monde entier revêtir autant de charme que la Vierge Marie elle-même, je ne renoncerais pas à la liberté de rapports que j'ai avec la nature et avec les êtres pour rester entre quatre murs et vivre par procuration à travers un mari.

Jeudi, j'ai emmené Fathima, Halima et le petit prendre le thé chez Mme Bruce-Smith, qui a assez bon cœur pour comprendre mes différents protégés et pour s'intéresser à eux. Cette visite a été vraiment très réussie, elles sont rentrées et ont dit aux hommes qu'elles avaient passé un bien meilleur *Xmas* qu'eux, et Shimbir, comme on appelle le petit, — cela veut dire oiseau et ce nom lui a été donné parce que, dans son lit, il rit et jase comme un oiseau, — s'est comporté de façon exemplaire et a eu beaucoup de succès. Je crois que Mrs B-S. traverse une période difficile en ce moment ; je pense que son mari lui porte sur les nerfs, ce que je comprends parfaitement, et qu'elle ne sait pas quoi faire au juste de son existence. Mrs Steele et elles sont arrivées ici à cheval, l'autre matin, et, une fois assises, se sont mises à se plaindre de ce que le mariage était une chose absurde ; et pourtant je crois, d'une certaine façon, que toutes deux sont amoureuses de leurs maris et que ceux-ci font pour elles tout ce qu'ils peuvent ; mais ils considèrent qu'ils ont le droit de leur imposer une existence qui ne leur convient absolument pas, qui est totalement choisie par l'homme, et qu'elles doivent donc s'y adapter et que chacune doit être heureuse de faire le bonheur de son mari.

Il est impossible que cela ne change pas et je crois que la nature de ce changement dépend entièrement des femmes ; il me semble que, sous ce rapport, l'une des difficultés provient de ce qu'en règle générale les femmes ne veulent pas admettre que, dans l'ensemble, cela a beaucoup plus d'importance pour elles que pour les hommes d'être aimées et admirées, d'avoir quelqu'un qui *makes a fuss about* elles, qui leur soit reconnaissant, qui ne puisse se passer d'elles, etc. ; en dernière analyse, elles sont incapables de renoncer à cela, malgré tout, et pourtant les femmes modernes ne sont pas prêtes à payer le prix qui est attendu d'elles en contrepartie et croient qu'il est possible et que ce n'est que justice qu'elles puissent *eat their cake and have it*[1]. Bien des femmes voient la vie d'une façon assez peu honnête, dans l'ensemble, de même qu'elles se persuadent qu'elles vont pouvoir se procurer le plus beau chapeau qui se trouve dans une boutique pour le prix du plus ordinaire et se mettent véritablement en colère lorsqu'elles s'aperçoivent qu'elles ne peuvent contraindre le chapelier à leur consentir ce prix-là...

En mars 1929, Ingeborg Dinesen, alors âgée de 72 ans, tomba gravement malade. Les médecins ne laissaient guère d'espoir et, du Danemark, la famille de Karen Blixen informa celle-ci de la situation par télégramme. Dès qu'elle le put, elle

1. Gagner sur les deux tableaux. *(N.d.T.)*

quitta la ferme et partit pour le Danemark afin d'être auprès de sa mère, à Rungstedlund ; entre-temps, la santé de celle-ci se rétablit et, lorsque Karen Blixen arriva finalement chez elle, le 18 mai, sa mère était pratiquement guérie.

Karen Blixen resta au Danemark pendant plus de six mois, avant de prendre le train pour Gênes, le 25 décembre 1929 et de s'embarquer pour l'Afrique, quelques jours plus tard, à bord du S/S Tanganyika. *Le 16 janvier 1930, elle était de retour à la ferme.*

À INGEBORG DINESEN

Ngong, dimanche 19/1/1930

... Je suis donc arrivée à Mombasa lundi soir et y ai retrouvé Farah, ce qui donne toujours l'impression d'être déjà un peu chez soi, et il m'a également été d'un grand secours. Lady Colville est montée à bord pour me saluer et, comme il m'a paru qu'il était trop tard pour me rendre chez Ali bin Salim, j'ai passé cette nuit-là à l'hôtel de celle-ci. Le lendemain, je me suis occupée de dédouaner mes meubles et j'ai fini par y parvenir, puis j'ai fait le tour de l'île en voiture avec Lady Colville et ensuite je suis allée dîner à Likoni. Ali a été aussi gentil que d'habitude et m'a priée de te transmettre toutes ses salutations. Je suis restée là-bas toute la journée du lendemain, – le mercredi 16, – et je suis allée en voiture avec lui jusqu'à Kalifi et jusqu'à la propriété de Denys*, où Ali et moi avons pris dans sa maison un lunch que nous avions apporté avec nous ; l'endroit est absolument magnifique, avec des dunes, une grande plage et une barre blanche, – l'océan Indien tout entier se presse sur ce rivage, aussi bleu qu'un bleuet. Il y a une foule de ruines des temps passés. Le jeudi après-midi, j'ai pris le train pour remonter ici...

Une chose bien fâcheuse s'est produite juste au moment où j'arrivais ici, armée des plus fermes résolutions de venir à bout des réticences de Dickens en ce qui concerne les *natives*, les *ngomas*, etc. ; avant-hier soir, ils ont tenu une *ngoma* (interdite) et au cours de celle-ci un homme a été tué, – en ce moment nous avons naturellement la police partout et le danger des *ngomas* est dépeint sous les couleurs les plus effroyables ; Kamante a été arrêté ce matin mais je crois que c'est seulement à titre de témoin. Pourquoi n'ont-ils pas pu se tenir tranquilles jusqu'à ce que je sois de retour ?...

À INGEBORG DINESEN

Ngong, dimanche 2 mars 1930

... Dimanche dernier, juste après le départ de Denys, le prince de Galles est arrivé ici en visite*, très *charming* comme toujours ; il m'a dit qu'il avait rencontré Tommy et sa *charming young wife*, il avait l'air très satisfait de son safari bien qu'ils n'aient donc pas pu avoir d'éléphant. Il m'a remerciée de la façon la plus aimable d'avoir offert de lui prêter ma maison, – mais je crois que des dispositions ont maintenant été prises, à la satisfaction générale, pour qu'il loge à Government House ; il semble que cela aurait constitué une manière de scandale si cela n'avait pas été le cas. J'ai été contente de rencontrer le prince ; étant donné qu'il va rester si peu de temps à Nairobi et qu'il est donc exclu que je puisse aller à Government House, j'ai été malgré tout très heureuse de le voir...

Lundi, je suis allée à Nairobi et j'ai rencontré Mohr qui m'a donné deux magnifiques truites, – je suis rentrée pour le lunch et Denys est venu et les a appréciées au plus haut point. Il est parti, avec le prince de G. et tout leur safari, le mardi matin. Ils désiraient surtout, au cours des deux semaines suivantes, prendre des photographies et espéraient pouvoir assister à une chasse au lion à la lance dans la réserve masai...

Mercredi, Dickens est venu ici comme d'habitude. Il m'a annoncé qu'il ne continuerait peut-être pas à travailler ici après la fin de son contrat, c'est-à-dire après le 1er juillet. J'en suis bien ennuyée mais n'en ai pas encore parlé à oncle Aage car je préfère attendre d'y voir un peu plus clair dans tout cela...

À INGEBORG DINESEN

Ngong, dimanche 23 mars 1930

Très cher agneau blanc.

Les *totos* wakamba ont maintenant pris l'habitude de venir ici le dimanche matin pour entendre mon phonographe, aussi leur ai-je donné un concert assez long ; leurs morceaux préférés sont *Bjørneborgernes March* et *Tommys tunes*, – celui-ci toujours en dernier car il se termine par un hip hip hip hourra que le public reprend en chœur. Il y a quelque chose de touchant dans leur attitude recueillie ainsi que dans leur confiance absolue ; d'une certaine façon, je crois qu'ils considèrent ma maison comme la leur mais je ne crois pas qu'ils pourraient se laisser aller à toucher à quoi que ce soit des diverses pièces de mobilier qu'ils examinent avec tant d'intérêt et avec l'admiration inscrite sur leur visage...

Lundi, Charles Taylor est venu déjeuner. Je lui avais demandé de venir pour en finir avec le problème Dickens et je suis prête à suivre ses conseils ; il devait voir Dickens dans le courant de la semaine et ensuite venir prendre le thé ici aujourd'hui et me faire savoir ce qu'il était ressorti de cet entretien, afin que l'affaire puisse être réglée...

À INGEBORG DINESEN

[1930]

... En cet instant précis, une immense *ngoma* s'est rassemblée sur ma pelouse, c'est vraiment charmant de les voir à nouveau dans leur véritable tenue ; cette coutume ne tardera certainement pas à disparaître totalement. Hélas, trois fois hélas, qu'avons-nous fait et que faisons-nous de ce pays, et qu'est-ce donc que cette « civilisation » que nous y introduisons ? J'y pensais sur le bateau, sur lequel les gens croient naturellement qu'ils apportent les trésors de la culture au pays des sauvages ; pendant les 17 jours que j'ai passés à bord, pas une seule parole n'a été prononcée, pas une seule chose n'a été discutée ou envisagée qui fût au-dessus du niveau de l'ignorance et de la stupidité la plus *deadly*. Si, une fois de temps en temps, les Allemands sont capables de chanter...

C'est étonnant et, pour moi, très inattendu, l'effet qu'a pu produire le livre de Tommy*. Je ne savais pas que le pacifisme avait à ce point gagné le Danemark. À moi, il m'a semblé que le ton du livre était badin ou estudiantin, mais de toute façon pas autant qu'une bonne partie de la presse et de la littérature danoises ; et il semble que

Valdemar Rørdam parle en pleine connaissance de l'état d'esprit du peuple danois lorsqu'il dit que celui-ci serait prêt à condamner l'auteur de *No Man's Land* à la déchéance de son titre et à la confiscation de ses biens, si ce n'est à mort. Cela n'a-t-il pas été une surprise pour Tommy lui-même ? – Je crois que, d'une certaine façon, cela lui convient mieux que de se faire encenser mais ce n'est pas bon pour lui ; *in his time of life*, il devrait se trouver *en compagnie* d'autres hommes ou bien en accord avec leurs aspirations et leur action, ceci est une sorte d'impopularité à bon marché qui ne me plaît guère...

À INGEBORG DINESEN

Ngong, dimanche 13 avril 1930

... Finalement, Fathima a eu une petite fille dimanche ; j'en étais presque venue à croire que tout cela n'était que des histoires. Elle est enchantée de la petite et se porte bien, je crois surtout qu'elle est contente que ce soit une fille. Dans des conditions comme celles qui règnent dans le monde musulman, dans lequel hommes et femmes sont tellement différents les uns des autres en ce qui concerne le travail, les intérêts et l'existence de façon générale, et ne se rapprochent en fait les uns des autres que lorsqu'ils doivent, comme dit Goldschmidt, « ou bien danser ou bien se marier », – et je ne suis d'ailleurs même pas très sûre que les hommes et les femmes somali dansent tellement ensemble, – je crois que les femmes finissent peu à peu par ne plus être capables de ressentir vraiment quelque sentiment que ce soit envers un membre quelconque du sexe masculin, – pas même envers leurs fils.

L'univers tout entier des hommes leur est incompréhensible ; au fond, je crois qu'elles ne conçoivent pas le moindre respect à son égard, sauf dans la mesure où il leur procure à manger ; et, pour elles, le monde réel, véritable, celui qui a un sens, est celui des femmes et, vis-à-vis d'une petite fille, elles sentent qu'elles ont affaire à quelqu'un qui est vraiment proche d'elles, de façon réelle et sensée, et qui fait partie de leur monde, alors qu'un garçon est tôt ou tard appelé à partager l'existence étrange des hommes, une existence qui ne les concerne pas. Je crois qu'on peut observer quelque chose de ce genre parmi les femmes de marins, par exemple, – lorsqu'elles reçoivent une lettre de Rio de Janeiro ou qu'elles entendent parler d'une cargaison à destination de Singapour ou d'un engagement à bord d'un navire quelconque, c'est en fait avec une sorte d'incrédulité, ou bien avec un sentiment de supériorité ou d'indifférence complète ; mais la lessive, les chaussettes des enfants ou l'enfantement, c'est une réalité que l'on respecte.

Le nom de la fille de Fathima est Amina mais on l'appelle couramment Kinsi, – ils leur donnent toujours un sobriquet d'une sorte ou d'une autre qui évoque quelque chose de beau ou de bon, comme une fleur ou un bijou, mais Farah m'a expliqué que le nom de Kinsi voulait dire « *some person who is not really rich, but nearly rich*[1] » ; pourquoi sont-ils si modestes, alors qu'ils peuvent choisir ce qu'ils veulent, je n'en ai aucune idée. La petite est très jolie ; les petits Somali nouveau-nés ressemblent tout à fait à de petites poupées et ne possèdent pas ce côté étrangement inachevé qu'ont les blancs au même âge, et puis ils leur peignent aussitôt les sourcils en bleu, de sorte qu'on dirait les vieilles poupées algériennes d'Elle.

1. « une personne qui n'est pas vraiment riche, mais presque riche. » *(N.d.T.)*

Mon fidèle ami Mohr est venu prendre le lunch ici lundi, il a consacré toute sa journée à faire avec moi l'inspection de la ferme et il est rentré chez lui après dîner. En ce qui concerne le problème Dickens, il a été le seul qui « n'ait pas bavardé, mais agi* », et je ne l'oublierai jamais...

Je me suis mise à lire Dickens, qui me paraît stimulant par temps de pluie, et j'ai déjà lu *Pickwick* et *Bleak House*. Il me semble que *Our Mutual Friend* est son meilleur livre, mais je les admire tous dans l'ensemble ; c'est étonnant, la galerie de personnages qu'il a pu créer, elle dépasse celle de tous les autres auteurs modernes, – à part peut-être Tolstoï dans *Guerre et paix*, et – comme il peut être passionnant, ce qui est aussi un art presque disparu de nos jours. Certains passages de *Bleak House*, – par exemple celui où cet affreux vieillard du nom de Krook est la proie des flammes ou bien la fuite de Lady Deadlock, – vous coupent le souffle, et qui d'autre est capable de ce genre de choses de nos jours ?...

À INGEBORG DINESEN

Ngong, dimanche 11 mai 1930

... À vrai dire, j'aime bien cette existence que je mène comme protégée par un pont-levis et où chaque jour est semblable au suivant, et puis il est excellent pour la ferme de recevoir autant de pluie. Lundi, je suis allée en ville, j'ai pris le lunch avec Mohr et rendu visite à Lady Colville, qui est très malade et qui semble avoir perdu l'esprit ; elle m'a raconté une longue histoire, qu'elle m'a priée de ne révéler à personne mais dont il m'aurait été bien impossible de répéter un traître mot ; entre autres choses, elle m'a confié ceci : « Personne ne le sait, mais la fille de cuisine de mon père a giflé le roi Édouard un soir de Noël. » — On dirait Bienen et la reine douairière dans le lustre et, bien que ce ne soit pas drôle du tout, on a du mal à garder son sérieux.

J'ai toujours bien aimé me trouver en compagnie de gens un peu fous ou à l'esprit un peu dérangé ; cela a ceci de libérateur que cela permet malgré tout à la pensée, elle aussi, de sortir un moment des sentiers battus et conventionnels. Je comprends très bien que les grands de ce monde, au temps jadis, n'aient pas trouvé leur cour complète sans un bouffon, qui devait de préférence posséder un petit grain de folie, et c'est ce qui fait que je prends vraiment beaucoup de plaisir à être en compagnie des *natives* ; ces derniers temps, je n'ai pratiquement pas parlé à qui que ce soit d'autre et je n'en ressens aucune envie. Les gens vraiment respectables, sensés et conventionnels sont, selon moi, les seuls que l'on ne *puisse* pas supporter éternellement et ils possèdent une faculté tellement abominable de monopoliser l'existence tout entière que l'on peut vraiment finir par oublier qu'il existe aussi des bouffons et des fous, des péagers et des pécheresses, et que l'on sombre dans la mélancolie la plus profonde, dont seule la reine douairière dans son lustre peut vous faire sortir.

Il se trouve que nous avons été divertis par ce que nous a rapporté Farah, à savoir qu'il est convaincu qu'on a, par trois fois, tenté de l'assassiner. Cela fait longtemps qu'il est fâché avec Hassan et avec les gens de sa tribu et il dit que ceux-ci n'ont pas cessé de le menacer de mort et, l'autre jour à Nairobi, alors que Farah m'attendait devant l'hôtel Somali, l'un d'entre eux l'a renversé à l'aide d'un bâton et l'a frappé dans le dos avec un couteau. L'autre nuit, les chiens se sont tout à coup mis, au milieu de la nuit, à faire un *kakele** terrible et, lorsque je suis sortie pour voir ce qui se passait, j'ai vu, — car il y avait un peu de lune, — deux ombres qui s'enfuyaient du voisinage de la maison de Farah. Il m'a dit qu'ils étaient venus secouer sa porte. Cela s'est renouvelé la nuit suivante et je lui ai donc donné un fusil, lui disant de tirer un coup de feu s'ils revenaient. Au milieu de la nuit, les chiens se sont à nouveau mis à aboyer et, alors que j'étais en train d'enfiler une paire de chaussures pour aller voir ce qui se passait, j'ai entendu le bruit du fusil de Farah. Il s'en est suivi un cri mais, lorsque je suis arrivée sur le champ de bataille je n'ai trouvé personne, pas plus que de sang répandu, mais uniquement des traces de pieds chaussés tout autour de la maison de Farah. Tout cela divertit beaucoup toute ma maisonnée et Fathima prend très calmement la chose, presque comme s'il s'agissait d'un *joke* ; je pense que les femmes somali sont habituées dès l'enfance à ce genre d'état de guerre...

Tu vas certainement rendre visite à Ellen dans sa nouvelle maison et il faudra absolument que tu me donnes de ses nouvelles. Bien sûr, elle a de nombreux amis, aussi ne devrait-elle pas se sentir trop seule ; mais, d'une certaine façon, elle n'a pas la vie facile, tout laisse une trace si profonde en elle. Il est étrange de voir la faculté qu'ont certains êtres, les femmes en particulier, de se draper, sans avoir recours à aucun artifice extérieur, dans une sorte de dignité particulière qui fait que tout le monde trouve que c'est un honneur que d'être en leur compagnie. Ellen qui, à vrai dire, n'est ni belle ni riche ni talentueuse (ni même mariée !) et qui n'est certainement pas particulièrement aimable ou serviable envers ses amis, n'en est pas moins la très bienvenue partout, comme si sa visite était un honneur particulier pour ceux qui la reçoivent. Et, en fait, il en est bien ainsi... Si j'étais un homme, il me serait impossible de tomber amoureux d'une femme qui ne possède pas cette faculté ou de l'épouser, — mais, les misérables, c'est le genre de femmes qu'ils préfèrent de beaucoup. D'ailleurs, je crois qu'aussi bien Thomas qu'Anders ont été un peu amoureux d'Ellen. C'est l'une de celles que je me réjouis le plus de revoir chaque fois que je rentre à la maison.

Juma vient de faire son entrée, portant trois oisons qui viennent de naître ; j'en ai déjà eu un avant-hier et j'ai deux poules qui sont en train de couver. Je trouve que c'est l'un des spectacles les plus ravissants que la vie puisse offrir. De façon générale, les oies sont une espèce très avenante et qui ne peut que vous inspirer le respect. Elles ont une très belle vie de famille et j'ai la plus profonde considération pour les jars, sans pouvoir dire que je les affectionne ; l'autre jour, l'un d'entre eux m'a mordue à la jambe, on aurait dit une paire de tenailles. Mais il était en train de marcher sur la route avec sa femme et l'un de leurs petits alors que, moi, j'arrivais en automobile, il n'a pas voulu abandonner son petit et s'est avancé droit vers la voiture, le cou tendu en avant et en poussant des sifflements ; en fait, il m'a véritablement tenue en respect et il faut tirer son chapeau devant ce genre de choses.

J'ai vendu mon armoire à livres à Bruce-Smith et je suis en train de me faire fabriquer pour ceux-ci, par un Indien qui est un ami de Poor Sing, une grande étagère qui courra tout le long de l'un des murs. C'est Denys qui la paiera car je vais prendre ses livres chez moi ; il en a six caisses qui l'attendent à Nairobi et je suis déjà allée en chercher deux : il a beaucoup de beaux livres anciens qui ont certainement appartenu à sa mère. Il m'a également demandé de rapporter 12 caisses de vieux porto de très bonne qualité, auqul il tient beaucoup, mais je m'y oppose tant que la route sera dans l'état où elle se trouve actuellement : on fait des bonds de plusieurs aunes de haut et, de toute façon, cela ne peut pas être bon pour le vin. Pour ma part, je ne bois pas de porto, aussi préférerais-je qu'il s'agisse de quelque chose d'autre...

À INGEBORG DINESEN

Ngong, dimanche 18 mai 1930

C'est cette anxiété véritablement épouvantable dans laquelle je vis perpétuellement, quant à mon avenir tout entier, qui m'empêche de me concentrer et de parvenir à rédiger quelque chose qui ressemble à une lettre qui soit à la fois riche quant au contenu et divertissante. Tu me plains parce que je suis seule mais tu n'as pas à le faire, cela me convient parfaitement bien et ne me paraît jamais pénible ; mais cette perpétuelle marche en équilibre sur le bord du gouffre m'oblige à vivre vraiment sur les nerfs et ceux-ci doivent être traités avec ménagement, dans les circonstances actuelles...

Cette ferme, ou ce milieu dans lequel je vis, est la seule chose dont je sois vraiment responsable dans ma vie et il me semble, à moi, que cela a une certaine valeur, indépendamment de l'aspect financier de la chose, — or, pendant tout le temps où je m'en suis occupée, son avenir n'a tenu qu'à un fil. La grande confiance que tous les noirs ont en moi et dans le fait que je vais tout arranger pour le mieux en ce qui les concerne, et ma propre conviction que cette confiance est fondée sur des bases extrêmement mal assurées, tout cela épuise pour ainsi dire toute mon énergie morale ; lorsque cela s'arrangera, elle pourra se donner libre cours de tous côtés avec une puissance centuplée et alors j'écrirai sans doute. Mais il ne faut pas, pour cette raison, que vous cessiez de m'écrire ; les lettres me font grand plaisir, mais il faut que vous ayez de la patience. —

Que *my black brother* soit devenu ici, en Afrique, ma grande passion, peu importe comment, j'en suis *by now* tout à fait consciente et je ne puis rien y changer. Denys lui-même, bien qu'il me rende extrêmement heureuse, *carries no weight* en comparaison. C'est magnifique pour moi qu'il existe et je suis toujours heureuse quand je me trouve en sa compagnie ; mais il peut pratiquement se comporter comme il veut avec moi sans que cela change grand-chose au sentiment de bonheur ou de malheur que j'éprouve dans la vie, – bien que je lui aie fait une scène de première importance parce qu'il avait pris Bror comme *second white hunter* lors de la visite du prince de Galles, mais même celle-ci s'est terminée par des rires de ma part et, dans l'ensemble, j'ai bien du mal à être vraiment sérieuse à propos de tout ce qui a trait à Denys ; mais avec mes noirs, il en va bien différemment : c'est une question de vie ou de mort. Il ne m'est sans doute pas possible de laisser un individu isolé prendre une très grande importance dans ma vie. Si, par exemple, je ressens en ce moment la nostalgie du Danemark, comme c'est le cas, très fortement, depuis la dernière fois que je suis revenue ici, la nostalgie de la nature me tourmente bien plus que celle des personnes, mis à part quelques exceptions très particulières. Le rondo de la *Sonate pathétique* me fait penser à toi d'une façon agréable, délicieuse, mais la pensée d'un soir de printemps danois, avec de la rosée dans l'herbe, des primevères et le bruit des vagues sur les rives du Sund, me rend presque folle.

Par ailleurs, je devais recevoir des nouvelles de Tommy à propos de la peau de lion du roi. Je lui ai envoyé la lettre de Dolle à ce sujet et il faut bien que je réponde à celle-ci tôt ou tard. C'est une histoire bien fâcheuse mais il est vrai que c'est de ma faute en premier lieu et, à vrai dire, je ne puis imaginer que Tommy s'intéresse tellement à un lion qu'il n'a pas abattu lui-même (et que je n'ai pas tué non plus, d'ailleurs, mais il ne faudra jamais de la vie lever le voile sur ce secret) ; dans le cas contraire, je pourrai lui avoir une autre peau...

Ngong, mercredi 10 septembre 1930

... Tout d'abord, merci pour les disques contenant les enregistrements de ta voix et de celle de Missen. On peut fort bien dire que ce genre de choses est extrêmement amusant mais, en ce qui me concerne, son effet sur moi est un peu excessif et, en même temps, j'ai l'impression d'une sorte d'espièglerie ; je ne sais pas vraiment comment je dois prendre cela. C'est absolument comme si tu étais dans la pièce, – et que ne donnerais-je pas pour que tu y sois ! – et pourtant je sais fort bien que tout cela est purement mécanique. C'était magnifique d'entendre ta voix. Mais le monde devient quand même un peu trop étrange, petit à petit.

Tu as eu un succès extraordinaire parmi mes gens. Ils n'ont pas pu s'empêcher de dire, au fur et à mesure qu'ils entendaient prononcer leur nom : « *Jambo Memsabo, Jambo Memsabo*. » Farah a administré la preuve qu'il possédait un niveau culturel supérieur en prenant peur et en se montrant très ému ; Tumbo a ricané comme un sabot fendu, comme dirait Malla. Kamante est revenu me trouver par la suite et me demander pourquoi tu ne lui disais pas bonjour ; il était certainement persuadé que j'avais fait taire son nom parce qu'il est actuellement en disgrâce. Poor Sing s'est senti extrêmement honoré et me prie de te remercier bien des fois...

Cela a été très agréable pour moi de retrouver le petit de Farah, il est ce qu'on peut imaginer de plus ravissant ; il va avoir deux ans le 25/9 et il a certainement atteint l'apogée de son charme, qui ne pourra aller qu'en décroissant pendant le restant de ses jours. Son principal intérêt dans la vie, ce sont les *ngomas*, dont nous avons connu une profusion à la ferme ces derniers temps ; il sait danser aussi bien à la mode kikuyu qu'à la mode wakamba, ainsi que chanter, y compris la *ngoma* interdite qui est, paraît-il, fort indécente mais je suppose qu'il n'est pas capable de s'en apercevoir. Tumbo est son idéal et se plaît fort dans ce rôle...

Je traverse en ce moment une période où j'ai du mal à supporter les Anglais ; si je n'avais pas les *natives* auxquels me raccrocher, je me ferais ermite. Il me semble que les Anglais qui sont vraiment intelligents doivent souffrir terriblement de l'esprit anglais courant, ou plutôt du manque d'esprit parmi eux, et c'est certainement ce qu'ils font. En vieillissant, on comprend avec de plus en plus de lucidité ce qu'on recherche dans ses semblables et ce que l'on ne peut pas supporter. Je crois que ce qui m'est le plus indispensable c'est une certaine sorte de poésie, et alors les autres peuvent bien boire, tuer et se ficher pas mal de moi, tandis que les êtres vraiment prosaïques me sont insupportables. En ceci, je crois que je ressemble à Anders, alors que Thomas et Elle sont capables de se plaire dans un milieu très prosaïque et d'y être à leur aise. À mes yeux, les *natives* possèdent toujours quelque chose de profondément poétique, comme la nature elle-même ; mais il existe une certaine catégorie d'Anglais qui constitue de loin la majorité de cette nation et qui est absolument insupportable tant elle est affreusement prosaïque... Le simple fait que les Anglais soient toujours si maigres prouve bien leur manque de jovialité ; Shakespeare a eu bien du mérite d'imaginer Falstaff et cela a dû l'amuser lui-même et faire du bien aux quelques rares âmes sensibles qui existaient en Angleterre en dehors de lui...

Ngong, dimanche 21/9/1930

... Je t'envoie deux photographies prises à Rongai, – Fridtiof Mohr, sa femme et moi, avec Tumbo à l'arrière-plan... Je ne me rappelle plus si je t'ai déjà écrit que la grand-mère de la femme de Mohr passe pour avoir été une houldre[1] qui est descendue de la montagne, a épousé un jeune paysan et a vécu avec lui dans une ferme pendant de nombreuses années jusqu'au jour où, alors qu'elle était grand-mère depuis longtemps, elle a dit à toute la famille : « Maintenant, mère-grand doit regagner la montagne », – et elle les a quittés sans laisser de traces. Quant à savoir si cette histoire est vraie, je ne me prononcerai pas ; je n'ai pas vraiment le sentiment de me trouver en présence de quelque chose de surnaturel mais bien de quelque chose qui m'est tout à fait étranger, pour quoi je n'éprouve aucune sympathie et que je définirais de mon mieux en parlant de sang d'esclaves – de tels êtres ne sont pas libres de naissance. Ils *voudraient* peut-être bien être honnêtes, mais ils ne le peuvent pas, il y a toujours en eux une certaine fourberie ou comédie ; les êtres serviles doivent plaire et sont obligés de déterminer d'où souffle le vent d'après la façon dont ils doivent plaire. Pourtant, je suis très capable de voir que Mme Mohr est « charmante », et il est vrai qu'une esclave peut fort bien l'être, mais je l'aime mieux, lui. Est-ce que je t'ai déjà dit que le grand-père de ces Mohr était un fils de Charles XV de Suède ? – et il est vrai qu'ils ont un petit air de famille avec les Bernadotte. Je pense que ce sont

1. Esprit des bois. *(N.d.T.)*

des êtres favorisés par la nature et je crois que je n'ai jamais rencontré personne qui soit capable de surmonter autant de difficultés ou de tirer à ce point parti de son temps que mon « petit » Mohr ; c'est une faculté que j'admire au plus haut point...

Pour ma part, j'ai connu deux de mes plus belles journées car Denys est arrivé ici jeudi et reparti hier. Il a sur moi un effet magique ; je n'ai jamais connu un tel sentiment de bonheur qu'en sa compagnie, c'est comme s'il m'apportait de l'air et de la lumière après un long séjour entre quatre murs. Hier je suis montée avec lui dans son aéroplane et je doute fort qu'il puisse exister pour moi un plus grand bonheur que de voler au-dessus de Ngong avec lui. Nous sommes restés une heure en l'air et, entre autres choses, nous avons longé la crête des Ngong Hills, à certains moments presque au ras du sol, de sorte que nous pouvions voir des troupeaux d'impalas et de zèbres en dessous de nous, et à d'autres moments à deux mille pieds au-dessus des sommets.

L'Afrique doit être vue du ciel, c'est certain ; de là-haut, on perçoit bien ses immenses distances et le jeu de l'ombre et de la lumière sur celles-ci. Pendant que nous étions en l'air nous avons eu une averse de grêle qui nous a véritablement fouetté le visage comme lorsque, dans *Le Camarade de voyage*, la princesse s'en va rejoindre le troll à travers les airs ; tout est devenu sombre autour de nous et, en même temps, nous pouvions voir le soleil briller sur Kedong Valley. Denys voulait essayer quelques manœuvres particulières et il s'est mis deux fois sur le côté, aussi n'ai-je pas été mécontente d'être attachée sur mon siège ; ce doit être fort amusant de pouvoir soi-même piloter un aéroplane. Il dit que c'est pour moi qu'il a amené cet appareil jusqu'ici et j'espère que celui-ci nous permettra de faire bien des promenades ; il est maintenant reparti pour deux mois mais il devrait ensuite pouvoir revenir ici pour au moins aussi longtemps... Ali, Tumbo et Sirunga sont venus jusqu'au terrain d'aviation et ils ont pris beaucoup de plaisir, même s'ils ont peut-être été un peu déçus de ne pas me voir tomber. À un moment, nous sommes passés juste au-dessus de la maison et, ce matin, de nombreux Kikuyu d'âge avancé sont venus m'interviewer à propos de mon vol.

David, l'un de mes chiens, est mort hier...

À ELLEN DAHL

Ngong, dimanche 12 octobre 1930

... Je suis montée presque chaque jour avec Denys, dont l'aéroplane est stationné à Nairobi mais peut atterrir ici, sur les terres de la ferme. Il règne un grand *excitement* parmi tous mes *totos* lorsqu'ils l'entendent en l'air. « L'oiseau de Bédar, l'oiseau de Bédar* » s'écrient-ils de toutes leurs forces et ils le suivent, absolument ravis, tandis qu'il décrit des cercles au-dessus de la maison et vient se poser ; je suis suivie d'un cortège de noirs de toutes tailles lorsque je me rends à l'endroit de la plaine où il s'est posé ; tous veulent nous voir nous envoler. Je ne suis pas montée plus d'une heure à chaque fois car Denys a beaucoup à faire en ce moment ; j'espère que nous ferons par la suite une promenade plus longue. Mais, même en l'espace d'une heure, on a le temps de voir beaucoup de choses.

Je me demande si je pourrais imaginer un bonheur plus grand que de survoler les plaines africaines et les Ngong Hills en compagnie de Denys. À ce propos, je suis forcée de dire comme le père Daniel (?) dans *Jacques* que Dieu a infiniment plus d'imagination que nous, alors qu'autrement il ne me semble pas qu'il en fasse particulièrement preuve dans la vie quotidienne. Car je n'aurais certainement pas pu inventer moi-même l'Afrique ni Denys, – voler, probablement, car c'est certainement un désir que caresse tout être humain et il paraît, n'est-ce pas, que nous avons jadis été des oiseaux ? – et j'arrive fort bien à m'imaginer, maintenant, comme cela doit être amusant d'être un ange. En tout cas, cela comporte quelque chose de parfaitement naturel et de raisonnable, de même que la réalisation d'un rêve. En l'air, je n'arrête pas de penser à Andersen ; la première fois que nous sommes montés, le temps était très variable et nous avons reçu quelques averses glaciales, à 9 000 pieds et au milieu de nuages noirs, qui nous ont fouettés comme lorsque, dans *Le Camarade de voyage*, la princesse s'en va retrouver le troll à travers les airs ; ces derniers temps, le soir, avec ce grand ciel limpide et ces nuages bleus, cela faisait penser aux *Cygnes sauvages*. Imagine-toi de grandes et vastes plaines vertes qui s'étendent à l'infini en dessous de toi, avec des troupeaux de zèbres, de gnous, de girafes, ainsi que des montagnes vertes qui s'étirent, des jeux d'ombre et de lumière sur tout cela et puis toi qui survoles l'ensemble de très haut et à grande vitesse.

Pourtant, ce n'est ni la vitesse ni ce que l'on voit qui est, d'après moi, ce qu'il y a de plus enivrant dans le fait de voler ; c'est ceci : on se meut dans les trois dimensions. Déjà le fait de se mouvoir dans deux, comme lorsque l'on fait du cheval à travers champs ou bien qu'on roule en voiture dans les plaines d'ici et que l'on est de ce fait libéré de l'étroitesse de la route, de la *ligne*, cela vous transporte d'une joie toute particulière et ce qui, selon moi, se rapproche le plus du vol c'est d'aller à ski : car, là également, on aborde la troisième dimension. Mais, dans ce cas-là, la montée présente pour moi certaines difficultés et la descente me cause parfois des inquiétudes ; alors qu'ici on met le nez en l'air, on s'élève dans l'espace en faisant quelques pirouettes et c'est aussi facile que de marcher droit devant soi. En fait, il n'est plus vraiment question de haut et de bas ; lorsque l'appareil se met vraiment sur le côté, dans les virages, on est face à face avec le paysage qui se trouve en dessous de vous. C'est le *jeu* le plus divin qu'on puisse imaginer ; il n'est pas possible de s'empêcher de rire lorsqu'on pique vers la terre de très haut, que, presque au ras de la plaine, on pourchasse un troupeau de zèbres lancés au grand galop et qu'on voit son ombre sur eux et sur l'herbe, dans cet air léger, léger, — quand on file à la vitesse de la lumière, qu'on fend l'air, qu'on effectue une fois de temps en temps seulement un virage très brusque et rapide, qu'on se jette la tête la première, culbute, pivote, prend de la hauteur, retombe presque jusqu'au sol, comme un cerf-volant dont se saisit le vent, — qu'on tourne et vire dans un grand sifflement et même parfois à angle droit ! —

Et puis voler convient tellement bien à Denys. J'ai toujours trouvé qu'il y avait quelque chose d'aérien en lui, — (un sanguin, chaud et humide, c'est bien cela ?) — et qu'il était une sorte d'Ariel. Cette nature comporte une part de cruauté, — ce qu'on appelle le cœur participe en fait de la terre, sur laquelle les choses poussent et fleurissent ; un jardin et un champ de blé peuvent être très chaleureux, — et Ariel n'avait pas beaucoup de cœur non plus, comme tu pourras t'en rendre compte en relisant *La Tempête* mais, comparé aux créatures terrestres de l'île, il était limpide, droit, sans arrière-pensées, on pouvait voir en lui, — bref : il était semblable à l'air. Je crois également qu'une partie de ce que j'ai dès le début aimé en Denys était précisément ceci : le fait que, *spiritually*, il se meut dans les trois dimensions.

Et ce que je voulais dire à Paracelsus*, à la vérité, pour lui fournir matière à réflexion ainsi qu'un sujet de parabole, c'est ceci : il nous faut nous élever jusqu'aux trois dimensions. Qu'Einstein se charge de tirer cette question au clair dans le monde physique, où c'est un peu difficile à comprendre ; mais, dans le monde de l'esprit, il me semble que toute personne ayant atteint notre âge, à tout le moins, devrait déjà en avoir eu un aperçu. Je crois fermement qu'ils ont raison, ceux qui disent que les ailes sont l'un des attributs des bienheureux ou bien que la faculté de se mouvoir dans les trois dimensions est une partie de la félicité ou, au moins, de la transfiguration. Si les hommes voulaient bien essayer cela, au lieu de toutes les choses auxquelles ils consacrent actuellement tant d'énergie, ils verraient.

Je trouve que c'est vraiment une excellente idée d'écrire un nouveau livre*. Il faudra que tu me donnes un jour des détails et que tu me dises de quoi il s'agit. Je m'en réjouis beaucoup à l'avance et trouve qu'il est amusant de t'imaginer, assise à Mols, et en train de pondre page après page, comme un ver à soie ; j'espère que l'inspiration ne te quittera pas. Fais-moi savoir ce que les autres personnes qui l'ont lu pensent de Paracelsus. Ici, je n'ai pu le montrer qu'à Mohr, qui était très enthousiaste, — tu penses certainement à le lui envoyer, je crois qu'il y attacherait un très grand prix. —

Qu'il n'ait pas tellement impressionné la famille ne m'étonne pas ; d'une part, quand ils arrivent à l'âge de maman, les gens font dépendre l'intensité de leurs émotions bien plus de la façon dont ils les reçoivent que de leur contenu même, — je m'en suis bien rendu compte la fois où j'ai dû annoncer à grand-maman, avec beaucoup de ménagements, l'intervention de tante Bess au Parlement*, et elle n'a jamais, je crois, attaché beaucoup d'importance à la chose, en fait. — Si l'on vient leur dire, l'air pâle et défait : le chat est mort, — ils ne s'en remettront jamais ; mais, dans d'autres circonstances, ils peuvent se comporter comme l'épouse du chambellan de Ruggaard : « Les enfants ont-ils brûlé, eux aussi ? »

La suite de la lettre a été égarée.

1930 fut l'année fatale pour la vie de la ferme africaine. Au Danemark, les actionnaires souhaitaient maintenant se dessaisir de la Karen Coffee Company Ltd. Des propositions bien intentionnées, visant à morceler l'exploitation et à en vendre certaines parties comme terrains à bâtir, ne recueillirent pas l'assentiment de Karen Blixen et la ferme fut donc vendue en totalité à un acheteur qui, naturellement, investissait de l'argent dans cette plantation dans l'intention de la démembrer aussi promptement que possible. Lors d'une assemblée générale extraordinaire tenue à Copenhague en novembre 1932, la société fut dissoute en conformité avec l'article 67 de la loi sur les sociétés anonymes. À cette occasion, force fut de constater que la vente forcée qui avait eu lieu n'avait pas rapporté une somme suffisante pour couvrir le coût de la liquidation.

Aux termes d'un accord passé avec le nouvel acquéreur, Karen Blixen put demeurer à la ferme le temps de rentrer la dernière récolte de café et de pourvoir à l'avenir de sa main-d'œuvre africaine.

À INGEBORG DINESEN

Ngong, 17 mars 1931

... J'aurais en effet dû répondre à ton télégramme et à celui de Tommy. Mais il se trouve que tout est plongé dans une telle incertitude ; il m'est pratiquement impossible, pour l'instant, de m'occuper de façon quelconque de mes propres projets, et encore bien moins de prendre quelque décision que ce soit. Car il reste encore bien des *shauries* à propos de la ferme, des réunions à Nairobi, etc., et puis il y a mes noirs. Avant que leur sort ne soit réglé, – du mieux possible, et je ne sais pas exactement ce que cela pourra signifier en l'occurrence, – je n'aurai ni le temps ni la force de parvenir à régler quoi que ce soit en ce qui me concerne. Tu comprends, ils sont assis là toute la journée, ils courent après moi lorsque je passe à pied ou à cheval et ils me disent : « Pourquoi veux-tu partir ? Il ne faut pas que tu partes, qu'allons-nous devenir ? »...

Et puis il y a Farah et sa famille, Abdullai et mes *houseboys*, à qui il faut que je vienne en aide. Farah ne veut pas rester dans ce pays mais il a sa *duca* et quelques autres *shauries* qu'il va falloir liquider. Juma se retirera dans la réserve, – la réserve masai, il est heureux que j'aie réussi à le faire enregistrer comme Masai récemment, – et il s'y construira une maison, ce à quoi j'ai promis de l'aider. Bref : j'ai pas mal de choses à faire.

Il ne faut pas que tu croies que, bien que cela se soit terminé par un tel échec, je pense que j'aie « gâché ma vie » ici, ou bien que je sois prête à échanger celle-ci avec quelqu'un de ma connaissance. Comme tante Lidda, je suis d'avis que, compte tenu de mes capacités, c'est malgré tout assez étonnant ce que je suis parvenue à faire. Tante Lidda n'a pas dit cela en pensant particulièrement à moi, mais à elle-même, par comparaison avec tante Bess qui ne pensait pas avoir retiré de la vie tout ce qu'elle aurait dû.

Parmi tous les imbéciles que j'ai rencontrés dans ma vie, – et Dieu sait qu'ils ont été nombreux et non négligeables, – je crois que c'est moi qui ai été la plus belle. Mais une certaine prédilection incoercible pour les grandes choses m'a empêchée de me laisser aller, a été « mon démon ». Et j'ai fait une quantité infinie d'expériences magnifiques. Même si elle a été un peu plus tendre envers certains autres, je suis malgré tout persuadée que j'ai été l'un des *favourite children* de l'Afrique. Un vaste univers de poésie s'est ouvert à moi et m'a laissée pénétrer en lui, ici, et je lui ai donné mon cœur. J'ai plongé mon regard dans celui des lions et j'ai dormi sous la Croix du Sud, j'ai vu les grandes plaines être la proie des flammes et alors qu'y poussait une herbe verte et tendre après la pluie, j'ai été l'amie de Somali, de Kikuyu et de Masai et j'ai survolé les Ngong Hills, – « j'ai cueilli la plus belle rose de la vie, grâces en soient rendues à Freja* », – je crois que ma maison, ici, a été une sorte de refuge pour les passants et pour les malades et qu'elle a été pour les noirs le centre d'un *friendly spirit*. Ces derniers temps, les choses ont été plus difficiles. Mais il en est ainsi dans le monde entier.

Farah m'est *très* précieux comme tu l'imagines, il n'a plus toutes ses lubies en tête et il m'est d'une grande utilité et me console de beaucoup de choses. Saafe me cause beaucoup de joie ; je suis vraiment incapable d'exprimer à quel point il peut être mignon. J'ai eu de tels cauchemars que j'ai vraiment pris peur et que je l'ai fait dormir dans mon lit ; celui-ci est si grand qu'il y disparaît complètement. Je ne pouvais pas prendre mes chiens car ils font un tel remue-ménage...

L'ironie du sort a voulu que nous ayons cette année des pluies précoces et très abondantes. Lorsque je pense au nombre de fois où, à cette époque de l'année, je suis sortie sur le pas de ma porte pour guetter les signes d'une pluie qui ne se décidait pas à venir, il me paraît étrange d'entendre de mon lit la pluie tomber à verse et de savoir que cela n'a pas la moindre importance.

Vous allez bientôt connaître une période magnifique, là-bas ; je trouve qu'un printemps précoce, avec tous les mécomptes qu'il entraîne, possède un charme incomparable et indescriptible.

Salue tout le monde des milliers de fois de ma part et garde pour toi-même un nombre incalculable de pensées affectueuses, ma très chère et adorable petite maman.

Tanne

À THOMAS DINESEN

Ngong, 10 avril 1931

Personnelle

Cette lettre est rédigée un peu à la hâte, parce qu'il faut qu'elle parte par le prochain courrier, mais j'espère que tu comprendras malgré tout ce que je veux y dire.

Cher Tommy,

Si je n'ai pas écrit plus tôt, ce que vous trouvez sans doute étrange et que vous déplorez, c'est parce que je n'ai pu y voir clair dans aucune direction. J'ai eu beaucoup à faire pour régler le sort de mes *squatters* et de mes boys, dans toute la mesure du possible, et j'espère pouvoir y parvenir de façon satisfaisante ; mais je n'ai pu trouver aucune issue pour moi-même et, en pareil cas, que dire dans une lettre ?

Il ne faut pas que tu croies que, de ce fait, je sois affreusement *depressed* et que je voie la situation sous un jour tragique. Ce n'est en aucune façon le cas ; il me semble au contraire que cette période difficile m'a permis de comprendre encore mieux qu'avant que la vie est infiniment riche et magnifique à tous égards et qu'une foule de choses pour lesquelles on se fait du tracas sont en fait sans importance. Plus on parvient à s'élever jusqu'à *une vue d'ensemble*, — qui est probablement la chose qui mérite qu'on lui consacre le plus d'efforts dans la vie, — plus la diversité et la splendeur de l'existence tout entière vous paraissent évidentes. Mais, pour cela, il faut également une réelle et authentique absence de préjugés, afin de ne pas, en même temps, essayer de soutenir que tel ou tel détail est d'une importance capitale, car ce n'est pas vrai. Par exemple, j'ai l'impression qu'il ne me serait aucunement difficile ni pénible, après avoir été de bien des façons plus heureuse ici que la plupart des gens n'ont la chance de l'être, — et il n'existe pas une seule personne au monde avec laquelle je voudrais échanger mon sort, — de quitter bien tranquillement et paisiblement l'existence, ainsi que tout ce que j'ai aimé ici. J'imagine qu'un certain nombre de gens pourraient se dire, par exemple, que ce serait dur pour maman, ou bien quelque chose comme cela, mais je ne puis prendre cela en considération. Il serait peut-être aussi pénible pour maman de me perdre que pour moi de perdre Ngong ; mais, si l'on garde présent à l'esprit le fait que, dans la vie, rien ne dure et que c'est précisément en cela que réside une partie de la grandeur de celle-ci, ce malheur n'aurait rien de particulièrement affreux. Pour moi, la seule chose *naturelle* serait de disparaître avec le monde que j'ai connu ici car, tout autant que mes yeux ou que tel ou tel talent que je puisse posséder, il me fait l'effet d'être une partie essentielle de moi-même, et je ne sais pas ce qui, en moi, pourra bien survivre à sa perte. D'une façon générale, cette idée de continuer à vivre est, selon moi, passablement mal comprise par la plupart des gens, car quelle est à vrai dire la part de vous-même qui reste vivante ? Que reste-t-il, dans les circonstances présentes, de l'être que nous étions, toi ou moi, il y a quinze ans ? —

Si, malgré tout, je t'écris quand même ce qui suit, c'est parce que Denys et Mohr, qui m'ont tous deux été des amis très fidèles, sont d'avis que je dois le faire, et il faut leur en imputer en partie la responsabilité. Ils pensent que, du fait de cette longue période d'épreuves pendant laquelle je me suis occupée exclusivement des mêmes *shauries*, je ne vois plus maintenant les choses d'une façon correcte et que ce qu'il faut que je fasse c'est d'avoir *another try* et de tenter de faire des projets. Et ils sont d'avis que je te les soumette parce que je suis loin d'être suffisamment indépendante pour pouvoir mener à bien des projets quelconques, et afin de savoir si tu les approuves et si tu accepterais de m'aider à les réaliser. C'est de ce point de vue qu'il faut donc que tu considères ce qui suit. Comme je l'ai déjà dit, tout ceci m'apparaît à moi-même comme fort peu naturel et je ne suis pas non plus prête à dire, en aucune façon, que je pense être en mesure de mener la chose à bien ou à me sentir tenue ne fût-ce que d'essayer de le faire.

Autant que je puisse en juger d'après les lettres que j'ai reçues, tous ceux qui s'intéressent à cette affaire partent du principe que je dois rentrer à la maison et y rester. De mon propre point de vue, c'est absolument impossible. Indépendamment du fait que l'atmosphère de chez nous ne m'a jamais convenu et que je me suis mariée et ai consacré toute mon énergie à quitter le pays dans le but d'y échapper, et du fait qu'elle me conviendrait encore moins maintenant, — dans la mesure où les divergences d'idées, etc., qui me rendaient la vie difficile à la maison n'ont fait que s'accentuer au cours de ces 17 années, — ce serait pour moi totalement contre nature, de même que ce le serait assurément pour toi de redevenir élève au pensionnat de Rungsted et je doute que, dans ces circonstances, nous puissions, toi et moi, être en mesure de trouver un *level* quelconque. Je ne dis pas cela pour critiquer qui que ce soit, pas même le pensionnat de Rungsted ; mais ce qui convient pour eux ne convient pas pour moi. Chez nous, je n'arrive plus à avoir cette vue d'ensemble des choses que j'ai eu bien du mal à acquérir. Je sais bien qu'au cours de mes séjours à la maison, surtout les deux dernières fois, j'ai entretenu, chez maman et peut-être chez tout le monde, un sentiment erroné en ce qui concerne ma propre nature ainsi que les rapports qui pouvaient exister entre nous. La chose est à peu près inévitable quand on est dans sa famille pour quelques mois, qu'on ne sait pas quand on se reverra à nouveau et puis, en tout cas, cela a été fait dans les meilleures intentions ; mais ce n'est plus le cas maintenant et, si je devais rester pour toujours à la maison, je serais incapable de vivre dans ces conditions.

Je dis les choses aussi brutalement que possible pour ne pas risquer de ne pas les dire assez nettement et de te laisser une impression fausse. La morale à tirer de tout cela est que je ne suis pas plus facile à vivre maintenant que je ne l'étais jadis, bien au contraire ; je ne puis rentrer à la maison pleine de repentir et de contrition, quoi qu'il ait pu m'arriver et quels qu'aient pu être mes torts, il en va toujours pour moi comme il en allait auparavant : la mort me paraît préférable à une existence bourgeoise et en mourant je dirai mon credo en la liberté.

Je ne veux pas dire par là que je ne serais pas extrêmement heureuse de passer quelques mois à la maison ; mais, si je dois faire des projets, il faut que je voie plus loin dans l'avenir. Je sais bien qu'il pourrait être raisonnable de ma part de dire que je vais rentrer à la maison et essayer d'être quelque chose pour maman pendant les années qu'il lui reste à vivre ; mais, si vraiment je veux tenter quoi que ce soit, ces années-là doivent également être celles pendant lesquelles il faudra que je le fasse.

Très sincèrement, j'ai bien du mal à voir à quoi je pourrais être bonne dans la vie. Comme je te l'ai certainement déjà écrit, je me suis demandé si je ne pourrais pas aller apprendre la cuisine à Paris pendant un an ou deux et ensuite trouver une place dans un restaurant ou dans un hôtel. Mais je ne sais pas au juste ; par les temps qui courent, il n'y a peut-être pas tellement de places disponibles. Et puis, au cours de ces mois difficiles, j'ai entrepris ce à quoi nous nous livrons, nous autres dans la famille, lorsque nous ne savons pas quoi faire d'autre, – j'ai commencé à écrire un livre. Je le rédige en anglais parce que je me suis dit que ce serait plus rémunérateur ainsi mais, commer j'avais peur que la langue ne constitue pour moi un trop grand obstacle, j'en ai envoyé une partie à un ami de Mohr, un éditeur du nom de Morley, en lui demandant ce qu'il en pensait. Son jugement a été encourageant, – *(the leisurely style and language are exceedingly attractive*[1]*)*, – aussi serais-je tentée de croire qu'il m'est possible d'écrire en anglais et, de la sorte, il ne serait pas exclu que je puisse me faire une place dans divers domaines, par exemple dans celui du journalisme. Mais, pour cela, il faudrait que j'aie le temps de finir mon livre et j'ai l'impression, d'après ce que je comprends de ce qu'on me dit des éditeurs anglais, que je ferais paraître mon premier ouvrage, – si tant est qu'il y en ait d'autres ! – à compte d'auteur. Mais, de toute façon, pour être en mesure de gagner de l'argent, il me faut une ou deux années de formation ; tout le monde sait que je ne sais rien faire.

Ceci nous amène à l'aspect pécuniaire des choses. D'après ce que me dit Mohr, je comprends que tu lui as écrit que tu crois que tu pourrais me laisser disposer pour vivre de la somme dont j'aurai besoin. Mais il m'est difficile d'échafauder des projets sur de pareilles indications car je ne sais pas si tu entends par là, comme les autres, pour vivre chez nous, à Rungsted, ou bien pour vivre quelque part où je puisse recevoir une formation, ce qui est bien sûr plus coûteux. En effet, je n'ai jamais vécu seule en Europe ; je ne sais pas, par exemple, ce qu'il en coûterait de vivre en Italie. Et, si j'essayais d'écrire, il

1. L'aisance de la langue et du style est extrêmement séduisante. *(N.d.T.)*

faudrait que je puisse aller en Angleterre, pour parler avec certaines personnes là-bas. Cela ne peut me servir à rien d'essayer de présenter les choses sur lesquelles j'espère bâtir un avenir différemment de ce qu'elles sont, et il est certain que cela coûterait assez cher. Serais-tu prêt, par exemple, à prendre un *job*, – si c'est possible, car je ne connais pas la situation chez nous, – pendant un an ou deux afin de m'aider à acquérir une formation ou bien à trouver une place quelque part ? Tu me connais assez bien pour que je n'aie pas besoin de te dire que je ne puis me contenter de peu. Il y a bien des choses dont je sais parfaitement me passer ; je puis fort bien vivre de pain et d'eau mais cela ne change rien à l'affaire. Je crois qu'il faut que cela soit bien clair entre nous car il serait extrêmement regrettable que cela puisse par la suite donner lieu à un malentendu quelconque entre nous. Je ne puis vivre sans *fun* dans mon existence ; ce dont j'ai besoin, même en ce moment, c'est cela : *fun*. Il me faut £ 250 pour repartir d'ici, (c'est-à-dire pour rentrer en Europe) – et combien cela peut coûter ensuite, je n'en ai aucune idée ; mais je sais bien qu'il y a beaucoup de gens qui pourraient se tirer d'affaire avec beaucoup moins d'argent que moi.

Ici, tout le monde a dans l'idée que je suis très malade. Il est vrai que je ne suis pas en bonne santé et comment peut-on croire que cela soit possible alors que les soucis et les peines vous empêchent totalement de manger et de dormir pendant six mois. – Mais je crois que ceci est d'un intérêt tout à fait secondaire. Il faudrait peut-être que je passe un mois ou deux dans un endroit quelconque, mais je ne crois même pas que ce serait nécessaire. Tout cela s'arrangera bien et n'a pour moi aucune importance.

Toutefois il ne faut pas, et je compte sur toi pour cela, que tu prennes ceci comme une sorte de chantage : viens-moi en aide et subviens à mes besoins, sinon je vais mourir. Comme je te l'ai dit, je t'écris surtout parce que j'ai promis à Mohr et à Denys de le faire. Mais il faut que tu y réfléchisses en partant de la considération suivante : pour moi personnellement, la chose la plus raisonnable et la plus facile à faire serait de mourir. Mais si tu es d'avis, contrairement à ce que j'en pense mais conformément à l'opinion de certaines autres personnes, apparemment, qu'il n'est pas absurde que je fasse encore une tentative dans l'existence, réfléchis bien, — si tu penses que tu puisses m'aider à mener une vie qui me convienne, une vie heureuse. Il y a toujours, pour chacun de nous, quelque chose qui est plus important que tout le reste et je crois bien que, pour moi, c'est la liberté, ou bien l'espace. Je ne puis ni ne veux vivre dans une cage, de quelque nature qu'elle soit. Naturellement, personne ne peut savoir ce qui pourrait se passer ; mais réfléchis bien, si tu crois que tu puisses et que tu sois prêt à me conseiller et à m'aider à mener une vie heureuse.

Je pourrais mourir heureuse et, si tu en doutes, eh bien, prends-moi au mot. Laisse-moi prendre Ngong, avec tout ce que cela a représenté pour moi, dans mes bras et disparaître, je le ferai sans une plainte et même avec beaucoup de gratitude envers la vie. Il y a tant de choses que j'aime ici et aussi chez nous ; je vous aime tous et vous remercie tous pour infiniment de choses.

Peux-tu répondre télégraphiquement à cette lettre ? Je crois que je serais disposée à accepter avec une très grande joie ton offre de venir me chercher à Gênes, si les choses en arrivent là.

Je t'envoie de très nombreuses pensées. Tout et tous, ici, se joignent à moi.

Tanne

À INGEBORG DINESEN

Ngong, dimanche 12/4/1931

Mon très cher agneau blanc.

Des milliers de mercis pour tes lettres, que je reçois avec un immense plaisir, et je pense que tu m'excuseras de ne pas t'écrire moi-même car il y a tant de choses à faire ici. Je devrais sans doute m'occuper également de mes propres projets et m'efforcer de mettre sur pied un *scheme* quelconque ; mais il faut d'abord que je n'aie plus à m'occuper de tous ceux qui, ici, dépendent de moi et qui attendent de l'aide de ma part. Je vais te donner tous les détails et ainsi tu te rendras un peu mieux compte de la situation et tu comprendras qu'il n'est pas facile de se mettre à échafauder des projets personnels quand on est à ce point accablé de soucis et puis, du fait de la nature des *natives*, tout *shaurie* avec eux traîne à n'en plus finir.

En premier lieu, il y a mes *squatters*. Il y en a 153 familles sur le territoire de la ferme, dont certaines sont là depuis bien avant qu'on ait commencé à attribuer des terres à des blancs, et qui comptent pouvoir être enterrées ici et léguer leur bétail et leur *shamba* à leurs enfants. Comme je croyais que ce serait Andersen, cet infâme salaud, qui allait être *in charge* de la ferme, je suis allée lui parler de la chose et il m'a tout de suite répondu qu'il fallait qu'ils partent tous immédiatement. Je lui ai dit qu'il ne pouvait pas faire cela car ils ont tous des contrats et on leur doit 6 mois de préavis. Il a essayé de me bluffer en me disant qu'il s'était lui-même rendu au Native Affairs Department* ainsi que chez D.C. de Nairobi et que la question était parfaitement réglée, de sorte que je n'avais pas à me donner le mal d'aller les trouver à ce propos. Or, je me suis tout de même rendue à ces deux endroits et ils m'ont dit qu'ils n'avaient jamais entendu parler d'Andersen et qu'il n'était pas question qu'il puisse donner congé avant 6 mois. Peu après, nous avons été avertis par la police (à l'initiative d'Andersen) que si une goutte de *tembo** était trouvée sur le territoire de la ferme après le 1er avril, le coupable devrait immédiatement quitter celle-ci et que son contrat serait caduc. Ceci également était purement du bluff, comme j'ai pu m'en apercevoir en allant trouver le D.C. ; il a en effet le droit d'interdire la fabrication du *tembo* et d'en informer la police mais cela ne peut rendre caduc un contrat, même si cela peut valoir une amende au coupable.

Cette question était donc réglée, — d'autant plus que ce n'est pas Andersen qui va avoir à s'occuper des affaires de la ferme, — mais il apparaît que c'est un problème d'une tout autre dimension de trouver des terres sur lesquelles ces *squatters* puissent s'installer au bout des 6 mois de grâce qui leur sont ainsi accordés. La réserve ne peut pas les accueillir et il n'y a pas de terres disponibles. Je me suis rendue à ce propos un nombre incalculable de fois au Native Affairs Dep. ainsi que chez le D.C. de Nairobi et de Kiambu, et il a fallu que je dresse des listes par famille, en indiquant à chaque fois combien de femmes, de vaches et de moutons elle possède, d'où elle vient, depuis combien de temps elle est installée ici, et qui était son *chief* et son *sub-headman* dans la région où elle vivait auparavant. Tu te doutes que ce n'est pas simple, connaissant les *natives*, et, alors que tout était terminé, réparti par région et numéroté en fonction du nombre de vaches, ils sont venus me trouver les uns après les autres pour me dire que tel ou tel d'entre eux n'était pas porté sur la bonne liste ou bien que le nombre de moutons n'était pas exact ou encore qu'ils étaient arrivés une autre année que celle qui était indiquée, et il a fallu que je recommence tout. Pourtant, j'ai enfin terminé de dresser ces listes, — qui représentent 12 pages dactylographiées et qui ont de faux airs de listes de prisonniers et j'en ai fourni des copies au Native Affairs Dep., au D.C. de Nairobi, au D.C. de Kabete, au D.C. de Kiambu, au D.C. de Dagoretti, au D.C. de Fort Hall, Nyeri et Machakos. Et puis il y a toutes sortes de *shauries* entre eux : un tel préfère aller vivre avec son beau-père plutôt que de retourner dans la région dont il est originaire ; un tel est trop vieux pour travailler ou pour payer des impôts, etc., et puis ils essayent de mettre de l'ordre dans leurs *shauries* mutuels, tels que dettes ou femmes impayées ou encore l'histoire du coup de feu accidentel dans la maison de Thaxton il y a sept ans, afin que je les règle définitivement avant de partir. Comme je te l'ai certainement écrit, j'ai fait un jour venir pour cela le D.C. de Nairobi et il est très arrangeant ; mais ils préfèrent s'en remettre à moi, qu'ils connaissent, et, en fait, avec les *natives*, une fois qu'on commence à s'occuper de ce genre de choses on n'en a jamais fini.

Je trouve qu'il est vraiment scandaleux que le gouvernement ait été imprévoyant au point de ne pouvoir fournir à ces gens des terres sur lesquelles ils puissent s'installer. Ici, on a fait tout ce qu'on a pu pour que le système des *squatters* (qui me semble de loin le meilleur, si seulement on pouvait le rendre un peu plus stable d'une façon ou d'une autre) soit abandonné mais on n'a aucune idée de ce qu'on va faire des *squatters* que l'on va expulser des terres des blancs. D'après les renseignements que j'ai pu obtenir des *officials* auxquels j'ai parlé, le problème dépasse de beaucoup le cas de mes propres gens. On me dit qu'il ne peut être question de leur trouver des terres avant 6 mois et qu'il est très douteux qu'on puisse leur en trouver pour cette date. Je crois que les pauvres D.C. sont les premiers ennuyés et qu'ils sont très mécontents du gouvernement et de son attitude.

C'est certainement quelque chose qui pourrait *kick*

up a row en Angleterre et j'ai même pensé aller trouver mon ami Lord Islington pour obtenir son aide sur ce point, – et, en fait, c'est un bon moyen de pression sur les gens d'ici, – mais, en réalité, je n'en ai guère envie car cela entraînerait l'intervention de gens peu intéressants, – des journalistes et des politiciens, – et il est douteux que cela puisse servir la cause de mes *squatters* ; cela pourrait peut-être même leur être néfaste, en fin de compte. Il est bien malheureux pour moi que Grigg soit parti, car nous étions bons amis. On m'a promis que je pourrai rencontrer personnellement le nouveau gouverneur dans un avenir proche. Tous les D.C. auxquels j'ai eu affaire sur ce point sont d'avis qu'il vaudrait beaucoup mieux que je reste jusqu'à ce que la chose soit définitivement réglée ; ils disent qu'une fois que je serai partie plus rien ne sera fait, mais il reste quand même plus de 6 mois et je ne sais pas ce que je vais décider.

Et puis il y a mes propres gens.

FARAH ne veut pas rester au Kenya, il désire retourner en Somalie ; mais il a un certain nombre d'intérêts de diverses natures, ici, qu'il lui faut d'abord liquider. Il a un gros procès qui est en cours à Nairobi, dont je t'ai certainement parlé, mais je crois que celui-ci va bientôt toucher à son terme ; mais, en corrélation avec cela, Hemsted, mon ennemi intime, a réussi à obtenir qu'il se voie retirer l'autorisation de tenir sa *duca* ici. Je suis bien allée 10 fois à Nairobi à ce propos. C'est Hugh Martin qui, en définitive, s'occupe de cette affaire et il est impossible de réussir à mettre la main sur lui ; pour finir, je suis allée le prendre chez lui, au saut du lit, à huit heures du matin, de sorte qu'il n'a pas pu se défiler et je crois que la chose est maintenant réglée en ce qui concerne l'autorisation gouvernementale, mais il reste encore à voir dans quelles dispositions d'esprit vont être les nouveaux propriétaires. Il est pénible de constater que lorsqu'une chose s'effondre, comme le foyer que j'avais fondé ici, elle en entraîne bien d'autres avec elle : Farah et Abdullai se sont pris de querelle et Abdullai est parti d'ici sans que quiconque sache vraiment ce qu'il est advenu de lui et il faudra que je m'efforce de mettre de l'ordre dans cette affaire avant de partir. De plus, nous avons été mêlés, l'autre soir, à une histoire de vols de bétail, – nous avons appréhendé des voleurs alors que je rentrais en voiture de la soirée d'adieu de l'école, – qui semble devoir prendre du temps et dont Farah n'arrive pas à se sortir, sans qu'il y soit impliqué, bien sûr. C'est Farah qui, de tout, me tient le plus à cœur ; il a fait preuve d'un dévouement remarquable et m'a apporté son aide à propos de toutes sortes de *shauries* mais il a toujours compté sur le fait que son avenir était lié au mien et j'aimerais beaucoup l'aider, ainsi que sa famille, dans toute la mesure de mes moyens.

JUMA va se retirer dans la réserve masai, en tant que Masai, et a donc dû se faire enregistrer comme tel. Ce qui a été fait mais non sans difficultés. On lui a attribué là-bas un excellent *shamba* et je lui ai promis mon aide pour se construire une maison mais c'est incroyable à quel point les *natives* peuvent être bêtes quand ils s'y mettent. J'aurais bien sûr dû surveiller un peu le chantier et lui donner quelques conseils ou bien lui trouver un bon *fundee*, mais je me suis dit qu'il était bien capable de se construire sa maison lui-même, – *after all*, ils en construisent tous les jours et cela depuis des milliers d'années, – mais j'ai commencé à me poser des questions en voyant la quantité de bois qu'il lui fallait, – c'est ce en quoi j'avais promis de l'aider en premier lieu, – aussi me suis-je rendue là-bas en voiture, jeudi dernier, pour aller voir cela et j'ai eu la stupéfaction de voir qu'il avait monté les murs d'une maison de 65 pieds carrés. J'ai vraiment été tout à fait *depressed* quand j'ai vu cela ; je n'arrive pas à imaginer comment ils vont pouvoir poser le toit d'une maison pareille et rien que le fer nécessaire va coûter, selon mes estimations, au moins 800 shillings ! — et je crains bien qu'il ne leur tombe sur la tête à la première tempête. Juma aurait pu être comme un coq en pâte s'il avait eu un peu de sens commun ; mais qui aurait cru qu'il était aussi fou que cela. Je vais y retourner aujourd'hui, — c'est près de Ngong Boma, — avec Farah et Juma et un *fundee* afin de voir cela ; je ne peux m'empêcher de penser qu'il va falloir défaire tout ce qui a été fait. J'ai promis à Tumbo de lui donner une vache et mes oies.

ALI désirait apprendre à conduire une voiture et obtenir le permis avant que je ne parte ; aussi le lui ai-je appris et obtenu son permis jeudi dernier. Je ne crois pas qu'il aura de difficulté à trouver un *job* mais on ne sait jamais, par les temps qui courent. Son père a un *shamba* dans Forest Reserve, — n'y sommes-nous pas allées ensemble ? — et il est sans aucun doute *well off*. Je me suis dit que je pourrais également donner une vache à Ali.

KAMANTE va perdre sa place et son *shamba* ici et je crains bien que, malgré les dons incontestables qu'il possède en matière de cuisine, il n'ait du mal à trouver un autre emploi ; il est un peu trop à part pour cela. Mais il n'est pas trop à plaindre : il a mis de l'argent de côté, ici, à la fois pour se marier et pour s'acheter une ou deux vaches, aussi, si seulement il peut trouver un endroit où vivre, — comme les autres *squatters*, — je pense qu'il s'en tirera. Il a deux enfants qu'il aime beaucoup. Titi est très malheureux que je parte ; je crois que je vais lui donner un petit taureau qui m'appartient, afin de le consoler.

CHOTHA, mon boy aveugle, a actuellement un procès en cours à Dagoretti et je vais m'y rendre demain pour voir ce que je peux faire pour lui ; autrement, cela n'aura pas de fin. Il a été honteusement escroqué par des Kikuyu auxquels il avait acheté une *ndito*. Il va certainement perdre totalement la vue et il est bien à plaindre ; il va falloir que je m'efforce de le conduire chez un oculiste avant de partir, mais je crois qu'il n'y a que bien peu d'espoir pour lui.

KAMAU, mon *sais*, part pour Fort Hall et je crois qu'il n'y sera pas malheureux, aussi étrange que puisse être sa situation de mari de la grand-mère de Tumbo. Je lui ai promis, si possible, de lui trouver un *job* en tant que *sais*.

MAHAA va se marier l'an prochain avec un maître d'école avec lequel il faut espérer qu'elle sera heureuse.

La petite HALIMA me cause bien du souci. Son horrible père l'a fiancée avec un homme ici, au Kenya, dont on ne dit pas grand bien. Elle est extrêmement attachée à la famille de Farah et elle est devenue très raisonnable pendant le temps qu'elle a passé auprès de celle-ci ; je crois qu'elle va être absolument désespérée si elle est obligée de se séparer d'eux et si elle se retrouve seule, mais il est extrêmement difficile de se mêler de la vie et des décisions des Somali et je ne sais même pas où se trouve son père. Elle possède un très bon fond, mais c'est une sauvageonne ; si on l'abandonne maintenant elle peut certainement devenir n'importe quoi. –

Et puis il y en a beaucoup d'autres que tu ne connais pas, par exemple ce pauvre petit Sirunga, mon bouffon, dont je ne sais pas ce qu'il va devenir. Il s'est tellement attaché à moi et il est dans une situation bien difficile parce qu'il n'a pas toute sa tête. Il a des attaques d'épilepsie à faire peur ; l'autre jour, alors que nous jouions avec Saafe, il s'est tout à coup immobilisé et il a dit : « *Mimi na take kufa**. » – Je n'ai pas compris ce qu'il voulait dire mais il était évident qu'il était sous le coup d'une angoisse folle ; il s'est accroché à mes jambes, s'est mis à trembler, et ensuite il a été pris de l'une de ces crises qui sont tellement horribles à voir. C'est au point que l'on se dit qu'il vaudrait mieux abattre ces petits *totos* d'un coup de fusil, comme un petit chien à la patte brisée que l'on serait obligé d'abandonner. Mais, naturellement, comme la plupart des êtres vivants, il connaît également de nombreuses heures de gaîté et de bonheur.

Maintenant tu comprendras certainement qu'avec tout cela sur les bras je n'aie pas pu réussir à arrêter des projets en ce qui me concerne moi-même. Dès que ce sera fait, je vous le ferai naturellement savoir. Il est malencontreux que je ne sois pas en bonne santé ; dans ces cas-là, on est plus lent en tout qu'on ne le serait si l'on était dans son état normal et il m'arrive, alors que je suis en train de parler avec le D.C. ou quelqu'un d'autre d'important, de ne plus me souvenir de ce que je voulais dire. Mais maintenant nous en avons au moins terminé en ce qui concerne les *shauries* de la ferme, qui m'ont également pris beaucoup de temps, ainsi que les listes d'inventaire, les impayés et l'étiquetage inachevé, et, chaque jour qui passe, je réussis quand même à faire une chose ou l'autre.

Denys a passé quelque temps ici mais, ces jours-ci, il est à Nairobi car il désire en terminer complètement avec toutes les choses qui l'attendent toujours après un safari. Il va certainement venir ici demain. Cela a été magnifique de l'avoir. L'autre jour, il est venu et il m'a montée dans son aéroplane pour voir un troupeau entier de buffles dans les collines. C'était vraiment merveilleux de les voir, plus de vingt dont certains étaient très gros, sur le flanc verdoyant des collines.

Mohr s'est également révélé un ami fidèle et il s'est vraiment donné beaucoup de mal pour m'apporter l'aide qu'il pouvait. Je lui en serai toujours sincèrement reconnaissante. Rose Cartwright est venue passer quelques jours ici ; c'est vraiment quelqu'un d'extraordinairement gentil et de très compréhensif. D'ailleurs, tout le monde est très aimable...

La lettre suivante est la seule de tout ce recueil à ne pas avoir été écrite par Karen Blixen elle-même. Par la compréhension qu'elle révèle de la véritable nature de Karen Blixen et de la situation dans laquelle celle-ci se trouvait à ce moment, elle nous offre cependant un témoignage inestimable sur les qualités humaines d'Ingeborg Dinesen et montre quelle personnalité hors du commun possédait la mère de Karen Blixen.

La lettre de Karen Blixen à son frère Thomas dont il est question dans les premières lignes est celle qui est reproduite aux pages 439 à 444.

INGEBORG DINESEN À THOMAS DINESEN

Rungstedlund, 9/5/1931

À l'intention de Tommy en particulier.

Mon bien cher garçon.

Je sais qu'il était bien hasardeux de ma part d'ouvrir la lettre que Tanne t'adressait, – il y avait bien des chances pour qu'elle contienne des choses qu'elle ne désirait pas que je lise, – mais la tentation était également bien grande de savoir aussi rapidement que possible quels étaient ses projets. Il ne faut pas que tu dises que tu me pardonnes, – tu le dirais en toutes circonstances et je ne crois d'ailleurs même pas que tu m'en voudras. Pour ma part, je crois que je ne t'en voudrais en aucun cas si tu faisais quelque chose d'analogue. De toute manière, il semble que j'aie déjà eu la punition que je méritais en lisant cette lettre qui n'était en aucune façon destinée à parvenir à ma connaissance. Mais laissons cela de côté si tu le veux bien, – la seule chose qui importe est que Tanne *ne puisse jamais soupçonner* que le l'ai lue.

En soi, je crois que cela facilitera les choses pour toi que j'aie déjà pris connaissance des projets et des dispositions d'esprit de Tanne. Tu sais que, pendant toute ma vie avec vous, j'ai fait de mon mieux pour vous comprendre et tu peux être sûr que, sur ce point également, je comprends Tanne. J'ai toujours su que la vie que je pouvais lui offrir ici, chez nous, ne correspondait pas à sa nature et à ses dispositions, — j'en ai conçu bien de la peine mais il ne m'a pas été possible d'y remédier suffisamment pour que cette vie puisse la rendre heureuse. Peut-être n'a-t-elle pas vraiment fait de gros efforts pour tenter d'y trouver le bonheur ; mais, même si elle avait fait suffisamment violence à son caractère, elle ne se serait jamais sentie à l'aise dans ce qu'elle appelle, à juste titre, une existence bourgeoise et une grande partie de ce qui a de la valeur en elle n'aurait servi à rien.

Pour moi, il n'y a rien d'incompréhensible dans le fait que Tanne parle de la mort avec autant de sang-froid. Je vous ai très peu parlé de la mort de votre père, — peut-être aurais-je dû, d'une façon générale, vous parler plus ouvertement mais, pour moi, c'était comme un sol sacré que personne n'avait le droit de fouler sans être capable de comprendre ce qui s'était passé. Pour votre père, la pensée de devoir vivre comme un malade et un vaincu a été insupportable et lorsque, — surtout sous le coup de la douleur, — j'ai été tentée de penser qu'il m'avait abandonnée, j'ai compris très rapidement qu'il lui aurait été impossible de vivre de la sorte, — et il a fait le choix que lui dictait sa nature. Je me suis dit bien des fois, qu'il aurait été bien plus dur de le voir vieilli et diminué, pour lui la vie n'était pas faite pour être vécue les deux pieds dans le même sabot, il lui fallait éprouver quelque chose, que ce soit de la joie ou du chagrin, tout sauf l'apathie, « l'état bourgeois ». Cela a toujours été pour moi une énigme qu'il ait pu me choisir pour compagne et, pendant toutes les années que nous avons vécues ensemble, montrer envers moi, — et ressentir également, je le sais avec certitude, — la plus profonde affection et compréhension ; il devait y avoir en lui quelque chose qui cherchait à connaître un autre côté de la vie, peut-être pendant certaines années au cours desquelles il aspirait à un peu de calme et de paix après trop de vicissitudes. Je ne doute pas qu'il ait été heureux ici, dans son foyer, — plus heureux que Tanne ne l'a jamais été.

Je sais, — et je suis sûre que tu es convaincu que je dis la vérité, — que je suis prête à laisser à Tanne la liberté totale de faire ce qu'elle jugera préférable, — je ne la retiendrai pas si elle pense que la vie est trop dure pour elle, je ne l'obligerai pas un seul instant à « être quelque chose » pour moi pendant les années qui viennent, — si je lui ai écrit cela, c'est surtout afin de lui suggérer une sorte de but dans la vie. Pour moi, la seule chose à laquelle il convient de veiller, c'est qu'elle suive sa propre nature, — je ne puis ni ne désire exiger d'elle quoi que ce soit d'autre. Elle m'a souvent causé des inquiétudes, certainement plus que tout autre de mes enfants, mais elle a apporté tellement d'affection, tellement de fête, dans ma vie, j'ai été, — et je suis toujours, — si fière d'elle que, quoi qu'elle fasse, je l'aimerai et je la bénirai toujours. Je préférerais ne plus jamais la voir plutôt que de savoir qu'elle se sent « en cage ». Je saurais que, dans une vie où elle n'aurait pas ce sentiment, elle m'aimerait plus que si elle était ici, à Rungsted, comme dans une cage.

Tu sais que, lorsque j'ai eu réfléchi un peu, après avoir appris de la bouche de Tanne que tu voulais partir pour la guerre, j'ai parfaitement compris qu'il fallait que tu partes avec mon assentiment plein et entier ainsi qu'avec ma bénédiction, — je te le devais et la seule chose que j'aie pu faire pour vous a précisément été de m'efforcer de vous comprendre et de vous aider à suivre votre nature. Lorsque je sentais qu'il y avait en vous quelque chose qui m'était étranger, j'ai toujours eu peur que cela ne soit contrarié si je ne faisais pas tout mon possible pour vous prêter mon appui. Les riches années que j'ai passées avec votre père m'ont également appris à apprécier d'autres côtés de la vie que ceux auxquels j'étais prédisposée. J'ai bien souvent eu des scrupules de conscience pour avoir laissé Folehave peser de tout son poids, un poids bien lourd même s'il était affectueux, sur vous, — et naturellement surtout sur Tanne qui était celle à laquelle cet esprit était le plus étranger. Je ne cherche pas d'excuse, — je l'ai fait par amour mais j'ai eu tort de le faire.

En ce qui concerne les aspects pratiques des projets de Tanne, tu sais que je ferai tout ce qui sera en mon pouvoir. Il vaut mieux qu'elle ait de l'argent maintenant, alors que celui-ci peut lui servir, plutôt que d'en hériter après moi. Il *ne faut pas* que tu dises, — comme je sais que tu es prêt à le faire, — que je n'ai pas à lui en donner d'autre, — il en va de tant de choses pour elle et, par conséquent, pour moi, qu'elle ait maintenant la possibilité de commencer une nouvelle vie. Si elle avait pu imaginer venir habiter ici avec moi, cela me serait de toute façon revenu nettement plus cher que ce n'est le cas à l'heure actuelle et je peux bien lui donner cet argent-là. Il n'est pas acceptable qu'elle s'en remette trop à toi, — tu as maintenant d'autres obligations, et tu ne dois donc pas me laisser en dehors de la question.

D'une certaine façon, je suis heureuse d'avoir lu la lettre de Tanne, car sans cela tu ne me l'aurais peut-être pas laissé faire et il vaut beaucoup mieux, crois-moi, que j'aie une idée exacte de son état d'esprit. Ce que je pourrais imaginer de pis, ce serait d'exercer sur elle une influence ou des pressions pour l'amener à accepter un mode de vie qui l'accablerait et je sais fort bien qu'elle ne se sentirait pas à son aise à vivre ici avec Bess et moi, la comtesse Ahlefeldt, Mme Funch, Ulla etc., — autant de bourgeoises vivant dans une aimable torpeur.

Mon bien cher garçon, il ne faut pas que tu en veuilles à Tanne parce qu'elle repousse ce que je puis lui offrir et peut-être aussi parce qu'elle nous demande trop. Elle est d'une autre trempe, à tous égards, — et je suis heureuse d'avoir eu les yeux ouverts à temps sur l'erreur que nous avons commise lorsque nous avons cru qu'elle avait changé. Elle a été à dure école mais sa nature n'a pas changé pour autant, — l'évolution que ces années ont causée en elle n'a pas fait d'elle quelqu'un de plus médiocre qu'elle n'était auparavant et nous nous sommes trompés lorsque nous l'avons cru, je m'en rends bien compte maintenant et je m'aperçois que nous nous sommes trompés avant tout parce que cela nous arrangeait bien.

Je n'arrive pas à imaginer que tu puisses répondre télégraphiquement à Tanne — comment cela pourrait-il être possible ?

Je ne sais pas jusqu'à quel point tu désireras informer Jonna de ceci, — je te demande seulement, par égard pour moi, de faire en sorte que Tanne ne sache jamais que j'ai lu sa lettre.

Je t'envoie la lettre que j'aie reçue aujourd'hui de Tanne, mais je te prie de me la retourner dès que tu l'auras lue. Je t'ai écrit celle-ci juste après avoir lu celle qui t'était destinée mais j'attends demain pour te l'envoyer, — il sera peut-être préférable que je la rédige d'une tout autre façon, mais il faut que je laisse la nuit me porter conseil. De toute façon, je vous écrirai à tous les deux à propos des enfants.

Tu sais que je t'aime.

Ta mère

À INGEBORG DINESEN

Ngong, 13 mai 1931

... Je t'envoie une lettre de Joanie Grigg, d'une part parce qu'elle me paraît très gentille, et d'autre part parce qu'elle me parle de Valmont où il semble qu'elle se soit remise de façon miraculeuse de quelque chose qui ressemble fort à ce dont il paraît que je souffre. D'une façon générale, c'est un établissement spécialisé dans le traitement des maladies tropicales et il est, à ce qu'on dit, réputé dans le monde entier... Elle est fort en faveur de Solsana mais, pour ma part, je penche plutôt pour la solution de Joanie, c'est-à-dire la clinique Valmont, à Glion, — car, si l'on désire vraiment guérir, il importe d'avoir affaire aux gens qu'il faut et, en tout cas, ceux-ci doivent certainement avoir une grande expérience. Le docteur de Nairobi dit qu'il n'y a pas le moindre doute que je suis atteinte de ce qu'ils appellent une dysenterie amibienne ; pour ma part, je pense, comme je l'ai déjà dit, que je guérirai lorsque j'aurai vu la fin de tous mes *shauries*.

Je vais t'envoyer cette semaine un télégramme te donnant des précisions sur mes projets, que tu connaîtras donc bien avant de recevoir cette lettre. J'ai l'intention de partir d'ici le 9 juin par une ligne italienne qui, d'une part, est moins chère que les autres, et, d'autre part, passe par Venise ; or, je trouve que ce serait agréable de débarquer en un autre endroit que les fois précédentes. Et puis j'aimerais bien passer une semaine à Venise et ensuite rentrer sans trop me presser afin de voir un peu de cette Italie du Nord que j'aime tellement, quel que soit l'établissement que je choisirai : Valmont ou Solsana...

Je ne dispose pas de beaucoup de temps aujourd'hui car j'ai mis mes meubles en vente et cela me donne beaucoup à faire. Les prix que l'on peut obtenir en ce moment sont absolument dérisoires ; on peut s'estimer heureux si l'on vous offre 50 % de ce que cela a coûté là-bas, sans compter le transport, mais je crois malgré tout que la solution la plus raisonnable est de les vendre ; car ce serait trop cher et trop d'ennuis de les rapatrier. Je ramènerai l'argenterie et le linge ainsi que quelques autres choses, peu nombreuses : la petit commode qui était à Folehave, la vieille horloge de campagne de papa, et puis les livres, qui auront fait un petit voyage d'agrément jusque sous les tropiques ; mais, d'une certaine façon, il est fort plaisant qu'Oehlenschlaeger, Blicher, Heiberg et tous ces vieux classiques soient venus en Afrique, cela en accroîtra peut-être la valeur pour Anders lorsqu'il en héritera...

Le 14 mai 1931, Denys Finch Hatton s'écrasa près de Voi à bord de son avion et fut tué sur le coup. Le lendemain, il fut enterré dans les Ngong Hills.

À Thomas Dinesen
Télégramme en provenance de Nairobi Reçu le 15 mai 1931

LCO = DINESEN Bureau de télégraphe
SERRIDSLEVVEJ 8 KBH = København Ø

DENYS TUÉ EN VOL LE QUATORZE — ENTERRÉ NGONG HILLS AUJOURD'HUI =[1]

TANIA**

1. Ce télégramme est rédigé en anglais. *(N.d.T.)*

À THOMAS DINENSEN

Ngong, 7 mai [en fait : 7 juin] 1931

Mon cher Tommy,

J'aurais dû te remercier depuis longtemps pour tes lettres et pour ton chèque de £ 200 mais j'attendais que tu répondes par télégramme à ma lettre du 10 avril et c'est pourquoi je n'ai pas écrit. Maintenant j'apprends par les lettres de maman que tu étais en voyage en Allemagne ou en Autriche. Il faut que tu excuses ce retard ; je suis évidemment extrêmement contente de l'argent et celui-ci donc arrive *all right*.

Pour l'instant, je n'arrive pas à me faire une idée de ce que je dois faire, ou de ce que je puis faire, et je ne vais donc pas me mettre à parler de cela. Je suis toujours d'avis que tu as bien fait de ne pas venir ici ; les *shauries* d'ordre véritablement pratique que j'ai, je crois que tu aurais difficilement pu m'aider à les régler car tu n'es pas bien au fait de ceux-ci, — ils consistent principalement en la vente de mes meubles, qui est un véritable *curse* parce que les gens arrivent ici à n'importe quelle heure de la journée et il faut que je leur fasse voir le tout ; par les temps qui courent on n'en tire rien et je ne peux pas dire non plus que je sois en état de m'intéresser véritablement à cela, mais il faut bien que cela se fasse puisque je ne peux ni les laisser dans la maison ni les mettre sur la route de Ngong, — et puis m'efforcer de prendre des dispositions pour mes boys, et je n'ai le temps de rien faire d'autre. Tu sais bien que le sort de mes gens, et en particulier de Farah, me tient à cœur d'une façon peut-être fort peu raisonnable. Leur situation a encore empiré car, si Denys avait vécu, ils auraient toujours pu s'adresser à lui et il les aurait certainement aidés, à la fois pour moi et parce que, d'une certaine façon, il les considérait comme siens ; à la suite de son décès, ils vont être totalement abandonnés ici. Les temps sont durs pour eux aussi, surtout pour les Somali qui, avec la sorte de blancs que nous avons maintenant dans ce pays, sont très impopulaires ; tous leurs anciens amis : Mac Millan, Berkeley, Galbraith, Charles Gordon et les Northey sont partis et ils sentent qu'ils sont *up against it*. Quoi qu'il arrive, voudras-tu te rappeler que Farah a été mon meilleur ami ici et que Saafe est *the apple of my eye* ?

Si tu étais venu et si tu avais eu le temps et les moyens de faire un safari d'un mois, les choses se seraient présentées autrement. Je l'aurais bien voulu, pour que l'Afrique puisse me faire un sourire d'adieu, alors que j'y ai connu tant de *shauries* au cours de cette dernière année. C'eût été comme au temps jadis. Si l'envie m'en prend vraiment trop et que cela s'avère possible, je le ferai peut-être et tu m'y aideras probablement. Je ne désire pas chasser mais simplement rester assise près d'un *camp-fire*. Je n'aurais besoin que de Farah et d'un ou deux autres boys et je partirais pour un mois dans un endroit où personne ne saurait que je suis. Mohr ne trouve pas que ce soit une bonne idée mais on ne peut pas s'attendre à ce qu'il comprenne ce que j'éprouve en ce moment, – pour ma part, je trouve que cela n'a pas grande importance que ce soit passablement stupide ; cela ne peut pas comporter de bien grands risques et j'ai l'impression que cela me ferait un bien que rien d'autre ne pourrait me faire. – Mais il faut d'abord que je règle tous les *shauries* qui ont trait à la ferme et à la maison. Je t'enverrai peut-être un télégramme à ce sujet par la suite.

De très nombreuses pensées à ton intention et à celle de vous tous.

Tanne

À THOMAS DINESEN

Ngong, 5 juillet 1931

Cher Tommy.

J'expédie cette semaine environ 25 caisses contenant, d'une part, le genre de choses que je n'ai en aucune façon pu vendre ici, et d'autre part, des choses que je tiens à ramener à la maison, – et puis des bagages personnels afin de ne pas les avoir avec moi...

Je suis très fatiguée, j'ai eu tellement à faire. Si donc tu penses, soit que ce n'est pas une heureuse idée, ou bien qu'à l'arrivée de ces choses tu trouves que le choix en est étrange et que j'aurais dû en envoyer d'autres et en tout cas pas celles-ci, il faudra que tu te dises que tout ce que j'ai été capable de faire a été d'arriver tant bien que mal à ce résultat-là.

Ne parle donc pas de cela aux autres, sans cela je n'ai pas fini d'en entendre causer. De très nombreuses pensées à tous.

Tanne

Thomas Dinesen accueillit sa sœur à Marseille lors de son arrivée, le 19 août 1931, à bord du S/S Mantola. *Après un séjour de quelques jours à Montreux, où Karen Blixen reprit quelques forces à la clinique Valmont, son voyage de retour se poursuivit à travers l'Europe. Le 31 août, elle s'installait à nouveau auprès de sa mère à Rungstedlund, la maison qui allait être son foyer jusqu'à la fin de ses jours.*

NOTES

(Les renseignements ne se trouvant pas dans les notes ci-dessous sont à chercher dans l'index.)

P. 63 *Hobley* : il s'agit de Charles William Hobley, 1867-1947, Acting senior commissioner de l'East African Protectorate en 1907. A écrit, entre autres livres : *Kenya from Chartered Company to Crown Colony*, 1929.

P. 65 « *on est dégoûté du monde entier comme d'une robe qui vous va mal* » : citation extraite de la comédie pour marionnettes de Karen Blixen *La Revanche de la vérité*. Au cours de la scène 4, la jeune Sabine dit : « Ici, à Edam, je suis dégoûtée de la vie comme d'une robe qui me va mal. »

P. 70 *The Man-eaters of Tsavo* : plus exactement *The man-eaters of Tsavo and other East African adventures*, de J. H. Patterson, 1907, qui raconte les dangers auxquels étaient exposés, face aux lions mangeurs d'hommes, les ouvriers et ingénieurs qui, en 1908, posèrent la voie de chemin de fer reliant Mombasa à l'Ouganda.

P. 71 *roupie* : unité monétaire du Kenya valant, à l'époque de Karen Blixen, environ 2 couronnes danoises.

P. 72 *Bror s'est engagé comme volontaire* : le 3 août 1914, l'Allemagne déclare la guerre à la France et, en l'espace de quelques jours, la Première Guerre mondiale commençait. En ce qui concerne la participation de Bror Blixen à celle-ci en tant que volontaire et le convoi de bœufs acheminé par Karen Blixen (dont il est question dans les lettres suivantes), voir le chapitre « Une expédition pendant la guerre », dans la deuxième partie de *La Ferme africaine*.

— *posho* (swahili) : ici employé au sens de ravitaillement ; dans d'autres lettres, désigne une sorte de bouillie de maïs assez liquide.

P. 73 *pica* (swahili) : préparer.

P. 74 *grant* : gazelle d'Afrique.

— *Lord Delamere* : Hugh Cholmondeley, 3e baron Delamere, 1870-1931. Pionnier anglais et personnalité de premier plan lors de la constitution du British East African Protectorate, qui devint par la suite la colonie de la Couronne du nom de Kenya. Arriva en Afrique orientale en

1903. Président de The Farmers' and Planters' Association, membre du Legislative Council. Fut, au cours de toutes ces années, le champion de la suprématie blanche au Kenya et, après 1920, très opposé au gouvernement de Londres, qui désirait tenir le plus grand compte possible des intérêts des Africains. Propriétaire de la ferme de Soysambu, au bord du lac Elmenteita, et de bon nombre d'autres domaines.

P. 76 *le lac* : il s'agit du lac Victoria.

P. 78 *kiboko* (swahili) : fouet composé de lanières en peau d'hippopotame.

P. 79 *Arda Volaja* : plus exactement *Adhama Ulaja* (swahili), majesté de l'Europe.

P. 82 *boma* (swahili) : enclos fait de branchages. Dans le texte intitulé *Konge-sønnerne (Les Fils de roi)*, rédigé en 1946 et paru dans *Blixeniana*, 1978, pp. 14-27, Karen Blixen a raconté, probablement à partir de l'expérience rapportée dans cette lettre (pp. 73-74), une nuit passée dans une *boma.*

P. 88 *sa femme venait d'avoir un toto* : d'après les lettres de Karen Blixen, il apparaît qu'entre 1914 et 1931, Farah a eu au moins trois femmes. Voir également p. 118 et 378.

P. 89 *que grand-maman ne se porte pas bien* : Mary Westenholz, femme du conseiller Regnar Westenholz et grand-mère maternelle de Karen Blixen, mourut à Folehave le 7 septembre 1915, à l'âge de quatre-vingt-trois ans.

P. 94 *le censeur* : il s'agit du censeur anglais de Nairobi qui, pendant la Première Guerre mondiale, était chargé de lire toutes les lettres expédiées d'Afrique Orientale Anglaise.

P. 100 *En 1916, ses deux sœurs se marièrent* : le 14 juillet 1916, Ellen Dinesen épousa Knud Dahl, avocat auprès de la cour d'appel, qui demandait sa main depuis de nombreuses années, et, le 24 août, Inger Dinesen fut unie à Viggo de Neegaard, propriétaire terrien, Valdemarskilde.

P. 103 *the Hon. Joseph Baynes* : plus exactement Sir Joseph Baynes, né en 1842 en Angleterre, mort à Nelsrust, près de Pietermaritzburg, en 1925. Pionnier de l'industrie laitière sud-africaine et grand propriétaire terrien du Natal. En 1868, il reprit la ferme de son père et en fit une exploitation modèle qui finit par couvrir non moins de 24 000 acres.

P 106 *La nouvelle de la mort de Daisy* : Daisy Grevenkop-Castenskiold, amie intime de Karen Blixen pendant sa jeunesse et mariée au ministre de Danemark à Londres, mourut brutalement le 12 janvier 1917.

P. 112 « *si l'on ne met pas sa vie en jeu, on ne la gagnera jamais* » ; extrait du chant final de la pièce de Schiller *Wallensteins Lager* (1798), dans l'original : « *Und setzet Ihr nicht das Leben ein,/Nie wird euch das Leben gewonnen sein.* » Karen Blixen connaissait probablement ces paroles d'après l'un de ses livres favoris *Hjemløs (Sans foyer)*, de M. A. Goldschmidt (1857), t. II, p. 1019, dans lequel Otto Krøyer les prononce.

P. 119 *le livre de Johannes Poulsen* : il s'agit du récit de voyage *Gennem de fagre Riger (À travers les pays enchanteurs)*, 1916.

P. 120 « *dans la réserve masai* » : citation extraite du poème de Karen Blixen *Ex Africa*, rédigé en 1915 et publié dans la revue *Tilskueren* en avril 1925.

P. 121 *Eric von Otter* : le baron suédois Carl Erik August von Otter, 1889-1923, arriva en Afrique Orientale Anglaise en 1914. Au cours de la Première Guerre mondiale, il servit dans les East African mounted Rifles. Devint capitaine du King's African Rifles en 1916. Commandant des troupes du Turkana en 1919. Mourut à Lodwar, dans le Turkana. Une stèle à sa mémoire se trouve dans l'église All Saints Church de Nairobi. Marié en 1911 à Helga Maria Stenborg, divorcé quelques années plus tard. Laissa deux filles.

P. 122 « *tout en haut du gaillard, le matin* » : citation extraite de la première strophe du poème de Bjørnstjerne Bjørnson *Olav Trygvason*, dont le premier vers est cité quelques lignes plus haut : *Brede sejl over Nordsø gaar* (de larges voiles courent sur la mer du Nord).

P. 123 *Je t'ai envoyé en Angleterre un poème de Bonne Année* : ni ce poème ni la lettre d'envoi ne semblent avoir été conservés.

P. 134 *shauris* : affaires, choses qui causent des ennuis.

— *la fille de l'ancien gouverneur* : il s'agit soit de Miss C.E.M. soit de Miss G.S.E. Belfield, toutes deux filles du gouverneur Henry Belfield.

P. 137 *du poème de Musset à Victor Hugo* : il s'agit du sonnet *A. M. Victor Hugo*, du 26 avril 1845, dont les deux derniers vers sont cités ici.

P. 138 *Lived a woman wonderful* : premier vers du poème de Rudyard Kipling intitulé *South Africa* (1903). Ce poème comporte huit vers.

P. 139 *mullah* : mot désignant un chef religieux dans les pays musulmans.

P. 141 « *Les mêmes hêtres et les mêmes nuits claires — le même bonheur* » : citation extraite du poème de Johannes V. Jensen intitulé *Envoi* (1910).

P. 141 *le projet de* soldier-settlement : l'idée d'attribuer gratuitement ou à très bas prix des terres aux soldats ayant participé à la guerre fut émise officiellement dans les milieux anglais dès 1915. Bror Blixen s'efforça de la mener à bien à l'aide de capitaux suédois mais son projet fut jugé irrecevable tant du point de vue comptable que du fait de ses motifs personnels. L'idée fut reprise et menée à bonne fin, sur une base purement anglaise, en 1919.

— *land-commission :* organisme d'arbitrage en matière de droits de jouissance et chargé d'examiner les demandes de terres des indigènes ainsi que de veiller à l'application de la loi sur les réserves. Le 2 mars 1917 fut instituée une commission de lotissement, chargée d'examiner les possibilités et les conditions d'attribution de lots de terre à des soldats d'origine européenne ayant servi sous les couleurs anglaises au cours de la guerre mondiale, soit en Afrique orientale soit ailleurs.

P. 143 *Fara est à Mombasa pour se marier* : en ce qui concerne les autres mariages de Farah, voir p. 88 et 469.

P. 148 « *Mort, où est ton aiguillon, enfer, où est ta victoire !* » : variante de « Mort, où est ta victoire ? Mort, où est ton aiguillon ? » (1re épître aux Corinthiens, 15, 55).

— « *Face à face doivent s'affronter les aigles* » : réplique d'Erling Skjalgsøn de Sole à saint Olav, consignée dans le poème de Sigvat Tordsson sur la bataille entre Erling et le roi Olav, bataille qui se termina par la mort d'Erling le 21 juin 1028. Ce poème se trouve dans la

Saga de saint Olav (citée ici d'après la version norvégienne, due à Gustave Storm).

P. 149 *J'ai écrit quelques vers que je t'envoie* : il s'agit du poème intitulé *Vuggesang. En Moder synger for sin i Krigen faldne Søn (Berceuse. Une mère chante pour son fils tombé à la guerre)*, paru dans le livre de Noël des éditions Gyldendal *Osceola*, 1962.

P. 157 *Leerbaek* : principal domaine du Val de Grejs, près de Vejle. Fut entre 1874 et 1925 la propriété de Georg Sass, membre du conseil juridique supérieur en matières agricoles de son département, et de sa femme Karen, née Westenholz et sœur d'Ingeborg Dinesen. En 1925, Leerbaek fut repris par le frère cadet de Karen Blixen, Anders Dinesen, qui avait assisté son oncle dans la gestion quotidienne de l'exploitation depuis 1920. Georg et Karen Sass continuèrent à résider dans la maison de maître jusqu'à leur mort alors qu'Anders préféra habiter la maison appelée « Hopballehus », logement beaucoup plus modeste situé sur le territoire du domaine. En 1956, Thomas Dinesen reprit Leerbaek qui est, depuis 1962, la propriété de son plus jeune fils.

— *le vieil homme au fauteuil* : il s'agit de l'un des oncles de Karen Blixen, l'intendant de la vénerie Laurentzius Dinesen, domicilié à Katholm, qui fut frappé en 1910 par une attaque d'apoplexie qui se renouvela en 1915.

P. 161 « *Que la victoire soit dans ta main...* » : citation extraite de la chanson populaire *Svend Vonved*, figurant également dans le livret rédigé par Christian Richardt pour l'opéra de Heise *Drot og Marsk (Monarque et connétable)* (1878).

P. 165 *ta V.C.* : Thomas Dinesen reçut la Victoria Cross le 26 octobre 1918.

— *« le superflu » et donc « le nécessaire »* : allusion à la phrase de Voltaire « le superflu, chose très nécessaire », dans les *Satires* : Le Mondain, en date du 9/11/1736.

P. 168 *notre voisin Johnnie* : il s'agit de Johnnie van de Weyer.

P. 169 *le sonnet de Musset sur Béatrice Donato* : sonnet rédigé par Alfred de Musset en 1838 et figurant dans sa nouvelle *Le Fils du Titien*.

P. 170 « Alles geben die Götter... » : citation extraite du poème de Goethe *An Auguste Stolberg* (1777).

P. 171 *que tu me* shindar sana (swahili) : que tu m'es bien supérieur.

— *ta croix de guerre* : Thomas Dinesen reçut la croix de guerre française le 27 septembre 1918.

— *Je t'envoie une coupure de l'un de nos journaux* : l'article en question est probablement celui paru dans *The Leader* du 21 décembre 1918 et intitulé : *Baronness' Blixens Brother gets V.C. (Le frère de la baronne Blixen reçoit la Victoria Cross)*.

P. 174 « *Nun, armes Herz...* » : citation extraite du poème de Ludwig Uhland *Frühlingsglaube*, mis en musique par Franz Schubert en 1820.

P. 177 *les Polowtzoff* : il s'agit du général russe Peter A. Polowtsoff et de sa femme. Ceux-ci s'enfuirent de Russie pendant la révolution et habitèrent pendant de nombreuses années Monte Carlo, que le général a décrit dans son livre intitulé *Monte Carlo Casino* (New York et Londres,

1937). Son autre livre : *Glory and Downfall – reminiscences of a Russian general staff officer* parut en russe à Paris en 1927, et en anglais à Londres en 1935.

P. 177 *les activités d'oncle Aage* : lors de la poussée des bolcheviques en Europe orientale, peu avant la signature de la paix en 1919, Aage Westenholz fut le plus actif de tous ceux qui s'employèrent à la création d'un corps expéditionnaire danois destiné à aller prêter son aide aux pays Baltes dans la lutte que ceux-ci menaient contre l'occupation communiste. La constitution de ce corps ne fut pas unanimement appréciée dans la presse danoise et, à l'occasion de la mort du premier Danois en Estonie, la critique se laissa véritablement libre cours, en particulier dans le journal *Politiken*. Un meeting de protestation de jeunes radicaux de la capitale eut pour conséquence qu'Aage Westenholz et ses sympathisants furent accusés auprès de la police de recrutement illégal de soldats danois. La polémique dura un certain nombre de mois avant de se calmer.

P. 194 *la hutte... d'oncle Aage* : pendant sa visite à la ferme, Aage Westenholz, président de la société par actions, suggéra que Karen Blixen emménage dans une maison très modeste et installée de façon primitive, la « hutte », afin de faire la preuve de sa volonté de réaliser des économies, mais Karen Blixen s'y refusa énergiquement.

P. 202 « *Je mourrai si de cette hauteur...* » : citation extraite de la pièce d'Edmond Rostand *Cyrano de Bergerac*, acte III scène 6 (1897). Dans l'original, Cyrano dit : « ... et vous me tueriez si de cette hauteur / Vous me laissiez tomber un mot dur sur le cœur ! »

P. 212 *une Anglaise* : il s'agit de Jacqueline (« Cockie ») Birkbeck, née Alexander.

P. 217 « *Je ne te laisserai pas partir que tu ne m'aies béni* » : Genève, 32, 26.

P. 219 ... *Cela fait maintenant plus de 2 semaines que Viggo et son cousin sont là* : Après la mort d'Ea de Neergaard, le 17 juin 1922, son mari, Viggo de Neergaard, ressentit le besoin de s'éloigner un peu de chez lui et, à la fin de l'année, il partit pour le Kenya en compagnie de son cousin, l'intendant de la vénerie Peter de Neergaard. Ils furent les hôtes de Karen Blixen pendant environ deux mois.

P. 223 *the Indian question* : la question indienne prit une acuité accrue en 1923 lorsque le gouvernement de Londres voulut accorder le droit de vote aux quelques 35 000 Indiens du Kenya. Les Européens, au nombre d'environ 10 000, s'y opposèrent avec tant d'énergie que le gouvernement anglais dut faire machine arrière et retirer son projet.

P. 226 *l'Agr. Dep.* : *Agricultury Department*.

P. 232 *la correspondance de Zahrtmann* : il s'agit des lettres de Kristian Zahrtmann à Benedicte Frölich, dont une sélection fut publiée par M. K. Zahrtmann dans la revue *Tilskueren*, mars 1926, pp. 216-235.

— *les pièces en un acte d'Otto Benzon* : il s'agit de la trilogie dramatique *Foraeldre (Parents)*, composée de : *Interiør, Landskab med Billeder* et *Genrebilleder*, qui fut représentée pour la première fois au Théâtre Royal de Copenhague en janvier 1923.

P. 234 *J'ai relu Benvenuto Cellini* : l'autobiographie du sculpteur florentin parut en danois, en deux volumes, en 1900.

— *la biographie de grand-maman* : il s'agit des souvenirs de Mary Bess Westenholz sur la vie à Matrup, Folehave et Rungstedlund, parus dans *Blixeniana*, 1979.

P. 236 *kali* (swahili) : méchant, hargneux.

P. 240 *oziko* : plus exactement *usiku* (swahili) : le soir.

P. 243 *La nouvelle de la mort d'Eric Otter* : Eric von Otter, ami intime de Karen Blixen, mourut à Lodwar, dans le Turkana, le 7 août 1923.

P. 244 *le presbytère de Nøddebo* : figure dans le roman de Henrik Scharling *Ved Nytaarstid i Nøddebo praestegaard (La Nouvelle Année dans le presbytère de Nøddebo)* (1862), adapté par la suite pour la scène par Elith Reumert.

P. 245 « *La mort n'est rien, l'hiver n'est rien* » : citation extraite de l'avant-dernière strophe du poème *Røg I (Fumée I)* paru dans le recueil *Kulrøg (Fumée de charbon)* (1899), de S. Claussen. La fin de la strophe est la suivante : « Car les flammes, le feu / ont reconstruit les autels renversés de ma jeunesse / dans l'herbe, près de la source. » Voir la lettre de Karen Blixen à Thomas Dinesen en date du 20/11/1928, p. 516.

P. 249 *managing director* : poste occupé par Karen Blixen au sein de la Karen Coffee Co. depuis le 19 juin 1921, date à laquelle un accord fut signé sur ce point entre Aage Westenholz et Karen Blixen, Thomas Dinesen étant présent en qualité de témoin instrumentaire.

P. 254 *ce qui* « *vise à l'état bourgeois* » : citation empruntée à la réplique de Trop à Ledermann dans le vaudeville de J. L. Heiberg *Recensenten og Dyret (Le Critique et la bête)* (1826), scène 14. L'original est le suivant : « ... ce qui vise à la prospérité des citoyens... » *N.d.T.* : les deux expressions sont très proches en danois.

P. 255 *un petit traité sur la morale sexuelle* : il s'agit d'un traité en douze chapitres portant le titre *Moderne Aegteskab og andre Betragtninger (Mariages modernes et autres considérations)*, envoyé à Thomas Dinesen à l'état de manuscrit en main-juin 1924 et paru dans *Blixeniana* 1977.

P. 262 *Audhild* : il s'agit en fait d'Aashild, personnage du roman de Sigrid Undset.

P. 263 *le jeune Jocelyn* : il s'agit en fait, dans le roman de John Galsworthy, du jeune Jolyon.

P. 269 *sans que* « *dans leur voix vibre une pointe d'ironie* » : citation extraite de *Breve og Strøtanker (Lettres et pensées éparses)* de J. P. Jacobsen, figurant dans *Digte og Udkast (Poèmes et ébauches)*, 1886. La phrase complète est la suivante : « Aujourd'hui, aucune personne cultivée ne peut plus prononcer le mot " émouvant " sans que dans sa voix vibre une pointe d'ironie. »

P. 274 *un vieux Danois aveugle et alcoolique, Aarup* : il s'agit de Peter M. Aarup, env. 1865-1924, issu d'une vieille famille de pêcheurs et lui-même marin et pêcheur dans sa jeunesse. Aux environs du début du siècle, il partit pour l'Afrique où il gagna sa vie dans l'est du continent en qualité de constructeur de bateaux, très apprécié dans son domaine. Il construisit, entre autres, un bateau de plaisance pour le sultan de Zanzibar. Il devint presque aveugle sur la fin de ses jours mais, jusqu'au bout, ne cessa de concevoir de grands projets. Il fut le premier à réussir à trouver et à pêcher des poissons dans le fleuve Athi, près de Nairobi, jetant ainsi les bases des importantes pêcheries qui, à l'heure actuelle, alimentent quotidiennement Nairobi en poisson frais. En 1924, le gouvernement décida de récompenser ses mérites en lui versant, chaque mois pendant le restant de ses jours, une certaine somme d'argent ; mais il mourut fort peu de temps après. En 1887, Peter M. Aarup eut une fille avec une jeune Danoise de sa connaissance et il resta en relation épistolaire avec la famille de sa fille.

P. 278 « *je ne manque pas de parents...* » : citation extraite de la réplique de Ragnhild à l'acte IV, scène 3 de la pièce de Henrik Hertz *Svend Dyrings Hus (La Maison de Svend Dyring)* (1837).

P. 282 « *Ceux qui te restent, – ils rayonnent de joie en entendant ton nom* » : citation extraite de la dernière strophe du poème de B. S. Ingemann *Til Dannebroge (Au drapeau danois)*, qui commence ainsi : « Flotte fièrement au-dessus des flots de la Baltique. » L'original est le suivant : « Regarde ceux qui te restent ! / Ils rayonnent de joie en entendant ton nom, / Pour toi ils se jetteraient avec plaisir / Dans les griffes de la mort... »

P. 284 *le vieux Nepken* : il s'agit du Danois d'Afrique Johan Dobi Nepken, 1870-1966. Né à Lolland, il émigra en Afrique du Sud en 1895 et arriva au Kenya en 1912. Après le Première Guerre mondiale, il construisit une usine à eau pour la Magadi Soda Co., obtint ensuite le poste de directeur de l'usine et assura la surveillance de la conduite de 160 km qui amenait l'eau des Ngong Hills au lac Magadi. C'était un chasseur émérite et, du fait de réflexes rapides comme l'éclair en présence du gibier, les indigènes lui avaient donné le surnom de *Bwana Chui*, Monsieur Léopard.

P. 287 « *Crois-tu donc...* » : citation extraite de l'acte II, scène 3 de la pièce de Shakespeare *La Nuit des rois*. La phrase est construite à partir de différentes répliques de sir Toby Belch et du Fou, citées de mémoire, selon l'habitude de Karen Blixen.

— « *Jamais je n'ai vécu ma vie de jeune homme...* » : citation extraite de la deuxième strophe du poème de J. P. Jacobsen *Der hjaelper ej Drømme (Les Rêves n'y peuvent rien)* figurant dans le recueil intitulé *Hervert Sperring*, écrit en 1867-1868 et publié de façon posthume en 1886 dans *Digte og Udkast*. Le texte original est le suivant : « Je possédais bien une enfance, belle et riche, / Mais l'enfance n'est qu'une vie qui couve, / Et jamais je n'ai vécu ma vie de jeune homme, / Je l'ai passée à rêver, hélas, au pays des ombres, / Je n'ai jamais pris la vie à bras le corps, / Je n'ai point été jeune — et maintenant je suis un homme. »

P. 293 « *sur le roc de la parole* » : citation extraite du psaume *Jert Hus skal I bygge paa Ordets Klippegrund (Vous devez bâtir votre demeure sur le roc de la parole)*, écrit en 1878 par Jakob Paulli (1844-1915).

P. 296 « *Elle était aimable...* » : épigraphe inscrite en tête du chapitre I du livre de Heinrich Heine *Ideen, Das Buch Le Grand* (1826), traduit en danois par Sophus Claussen, en 1901, sous le titre *Bogen om Le Grand*.

P. 302 « *disponibilité d'âme* » : citation extraite de *Minder fra min Barndom og Ungdom (Souvenirs d'enfance et de jeunesse)* de Carsten Hauch, 1867, p. 203.

P. 307 *Il a reçu une lettre de son frère* : il s'agit de Guy Montagu George Finch Hatton, plus tard 14ᵉ comte de Winchilsea.

— *ton article sur la chasse au lion dans Gads Magasin* : il s'agit de l'article intitulé Paa *Løvejagt i Østafrika (La Chasse au lion en Afrique orientale)*, par Thomas Dinesen, paru dans *Gads danske Magasin*, 1924, pp. 51-64, avec illustrations.

P. 310 *le livre de Martensen-Larsen* : il s'agit de *Tvivl og Tro (Doute et foi)*, de H. Martensen-Larsen, 1909.

P. 311 *ce que Kormak a dit à Stengerde* : les citations incluses par Karen Blixen dans son traité ne sont pas extraites de la *Kormaks saga* mais du pastiche qu'en a tiré J. P. Jacobsen, aux environs de 1868, sous le titre *Kormak og Stengerde* et publié dans *Digte og Udkast*, 1886, pp. 92-121. Le texte de Karen Blixen s'écarte en divers endroits de l'original. Cf. *Moderne Aegteskab og andre Betragtninger*, chapitre VII *(Den store Kejser Otto)*, paru dans *Blixeniana*, 1977, p. 31.

P. 313 « *dégoûtée de la vie...* » ; cf. note de la page 65.

P. 318 « *L'Individu* » : concept de Søren Kierkegaard pouvant être trouvé, entre autres lieux, dans la préface aux *Deux discours édifiants* (1843) et dans *Point de vue explicatif de mon œuvre* (1859). *N.d.T.* : Nous donnons ici la traduction la plus littérale possible du mot danois *(Hin Enkelte)* et adoptée par P.-H. Tisseau dans ses traductions (cf. tome XVI des *Œuvres complètes* de Kierkegaard, éditions de l'Orante, 1971). Mais Nelly Viallaneix a choisi, dans *Hâte-toi d'écouter quatre discours édifiants* (Aubier-Montaigne, 1970) de le traduire par « L'Unique » et s'en explique longuement dans la note 7 (pp. 44-45).

P. 321 « *Wataa yaate na penda Mama* » (swahili) : nous le regrettons beaucoup car nous aimons bien ta mère.

— « *mimi kidogo* » (swahili) : je suis trop petit.

P. 325 *Hier, je suis allée au théâtre voir* L'Idiot : la première de la version dramatique du roman de Dostoïevski *L'Idiot*, due à Fernand Nozière et J. Wladimir Bienstock, eut lieu à Paris, au Vaudeville, en avril 1925.

P. 335 « *pattat ndito* » (swahili) : trouvé une fiancée.

— « *Modja tu ?* » (swahili) : une seulement ?

— « *bakshish* (swahili) : pourboire, cadeau.

P. 337 *son père est malade* : Henry Stormont, 13ᵉ comte de Winchilsea, mourut le 14 août 1927.

P. 345 « *boucher ses oreilles et sa bouche* » : citation extraite de la chanson populaire *Agnete og Havmanden (Agnete et l'Ondin)*.

P. 347 *mbuni* (swahili) : marc de café.

P. 348 « *ce que je veux...* » : variante de « car je ne fais pas le bien que je veux, tandis que je fais le mal que je ne veux pas », Épître aux Romains, 7, 19.

— « *il n'y a plus d'escalier pour descendre en enfer* » : citation extraite du poème de Sophus Claussen *Trappen til Helvede (L'Escalier de l'Enfer)*, 1904.

— « *il en coûte cher de parler avec le diable...* » : citation extraite du poème de Sophus Claussen *Djaevlerier (Diableries)*, figurant dans le recueil du même non publié en 1904. L'original dit « somptueuse » au lieu de « radieuse ».

P. 360 *les petits Rothe* : les enfants du pasteur Oluf Rothe : Jens Vilhelm Rothe, né en 1911, Nina Rothe, plus tard épouse Friedberg, 1916-1970, et Bendt Rothe, né en 1921. La seconde femme du pasteur, Lilli Rothe, née Lindbardt, était la sœur de Jonna Dinesen.

P. 365 *Ton article sur le jardin de Rosenborg* : En 1925, l'Association pour l'embellissement de la capitale lança un concours. L'envoi d'Ellen Dahl fut récompensé et parut dans la revue de l'association *Forskønnelsen*, 16ᵉ année, nº 2, 1926.

P. 366 « *There is Life...* » : plus exactement *There is Life for a look at the Crucified One*, psaume de mission anglais dû à Amelia Matilda Hull (env. 1825-1882) sous le titre *Life in Christ*. Une traduction norvégienne figure dans l'*Indre Missions sangbog*, 1945, sous le nº 503.

— *damu a Gondoa* (swahili) : plus exactement *damu a Kondoa*, le sang de l'agneau.

P. 370 *dans votre nouveau foyer* : après leur voyage de noces, Thomas et Jonna Dinesen emménagèrent au nº 8 de Serridslevvej, quartier d'Østerbro, à Copenhague.

— « *le foyer de mon âme et de mon cœur* » : citation extraite du récit autobiographique de Jakob Knudsen *Bortliciteret (Adjugé)*, figurant dans *Jyder (Jutlandais)*, 1915.

— « *Dans la nuit, j'entends...* » : citation extraite du poème de Holger Drachmann *Jeb hører i Natten*, dont il est donné ici la première strophe et trois vers tirés de la dernière. Dans l'original, la première strophe se termine ainsi : « on m'appelle, / je sors. »

P. 371 *assignats* : papier-monnaie émis par le gouvernement de la France à partir de 1789 et gagé sur les biens d'Église confisqués que les acquéreurs pouvaient payer en assignats.

P. 373 *the love of the Parallels* : plus exactement *The Loves of the Parallels*, titre de la troisième partie du roman d'Aldous Huxley *Those Barren Leaves* (traduit en français en 1938 par J. Bastin sous le titre *Marina di Vezza*).

P. 380 *jambo memsabo* (swahili) : bonjour, madame.

P. 386 « *en esprit et en vérité* » : Évangile selon saint Jean, 4, 23-24.

P. 391 « *One, whom men love not and yet regret* » : « Quelqu'un que l'on n'aime pas et pourtant que l'on regrette », citation extraite du poème de Shelley *Stanzas written in dejection, near Naples*, 1818, 5ᵉ strophe.

P. 393 « *perdre pied peu à peu...* » : citation extraite du roman de Bjørnstjerne Bjørnson *Det flager i byen og på havnen (On pavoise en ville et sur le port)*, 1884, 4ᵉ partie, chapitre 2. L'original est le suivant : « ... L'insécurité et la jalousie lui avaient peu à peu fait perdre pied, de sorte que ses pensées aussi bien que son corps sautillaient de-ci de-là comme ceux d'un oiseau ; il fallait qu'elle ait l'air très heureuse et fort occupée des choses de l'esprit et de musique... jusqu'à ce qu'un jour ses forces la trahissent ; elle sombra. »

— *bibis* : ce mot swahili est ici utilisé pour désigner une femme indigène mariée et d'un certain âge.

P. 399 « *le bonheur de ma vie* » : plus exactement « le bonheur de mon âme » ; citation extraite du poème de Viggo Stuckenberg *Ingeborg*, I, figurant dans le recueil intitulé *Sne (Neige)*, 1901.

P. 400 *Mrs Warren dans la pièce de Bernard Shaw* : il s'agit de *Mrs Warren's Profession*, 1898.

P. 405 *duca* (swahili) : commerce, magasin mixte, principalement destiné aux employés et aux *squatters* de la ferme.

P. 408 *East African Women's League* : fondée le 14 mars 1917 dans le but de stimuler l'intérêt des femmes envers les devoirs que la société impose à ses membres, de favoriser l'union et la collaboration en vue d'œuvres de bienfaisance utiles à tous, de fonder des bibliothèques de district, de mettre sur pied des conférences de la Croix-Rouge, d'œuvrer pour le bien-être des femmes et des enfants dans toute la colonie.

P. 409 *éclaireurs* : soldats de l'avant-garde de l'infanterie qui formaient la chaîne deux par deux et qui exploraient le terrain avant l'arrivée du gros de la troupe.

P. 413 *les « fils aux pieds légers de la forêt »... « les troupeaux mugissent »* : citations extraites de la deuxième strophe de l'ode de Johannes Ewald intitulée *Rungsteds Lyksaligheder (Les Félicités de Rungsted)*, 1775, et qui commence ainsi : « Là où les troupeaux mugissent / En direction des fils aux pieds légers de la forêt... »

P. 413-414 « *À ta santé* » : citation extraite du poème d'Emil Aarestrup intitulé *Skaaler ved en Barselgilde (Toasts de baptême)*, 1833, paru dans *Efterladte Digte (Poèmes posthumes)*, 1863, pp. 52-54. Cette citation est de toute évidence faite de mémoire car elle s'écarte sur plusieurs points de l'original, qu'elle raccourcit et dont elle inverse les deux strophes.

P. 414 *msei kabisha* (swahili) : un très vieil homme.

P. 417 « *La nuit étouffante...* » : première strophe du poème de Ludvig Bödtcher *Piazza Barberina*, écrit à Rome en 1830 et paru en 1866. Le quatrième vers de l'original parle des « orangers de Rome » et non pas de Ngong.

P. 419 *Mon cher petit agneau blanc comme la neige* : cette expression est extraite d'un poème écrit par la petite Karen Neergaard, alors âgée de huit ans, en l'honneur du soixante-dixième anniversaire de sa grand-mère, Ingeborg Dinesen, le 5 mai 1926, et dans lequel est mentionné un « agneau blanc comme la neige ». Par la suite, Karen Blixen a utilisé diverses variantes de cette expression comme en-tête de ses lettres à sa mère.

P. 422 *Madame Gliemann* : il s'agit de Sigrid M. Gliemann, que, selon les indications consignées dans le journal de sa visite au Kenya, la mère de Karen Blixen rencontra plusieurs fois. Elle était danoise de naissance mais enseignait l'anglais à l'école de l'Aga Khan de Dar es Salaam.

P. 423 « *Qu'est-ce qui est la vérité ?* » : Évangile selon saint Jean, 18, 38.

P. 426 *si je prends les ailes de l'aurore...* : Psaumes, 139, 9.

P. 427 *la Haute Cour* : À l'époque de Karen Blixen, le système juridique de la colonie se composait : 1) De la Haute Cour, dont la compétence s'étendait à toutes les personnes et à tous les délits et qui avait à connaître des affaires civiles et criminelles les plus sérieuses. 2) Des tribunaux d'instance, composés de juges de paix (trois classses). 3) Des tribunaux d'instance pour indigènes qui, dans les régions côtières, étaient composés de *liwali* et de cadis arabes ; leur compétence s'étendait à la plupart des affaires civiles touchant les habitants de ces régions. 4) Des tribunaux indigènes, qui étaient la plupart du temps des tribunaux traditionnels et dont la compétence s'étendait, sous la surveillance des juges de paix locaux, aux affaires civiles et criminelles de moindre importance dans lesquelles étaient impliqués les membres de la tribu.

P. 428 *le grand jour* : tante Bess eut soixante-dix ans le 13 août 1927.

— *Les Enfants de Dame Drost* et *La Cour de Nusve* : probablement des contes dont on a perdu la trace, soit rédigés par Karen Blixen dans son enfance, soit racontés par tante Bess aux enfants de Rungstedlund. Nusve est l'anagramme de Vénus.

P. 430 « *L'homme non marié...* » : 1re épître de saint Paul aux Corinthiens, 7, 32-33.

P. 433 *Stankelben* : il s'agit d'un livre d'enfants sous forme de bande dessinée, dû au Suisse Rodolphe Töppfer, intitulé *Les étranges aventures sur terre et sur mer de Herr Stankelben*, paru en 1845 et traduit pour la première fois en danois en 1847. Il narre les aventures de Herr Stankelben, célibataire et chasseur de papillons, qui cherche continuellement à échapper aux persécutions de sa sœur Stine.

P. 444 *Tu te doutes...* : Au cours de l'été 1927, Thomas Dinesen envoya à sa sœur le manuscrit d'un article qu'il avait rédigé sur le *birth-control*.

P. 453 *au « Père » de Strindberg* : il s'agit du personnage principal de la pièce de Strindberg intitulée *Père*, 1887.

469 *La femme de Farah est arrivée* : il s'agit de la jeune Fathima. En ce qui concerne les autres mariages de Farah, voir p. 74 et 118.

P. 471 « *l'on aime les soldats...* » : citation extraite de *Fra ottende Brigade (La Huitième Brigade)*, de Wilhelm Dinesen, 1889. Dans l'original il est dit : « de façon aveugle, effrénée ».

— « *le bonheur dans ma vie, c'est ton image* » : voir note de la page 399.

P. 473 *Dans l'une des nouvelles de Blicher* : il s'agit de *Den sachsiske Bondekrig (La Jacquerie des Saxons)*, parue dans la revue *Nordlyset* en 1827.

— *Dans une histoire moderne...* : il s'agit du texte intitulé *Golowin*, paru dans *Der Wendekreis* en 1920. Traduction danoise de Carl Gad dans *Den ensomme Gaest (L'Hôte solitaire)*, 1924.

P. 476 *à Mols* : Knud et Ellen Dahl possédaient une résidence d'été dans la péninsule de Mols : Neder Strandkjaergaard.

— « *Le berger rentrait lentement ses moutons...* » : citation extraite du poème d'amour de Thomas Kingo *Chrysillis*, 1669, strophe 6.

— Ces citations de chansons populaires semblent avoir été composées de mémoire et de façon très libre dans le but de créer une atmosphère danoise familière. Karen Blixen disposait sur place de l'édition de la sélection de chansons médiévales danoises en 4 volumes due à Abrahamson, Nyerup et Rahbek (1812-1814). Divers passages peuvent être identifiés, par exemple *Ridder Stigs Bryllup (Le Mariage de Messire Stig)*.

P. 478 *fundee* (swahili) : mot désignant une sorte d'artisan.

P. 483 *Elle en racontant ses brûlures* : À l'âge de vingt et un ans, la sœur de Karen Blixen fut victime d'un accident. Alors qu'elle se tenait devant la cheminée dans la salle de séjour de Rungstedlund, la robe de soirée qu'elle avait revêtue en vue d'une fête à laquelle elle s'apprêtait à se rendre fut aspirée vers les flammes par un courant d'air. Elle fut gravement brûlée et, pendant plusieurs mois, les médecins furent très inquiets pour ses jours. Les brûlures étaient particulièrement graves au cou et sur les épaules. Cet événement lui causa un choc et lui fit perdre une partie de sa foi en la vie et en l'avenir (renseignements fournis par Thomas Dinesen au responsable de l'édition de ces lettres).

P. 491 *le prince de Galles, qui va venir ici au mois d'octobre* : l'héritier du trône d'Angleterre effectua une visite officielle au Kenya à l'automne 1928. Cette visite fut interrompue du fait d'une grave et soudaine maladie du roi George V, qui obligea le prince à regagner son pays dès le milieu de décembre.

P. 497 *l'argent de tante Emy* : Karen Blixen avait reçu une partie de l'argent que Mademoiselle Emy Dinesen avait, le 17 décembre 1925, mis à la disposition des descendants de son frère, le chambellan A. W. Dinesen, Katholm. Cette « bourse familiale », qui existe encore, était plus particulièrement destinée aux membres féminins de la famille. Emy Dinesen mourut à Randers le 25 janvier 1927.

P. 500 « *myself as the whole man...* » : traduction anglaise des paroles de Peer Gynt à Solveig dans la dernière scène de *Peer Gynt*, de H. Ibsen ; en français (traduction de M. Prozor, Librairie Académique Perrin, Paris, 1899) : « Où étais-je moi-même, dans ma plénitude et dans ma vérité, tel que je fus marqué du sceau divin ? »

— *J'ai bien de la peine pour le vieil oncle Fritz...* : l'intendant de la vénerie Fritz Raeder, père de Caecilie et Thyra Raeder, mourut à Copenhague le 24 novembre 1928, à l'âge de quatre-vingt-quatre ans.

P. 502 *La peau de lion* : la peau de lion que Karen Blixen voulait offrir au roi Christian X ne fut livrée au château d'Amalienborg qu'en 1930. Le roi la remercia par la lettre en date du 23/12/1930 qui constitue la base sur laquelle Karen Blixen a bâti le conte intitulé *Barua a soldani* (qui figure dans *Ombres sur la prairie*). Cette peau resta longtemps dans la salle des chevaliers du palais Christian VIII d'Amalienborg, résidence de Christian X, mais n'existe plus à l'heure actuelle (information fournie à Karen Blixen par Sybille Bruun dans une lettre en date du 8/1/1960).

P. 505 « *le Verbe fait chair* » : Évangile selon saint Jean, I, 14.

P. 509 *bongo* : grosse antilope d'Afrique très sauvage.

— *où Poorbox allait se produire* : avant la visite du prince de Galles au Kenya, Karen Blixen entraîna son cheval Poorbox en vue d'un concours hippique qui devait avoir lieu à Nairobi lors de la visite royale.

P. 510 *sitatunga* : antilope d'Afrique.

P. 514 *Vivienne de Watteville* : décédée en 1957. Fille du naturaliste et chasseur de gros gibier Bernard Perceval de Watteville, de Berne (1877-1924), qu'elle accompagnait dans ses voyages. Après la mort de celui-ci elle fit don de ses importantes collections au Muséum d'histoire naturelle de Berne. Mariée en 1930 à George Gerard Goschen (1887-1953). Auteur de *Out in the Blue* (1927) et de *Speak to the Earth, Wanderings and reflections among elephants and mountains*, 1935.

P. 516 *ton livre* : il s'agit de *No man's land*, que Thomas Dinesen était alors en train de rédiger à partir de ses notes et de ses lettres ayant trait à sa participation à la Première Guerre mondiale.

— « *les flammes, le feu...* » : voir la note de la page 245.

P. 517 « *hier c'est demain* » : voir la note de la page 137.

P. 519 *Je t'envoie ci-joint une photographie...* : cette photographie est reproduite dans le livre intitulé *Karen Blixen. En digterskaebne i billeder (Karen Blixen, un destin d'écrivain en images)*, matériaux réunis et choisis par Frans Lasson, texte de Clara Selborn, 1969, p. 137.

P. 523 *La propriété de Denys* : Denys Finch Hatton possédait une terre sur les rives du golfe de Takaungu, à 50 km au nord de Mombasa.

P. 524 *Dimanche dernier, ...* : l'héritier du trône d'Angleterre revint au Kenya en février 1930, entre autres raisons pour participer à des safaris. Probablement par l'intermédiaire de Denys Finch Hatton, qui devait servir de guide lors des safaris projetés, Karen Blixen offrit au prince de loger à la ferme pendant son séjour. Cependant cette offre ne fut pas acceptée. Par la suite, le bruit courut dans la famille que Karen Blixen se serait opposée au désir du prince de Galles de loger dans sa maison, insinuation qui lui causa une vive contrariété et contre laquelle elle fut obligée de s'élever en faux.

P. 526 *le livre de Tommy* : voir note de la page 516.

P. 529 « *n'ait pas bavardé, mais agi* » : variante de « il ne bavarde pas, il agit », extrait de la strophe 5 du poème de Peter Faber *Den tappre Landsoldat (Le brave soldat)*, 1848.

P. 530 *kakele* : il s'agit probablement d'un lapsus à propos du mot *kalele*, expression africaine couramment utilisée par Karen Blixen, même après son retour au Danemark, pour dire : vacarme, « charivari » (renseignement fourni par Clara Selborn).

P. 539 « *L'oiseau de Bedar...* » : Bedar veut dire en somali : le chauve. « L'oiseau de Bedar » était le nom que les indigènes donnaient à l'avion de Denys Finch Hatton, un De Havilland Gypsy Moth acheté en 1929 et qu'il fit amener au Kenya par bateau. Cet avion était immatriculé G-ABAK.

P. 541 *Paracelsus* : pseudonyme sous lequel Ellen Dahl avait fait paraître son premier livre : *Parabler (Paraboles)*, en 1929.

P. 542 *un nouveau livre* : le livre d'Ellen Dahl intitulé *Introductioner (Introductions)* parut en 1932 sous le pseudonyme de Paracelsus.

— *l'intervention de tante Bess au Parlement* : « Le 19/8/1909, après l'affaire Alberti, la Chambre des députés danoise était en train d'examiner en séance extraordinaire des projets de loi ayant trait à la Défense nationale lorsque, soudain, une dame qui avait pénétré dans la salle s'empara de la sonnette du président, agita celle-ci et prit la parole. Cette dame était Mary Bess Westenholz et, d'après les journaux de l'époque, ses propos furent les suivants : " Il se trouve dans cette enceinte un homme qui a couvert d'opprobre le Danemark " (en disant ces mots Melle Westenhotz montra du doigt le banc des ministres et l'impression générale fut qu'elle désignait J. C. Christensen): " Vous êtes, messieurs, en train de vous livrer à des marchandages et à des trafics qui mettent en jeu le sort de notre pays, en égoïstes assoiffés de pouvoir que vous êtes, mais je puis vous dire, moi, que les femmes du Danemark vous méprisent et flétrissent votre nom car vous n'êtes que des apatrides stipendiés qui font bon marché de l'honneur du pays "... Le président Anders Thomsen, interloqué, actionna sa sonnette de toutes ses forces mais réussit seulement à dire de sa petite voix fluette : " Elle a pris ma sonnette. " – Cet incident fut très remarqué et commenté, d'autant plus qu'à l'époque il n'était encore jamais arrivé qu'une femme prenne la parole dans l'enceinte de la Chambre des députés. » (Extrait de *Bevingede Ord (Paroles célèbres)* de T. Vogel-Jørgensen, 1963, colonne 406).

P. 545 « *j'ai cueilli la plus belle rose...* » : citation extraite de la deuxième strophe de *Min Hielm er mig for blank og tung (Mon heaume est trop étincelant et lourd pour moi)*, chant du barde tiré du quatrième acte de la tragédie d'Adam Oehlenschläger *Hagbard og Signe (Hagbarth et Signe)*, 1815.

P. 553 *Native Affairs Department* : Direction des Affaires Indigènes à Nairobi, regroupant l'Inspection du travail, l'état civil et l'administration des Africains. Promulguait la réglementation et fixait les conditions de travail des indigènes.

P. 554 *tembo* (swahili) : vin de palme, jus de cocotier fermenté.

P. 559 « *Mimi na take kufa* » (swahili) : je veux mourir.

INDEX

NB : Il n'a été fait aucun renvoi à propos des noms de Karen Blixen, Ingeborg Dinesen et Thomas Dinesen. Ngong n'est pas non plus répertorié en tant que lieu d'expédition.

N.d.T. : Les lettres ae (ou ä), ø (ou ö) et aa sont classées dans cet ordre après le z, selon l'ordre alphabétique danois.

DU MÊME AUTEUR

Aux Éditions Gallimard

LA FERME AFRICAINE

LE DÎNER DE BABETTE

OMBRES SUR LA PRAIRIE

CONTES D'HIVER

NOUVEAUX CONTES D'HIVER

LES CHEVAUX FANTÔMES ET AUTRES CONTES

LETTRES D'AFRIQUE (1914-1931)

LES FILS DE ROIS ET AUTRES CONTES

Sous le pseudonyme de Pierre Andrézel

LES VOIES DE LA VENGEANCE

Aux Éditions Stock

SEPT CONTES GOTHIQUES

COLLECTION FOLIO

Dernières parutions

2097.	David Goodis	*Vendredi 13.*
2098.	Anatole France	*La Rôtisserie de la reine Pédauque.*
2099.	Maurice Denuzière	*Les Trois-Chênes.*
2100.	Maurice Denuzière	*L'adieu au Sud.*
2101.	Maurice Denuzière	*Les années Louisiane.*
2102.	D. H. Lawrence	*Femmes amoureuses.*
2103.	***	*Déclaration universelle des droits de l'homme.*
2104.	Euripide	*Tragédies complètes,* tome I.
2105.	Euripide	*Tragédies complètes,* tome II.
2106.	Dickens	*Un conte de deux villes.*
2107.	James Morris	*Visa pour Venise.*
2108.	Daniel Boulanger	*La dame de cœur.*
2109.	Pierre Jean Jouve	*Vagadu.*
2110.	François-Olivier Rousseau	*Sébastien Doré.*
2111.	Roger Nimier	*D'Artagnan amoureux.*
2112.	L.-F. Céline	*Guignol's band,* I. *Guignol's band,* II *(Le pont de Londres).*
2113.	Carlos Fuentes	*Terra Nostra,* tome II.
2114.	Zoé Oldenbourg	*Les Amours égarées.*
2115.	Paule Constant	*Propriété privée.*
2116.	Emmanuel Carrère	*Hors d'atteinte ?*
2117.	Robert Mallet	*Ellynn.*
2118.	William R. Burnett	*Quand la ville dort.*
2119.	Pierre Magnan	*Le sang des Atrides.*
2120.	Pierre Loti	*Ramuntcho.*

2121. Annie Ernaux — *Une femme.*
2122. Peter Handke — *Histoire d'enfant.*
2123. Christine Aventin — *Le cœur en poche.*
2124. Patrick Grainville — *La lisière.*
2125. Carlos Fuentes — *Le vieux gringo.*
2126. Muriel Spark — *Les célibataires.*
2127. Raymond Queneau — *Contes et propos.*
2128. Ed McBain — *Branle-bas au 87.*
2129. Ismaïl Kadaré — *Le grand hiver.*
2130. Hérodote — *L'Enquête,* livres V à IX.
2131. Salvatore Satta — *Le jour du jugement.*
2132. D. Belloc — *Suzanne.*
2133. Jean Vautrin — *Dix-huit tentatives pour devenir un saint.*
2135. Sempé — *De bon matin.*
2136. Marguerite Duras — *Le square.*
2137. Mario Vargas Llosa — *Pantaleón et les Visiteuses.*
2138. Raymond Carver — *Les trois roses jaunes.*
2139. Marcel Proust — *Albertine disparue.*
2140. Henri Bosco — *Tante Martine.*
2141. David Goodis — *Les pieds dans les nuages.*
2142. Louis Calaferte — *Septentrion.*
2143. Pierre Assouline — *Albert Londres (Vie et mort d'un grand reporter, 1884-1932).*
2144. Jacques Perry — *Alcool vert.*
2145. Groucho Marx — *Correspondance.*
2146. Cavanna — *Le saviez-vous ? (Le petit Cavanna illustré).*
2147. Louis Guilloux — *Coco perdu (Essai de voix).*
2148. J. M. G. Le Clézio — *La ronde et autres faits divers.*
2149. Jean Tardieu — *La comédie de la comédie* suivi de *La comédie des arts* et de *Poèmes à jouer.*
2150. Claude Roy — *L'ami lointain.*
2151. William Irish — *J'ai vu rouge.*
2152. David Saul — *Paradis Blues.*
2153. Guy de Maupassant — *Le Rosier de Madame Husson.*
2154. Guilleragues — *Lettres portugaises.*
2155. Eugène Dabit — *L'Hôtel du Nord.*

2156. François Jacob — *La statue intérieure.*
2157. Michel Déon — *Je ne veux jamais l'oublier.*
2158. Remo Forlani — *Tous les chats ne sont pas en peluche.*
2159. Paula Jacques — *L'héritage de tante Carlotta.*
2161. Marguerite Yourcenar — *Quoi ? L'Éternité (Le labyrinthe du monde, III).*
2162. Claudio Magris — *Danube.*
2163. Richard Matheson — *Les seins de glace.*
2164. Emilio Tadini — *La longue nuit.*
2165. Saint-Simon — *Mémoires.*
2166. François Blanchot — *Le chevalier sur le fleuve.*
2167. Didier Daeninckx — *La mort n'oublie personne.*
2168. Florence Delay — *Riche et légère.*
2169. Philippe Labro — *Un été dans l'Ouest.*
2170. Pascal Lainé — *Les petites égarées.*
2171. Eugène Nicole — *L'Œuvre des mers.*
2172. Maurice Rheims — *Les greniers de Sienne.*
2173. Herta Müller — *L'homme est un grand faisan sur terre.*
2174. Henry Fielding — *Histoire de Tom Jones, enfant trouvé, I.*
2175. Henry Fielding — *Histoire de Tom Jones, enfant trouvé, II.*
2176. Jim Thompson — *Cent mètres de silence.*
2177. John Le Carré — *Chandelles noires.*
2178. John Le Carré — *L'appel du mort.*
2179. J. G. Ballard — *Empire du Soleil.*
2180. Boileau-Narcejac — *Le contrat.*
2181. Christiane Baroche — *L'hiver de beauté.*
2182. René Depestre — *Hadriana dans tous mes rêves.*
2183. Pierrette Fleutiaux — *Métamorphoses de la reine.*
2184. William Faulkner — *L'invaincu.*
2185. Alexandre Jardin — *Le Zèbre.*
2186. Pascal Lainé — *Monsieur, vous oubliez votre cadavre.*
2187. Malcolm Lowry — *En route vers l'île de Gabriola.*
2188. Aldo Palazzeschi — *Les sœurs Materassi.*
2189. Walter S. Tevis — *L'arnaqueur.*
2190. Pierre Louÿs — *La Femme et le Pantin.*

2191. Kafka — *Un artiste de la faim* et autres récits (Tous les textes parus du vivant de Kafka, II).
2192. Jacques Almira — *Le voyage à Naucratis.*
2193. René Fallet — *Un idiot à Paris.*
2194. Ismaïl Kadaré — *Le pont aux trois arches.*
2195. Philippe Le Guillou — *Le dieu noir (Chronique romanesque du pontificat de Miltiade II pape du XXIe siècle).*
2196. Michel Mohrt — *La maison du père* suivi de *Vers l'Ouest (Souvenirs de jeunesse).*
2197. Georges Perec — *Un homme qui dort.*
2198. Guy Rachet — *Le roi David.*
2199. Don Tracy — *Neiges d'antan.*
2200. Sempé — *Monsieur Lambert.*
2201. Philippe Sollers — *Les Folies Françaises.*
2202. Maurice Barrès — *Un jardin sur l'Oronte.*
2203. Marcel Proust — *Le Temps retrouvé.*
2204. Joseph Bialot — *Le salon du prêt-à-saigner.*
2205. Daniel Boulanger — *L'enfant de bohème.*
2206. Noëlle Châtelet — *A contre-sens.*
2207. Witold Gombrowicz — *Trans-Atlantique.*
2208. Witold Gombrowicz — *Bakakaï.*
2209. Eugène Ionesco — *Victimes du devoir.*
2210. Pierre Magnan — *Le tombeau d'Hélios.*
2211. Pascal Quignard — *Carus.*
2212. Gilbert Sinoué — *Avicenne ou La route d'Ispahan.*
2213. Henri Vincenot — *Le Livre de raison de Glaude Bourguignon.*
2214. Émile Zola — *La Conquête de Plassans.*
2216. Térence — *Théâtre complet.*
2217. Vladimir Nabokov — *La défense Loujine.*
2218. Sylvia Townsend Warner — *Laura Willowes.*
2219. Karen Blixen — *Les voies de la vengeance.*
2220. Alain Bosquet — *Lettre à mon père qui aurait eu cent ans.*
2221. Gisèle Halimi — *Le lait de l'oranger.*

2222. Jean Giono — *La chasse au bonheur.*
2223. Pierre Magnan — *Le commissaire dans la truffière.*
2224. A.D.G. — *La nuit des grands chiens malades.*
2226. Albert Camus — *Lettres à un ami allemand.*
2227. Ann Quin — *Berg.*
2228. Claude Gutman — *La folle rumeur de Smyrne.*
2229. Roger Vrigny — *Le bonhomme d'Ampère.*
2230. Marguerite Yourcenar — *Anna, soror...*
2231. Yukio Mishima — *Chevaux échappés (La mer de la fertilité, II).*
2232. Jorge Amado — *Les chemins de la faim.*
2233. Boileau-Narcejac — *J'ai été un fantôme.*
2234. Dashiell Hammett — *La clé de verre.*
2235. André Gide — *Corydon.*
2236. Frédéric H. Fajardie — *Une charrette pleine d'étoiles.*
2237. Ismaïl Kadaré — *Le dossier H.*
2238. Ingmar Bergman — *Laterna magica.*
2239. Gérard Delteil — *N'oubliez pas l'artiste !*
2240. John Updike — *Les sorcières d'Eastwick.*
2241. Catherine Hermary-Vieille — *Le Jardin des Henderson.*
2242. Junichirô Tanizaki — *Un amour insensé.*
2243. Catherine Rihoit — *Retour à Cythère.*
2244. Michel Chaillou — *Jonathamour.*
2245. Pierrette Fleutiaux — *Histoire de la chauve-souris.*
2246. Jean de La Fontaine — *Fables.*
2247. Pierrette Fleutiaux — *Histoire du tableau.*
2248. Sylvie Germain — *Opéra muet.*
2249. Michael Ondaatje — *La peau d'un lion.*
2250. J.-P. Manchette — *Le petit bleu de la côte Ouest.*
2251. Maurice Denuzière — *L'amour flou.*
2252. Vladimir Nabokov — *Feu pâle.*
2253. Patrick Modiano — *Vestiaire de l'enfance.*
2254. Ghislaine Dunant — *L'impudeur.*
2255. Christa Wolf — *Trame d'enfance.*
2256. *** — *Les Mille et une Nuits,* tome I.
2257. *** — *Les Mille et une Nuits,* tome II.
2258. Leslie Kaplan — *Le pont de Brooklyn.*
2259. Richard Jorif — *Le burelain.*

2260. Thierry Vila — *La procession des pierres.*
2261. Ernst Weiss — *Le témoin oculaire.*
2262. John Le Carré — *La Maison Russie.*
2263. Boris Schreiber — *Le lait de la nuit.*
2264. J. M. G. Le Clézio — *Printemps et autres saisons.*
2265. Michel del Castillo — *Mort d'un poète.*
2266. David Goodis — *Cauchemar.*
2267. Anatole France — *Le Crime de Sylvestre Bonnard.*
2268. Plantu — *Les cours du caoutchouc sont trop élastiques.*
2269. Plantu — *Ça manque de femmes !*
2270. Plantu — *Ouverture en bémol.*
2271. Plantu — *Pas nette, la planète !*
2272. Plantu — *Wolfgang, tu feras informatique !*
2273. Plantu — *Des fourmis dans les jambes.*
2274. Félicien Marceau — *Un oiseau dans le ciel.*
2275. Sempé — *Vaguement compétitif.*
2276. Thomas Bernhard — *Maîtres anciens.*
2277. Patrick Chamoiseau — *Solibo Magnifique.*
2278. Guy de Maupassant — *Toine.*
2279. Philippe Sollers — *Le lys d'or.*
2280. Jean Diwo — *Le génie de la Bastille (Les Dames du Faubourg, III).*
2281. Ray Bradbury — *La solitude est un cercueil de verre.*
2282. Remo Forlani — *Gouttière.*
2283. Jean-Noël Schifano — *Les rendez-vous de Fausta.*
2284. Tommaso Landolfi — *La bière du pecheur.*
2285. Gogol — *Taras Boulba.*
2286. Roger Grenier — *Albert Camus soleil et ombre.*
2287. Myriam Anissimov — *La soie et les cendres.*
2288. François Weyergans — *Je suis écrivain.*
2289. Raymond Chandler — *Charades pour écroulés.*
2290. Michel Tournier — *Le médianoche amoureux.*
2291. C.G. Jung — *“ Ma vie ” (Souvenirs, rêves et pensées).*
2292. Anne Wiazemsky — *Mon beau navire.*
2293. Philip Roth — *La contrevie.*

2294. Rilke — *Les Carnets de Malte Laurids Brigge.*
2295. Vladimir Nabokov — *La méprise.*
2296. Vladimir Nabokov — *Autres rivages.*
2297. Bertrand Poirot-Delpech — *Le golfe de Gascogne.*
2298. Cami — *Drames de la vie courante.*
2299. Georges Darien — *Gottlieb Krumm (Made in England).*
2300. William Faulkner — *Treize histoires.*
2301. Pascal Quignard — *Les escaliers de Chambord.*
2302. Nathalie Sarraute — *Tu ne t'aimes pas.*
2303. Pietro Citati — *Kafka.*
2304. Jean d'Ormesson — *Garçon, de quoi écrire.*
2305. Michel Déon — *Louis XIV par lui-même.*
2306. James Hadley Chase — *Le fin mot de l'histoire.*
2307. Zoé Oldenbourg — *Le procès du rêve.*
2308. Plaute — *Théâtre complet, I.*
2309. Plaute — *Théâtre complet, II.*
2310. Mehdi Charef — *Le harki de Meriem.*
2311. Naguib Mahfouz — *Dérives sur le Nil.*
2312. Nijinsky — *Journal.*
2313. Jorge Amado — *Les terres du bout du monde.*
2314. Jorge Amado — *Suor.*
2315. Hector Bianciotti — *Seules les larmes seront comptées.*
2316. Sylvie Germain — *Jours de colère.*
2317. Pierre Magnan — *L'amant du poivre d'âne.*
2318. Jim Thompson — *Un chouette petit lot.*
2319. Pierre Bourgeade — *L'empire des livres.*
2320. Émile Zola — *La Faute de l'abbé Mouret.*
2321. Serge Gainsbourg — *Mon propre rôle, 1.*
2322. Serge Gainsbourg — *Mon propre rôle, 2.*
2323. Thomas Bernhard — *Le neveu de Wittgenstein.*
2324. Daniel Boulanger — *Mes coquins.*
2326. Didier Daeninckx — *Le facteur fatal.*
2327. Jean Delay — *Avant Mémoire I.*
2328. Romain Gary — *Adieu Gary Cooper.*
2329. Alfred de Vigny — *Servitude et grandeur militaires.*
2330. Patrick Modiano — *Voyage de noces.*

2331.	Pierre Moinot	*Armes et bagages.*
2332.	J.-B. Pontalis	*Loin.*
2333.	John Steinbeck	*La coupe d'or.*
2334.	Gisèle Halimi	*La cause des femmes.*
2335.	Khalil Gibran	*Le Prophète.*
2336.	Boileau-Narcejac	*Le bonsaï.*
2337.	Frédéric H. Fajardie	*Un homme en harmonie.*
2338.	Michel Mohrt	*Le télésiège.*
2339.	Vladimir Nabokov	*Pnine.*
2340.	Vladimir Nabokov	*Le don.*
2341.	Carlos Onetti	*Les bas-fonds du rêve.*
2342.	Daniel Pennac	*La petite marchande de prose.*
2343.	Guy Rachet	*Le soleil de la Perse.*
2344.	George Steiner	*Anno Domini.*
2345.	Mario Vargas Llosa	*L'homme qui parle.*
2347.	Voltaire	*Zadig et autres contes.*
2348.	Régis Debray	*Les masques.*
2349.	Diane Johnson	*Dashiell Hammett : une vie.*
2350.	Yachar Kemal	*Tourterelle, ma tourterelle.*
2351.	Julia Kristeva	*Les Samouraïs.*
2352.	Pierre Magnan	*Le mystère de Séraphin Monge.*
2353.	Mouloud Mammeri	*La colline oubliée.*
2354.	Francis Ryck	*Mourir avec moi.*
2355.	John Saul	*L'ennemi du bien.*
2356.	Jean-Loup Trassard	*Campagnes de Russie.*
2357.	Francis Walder	*Saint-Germain ou la négociation.*
2358.	Voltaire	*Candide et autres contes.*
2359.	Robert Mallet	*Région inhabitée.*
2360.	Oscar Wilde	*Le Portrait de Dorian Gray.*
2361.	René Frégni	*Les chemins noirs.*
2362.	Patrick Besson	*Les petits maux d'amour.*
2363.	Henri Bosco	*Antonin.*
2364.	Paule Constant	*White spirit.*
2365.	Pierre Gamarra	*Cantilène occitane.*
2367.	Tony Hillerman	*Le peuple de l'ombre.*
2368.	Yukio Mishima	*Le temple de l'aube.*
2369.	François Salvaing	*De purs désastres.*
2370.	Sempé	*Par avion.*
2371.	Jim Thompson	*Éliminatoires.*

2372. John Updike — *Rabbit rattrapé.*
2373. Michel Déon — *Un souvenir.*
2374. Jean Diwo — *Les violons du roi.*
2375. David Goodis — *Tirez sur le pianiste !*
2376. Alexandre Jardin — *Fanfan.*
2377. Joseph Kessel — *Les captifs.*
2378. Gabriel Matzneff — *Mes amours décomposés (Journal 1983-1984).*
2379. Pa Kin — *La pagode de la longévité.*
2380. Robert Walser — *Les enfants Tanner.*
2381. Maurice Zolotow — *Marilyn Monroe.*
2382. Adolfo Bioy Casares — *Dormir au soleil.*
2383. Jeanne Bourin — *Les Pérégrines.*
2384. Jean-Denis Bredin — *Un enfant sage.*
2385. Jerome Charyn — *Kermesse à Manhattan.*
2386. Jean-François Deniau — *La mer est ronde.*
2387. Ernest Hemingway — *L'été dangereux (Chroniques).*
2388. Claude Roy — *La fleur du temps (1983-1987).*
2389. Philippe Labro — *Le petit garçon.*
2390. Iris Murdoch — *La mer, la mer.*
2391. Jacques Brenner — *Daniel ou la double rupture.*
2392. T.E. Lawrence — *Les sept piliers de la sagesse.*
2393. Pierre Loti — *Le Roman d'un spahi.*
2394. Pierre Louÿs — *Aphrodite.*
2395. Karen Blixen — *Lettres d'Afrique, 1914-1931.*
2396. Daniel Boulanger — *Jules Bouc.*
2397. Didier Decoin — *Meurtre à l'anglaise.*
2398. Florence Delay — *Etxemendi.*
2399. Richard Jorif — *Les persistants lilas.*
2400. Naguib Mahfouz — *La chanson des gueux.*
2401. Norman Mailer — *Morceaux de bravoure.*
2402. Marie Nimier — *Anatomie d'un chœur.*
2403. Reiser/Coluche — *Y'en aura pour tout le monde.*
2404. Ovide — *Les Métamorphoses.*
2405. Mario Vargas Llosa — *Éloge de la marâtre.*
2406. Zoé Oldenbourg — *Déguisements.*
2407. Joseph Conrad — *Nostromo.*
2408. Guy de Maupassant — *Sur l'eau.*
2409. Ingmar Bergman — *Scènes de la vie conjugale.*
2410. Italo Calvino — *Leçons américaines (Aide-mé-*

moire pour le prochain millénaire).

2411. Maryse Condé — *Traversée de la Mangrove.*
2412. Réjean Ducharme — *Dévadé.*
2413. Pierrette Fleutiaux — *Nous sommes éternels.*
2414. Auguste le Breton — *Du rififi chez les hommes.*
2415. Herbert Lottman — *Colette.*
2416. Louis Oury — *Rouget le braconnier.*
2417. Angelo Rinaldi — *La confession dans les collines.*
2418. Marguerite Duras — *L'amour.*
2419. Jean-Jacques Rousseau — *Julie ou la Nouvelle Héloïse, I.*
2420. Jean-Jacques Rousseau — *Julie ou la Nouvelle Héloïse, II.*
2421. Claude Brami — *Parfums des étés perdus.*
2422. Marie Didier — *Contre-visite.*
2423. Louis Guilloux — *Salido* suivi de *O.K., Joe !*
2424. Hervé Jaouen — *Hôpital souterrain.*
2425. Lanza del Vasto — *Judas.*
2426. Yukio Mishima — *L'ange en décomposition (La mer de la fertilité,* IV).
2427. Vladimir Nabokov — *Regarde, regarde les arlequins !*
2428. Jean-Noël Pancrazi — *Les quartiers d'hiver.*
2429. François Sureau — *L'infortune.*
2430. Daniel Boulanger — *Un arbre dans Babylone.*
2431. Anatole France — *Le Lys rouge.*
2432. James Joyce — *Portrait de l'artiste en jeune homme.*
2433. Stendhal — *Vie de Rossini.*
2434. Albert Cohen — *Carnets 1978.*
2435. Julio Cortázar — *Cronopes et Fameux.*
2436. Jean d'Ormesson — *Histoire du Juif errant.*
2437. Philippe Djian — *Lent dehors.*
2438. Peter Handke — *Le colporteur.*
2439. James Joyce — *Dublinois.*
2441. Jean Tardieu — *La comédie du drame.*
2442. Don Tracy — *La bête qui sommeille.*
2443. Bussy-Rabutin — *Histoire amoureuse des Gaules.*
2444. François-Marie Banier — *Les résidences secondaires.*

Composé chez Traitex
Impression Maury-Eurolivres S.A.
45300 Manchecourt
le 13 avril 1993.
Dépôt légal : avril 1993
1er dépôt légal de la collection : avril 1992
Numéro d'imprimeur : 93/04/M1493
ISBN 2-07-038533-7 / Imprimé en France

65207